中国文学图像关系史 辽金元卷

总主编 赵宪章 副总主编 许结 沈卫威

本卷主编 李彦锋 本卷副主编 张坤 王韶华

江苏凤凰教育出版社
Phoenix Education Publishing, Ltd.

"十三五"国家重点出版物出版规划项目

2020年国家出版基金资助项目

南京大学"985"工程重点项目

北京大学人文社会科学研究院支持项目

中国文学图像关系史·先秦卷

中国文学图像关系史·汉代卷

中国文学图像关系史·魏晋南北朝卷

中国文学图像关系史·隋唐五代卷

中国文学图像关系史·宋代卷

中国文学图像关系史·辽金元卷

中国文学图像关系史·明代卷上

中国文学图像关系史·明代卷下

中国文学图像关系史·清代卷上

中国文学图像关系史·清代卷下

彩图 1　赵孟頫《秀石疏林图》

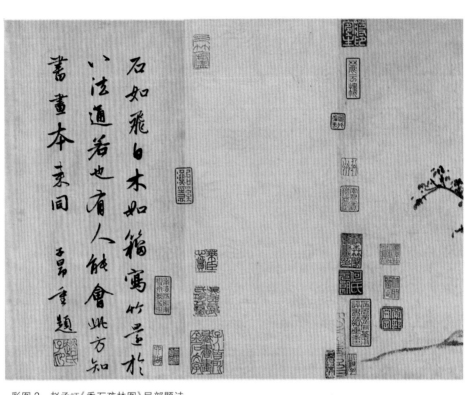

彩图 2　赵孟頫《秀石疏林图》局部题诗

彩图3　现藏于日本内阁文库的《乐毅图齐》全相平话封面

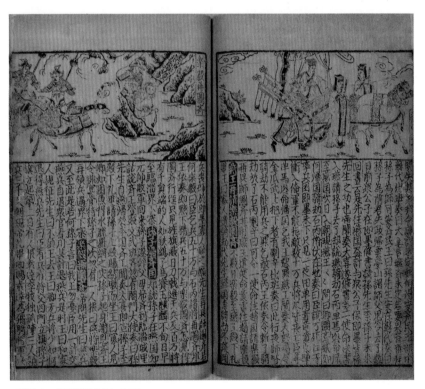

彩图4　《乐毅图齐》正文页

彩图5　闵齐伋绘刻西厢记彩图一

彩图6　闵齐伋绘刻西厢记彩图二

目　录

绪　论

　　辽、金、元三朝的特殊性造就了这个时代特殊的文学与图像关系。与前代不同,在这个时期,文学和图像的关系发生了巨大的变化。首先,诗画之间的融合成为该时期文图关系的主要形态。该时期题画诗大量涌现且直接题写于画面之上,成为绘画的有机组成部分。写意绘画的出现以及画面题诗(或题跋)由之前的藏款转变成题款并盛行,使得文图之间的交集不断扩大,文图的关系已不再囿于内容、题材、意境等层面的关联,而是在物理形式层面有了关联。文人所倡导的"诗画一律""以书入画"等为该时期文图之间的融合奠定了理论基础。其次,演剧文学"元曲"及"全相平话"的出现,为文图关系的发展开辟了新的空间。无论是戏曲还是全相平话,都标志着文图并列"双通道"叙述形式的形成。由于元曲在其原本的存在环境中与舞台表演相伴存在,舞台表演是不折不扣的动态图像。"元曲"本身就意味着文学与图像关系的深化与结合。虽然昔日勾栏瓦肆中精彩的粉墨演出早已随风飘逝无从考证,动态演剧艺术中鲜活的文图关联已难以得见,但是留存下来的文本及其相关的图像仍能使我们大致看到当时文图的多姿背影。当然,这个多姿的"文图背影"之形成有其深刻的社会根源——不同民族文化的冲突与融合,科举制度的废止与重继,文人的失落与逃避等各种历史的合力造就了该时期纷繁的文图关系。文图关系背后隐藏的是极其沉重的历史,文图犹如镶嵌在惨烈的社会历史背景之中的明珠,而当时战乱纷争连绵不断,人民生活流离失所,文人空怀报国之志而托足无门。

一、辽、金、元之社会

(一)

　　辽朝(907—1125)是游牧民族契丹族在中国北方地区建立的封建王朝。契丹源于东胡鲜卑,与库莫奚是同族异种。唐太宗李世民时代曾在契丹人住地设置松漠都督府,酋长任都督并赐李姓。晚唐时契丹迭剌部的首领耶律阿保机乘唐朝内乱统一各部,取代痕德堇可汗后于公元907年"春正月庚寅,命有司设坛于如迁王集会埚,燔柴告天,即皇帝位"①。公元 947 年,辽太宗率军南下中原,攻灭五代后晋,改国号为"辽",1066 年改为"大辽"。公元 1125 年,辽被金所灭。若以辽代政权的存亡计,辽代的文学史时长为 218 年,与金元比较当为最长。

辽朝疆域广阔,社会文化既有少数民族的特征又兼具汉族的特征。辽朝初期的疆域在今辽河流域上游一带,在辽太祖及辽太宗时期不断对外扩张。辽太祖时征服奚(今河北北部)、乌古、黑车子室韦(今内蒙古东部呼伦湖东南)、鞑靼、回鹘与渤海国。938 年辽太宗时取得燕云十六州,并一度占有中原。1005 年辽圣宗与北宋签订澶渊之盟,确定了与宋的边界。辽朝全盛时,疆域东北至今库页岛,北至今蒙古国中部的色楞格河、石勒喀河一带,西到阿尔泰山,南至今天津市的海河、河北省霸州、山西省雁门关一线与北宋交界,与当时统治中原的宋朝相对峙。由于辽朝属于多民族国家,其政治体制融合契丹体制与唐宋体制而形成南北院制。南北院制分成北面官制和南面官制,借此保护契丹固有文化与政治体制。

辽朝文化吸收了汉文化与渤海国文化。辽灭渤海国后,渤海遗民大量聚居于辽上京、辽东京一带的州县。较先进的渤海文化对辽文化有较为广泛的影响。汉地燕云十六州的并入及宋辽之间的战争与和平时期的榷场贸易交往,使汉文化对辽朝文化产生了巨大的影响。大量汉文书籍的翻译,将中原人民的科学技术、文学、史学成就等介绍到了草原地区,带动和促进了游牧民族草原文化的发展。辽朝皇室和契丹贵族多仰慕汉文化,如辽的开国皇帝辽太祖崇拜孔子,先后于上京建国子监,府、州、县设学,以传授儒家学说,又建立孔子庙。辽圣宗常阅读《贞观政要》,道宗爱看《论语》。辽道宗时,契丹甚至以"诸夏"自称,认为"吾修文物,彬彬不异中华"②。教育方面实行设学养士和科举取士。道宗统治时期,辽朝接受中原文化已达到空前的高度。

辽朝文学方面也较为发达。辽朝文人既用契丹语言文字创作,也大量用汉文写作。《辽史》有曰:"太宗入汴,取晋图书、礼器而北,然后制度渐以修举。至景、圣(景宗、圣宗)间,则科目聿兴。士有由下僚擢升侍从,骎骎崇儒之美。"③他们的作品有诗、词、歌、赋、文、章奏、书简等各种文体,有述怀、戒喻、讽谏、叙事等各种题材。作者包括帝后、宗室、群臣、诸部人子弟等。契丹的诗词既有气势磅礴之句,也有清新优美之词。如辽兴宗善为诗文,皇祐二年(1050)宋使赵概至辽,辽兴宗于席上赋《信誓如山河诗》。在辽朝诸帝中,辽道宗文学修养最高,善诗赋,作品清新雅丽,意境深远,有《题李俨黄菊赋》。宗室东丹王耶律倍有《乐田园诗》《海上诗》。耶律国留、耶律资忠、耶律昭兄弟三人皆善属文、工辞章,耶律

---

① 脱脱等撰:《辽史》卷一《太祖纪上》,中华书局 1974 年版,第 3 页。

② 叶隆礼撰,贾敬颜、杜荣贵点校:《契丹国志》卷九《道宗天福皇帝》,上海古籍出版社 1985 年版,第 95 页。

③ 《辽史·文学传序》,中华书局 1974 年版,第 1445 页。

国留有《兔赋》《寤寐歌》；耶律资忠出使高丽被留期间，"每怀君亲，辄有著述"①，后编为《西亭集》；耶律昭因事被流放西北部，致书招讨使萧挞凛，陈安边之策，词旨皆可称。辽道宗的皇后萧观音作有《谏猎疏》《回心院》和应制诗《君臣同志华夷同风》，表达关心社稷安危、致主泽民的政治理想。流传至今的辽人作品除王鼎的《焚椒录》外，还有寺公大师的《醉义歌》。《醉义歌》用契丹语创作，有金朝耶律履的译文，只是契丹文原作和耶律履译文已经失传，今有耶律履的儿子耶律楚材的汉译本传世。

辽朝图像艺术同样发达，翰林院中设有画院。据《辽史》卷四七《百官志三》记载："翰林画院。翰林画待诏，圣宗开泰七年见翰林待诏陈升。"②辽代的帝王贵族亦有善画者，如辽兴宗（耶律宗真）、东丹王（耶律倍）等都嗜好绘画。如《契丹国志》卷八载"帝工画，善丹青，尝以所画鹅、雁送诸宋朝，点缀精妙，宛乎逼真"③，记述了辽兴宗善画工笔的史实。《五代名画补遗》称东丹王"善画马之权奇"。④ 辽代统治者对于绘画艺术的热爱，使得辽朝涌现出不少卓有成就的画家，创作了大量优秀的绘画作品。辽朝著名画家耶律倍和胡瓌、胡虔父子等所画作品多入北宋内府，并被誉为"神品"。契丹人善画草原风光和骑射人物，耶律倍的《射骑图》、胡瓌的《卓歇图》、无名氏的《秋林群鹿图》《丹枫呦鹿图》等画，均有较高的声誉。此外还有秦晋国妃萧氏，汉族陈升、常思言、吴九州等人也皆以善画著称。

（二）

金朝（1115—1234）是中国历史上女真族建立的一个朝代。金之先，出靺鞨氏，靺鞨本号勿吉。北魏时勿吉有七部（粟末部、伯咄部、安车骨部、拂涅部、号室部、黑水部、白山部）。隋称靺鞨，而七部并同。唐初有黑水靺鞨、粟末靺鞨，后渤海国强盛，黑水靺鞨附属之。"五代时，契丹尽取渤海地，而黑水靺鞨附属于契丹。"⑤1114年女真族首领金太祖完颜阿骨打起兵反辽。阿骨打在统一女真诸部后，1115年于会宁府（今黑龙江省哈尔滨市阿城区）建立政权，国号大金。

1125年，女真族建立的金朝灭辽朝，继承了原来辽朝的疆域，包括中原北部的燕云十六州。1127年金俘虏了北宋徽宗、钦宗二帝，占领了淮河以北广大地区，直到1234年金朝灭亡。在这一百多年的时间里，金朝统治者在社会文化中逐渐采用汉法，接受汉文化。金朝中后期在文化方面更趋向汉化。天德三年（1151）"四月丙午，诏迁都燕京"⑥，海陵王完颜亮将金朝的都城从上京（今黑龙

① 《辽史》卷八十八《列传第十八》，中华书局1974年版，第1344页。
② 《辽史》卷四十七《百官志三》，中华书局1974年版，第781页。
③ 《契丹国志》卷九《道宗天福皇帝》，上海古籍出版社1985年版，第83页。
④ 卢辅圣主编：《中国书画全书》第一册，上海书画出版社1993年版，第462页。
⑤ 脱脱等撰：《金史》卷一《本纪第一》，中华书局1975年版，第1页。
⑥ 《金史》卷五《本纪第五》，中华书局1975年版，第97页。

江阿城南白城子)迁至中都(今北京)。迁都之后,女真族与汉族杂居相处,加速了女真汉化的进程。中原地区成为金朝的统治中心,大批契丹人、渤海人、汉人参与政治。金世宗、金章宗更加热爱汉文化。金章宗还明令女真与汉族可以通婚,到了章宗末年,女真人甚至只会讲汉语,而不会讲女真语。金朝中晚期,女真贵族改汉姓、着汉服的现象越来越普遍,金廷屡禁不止,此时的金朝已与当时的中原王朝并无二致。金朝统治者重视儒学,且金朝在建立政权不久就开始科举,主要科目是词赋、经义二科,客观上促使了金朝文学的发展。杂剧与戏曲在金朝得到相当的发展,已经开始盛行以杂剧的形式作戏。金代院本的发展及诸宫调的勃兴,为后来元杂剧的繁荣作了准备。"植根于各民族文化接合部特殊人文地理环境之上的金代文学,在汉文化与北方民族文化的双向交流、优势互补中,则以质实贞刚的审美风范彪炳于世,为中国文学北雄南秀、异轨同奔的历史走向增加了驱动力。"①

金朝文学可以分为早、中、晚三个时期。金朝早期的文学主要是借才异代,文人大多来自辽、宋,诸如宇文虚中、蔡松年、高士谈、吴激等,他们的文学创作使金初期的文坛呈现出一片勃勃生机的景象。当然,这期间也有女真文人,如完颜亮(1122—1161),金代第四位皇帝。完颜亮的诗笔力雄浑,气象恢弘,充满了不为人下的雄霸之气。如他的词《念奴娇·咏雪》,气韵苍凉,文思奇诡,实为古来咏雪诗词中的上乘之作。完颜亮的文学创作不但影响了金国的一代文风,也给南宋文学注入了刚建朴质的新因子。完颜亮的诗词"在一定程度上显示了中华文化从多元走向一元的发展过程,因而更加难能可贵"②。金代中期(金世宗和金章宗时期)的文人大多在金朝的领土上成长起来,金朝政权的稳定和政治上对宋媾和,使得这个时期的文人有着安定的社会环境,金代的科举制度也为他们的进取提供了条件。蔡珪、党怀英、王庭筠、王寂、赵可、刘迎、赵沨、周昂等是这一时期的重要文学家,他们的作品格调或昂扬向上,或以闲适情趣见长。金朝晚期(金宣宗及其后),金王朝在蒙古大军的武力威胁之下内外交困,国势衰微,社会动荡,文学也随之发生了变化。金朝晚期的许多文人面对残酷的社会现实,消极避世,"逍遥涧谷,傲睨云林"③。另有一部分文人则对蒙古伐金所造成的人间惨景进行大胆的揭露,"虐焰燎空,雉堞毁圮,室庐扫地,市井成墟,千里萧条,阒其无人"④。金朝晚期,也涌现了一批女真、契丹文人,诸如完颜璹、移剌粘合、夹谷德固等人。金朝末期的元好问更是金代文学的集大成者,是宋金对峙时期北方文学的主要代表,亦是金元之际在文学上承前启后的代表,元好问被尊为"北

---

① 周惠泉:《金代文学学发凡》,东北师范大学出版社 1994 年版,第 289 页。

② 郭杰、秋芙主编:《中国文学史话(辽金元卷)》,吉林人民出版社 1998 年版,第 4 页。

③ 刘祁撰,崔文印点校:《归潜志》卷十三,中华书局 1983 年版,第 161 页。

④ 李俊民撰:《庄靖集》下册,山西古籍出版社 2006 年版,第 461 页。

方文雄""一代文宗",他工诗、文、词、曲等各体。元好问的文学成就以诗歌创作最为突出,并以"丧乱诗"奠定了他在文学史上的地位。元好问在金朝灭亡前后写出的主要作品有《岐阳》三首、《壬辰十二月车驾东狩后即事》五首、《俳体雪香亭杂咏》十五首、《癸巳五月三日北渡》三首、《续小娘歌》十首等。

金朝的图像艺术也较为发达。尤其在金朝迁都燕京之后,实行了更为强烈的汉化措施,至金章宗时期图像艺术达到了空前鼎盛时期。金朝初期辽朝投奔金朝的艺术家和南宋出使金国的文人画家影响了金朝的绘画艺术审美。金世宗时期的画家有赵霖、杨微、杨邦基等,他们继承了唐代韩幹、北宋李公麟的绘画传统,铸就了兼具中原和女真气派的独特艺术。金章宗时期,由于对宫廷绘画的倡导以及对文人墨戏的热衷,章宗凭借他政治上的权力为文人画家提供了必需的文化环境。基于此,该时期出现了以王庭筠、赵秉文等为首的文人画家群体,他们追随文同、苏轼以及米芾父子的画风,促进了金朝诗画艺术的发展。金朝的绘画极大地影响了元初的画坛,元代初期的画坛主要接受的便是汉化了的金朝文化。

(三)

元朝(1206—1368)是由我国北方草原游牧民族——蒙古族建立的一个封建王朝。公元 12 世纪末到 13 世纪初期,北方草原上分布着很多散居的游牧部落,其规模大小不一,势力强弱相异,彼此之间经常相互斗争,争雄草原。在这些部落中,有一支居住在斡难河、克鲁伦河、秃兀剌河等河流上游肯特山一带的部落,在首领铁木真的带领下 13 世纪初期逐渐强大起来,先后击败各个对手,统一了蒙古各部,于 1206 年"帝大会诸王群臣,建九游白旗,即皇帝位于斡难河之源,诸王群臣共上尊号曰成吉思皇帝"[①]。铁木真建立政权,以蒙古为国号。1210 年始,蒙古对金接连用兵,并占据了河北、山西及山东一带,迫使金朝将都城由中都(今北京)迁移至汴京(今河南开封)。1219 年起,成吉思汗发动西征,占领了中亚广大地区。1227 年,蒙古灭西夏之时,成吉思汗病死军中。成吉思汗的继任者窝阔台执政期间(1229—1241)与南宋联合继续对金用兵,于 1234 年灭金,蒙古控制了北方广大农业区。灭金之后,蒙古背弃了与南宋之间的盟约,于 1235年开始进攻南宋,同时征服了高句丽和西域诸国。在窝阔台之后,相继成为蒙古国大汗的是贵由(1246—1248)和蒙哥(1251—1259)。1259 年蒙哥在重庆合川钓鱼城战死之后,留守漠北草原的弟弟阿里布哥自行称汗,蒙哥之兄忽必烈闻讯亦从荆襄、两淮的征战中北归,并夺取政权。1260 年忽必烈(1260—1294 执政)在开平召集忽里勒台,建元中统,开始按中国传统王朝年号纪年。1271 年改"大蒙古"国号为元(取《易经》"大哉乾元"之义),1272 年迁都大都(今北京)。随后举兵南下,1279 年灭南宋,统治了整个中国,其幅员辽阔,横跨欧亚两洲。如从

---

① 宋濂等撰:《元史》卷一《本纪第一》,中华书局 1976 年版,第 13 页。

元代文学的主流元曲的兴起来算,元代文学史可以从 1234 年蒙古灭金占领中原之时算起,至 1368 年朱元璋建立大明帝国止,共计 134 年,如从蒙古灭南宋的1279 年算起,则元代文学史共计 89 年。

元朝是个大一统的朝代,其疆域空前广阔,北至北海,东到日本海,在澎湖列岛设置巡检司。《元史·地理志》曰:"汉、隋、唐、宋为盛,然幅员之广,咸不逮元。汉梗于北狄,隋不能服东夷,唐患在西戎,宋患常在西北。若元,则起朔漠,并西域,平西夏,灭女真,臣高丽,定南诏,遂下江南,而天下为一。故其地北逾阴山,西极流沙,东尽辽左,南越海表。盖汉东西九千三百二里,南北一万三千三百六十八里,唐东西九千五百一十一里,南北一万六千九百一十八里,元东南所至不下汉、唐,而西北则过之,有难以里数限者矣。"①元朝结束了唐末的割据纷争,缔造了统一的多民族国家,这对各民族之间的经济文化交流起到了促进作用。但是,元朝又是一个野蛮、落后的时代。元时代的蒙古统治者入主中原之时,还处于部落文化向封建文化演进的阶段,与宋代的文化相比较是十分落后的。蒙古族以强大的军事暴力征服中原之后,企图以游牧民族的生活方式来改变中国的面貌。蒙古贵族曾谏言:"虽得汉人,亦无所用,不若尽杀之,使草木畅茂,以为牧地。"②虽然这样的建议因为耶律楚材的反对而未能实施,但蒙古族在战争中的劫掠仍使得很多富庶之地成为废墟和牧场。蒙古族在战争中往往大肆杀戮,所到之处牛羊席卷而去,人民被残杀,城郭村舍化为灰烬。如此一来,北方大片农田被废弃成为牧场,使当时的农耕经济陷于凋敝。

元代文学的繁荣与该时期城市的发展相关联。元代的农业遭到了破坏,陷于衰退之境。但是,元代的商业和手工业较为发达,促进了一些大城市的繁荣。在马可波罗游记中可见其繁盛之况:"……凡卖笑妇女,不居城内,皆居附郭。因附郭之中外国人甚众,所以此辈娼妓为数亦多,计有二万有余,皆能以缠头自给,可以想见居民之众。外国巨价异物及百物之输入此城者,世界诸城无能与比。盖各人自各地携物而至,或以献君主,或以献宫廷,或以供此广大之城市,或以献众多之男爵骑尉,或以供屯驻附近之大军。百物输入之众,有如川流之不息。仅丝一项,每日入城者计有千车。用此丝制作不少金锦绸绢,及其他数种物品。……每城皆有商人来此买卖货物,盖此城为商业繁盛之城也。"③在蒙古统治的繁盛时期,中外贸易迅速增加,外国商人纷纷来华,当时欧洲的科技与文化不断输入中国。元代农业凋敝,农民破产而被迫流入城市,客观上为城市的繁荣发展提供了剩余劳动力。这种状况促使元代产生了畸形的繁荣,同时也为元代文学艺术的发展奠定了经济基础。

---

① 《元史》卷五十八《地理一》,中华书局 1976 年版,第 1345 页。

② 陈邦瞻撰:《宋史纪事本末》第三册,中华书局 1977 年版,第 1097 页。

③ 马可·波罗著,冯承均译:《图释马可·波罗游记》,吉林出版集团 2009 年版,第 124 页。

元代文学与宗教也有较多联系。蒙古统治者采用了相对宽容的宗教政策。萨满教是蒙古族固有的宗教，随着元的扩张，其在与其他宗教的碰撞中进一步向前发展，完成了伦理化的过程。蒙古统治者对道教加以扶持，最为盛行的全真教，其教徒遍布山东、河北、陕西等大部分地区。元代道教文学的兴盛与此不无关系。元代统治者对伊斯兰教也持以接纳的态度，随着蒙古军东来的"西域亲军"以及由西而来的商人、传教士、旅行家等定居中国，使得伊斯兰教的信仰人数迅速增多。元蒙统治者也十分崇尚佛教，尤其是阔瑞"凉州会谈"之后，藏传佛教成为受尊崇的宗教，并获得了优于道教、伊斯兰教、萨满教等宗教的位置。元代广建佛塔寺院，大规模雕塑佛像，翻译佛经，以及隆重地举办法事，极大地促进了藏传佛教的发展。与此同时，中国传统的宗教礼制逐渐与蒙古族的宗教融合为一体。《元史》载有："文舞退，武舞进，宫县乐作，舞者立定，乐止。亚献行礼，无节步之乐，至酒尊所，酌酒讫，出笏，宫县乐作，诣神位前，奠献毕，乐止。次诣每室，作止如初。俱毕，还至版位，皆无乐。终献乐作，同亚献，助奠以下升殿，奠马湩，至神位，蒙古巫祝致词讫，宫县乐作，同司徒进馔之曲，礼毕，乐止。出殿，登歌乐作，各复位，乐止。太祝彻笾豆，登歌乐作，卒彻，乐止。奉礼赞拜，众官皆再拜讫，送神，宫县乐作，一成而止。"①在祭祀乐舞中，用马奶酒祭，而且致辞也用蒙古的巫觋。元朝统治者宽容的宗教政策使得"各种宗教文化在元代大一统的平台上，各显其能，各种宗教的宗教观念、宗教行为、宗教教义、宗教仪轨、宗教组织、宗教制度充分展现，共同铸造了元代宗教文化的繁荣局面"②。元代宗教的盛行，文人的宗教情怀，对于元代文学有着深刻的影响，据统计，"在今见737种元杂剧中(包括仅存题目、正名和残曲的杂剧)，宗教戏剧即有76种，约占总数的九分之一多。而在今见160种完整的元杂剧中，宗教戏剧就大体有26种，约占了现存完整元杂剧总数的六分之一。尽管不同学者对元杂剧中宗教戏剧数量和类型存在不同的看法，但这些统计数据已经明白地告诉了我们，宗教戏剧在元杂剧中的数量是庞大的，其内容是丰富的。宗教戏剧创作和演出之兴盛，已经构成了元代社会生活中一道具有独特意蕴的文化风景"③。这也是元代戏剧文学昌盛的重要原因。

元代科举的废止对文图创作主体产生了重大而直接的影响。隋朝开辟的科举使社会中的平民知识者开始有了发挥自己才华的机会和通过自己的努力去获得社会荣耀的出路，科举制度最大程度地拓宽了应试者的身份，改变了"上品无寒门，下品无世族"④的贵族政治面貌，使得平民阶层获得了改变命运和实现抱

---

① 《元史》卷七十一《礼乐志五》，中华书局1976年版，第1771页。
② 孙悟湖、孙庆章、蒋尉：《元代宗教文化略论》，《内蒙古社会科学(汉文版)》2003年5月第3期。
③ 杨毅：《元代宗教戏剧兴盛原因浅析》，《长江大学学报(社会科学版)》2008年第2期。
④ 马端临编撰：《文献通考》卷二十八，中华书局1986年版，第267页。

负的机会。这不但刺激了社会各阶层敬慕知识和人才,也使国家的管理开始进入了有序和知识化的时代,中国的教育也因此而得到了刺激和发展。唐朝建立以后,"唐制,取士之科,多因隋旧,然其大要有三。由学馆者曰生徒,由州县者曰乡贡,皆升于有司而进退之。其科之目,有秀才,有明经,有俊士,有进士,有明法,有明字,有明算,有一史,有三史,有开元礼,有道举,有童子。而明经之别,有五经,有三经,有二经,有学究一经,有三礼,有三传,有史科。此岁举之常选也。其天子自诏者曰制举,所以待非常之才焉"①。唐朝开始将科举举士制度逐步完善。当唐太宗看到人人参加科举考试的盛况时,不禁得意地说:"天下英雄入吾彀中矣。"②科举作为社会上入仕为官的唯一重要途径,很大程度上激发了人们的求知欲望。然而,在元朝科举制度却被长期停废。元代科举在仁宗皇庆二年(1313)正式恢复,其后又在元统三年(1335)至元顺帝至元六年(1340)中断,元惠宗元至正元年(1341)再次开科取士,直到圣正二十八年(1368)元朝灭亡。加之元代科举所取的人数远比宋代要少,传统文人失去了唯一的进身之阶,并沦落到"九儒十丐"的境地。元代科举之废,迫使精神苦闷的文人浪迹江湖,混迹于三教九流之中,编写剧本供人娱乐成了无奈之举。在这一时期,凡纳土归降者,均命其为当地长官。其中许多汉人儒士和官吏、地主等成为蒙古统治区的政权主宰者。他们在自己的辖境内,既统军,又管民,有权任命其下属官吏。到忽必烈更定官制时,"先帝朝廷旧人,圣上潜邸至龙飞以来凡沾一命之人……随路州府曾历任司县无大过之人,暨亡金曾入仕及到殿举人"③,几乎都成为既定官员人选。因此,元朝开国之初,客观上没有迫切需要另辟取仕途径。元朝中统、至元之际,国家多事,大量的军费开支使元朝面临着严重的财政短缺问题。忽必烈重用阿合马、桑哥等人,让他们"理财助国",遭到朝中许多儒臣的反对。科举取士是汉法中的重要组成部分,元朝全面实行此种办法便意味着全面的汉化,意味着蒙古贵族特权的丧失。而忽必烈又一向嫌恶金朝儒生崇尚诗赋的作风,认为:"汉人惟务课赋吟诗,将何用焉!"④此时的忽必烈对于儒学已失去原有的热忱和兴趣,他所急需的是增强军力,保证财用。儒臣们反对阿合马、桑哥等人理财,进一步加深了蒙古统治者与儒臣之间的矛盾,因此,对于遴选"真儒"的科举制度十分冷淡。另外,在忽必烈疏远儒臣、科举制度滞泥不前的同时,由吏入仕逐渐制度化。这种制度在其形成过程中,以越来越大的力量排挤和对抗科举制以求得自身的生存,最后导致科举制的流弊甚笃。元灭南宋后,一部分儒生痛呼:"以学术误天

① 欧阳修、宋祁撰:《新唐书》卷四,中华书局 1975 年版,第 1159 页。
② 王定保编撰:《唐摭言》卷一,中华书局 1985 年版,第 3 页。
③ 胡祗遹:《紫山大全集》卷十二《议选举法上执政书》,《文渊阁四库全书》,上海古籍出版社 1987 年版,第 1196 册,第 229—230 页。
④ 《元史》卷一五九《赵良弼传》,中华书局 1976 年版,第 3746 页。

下者,皆科举程文之士。儒亦无辞以自解矣!"①理学家许衡等人由于疾恶宋、金科场遗风,自己重举办学校,以培养新的人才,对立即恢复科举也不感兴趣。社会对以章句注疏、声律对偶之学取士的严厉批评,也加深了蒙古统治者对科举制本身的不信任。因此,自忽必烈开国算起,科举停废长达半个世纪之久。②

科举的停废也有其积极之处。它使得元代文人的束缚得以去除,个性得到了张扬,情感得到了最大限度的释放。元代陶养性情安养心斋的风气在科举被废的背景之下得以凸显。戴表元即认为,"科举学废,人人得纵意无所累"③"科举场屋之弊俱革,诗始大出"。④刘辰翁《程楚翁诗序》:"科举废,士无一人不为诗。于是废科举十二年矣,而诗愈昌。前之亡,后之昌也。士无不为诗矣,所以为诗,亦有同者乎?"⑤黄溍也曾有此感慨,曰:"方是时,学者未有场屋之累,得以古道相切磋,论文析理,穷极根柢,间出其绪余,更唱迭和,于风月寂寥之乡,亦足以陶写其性灵。"⑥这直接造成了元代文艺的发达和创作群体的壮大,产生了诸如关汉卿、王实甫、马致远、白朴、郑光祖、李直夫等一批著名的剧作家。

元代的科举被废客观上促使文人将精力集中于书画诗文领域以自娱自乐,闲适度日。这使元代文人赋予了艺术更高的位置,使得图像艺术由孔子所言的"游于艺"提高到了如同"文"一般"载道"的位置。

字画之工拙,先秦不以为事。科斗、篆、隶、正、行、草,汉氏而下,随俗而变,去古远而古意日衰。魏晋以来,其学始盛。自天子大臣至处士,往往以能书名家,变态百出,法度备具,遂为专门之学。故宋高祖病不能书,不足厌人望。刘穆之使放笔大书,亦自过人,一纸可三四字,其风俗所尚如此。至于李唐,学书愈众。字画于士夫,固为末技,而众人所尚,不得不专力。学者苟欲学之,篆隶,则先秦款识;金石刻,魏晋金石刻。唐以来,李阳冰等所当学也。正书,当以篆隶意为本,有篆隶意,则自高古。钟太傅、王右军、颜平原、苏东坡,其规矩准绳之大匠也。欧阳率更、张长史、李北海、徐浩、柳诚悬、杨凝式、蔡君谟、米芾、黄鲁直,萃之以厉吾气,参之以肆吾博,可也。虽或不工,亦不俗矣。技至于不俗,则亦已矣。如是而治经治史,如是而读诸子及宋兴诸公书,如是而为诗文,如是而为字画,大小长短,浅深迟速,各底于成,则可以为君相,可以为将帅,可以致君为尧舜,可以措天下如泰山之安。时不与志,用不与材,则可以立德,可以立言,著书

---

① 谢枋得:《谢叠山全集校注》,华东师范大学出版社 1994 年版,第 35 页。

② 韩儒林主编:《元朝史》上册,人民出版社 1986 年版,第 342 页。

③ 戴表元撰:《剡源戴先生文集·二》卷八,《陈无逸诗序》,《四部丛刊初编》(1400),商务印书馆 1929 年二次影印本,第 122 页。

④ 戴表元撰:《剡源戴先生文集·二》卷九,《陈晦文诗序》,《四部丛刊初编》(1400),商务印书馆 1929 年影印本,第 152 页。

⑤ 刘辰翁:《须溪集》卷六,《程楚翁诗序》,《文渊阁四库全书》,上海古籍出版社 1987 年版,第 1186 册,第 523 页。

⑥ 黄溍:《黄文献集·四》卷五,《送吴良贵诗序》,《丛书集成初编》,商务印书馆 1936 年版,第 205 页。

垂世，可以为大儒，不与草木共朽……①

元代文人在科举被废的情势之下转向山水诗画之际，仍然不忘为自己的"自娱"找一个托词或理由是一个十分有趣的现象。西方哲学家萨特在他的著作《词语》中曾对此有过一个生动的比喻：

既然没有一个人正儿八经地需要我，我便自命不凡，声称我是宇宙不可缺少的人。世上还有比这更傲慢、更愚蠢的事吗？事实上，我没有别的选择。我是一个偷偷混进列车的旅客，我在座席上睡着了，查票员摇醒了我："请出示你的车票！"我必须承认我没有车票，身上也没有钱可以立即补足这笔旅费……我只有扭转局势才能拯救自己，所以我向他透露了一点情况：我身负重大而有秘密的使命，事关法国，甚至整个人类，我必须到弟戎去一趟。从这个新的角度来看，整辆列车中绝找不出一个人能像我那样有权利占有一席之地。②

在这种语境下，元代的文人何尝不是"英雄失路，托足无门"，在悲愤之余转向略带"玩世不恭"心态的隐逸，元代文人由于无人"正儿八经"地需要，走向文艺以自娱何尝不是在无奈之中所做出的选择呢！当然，避世隐逸或许与济世之思想是内在统一的，也是一种济世之方式。隐居避世与关注天下并无冲突。如刘因曾以邵雍诗论说：

邵康节诗："虽无官自高，岂无道自贵？"非以道对官而言也，但言道不以此为有无尔。若以为对，则其浅狭急迫，非惟不知道之所以为道，而慕外之私，亦必有不可胜言者矣。③

元代的诗文绘画都取得了不凡的成就。图像艺术方面，元代的文人士族大量参与绘画创作，这使元代的绘画形式发生了巨大的变化，突破了南宋画院绘画的藩篱和注重形式的限制，逐渐形成了挥洒淋漓的写意绘画，产生了赵孟頫、黄公望、倪瓒、吴镇、王蒙、高克恭等一代大家。元代诗歌也有一定的成就，虽然被后人诟病为"纤秾"或"繁缛"，但是"其佳者则婉转惆怅，附物切情，工整而流逸，清新而秀丽，虑周藤密而不涉于粗疏，意深韵远而不失之径直"④，产生了耶律楚材、刘秉忠、许衡、戴表元、虞集、杨载、揭傒斯等诗家。

元代是中国文学艺术发展过程中一个十分重要的时期，诗文书画获得了空前绝后的繁盛和发展。元代的文化生态总体呈现出以下特点：（1）元代民族等级差异的凸显，使得传统的社会等级差异不再居于主要位置，社会等级变得模糊，文人士大夫与职业艺人之间的界限不再清晰；同时，社会等级的模糊，也使得文人不再认为绘画乃低俗的艺术，开始重视绘画创作。由此，文图雅俗之间的界

① 刘因：《静修先生文集》卷一，《叙学》，中华书局 1985 年版，第 7—8 页。
② 萨特著，潘培庆译：《词语》，生活·读书·新知三联书店 1988 年版，第 77—78 页。
③ 刘因：《静修先生文集》卷一《道贵堂说》，中华书局 1985 年版，第 20 页。
④ 顾奎光：《元诗选序》，《元诗选》，中华书局 1987 年版，第 5 页。

限不再清晰。汉族的文人士大夫开始从事传统上所谓的俗艺术创作,这促使了元代文图艺术的繁荣,推动了文图关系的发展。(2)由元代民族等级差异引发的汉族文人士大夫的消极与避世,进而影响到诗歌与绘画题材的选择,"自娱""闲适"等成为文人乐于选择的题材或主题。(3)元代宽松的文化与宗教政策,给艺术创作提供了较大的自由想象空间,这也有助于文学图像艺术的繁荣。(4)元代诗画兼擅的文人大量出现。明人胡应麟说:"宋以前诗文书画,人各自名,即有兼长,不过一二。胜国则文士鲜不能诗,诗流靡不工书,且时旁及绘事,亦前代所无也。"①(5)元代普通民众的文化素质、识字的程度等与宋代相比较一落千丈,元代统治下的文化、教育等都受到了严重的摧残,使口头传播的平话得以盛行,这也是图像传播得以发达的客观基础。基于此,元代以文本传播的雅文化相对衰落,而口传的俗文学如演剧艺术十分昌盛。(6)元代各民族的交往与融合有助于文图生态的发展及风格的多样化。如元曲的形成与汉民族和契丹、女真、蒙古族等的交往有一定关系,徐渭曾认为:"中原自金、元胡虏猖乱之后,胡曲盛行。"②"今之北曲,盖辽、金北鄙杀伐之音,壮伟狠戾,武夫马上之歌,流入中原,遂为民间之日用。"③在长期的斗争中,汉民族与北方少数民族所创造的文化相互交流,促使了元曲的形成。这从元曲中的一些调名也可以看出来,诸如"者刺古""呆骨朵""阿纳忽""倘兀歹"等。就文图风格而言,元代是少数民族政权统治的时期,少数民族的率直、粗犷、直白等特点对这个时期的文学和图像也有较大的影响,对于南宋时代日趋精微繁细的文图风格具有矫正作用。如元曲的题材与风格拥有北方少数民族泼辣豪放的特色,题材方面有对于世态的大胆嘲讽,图像方面再次呈现出粗犷放逸等特点,这恰恰是南宋时期文化发展中所缺少的东西,也是日趋繁琐的文艺再次获得生命力而需要汲取的养分。在多民族的文化交流中,元代文化亦有不断汉化的倾向。文化的影响绝少是单向的,居住于辽金元地区的汉民族也不可能不对契丹、女真及蒙古文化有所吸收。在各民族文化的相互影响中,汉文化逐渐被各个少数民族所认同和接受,最终处于主流位置。"到了元朝末年,蒙古、色目在婚姻、丧葬等方面实行汉族习俗已屡见不鲜,改用汉名、汉姓者也为数甚多。"④这个时期各民族文化相互影响和吸收,但渐趋复归汉文化。可见,在辽金元晚期,文学与图像风格与中原趋同是情理中的结果。

辽、金、元各有自己的民族风俗、社会文化等,但是它们都与汉文化有着非常密切的关系,这个时期的文学与图像就是在上述各种社会现象和矛盾的碰撞、融合与发展中形成的。这个时期文图关系的所有品性和特质,都与辽、金、元时期

① 胡应麟:《诗薮·外编》卷六,上海古籍出版社 1979 年版,第 240 页。

② 徐渭:《南词叙录》,《中国戏曲论著集成(三)》,中国戏曲出版社 1959 年版,第 241 页。

③ 同上,第 240 页。

④ 陈高华、史卫民:《中国风俗通史·元代卷》,上海文艺出版社 2001 年版,第 10 页。

的社会与文化血肉相连，都可以在辽金元的社会文化中找到相应的根源。

二、辽、金、元之文图

辽金元时代的文图关系是文图发展史中的一个里程碑。在这个时期，文学和图像关系本身出现了若干重大的变化。雅与俗的反转、曲与词的更替、工笔与写意绘画形式的转换等都将在这个纷繁错综的时代粉墨登场。该时期文学和图像关系的显著特点是：(1) 辽金元时期崛起的文人艺术为文图的融合提供了不可多得的机遇。文图主要组成部分的诗画关系出现了重大的转折，在宋时期"文图"心理层面"诗画一律"的基础上，出现了"文图"物理层面的"书画一律"。文图在心理与物理层面达到了双重的融合（以诗画为代表）。该时期的文学语言由于名词化的倾向而变得更加易于被图像化，该时期的图（绘画）由于赵孟頫提倡的"古意"而渐趋程式化，加之其提倡的"以书入画"使得绘画与诗歌有了内外双重的结合。(2) 文图并行叙事关系的开辟。市民文化的兴起与演剧的兴盛，使书籍版刻插图得到发展，这个时期的版画插图形式多样、题材丰富，较两宋时期更加成熟。曲本与插图，不仅丰富和密切了文学和图像之间的关系，也为明代曲本版画插图的鼎盛打下了基础。元代俗文学的发展，使得充满民俗风格的讲史平话得以发展，是中国小说史发展过程中的重要转折点。尤其重要的是全相平话开辟了中国通俗小说发展肇始阶段的文图并行的叙述形式，在全相平话中，图像具有不同于以往图像的性质，也不同于后世的插图及连环画性质（后文将详述，此处从略）。(3) 元代的演剧文学为后代的文图发展提供了大量的原型或母题。元代之后的戏曲、小说、插图、绣像、年画等多是以演剧文学中的人物为原本而创作。元代演剧文学为后世的文图提供了可供参考或模仿的对象。

（一）文图之深层融合

诗画的结合早在隋唐甚至更早的时候就已经出现，但是元代的诗画关系有其不同以往的新特点，并且这种特点标志着文图关系的深化与融合，主要表现在诗画不仅有意境或意象方面的融合，而且由于诗歌直接题写在画面空间内，成为画面的构成元素，进而形成了诗与画在物理层面的关联和融合。这主要得益于元代文学和绘画两个方面的转折和变化，从而形成了以诗画为代表的文图融合关系。

文学的转向是形成诗画融合的主导性契机之一。元代诗歌变得更加名词化，以及介词、方位词的省略，是诗歌语言在该时期发生的重要变化之一。

首先，文学语言从秦汉到宋元有着"物象化"不断加强的趋势，并且这种趋势在宋元达到极致。汉代的诗、赋等语言的总体特征是宏大、华丽，动词较多，叙事发达,与之相伴的是以动态描绘为主的故事绘画。① 但到了魏晋时期,文学叙事语言已经发生了巨大的变化,魏晋时期山水诗的萌芽已经显示了语言朝物象靠近的迹象。唐代诗歌是一个重要的转折期,"到了唐代,近体格律诗已成熟定型。如果我们把古诗和律诗加以比较,就不难发现,前者的诗行关系偏于叙述、流动和递进,而后者的诗行关系偏于并列、铺排和对比。造成这种现象的主要原因,是由于律诗中对仗的大量使用。王力先生曾指出:'所谓对仗的范畴,差不多也就是名词的范畴。'(《汉语诗律学》153 页)在一联诗里,主要靠名词和少量的形容词连缀成句,往往会构成静态的意象。王维的优美写景诗句中,有不少是无动词句,因为抽去了动态表现,所以极具静态的画面美。有些诗句虽然使用了动词,但并不构成叙述性的结构,因为'普通的对仗都是并行的两件事物,依原则说,它们的地位是可以互换的。'"② 诗词发展在唐代转向物象为语图合体作了准备。宋元词曲中直接以一系列名词罗列而成的语言则是此种趋势的进一步发展,如元代马致远的《天净沙·秋思》:"枯藤老树昏鸦。小桥流水人家。古道西风瘦马。夕阳西下,断肠人在天涯。"小令中前两句"枯藤""老树""昏鸦""小桥""流水""人家"……全部以名词短语连缀而成,使语言的描绘转向绘画所擅长的静态描绘,这里"诗人展开的诗景就像中国的画卷,我们的注意力从一个景物移动到另一个景物,而缺少了动词便创造出动作静止的感觉,似乎这些景物在时间中被凝固而以永恒的姿势凝结在那里"③。诗歌语言的物象化也就是静态化,物象不是人物,物象是静止的。由此,这些文学语言的名词化为文图关系的融合奠定了基础。

其次,人称代词与介词的省略使画面失去了特定的主体和空间指向,从而意象或意境成为大"我"所普遍能够感到的境遇。在这个省却代词和介词的表达中,承载意象之物或词也就转换成了象征。"如果说在文言文中,没有人称代词很常见,那么需要强调的是,这一现象在诗中就更为明显,而在律诗中则几乎是全面的。"④ 刘长卿的《寻南溪常山道人隐居》:

> 一路经行处,莓苔见屐痕。
>
> 白云依静渚,芳草闭闲门。
>
> 过雨看松色,随山到水源。
>
> 溪花与禅意,相对亦忘言。⑤

诗中没有一个"你""我"这样的人称代词,缺少了人的指称,也就是将诗歌中的意象或意境作了普遍化的处理,即每一个人都可以对诗中意指感同身受,加以体验。主体已经消匿在青苔、白云、闲门、雨水、溪花之中。诗如此,词亦如此。

---

① 李彦锋:《论汉代绘画与决定性顷间的选择》,《民族艺术》2011 年第 2 期。

② 张福庆:《论王维山水诗的"诗中有画"》,《内蒙古社会科学》1999 年第 4 期。

③ 刘若愚:《中国诗学》,蒋小雯译,长江文艺出版社 1991 年版,第 52—53 页。

④ 程抱一著,涂卫群译:《中国诗画语言研究》,江苏人民出版社 2006 年版,第 31 页。

⑤ 杨世明校注:《刘长卿集编年校注》,人民文学出版社 1999 年版,第 84 页。

如蒋捷《虞美人》：

> 少年听雨歌楼上，红烛昏罗帐。壮年听雨客舟中，江阔云低，断雁叫西风。而今听雨僧庐下，鬓已星星也。悲欢离合总无情，一任阶前，点滴到天明。①

词中并无一个人称代词出现，作者通过时空的跳跃，依次刻画出三幅"听雨"的图像，将一生的悲欢离合渗透、融汇于物象之中。画面由歌楼、红烛、罗帐、客舟、江阔、云低、断雁、西风等意象交织而成，传达出少年春风骀荡的欢乐情怀及晚年在风雨飘摇中颠沛流离的坎坷遭际和悲凉心境。这种没有特指的人生际遇其实是一种普遍的人生感悟。

同样，诗歌中的介词常付诸阙如，通常没有"在""于"等方位或时间介词。这一方面使得语言变成了名词的连缀，另一方面也使诗歌所言之象失去了特定的空间，从而成为非特指的象征性意象。并且，介词的缺位使名词意象之间易于形成互指与循环，这种循环"曾由唐初张若虚在他的长诗《春江花月夜》里尽情发挥过。它们最终达到高度象征意义：月亮象征生命的盈虚以及人类命运，大江象征无限的空间与无尽的时间；它们之间不断地相互吸引、相互激越"②。图像中的象征式表达正是在这一时期形成的。诸如人们所熟知的梅兰竹菊等物象，不论方位与时间并置于画面，它们之间也同样存在类似于诗歌名词意象之间的吸引与激越。文学艺术的语言元素和造型艺术的图像元素之间产生"一种无休止的对话，笔墨可止，而思绪不断。文字和形象处于不停的运动之中③。"虽然所画的是花卉或山水，但是绘画的真正主题却是艺术家的内心感受，而不是所描绘的实际景物，因为每一幅诗意画所表达的是画家自觉意识的经历或追求，因而就不会让人感到作品本身是已经完成了的，而是一种无休止的对话。"④

元代绘画的转向也为诗画的融合奠定了基础。隋唐时期追求逼真形似一路的绘画风格在宋元发生了变化，绘画在题材选择、造型法式、功能及审美等方面都发生了重大的转向。宋元时期绘画叙事性逐渐减弱，抒情性增强，表现为写意画的兴起和工笔画的衰落，人物画的萧条和山水花鸟的昌盛，重彩金碧的没落与黑白水墨的兴盛。绘画造型的具象再现被轻视冷落，不求形似却被重视和垂青。伴随这种转变，图像不再是从属性质的模仿与翻译，也不再是居于次要和边缘位置的图解与说明。宋元绘画在叙事转向写意，题材转向山水花鸟，色彩转向水墨的同时也造就了语言和图像结合的基础与契机。这种转变之萌芽在宋元之前的魏晋文艺理论自觉时期已见端倪，如田园山水诗的诞生、山水画的萌芽等，创作群体除了纯粹的工匠、画工，也有不乏身份"高贵"的上层文人介入。但总体而言，宋元绘画转向的前期，文人"画风与画工作品并无差异，也没有自己的特殊理

---

① 龙榆生编选：《唐宋名家词选》，上海古籍出版社 2012 年版，第 375 页。

② 程抱一著，涂卫群译：《中国诗画语言研究》，江苏人民出版社 2006 年版，第 40 页。

③④ 方闻：《宋元绘画中的文字与图像》，《美术》1992 年第 8 期。

论。自从北宋中、后期苏轼、文同、黄庭坚、李公麟、米芾等人活跃在画坛上后,则大造文人画声势"①。宋元时期中国画发生了巨大变化。这主要表现在图像由叙述变成了抒情,题材由人物变成了山水。

首先,叙述转向抒情。宋元之前的绘画在功能上多以宣教为旨,具有很强的叙事性。虽然功能性不能与叙事性画等号,但注重宣教功能性目的的绘画必然要求图像具有较强的叙事性。在宋元时期,中国传统绘画的叙事性功能遭到了空前的解构,绘画图像逐渐与记录功能、情节功能等分离。

早期的图像观念,决定了记录和情节功能是中国传统绘画的重要诉求。不论是《论语·述而》中的"志于道、据于德、依于仁、游于艺",东汉王延寿《鲁灵光殿赋》中的"写载其状,托之丹青……恶以诫世,善以示后"②,《后汉书》中的"载其高节,图画形象"③,"郡县表言""图象其形"④,王充《论衡》之"人好观图画者,图上所画,古之列人也,见列人之面,孰与观其言行"⑤,还是唐代张彦远《历代名画记》的"成教化,助人伦,穷神变,测幽微"⑥,都决定了绘画必然要注重画面情节、记录等叙事功能。所以"在文人画出现以前,中国绘画总是为宗教或政治的目的而制作,并且常常是附属于寺院道观或坛庙宗社等等建筑物之上的"⑦。郑午昌在《中国画学全史》中认为唐五代是绘画的宗教化时期,实际也即认为宋元之前的绘画强调其功利性,而在宋代则是开启了一个新的文学化时期。郑午昌所称的文学化时期,其实就是指绘画与文学中诗歌语言相互结合的时期。宋元之前绘画主要是作为叙事的功用性存在,而不是主要作为审美或抒发情感的对象或载体存在。绘画以文本故事为依据,呈现给人们的是图像翻译出来的文本故事,而不是主体的情感表现,更不是画面自身的魅力展现。画面如何能够逼真地"讲述"故事,是人们关心的问题。宋元之前的中国绘画就如同 17 世纪欧洲人对绘画的判断一样,认为情节是绘画的必要成分,并根据画面的叙事情节来判定艺术价值的高低,形成了神话历史故事绘画的艺术价值最高,叙事性薄弱的静物绘画艺术价值最低的品评观。这样一来,在宣扬道德礼教的绘画图像中,纵然有画家个人的主观感受和情感,也只可能是在细枝末节方面有所表露,而不可能充分表达和宣泄,更不可能以点、线、笔、墨等本体展现为要旨。

魏晋南北朝时期的绘画观念已有变化。但"绘画最终的'文'化过程在魏晋

① 杨仁恺:《中国书画》,上海古籍出版社 1990 年版,第 157 页。

② 王延寿:《鲁灵光殿赋》,萧统《文选》第十一卷,上海古籍出版社 1998 年版,第 79 页。

③ 范晔:《后汉书》卷八十一,中华书局 1965 年版,第 2670 页。

④ 范晔:《后汉书》卷八十四,中华书局 1965 年版,第 2800 页。

⑤ 王充:《论衡·别道》,黄晖《论衡校释》,中华书局 1990 年版,第 596 页。

⑥ 张彦远:《历代名画记》,浙江人民美术出版社 2011 年版,第 1 页。

⑦ 陈滞冬:《中国书画与文人意识》,吉林教育出版社 1992 年版,第 45 页。

只是一个开始,它们要到宋元之际才全面完成而使绘画受到上层文化的普遍青睐"①。宋元时期文人画的出现,才最终使绘画由功用性转向了审美性的"文"。从绘画观念渐变的过程可见叙事转向写意的变化。不同于前代对绘画功能的强调,宗炳在《画山水序》中认为山水画的功能是"澄怀味象",并且提出"畅神"之绘画审美观:"圣贤映于绝代,万趣融其神思,余复何为哉?畅神而已,神之所畅,孰有先焉!"②绘画惟"畅神而已"。王微《叙画》③中讲究的"情""致",以及《山水松石格》④中的"格高而思逸"等诸多的审美品评范畴已经显示出迥然不同于前代的绘画观念,对画面具象再现逼真摹写的叙事性功用不再受到关注,而是越来越走向非功用性的艺术化审美品评。至宋代欧阳修绘画美学的"萧条淡泊""闲和严静",王安石的"欲寄荒寒无善画",苏轼的"萧散简远",晁补之的"以物以观物""画写物外形",米芾的"平淡天真""高古"等对绘画的品评标准均体现出所追求的不再是图物象形的摹写或描绘。以至于到了倪瓒则旗帜鲜明地标榜绘画乃是"逸笔草草"的"自娱"。至此,绘画的功利性目的几乎完全脱落,与之相联系的叙事性也相应削弱。绘画品评标准的转变有力地说明绘画从叙事朝写意的转向。宋元转向后的中国画,至少在画坛主流的文人绘画作品中绘画叙事性已经"功成身退",取而代之的是水墨写意的风靡和盛行。

绘画叙事性元素在主流绘画中的脱落并不意味着它的消失,而是很巧妙地实行了转移。这种转移要么是"藏之于庙堂",要么是"流落于江湖"。藏于庙堂的是宫廷"出行""宴饮"一类的绘画,这些绘画仍以叙事性为主,以具象写实为旨,担负着歌功颂德的功能,标榜历代帝王功勋的卓著,且延续至清末。流落江湖的叙事性绘画就是"民间绘画"。宋元之后叙事性绘画虽然不再占据中国画发展的主流位置,但却在民间风俗画和年节画中勃兴繁盛。民间美术接过了上层文人所不齿的造型艺术的叙事性、功用性、具象性等特征向前发展,虽然日益程式化,却不失生动与活泼,最终当文人画因为笔墨的陈陈相因走向"穷途末路"的时候,文人雅士终于又在民间这个最具包容性的"库房"中,抽取到了促进绘画发展创新的元素,民间绘画的质朴、天真,具象造型、鲜艳色彩等又为中国绘画注入了新鲜的血液和活力,促进了中国主流绘画的繁荣和发展,清末雅俗共赏的海派绘画就是精英与民间融合的结果。绘画图像的叙事之功用性在上层精英中的失落,恰恰与美术图像的叙事功用性被民间社会所注重接纳相衔接。宋元士大夫兴起的文人画排斥画工匠气,逐渐认为原来的工致绘画是不登大雅之堂的匠画,摈弃了绘画的功用性的一面,而民间美术的兴起恰是对绘画功用性的认同。

---

① 陈绶祥:《魏晋南北朝绘画史》,人民美术出版社 2000 年版,第 4 页。

② 俞剑华:《中国画论类编》,人民美术出版社 1986 年版,第 584 页。

③ 同上,第 585 页。

④ 同上,第 876 页。

宋元绘画从叙事性转向抒情性,本质上是绘画功用性的解放。只有当绘画不再作为宣教和传播工具的时候,绘画才有可能从文学的仆从角色走向审美的独立;也只有当绘画图像具有了一定的自身独立性之后,文学和图像之间才可能产生彼此的对话和交流,才可能产生文图之间的"融合"。

其次,题材由人物转向山水。宋元时期伴随绘画叙事性功能的减弱,题材由人物转向山水与花鸟,文人画中的传统题材梅兰竹菊在宋代基本形成。传统中国画按照题材分类一般分为人物、花鸟、山水。中国传统绘画中人物画最先成熟,之后才是山水与花鸟。众所周知,人物是叙事的主要构成元素,叙事离不开人物,离不开动态,之前的绘画就是在时间之流中将人物动态与场景结合,以"顷间"的方式或连续帧幅的展现构成画面进行图像叙事。人物画以及宗教释道类绘画具有很强叙事性,而山水、花鸟与人物画相比则叙事性十分微弱,尽管画面上有大量题词、题诗介入,但总的来说,山水和花鸟基本上是以抒情为主的。宋元以山水与花鸟为题材的绘画取代了原来在绘画中一直占首要位置的人物画。人物画随着叙事在绘画中的衰落,逐渐淡出主流绘画的视野。[①] 郭若虚在《图画见闻志》中也说明了宋元时期绘画题材的重大转变,认为"若论佛道人物,士女牛马,则近不及古;若论山水林石,花竹禽鱼,则古不及近"[②]。郭若虚的见解反映了宋代绘画题材的转变,对此可以从两个方面来理解:"一、在唐代以前的中国画家,基本上是道释人物的一统天下,而从五代以降,则成为人物、山水、花鸟三足鼎立的局面。二、唐代以前的著名画史,基本上都以人物为专攻;而从五代以降,则转向了山水、花鸟,致使人物画科几乎沦为工匠的专业。"[③]其实,郭氏的论说表明了在宋元时期绘画从叙事性转向写意性所带来的题材转变,并不意味着释道人物等画科的技法宋人不如古人。宋元之后的绘画历史也表明造型的技法一直在演进,如五代顾闳中的《韩熙载夜宴图》,宋武宗元的《朝元仙仗图》、风俗画家张择端的《清明上河图》,清代乾隆年间苏州画家徐扬的《盛世滋生图》等人物形象众多、构图宏伟、生动逼真,绝非人物画在技法或再现方面上"今不及古"。郭若虚所言的应是宋元时代中国画题材的转向现象。

在《宣和画谱》[④]中有关画迹的记载清楚地表明了中国画题材的转向。据统计,《宣和画谱》所记载的绘画作品 3300 余件,其中的释道画、人物画 438 件,占总数的 13.3%,山水 823 件,占总数的 25%,花鸟最多达 1670 件,占总数的 51%。而唐代的绘画,《宣和画谱》所记载的绘画共计 1121 件,其中的人物、释道

---

① 前文已述,叙事性绘画只是淡出了主流绘画的视野,但是并没有消失,宋代叙事性绘画保留在宫廷与民间。宫廷中叙事性绘画服务于对帝王文治武功的赞颂,民间绘画中的年画、风俗画等大量涌现,孟元老的《东京梦华录》对年画的兴盛有很多记载。

② 郭若虚:《图画见闻志》,江苏美术出版社 2007 年版,第 36 页。

③ 王朝闻:《中国美术史·宋代卷》上册,明天出版社 2000 年版,第 71 页。

④ 俞剑华注译:《宣和画谱》,江苏美术出版社 2007 年版。

为563件,占总数的50%,山水为187件,占总数的17%,花鸟则是89件,占总数的7%。从这些数据,我们可以清楚地看到,在唐代,人物画及释道画占据了半壁江山,山水不过百分之十几而已,花鸟更是不足百分之十的比例;在宋代,各种题材所占比例均发生了巨大的变化,花鸟画占据了画作中的一半,人物释道则下降到了不足百分之十五,山水画则上升到了占总数的四分之一。这一题材的变化趋势在元代得到进一步加强,从元代的不同题材的画迹可以看到,"按诸家之所习擅,类别而观之,画山水者,实占画家全数十之四,次之则为画竹者,占全数十之三。而画人物与花鸟者,其数当画墨竹者而弱……盖元代画,专讲笔墨,以得淡逸之神趣者为上,故以易见神趣之山水及墨竹,习之者最多;人物画风,固见衰退"[1]。人物画在元明之际跌至最低点,在明清之际人物画则略有勃兴,但是山水、花鸟题材的绘画依然占据中国画坛的主流。宋代之后虽有人物画的创作,但在文人一派也多以水墨意笔写就,而很少工笔式描绘。

在中国传统绘画史中以人物为题材的绘画大多与历史故事、神话传说相关,人物题材的绘画也以叙事为主,具有叙事性特征的人物画在一定程度上是对主体情感表现的一种束缚,虽然略有情感流露,但却不得不依照故事去绘画和制作。山水、花鸟类题材没有"载道"之重任,主体在绘画过程中也少了很多羁绊和顾忌,为主体情感的抒写争取更大的自由度。山水、花鸟题材的绘画既具有一定的直观形象,又摆脱了特定叙事背景的限制,便于文人抒写性情。这使得山水花鸟题材与文人的表现需求和意趣一拍即合,迅速超越了人物题材的绘画而成为宋元后中国传统绘画之大宗。山水花鸟又因其自身是"这一类"而不是"这一个"的局限性,文人抒写胸臆之时不免又容易流于雷同或一般,这与个性化的情感表现之矛盾使诗歌的介入渐成为必要和必然,这为文图融合创造了条件和契机。

此外,外在到内省也为文图的结合提供了条件。元人诗画对自我精神世界的关注胜过对周围世界的关注,他们更多的是封闭和内省的。杨维桢说:"东坡以诗为有声画,画为无声诗,盖诗者心声,画者心画,二者同体也。"[2]显然,语言艺术和图像艺术的结合是在内"心"之层面完成的,而不可能是在实体的物理层面的结合。写意,是元代文人画家的追求,当画家把目光从外界投射到内心世界之后,其所带来的变化必然是从外在物象的描绘或者是从"应物象形"转向了"心"之"抒写"。倪瓒、吴镇等元代的文人画家皆以此为创作目的,如吴镇曾云:"墨戏之作,盖士大夫词翰之余,适一时之兴趣,与夫评画者流,大有寥廓。"[3]倪瓒则曰:"余之竹聊以写胸中逸气耳。"[4]倪瓒还认为其画作只不过是为了自娱,

---

① 郑午昌:《中国画学全史》,上海书画出版社1985年版,第307—308页。

② 杨维桢:《无声诗意序》,《东维子集》卷十一,《文渊阁四库全书》,上海古籍出版社1987年版,第1221册,第481页。

③ 王原祁、孙岳颁、宋骏业、吴暻、王铨等:《佩文斋书画谱》,中国书店1984年版,第397页。

④ 倪瓒:《跋画竹》,《清闷阁全集》卷九,《文渊阁四库全书》,上海古籍出版社1987年版,第1220册,第301页。

"仆之所画者,不过逸笔草草,不求形似,聊以自娱耳"①。

再次,诗文书画兼擅的创作主体在元代大量涌现。兼通文学、绘画、书法的创作群体为该时期的文图结合提供了重要的动因。元代的不少创作主体既是书法家、文学家,也是画家,反之亦然。如刘因、仇远等在文坛具有很重要的位置,但其也能绘画,只不过文学成就高于绘画艺术的成就而列于文学家之列。袁桷以诗作著称,但亦擅于书法,赵孟頫、黄公望、吴镇、倪瓒、王蒙等既是画家同时也在书法方面具有很高成就。诗书画或是诗书集于一身的文人在元代非常普遍,如鲜于枢、邓文原、杨维桢、张雨、曹知白、柯九思等。古代人们以毛笔作为书写工具的客观现实,使得更多的文人在通晓诗歌的同时也擅长书法,如胡应麟《诗薮》曰:"鲜于、赵、邓,诗为书掩;虞、杨、范、揭,书掩于诗。他如姚公茂父子、胡长孺、周景远、程文海、元复初、卢处道、袁伯长、欧阳原功、张仲举、傅与砺、陈众仲、王继学、薛宗海、黄晋卿、柳道传、柯敬仲、危太朴、贯云石、萨天锡、贡泰父、杜原功、倪元镇、余廷心、泰兼善,皆以书知名。"②集诗书画于一身的创作主体是元代诗、画融合的另一基础。

基于上述文图的发展和转向,元代文图产生了心理(内容、意境)与物理层面(形式、构成)的双重融合。文图在物理层面的结合是元代文图关系的里程碑式的特征。如果说在辽金元之前的文图结合仅仅是在叙述题材或者是内在意境上有一定的关联,那么从这个时代开始,文图之间在物理层面上产生了联系,有了一定的结合,文和图在同一画面中并置。在物理形式层面结合的初期,诗歌已经进入画面,已经成了画面的一部分。诗歌题写占据了一定的画面空间,对于画面构图具有一定的平衡功能。

若论文图置于同一时空平面已有很长的历史。汉代画像砖石的画面旁边就刻有故事人物的名称,早期的佛经插图、历书、实用类图书等均有文图并置同一平面的现象。前文已述,此类文无涉图像内在意蕴,仅是注脚或说明,并且是与图像呈左右、上下平行排列,无关画面平衡或构成。即便是在《女史箴图》中,文字题写在画卷之上,文图形式层面也非合体,两者的平行排列毫无交错结合。在文图结合的文人画中,文图结合同样始于内容,文图形式结合的最初萌芽时期不仅没有与画面有机结合,甚至是"文藏于画"。题字介入画面始于宋代。唐代虽然已经有文字题写进入画面,但是这些文字多是画家的落款,且这些落款多是"藏款",就是在"树腔石角"处题写。清代钱杜《松壶画忆》曰:"画之款识,唐人只小字藏树根石罅,大约书不工者,多落纸背。"③沈颢在《画麈》中也提到"款式隐

---

① 倪瓒:《答张藻仲书》,《清閟阁全集》卷十,《文渊阁四库全书》,上海古籍出版社 1987 年版,第 1220 册,第 309 页。

② 胡应麟:《诗薮外编》卷六,西泠印社 2008 年版,第 73 页。

③ 钱杜:《松壶画忆·卷上》,中华书局 1985 年版,第 8 页。

之石隙"①的题写方式。隐藏于"石隙"等绘画物象中的语言从本质上说虽然"融入"了画面,甚至是作为一块"墨"或一个"点"存在于画面,但是失去了文自身形式的独立性,文字符号载体没有在画面的构成等方面起到应有的作用,并不能视作文图外在物理形式真正的结合。

宋代开始有了"文题于画"的文图结合形式。据《宣和画谱》记载始有诗歌题写入画,南唐后主李煜为画院供奉卫贤《春江钓叟图》题诗,此后画面上题写诗文成为风尚。明代沈颢认为此风尚始于倪瓒,他在《画麈》中说:"元以前多不用款,款或隐之石隙,恐书不精,有伤画局。后来书绘并工,附丽成观。迂瓒字法遒逸,或诗尾用跋,或跋后系诗,随意成致,宜宗。"②沈颢在这里已经暗示了题诗的"形式"问题,并认为题诗于画面有"随意成致"的审美效果。也有认为画面题字始于苏轼、米芾。清代方薰《山静居画论》曰:"款题图画,始于苏、米……高情逸思,画之不足,题以发之,后世乃为滥觞。"③方薰不仅谈及了题画始于苏、米,而且从内容上认为款题是由于"画之不足"而"题以发之"。题写诗文的文进入画面,在视觉形式上已经标明了文图物理层面结合的形成。文图结合的文人绘画"在画幅上题诗写字,借书法以点醒画中的笔法,借诗句以衬出画中意境,而并不觉其破坏画景(在西洋油画上题句即破坏其写实幻境),这又是中国画可注意的特色"④。

图 0-1-1 李唐《万壑松风图》局部之藏款"皇宋宣和甲辰春河阳李唐笔"

---

① ② 沈颢:《画麈》一卷,《丛书集成续编》(八六),上海书店 1994 年版,第 521 页。

③ 石薰:《山静居画论》,中华书局 1985 年版,第 26 页。

④ 宗白华:《美学散步》,上海人民出版社 2005 年版,第 209 页。

（二）文图之并列叙事

文图关系中的诗与画如前文所述已在辽金元时期不断深化而达于"融合"，但文图关系的另一重要组成部分是"文图并列"的叙事模式，这种模式与明清之版画插图及近代的连环画有着非常密切的关系。这种文图并列的叙事模式即元代"全相平话"。

全相平话是元代文图连续并列叙事的典范，也是文图关系史中的重要环节之一，它可谓是后来连环画中文图叙述的雏形。全相平话之"话"的产生时间较早，"讲话这种形式的产生要早得多。《敦煌变文集》中的《捉季布传文》，就是类似说话，只不过它以'词文'的形式来表达。《庐山远公话》中的'话'，《韩擒虎话本》中的'话'也就是说话、故事之意"。① 元代平话就是元代"白话"，"'白'是纯用口语，不加歌唱的意思。这'白文'一词的'白'，很有助于我们对'平话'的'平'字的理解。我认为，'平话'是对话本中'诗话''词话'等称谓而言的。盖讲史家（如霍四究、尹常卖、王六大夫之流）说历史故事，只说而不唱（中间偶尔夹有少数诗句、韵语或对称式的形容赞语，也只是朗诵，与'小说人'之说、唱兼施者不同），故称其说话底本为'平话'"②。平话增加了语言的描述性和生动性，平话也标志着叙述机制、话语权力等的转换。在元代的平话故事中大众世俗的审美兴趣得到了满足，情感倾向得以外显，爱憎美丑黑白分明。平话使得历史故事从文言体的抽象表述变成了具体生动可感的鲜活故事，也使得叙事从文言的片段性时间记载变成了连续性的生成与发展。平话是通俗小说产生的关键环节。文言和平话的转换也是人们思维的转换，由此，平话也是连续性的叙述图像得以发展并普及的关键性因素。

元代平话的产生恰与科举制度在该时段的废止密切相关。胡适对此之分析极有见地："汉武帝到现在，足足的二千年，古体文的势力也就保存了足足的二千年。元朝把科举停了八十年，白话的文学就蓬蓬勃勃地兴起来了；科举回来了，古文的势力也回来了，直到现在，科举废了几十年了，国语文学的运动方才起来。科举若不废止，国语的运动决不能这样容易胜利。这是我从二千年的历史里得来的一个保存古文的秘诀。"③

元代社会文化教育与宋相比一落千丈，这也为平话的盛行提供了土壤。也只有在平话中历史故事才能够更有效地传播流布。在文言文的叙述中很难有平话的产生，以文言体写就的故事受限于人们所受教育的程度也极难流传。早在汉代人们日常之语已经不再是书面之言，且书面语言十分难懂"不但小百姓看不

---

① 钟兆华：《元刊全相平话五种校注·前言》，巴蜀书社 1990 年版，第 3 页。
② 吴小如：《古典小说漫稿》，上海古籍出版社 1982 年版，第 20 页。
③ 胡适：《白话文学史》，百花文艺出版社 2002 年版，第 4 页。

懂那'文章尔雅'的诏书律令,就是那班小官也不懂得。这可见古文在那个时候已成了一种死文字了"①。"庙堂文学尽管时髦,……终究没有'生气',终究没有'人的意味'。二千年的文学史上,所以能有一点生气,所以能有一点人味,全靠那无数小百姓和那无数小百姓代表的平民文学在那里打一点底子。从此以后,中国的文学便分出了两条路子:一条是那模仿的,沿袭的,没有生气的古文文学;一条是那自然的,活泼泼的,表现人生的白话文学"②。可见,元代平话的出现并不是偶然的。元代平话之相这种特质的形成也与元代的市民俗文化的盛行有密切关系。孟元老的《东京梦华录》、陶宗仪的《南村辍耕录》等曾记述了元代民间娱乐产业发达,有大量的民间演出团体,在城市的"瓦子"或"瓦肆"演出,这其中应该有包含讲史的"平话"。市井文化的繁盛是文图并列叙事形式产生并广泛存在的主要社会根源。

以图像叙事的形式在元代之前也早已有之,但是就大量的文图并列且连续的叙事形式而言,元代的全相平话可谓是开先河之作。元代时期的平话图像是隋唐人物画成熟之后的产物,它与先秦时代孔子所观"明堂"之画像有异,也不同于汉代画像砖之图像。元代平话之相不仅具有成熟的人物画的造型样式,布局构成,也有着与山水、建筑等背景的有机结合,其叙事意指功能更加强大和完善。尤其是图像的时间密度和自身的叙事逻辑性,是前代叙事图像所不及的。元代全相平话是目前遗留下来的最早的上图下文的俗文学叙述形式③,元代全相平话是通俗文学具有连环画性质插图的典型代表。元代平话"是各种信息最确定的早期通俗小说。从宋元讲史和各种历史书籍到通俗的平话作品,是中国小说史上的一个飞跃,平话正是飞跃完成的里程碑。它开辟的全相形式、语体文语言、杂糅讲史和正史的内容、充满民俗的自然风格,真实丰富地展示了中国通俗小说发展第一阶段的原生态特色"④。全相平话的出现标志着在文图之间形成了一种新的关系:图不再仅仅是被镶嵌在以文为主的语言叙事之中,图像所占据的空间与文字所占据的空间平分秋色。图像自身具有一定的逻辑性,图像与平话文本是两个并行的信号系统,两者相互交叉,又相互独立,且相得益彰。在全相平话中图像冲破了文字的垄断,凸显了自身的叙述能力。

全相平话中的插图不同于以往时代的插图,平话中的插图有其自身的逻辑性,图像自身能够形成相对完整的图像叙述系统。这在以往文图关系之中是没有的——前代的图像要么是单幅的插图,如在简牍、简帛、佛经中的插图,要么是纯粹的图像叙述如敦煌佛教壁画(如《萨埵那太子舍身饲虎》),画面只有图像而

---

① 胡适:《白话文学史》,百花文艺出版社 2002 年版,第 3 页。

② 同上,第 10 页。

③ 插图出现的历史非常久远,隋唐时代随着版刻印刷的发展,佛经中也出现有较多的插图,亦有类似平话的文图形式,但其性质为佛教文献而非文学艺术,故不在本文所述之列。

④ 卢世华:《元代平话研究》,中华书局 2009 年版,第 1 页。

无文字。全相之"相"是一种独特的图像。（后文详述）

（三）戏曲文图叙事之原型

元代戏曲故事为后世的文学与图像提供了大量的原型。中国文学叙事的不少原型可以追溯到元代之前的更早时期，但是这些故事真正的成型大多却是在金元时期。或者说，金元时期的戏曲叙事第一次为后代的文学或图像叙事提供了相对完整和充分的原型。因此，辽金元时期也是后世文图创作原型的重要形成期。

辽金元戏曲、平话中的不少故事情节、人物等都成为后世文学及图像艺术中不断重复的原型，如元代全相平话中的"三国故事""武王伐纣""秦并六国"等叙述在后来的文学中被进一步加工而广为流传，在明清及近代都有大量以此为母题的文学、影视文本产生。戏曲如《西厢记》在明清及近现代都被广泛传播，并且曲本多附有图像，甚至被改编成舞台演剧或者是影视艺术作品。《窦娥冤》《赵氏孤儿》《汉宫秋》《梧桐雨》等也在后代广为流传，不仅在文学上被不断地重复和改编，在图像艺术领域也有连环画、插图，以及同名的影视艺术作品。

就图像艺术而言，故事画基本是以戏曲人物为原型的画像，而这些人物的原型大多可以追溯到金元戏曲。例如戏曲年画就是"以图叙事"的典型，是"图像文本"之代表，它以素朴的方式将戏曲故事"讲述"给众多的乡民。元代之后的民间图像基本是以绘画图本为媒介来接受元代戏曲文学故事。鲁迅曾说："门神一类的东西，……现在都变了样了，大抵是石印的，要为大众所懂得，爱看的木刻，我以为应该尽量采用其方法。不过旧的和此后的新作品，有一点不同，旧的是先知道故事，后看画，新的却要看了画而知道故事，所以结构就更难。"[1]可见古代社会中的文图叙事，人们首先接受文（口头传播也是文在先，图在后的，口头语言也属于文的范畴，文只是口语的书面记录）再接受图像。这也就是说，元之后的民间故事图像与其说是一种图像接受，不如说是一种对于元代演剧文学的接受，大量的民间图像实质上是对于元代戏曲叙事的模仿，后代的民间图像叙事与元代演剧艺术关系最为直接和密切。民间图像所描绘的故事虽然其原型很多可以追溯到元代之前甚至更早的时代，但是元代演剧文学是最早将这些故事由抽象转变为具体的可以视觉感知的舞台形象的。在这个层面上我们可以说后代的民间图像其直接来源应该是元代的演剧文学而非更早的故事原型起源的时代。宋元之后戏曲非常盛行，几乎每个城市、村镇都有戏台，如根据方志统计，明代晋南临汾和运城有 15 座戏台，清代增加了 53 座，农村戏台尚未在统计之列。[2] 例如，在

---

① 鲁迅：《致刘岘》，《鲁迅全集》第十卷，人民文学出版社 1936 年版，第 368 页。
② 参见段建宏：《戏台与社会：明清山西戏台研究》，华东师范大学 2008 年博士学位论文。

王树村著录的《戏出年画》^①中收录了包括江苏、安徽、福建、四川、山西、河南、陕西、天津、河北、山东等十省市的"戏出"年画,这些年画的叙述内容基本上都来源于戏曲,其中有不少曲目是源自元代戏曲。

古代社会的受教育群体仅限于少数贵族统治者。代代传承下来的故事年画向人们讲述戏曲故事的同时也教会人们晓农时、知耕作,更重要的是教育人们辨忠奸、懂孝悌、知美丑——戏曲年画不啻是过去中国民间乡土社会的"图像文本"。元代之后明清戏曲年画的人物、题材、内容等大多以元代时期的戏曲故事为原型,描绘的故事也与元代戏曲叙述相契合。当然,戏曲年画除了具有"讲故事"的叙事功能之外,还具有装饰美化、知识传承、伦理教化之功用。概言之,戏曲年画基本是以元代戏曲叙述为原型,融故事性、趣味性、情节性、道德性,甚至宗教性等于一体的元曲故事的图像化延续和变异。

(四) 文图关系理论的新变化

辽金元时期的文图关系理论也发生了新的变化,这主要表现在如下方面。第一,这一时期的文图关系理论以丰厚的艺术实践为基础,元代文人中诗书画兼擅者不在少数,他们自由游走于文学与图像这两门艺术之间,并不觉得二者有太大的区别与隔阂,他们的思想观点中所体现的文图关系理论也以艺术体验见长,而不以哲理性突显。第二,在元代,不论是画论著述中还是文论著述中,书法与文学的关系都是文图关系理论中不可或缺的一个板块,这既植根于书法与文学同源且相通的历史,更多则缘于书法与文学两门艺术在元代的高度融合与互相促进。第三,元代文学的高度繁荣体现在演剧文学方面,其为后世图像展现提供了故事原本,却并未在元代的文图关系理论上掀起波澜,但元代绘画以写意见长,写意之"意"具有"古意""寄兴""逸气""题目"等多种内涵,它与文学作品的"文学性"多有重合与交叉,这便构成元代文图理论融通的内在基础。

具体而言,文论和画论之中所体现的文图关系理论皆不乏有影响的学术观点。就文论而言,朱弁和王若虚的观点很有创见性。朱弁的《风月堂诗话》(朱弁使金被拘时所作)所提出的"体物"论某种程度上体现了金元时期文图关系理论的新动向。朱弁倡导诗歌的"体物"功能,反对"以故实相夸",是指不以史书典故为诗歌之创作源泉,而主要关注物象,注重对于事物本身的描绘。朱弁所说的"体物"虽然不止于描写物态,但是显示了这个时期的文学理论在朝着"像"靠近,朱弁最为推崇杜甫由秦入蜀的纪行诗,诸如《青阳峡》《水会渡》《剑门》《木皮岭》《法镜寺》《飞仙阁》等。这些纪行诗最为突出的特点就是描写极为形象,富有"图像性"。朱弁称赞杜甫的这些诗作"数千里山川在人目中,古今诗人殆无可拟

---

① 参见王树村:《戏出年画》,北京大学出版社 2007 年版。

者",恐怕只有吴道子为唐明皇绘制的蜀道山川可与此相比。① 这里,朱弁寻找绘画作品来比拟杜甫的纪行诗,既说明杜甫诗歌"体物"水准之高超,又说明了朱弁引绘画论述诗歌的理论倾向,诗人"体物"重在描摹、刻绘,其精准性要求只有高水平画家的画作方可比拟。王若虚的《滹南诗话》亦不乏理论的闪光点,尤其是他对苏轼相关观点的推进颇有价值。苏轼"论画以形似,见与儿童邻;赋诗必此诗,定非知诗人"②的观点影响深远,这一观点诚然精粹,却不可盲目套用,王若虚尖锐地指出"自赋诗不必此诗之论兴,作者误认而过求之"③,"辞达"的工夫尚且没有做好,便欲在诗歌中表达句外之意、诗外之蕴,必然会舍本逐末,使人不知所云,王若虚在其诗话中对这种不良现象进行了举例阐说和批评。由此可见,王若虚具有审慎而不盲从的理论品格。

就画论而言,文人画的写意很大程度上切合了文学作品的"文学性",多位画家关于写意的论述暗里皆与"文学性"相通;具体而言,赵孟頫、汤垕、王绎、王冕等人颇有影响。赵孟頫有题画诗云,"石如飞白木如籀,写竹还于八法通。若也有人能会此,须知书画本来同"④,他倡导"以书入画",主张用书法的笔法进行绘画,让画由元代的"绘"变成了"写"。赵氏的理论一方面极大地提升了中国画造型的质量,使绘画之线条更具内涵和魅力,也使"文"与"画"在物理层面的融合更加自然与和谐。这对于"文"和"图"之间的构成关系具有重大而深远的影响。元代之后的文人绘画直到近代齐白石、黄宾虹等艺术家的诗文与绘画之间的契合构成无不以此为理论依据。除此之外,汤垕分析刘寀所画的《落花游鱼图》,称其能得"诗人之意"⑤,王绎以"田、由、国、用、甲、目、风、申八字"⑥来拟称人的八种面相,王冕自由徜徉于诗、书、画、印之间,题画论诗,以上诸人皆以其独特的艺术体验显现出理论之光。

(五)关于辽、金、元文图关系研究

与其他卷次相同,本卷的写作遵循全套"关系史"的写作总纲,叙述顺序分别是前代的文学与元代的图像,元代的文学与元代的图像以及元代的文学与之后的图像,最后部分为元代的文学与图像理论概括。在前代文学与元代的图像部分和元代的文学与之后的图像部分,本书以点带面,选择具有原型性的作品为代表进行描述和分析。由于文学叙述原型的形成是在漫长的历史发展中逐渐演变形成的,故此原型的叙述在不同的历史时期和地域都可能形成交叉与重叠,本书

---

① 朱弁撰,陈新点校:《风月堂诗话》,中华书局 1988 年版,第 104 页。

② 陈迩冬注:《苏东坡诗词选》,人民文学出版社 1960 年版,第 68 页。

③ 王若虚:《滹南诗话》,中华书局 1985 年版,第 19 页。

④ 李湜编:《故宫书画馆》第 1 编,紫禁城出版社 2009 年版,第 54 页。

⑤ 汤垕:《画鉴》,杨大年编著《中国历代画论采英》,江苏教育出版社 2005 年版,第 215 页。

⑥ 王绎:《写像秘诀》,汤麟编著《中国历代绘画理论评注》元代卷,湖北美术出版社 2009 年版,第 248 页。

在叙述的过程中,在以文学为本位的同时兼顾原型相关图像在各个朝代中的留存多寡与影响进行选择与叙述。例如,渔父文学叙述原型,其绘画图像在辽金元等朝代都有出现,且辽金元时期的文学和图像在风格方面也都趋向于一致,大都具有游牧民族的风格。"北方游牧民族的生活方式、习俗、审美趣味等因素,对辽金元文学的特殊风貌的形成,有着颇为深切的关系。而辽金元文学的卓异成就,又是北方民族文化与汉文化融合的伟大成果。"①但是考虑到渔父文学叙述原型在元代的作品中流传下来的最多,因此本书仍将视其为元代文学与图像关系史中的原型。本书的诗画关系部分,对于题画诗的研究更多地倾向于诗歌的分析,及诗画间的相互影响,这种分析更多的是从"文本"文献而非图像"文献"中直观得来的。这主要是由于辽金元题画诗所题之画现今多已不可得见(且部分诗作所题诗的画作并非名画,流传至今的可能性更小),正是由于这个原因,该部分的文图分析论述中插入的图像相对不足。本书的平话部分是元代文图之大宗和重点,是元代时期保留下来文图并存的数量最多、最完整的文图关系研究资料。但在写作过程中不可能把整部平话的图和文原封不动地搬进来,故此在该部分的写作中本书主要选取每一部平话中或流传广泛,或文图叙述较具特色,或文图在故事发展中居于枢纽地位的情节作以分析。本书戏曲部分的文图研究,主要是元代之"文"与后代图像之间的关系论述。由于元代戏曲较少有元代的插图保留至今,因此,该部分的图像主要是以明清及近代的插图、影视等图像为主。本书的理论部分所选择的主要是以赵孟頫的画论和朱弁的文论涉及文图的部分作为论述对象。需要指出的是,本书在选择文学作品方面,更多地是选择现今仍留存有视觉图像的文学作品,对于在文学史中虽属名篇,但却无图像流传的作品,由于无法直接感知其图像,本书将不把其作为主要研究对象。

此外,"还原"也是对辽金元时期文图关系研究的重要方法。文学和图像在其原本的生态中有着鲜活的生命力,原本的生态是文图得以存在的最为根本的依据,也只有"还原"到这个生态之中,文和图的性质、意义等才能得以凸显和明朗。总之,与以往单独分列式的文学研究和图像艺术研究不同,本卷在全套书大纲的指引下,将元代的文学和图像置于同一个视域中,以文图关系为出发点进行考察,对有图像的文学作品和有相应文学叙事的图像进行研究,更好地揭示该时段文学的面貌和价值,这或许会使原本的辽金元文学研究更加全面、丰满和充实。

---

① 张晶主编:《中国古代文学通论·辽金元卷·绪论》,辽宁人民出版社2005年版,第1页。

第一章　前代文学与辽、金、元图像

前代文学中有众多的人物故事形象在辽、金、元代的图像中被描绘和重复,诸如《史记》故事、《列女传》故事等,但出现频次较高且现今能够见到的当属"渔父图"和"归去来辞图"及"九歌图""梦蝶图""昭君出塞图""洛神赋图"唐诗诗意图等。

第一节　先秦及汉代文学与元代绘画图像

先秦两汉文学是中国文学发生发展的初始阶段,也是一个极为重要的阶段。这个时期神话、诗歌、经、史等各种样式的文学作品中,有相当比例的人物、故事在其后的时代,不管是在文学领域还是在图像艺术领域中不断被人们重复摹写,从而成为叙事或造型的母题。先秦两汉的文学叙事在元代的图像中也有不少直接或间接的表现,诸如《庄子》《列子》《楚辞》《吕氏春秋》《史记》《汉书》中的人物故事,在元代常被作为图像描绘的题材,尤其是《楚辞》中的《渔父》《九歌》等篇,更是元代图像艺术的重要创作对象,也是元代图像作品之大宗。

一、《楚辞·渔父》与元代"渔父图"

楚辞是战国时代伟大诗人屈原创造的一种诗体。作品运用楚地(今两湖一带)的文学样式、方言声韵,运用浪漫主义创作手法叙写楚地的山川人物、历史风情,楚辞的感情奔放,想象瑰丽奇特,具有浓郁的楚国地方特色和神话色彩。后来"楚辞"逐渐固定为两种含义:一是诗歌的体裁,二是诗歌总集的名称(在一定程度上也代表了楚国文学)。楚辞与《诗经》古朴的四言体诗相比,句式较活泼,句中有时使用楚国方言,在节奏和韵律上独具特色。楚辞中的一些形象对后世绘画图像有着深远的影响,如屈原的《渔父》《九歌》等篇,在中国的图像史中已经成为被不断重复描绘的母题。

渔父原型主要有三个来源,分别是《庄子·渔父》①《楚辞·渔父》以及《吕氏春秋》中垂钓的太公。② 这三个渔父均是产生于国家政权交替或君主昏庸、社会动荡的历史背景下,渔父的思想、形象等也具有较多的相似性,但也各有侧重。《庄子·渔父》产生于战国时代,庄子追求逍遥无恃的精神自由,但庄子的渔父主要在于阐明"法天贵真"的思想。孔子请教渔父,渔父侃侃而谈:

> 礼者,世俗之所为也;真者,所以受于天也,自然不可易也。故圣人法天贵真,不拘于俗。愚者反此。不能法天而恤于人,不知贵真,禄禄而受变于俗,故不足。惜哉,子之蚤湛于人伪而晚闻大道也!③

文中孔子对渔父肃然起敬且十分向往,凸显了渔父的不凡形象。《庄子》此篇中的渔父对于后世的文人精神有着深刻的影响,如阮籍的《咏怀》等。《庄子》中的渔父也为后世的渔父图像提供了一定的造型依据,即"下船而来,须眉交白,被发揄袂"④的造型形象。

屈原的《楚辞·渔父》则塑造了一个懂得与世推移、随遇而安、乐天知命的隐士形象。他看透了尘世的纷纷扰扰,但决不回避,而是恬然自安,将自我的情操寄托到无尽的大自然中,在随性自适中保持自我人格的节操。正所谓:"沧浪之水清兮,可以濯吾缨;沧浪之水浊兮,可以濯吾足。"⑤这与屈原"宁赴湘流,葬于江鱼之腹中,安能以皓皓之白,而蒙世俗之尘埃乎"⑥"世人皆浊我独清,众人皆醉我独醒"⑦形成鲜明的对比。屈原在面对社会的黑暗、污浊之时,显得执著,决绝,始终坚守着人格之高标,追求清白高洁的人格精神,宁愿舍弃生命,也不与污浊的尘世同流合污,虽然理想破灭了,但至死不渝。屈原写《渔父》的目的是要反其意而用之,以渔父衬托自己的抱负和坚定的意志。渔父劝告屈原与世俗同流,不要特立独行,渔父的话语显然是为了衬托屈原的光辉形象,文章的重心也明显地倾向屈原。屈原如果信从了渔父的哲学,那么屈原也就不再是屈原了,这从屈原的《离骚》中也可以看出:

> 亦余心之所善兮,虽九死其犹未悔。……宁溘死以流亡兮,余不忍为此态也!……伏清白以死直兮,固前圣之所厚!……虽体解吾犹未变兮,岂余心之可惩!……阽余身而危死兮,览余初其犹未悔!⑧

但有意思的是,这种操守在后人的理解中重心却发生了转移,人们似乎更倾

---

① 先秦时期有两篇《渔父》,一是《庄子·渔父》,另一则是《楚辞·渔父》,两者在风格、描写等方面都十分相似,甚至有人认为屈原是受到《庄子·渔父》的影响而写就《楚辞·渔父》,参见徐志啸:《〈庄子·渔父〉与〈楚辞·渔父〉》,《文学遗产》2009 年 04 期。

② 赵山林:《渔父形象与古代文人心态》,《河北学刊》2002 年第 5 期。

③ 方勇译注:《庄子》,中华书局 2010 年版,第 539 页。

④ 同上,第 537 页。

⑤⑥⑦ 崔富章等注:《楚辞》,浙江古籍出版社 1998 年版,第 112 页。

⑧ 同上,第 6、7、9 页。

向于认为作品成功地塑造的是一位遁世高蹈的渔隐形象。又因为《渔父》中的那位老者"能说出一番微妙的大道理,当然是一位饱经世故的人,而不是一般的渔夫"①。这样高蹈遁世且深察微妙之道理的智者自然而然成了后世众多文人心中渴慕的对象。因为渔父实乃是一个君子有道行其志,无道全己身,道异则不相与谋的智者或高士。后世众多诗赋、词曲、绘画图像都具有屈原渔父的隐士思想,但是在《楚辞·渔父》中只说明对话者是一个渔父,在离开的时候是"鼓枻"而去,其年龄、相貌、衣着及渔父的渔具、捕鱼方式等都未作阐明,而后来的渔父图像却不约而同地选择了垂钓老者位于渔舟之上作为渔父的形象,②这又使我们联想到姜太公这位智者的渔父形象。

《吕氏春秋》中姜太公的形象对于后世的图像也有重要的影响。姜太公以渔父形象最早出现是在《吕氏春秋》中。《谨听》《首时》等篇中多次写到姜太公以垂钓的形象出现。如《谨听》篇曰:

> 故当今之世,求有道之士,则于四海之内、山谷之中、僻远幽闲之所,若此则幸于得之矣。得之,则何欲而不得?何为而不成?太公钓于滋泉,遭纣之世也,故文王得之而王。文王,千乘也;纣,天子也。天子失之,而千乘得之,知之与不知也。③

《吕氏春秋》中的姜太公虽以渔父形象出现,但他却是一个待时而动的谋士。这显然是不同于《庄子》之"法天贵真"及《楚辞》中"随遇而安,乐天知命"的渔父的。中国绘画图像的本体思想支撑是道家,后世图像中的渔父在精神上应较多倾向于《楚辞》之渔父,或《庄子》之渔父,但在造型上应该受《吕氏春秋》中姜太公的垂钓形象的影响。当然,屈原的渔父也可能是垂钓者,据王逸所言:"渔父避世隐身,钓鱼江滨,欣然自乐,时遇屈原川泽之域,怪而问之,遂相应答。"④但这只是后人所作的推测,屈原《楚辞·渔父》篇中并无这些信息,加之姜尚垂钓之故事的发生时间早于屈原之渔父,故此王逸在做这些解释的时候可能已经融入了自己的臆测。

以"渔父"为题材进行描绘的图像在魏晋时期已经出现。裴孝源《贞观公私画史》中已有记载魏晋画家"史道硕画,……尚平子图、董威辇诗图、嵇阮像、胡人献兽图、渔父图、十九首诗图"⑤,史文敬"孙倬像、渔父图"⑥。唐五代时期的王

---

① 孙作云:《〈楚辞〉研究·下》,河南大学出版社 2003 年版,第 806 页。
② 明代的渔父图造型出现了多元化的倾向,既有垂钓的孤独的渔父形象,也有渔父群体的捕鱼形象,明代的渔父已不再限于元代时期渔父所特有的孤寂与静谧,而是出现了大群的捕鱼者在画面中,比如明代吴伟《渔乐图》中就有以撒网等方式捕鱼的渔父,这与明代统治者的思想有关。
③ 高诱注,毕沅校:《吕氏春秋》,上海古籍出版社 2014 年版,第 260—261 页。
④ 王瑗:《楚辞集解·楚辞小序》,北京古籍出版社 1994 年版,第 34 页。
⑤ 裴孝源:《贞观公私画史》,何志明、潘运告主编《唐五代画论》,湖南美术出版社 1997 年版,第 14—15 页。
⑥ 同上,第 16 页。

维、李思训、张志和、荆浩等也有渔父图的创作,如王维的《摩诘寒江独钓》(已不存)、《辋川图》,张志和自称烟波钓徒,张彦远曾在《历代名画记》中说他"书迹狂逸,自为《渔歌》便画之,甚有逸思"①。朱景玄的《唐朝名画录》也说"初颜鲁公典吴兴,知其高节,以《渔歌》五首赠之,张乃为卷轴,随句赋象,人物、舟船、鸟兽、烟波、风月,皆依其文,曲尽其妙,为世之雅律,深得其态"②云云。张志和诗画互文,还作有《渔歌子》:"西塞山前白鹭飞,桃花流水鳜鱼肥。青箬笠,绿蓑衣,斜风细雨不须归。"③此诗体现出了诗人对渔父自由闲适的生活的向往。宋代许道宁、郭熙、李成、黄荃、李唐、刘松年、马远、夏圭等也均有渔父的图像创作。如果说魏晋时期的渔父图像与人物并列一类尚属人物画范畴,那么唐宋时代的渔父图在表现文人对隐居惬意精神状态向往的同时,已经属于山水人物画的范畴。

元代渔父图极为盛行。元代的社会政治形式对于文人士大夫来说已经不再是可以"吟赏烟霞"的太平盛世,于是"高蹈远引""离世绝尘""隐逸""自娱"等成了文人的普遍处世心态和人生选择。文人士大夫努力从前代的文学作品中发掘"归隐""避世"的原型加以表现,以便他们在政治风浪颠簸中找寻一个能够独善其身的"世外桃源"。屈原作品中的"渔父"自然成了文人墨客趋之若鹜借以表达归隐之意的绘画母题。元代渔父图的兴盛恰是士大夫阶层在面对艰难坎坷的科举仕途之时,投身大化、散淡人生的思想体现。最为突出的就是赵孟頫与黄公望、吴镇、王蒙、倪瓒、朱德润等文人画家所创作的渔父图。④

赵孟頫创作有《临郭河阳〈溪山渔乐图〉》《江村渔乐图》《磻溪垂钓图》《渔樵答话图卷》《双松平远图》等渔父图像。赵氏的《临郭河阳〈溪山渔乐图〉》图中画有浮岚峭石、远山飞瀑,草庐临碧溪,在溪中有渔舟和钓者。《磻溪垂钓图》为绢本设色图,画中"云山浮动,树石苍秀。干旄之使,翼然而前。垂钓者置竿顾视,神气俨然"⑤。赵孟頫的另外两首《渔父词》也体现了相同的情感。

　　渺渺烟波一叶舟,西风落木五湖秋。盟鸥鹭,傲王侯,管甚鲈鱼不上钩。

　　侬往东吴震泽洲,烟波日日钓鱼舟, 山似翠,酒如油,醉眼看山百自由。⑥

赵孟頫的妻子管道升也曾作过渔父图,并有《渔父词》四首:

　　遥想山堂数树梅。凌寒玉蕊发南枝。山月照,晓风吹。只为清香苦欲归。南望吴兴路四千。几时回去雪水边。名与利,付之天。笑把渔竿上画船。身在燕山近帝都。归心日夜忆东吴。斟美酒,脍新鱼。除却清闲总不如。人生贵极是王侯。

① 张彦远:《历代名画记》,浙江人民美术出版社2011年版,第165页。
② 朱景玄:《唐朝名画录》,四川美术出版社1985年版,第35—36页。
③ 张志和:《渔歌子》,《唐五代词选译》,巴蜀书社1991年版,第26页。
④ 元代科举考试从延祐起至元末共举行九次考试,其间由于伯颜擅权执意废除科举而停科两次,在复科的五十四年间,以科举进身参相者仅有九人。由此可以看出元代士族科举之路是异常艰辛的。
⑤ 冼玉清:《元赵松雪之书画》,《赵孟頫研究论文集》,上海书画出版社1995年版,第60页。
⑥ 赵孟頫:《赵孟頫集》,浙江古籍出版社1986年版,第51页。

浮利浮名不自由。争得似，一扁舟。弄月吟风归去休。①

　　赵孟頫作《双松平远图》中也画有渔父于其上。画面在右上角题有"子昂戏作双松平远"，作品左边有六行跋，无年款。在画面右部近景画苍松立于怪石枯木之中，两株古松一直一曲，俯仰有致，石隙土坡中生有鹿角杂木，中部水面清旷空阔，远处飘渺的水面上有一叶扁舟，扁舟的左端端坐一渔父手执钓竿，与渔父一水相隔的远景为平坡矮山，对岸有沙渚远山数重。画面山石空勾轮廓，不加皴染，间有飞白。画双松则用细笔双钩，简约古雅。画面意境简洁清旷，疏淡空灵，由渔父寄隐逸之意不言而喻。赵孟頫次子赵雍也创作有渔父图，有《溪山鱼隐图》流传于世。

　　隐居于富春山的黄公望的《富春山居图》《秋山招隐图》等，虽然未有渔父之名，但根据其画面及题诗仍是以渔父为表现原型。《秋山招隐图》中黄公望施以浅绛绘画技法，整个画面以淡作为基调，只在要紧处略加重笔，淡为浓作铺垫，浓在淡中愈见精神。此画用墨清淡萧散，淡而不失厚重，可谓气韵生动，正是在这有与无之间，黄公望让这种淡雅到达极致，似高节名士遁隐山林，无一丝世俗烟火之气。画面上峰峦起伏蜿蜒，树木萧瑟散淡，水面由近及远渐次收缩，直至伸向幽深的远方，中景有房屋隐于其间，近景处则有一钓叟坐于石上。该图的题跋曰："结茅离市廛，幽心幸有托；开门尽松桧，到枕皆邱壑；山色晴阴好，林光早晚各；景固四时佳，于秋更勿略；坐纶磻石竿，意岂在鱼跃；行忘溪桥远，奚顾穿草屩；兹癖吾侪久，入来当不约；莫似桃源渔，重寻路即借。此富春山之别径也，予向构一堂于其间，每春秋时焚香煮茗，游焉息焉，当晨岚夕照，月户两窗，或登眺，或凭栏，不知身世在尘寰矣。额曰小洞天，图之以报朴夫隐君同志。一峰老人黄公望画并题。"②

图 1-1-1　赵孟頫·双松平远图·局部

---

① 史玉德编著：《名媛雅歌（下）》，中州古籍出版社1999年版，第697—701页。
② 温肇桐：《黄公望史料》，上海人民美术出版社1963年版，第31页。

图1-1-2　黄公望·富春山居图·局部

吴镇也创作有多幅渔父图像，如《秋江渔隐》《洞庭渔隐》《渔父图轴》等。其《渔父图》描绘江南水乡景色，树下置一茅棚，有小径穿越敞棚可达湖边，湖沿蒲草萋萋，随风摇拂，对江平沙曲岸，远岫遥岑，平冈丛树，山色入湖，扁舟一叶，一渔父驾小舟逍遥于水波涟漪的湖光山色之中。该图墨色苍润，山石、树木、枝叶都注意到了墨色浓淡的交替运用，借以表现层次关系并突出主要物象。皴擦点染，笔法多变。湖山间幽僻清寂、远离尘俗的意境跃然纸上。《渔父图》所题为："目断烟波青有无，霜凋枫叶锦模糊。千尺浪，四腮鲈，诗筒相对酒葫芦。"[1]秀劲潇洒的草书与画面相得益彰，生动地表达出"一叶随风万里身"[2]"放歌荡漾芦花风"[3]这种避世遁隐的愿望和飘逸闲适的情思。另外，吴镇还有数十首渔父诗歌与其渔父图相呼应。

王蒙也有多幅以渔父为题材的绘画图像。王蒙自号黄鹤山樵，是赵孟𫖯的外孙。王蒙流传下来的作品较多，以渔父为原型的作品有《花溪渔隐图》（共3幅，均收藏于台北"故宫博物院"）、《松溪钓隐图》、《柳桥渔唱图》、《松溪独钓图》等。《花溪渔隐图》画面以工笔和披麻皴等技法，描绘在群山怀抱中，坐落着星星点点的屋舍，隐士与渔夫一同

图1-1-3　吴镇·渔父图

① 北京故宫博物院所藏《渔父图》题词，周卫明编《中国历代绘画精品100幅赏析》，山东科学技术出版社1995年版，第91页。

② 吴镇：《临荆浩〈渔父图〉十六首》之一，石理俊主编《中国古今题画诗词全璧》，商务印书馆2007年版，第1364页。

③ 台北"故宫博物院"藏吴镇《渔父图》题词，郎绍君主编《中国书画鉴赏辞典》，中国青年出版社1988年版，第458页。

泛舟,显示出湖光山色中的境界幽深。王蒙的渔父图与赵孟頫、吴镇等人所不同的是其画面虽然有隐士和渔父,但是并无萧瑟之感,所画山峦气势雄浑,景物丰茂,两岸桃花盛开,洋溢着盎然春意,这与王蒙的入世生活态度及其出世的愿望有某种程度的关联。

　　倪瓒是元代以逸气享誉的画家,但倪瓒的作品极少有人物出现,所以他的绘画图像中没有渔父出现。但是这并不能说明倪瓒对于历史上渔父原型的忽略,从倪瓒的诗歌中能够看到渔父原型寓意对其的影响。倪瓒从不做官,也多次劝王蒙隐居,不要迹混官场,其《寄王叔明》诗:"野饭鱼羹何处无,不将身作系官奴。陶朱范蠡逃名姓,那似烟波一钓徒。"①再者,倪瓒作品多画太湖一带山水,构图平远,景物极简,多作疏林坡岸,浅水遥岑,意境荒寒空寂,风格萧散超逸。虽无渔父之形,却存渔父之意,倪瓒"仆之所谓画者,不过逸笔草草,不求形似,聊以自娱耳"②的绘画审美观也体现出了渔父的逍遥与隐逸精神。况且倪瓒作品中有以渔庄命名的如《渔庄秋霁图》等。

图 1-1-4　朱德润·松下鸣琴图

朱德润也有渔父图的创作。如《松溪钓艇图》《松下鸣琴图》等。《松溪钓艇图》有一老一少两高士,正在舟中争论。其《松下鸣琴图》虽然没有以渔父命名,但画面却有渔父之寓意。远景画长天远山树木,秋水无边,群鸥飞翔,旷淡邈远。近景处松树三株,矗立江边,树下的湖畔坡石上,有三人席地而坐,居中者抚琴,左右两人,凝神谛听,表情神往。右边有一渔翁持孤棹曳轻舟而至,另有一童子临流汲水,回望江天,一片辽阔。隔岸坡陀起伏,岗峦层立,烟雾空蒙。朱德润的"渔父"显然有其独特之处,不论是《松溪钓艇图》还是《松下鸣琴图》,画面上并不是孤单的一个渔父。尤其是《松下鸣琴图》更能体现

① 倪瓒:《清閟阁全集》卷七,《文渊阁四库全书》,上海古籍出版社 1987 年版,第 1220 册,第 259 页。
② 同上,第 301 页。

出朱德润自己对渔父的理解。《松下鸣琴图》树下有高士,并置茶具,远方纷飞的禽雁,另有小童在水畔嬉戏。这正是朱德润自己心境中的渔父:隐居而不贫苦,闲适而不孤寂。这与朱德润毕竟得到过皇帝的眷顾不无关系。朱德润二十五岁游京师时,经赵孟頫推荐,投靠驸马太尉沈王,并且在英宗继位之后再获皇帝宠爱。朱德润并非是切身感受到权势之争的迫害而归隐,只是目睹了英宗在政变中被杀的残酷而辞官归里。从元末农民起义,元朝政权在风雨飘摇之际,朱德润挺身而出协助朝廷伐乱讨逆立下的不小功劳来看,其《松下鸣琴图》更多的是"鸣琴"而非有"渔父"之意,尽管渔父也是画面上一个重要造型形象。

蒙古人画家萨都剌也画有渔父图《严陵钓台图》,不过他是以严子陵为渔父原型的。严子陵并未遭遇坎坷、仕途失意。严子陵为东汉时期高士,年轻时就很有名望,后来游学长安时,结识了刘秀等人。刘秀后来登基做了皇帝,回忆起少年时期的往事,想起严子陵,便多次征召其为谏议大臣,严子陵婉拒并隐居富春江一带,终老山林。显然,严子陵的生活道路是令人神往的。萨都剌虽是蒙古人,但其在被贬官失意之时也寄情于茅舍渔父,可见渔父在元代已经成为情感书写的象征性符号。《严陵钓台图》有一茅屋立于钓台之上,远处群山相连,江上有渔舟飘荡,舟中隐约立一人。画面重色点苔、浅色皴石,在境界开阔之余,更具有繁复的装饰之感。

图1-1-5　萨都剌·严陵钓台图·局部　　　图1-1-6　唐棣·霜浦归渔图

除了文人画家以渔父为主题的绘画之外,元代唐棣和盛懋的渔父图也颇具特色,虽然以渔父为表现题材,但是画面却具有浓厚的生活气息和世俗趣味。

唐棣的渔父图以其《霜浦归渔图》为代表,画面有清越之音,三个情态生动的渔民打鱼归来,肩上扛着渔网、渔婆,相顾而言,这不同于单独坐在空旷江面渔舟中的孤寂的渔父,唐棣的渔父图富于生活气息。唐棣一生始终未脱离官场,并且多有政绩,善于处理政务和民事纠纷,在乡绅和乡民间颇有威望,这也可能与其渔父图描绘生活场景相关联。

元代的专业画家盛懋也有关于渔父题材的绘画。不同于文人或士人,盛懋是一位民间画家,他描绘的大多是民间百姓生活,所以他的画深受老百姓的欣赏和喜爱。盛懋的渔父图具有雅俗共赏的特点,其作品见于著录的有《秋林渔隐图》《寒林罢钓图》《古木垂钓图》《秋江垂钓图》等。盛懋的《渔乐图》①景物分远近两个部分,远景左部分烟雾缭绕,右部分古树苍苍。在古树的掩映下,展现的是近景的两只渔船和几位渔民,他们荡漾于水中,尽情享受着大自然之美景,所绘水纹极其细腻,整个画面空旷辽阔,体现出元人渔乐图隐逸的生活情怀。但是这种渔乐已不是纯粹的元代文人孤寂情感之抒发,而是掺杂了世俗生活乐趣,盛懋世俗化的渔父图像也预示了元代多元化审美倾向的渔父造型的产生。

以《楚辞·渔父》为原型的渔父图像在元代呈现了其独有的造型与特色。元代的渔父图像不同于隋唐时期的渔父,也不同于明代时期的渔父。隋唐时期的渔父是文人生活状态的映射,是对于置身山水间,读书、饮酒、垂钓闲逸生活状态的向往,隋唐渔父可谓是居于盛世的“富贵渔父”。元代特殊的历史环境促使渔父由闲适转为孤傲,虽然元代也偶有如盛懋的渔父图出现,但总体上呈现为愤世嫉俗的孤傲形象。到了明代,渔父图则变得更加具有世俗气息,例如在吴伟、戴进的渔父图中,人们撒网、撑篙、闲谈,完全是一种世俗欢愉景象的再现。

二、《楚辞·九歌》与元代的《九歌图》

《楚辞·九歌》源自上古传说,有说是传说中的一种远古歌曲的名称,亦有认为是一组带有浪漫主义色彩的神话。1600 余字,分为《东皇太一》《云中君》《湘君》《湘夫人》《大司命》《少司命》《东君》《河伯》《山鬼》《国殇》《礼魂》十一篇。《国殇》一篇,是悼念和颂赞为楚国而战死的将士。多数篇章,则皆描写神灵间的眷恋,表现出深切的思念或所求未遂的伤感。王逸说是屈原放逐江南时所作。但现代研究者多认为作于放逐之前,仅供祭祀之用。《九歌》意象清新,叙述场面壮观,语言优美。其内容涵及先秦文学、鼓乐歌舞、巫术、上古神话、宗教祭祀及美术图像等。《九歌》的图像创作从汉代的画像砖石开始一直延续至近现代的张大

---

① 中博国际拍卖公司在征集 2010 年春季书画拍品时,征集到元代盛懋《渔乐图》团扇册一幅,设色,绢本,纵 29.5 厘米,横 27.5 厘米。该团扇“盛懋”题款二字依然清晰可见,惜三枚印章已很难辨识。参见:http://news.socang.com/2010/03/31/0924271205.html。

千、马晋、徐邦达等画家的创作,是绘画图像历史上的重要题材原型。在汉代的画像砖图像中已有以《楚辞·九歌》为题材而作的绘画作品,如东汉画像砖中的河伯图像,在宋代也有以九歌创作的绘画图像如李公麟、马和之的《九歌图》,元代赵孟頫、张渥、钱选等均有《九歌图》的创作。

图 1-1-7　张渥·九歌图·局部

　　宋代李公麟的《九歌图》是以白描的形式创作的,其对于元代的九歌图像构成具有很大的影响。清孙承泽《庚子销夏记》卷三《李伯时九歌图》记云:"龙眠作画,凡临古则用绢素。自运则不设色,独用澄心堂纸。《九歌图》载在《宣和画谱》,上有'宣和中秘'印,纸系澄心堂。画法灵秀生动,昔人称其人物似韩滉,潇洒似王维。若论此卷之妙,韩、王避舍矣。他不具论,即'湘夫人'一像,萧萧数笔,嫣然欲绝。古今有此妙手乎? 龙眠收藏法书极多,留心书学,所书九歌,隶法劲逸,在宋亦称第一。余言《九歌》为宇宙第一妙文,非龙眠妙画不足以称之,此真千秋快事也。卷旧在贾似道家,上有其印。元人题跋、诗多有可观,又元人张叔厚曾临此图,吴孟思以小篆书其文藏江南人家,又余在袁六完家见赵文敏所画九歌,为仇山村作,乃其少年笔,亦自奇异。"[①]可惜的是,李公麟的白描《九歌图》今已不存,但是从文献记载以及张渥的临摹作品中仍能看到李公麟所创作九歌图的影响。在宋代李公麟创样之后,《九歌》题材便受到后世画家的青睐,且大部分画家都标榜自己继承了"龙眠衣钵"。其实,后世画家对于该题材的创作,已经是在对于九歌作品图像式的诠释中融入了各自时代的认识与风格。各个时代的《九歌图》在图式安排上也不断地发生着变化,从而呈现出丰富的九歌图像。

---

① 孙承泽:《李伯时九歌图》,《庚子销夏记》卷三,《文渊阁四库全书》,上海古籍出版社 1987 年版,第 826
册,第 27 页。

赵孟頫的《九歌图》便是以李公麟的九歌图为摹本而创作的。《九歌图》上书屈原《九歌》，书画相间。卷后款识云："延祐六年四月十八日画并书，子昂。又跋云：《九歌》屈子之所作也，忠以事君，而君或不见信，而反疏，然其忠愤有不能自已，故假神人以寓厥意，观其末章，则显然昭然矣。夏七提领有感于心。命其子德俊持此卷、图其状，意恳恳也。故搜闲一一画之以酬之。然不能果中提领之目否。因重识之。是年四月晦日也。孟頫书于鸥波亭中。"①赵孟頫的《九歌图》线条简练、用笔圆润柔和，但人物姿态稍显板滞。

张渥的《九歌图》将文学作品中的形象成功地转换成了视觉形象。张渥在《九歌图》的创作中，"一方面要考虑屈原《九歌》诗中的神话形象，即文学形象，同时又要面对李公麟已创作的九歌之绘画形象，这样张渥的《九歌图》既是对屈原《九歌》的一种绘画转换，同时又是对李公麟的《九歌图》的再创造。所以张渥面对的参照物更多样，同时其矛盾与限制则更大。因此，张渥的创作处境应更为复杂。张渥正是在这种复杂的诗词和图像的矛盾与限制中，以其高超的白描手法，创造了新的九歌视觉神话形象"②。张渥的《九歌图》摈弃了对屈原作品晦涩语义的再现，除了《山鬼》《国殇》两段稍加树石之外，其余各段几乎不着背景，从对作品的理解中提炼出各具性情的神仙形象加以表现。在文字与图像的布局方面，张渥改变了宋代《九歌图》③左图右文、文在前图在后、图像作为文字的注解的叙述方式，采用图在前、文在后的方式，突出了绘画人物形象，显示出绘画图像趋于独立性的特征。元代以"九歌"为题的图像还有郑思肖的《屈原九歌图》、马竹所的《九歌图》、钱选的《临李公麟〈九歌图〉》以及分别藏于南京大学图书馆和浙江省博物馆的无款佚名作《九歌图》。此外，元代诗歌中也有涉及《九歌图》的，如程文海的《题〈九歌图〉》、柳贯的《题〈离骚九歌图〉》等。④ 如果说宋代的《九歌图》倾向于用场景来"翻译"文学作品，那么元时期的张渥则是以图谱的形式凸显了诗歌中的神仙形象。而明代对于《九歌》中的神仙造型更为注重。明代董其昌、陆谨、朱季宁、仇英、周官、陈洪绶、萧云从等都有摹作或创作，其中陈洪绶和萧云从的《九歌图》均是突出人物舍弃背景，陈洪绶的人物造型高古诡异，萧云从的则融入了民间版画的因素而富于世俗趣味。

赵孟頫与张渥的《九歌图》不同于宋代时期李公麟的《九歌图》。如果说李公麟的《九歌图》侧重画山水的话，那么赵孟頫和张渥的《九歌图》则侧重于人物画，甚至可以说是人物图谱，因为赵孟頫与张渥的九歌图在造型上并未有大的差别。但是，赵氏和张氏的《九歌图》抽取了人物，舍弃了李公麟的山水背景。元代本是

---

① 任道斌：《辨书画著录中赵孟頫的伪作》，《新美术》1990年第4期。
② 陈池瑜：《张渥〈九歌图〉与神话形象》，《清华大学学报》（哲学社会科学版）2009年第4期。
③ 辽宁省博物馆藏《九歌图》据学者考证为南宋时期的作品，其为左图右文格式，且每一幅均有背景，人物镶嵌在山水之中，甚至可谓是山水画。
④ 张克锋：《屈原及其作品在绘画创作中的接受》，《文学评论》2012年第1期。

山水画兴起，人物画衰落的时代，但以《九歌》为母题的图像却"逆势而行"，这种现象应与元代戏曲的发达有较为密切的关系，戏曲人物造型应该对赵孟𫖯及张渥的《九歌图》有一定的影响。

三、先秦及汉代的其他文学原型与元代的图像

（1）《庄子·齐物论》与刘贯道的《梦蝶图》

元代刘贯道的《梦蝶图》取材于庄周梦蝶的故事。《庄子·齐物论》曰："昔者庄周梦为胡蝶，栩栩然胡蝶也。自喻适志与，不知周也。俄然觉，则蘧蘧然周也。不知周之梦为胡蝶与，胡蝶之梦为周与？周与蝴蝶则必有分矣。此之谓物化。"①此故事虽短小，但却是庄子哲学要义的体现，也是庄子诗化哲学的代表，后世屡被人们作为创作原型而反复出现。梦中变化为蝴蝶和梦醒后蝴蝶复化为己，认为人不可能确切地区分真实与虚幻及生死与物化。唐代李商隐也以此为题有"庄生晓梦迷蝴蝶，望帝春心托杜鹃"②之诗句。由于此故事包含了浪漫的思想情感和丰富的人生哲学思考，从而引发后世众多文人、画家以此为题进行吟唱或作画。

刘贯道的《梦蝶图》中描绘了在炎夏树荫下，童子抵树根而眠，庄周袒胸仰卧石榻，其上一对蝴蝶翩然而乐，点明画题。刘贯道该作品以"卧睡""蝴蝶"等符号，叙述了庄子《齐物论》中的"梦蝶"这一寓言故事。该作品笔法细利削劲，晕染有致，有点类似画家的《消夏图》。③

图 1-1-8　刘贯道·梦蝶图

---

① 方勇译注：《庄子》，中华书局 2010 年版，第 42 页。

② 李商隐：《李商隐集》，山西古籍出版社 2004 年版，第 226 页。

③ 刘贯道存世作品有《积雪图》《棕桐罗汉图》《元世祖出猎图》等。其中的《消夏图》是《七贤图》中的片段之一，但其人物面貌、神情、衣纹及木石器物法与《消夏图》却不太一样，且文献著录也没有这幅作品，所以有人认为此画非刘贯道所作。

（2）《列子·汤问》与《伯牙鼓琴图》

"伯牙鼓琴"的故事在《吕氏春秋·本味》与《列子·汤问》中都有记载。《吕氏春秋》载有该故事，其曰："伯牙鼓琴，钟子期听之。方鼓琴而志在太山，钟子期曰：'善哉乎鼓琴！巍巍乎若太山。'少选之间，而志在流水，钟子期又曰：'善哉乎鼓琴！汤汤乎若流水。'钟子期死，伯牙破琴绝弦，终身不复鼓琴，以为世无足复为鼓琴者。"[①]

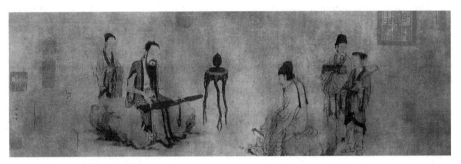

图 1-1-9 王振鹏·伯牙鼓琴图

《列子》（又名《冲虚经》）相传是由春秋战国时期著名道家思想家列子（御寇）所著之经典。《列子·汤问》载曰："伯牙善鼓琴，钟子期善听。伯牙鼓琴，志在登高山。钟子期曰：'善哉！峨峨分若泰山！'志在流水，钟子期曰：'善哉！洋洋分若江河！'伯牙所念，钟子期必得之。伯牙游于泰山之阴，卒逢暴雨，止于岩下；心悲，乃援琴而鼓之。初为霖雨之操，更造崩山之音。曲每奏，钟子期辄穷其趣。伯牙乃舍琴而叹曰：'善哉，善哉，子之听夫志，想象犹吾心也。吾于何逃声哉？'"[②]

元代画家王振鹏的《伯牙鼓琴图》描绘了伯牙过汉阳在舟内鼓琴时路遇知音钟子期的故事。画面绘有五人，伯牙、子期二人对坐，左边清瘦、眉目清秀、长髯齐胸、端坐巨石上、双手弹膝上古琴者为伯牙，对坐脸庞清瘦、短须垂首、专注凝

图 1-1-10 梅瓶·萧何月夜追韩信

神静听者为钟子期。侍者三人分立左右。画中伯牙与子期的举止神情均刻画得惟妙惟肖。衣纹用笔细劲流利，笔法劲健，精谨生动。白描与渲染皴擦相结合，画法简洁而富于变化。此外作者准确刻画了人物内心活动：弹琴者的专注，听琴者的入神。这幅画在人物心理活动的描绘上达到了很高的水平，将故事中的心有灵犀、互为知音的叙事恰切地表现了出来。

（3）《史记》故事与元代陶瓷绘画

元代陶瓷上的《萧何月夜追韩信》故事源自《史记》卷九十二《淮阴侯列传》。《汉书》卷三十四《韩信

① 高诱注，毕沅校：《吕氏春秋》，上海古籍出版社 2014 年版，第 275 页。
② 唐敬杲选注：《列子》，商务印书馆 1926 年版，第 50 页。

传》也有记载,其字句稍有出入,但故事相同。韩信本是项羽部下,未得重用,至汉,萧何大为赏识,竭力推荐于刘邦之前。但刘邦以为韩信出身低微,不加重用。萧何言之再三,刘邦终不允诺。韩信得知,假意逃走。萧何闻讯,立即前往追赶,劝其返。陶瓷上的图像描绘的便是这一故事情节。无论是马上萧何、岸边韩信,还是人物神态都体现出了这则历史故事的情节。

（4）昭君出塞故事与其元代图像

昭君出塞的故事在《汉书》《琴操》《西京杂记》《乐府古题要解》等书中都有记载,李白、杜甫、白居易、王安石、欧阳修等的诗词中也有王昭君的影子。如:"群山万壑赴荆门,生长明妃尚有村。一去紫台连朔漠,独留青冢向黄昏。画图省识春风面,环佩空归夜月魂。千载琵琶作胡语,分明怨恨曲中论。"①(杜甫《咏怀古迹》)"汉家秦地月,流影照明妃。一上玉关道,天涯去不归。"②(李白《王昭君其一》)"君不见咫尺长门闭阿娇,人生失意无南北。"③(王安石《明妃曲》)昭君出塞也是元代青花的装饰题材之一。

图 1-1-11　陶瓷罐·昭君出塞

《昭君出塞》罐是典型的景德镇窑元青花,为日本东京出光美术馆所收藏。青花瓷罐《昭君出塞图》装饰图案共分四层。第一、二、四层均属辅助纹饰,颈部为海水纹,颈肩部为缠枝莲纹,下腹至底部为莲瓣纹。罐体的腹部乃是中心位置,图像的主题画面为"昭君出塞",整个画面占据了罐体的主要部分。图像中绘制有六男三女共九个人物。在出塞团队中每个人因为不同的角色而着装各异,

---

① 仇兆鳌注:《杜诗详注》卷二,中华书局 1979 年版,第 1502 页。
② 王琦注:《李太白全集》,中华书局 1977 年版,第 235 页。
③ 王安石:《王安石全集·上》,吉林人民出版社 1996 年版,第 40 页。

其中有七人骑马。故事的主角王昭君发髻耸起,怀抱琵琶,神态怡然,骑在一匹高头白马之上。昭君的前后有胡服装束的两位女子簇拥而行。前面依次有汉胡男随从六名,神态各异,有的行色匆匆,有的缓步慢行,与昭君相随而行。《昭君出塞》罐图像表现的是汉代故事中的匈奴男性,但无论是装束服饰,还是发式、帽子等均与元代时期蒙古武士的装束相一致,尤其是发式,其中有一人为典型的蒙古头饰。[1] 由此可见,元代的青花瓷上的图像在"叙述"汉代文本故事的同时,又被打上了鲜明的时代印记,是"昭君出塞"的文学叙事在元代的典型图像化呈现。[2]

此外,《史记·蒙恬列传》中的蒙恬将军,以及由《汉书·周勃传》中故事而来的"周亚夫细柳营",三国故事中的"三顾孔明",戏曲故事《西厢记》等图像也常见于元代的青花瓷装饰纹样中。

第二节　魏晋南北朝文学作品与元代图像

魏晋南北朝是中国文学发展史上一个思想自由、充满活力的创新期,也是中国文学艺术开始走向自觉的时期。诗、赋等体裁在这一时期都出现了新的时代特点,并奠定了它们在此后的发展方向。魏晋南北朝时期的文学思想也出现了新的变化,这与佛教在中土的广泛传播有着非常密切的关系。文学艺术创作在这个时期逐渐开始关注自身,服务于政教的要求较之于前代渐趋减弱,文学开始更多地转变成个人的行为,抒发个人的生活体验和情感日益盛行。在这个时期,汉代的大赋演化为抒情小赋,便是很有代表性的一个转变。这个时期的文学家诸如曹植、王粲、刘桢、阮籍、陆机、左思、陶渊明、谢灵运、鲍照、谢朓、庾信等虽然选取的题材不同、风格不同,但都有在作品中抒发主体之情的共同特点。魏晋南北朝的文学在元代具有代表性、原型性的作品主要有陶渊明及其作品以及《洛神赋》文图等。

（1）陶渊明与元代图像

现存关于陶渊明的绘画可以分为三大类:第一类取材于他的作品,如《归去来兮辞》《桃花源记》《归园田居》等,其中有些是组画,用一系列图画表现一个连续的故事情节;第二类取材于他的某个遗闻轶事,如采菊、漉酒、虎溪三笑等;第三类是陶渊明的肖像画,有的有背景,有的无背景。[3] 以陶渊明及其作品为题材进行描绘的图像作品在元代出现得极为频繁,创作这些作品的画家有张渥、钱选、何澄等人。

---

① 苏日娜:《蒙元时期的头饰》,《中央民族大学学报》(哲学社会科学版)2008 年第 4 期。

② 昭君出塞的故事在金代的绘画图像中也有体现,后文将述及。

③ 袁行霈:《古代绘画中的陶渊明》,《北京大学学报》(哲学社会科学版)2006 年第 6 期。

元代绘画取材于陶渊明的作品有《归去来兮辞》《桃花源》等。《归去来兮辞》是陶渊明辞去彭泽令后所作的一篇著名辞赋作品,诗词既表达了陶渊明与官场断绝纠葛的决绝,也体现了陶渊明退隐田园、躬耕自给的决心,它是诗人对精神田园的回归。作品着重表达了作者对黑暗官场的厌恶、鄙弃和决裂,赞美了村野的自然景物和劳动生活。文章绝大篇幅写了他脱离官场的无限喜悦,抒发归隐田园后的无限乐趣,表现了作者对大自然和隐居生活的向往和热爱。文章将叙事、议论、抒情巧妙地融为一体,创造出生动自然、引人入胜的艺术境界;语言自然朴实,洗尽铅华,带有浓厚的乡土气息。《归去来兮辞》全篇不过四百字,其文如下:

归去来兮,田园将芜胡不归?既自以心为形役,奚惆怅而独悲!悟已往之不谏,知来者之可追;实迷途其未远,觉今是而昨非。舟遥遥以轻飏,风飘飘而吹衣。问征夫以前路。恨晨光之熹微。

乃瞻衡宇,载欣载奔。僮仆欢迎,稚子候门。三径就荒,松菊犹存。携幼入室,有酒盈樽。引壶觞以自酌,眄庭柯以怡颜。倚南窗以寄傲,审容膝之易安。园日涉以成趣,门虽设而常关。策扶老以流憩,时矫首而遐观。云无心以出岫,鸟倦飞而知还。景翳翳以将入,抚孤松而盘桓。

归去来兮,请息交以绝游。世与我而相违,复驾言兮焉求?悦亲戚之情话,乐琴书以消忧。农人告余以春及,将有事于西畴。或命巾车,或棹孤舟。既窈窕以寻壑,亦崎岖而经丘。木欣欣以向荣,泉涓涓而始流。善万物之得时,感吾生之行休。

已矣乎,寓形宇内复几时,曷不委心任去留?胡为乎遑遑欲何之?富贵非吾愿,帝乡不可期。怀良辰以孤往,或植杖而耘耔。登东皋以舒啸,临清流而赋诗。聊乘化以归尽,乐夫天命复奚疑。①

元代的知识分子,在统治下的抑郁,常常使他们借助古人之酒杯,来浇自己心中之块垒,陶渊明的《归去来兮辞》也经常被画家用来作为抒情遣怀的题材。加之中国文人历来就有的一种"隐士"心态或"归隐"情结,使得陶潜的《归去来兮辞》具有一定的通适性,文人画家在绘画该题材之时,所要彰显的有可能是真正的隐逸,但也有可能是一种离开庙堂之后达心悦性的喜悦,而非对隐士的向往。这使得《归去来兮辞》这一文学体裁在绘画图像中的表现变得更为普遍。宋代的李公麟之后,元代的钱选、何澄等均有该题材的图像作品传世。

宋代李公麟曾据陶潜诗文作《归去来兮辞图卷》。《宣和画谱》载有:"公麟画陶潜《归去来兮图》,不在于田园松菊,乃在于临清流处。"②元初钱选以自娱为旨的绘画《归去来图》表现出对陶渊明淡泊情怀的追崇,是钱选隐居生活中心境的

---

① 逯钦立校注:《归去来兮并序》,《陶渊明集》卷五,中华书局 1979 年版,第 159—163 页。
② 岳仁译注:《宣和画谱》,湖南美术出版社 1999 年版,第 156 页。

映照。在《归去来图》的画面里，左一半为坡岸，有人家院落；右一半烟波浩渺，远处依稀可见淡淡山脉。靠近坡岸的水中有一只木船，陶渊明身着大袖宽袍立于船头，一童子在船尾摇橹。起伏的波纹，是木船正破水向岸边驶来。这或许正是《归去来兮辞》中"舟遥遥以轻飏，风飘飘而吹衣"的真实写照。另一边浅渚绿岸上有五棵柳树，枝叶茂密，一道隆起的院墙间有一柴门开着，几竿竹子探出墙来，这大概是陶渊明的居所。门前有两孩童和一妇人似在迎接陶渊明回家，正是《归去来兮辞》中"乃瞻衡宇，载欣载奔，僮仆欢迎，稚子候门"的写照。在技巧上，钱选利用虚实对比的手段，表现了陶渊明乘船渡水，脱离尘网，走向田园的生活寓意。画中所设的无边淡水和田园家境是两种境界的载体，也是画家精神的载体。画中的人物描绘细腻、传神，用线精致；坡岸、院墙的皴染均匀，树的枝叶自然、流畅。整个画面赋色清淡，洋溢着田园的清幽之气，体现出作者闲适淡泊的襟怀。钱选《归去来图》上题"衡门植五柳，东篱采丛菊。长啸有余清，无奈酒不足。当世宜沉酣，作色召侮辱。乘兴赋归欤，千载一辞独"①。诗歌与绘画内容一致。画面有五棵柳树以表示"五柳先生"，柴门、稚子在门口等候，陶渊明立于远处驶来的船舱中，衣袂迎风飘举。这是《归去来兮辞》文学原型在元代的重要图像体现。

图 1-2-1　钱选·归去来图·局部

　　何澄的《归庄图》也是以陶渊明《归去来兮辞》的诗意创作的。构图借助房屋、人马、田园等的穿插分隔，恰当地展现了多个画面和故事情节。造型手法洗练、传神，用笔遒劲有力，有马远、夏圭之遗风。但是何澄的《归庄图》显然不同于钱选的图像。何澄的绘画与其说表现的是"归隐"，不如说是衣锦还乡。从画面

① 钱选：《归去来图》，《元诗选》二集，中华书局 1987 年版，第 90 页。

上不难体味到何澄《归庄图》笔墨中所流露出来的些许欢快与祥和气氛。画中乡亲父老候望于岸，妪妇扶携出户，村童嬉戏揖拜，更像是一派衣锦还乡、颐养天年的盛状与容貌。这与何澄晚年仕途得意的心境有密切关系。皇庆元年（1312），已退仕的他因进画而获授中奉大夫、昭文馆大学士。此图便是他重获皇恩的次年所作，何澄显然还沉浸在兴奋的状态中。画家描绘"归去"只

图1-2-2　何澄·归庄图

是以陶潜自我比拟而已，心境与陶潜弃官归隐迥然不同。由此可见，何澄的"归去来兮辞"是由庙堂逃逸中生出，是有意而为以显示其自命清高的心态，这与钱选一类隐者心态是有一定差别的。高居翰在评述何澄之画时说："描绘陶渊明及其《归去来兮辞》的绘画不仅适用于真正的隐士或者那些放弃官职、选择隐退的人，也可用来恭维身处要职的人，暗示他在精神上真的像陶渊明，本质上是个隐士，没有仕进的野心，也不追逐私利。'朝隐'这个概念和'市隐'一样允许人们在原则上保持隐士的精神境界，而同时积极参与社会活动。"①高居翰的分析恰恰体现的是《归去来兮辞》对于元代社会语境下文人选择题材的普适性。

　　如果说渔父是文人所幻想的隐士，是主体的精神指向，那么桃花源则是文人遁世的理想境界或处所。《桃花源记》是陶渊明的代表作之一，是《桃花源诗》的序言。作者以武陵渔人行踪为线索，把理想与现实联系起来，通过对桃花源自由平等生活的描述，体现出作者对理想的追求和对世事的愤懑。桃花源也是画家经常描绘的文学母题之一，尤其自南宋以后，"桃花源"又开始成为绘画对象。文献记载陈清波、战德淳、刘松年、马和之、李唐、赵伯驹等都曾画过这一题材。元代的何澄、赵孟頫、张渥、盛懋、唐棣、王蒙、钱选等都有作品见于后世的著录，甚或是尚有作品传世。据记载钱选有两幅《桃源图》。凌云翰题《钱舜举桃源图》云："闻说桃源何处寻，披图想象重沉吟。锦云霭霭藏蓬岛，红雨纷纷落树林。一

---

① 高居翰（James Cahill）著，杨振国译：《中国绘画中的政治主题——"中国绘画的三种选择历史"之一》，《艺术探索》2005年第4期。

叶渔舟迷远近,几家农舍隔幽深。眼看宋业将移晋,惆怅先生避世心。"①孙而安对其另一幅《桃源图》也有题诗:"千古仙源境界真,桃花别有洞中春。桑麻处处阴连野,鸡犬家家住接邻。不识衣冠诗礼晋,但知狂暴虎狼秦。渔郎忽见惊相问,共说还为避世人。"②可惜的是钱选的这两幅《桃源图》均未传世。但是,从画面题写诗歌来看,还是能感受到其对陶渊明《桃花源记》中"芳草鲜美,落英缤纷"及"土地平旷,屋舍俨然,有良田、美池、桑竹之属"的生动描绘。钱选也有自题《桃花源》的诗作:"始信桃源隔几秦,后来无复问津人。武陵不是花开晚,流到人间却暮春。"③

　　元代有关陶渊明生活、轶事的图像有钱选的《扶醉图》《虎溪三笑图》等。《扶醉图》④表现陶渊明的饮酒故事。画面右侧有钱选自题:"贵贱造之者有醉辄设。若先醉,便语客,我醉欲眠君且去。""三笑图"亦与陶渊明的轶事相关,在陈舜俞的《庐山记》中曾有记载:"流泉匝寺下,入虎溪,昔远师送客过此,虎辄号鸣,故名焉。陶元亮居栗里,山南陆修静亦有道之士,远师尝送此二人,与语合道,不觉过之,因相与大笑。今世传三笑图,盖起于此。"⑤其实,五代末期画家石恪就曾画"三笑图"。元李公焕《笺注陶渊明集》在《杂诗(其六)》下按曰:"远公居山,余三十年,影不出山,迹不入俗,送宾游履常以虎溪为界。他日偕靖节、简寂禅观主陆修静语道,不觉过虎溪数百步。虎辄骤鸣,因相与大笑而别。石恪遂作《三笑图》,东坡赞之。"⑥元代仇远《山村遗集》中亦有记载,其《李待诏虎溪三笑图》诗曰:"偶然行过溪桥,正自不值一笑。三人必有我师,不笑不足为道。"⑦这表明该图所画内容乃为陶渊明与慧远、陆修静三人的一段传说。

　　陶渊明的肖像与陶渊明的思想及作品在文学艺术与图像艺术之间也形成了互文关系。元代陶渊明的肖像甚多,并开始定型化——"面容丰满,眉目清秀,胡子在口角下垂,两耳下及颔上三绺长须,头罩纱巾,肩披兽皮,一手持杖,两袖飘举"⑧。陶渊明的形象"大体上是头戴葛巾,身着宽袍,衣带飘然,微胖,细目,长髯,持杖,而且大多是面左"⑨。如张渥的《陶渊明小像》,在张渥的作品上有黄公望的题诗:"千古渊明避俗翁,后人貌得将无同。杖藜醉态浑如此,困来那得北窗风。"⑩诗中所云"后人貌得将无同"即表明了陶渊明形象的定型化特征。钱选的

① 《文渊阁四库全书》,上海古籍出版社1987年版,第1227册,第796页。
② 汪珂玉:《珊瑚网·名画题跋》卷七,《万有文库》第二集,商务印书馆1936年版,第877页。
③ 钱选:《题桃源图》,《元诗选》二集,中华书局1987年版,第86页。
④ 钱选:《扶醉图》绢本,水墨设色,28 cm×49.2 cm,现被美国私人收藏。
⑤ 陈舜俞:《庐山记》,中华书局1985年版,第9页。
⑥ 李公焕:《笺注陶渊明集》卷四,元刻十卷本,现藏于日本内阁文库,番号汉10115。
⑦ 《文渊阁四库全书》,上海古籍出版社1987年版,第1198册,第84页。
⑧ 袁行霈:《读陈洪绶〈博古叶子〉陶渊明像》,《荣宝斋》2005年第2期。
⑨ 袁行霈:《古代绘画中的陶渊明》,《北京大学学报》(哲学社会科学版)2006年第6期。
⑩ 陈邦彦选编:《历代题画诗》上卷,北京古籍出版社1996年版,第639页。

图1-2-3 钱选·扶醉图

图1-2-4 钱选·柴桑翁像

《柴桑翁像》①中的陶渊明面向左,着木屐,挂杖,后有一侍童背负酒瓶跟随而行。画面衣纹线条流畅,极具动感,衬托出陶渊明洒脱无羁的性格。图左有钱选自题:"晋陶渊明得天真之趣,无青州从事而不可陶写胸中磊落。尝命童佩壶以随,故时人摹写之。余不敏,亦图此以自况。雪溪翁钱选舜举画于太湖之滨,并题。"钤印有白文"雪溪翁钱选舜举画印"、朱文"翰墨游戏"等。此外,台北"故宫博物院"所藏传为赵孟頫的《醉菊图》也为陶渊明的肖像绘画,作品中的陶渊明形象,逸致平淡、风神洒脱。

陶渊明的作品、轶事及其肖像在元代的盛行有其内在的原因。元代的文人和画家都把陶渊明作为在当时特殊历史境遇之中的理想与楷模,元代文人对陶渊明的渴慕与崇敬达到了"前无古人后无来者"的地步。陶渊明的外形容貌也成

---

① 参见杨仁恺主编:《中国书画》,上海古籍出版社1990年版,第300—301页。

了文人自身理想之"我"的外在投射对象。戴葛巾、着宽袍、持黎杖,闲适地生活在山水之间,躬耕山野自给自足,这是何等的洒脱。在这种状态中保持着文人高蹈的气节,远离浮世铅华却被人敬佩,这种生活是何等的完美! 它甚至"反客为主"不像是作为"达则兼济天下,穷则独善其身"人生的补充,反而是文人存在之维中一个值得期待和追寻的美好归宿。

(2)《洛神赋》与其图像

卫九鼎所绘画的《洛神赋图》所依据的文学文本《洛神赋》是三国时期曹植写的短赋名篇。顾恺之曾据文本绘画《洛神赋图卷》。但卫九鼎的该幅绘画以单一人物为主,意在突出洛神的灵韵。画面上辽阔的江面水纹波荡,蒸腾云气中洛神以一位白衣佳人的形象在水中升起,洛神手持绘有山水图案的扇子,身形纤细窈窕,仪容端庄,繁复的衣纹圆柔婉转,衣带飞升飘扬。背景以淡墨描绘远景山丘,江面空旷清新。轻淡的墨色,更衬托出洛神的娴静幽雅,绝尘出世。学者陈葆真对《洛神赋图》的文图叙述关系已经作了非常充分和详尽的分析,此不再赘述。[①]

此外,竹林七贤、三国故事等在元代图像中也有体现,如"三顾茅庐"在元代的陶瓷等工艺美术品中,就是重要的装饰纹样之一,常以彩绘、雕刻等手法装饰在器物之上[②]。

第三节 唐宋五代及宋文学与元代的图像

以唐、宋五代的文学作品进行创作的图像艺术在元代也颇为丰富,主要有唐代杜牧的《杜秋娘诗》与周朗所创作的《杜秋娘图》,宋代的刘义庆所集《世说新语》故事与元代的绘画,以及该时代的其他文学故事与元代的图像等。

(1)杜牧《杜秋娘诗》与周朗《杜秋娘图》

杜牧的长篇五言古诗《杜秋娘诗》作于唐文宗大和七年(833)。据傅璇琮《李德裕年谱》考证:"牧之此诗作于大和七年春奉沈传师之命报聘于淮南节度使牛僧孺之时,谓'聘淮南节度使牛僧孺,往来于润州(江苏省镇江市),闻杜秋娘流落事,作《杜秋娘诗》'。"[③]当时杜牧正在宣州(今安徽宣城)宣歙观察使沈传师幕中,奉沈之命到扬州公干,途经镇江(即诗歌序中所言之"金陵",唐代镇江为润州,又称金陵),见到了孤苦无助、年老色衰的杜秋娘,倾听其诉说平生,"感其穷且老",于是写下了这首长诗。诗歌叙述了杜秋娘坎坷不幸的人生,人物形象鲜明生动,由此作者感慨人生的无常和世事的沧桑。杜牧在诗中也抒发了怀才不遇的感慨,"无国要孟子,有人毁仲尼。秦因逐客令,柄归丞相斯。安知魏齐首,

---

① 参见陈葆真:《〈洛神赋图〉与中国古代故事画》,浙江大学出版社 2012 年版。
② 元代有关三国故事的图像在平话中更为集中,有关内容将在后文的平话图像中详细分析,此处从略。
③ 傅璇琮:《李德裕年谱》,齐鲁书社 1984 年版,第 300 页。

见断簧中尸"，便是这种情感的鲜明写照。

诗歌序言曰："杜秋，金陵女也。年十五，为李锜妾。后锜叛灭，籍之入宫，有宠于景陵。穆宗即位，命秋为皇子傅姆。皇子壮，封漳王。郑注用事，诬丞相欲去异己者，指王为根。王被罪废削，秋因赐归故乡。予过金陵，感其穷且老，为之赋诗。"①诗曰：

> 京江水清滑，生女白如脂。其间杜秋者，不劳朱粉施。
> 老濞即山铸，后庭千双眉。秋持玉斝醉，与唱《金缕衣》。
> 濞既白首叛，秋亦红泪滋。吴江落日渡，灞岸绿杨垂。
> 联裾见天子，盼眄独依依。椒壁悬锦幕，镜奁蟠蛟螭。
> 低鬟认新宠，窈袅复融怡。月上白璧门，桂影凉参差。
> 金阶露新重，闲捻紫箫吹。莓苔夹城路，南苑雁初飞。
> 红粉羽林仗，独赐辟邪旗。归来煮豹胎，餍饫不能饴。
> 咸池升日庆，铜雀分香悲。雷音后车远，事往落花时。
> 燕禖得皇子，壮发绿緌緌。画堂授傅姆，天人亲捧持。
> 虎睛珠络褓，金盘犀镇帷。长杨射熊罴，武帐弄哑咿。
> 渐抛竹马剧，稍出舞鸡奇。崭崭整冠佩，侍宴坐瑶池。
> 眉宇俨图画，神秀射朝辉。一尺桐偶人，江充知自欺。
> 王幽茅土削，秋放故乡归。觚棱拂斗极，回首尚迟迟。
> 四朝三十载，似梦复疑非。潼关识旧吏，吏发已如丝。
> 却唤吴江渡，舟人那得知？归来四邻改，茂苑草菲菲。
> 清血洒不尽，仰天知问谁？寒衣一匹素，夜借邻人机。
> 我昨金陵过，闻之为歔欷。自古皆一贯，变化安能推。
> 夏姬灭两国，逃作巫臣姬。西子下姑苏，一舸逐鸱夷。
> 织室魏豹俘，作汉太平基。误置代籍中，两朝尊母仪。
> 光武绍高祖，本系生唐儿。珊瑚破高齐，作婢春黄糜。
> 萧后去扬州，突厥为阏氏。女子固不定，士林亦难期。
> 射钩后呼父，钓翁王者师。无国要孟子，有人毁仲尼。
> 秦因逐客令，柄归丞相斯。安知魏齐首，见断簧中尸。
> 给丧蹶张辈，廊庙冠峨危。珥貂七叶贵，何妨戎虏支。
> 苏武却生返，邓通终死饥。主张既难测，翻覆亦其宜。
> 地尽有何物？天外复何之？指为何而捉？足为何而驰。
> 耳何为而听？目何为而窥？己身不自晓，此外何思惟？
> 因倾一樽酒，题作杜秋诗。愁来独长咏，聊可以自怡。②

---

① 吴鸥译注：《杜牧诗文选译》，巴蜀书社 1991 年版，第 14—15 页。

② 同上，第 15—23 页。

图1-3-1 周朗·杜秋娘图

杜牧对于杜秋娘形象的刻画及其怀才不遇的感慨在元代画家周朗的画中得到了再现，元代周朗的《杜秋娘图》[①]中人物相貌丰润，唐装高髻长裙，其面容丰满端庄，衣带飘拂，婀娜多姿。画家用浓墨重染发髻，衬托出白皙的面容，具有唐代仕女画的特色。人物造型线条兼取张萱、周昉的琴弦描和吴道子的兰叶描，流畅而具弹性，但其设色淡雅不同于唐代的重彩画法。画面中的杜秋娘手执排箫，若有所思，眼中略带忧郁，体现了杜牧诗歌中"金阶露新重，闲捻紫箫吹"之意。画面淡雅的色调十分贴切地突出了杜秋娘的淡泊人生。

（2）孟郊《游子吟》与陈汝言的诗意图

唐代诗人孟郊（751—814）的《游子吟》一诗曾被元代画家陈如言作诗意画。孟郊的《游子吟》真切淳朴地吟颂了伟大的母爱。诗的开头两句，以线与衣，点出了母子间的骨肉之情。后面两句以通俗形象的比喻，寄托赤子对于母亲的情怀——对于春日般的母爱，儿女怎能报答于万一？

> 慈母手中线，游子身上衣。
>
> 临行密密缝，意恐迟迟归。
>
> 谁言寸草心，报得三春晖！[②]

元代画家陈汝言（字惟允）绘有以唐代诗人孟郊《游子吟》为原本的诗意图，[③]画家以线造型，描绘了游子临行，母亲缝衣的画面。画中以杨柳居中分割画面，杨柳在画面上占有几近一半的空间，这与古人离别时折杨柳枝相送之风俗有关。送别折柳的习俗早在汉乐府《折杨柳歌辞》中已经出现，其曰："上马不捉鞭，反折杨柳枝。"[④]柳树之"柳"与"留"谐音，唐诗中有不少以杨柳来表达惜别之情。如李白的《春夜洛城闻笛》："此夜曲中闻折柳，何人不起故园情。"王之涣《凉州词》："羌笛何须怨杨柳，春风不度玉门关。"张籍的《蓟北旅思》："客亭门外柳，

---

① 周朗：《杜秋娘图》，纸本设色，32.3 cm×285.5 cm，藏于北京故宫博物院。

② 孟郊：《孟东野诗集》，上海书店出版社1987年版，第3页。

③ 陈汝言所作诗意图，36.6 cm×33.9 cm，现藏台北"故宫博物院"。

④ 郭茂倩编撰：《乐府诗集》，中华书局1979年版，第369页。

图 1-3-2　陈汝言·诗意图

折尽向南枝。"从这些诗句中更能够看出古代送别折柳习俗的盛行。陈汝言画面以杨柳占据大部分空间更加凸显了临别的意味。杨柳之下的室内有一男子恭谨侍立,等待母亲将衣服缝好,表现出诗歌的前两句"慈母手中线,游子身上衣"。门外则已有僮仆备车,准备出发远行,体现了"临行密密缝"诗句之意义。画家将"缝衣""准备出发远行"置于同一画面,加强了图像的叙述性,整幅作品构图和物象造型简单而富于意趣。画面笔墨淡雅清逸,左侧上方倪瓒的题字用笔挺拔遒劲,与画中的意趣互文应和。

(3)《晋书》《世说新语》与元代图像

王羲之观鹅是文学故事被图像化的常见主题之一。《晋书·王羲之传》载王羲之性好鹅:

会稽有孤居姥养一鹅,善鸣,求市未能得,遂携亲友命驾就观。姥闻羲之将至,烹以待之,羲之叹惜弥日。又山阴有一道士,养好鹅,羲之往观焉,意甚悦,固求市之。道士云:"为写《道德经》,当举群相赠耳。"羲之欣然写毕,笼鹅而归,甚以为乐。[1]

---

[1]　房玄龄:《晋书·列传第五十·王羲之》,中华书局 1974 年版,第 2100 页。

钱选此《王羲之观鹅图》①即据传说绘制而成。画面以青绿设色,近景树木翁郁,竹林浓郁茂密,亭台的左侧被林木掩映,白鹅在亭前水中嬉戏,羲之着白衣凭栏观鹅。画面的右侧远山重叠起伏,村庄的房屋隐现于雾霭山林之间。图像所绘境界秀雅明润,风格高古飘逸,体现出魏晋时期文人的洒脱与自由。

图1-3-3 钱选·王羲之观鹅图

"雪夜访戴"是南北朝时期刘义庆《世说新语》中的故事,在唐代文学中也曾不断出现"雪夜访戴"的意象,如在李白的《答王十二寒夜独酌有怀》《东鲁门泛舟二首》等诗歌中均有此意象。"雪夜访戴"可谓是前代文学中的诗歌意象"原型"之一。同样,"雪夜访戴"也是在元代的图像中出现较为频繁的作品。元代画家张渥的《雪夜访戴图》即是《世说新语》中故事的图像化表现。《世说新语·任诞》载:

王子猷居山阴,夜大雪,眠觉,开室命酌酒。四望皎然,因起仿偟,咏左思《招隐诗》。忽忆戴安道,时戴在剡,即便夜乘小船就之。经宿方至,造门不前而返。人问其故,王曰:"吾本乘兴而行,兴尽而返,何必见戴?"②

王子猷这种乘兴而至、兴尽而返,不讲实务效果,但凭兴之所至的惊世骇俗之行为,十分鲜明地体现出当时士人所崇尚的随性放浪、不拘形迹的"魏晋风度",这种洒脱与放浪也极为元人所崇尚。张渥的《雪夜访戴图》③描绘的就是王子猷乘舟访问好友戴逵的故事。画面选择了"造门不前而返"这一转折点进行刻画。溪岸上老树槎桠,舟人撑竹篙离岸起航,徽之坐于船中,双手缩于衣袖之内,前面放有打开的书本,王子猷神态似在与戴安道默默道别。一叶小舟,一棵大树,主仆两人(舟人和王子猷),一动一静,树木高耸顶天立地布满整个画幅的左

---

① 钱选:《王羲之观鹅图》,纸本青绿设色,手卷,24.7 cm×82.1 cm,藏于美国大都会博物馆。

② 刘义庆:《世说新语》,岳麓书社2015年版,第167页。

③ 张渥:《雪夜访戴图》,91.8 cm×39.8 cm,现藏于上海博物馆。

侧。"作品不在对雪溪(剡溪)具体环境的描绘,重点在于写徽之坐于船中的神情。'访戴当时戴不知,雪溪无奈子猷痴',子猷的痴,正是士大夫的那种卓然不羁状态的又一种表现,画家都给予了深刻的刻画。这幅画的本意,还在于反映当时的文人,要求能得到一种可以'乘兴''来去'的自由。"①画家用白描与水墨相结合的画法,以简练的线条,表现出严寒的气象,刻画了人物的精神面貌,衣带、船帏、坡石略加淡墨渲染,河岸上的古树枝干遒劲,或浓墨渲染,或淡墨勾勒,整个画面笔墨静美、情感内敛,体现了画家高超的笔墨技巧和深厚的艺术功底,透露出元代绘画图像所崇尚的"古意"之朴拙。

(4)八仙故事与其图像

自古以来有多种不同的"八仙","八仙"一词,最早见于东汉。牟融《理惑论》曰:"王乔、赤松、八仙之篆,神书百七十卷。"这里所谓的"八仙"包括哪些人不详。汉代之后,晋时葛洪的《神仙传》、五代时杜光庭的《录异记》等书以"淮南八公"为八仙。八公是西汉时淮南王刘安的八个门客,安徽的八公山即由此得名。晋谯秀《蜀纪》中有"蜀中八仙",即容成公、李耳、董仲舒、张道陵、严君平、李八百、范长生、尔朱先生等八人,道教传说他们均在蜀中得道成仙。唐代有"酒中八仙",即李白、贺知章、李适之、王李琎、崔宗之、苏晋、张旭、焦遂八个嗜酒文人。

元代画家任仁发、颜辉曾绘有"八仙"图像,另外,在永乐宫壁画以及元代的装饰图案中亦有八仙的形象,且"八仙最早以组合形式出现便是在元代"②。元代画家任仁发(1254—1327)绘有《饮中八仙图》③。该图乃是根据杜甫《饮中八仙歌》诗意所作,画面描绘了李白等八位诗人醉酒吟诗的生动情态,人物造型富于雅逸趣味,画面设色简洁清雅。杜甫的《饮中八仙歌》为:

> 知章骑马似乘船,眼花落井水底眠。汝阳三斗始朝天,道逢曲车口流涎,恨不移封向酒泉。左相日兴费万钱,饮如长鲸吸百川,衔杯乐圣称避贤。宗之萧洒美少年,举觞白眼望青天,皎如玉树临风前。苏晋长斋绣佛前,醉中往往爱逃禅。李白一斗诗百篇,长安市上酒家眠。天子呼来不上船,自称臣是酒中仙。张旭三杯草圣传,脱帽露顶王公前,挥毫落纸如云烟。焦遂五斗方卓然,高谈雄辩惊四筵。④

在绘画史中出现频繁且被图案化的当属"道教八仙",即铁拐李、汉钟离、张果老、蓝采和、何仙姑、吕洞宾、韩湘子、曹国舅。这组八仙起源于唐,发展于宋、元时期。早在唐代郑处诲《明皇杂录》中对八仙已有记载,如"张果见明皇"载曰:

> 张果者,隐于恒州条山,常往来汾晋间,时人传有长年秘术,耆老云为儿童时

---

① 王伯敏主编:《中国美术通史》第五卷,山东教育出版社1988年版,第76页。
② 陈杉:《永乐宫〈八仙过海图〉及与全真教渊源考》,《四川戏剧》2014年第5期。
③ 任仁发:《饮中八仙图》,26.7 cm×447.3 cm,藏于台北"故宫博物院"。
④ 仇兆鳌注:《杜诗详注》卷二,中华书局1979年版,第101—106页。

见之，自言数百岁矣。唐太宗、高宗屡征之不起，则天召之出山，佯死于妒女庙前。时方盛热，须臾臭烂生虫。闻于则天，信其死矣。后有人于恒州山中复见之。果乘一白驴，日行数万里，休则折叠之，其厚如纸，置于巾箱中；乘则以水噀之，还成驴矣。……玄宗留之内殿，赐之酒，辞以山臣饮不过二升，有一弟子，饮可一斗。玄宗闻之喜，令召之。俄一小道士自殿檐飞下，年可十六七，美姿容，旨趣雅淡，谒见上，言词清爽，礼貌臻备。玄宗命坐，果曰："弟子当侍立于侧，未宜赐坐。"玄宗目之愈喜，遂赐之酒，饮及一斗不辞。果辞曰："不可更赐，过度必有所失，致龙颜一笑耳。"玄宗又逼赐之，酒忽从顶涌出，冠子落地，化为一榼。玄宗及嫔御皆惊笑，视之，已失道士矣。①

　　八仙在北宋的《宣和书谱》、南宋末周密的《武林旧事》卷十之《宴瑶池爨》等均有记录。宋吴曾《能改斋漫录》卷十八《吕洞宾唐末人》《吕洞宾传神仙之法》，宋张舜民《画墁集》卷八吕洞宾事迹等都有对八仙的记录，只不过这些笔记缺少文学性。其中较为详细地记载钟离的有《宣和书谱》卷十九"宋神仙钟离权"条，该条曰：

　　宋神仙钟离先生名权，不知何时人，而间出接物，自谓生于汉，吕洞宾于先生执弟子礼，有问答语及诗成集。状其貌者，作伟岸丈夫，或峨冠绀衣，或虬髯蓬鬓，不冠巾而顶双髻，文身跣足欣然而立，睥睨物表，真是眼高四海而游方之外者。自称天下都散汉，又称散人。尝草其为诗云："得道高僧不易逢，几时归去得相从？"其字画飘然有凌云之气，非凡笔也。元祐七年七月，亦录诗四章赠王定国，多论精勤志学，长生金丹之事，叠叠可读；终自论其书，以谓学龙蛇之状，识者信其不诬。②

　　元曲《八仙庆寿》中也已把钟离等列为"八仙"，但是在元时期"八仙"的姓名尚未固定。直到明朝中叶，吴元泰的《八仙出处东游记》才确定名称，并流传至今。

图1-3-4　任仁发·张果见明皇图卷

　　任仁发《张果见明皇图卷》③便是以八仙故事为原本，将文本情节作了概括

---

① 郑处诲撰：《明皇杂录》卷下，中华书局1994年版，第30—31页。
② 《宣和书谱》，中华书局1985年版，第441—442页。
③ 任仁发：《张果见明皇图卷》，41.5 cm×107.3 cm，现藏于北京故宫博物院。

描绘。任仁发该画描绘唐玄宗李隆基与传说中的"八仙"之一的张果老及其弟子相见的传奇故事。图像截取张果老在明皇前展示法术的片断。画面右侧身穿道服的张果双掌向上,面带微笑,坐在绣墩之上,作言说之状。张果老的身前有一小童于布袋中放出鞍辔皆全作奔跑状的小驴。唐玄宗身着黄袍坐在画面中间偏左的宝座上,玄宗的目光完全被奔来的小驴所吸引。左侧站立的四名侍从,他们面对张果老所施展的法术神情各异。画面左下题有"云间任仁发笔",并有"任氏子明"印章。画面设色古雅明丽,人物表情细致生动,画面顷刻间的动态表现极富故事性,以小驴的奔跑为图像的视觉中心,张果老的沉着自如,玄宗略带惊讶的神情,使得文本叙述的故事得到充分的图像化叙述。

　　元代颜辉绘有《李仙图》,画中的李铁拐正坐在流瀑高悬的悬崖旁。画中的背景与许多观音图相似,或许是从后者借用来的。他正恶狠狠地抬头远望,铁拐斜倚在腿旁,其神态更像是粗鲁的无赖而不是乞丐。衣着和身体部位用浓墨渲染,加强了人物和作品的凝重感。另,山西芮城永乐镇永乐宫纯阳殿亦有一壁描绘的是八仙过海的场面,此画高 120 厘米,宽 450 厘米,以工笔重彩法画就,画面从左至右的观看视点描绘了八仙各显神通漂渡东海的故事情节,画面定格在众仙渡海的瞬间。画面人物之后的背景中可见海中波涛汹涌,云气飘渺,八位仙神造型生动,神情各异,正施展法术飘行于海面之上。

图 1-3-5　颜辉·李仙图

　　此外,田自秉所著《中国纹样史》将八仙图案列于元代,认为元代的瓷器上已经出现了"八仙庆寿"[①]的装饰图案,这也表明"八仙"在元代的盛行以及"八仙"的"视觉化"在元代已经是十分普遍的事情了。

　　(5)"三藏取经"故事与其图像

　　三藏取经的故事原型始于唐代慧立、彦琮所作的传记文学《大慈恩寺三藏法师传》,但把各种神话与取经故事串联起来,形成自己的体系,有头有尾地讲述唐僧取经经过,把取经事实推向神魔故事的关键环节的文本却是南宋话本《大唐三藏取经诗话》。在此话本中,"取经队伍初露端倪,特别是猴行者的'闪亮登场'使

---

① 田自秉:《中国纹样史》,高等教育出版社 2003 年版,第 319 页。

故事的叙述主体发生了改变,由玄奘开始向猴行者转移"①。《西游记》的故事雏形已经呈现。在《大唐三藏取经诗话》的开篇即有猴行者化成白衣秀才,保护三藏的故事叙述:

图1-3-6　山西芮城永乐宫八仙过海壁画·局部

偶于一日午时,见一白衣秀才从正东而来,便揖和尚:"'万福,万福!和尚今往何处?莫不是再往西天取经否?'法师合掌曰:'贫僧奉敕,为东土众生未有佛教,是取经也。'秀才曰:'和尚生前两回去取经,中路遭难;此回若去,千死万死。'法师云:'你如何得知?'秀才曰:'我不是别人,我是花果山紫云洞八万四千铜头铁额猕猴王。我今来助和尚取经。此去百万程途,经过三十六国,多有祸难之处。'法师应曰:'果得如此,三世有缘。东土众生,获大利益。'当便改呼为猴行者。"②

《三藏取经》的图像亦因受到宋代文学文本影响而出现。元代陶瓷图案以及安西榆林窟和东千佛洞西夏壁画都有"唐僧取经图"出现。在西夏榆林窟的壁画上所画的"观音对面岩畔有一僧人双手合十向观音遥拜,身后有一个猴面行者,这是现存最早的唐僧取经图"③。该图像应该与南宋文学作品《大唐三藏取经诗话》有关联。

元代的唐僧取经图像流传应该较为普遍,广东省博物馆藏有一件长40厘米

① 杨森:《明代刊本〈西游记〉图文关系研究》,上海大学2012年博士学位论文。
② 李时人、蔡镜浩校注:《大唐三藏取经诗话校注》,中华书局1997年版,第3页。
③ 徐庄编著:《异形之美——西夏艺术》,宁夏人民出版社2003年版,第15页。

印有"古相张家造"字样的元代磁州窑瓷枕①,上面绘有唐僧取经图,且瓷枕上的三藏取经图也已经是师徒四人的样式了。所绘制的图像中孙悟空、猪八戒、沙和尚、唐僧师徒四人形象生动可爱。元代日常用具瓷枕上出现该图案,显然是"唐僧取经"的故事在当时已经流传甚广。

图 1-3-7　瓷枕·唐僧取经图

第四节　前代文学与辽、金的图像

前代文学在辽、金等的图像艺术中都产生了重大的影响,在这些朝代的历史文化中都有一定的痕迹留存。辽、金与宋地在人员交往、文化往来等方面的关系本就十分密切,因此,上述出现在元代图像艺术中的文学叙事也同样出现在辽、金等北方少数民族的文化艺术中。但是在现存辽、金的美术史中,与文学叙事相关的图像却十分稀少,能够见到的图像大多都是在考古中发掘的墓室壁画。在这些能够得见的辽金墓室壁画图像中,大多数绘画作品或者是描述日常生活的图像志,或者是狩猎图、乐舞图,或者是动植物装饰纹样,当然也有孝悌故事、历史故事等,只不过辽金图像的大宗乃是狩猎、散乐、婴戏、出行等与文学几无关系的日常图像。除了墓室壁画,在文献中也记载有辽金时代的图像作品,诸如"七十二贤图""文姬归汉图"等。"辽代美术史的研究是伴随着辽代考古发掘的发展而发展起来的"②,因此,辽代文学与图像的史料也必然会随着考古图像发掘的增多而丰富。

一、辽代图像中的前代文学

(1)"孔子""七十二贤"的文与图

《史记·孔子世家》记载:"孔子以诗书礼乐教,弟子盖三千焉,身通六艺者七十有二人。"辽的孔庙里也有大量的绘画作品。据《全辽文》卷十《三河县重修文宣王庙记》③记载,孔子的像一般以三礼图为准,"绘丹腰龙衮,玄冕黼

图 1-4-1　张文藻墓壁画·三教会棋图

---

① 参见叶喆民:《中国陶瓷史》,生活·读书·新知三联书店 2006 年版,第 451 页。
② 张鹏:《辽代美术史研究的新视界》,《美术研究》2008 年第 2 期。
③ 陈述辑校:《全辽文》卷十,中华书局 1982 年版,第 294 页。

皷,珠旒交映,金碧已至,粹容圆备",一副帝王气派。"左右具侍立,前列十哲,簪绂精饰,壁图七十二贤",还有地堂,叙其事迹。辽代孔庙中的"七十二贤"图像,应该是根据《史记》文本所载而绘制的。此外,辽代也有孔子的画像。在宣化墓室壁画的《三教会棋图》中,老聃、释迦对弈,孔子居于二人之间观棋,这也凸显了儒家地位在辽代的尊崇,"会棋"谐音于"汇齐",即三教在元代时期的合流。

(2)《明皇杂录》与辽壁画

《明皇杂录》中所载的杨贵妃调教鹦鹉诵经故事,曾出现在辽代的墓室壁画之中。唐中叶郑处诲所撰《明皇杂录》载曰:

开元中,岭南献白鹦鹉,养之宫中。岁久,颇聪慧,洞晓言词。上及贵妃皆呼为雪衣女。性既驯扰,常纵其饮啄飞鸣,然亦不离屏帏间。上令以近代词臣诗篇授之,数遍便可讽诵。上每与贵妃及诸王博戏,上稍不胜,左右呼雪衣娘,必飞入局中鼓舞,以乱其行列,或啄嫔御及诸王手,使不能争道。忽一日,飞上贵妃镜台,语曰:"雪衣娘昨夜梦为鸷鸟所搏,将尽于此乎?"上使贵妃授以《多心经》,记诵颇精熟,日夜不息,若惧祸难,有所禳者。上与贵妃出于别殿,贵妃置雪衣娘于步辇竿上,与之同去。既至,上命从官校猎于殿下,鹦鹉方戏于殿上,忽有鹰搏之而毙。上与贵妃叹息久之,遂命瘗于苑中,为立冢,呼为鹦鹉冢。①

此故事后又被《白孔六帖》《太平御览》《太平广记》《说郛》等文本征引转载,流布甚广。内蒙古自治区赤峰市阿鲁科尔沁旗宝山辽代早期贵族壁画墓的《诵经图》当是该故事的图像化,画面上的"贵妇云鬓抱面,所梳发髻的正面上下对插两把发梳,佩金钗。弯眉细目,面如满月。红色抹胸,外罩红地球路纹宽袖袍,蓝色长裙,端坐于高背椅上,面前置红框蓝面条案,上有展开的经卷,案左置高足金托盏,右侧立一只鹦鹉,羽毛洁白,勾喙点红。案、椅下铺团花地毯,红边蓝地。贵妇仪态典雅贤淑,左手持拂尘,右手轻按经卷,俯首吟读,虔诚之态溢于言表"②。墓室壁画的图像选择了杨贵妃调教鹦鹉诵经的瞬间。在壁画的右上角竖框内,有题诗曰:"雪衣丹嘴陇山禽,每受宫闱指教深。不向人前出凡语,声声皆是念经音。"③诗中的"雪衣"就是白鹦鹉。

(3)"寄锦"故事与图像

以苏若兰织回文锦的故事入画大概始于唐代。《宣和画谱》即载有张萱、周昉绘制"织锦回文图"④。苏若兰织寄回文锦的传说,在晋唐时代曾广为流传。东晋王隐撰《晋书》中就已出现了这个故事:"窦滔妻苏氏……善属文。滔,苻坚时,为秦州刺史,被徙流沙,苏氏思之,织锦为回文旋图诗以赠滔,宛转循环以读

---

① 郑处诲撰:《明皇杂录》,中华书局 1994 年版,第 58 页。

②③ 内蒙古文物考古研究所、阿鲁科尔沁旗文物管理所:《内蒙古赤峰宝山辽壁画墓发掘简报》,《文物》1998 年第 1 期。

④ 参见《宣和画谱》卷五、六,湖南美术出版社 1999 年版,第 120 页,第 127 页。

之,词甚凄惋。"①主要情节与唐朝官修《晋书》大体相同。该故事在辽代的墓室壁画中有所体现。据《内蒙古赤峰宝山辽壁画墓发掘简报》所载,墓室壁画南壁绘制有《寄锦图》,《简报》的描述与《晋书》"苏若兰织锦寄夫"的故事相一致。

"寄锦"已经成为一个叙事原型,在晋唐及之后的诗歌中多有体现。南北朝时期江淹的《别赋》云:"织锦曲兮泣已尽,回文诗兮影独伤。"②梁元帝萧绎在《荡妇秋思赋》中运用了"回文之锦"的典故:"荡子之别十年,倡妇之居自怜。登楼一望,唯见远树含烟;平原如此,不知道路几千。天与水兮相逼,山与云兮共色;山则苍苍入汉,水则涓涓不测。谁复堪见鸟飞,悲鸣只翼。秋何月而不清,月何秋而不明;况乃倡楼荡妇,对此伤情。於时露萎庭蕙,霜封阶砌,坐视带长,转看腰细。重以秋水文波,秋云似罗;日黯黯而将暮,风骚骚而渡河。妾怨回文之锦,君思出塞之歌。相思相望,路远如何?鬓飘蓬而渐乱,心怀愁而转叹。愁萦翠眉敛,啼多红粉漫。已矣哉!秋风起兮秋叶飞,春花落兮春日晖。春日迟迟犹可至,客子行行终不归。"③萧绎《寒闺诗》:"乌鹊夜南飞,良人行未归。池水浮明月,寒风送捣衣。愿织回文锦,因君寄武威。"④此外,唐代诗人窦巩《从军别家》:"如今便是征人妇,好织回文寄窦滔。"⑤施肩吾《望夫词》:"手爇寒灯向影频,回文机上暗生尘。自家夫婿无消息,却恨桥头卖卜人。"⑥李频《古意》:"白马游何处,青楼日正长。凤箫抛旧曲,鸾镜懒新妆。玄鸟深巢静,飞花入户香。虽非窦滔妇,锦字已成章。"⑦元稹《春别》:"幽芳本未阑,君去蕙花残。河汉秋期远,关山世路难。云屏留粉絮,风幌引香兰。肠断回文锦,春深独自看。"⑧李绅《过梅里七首家于无锡四十载,今敝庐数堵犹存》:"云间上下同栖息,不作惊禽远相忆。东家少妇机中语,剪断回文泣机杼。徒嗟孔雀衔毛羽,一去东南别离苦。五里裴回竟何补。"⑨晚唐诗人徐寅《回文诗二首》中曰:"飞书一幅锦文回,恨写深情寄雁来。机上月残香阁掩,树梢烟澹绿窗开。霏霏雨罢歌终曲,漠漠云深酒满杯。归日几人行问卜,徽音想望倚高台。"⑩可见,以思夫之情作为象征的"回文锦"已经成为一个符号原型。

宝山辽壁画墓南壁的壁画,画面共七人交错排开,中央位置的贵妇为画中主要人物,梳蝶形双提髻,满插金钗,柳眉凤目,樱桃小嘴,脸庞丰盈。穿红花蓝地

① 房玄龄:《晋书·列女第六十六·列女》,中华书局 1974 年版,第 2523 页。

② 严可均辑:《全梁文》卷三十三,商务印书馆 1999 年版,第 357 页。

③ 《全梁文》卷十五,商务印书馆 1999 年版,第 166—167 页。

④ 逯钦立辑校:《先秦汉魏晋南北朝诗·梁诗》卷二十五,中华书局 1983 年版,第 2054 页。

⑤ 彭定求等编:《全唐诗·三》,中州古籍出版社 2008 年版,第 1388 页。

⑥ 《全唐诗·四》,中州古籍出版社 2008 年版,第 2546—2547 页。

⑦ 同上,第 3068 页。

⑧ 同上,第 2120 页。

⑨ 同上,第 2491 页。

⑩ 同上,第 3652 页。

交领窄袖衣、红色曳地长裙外套蓝腰裙，垂蝶结丝带，肩披淡黄色回纹披帛。双臂微屈，右手前指，左手持披帛，在诸女簇拥中，显得雍容华贵。贵妇前侧侍立僮仆、女侍各一。男僮束发带巾，容貌清秀，穿带有黑色包边的淡红色交领阔袖长衫、白腰带、白裤、素袜、系带软鞋，身前置挑担，两端分挂包裹、盏盒，面对女主人躬身拱手，神态恭谨，似在辞行。一侍女在男僮右侧，红衣蓝裙，右手前伸握一卷锦帛，侧身顾盼主人，似要将其交予男僮。女主人身后有四名侍女，皆衣饰华美。画面背景是刻意描绘的树木。① 南壁上的榜题也表明了画面描绘的是苏若兰寄锦的故事，榜题曰："□□征辽岁月深，苏娘憔（悴）□难任，丁宁织寄回（文）（锦），表妾平生缱绻心。"题文虽然略有残缺，但全诗意思比较清楚，即苏娘夫婿远行征辽，年深不归。苏娘因思念丈夫，精心织成回文锦，寄予远方的征人，表达思恋之情。

上述《寄锦图》与《诵经图》较多地保留了唐代绘画图像的特征，所描绘的文本故事也多是唐代时期流行的题材，由此可见辽代契丹的文学与图像均在一定程度上受到中原文化的影响。

（4）其他前代故事原型在辽代的图像

除了上述故事图像之外，受中原文化的影响，在辽代的墓室壁画中也有"孝悌故事""高士图""西王母图""竹林七贤图"等，这些均与前代的文学或历史故事相关。

丁兰刻木事亲的故事最早可以追溯到汉代。汉代《风俗通义》载曰："谨按：《礼》：'继母如母，慈母如母。'谓继父之室，慈爱己者皆有母道，故事之如母也。何有道路之人而定省？世间共传丁兰克木而事之，今此之事，岂不是似？如仁人恻隐，哀其无归，直可收养，无事正母之号耳。"②曹植《灵芝篇》："丁兰少失母，自伤早孤茕。刻木当严亲，朝夕致三牲。"③唐徐坚《初学记》卷十七引孙盛《逸人传》云："丁兰者，河内人也。少丧考妣，不及供养，乃刻木为人，仿佛亲形，事之若生，朝夕定省。其后邻人张叔妻从兰妻有所借，兰妻跪报木人，木人不悦，不以借之。叔醉疾来，谇骂木人，以杖敲其头。兰还，见木人色不怿，乃问其妻。妻具以告之，即奋剑杀张叔。吏捕兰，兰辞木人去。木人见兰，为之垂泪。郡县嘉其至孝，通于神明，图其形像于云台也。"④此外，唐代释道世编的《法苑珠林》卷四十九《忠孝篇》引郑缉之《孝子传》⑤、《太平御览》卷四八二引晋代干宝的《搜神记》⑥

① 内蒙古文物考古研究所、阿鲁科尔沁旗文物管理所：《内蒙古赤峰宝山辽壁画墓发掘简报》，《文物》1998年第1期。

② 应劭撰，王利器校注：《风俗通义校注》，中华书局1981年版，第139页。

③ 曹植著，赵幼文校：《曹植集校注》，中华书局2016年版，第326页。

④ 徐坚撰：《初学记》卷十七，中华书局1962年版，第422页。

⑤ 释道世撰，周叔迦、苏晋仁校注：《法苑珠林校注》卷四十九，中华书局2003年版，第1487页。

⑥ 参见《太平御览》卷四百八十二，中华书局1960年版，第2207页。

等均有记载。元代郭居敬首辑的《二十四孝》载曰："汉丁兰,幼丧父母,未得奉养,而思念劬劳之恩,刻木为像,事之如生。其妻久而不敬,以针戏刺其指,血出。木像见兰,眼中垂泪。兰问得其情,遂将妻出弃之。"①

　　北京门头沟斋堂辽墓西壁最右侧所绘,即为"丁兰刻木事母"的孝悌故事。画面上绘有一壁龛,内正面袖手盘膝端坐一尊塑像,桌上供有祭品。壁龛之前有一人,应是丁兰,头戴幞头,身着红色宽袖长袍,腰间系有黄色带子,正在躬身揖手,向塑像作行礼状。紧挨树木的有年轻妇女二人,一人身穿粉色宽袖上衣,绿色帔肩,下身着灰色长裙,双手笼袖而立。另一妇女身穿红色斜领宽袖长袍,左手作指壁龛状。

　　辽墓壁画中"赵孝争死"故事出自《后汉书·赵孝传》:

　　赵孝字长平,沛国蕲人也。父普,王莽时为田禾将军,任孝为郎。每告归,常白衣步担。尝从长安还,欲止邮亭。亭长先时闻孝当过,以有长者客,扫洒待之。孝既至,不自名,长不肯内,因问曰:"闻田禾将军子从长安来,何时至乎?"孝曰:"寻到矣。"于是遂去。及天下乱,人相食。孝弟礼为饿贼所得,孝闻之,即自缚诣贼,曰:"礼久饿羸瘦,不如孝肥饱。"贼大惊,并放之,谓曰:"可且归,更持米糒来。"孝求不能得,复往报贼,愿就烹。众异之,遂不害。乡党服其义。州郡辟召,进退必以礼。举孝廉,不应。②

　　北京门头沟斋堂辽墓西壁绘画中间部分即为赵孝争死的故事描绘。画面正中绘有一强盗,面目狰狞,身着铠甲,足着长靴,略侧坐于石头之上,右手执剑似在怒喝身后站立的两个侍从,侍从中一人头戴圆沿红缨帽,身穿戎装,缠裹腿,双手举剑鞘。另一人身穿红色宽袖长袍,袖手作沉思状。贼寇的头目前面有二人绑缚一人,所缚之人应是赵孝之弟赵礼。其中一个小贼身穿戎装,缠裹腿,右手举刀,左手勒住被押人头发。另外一个小贼双手握长柄刀作直立状。被押的赵礼身穿灰色短衣,双臂反缚背后,双腿跪地,似在与人争辩。在贼寇头目和被押的赵

图1-4-2　辽墓壁画·丁兰刻木事母

礼之间有一人,正面而跪,应是哥哥赵孝,头戴幞头,身穿红色宽袖长袍,双手扯衣作袒胸露腹状,仿佛言曰:"礼久饿羸瘦,不如孝肥饱。"画面聚散有致,人物造型生动,非常成功地再现了赵氏兄弟在贼寇面前互爱、互悌而相争的场景。

---

① 《二十四孝图文解读》,陕西人民出版社2007年版,第21页。
② 范晔撰,李贤等注:《后汉书》卷三十九:中华书局1965年版,第1298—1299页。

原谷的孝行故事在辽代也有图像出现。《孝子传》载："原谷者，不知何许人。祖年老，父母厌弃之，意欲弃之。谷年十五，涕泣苦谏。父母不从，乃作舆异弃之。谷乃随，收舆归。父谓之曰：'尔焉用此凶具？'谷云：'后父老不能更作得，是以取之耳。'父感悟愧惧，乃载祖归侍养。克己自责，更成纯孝。谷为孝孙。"①

图1-4-3 辽墓壁画·孝孙原谷

北京门头沟斋堂辽墓西壁最左边一段为"孝孙原谷"故事的还原，画面上绘有三人，右边一人身材较高，身穿红色宽袖短衣，白色下衣，左手指天，右手划地。左边一人身材相对较矮，身穿绿色斜领宽袖长袍，袖手而立。前下方有一人应为孝孙原谷，身穿红色斜领宽袖短衣，缠裹腿，双手斜拖一竹担架（应为肩舆），身体扭曲似有不情愿之态。画面没有绘制原谷之祖的形象，所选取的情景应是原谷与其父之间对话的一刻，原谷扭动的身体，似乎在以"后父老不能更作得，是以取之耳"的话语回应其父谓"尔焉用此凶具"的质问。

上述三个孝悌故事同在一个画面空间之中，背景均以云纹装饰相贯通，每个故事被树木分隔而具有相对独立的叙事空间，这样的画面空间布局既使所绘故事具有统一性又具有相互独立性。整组故事画面的布局、勾线、设色等都十分考究精细，人物形象生动别致，实乃辽代绘画对于前代文学叙事之还原的上乘佳作。

辽代的绘画图像虽是继承唐代而来，但是其也有自身的表现特色，这主要是辽代艺术家对于人人平等价值的肯定。"在辽代墓葬壁画中，无论是早期的，还是中晚期的，主人与仆从，契丹人与汉人，除了装束上有所差别外，人物大小没有区别，作者对每一个人物都给予了充分刻画，使他们个性鲜明，生动活泼，共处于同一环境之中。"②这与辽代文化受到中原儒家文化影响的尊者大、卑者小的造型观念尚不十分契合一致。

二、金代图像中的前代文学

金代与前代文学相关的图像大多仅能在文献记载中得知，能够保留下来的绘画图像较少。例如从记载中可以得知文学中出现甚早的墨竹、墨梅、渔夫、高

---

① 李昉等撰：《太平御览》卷五一九，中华书局1960年版，第2360页。
② 罗春政：《辽代绘画与壁画》，辽宁画报出版社2002年版，第132页。

士等原型性题材在金代绘画中也曾十分流行。诸如金代的完颜亮、完颜允恭、蔡圭、王竞、张汝霖等善墨竹，杨邦基绘有《墨梅图》《秋江捕鱼图》[①]，虞仲文绘有《墨竹图》《竹石图》[②]等。但是，流传下来并与前代文学相关的图像则十分稀少，目前仅留存有《文姬归汉》《明妃出塞》《赤壁图卷》等不多的几幅图像。

文姬归汉出自《后汉书·列女传》。蔡文姬为陈留郡国人，是东汉学者蔡邕之女，"名琰，字文姬。博学有才辩，又妙于音律"。[③] 初嫁河东人卫仲道，夫亡后归居家中。时值天下大乱，四处交兵。当时董卓在长安被诛后，其父蔡邕曾因为董卓所迫，受官中郎将而获罪，为司徒王允所囚，并被处死狱中。蔡文姬于兵荒马乱中为胡兵所掳，匈奴兵见她年轻美貌，把她献给了匈奴的左贤王，遂流落匈奴，在胡中十二年后，曹操念其父无后，以金璧相赎而回归汉地。《胡笳十八拍》相传为文姬离开胡地时所作。

《文姬归汉图》为金代宫廷画家张瑀所作。张瑀的《文姬归汉图》全卷共画十二人，前有胡服官员执旗骑马引道，中间是头戴貂冠、身着华丽胡装、骑着骏马的蔡文姬，马前有两人挽缰，后面还有官员护送，并有猎犬、小驹、鹰相随。画面上人骑错落有致，互相呼应，神情逼真，塞北风光尽现纸上。全画用简练而有变化的笔法，画出长途行旅的气氛，人物神态都很真切生动。

金代画家宫素然《明妃出塞图》以《后汉书·南匈奴列传》中的历史故事为原本而创作："昭君入宫数岁，不得见御，积悲怨，乃请掖庭令求行。呼韩邪临辞大会，帝召五女以示之。昭君丰容靓饰，光明汉宫，顾景裴回，竦动左右。帝见大惊，意欲留之，而难于失信，遂与匈奴。"[④]该图像与《文姬归汉图》尽管是不同的绘画，表现的也是两个不同的主题，但不论是在构图上还是人物造型形象上，两者都十分相似。《明妃出塞图》描绘了昭君出使匈奴、跋涉塞外的情景。画面没有任何背景，主要通过人物情态以白描的手法来表现出塞景象。画面塑造的人物也各具情态，王昭君神态自若，汉官员持重端肃，匈奴武士粗犷强悍。图后有落款"镇阳宫素然画"。宫氏的图像虽然详细地将明妃出塞进行了描绘，但是在《后汉书》的文本中仅有大致的故事情节，并没有对昭君出塞的细节作具体的叙述，显然宫素然的《明妃出塞图》表现了文本叙述故事的结果，把昭君等众人置于塞外的场景中，以此体现出文本叙述中的"出塞"之意。

这里不管是"归汉"还是"出塞"，单就图像的名称而言就是以汉地区为本位的，即便是金代的画家也如此命名，由此足见汉文化对草原民族文化的巨大影响。当然，金代图像化了这些故事，不论是张瑀的《文姬归汉》还是宫素然的

---

① 伊葆力：《金代书画家史料汇编》，人民美术出版社 2010 年版，第 72 页。

② 同上，第 3 页。

③ 范晔撰，李贤等注：《后汉书》卷八十四，中华书局 1965 年版，第 2800 页。

④ 范晔撰，李贤等注：《后汉书》卷八十九，中华书局 1965 年版，第 2941 页。

图 1-4-4-宫素然·明妃出塞图·局部

《明妃出塞图》,都反映了当时蒙古人的生活习惯和方式,刻上了时代的印记。譬如在宫素然的《明妃出塞图》中绘有猎手托鹰的造型形象,这与《元史·兵志》中记载的各州、县、路设置训鹰猎户的盛况是一致的。

金代图像中还有画家武元直以苏轼《赤壁赋》为原型所绘的《赤壁图》卷①。苏轼的《赤壁赋》有前后之分,学者衣若芬曾指出:"武元直的画引发了我们关于《赤壁图》与东坡'赤壁词赋'之间对应关系的探讨——除了以人物故事画的方式,按照文意逐一图写的作品之外,我们如何判断画家画的是东坡的《前赤壁赋》《后赤壁赋》,还是《念奴娇·赤壁怀古》?"②苏轼的《赤壁赋》虽然分前后两篇,但却浑然一体。衣若芬亦认为:"武元直的《赤壁图》其实是一有机的组合,它并不直接指涉东坡的哪一篇作品,而是呈现东坡赤壁之游的概念。"③赋中所叙的环境均是赤壁的高山清风明月之夜晚,在江上泛舟饮酒,抒发了作者心同自然的超然意趣。

苏轼在《前赤壁赋》描述了心灵由矛盾、悲伤转而获得超越、升华,终"与万物一体"的过程。如赋所言:

客亦知夫水与月乎?逝者如斯,而未尝往也。盈虚者如彼,而卒莫消长也。盖将自其变者而观之,则天地曾不能以一瞬。自其不变者而观之,则物与我皆无尽也。而又何羡乎?④

在《后赤壁赋》中,苏轼借孤鹤道士的梦幻之境,表现旷然豁达的胸怀和慕仙出世的思想。即赋中所曰:

须臾客去,予亦就睡,梦一道士,羽衣蹁跹,过临皋之下,揖予而言曰:"赤壁之游乐乎?"问其姓名,俯而不答。"呜呼噫嘻,我知之矣,畴昔之夜,飞鸣而过我

① 参见单国强:《中国绘画鉴赏图典》,上海辞书出版社 2007 年版,第 138 页。
②③ 衣若芬:《战火与清游:赤壁图题咏论析》,《故宫学术季刊》第 18 卷第 4 期(2001 年夏季号)。
④ 苏轼:《前赤壁赋》,孔凡礼点校《苏轼文集》第一卷,中华书局 1986 年版,第 6 页。

者,非子也耶?"道士顾笑,予亦惊悟。开户视之,不见其处。①

武元直主要活动于金代中期,他的不少作品都是以前代文学作品为题材进行的创作。诸如以渔夫原型为题材的绘画作品有《渔樵闲话图》《秋江罢钓图》,以桃花源原型为题材进行的创作有《桃源图》《桃溪图》等。虽然今天无法见到武元直的这些作品,但是从文献之中均可以看到对其依文而作画的描述。如《闲闲老人滏水文集》卷四的《跋武元直渔樵闲话图》曰:"两翁久忘世,木石以为徒。偶然相值遇,风月应指呼。废兴非吾事,胡为此区区? 但觉腹中事,似落纸上图。一以我为渔,神游渺江湖。一以我为樵,梦为山泽臞。形骸随所寓,何者为真吾? 尚忘彼与此,况复朝市娱。西风下落日,渡口吹烟孤。无问亦无答,长啸归来乎。"②显然,武元直的渔樵图也是以历代文学中的隐逸形象为原型而创作的。桃花源的隐者原型绘画在《河汾诸老诗集》卷三陈赓《武善夫桃源图》及《遗山文集》卷十四《武善夫桃溪图二章》的诗作中均有佐证③。

图 1-4-5　武元直·赤壁图

武元直的《赤壁图》今藏于台北"故宫博物院"。李晏《题武元直赤壁图》的题画诗云:"鼎足分来汉祚移,阿瞒曾困火船归。一时豪杰成何事,千里江山半落晖。云破小蟾分树暗,夜深孤鹤掠舟飞。梦寻仙老经行处,只有当年旧钓矶。"④作品描绘苏轼泛舟游赤壁之情景,笔力圆润雄健,画风独具。画面长江浩荡,烟波渺茫,两岸峭壁陡立,山势险峻延绵,山顶崖岸间树木葱茏,江中一舟顺流而下,苏轼及同游诸友对坐舱中饮酒,形象地再现了苏轼携友乘舟夜游赤壁的情景。画中东坡头戴高装巾子,与二客一船夫,泛舟荡漾于江水之上,"纵一苇之所如,凌万顷之茫然"⑤,赤壁则是"断岸千尺",水则"江流有声"⑥。画中强调风动

① 苏轼:《后赤壁赋》,孔凡礼点校《苏轼文集》第一卷,中华书局 1986 年版,第 8 页。

② 赵秉文:《大中大夫翰林学士承旨文献党公神道碑》,《闲闲老人滏水文集》卷十一,中华书局 1985 年版,第 48 页。

③ 伊葆力:《金代书画家史料汇编》,人民美术出版社 2010 年版,第 69 页。

④ 李晏:《题武元直赤壁图》,《中州集》卷二,中华书局 1959 年版,第 102 页。

⑤ 苏轼:《前赤壁赋》,《苏轼文集》第一卷,中华书局 1986 年版,第 6 页。

⑥ 苏轼:《后赤壁赋》,同上,第 8 页。

松折,对山石之描绘,为典型之斧劈皴法,笔意健劲,恰似持利斧斫出山壁凹凸,对山石更是曲尽坚硬质感。扁舟虽小仅寸余,但以小点连缀成形,点之跳动,如音符叮当有声,水流旋涡,回澜起伏,轮转旋律有韵,去而又还,笔调充满着音乐性。两岸之间,大江东去,气象雄伟,烟波浩渺。

除此之外,也有其他前代与文学相关的叙事在金代的图像中呈现,诸如正隆三年(1158)墓室壁画《舜子故事》①可以看作是"二十四孝"故事早期图像范本。另有以陶渊明为主题的图像在金代也有所反映,在文献记载中有两幅无名氏《临莲社图》,分别载于《佩文斋书画谱·一百卷》九八、二八篇,《诸家藏画簿十卷》九、一五篇章②等,也可谓是金代绘画对于前代文学的图像演绎。

---

① 参见单国强:《中国绘画鉴赏图典》,上海辞书出版社 2007 年版,第 143 页。
② 参见罗洁:《陶渊明图像研究》附录,上海大学 2011 年博士学位论文,第 174 页。

第二章　辽、金的诗歌与图像

　　二百多年的辽代文学因为地理环境及历史文化的差异，在演进的过程中尽管受到汉文学的影响，但仍具有自身特色。辽代早期忙于内部的安定和对北方的统一以及辽朝向外部的扩张而无暇顾及文礼之事，致使辽朝文学的发展相对薄弱落后，但是随着社会环境的变化和人们生活的日益安定，辽朝统治者外绩武功，内修文治，"至景、圣间，则科目聿兴，士有由下僚擢升侍从，骎骎崇儒之美"①，与之相伴的是辽代文学的发展经历了"借才异代"到"本土化"的历程。

　　而契丹对中原文化的态度即当代学者定义的"学唐比宋"。契丹曾是唐代的附属国，其建国时间乃是承李唐之末，契丹与中原文化的接触首先从李唐开始。契丹在建国之初的官制就受唐制影响："契丹国自唐太宗置都督、刺史，武后加以王封，玄宗置经略使，始有唐官爵矣。其后习闻河北藩镇受唐官名，于是太师、太保、司徒、司空施于部族。太祖因之。"②此后，辽太宗灭石晋，从开封撤军时，取"晋诸司僚吏、嫔御、宦寺、方技、百工、图籍、历象、石经、铜人、明堂刻漏、太常乐谱、诸宫县、卤簿、法物及铠仗，悉送上京"③。因而在修《辽史》的史官看来，契丹的礼仪典章比北宋更具有中原正统性："至于（辽）太宗，立晋以要册礼，入汴而收法物，然后累世之所愿欲者，一举而得之。太原擅命，力非不敌，席卷法物，先致中京，跳弃山河，不少顾虑，志可知矣。于是秦、汉以来帝王文物尽入于辽；周、宋按图更制，乃非故物。辽之所重，此其大端。"④辽人爱"学唐"，表现在各个方面，诸如君主好唐书，后妃效仿唐风，臣下进谏好用唐典，伶人打诨等也用唐朝的题材，甚至辽朝早期的诏书从语言到内容都是中原君主诏书的翻版。⑤

　　辽代设翰林院，其中设置有画院。《辽史》载曰："翰林画院。翰林画待诏，圣宗开泰七年见翰林画待诏陈升。"⑥辽代的帝王贵族也十分热衷绘画，《辽史》卷

---

① 《辽史·文学传序》，中华书局 1974 年版，第 1445 页。
② 《辽史》卷四十七《百官志》，中华书局 1974 年版，第 771 页。
③ 《辽史》卷四《太宗本纪下》，中华书局 1974 年版，第 59—60 页。
④ 《辽史》卷五十八《仪卫志四》，中华书局 1974 年版，第 919 页。
⑤ 张其凡、熊鸣琴：《辽道宗"愿后世生中国"诸说考辨》，《文史哲》2010 年第 5 期。
⑥ 《辽史》卷四十七《百官志三》，中华书局 1974 年版，第 781 页。

十《圣宗本纪》曰：“帝幼喜书翰，十岁能诗，既长，精射法，晓音律，好绘画。”①在《契丹国志》中曾记载辽兴宗也是一位著名的画家，如《契丹国志》载曰：“帝工画，善丹青，尝以所画鹅、雁送诸宋朝，点缀精妙，宛乎逼真。仁宗作飞白书以答之。”②由此可见辽代图像艺术的发达。现今，辽代绘画留存下来的图像艺术作品，除了墓室壁画之外已较为稀少，与文学相关的图像则更稀少，但是我们仍能够从仅存的题画诗中，约略地感受到辽代的文图发展状况。

第一节　辽代题画诗

一、辽代题画诗

辽代本来存诗就少，而现存专门为画而作的题画诗更是少之又少，《全辽金诗》共存有两首题画诗。但同时，还存有题玉观音像（雕塑）诗二十六首。唐、北宋年间的题画诗尚未题写于画面上，尚未成为画面的有机构成部分。从这个意义上讲，作为题写玉观音像的诗歌虽不是题画诗，但与题画诗的结构非常相似，雕塑也可谓是“立体”的图像，故此也纳入“题画诗”范畴作一考察。因此，从题画、题像诗歌与现存辽诗的总量之比上看，所占比例已经很大了。

两首题画诗之一无名氏的《墨鸦》，诗云：“要识涂鸦意，栖迟未得归。星稀月明夜，皆欲向南飞。”③李调元《全五代诗》卷十二曰：“《五代诗话》：幽、蓟数州自石晋赂戎后，怀中华不已，有使北者，见燕中传舍壁画墨鸦甚工。旁题诗云云……调元按：原本只有下二句。上二句应是后人附会。姑并存以俟考。”④

这是一首佚名诗歌，作者不详。据《全五代诗》引《五代诗话》，该画既然是出使辽国的使臣所绘，严格讲不能算作辽诗，但因为题写于墙壁墨鸦的旁边，与画形成了整体。清代学者缪荃孙《辽文存》收录为辽代诗歌，本书从之。这是一幅画在墙上的水墨画。“涂鸦”一词源于唐代卢仝说自己孩子的随便乱画，其本意是随意的涂写（后来在西方产生了主要以墙体为媒介的艺术）。在这首诗歌里“涂鸦”可以理解为两个意思：一是画在舍壁上的画，有随意之感；二是图画乌鸦，因诗题而得此意。这是一首成熟的题画诗。诗歌由画入手，又不拘泥于画面的静态。墙壁上墨鸦的真实景象不得而知，诗人将它描写为在月明星稀的夜晚，展翅欲飞的形象。诗作的目的不仅仅在此，其着力于书写的是“涂鸦意”，即南归之

---

① 《辽史》卷十《圣宗本纪》，中华书局 1974 年版，第 107 页。

② 《契丹国志》卷八《兴宗文成皇帝》，上海古籍出版社 1985 年版，第 83 页。

③ 阎凤梧、康金声主编：《全辽金诗》，山西古籍出版社 1999 年版，第 17 页。

④ 李调元编，何光清点校：《全五代诗》，巴蜀书社 1992 年版，第 274 页。

意。此意一可以理解为图中的乌鸦之意,因未得归而欲南飞之意。此意二可理解为画家画鸦之意,因未得归而要南归。而在自然界,乌鸦并不是候鸟,不需要冬日南迁,因此,与其说是乌鸦意欲南飞归家,不如说是画家意欲南归。而此图画家身份不明,只是一幅墙壁上的图画,与其说是画家意欲南归,更不如说是诗人南归之意。因此,一幅简单的画中,诗人借助画面主景,依托假想的画家之意,真正传递的是诗人自己的情怀。联系仅有的一点诗人的文献资料,诗歌欲抒写的是这位出使辽国的使臣的心情,辽国在北方,无论诗人是五代使臣还是北宋使臣,其家国都在辽国之南,故其归家归国之急切在诗歌中淋漓尽显。

耶律阿保机兴起的时候需要汉文化的助力。那时正是五代十国军阀混战的时期,一些降将归顺了北方的辽。还有使臣被辽留了下来,后唐、后晋灭亡后,一些汉人为避乱世,也来到了辽国属地。辽国的汉人形成了一定的力量并影响着辽国的政治。为了留下汉人,也为了约束汉人,辽国采用了一些严酷的手段,而汉人思乡甚至逃离辽地是常有的事情。如后唐进士李瀚归辽后,图谋南奔,被囚禁六年。韩延徽出使辽,被强制留下,也曾因思乡逃离辽国。这首《墨鸦》诗表达的应该是这种背景下汉人不能南归的普遍心情。诗歌的描写若画若景,若鸦若人,若画家若诗人,画里画外、诗歌绘画的主体、客体等要素自然融洽地熔铸在一起。

第二首题画诗《天安节题松鹤图》的作者是郎思孝。郎思孝,辽兴宗、道宗时人。举进士第,历任郡县长官,后遁入辽东海云寺,法号海山。兴宗时尊佛风盛,皇宫贵族皆以郎思孝为尊师。郎思孝修行之余,善学问,多注疏佛经,对于华严宗贡献尤大,善诗文,著有《海山文集》,已佚。《全辽金诗》中共收录其三首诗,其中题画诗一首,即《天安节题松鹤图》。诗云:

> 千载鹤栖万岁松,霜翎一点碧枝中。
> 四时有变此无变,愿与吾皇圣寿同。[①]

很显然,这是一首应景之诗。《松鹤图》不详,但松、鹤在传统文化中寓意着长寿,此诗之意也在于此。诗歌创作于兴宗之子道宗生日(即天安节),意在祝福辽帝健康长寿。诗歌由画中的主景松鹤起笔,前两句:鹤栖息在松树上,碧绿的松树枝叶中点缀着鹤的白色翎毛。诗人将松与鹤两种意象交融在一起,而不是依次展开描述,空间的层次感和画面的整体感在这种交叠中呈现出来,图画的视觉感非常清晰。这是这首诗歌在写画方面的突出特点,它最大程度地保留着绘画的空间视觉感。这个空间里,霜白与碧绿相互映衬,千载与万岁相互叠加,视觉美感和长寿之意味因此得以加强。

后两句,诗人直接表白自己的忠心不变,即愿道宗皇帝如松鹤一般长寿万年。"四时有变此无变",近乎誓言的表达,使诗歌前两句勾画的美感被湮没了,诗人的形象也大打折扣。郎思孝获得过辽帝的多种赐号,与他人不同,郎思孝享

---

① 《全辽金诗》,山西古籍出版社1999年版,第25页。

有上表时可以不用称臣的特殊待遇,可见皇帝对他的尊崇。据金代王寂《辽东行部志》言,兴宗每于万机之暇与海山法师对榻,法师不肯作诗,兴宗就先以诗挑之,法师随和其诗。辽兴宗是一位好儒术、善丹青、喜诗文的皇帝,其好与法师对榻,也意在探知法师的艺术之力。现存的两首诗正是郎思孝对辽代皇帝的唱和之作。"为愧荒疏不敢吟,不吟恐怵帝王心"①,这是法师和诗时的真实心情。这种心情也体现在《天安节题松鹤图》一诗中,诗人不仅仅在表达对帝王的生日祝福,更重要的是在强调自己永远不变的忠心,刻意于强调自己的角色,一个臣子诚惶诚恐的角色。实际上,在创作中,尤其在题画时,画中像与诗中像都非常鲜明,其寓意也非常明确,诗人已经运用了数量、色彩等方式构筑长寿的空间意境,暗含了自己的深切祝福,令人想象,因此无须再次强化自我角色。但诗人还是表达了自己诚惶诚恐之情。这是这首诗的败笔。何况,诗人是著名的高僧,作为僧人的超逸情怀在这首诗中荡然无存。

二、辽代题像诗

在存留不足百首的辽代诗歌中,与图像相关的还有一组诗歌值得关注,即《玉石观音像唱和诗》二十六首。辽代道宗时僧人释智化曾刻造了玉观音像,立于兴中府南境之天庆寺,并作诗两首,唱和者有二十四人,唱和诗作于寿昌五年(1099),以篆书刻碑立于寺中。玉石观音像已于"文革"期间遭破坏,后经文物部门修复,现收藏于朝阳市辽西博物馆。玉观音像是雕塑不是绘画作品,严格意义上讲,这组玉观音诗歌不是题画诗,但玉观音像与绘画一样,本身是视觉图像,该组诗歌又非常集中地描绘了与玉观音像相关的各种因素,与题画诗的结构一致,是对辽代题画诗的有力补充与证明,也是辽代文学与图像关系的证明,故置于本章论述。

释智化原诗两首,以"胎"字为韵。诗云:

见说曾为上马台,堪嗟当日太轻哉。固将积岁旧凡石,又向斯辰刻圣胎。
月面浑从毗首出,山仪俨似补陀来。愿同无用恒有用,不譬庄言木雁才。

方池波面蹙花台,瞻奉无非唱善哉。外现熙怡慈作相,内含温润玉为胎。
刻雕数向生前就,接救专期没后来。故我至诚无倒意,三年用尽两重才。②

两首诗的首联颔联略有承接。其一描写昔日作为供人上马的凡石变成了神圣之像,其二描写雕刻好的圣像被供奉瞻仰。两首诗相互补充,完整地展现了玉石观音像的风貌。整体而言,两首诗都关注玉观音像的材质、外形、意义及雕刻本身等要素。

材质对于雕塑来说是基础,材质的优劣对雕塑的品级具有重要的意义。尤

---

① 《全辽金诗》,山西古籍出版社1999年版,第25页。

② 同上,第42页。

其玉石,在中国文化中不是一种普通的石材,它以温润、半透明及自然品的特点在人类文明产生的过程中赢得了重要的文化意义,从原始社会后期的玉龙、玉琮到文明之初祭祀之用的玉器,玉被赋予了沟通人神的灵性。玉石的这一特点与观音这一佛教形象相结合,相互发明,更显各自的神灵特性。两首诗歌,都着力于对这种材质的描述。天庆寺遗存的玉石观音像是用汉白玉雕成的,这块汉白玉曾经是官宦之家大门口供主人踩脚上马的石头,后被发现雕刻而成玉观音像。第一首用四句便描写了从普通的凡石到观音像圣胎的这一过程,说的是这块玉石材料的来源,实际指向了玉石这种材质,玉石本身就具有非凡的神灵之性,只是误落凡尘,屈为"凡石",多年遭受轻视,"圣胎"才是它必然的归宿。第二首直接描写观音像"内含温润玉为胎",点出了玉石的温润特性。对于玉石材质的赞美欣赏甚至于恭敬之情洋溢在字里行间。这是玉石雕塑欣赏中不能忽略的主题。

形象是视觉艺术的中心。玉观音像的外貌特征是两首诗歌描写的重点:"月面浑从毗首出,山仪俨似补陀来""外现熙怡慈作相"。"山仪""月面""作相"分别对玉观音的端庄仪态和慈祥面容进行了描述。今存玉观音像体高七尺,刻画精细,诗中借"毗首""补陀"佛教之人物与景物描绘观音像,更见作者对于其工艺和形象的赞美。"补陀"即补陀落伽山,是梵语,中文意思为"小白花"。因为山上开小白花,所以就叫补陀落伽山,观世音菩萨所住的宫殿就在这座山上。诗中以山比喻观音的仪态,道出了其七尺体型的高大端庄。

玉观音是玉雕,作为雕刻的技巧也必然是诗人关注的话题。这与题画诗对于绘画笔墨技巧本身的关注是一致的。"月面浑从毗首出"的毗首,即毗首羯摩天,是佛教中的人物,是能工巧匠,掌管着天上建筑雕刻的工作,被奉为工艺之神。这句以至高的评价概括了观音像雕刻工艺之精湛。"刻雕数向生前就,接救专期没后来。故我至诚无倒意,三年用尽两重才",又描述了雕刻的过程与辛苦用心。历尽三年方得完成的雕塑至今已成为辽代雕塑的代表。

玉雕观音并不是作为一件艺术品被创作出来的。它由僧人主持完成,立于佛寺中,其宗教目的和重要意义不言而喻。但在这两首诗中,玉观音像的意义虽有提及,却并没有作为重点。"愿同无用恒有用,不譬庄言木雁才。""瞻奉无非唱善哉。""唱善哉""恒有用",对玉观音意义笼统的言说一方面弱化了宗教的色彩,削弱了诗歌的深度,而其艺术魅力却证明着僧人的文人化、世俗化趣味。

释智化的这两首《玉石观音像》诗一出,以"胎"字为韵,唱和者有二十四人,其中轩冕缙绅之士二十一人,僧人三人,得诗共二十四首,其中有七首出现了不同程度的残缺,致使文字不全。整体而言,这些和诗水平相当,描写精细,但有明显的视野受限,抒写表面化、模式化倾向。究其原因有两个:一、这些诗均为唱和之作,诗押同一个韵脚,又有原诗为样,这势必影响了和诗者的创作自由;二、这些诗均为玉观音像的题诗,这也易使诗作模式化。对于该像题写的诗作,大致在材料、形象、雕工、意义等几个方面进行抒写。这些唱和诗尤其在玉观音雕刻材质的发现、雕刻者及其技巧的抒写上着力最深,而雕刻正是在释智化这位高僧及首唱者主持下进行的。因此,二十四首诗歌的应景特点比较明确,而题像模式中个别元素的过于集中造成了这些诗歌整体抒写的局限。如:

韩资让的和诗为:

> 贞珉未用似淹埋,选造观音众快哉。募匠俄镌大士相,成形不自凡夫胎。
>
> 琳琅光彩院内满,冰雪威仪天上来。珍重吾师能鉴物,从今免屈非常材。

赵长敬和诗为:

> 昔年避地别燕台,今日因人信美哉。贞性果期成妙相,睟容元不降凡胎。
>
> 烧残灰劫无凋朽,拂尽铢衣任往来。二像端严传万世,法门师匠肯遗材。

张识和诗为

> 夔峰久剧滞留台,尘拂方能遇鉴哉。应手刻成白玉像,化身免托子宫胎。
>
> 初疑入梦补陀去,又讶随缘震旦来。从此睟容日瞻仰,亿年不朽表良材。

刘瑰和诗为:

> 久遗贞石混纤埃,二像时镌事卓哉。顺俗慈悲须假相,出尘神力亦非胎。
>
> 绍名早授昔师记,救苦分临末世来。盖是性坚无变易,会逢高鉴岂淹材。[①]

以上几首诗歌的结构非常相似,先写昔日石材无人问津,混如凡石;再写石材之质被发现,成为圣胎;继之写石材被雕刻成的观音像的神态;最后赞美释智化的才能。整体上关注的重点都集中于雕刻者——释智化身上,意在赞美释智化的鉴别能力和雕刻能力,诗歌的唱和之意十分明显。

在这些和诗中,对于玉观音像的描写是诗歌中真正落实在视觉感受中的文字,也是各首和诗中最具有个性的部分。韩资让和诗中"琳琅光彩院内满,冰雪威仪天上来",直接描写玉观音像的光彩夺目、威严仪容,其中既有玉石本身的光泽、透亮的展现,又有观音神态的摹写,而玉石冰雪般的材质强化了观音的威仪。但对于观音像的描写尚嫌笼统且表面化。张识和诗中"初疑入梦补陀去,又讶随缘震旦来",以玉观音像生成的审美效果间接地展示雕刻的精美,可以想见因为其精美逼真,让人身临其境,仿佛进入观音居住的补陀山,又仿佛从补陀山随缘回到了中国大地,整个过程如幻梦一般,又自然而然。此诗虽没有直接的描写,但这种诗人自我代入式的写法,让想象成为中心,想象激活了这首诗,静态的七尺观音雕像动起来了,化成了真正的观音肉身,而"我"在佛国与凡间的自由往来也使得整首诗的意境得以呈现,并与尾联"从此睟容日瞻仰,亿年不朽表良材"在诗意上形成了自然的承接关系,玉观音像的意义正是在"我"身临其境的游历中被呈现。但为了和诗的押韵,诗歌末句又回归于观音像的材质,即亿年不朽的良材,实有虎头蛇尾、狗尾续貂之感,影响了诗歌的境界。刘瑰和诗中"顺俗慈悲须假相,出尘神力亦非胎。绍名早授昔师记,救苦分临末世来"从观音而不是观音

---

① 《全辽金诗》,山西古籍出版社1999年版,第44、47、49、56页。

像的特征入手,隐去了玉观音像的视觉特征,努力将观音的慈悲情怀与雕刻者的精工技巧融合在一起,也将观音像本身"救苦"的意义重点强调了出来。尽管尾联与其他和诗一样又回归到了对于石材的发现者与镌刻者的赞美上,但与前几首相比,诗人对于观音像的重视与抒写更为明确,且以"慈悲"借相为名,行文自然引入如何借相,即发现石材、雕刻石材,尾联的赞誉也便与颈联的描写自然承接,全诗显得相对理性与冷静。

在其他和诗中,对于观音像视觉特征的描写大概如下,郑若愚:"端严然自工镌出,光彩俱从星化来。"史仲爱:"种种形容何处现,巍巍神力此中来。"梁援:"七尺仙容立殿台""妙相化身从地出,慈尊移步下天来。"于复先:"玉像镌成置宝台,威严神在叹奇哉。身披雪毡凝山骨,眉放虹光剖月胎。相好尽疑如化出,慈悲重为度生来。"李师范:"相见巍巍佛力裁,立承瞻奉亦时哉""天庆门前遗旧隐,补陀山内恰新来。"释性连:"神资劚就置层台""俨雅威灵众异哉""实智已圆千劫相,权仪不许四生胎。用兴体密还复往,定阔悲深去又来。"释性鉴:"镌成月面舒蟾魄,斫就珠毫露蚌胎。龙岳应缘期日往,凤都乘运出尘来。"

以上对观音像视觉特征的描写,大概分为两类。一类是概括性直接描写外在风貌、神态,呈现出了一个静态的观音像。如"光彩""端严""巍巍神力""月面舒蟾魄""珠毫露蚌胎"等。其中最为详细的描写是"身披雪毡凝山骨,眉放虹光剖月胎"。视觉似乎已有所深入于"骨""光"等可感而不可见的细节,但这种对于视觉景观空间陈列式的描写,总给人一种刻意雕琢的感受。莱辛在《拉奥孔——论诗与画的界限》中阐述诗歌的时间性时,以《荷马史诗》中的描写为例,说明空间排布式的描写缺乏流畅性,其生动性便也受到了限制。还有一类是将观音像幻化为观音真身,力求呈现动态的观音,如移步下天、补陀新来,这类呈现方式隐去了视觉所见,却创造了一个生动活跃的想象空间,在这个想象空间里,观音不仅仅是一个单体的视觉形象,而是带出了其活脱脱的存在场景。观音也不再是一个瞬间存在的空间形象,而是一个线性时间流程中活跃着的形象。这样一种视觉的呈现方式以内在于心的视觉呈现为追求,使得作为"凝固的音乐"的观音雕塑像显现出了音乐的流动感、节律感。这类视觉化的呈现虽然不以细节的描写为手段,也不似荷马诗歌中将空间景物进行时间化的描写,但以代入式的想象为旨归,把观音像的精美动人隐隐约约地展现了出来。虽是在写观音像,却也指向了雕刻者的工艺技巧。艺术客体与主体、本体融合在了一起。

在二十四首和诗中,水平较高的有以下几首。

孟初和诗为:

瑞毫辉映紫金台,镂石尊容焕赫哉。山卷碧云呈玉骨,水摇白月晃珠胎。

一枝杨柳光严住,百宝莲花影像来。珍重吾师承道荫,义林高耸豫章材。

该诗的特点是描写生动,题写涉及的各要素相互融合。如"山卷""水摇",以颇具曲线意味的动词入诗写像,使观音像的呈现既具体生动,具有很强的画面感和动态感。又如手执杨柳的光严菩萨、乘坐莲花的不二观音（乘坐莲台的佛陀），皆以不同的在场形式，或"在"或"来"，比拟观音菩萨，并承接上文玉观音的外在形貌描写，进一步描写其整体的情状和动作。前两句中的"玉骨""珠胎"还是视觉感受，后两句则已完全超越了视觉本身，俨然是想象中生成的形象。同时，该诗还将对艺术技巧与艺术形象的题写巧妙地融在一起，"瑞毫"与"紫金台"、"镂石"与"尊容焕赫"，将雕像的材质与雕像的形象结合起来；"山卷碧云""水摇白月"，既是雕像的模样，又显玉石的特质。该诗与其他诗歌略有不同的一点还在于：诗歌以已经完工了的作品作为写作的起点，基本上在一个视角上观察雕像，并描写摆放在眼前的雕像，而不涉及雕像由凡石到玉雕的过程。全诗前三联皆为景物陈列式的描绘，其中颔联、颈联的对仗是这种描写的精华所在。因此，这首诗虽是唱和题像之作，但整体意象圆润丰满，诗意自然流畅。不过，诗歌于玉像之形神处着力，而于玉像之意义却无人问津，虽然生动，却影响了诗歌的深度，也没有充分展现出玉观音像的神圣力量。

马元俊和诗为：

天庆寺前一片石，造就观音神在哉。八万由旬妙高骨，三千世界明月胎。

潜救众生苦恼去，默传诸佛心印来。十首新诗赞功德，等闲难继贯休材。

与其他题玉观音像诗不同，这首诗歌把关注的重点放在了玉观音的内在意义与价值上，而观音像外在的视觉描写几乎略去，只有"妙高骨""明月胎"两个词与视觉还有关联，但也并不是完全的外在视觉，而是整体的感受。这种感受，是玉石材质与雕刻之功共同创造出的形象感受，如"明月胎"，既指玉石的光洁透亮明净，又指观音（尤其水月观音）的宁静慈祥博大。这两种视觉感受在"八万由旬"[①]和"三千世界"[②]的修饰下，完全超出了观音像的视觉意义，而带上了佛国观音的神性色彩，因此，"妙高骨"与"明月胎"无论如何也不能再理解为一个玉石雕像本身的特质，而是观音菩萨的博大胸怀、慈悲情怀和超凡气质，是在无限辽阔的宇宙视域中所特有的气质与情怀。在这个无限的佛国世界，没有玉石观音像，只有观音菩萨。于是"潜救众生苦恼去，默传诸佛心印来"，诗人完全进入了观音像深层的意义世界，玉观音像的世界得以呈现。所以诗歌尾联歌颂雕刻者的"功德"，而不仅仅是雕刻之才，这与前面的诗意是一脉相承的，即呈现雕像的意义。正是对于玉观音像意义的关注使得这首诗在深度与境界上明显地高于其他和诗。

王仲华的和诗：

---

① 据《立世阿毗昙论》卷二载："须弥山周遭为须弥海所环绕，高为八万由旬，深入水面下八万由旬，基底呈四方形，周围有三十二万由旬。"（宽忍主编《佛学辞典》，中国国际广播出版社 1993 年版，第 973 页。）

② 三千世界，即佛国世界，系古代印度人的宇宙观。谓以须弥山为中心，周围环绕四大洲及九山八海，称为一小世界，其间包括日、月、须弥山、四天王、三十三天、夜摩天、兜率天、乐变化天、他化自在天、梵世天等。此一小世界以一千为集，而形成一个小千世界，一千个小千世界集成中千世界，一千个中千世界集成大千世界，此大千世界因小、中、大三种千世界所集成，故称三千大千世界。

窄云披雾下峰台,岁久还逢藻鉴哉。相马应根方有像,性因绝垢自无胎。

琢磨迥出三身外,具足非从一日来。万法皆由人即显,空门触物愿同材。

这首诗以雕像之原石为重点,抒写凡石圣化的过程。与其他和诗不同,全诗最大的特点在于叙述性,诗歌以凡石的视角进行叙述,由岁久凡石逢遇知己到悟入空门,在叙述凡石圣化的过程中,融入了雕刻之功,融入了玉观音像的意义,且以玉观音像的神圣意义贯穿始终,诗歌的立意显然高于其他和诗。既以观音像的意义为旨归,诗歌在叙述中,时时处处都渗透着对于佛理的参悟,由"绝垢""自无胎""三身""具足""万法""空门"等语,可见诗歌在演进中边行边悟,终得脱胎换骨。对于这种玉观音像内在意义的追求,使得诗歌语意连贯流畅,诗意层层递进。虽然诗歌末尾也以"材"押韵,但不同于其他诗歌将"材"局限于雕刻者之才的范围里,而是将它赋予凡石顿悟空门、空门触物的深厚意义,使诗歌的主题得以升华,避免了模式化,也避免了为了押韵而产生的狗尾续貂之感。

第二节　金代题画诗

金代题画诗的兴盛有赖于金代书画艺术创作及收藏的繁盛。金朝攻入北宋时,不仅俘虏了两位皇帝,还同时掠走了北宋丰富的内府书画收藏和大批文人工匠、书画才人。金代将掠来的北宋内府书画充入金内府,且在民间搜罗遗失,使金代收藏远非辽代所能相比。文士画家中,南宋画坛的盟主李唐成功地逃离且幸运地遇到了画家萧照。大多数当时的文士画家终老于金朝,他们开启了金朝的艺术创作。同时,金朝皇帝和王公贵族是艺术的积极倡导者和实践者。金代仿效宋代,建设画院。在内廷秘书监下设置书画局;在少府监下设图画署,"掌图画缕金匠"[①];裁造署内也有绘画活动。金章宗的母亲是宋徽宗公主的女儿,章宗爱好礼仪皆宗宣和,字画专师宋徽宗瘦金体,十分逼真。他收集历代的书画名品,模仿瘦金体对书画作品进行题跋。金世宗好文工书,元好问曾为其书法题诗。金显宗同样好文学,工诗善画,尤其喜欢人、马、墨竹,每暇日引文士们相互切磋。海陵王完颜亮诗书画皆工,尤好墨竹。密国公完颜璹及其第五子皆工诗文字画。尤其完颜璹,他雅好书法名画的收藏与品鉴,"所藏书画数十轴,皆世间罕见者"。[②]

金代在朝廷的推动下,书画气氛非常活跃。人物鞍马画多以番马为主要题材,李早、杨邦基为代表,时人以宋代李公麟相比拟。山水画家以武元直为代表,其传世《赤壁夜游图》表现了士大夫的超然情怀。李山《风雪松杉图》则传承李成风格。花鸟画在金代完全走进了文人画,即使是皇族,也以墨竹为主,如显宗、完颜亮、完颜璹等。王庭筠(号黄华山主)父子是花鸟画的代表人物,有《幽竹枯槎

① 《金史》志第三十七,中华书局1975年版,第1274页。

② 刘祁撰,崔文印点校:《归潜志》卷一,中华书局1983年版,第4页。

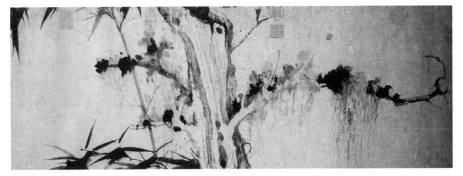

图 2-2-1 王庭筠·幽竹枯槎图

图》传世。赵秉文在《跋黄华墨竹二首》中评:"老可能为竹写真,东坡解与竹传神。墨君有语君知否,须信黄华是可人。"①

在金代活跃的艺术气氛中,产生了许多诗书画三者兼善或是二者兼善的艺术家。蔡珪、党怀英、王庭筠、赵秉文、李俊民、元好问等等,将文学的情意、书法的功力共同熔铸于绘画中,形成了诗书画合一的绘画艺术。

以上种种艺术活动为题画诗在金代的兴盛创造了丰厚的条件。题画诗自唐出现以来,到宋代徽宗时已有存世的画上题诗的作品,但显然还不普及。发展到金代,画上题诗已经开始普及。元好问《胡叟楚山清晓》载:"剪得吴淞一片秋,江山小笔也风流。卷中未有题诗客,留待才情赵倚楼。"②其《雪谷早行图二章》小序言:"卷中多国朝名胜题咏。"③但因存世画作太少,难以将图文直接进行比对。但存留下来的题画诗却达500多首,可见当时题咏之盛。

一、"国朝文派"的题画诗

金代的题画诗创作开始于金代初年,并稳步发展。金代初期的题画诗寥若晨星,作者主要是由宋入金的遗民诗人,即所谓"借才异代"。他们创作的题画诗数量虽少,但因为题画诗人多诗书画兼工,题画的水平并不低,这为后来题画诗的发展奠定了基础。主要的题诗有吴激《题宗之家初序潇湘图》《张戡北骑》、施宜生《题平沙落雁》、杨邦基《墨梅》等,这几首题画诗虽由不同的诗人创作,而且图画的题材不同,但表现了共同的主题,那就是对故国的思念,这是宋代遗民心中永远的伤痛,题画诗能比较纯熟地展现这一情感。还有海陵王完颜亮所作《题西湖图》一首,诗歌表现了王者一统天下的野心和气派,与图画无甚关联。

金代中期,即金世宗、金章宗时期,金代进入了承平发展的金源盛世。虽然

---

① 《全辽金诗》,山西古籍出版社1999年版,第1413—1414页。

② 同上,第2711页。

③ 同上,第2710页。

章宗时受到蒙古军的威胁,逐渐衰落,但大定明昌50年是百年金代的鼎盛时期,无可置疑。这一阶段的文学家都成长于金国,对于宋、辽故国的情感逐渐减弱,成为真正的金朝人,元好问称之为"国朝文派"。这一时期的题画诗得到了长足的发展,题画数量、题画诗人明显增多,题画模式也逐步多样化。主要的题画诗人有王寂、党怀英、蔡珪、刘迎等。

（1）王寂题画诗

王寂(1128—1194),字元老,号拙轩,河北玉田人。天德三年(1151)进士,历仕太原祁县令、通州刺史、中都副留守、户部侍郎等。王寂擅诗文,"兴陵朝以文章政事显"[①]。据《全金诗》,王寂存诗278首,是其时诗歌创作数量最多的诗人,其中题画诗30多首,数量超过了此前金代所有题画诗的总和。

王寂题画诗内容丰富,所题图画有当时的各种画科,也有前代的绘画作品;有纸本绘画,也有壁画、扇面画、屏风画等。而且对题画模式进行了有益的探索,是"国朝文派"题画诗的代表性诗人。

王寂题画诗关注与绘画相关的画面外的因素,如画史、收藏、画家及相关的现实真景等。在王寂的眼里,作品本身只是绘画的一个部分,也是绘画品鉴的一个内容,而真正的绘画是一个由作品串联起来的立体的全方位的艺术活动。因为这样的认识,他的题画诗往往由画外入手进行描述,画面描写在其诗歌中的分量相对少些。这种题画的方式不拘泥于画面,诗人自由灵活地游走在画家、藏家、真景、画景之间,不专注于画面景物和人物,却以细致的笔墨和细腻的感受描写着画外相关的人物,即藏家或画家。所以,读这类诗,能感受到诗人对于"人"的高度关注,而不仅仅是画。如《跋韦偃病马图》：

开元天宝谁能画,韩子规摹出曹霸。惜乎画肉不画骨,坐使骅骝减声价。
晚生韦偃非画工,少也得名能古松。试拈秃笔扫束绢,便觉天厩无真龙。
胡不写明皇照夜白,弄骄顾影嘶长陌。又不写太宗拳毛䯄,百战万里轻风沙。
如何写此神俊物,剥落玄黄只皮骨。却思落日蹴长楸,风入四蹄追健鹘。
呜呼往事今茫然,矫首有意谁其传。主恩未报忍伏枥,志士扼腕悲残年。
安得老髯通马语,刍秣医治平所苦。行当起废一长鸣,要洗凡庸空万古。[②]

全诗共二十四句,开篇用六句追溯了唐代画马的历史,包括画家及其画马的特点,而对于画家韦偃,也是整体性地进行了介绍,包括他的身份和他的绘画成长历史,然后才进入到病马图的描写中。这样长篇的画史描述在以往甚至以后的题画诗中都不多见。接下来的十二句看似是进入了画面,但真正的画景描写只有"剥落玄黄只皮骨"七个字。诗人更多的笔墨注入于画家选择画题的过程,注入于病马的所思所想。这样的描写仍然是游离画外的描写。最后六句,由马

① 元好问编:《中州集》卷二之《王都运寂》,中华书局1959年版,第102页。
②《全辽金诗》,山西古籍出版社1999年版,第551页。

及人,表达诗人的情感。这样的题画不黏着于景物细致入微的刻画,而是紧扣图画景物的生命气质,即马之病,从"病"出发,引起一系列的记忆、想象和感悟,使题诗自由地传递诗人对于图画的种种认识和感受,给予诗歌以极大的自由,对于诗人情感的表达也比较有利。

《题张运使梦景图》共二十句,诗歌题写的是《梦景图》,诗歌将图画之景想象为真实的景物,从主人公忙里偷闲,小榻休憩,渐入梦境写起,共占用六句。接下来用八句描写了梦境中的山水之景和老农、鱼伯等人物的一系列的动作。最后六句是从诗人的角度,抒写了自己对于图画的感受。在这首诗中,由现实到梦境,由画外到画内,再次回到现实,从画中人的入梦到诗人的抒情,诗人不仅仅在转换空间的场景,还在转换观看的视角,读来真有如梦初醒的感觉。《王子告竹溪清集图》也是由真正的自然之景写起,画外真景的描写共用了六句。然后由"咫尺"二字引入画中景物的描写,进而抒发岁月如白驹过隙的感受,由此将图画的珍藏重新融入对生命的感受中。《题高敬之所藏云溪独钓图》则从藏家写起,"疏帘留客昼偏长,茗椀告罢新炉香。主人不恤寒具手,为出牙签古锦囊"①,描写了藏家对自己的热情,尤其是描写了藏家展开画卷的心理、动作及其用具等,可谓细致入微。接着又迅速由画内走向画外,由画面景物想到了自己的生活"吾家旧隐柳溪间,误落红尘不放闲"②,进而自然而然地呈现出对于图画的喜爱之情,创造了恍如梦境的感受,游走在感性与理性之间。最后四句,再次关注藏家,写藏家乞请诗人写诗的情景。

王寂题诗不拘于图画,将绘画看成是立体的丰富的艺术活动的观念,还表现为另一种题画的方式,即在历史人物画的题写中,不着一个"画"字,直将图画当成故事进行讲述。如果没有题目的提醒,难以判断这是画中的人物。如《戏题卧榻围屏四幅》小序言,"丁卯,予卧榻围屏四幅,皆着色画大曲故事,公余少憩,各戏题一绝句"③,该诗为四幅屏画所题。四幅画分别画了四个金代的大曲故事(歌舞大曲盛行于唐代,宋金时,具有了故事情节,从该四屏画中看出,当时大曲故事很流行),分别是司马相如与卓文君的故事、徐德言与乐昌公主破镜重圆的故事、郑六龙女的故事、白居易井底引银瓶的故事。四首诗分别是:

《题胡渭州》:

> 相如游倦弄琴心,帘下文君便赏音。犊鼻当年卜偕老,不妨终有白头吟。

《题新水》:

> 徐郎生别一酸辛,破镜还将泪粉匀。纵使三年不成笑,只应学得息夫人。

《题薄媚》:

> 深知岁不利西行,郑六其如誓死生。异类犹能保终始,秦楼风月却无情。

---

① ②《全辽金诗》,山西古籍出版社 1999 年版,第 550 页。

③ 同上,第 606 页。

《题水调歌头》：

> 墙头容易许平生，绳断翻悲覆水瓶。子满芳枝乱红尽，东君不管尽飘零。①

四首诗歌以观者的视角进行写作，夹叙夹议，完全是在讲述故事本身，仿佛与绘画毫无关系。《题季札挂剑图》也一样："季札贵公子，轩轩气凌云。平生会心少，四海一徐君。相逢适所愿，情话如兰熏。徐君顾长剑，意欲口不云。季子心许之，誓将归献芹。驻节不容久，骊驹促轻分。言还访旧隐，路人指新坟。干将挂高木，以示初意勤。知己九泉下，冥漠闻不闻。今人交势利，轻薄徒纷纷。岂惟此道绝，反是为虚文。伯夷微仲尼，万古埋清芬。"②该诗讲述了一个非常动人的历史故事，并由此引发了诗人对于现实交友中名利为重的感叹与批评。

王寂选择这种讲述故事的方式为画题诗，是合乎人物故事画的特点的。人物故事尽管是以瞬间画面的形式呈现出来的，但它所表达的并不是一个固定的空间，它的目的和意义在于一个完整的叙述，一个又一个空间的动态化组合，所以作为图画的人物故事只有在想象中完成。这是人物故事画与重在神韵的山水花鸟画所不同的地方。而诗歌作为语言艺术，它的时间性特征与故事叙述的时间性是一致的，所以诗歌可以呈现故事，帮助画家完成其画面形象前后相接的种种图景。王寂作为诗人，他以直接叙述的方式题写这类图画，就是在激活图画中的人物，回到历史，呈现真实。

以上两种题写方式表现了王寂题画诗对于"人"的关注。这种关注使得他在描写画面景物时努力地捕捉人的影子，着力描写人的行为和情态。如《题雪桥清晓图》：

> 山翁卧听溪风急，夜半筛珠落窗隙。千岩浩荡失故态，万径荒寒灭人迹。
> 挐舟欲访戴安道，截岸层冰正堆积。翩然清兴不可遏，侧望招提无咫尺。
> 摄衣便挈蛮童去，秃袖抱琴龟手漆。长桥蜡屐挂枯藤，卓破横江玉龙脊。
> 粥鱼晨磬声未了，扣门唤起弥天释。开轩对榻谁宾主，呵手续弦坐摇膝。
> 从来支许事幽寻，放意茶颠恣诗癖。虎溪相送尚迟留，更待林梢挂苍璧。③

画名为"雪桥清晓"，是一幅山水画，诗歌却创造出山翁清晓出行访友的系列图景。卧听、欲访、侧望、摄衣、抱琴、挂枯藤、扣门、开轩、呵手、相送等等，整首诗歌是由这些动作连缀起来的。在动作的呈现中，穿插景物，一步一景，整首诗就是连环画，画景不再是山水，而是人物。《跋杨德懋雪谷早行图》："冰冻云凝万木干，乱山重叠雪漫漫。人藏龟手借余暖，马缩猬毛凌苦寒……人生寄耳遽如许，底处息肩聊解鞍。"④诗人突出了《雪谷早行图》中的"早行"，细腻地感受了早行

---

① 《全辽金诗》，山西古籍出版社 1999 年版，第 606—607 页。

② 同上，第 546—547 页。

③ 同上，第 549—550 页。

④ 同上，第 579 页。

者的凄苦,并借此表达了对人生艰辛的认识和感受。

王寂不拘于画面的题写方式,一方面和王寂作为诗人的身份有关。诗歌的职责是表情达意而不是摹写物象,以景物呈现为特色的山水田园诗并不在于写景,而是情景交融。诗歌的这种传统深深地影响着王寂,他将绘画的创作和收藏都看成是个体情感的表达与寄托,画不只是画家的情感表达,也是藏家的情感寄托,因此,画中人、画家、藏家成为他关注的焦点。另一方面,和金代其他大多数题画诗人兼工诗画不同,没有文献记载王寂善画。这一点让王寂不能很自如地走进图画,欣赏图画的笔墨形式,但又让王寂能避免以画家的眼光观赏绘画而导致的品评局限性。王寂诗歌中确实很少看到对画体本身的品评,他以自身诗人的优势回避了非画家的劣势,创作出了与众不同的题画诗。

王寂题画诗的语言也值得关注。一是善于议论,如"乙巳,次同昌。是夕,假宿于南城之萧寺。僧屋壁间作山水四幅,初疑其真,即而视之,乃粉墨图染勒画而成者。因作二颂,遗主僧智坦,他日遇明眼人,当出示之",其诗云:"画真犹是妄,何况画非真。"①《跋张舍人所收杨仲明天厩铁骢图》云"谁能写照开新图,杨子妙笔非临摹""千金但赏骏骨枯,世上良马无时无"②等等,议论性的诗句在其题诗中比比皆是。二是语言意象豪放雄健。《跋韦偃病马图》中写病马并不直接写"病",而是用反衬对比的手法,烘托出病马的形体、心理。如写画家选择画题的形象时,放弃照夜白的顾影长嘶和拳毛䯄的百战万里。写马的心理时,用昔日四蹄追鹘的矫健进行比照,且以"志士扼腕"替马言志,以万古长空之鸣为马祈福。这些语言意象都是极其豪迈雄放的,反衬了病马的苦痛,却为诗歌注入了豪迈之气。《题张信道所藏李元素淮山清晓图》:"长淮宛转淮山麓,浩荡淮光酿山绿。侧峰横岭巧连延,直自钟山彻浮玉。晓来烟霭与风尘,面目参差未是真。中宵沉漼一濯洗,突兀了观清净身。阳乌飞出扶桑路,却拂群阴披宿雾。朝晖千丈卧长虹,曙色半岩横匹素。须臾溪壑渐分明,怪底悬崖化赤城。"③诗歌在山水景物的描写中,着力于呈现大气磅礴的景象。淮光浩荡、横岭连延、中宵沉漼、群阴宿雾、千丈朝晖、长虹曙色等等,多用虚实不定的烟光云雾等自然气象进行表现,又有阳乌飞出。整首诗歌在神秘莫测的自然风云幻变中呈现出了如同云雾缥缈的山水画之风格,正是"清刻镵露,有戛戛独造之风"④。

王寂题诗中还表现出了明显的"保存记录"的意识,这种记录通过题目或小序而完成。如"丁卯,予卧榻围屏四幅,皆着色画大曲故事,公余少憩,各戏题一绝句"⑤"乙巳,次同昌。是夕,假宿于南城之萧寺。僧屋壁间作山水四幅,初疑

---

① 《全辽金诗》,山西古籍出版社 1999 年版,第 599 页。

② 同上,第 552 页。

③ 同上,第 549 页。

④ 王庆生:《金代文学家年谱》,凤凰出版社 2005 年版,第 165 页。

⑤ 《全辽金诗》,山西古籍出版社 1999 年版,第 606 页。

其真，即而视之，乃粉墨图染勒画而成者。因作二颂，遗主僧智坦，他日遇明眼人，当出示之”[①]，两首诗歌的题目很长，以题代序，进行记录。题咏武元直的《龙门招隐图》曰：“玉林宾主骨应枯，再见《龙门招隐图》。政似白翁旧诗卷，十人酬和九人无。”[②]诗中本已是对画家和题画诗人的概括性描述。其诗前有作小序：“壬寅，故友玉林散人申君与之子，携乃父《龙门招隐图》手轴以示予，予见之怃然。画，则广莫道人武元直也；作记者，无可居士蔡正甫也；书记者，善善道人左君赐(锡)也；题诗者，王元仲父子也。元仲父子今无恙，自余诸公，尽归鬼录。予掩卷流涕，殆不胜情，因以小诗悼之。”[③]对画与诗作的记述都很详细。

(2) 党怀英题画诗

党怀英(1134—1211)，字世杰，号竹溪，陕西冯翊(今陕西大荔)人。大定十年(1170)进士，历仕汝阳令、翰林文字、翰林待制、翰林学士、翰林学士承旨。党怀英天资既高，又辅以博学，于儒释道百家之说无所不通。其文似欧阳修，诗似陶潜，篆籀精工，为李阳冰之后，一人而已；小楷也被认为是当朝第一。[④] 有《竹溪先生文集》十卷存世。《全金诗》录其题画诗 8 首。

党怀英有四首山水画题诗，三首动物画题诗，一首人物画题诗。山水和动物画题诗，表现出了党怀英鲜明的自足自在之乐。其自足自在有些体现为对山水隐逸的向往，还有些体现为对自然物象的观察感受。与其他题写归田隐居情怀的诗歌不同，党怀英的自足自在不是山水归隐后的自由快乐，而是渗透在骨子里的一种情怀，因此在他的笔下，人和自然界的种种都具有了自得的特性。就这一点而言，党怀英的题画诗在抒发归隐之趣的境界上要高于他人。如《题獐猿图》：

溪猿得意适其适，闲攀静挂晴光中。
孤麞何从来，寂历野竹风。
举头相视不相测，昂藏却立如痴童。
鲲鹏负云天，斥鷃处蒿蓬。
万生所乐自不同，恝然胡为之二虫。[⑤]

诗中的溪猿得意自在，是他的常态。而悄然出现的孤麕，与溪猿相对而视，无所猜忌，毫不干扰与侵犯。原因何在？苏轼《高邮陈直躬处士画雁》一诗说：“野雁见人时，未起意先改。君从何处看，得此无人态？无乃槁木形，人禽两自在。”禽鸟见到人的时候，就像没有看到的样子，原因在于画家自己进入了离形去智、身如槁木、心如死灰的得道之境界，在这种境界中，人与自然合一，无所差别，无所分离，自然而然，本性即此。党怀英《题獐猿图》中的两种动物“相视不相

① 《全辽金诗》，山西古籍出版社 1999 年版，第 599 页。
②③ 同上，第 621 页。
④ 赵秉文：《中大夫翰林学士承旨文献党公神道碑》，《闲闲老人滏水文集》卷十一，中华书局 1985 年版，第 164 页。
⑤ 《全辽金诗》，山西古籍出版社 1999 年版，第 739 页。

测",其意即在于画家本人合于自然的高超境界,在他的眼中,鲲鹏、斥鷃,无论外表的差别有多大,以生命本然的眼光去看时,其实都一样,没有区别,各有各的乐趣,这是生命的自在状态。这首诗可以称之为其自足自在情怀的宣言。

这种情怀还充分地表现在其他诗歌中。例如,《渔村诗话图》一诗:"江村清境皆画本,画里更传诗语工。渔父自醒还自醉,不知身在画图中。"①屈原《渔父辞》中的渔父是隐逸之士的代名词,是诗歌归隐主题的常用意象。这首诗中的渔父被描述为两种状态:醉或者醒。两种状态包含了渔父生命的全部。无论是醉还是醒,渔父都是自在的,因为是自醉、自醒。换言之,渔父的生命本身就是一个自足自在体。这首诗可以看作是其自足自在宣言的实践。又如,《黄弥守画吴江新霁图》一诗:"藉问张季鹰,西风几时还。鱼郎理网唤不应,但见水碧江涵天。如何尘埃中,眼界有许宽。道人胸次陂万顷,为写此境清而妍。苍崖无尘树影寒,直欲坐我苔矶边。我家竹溪阴,小艇横清涟。异时赤脚踏两舷,不应尚作披图看。"②张季鹰秋风中思鲈鱼之美,随透悟人生,解甲归田,本是受到欢迎的,但在诗中却是"鱼郎理网唤不应",其中暗含的意味是张季鹰的归隐是外在环境引发的,并不是本来就有的想法,所以不是自足的。而鱼郎理网是其本然的状态,是自足的,二者之高下可见矣。正因为对于自足自由的表达,故诗歌由画景想到自己幼年的真景,充满了童趣,呈现了赤子之心。这和大多数题画诗的不得归隐的无奈感叹形成了鲜明对比。

党怀英还注意到了绘画的特点不同,并将诗画并提。例如,《题春云出谷图》一诗:"巧分天趣出画外,韵远不与丹青俱。今人重古不知画,但爱屋漏烟煤污。惜哉东坡不及见此本,诗中独有叠嶂烟江图。"③"巧分天趣"不在画面形象的描摹中,悠远的韵味也不在图画形式的营造中,而是在画外的感受。它们与绘画的技法没有关系,却和画家的文学修养密切相关,文学修养给予了图画深厚的意蕴和悠远的韵味,但诗人却只在水墨色彩形式上下功夫,是不可能创造出图画的韵味和天趣的,所以"诗中独有叠嶂烟江图"。党怀英强调了绘画的至高追求,是形色之上的趣和韵,强调了诗歌给予绘画的养分和重要性,实际上还对诗歌与绘画做了高下的比较。

(3)刘迎题画诗

刘迎(?—1180),字无党,号无净居士,东莱(今山东掖县)人。大定十三年(1173)进士,历任唐州幕官、豳王府记室、太子司经等。工诗词,金章宗喜爱,"有诗文乐府号《山林长语》,诏国学刊行"④。刘迎诗歌受到后人的广泛好评,"合观

① 《全辽金诗》,山西古籍出版社1999年版,第734页。

② 同上,第732—733页。

③ 同上,第739—740页。

④ 元好问编:《中州集》卷三《刘记室迎》,中华书局1959年版,第109页。

金源一代之诗,刘无党之秀拔,李长源之俊爽,皆与遗山相近"①。《全辽金诗》收刘迎诗七十多首,其中题画诗十三首。其中三首人物画题诗,其余皆为山水画题诗。

刘迎题画诗最重要的主题是归隐,题诗中有六首都表达了这一主题,其中《归去来图》的题诗有两首。两首均落笔于"归"字上,《归来图戏作》:"云髻春风一尺高,笑携儿女候归桡。情知一首闲情赋,合为微官懒折腰。"②描画一幅家人翘首等待陶渊明归来的图景,生动有趣味。"候"的动作恰如莱辛《拉奥孔》中所说,这是一个"富于孕育性"③的动作,它引出了归之前的种种尘中事,引出了陶渊明正在归田的过程、动作和心情,还暗含着归田后的乐趣。所以,这首诗描写的场景就像是一幅静态的图画,是一幅可以画得出来的图画,可谓之"诗中有画"。《题雪浦人归图》在一番美丽的自然风光描写后,感叹"遥知永今夕,情话得从容"④。《盘山招隐图》表达了自己对"身虽市朝寄,心与功名疏""平生一片心,缘尘不关渠"⑤的自由追求。《郭熙秋山平远用东坡韵》中,诗人在对平远之境的描述后,感叹"老来思归真日日,梦想林泉对华发"⑥。

刘迎曾作《秋郊》诗云:"殷勤小平远,图画记渠侬。"⑦对于平远之景,刘迎有着特别的爱好,这充分地体现在他的题画诗中。《梁忠信平远山水》明确表达了平远山水的画面,诗云:"壁间曾见郭熙画,江南秋山小平远。"⑧他将梁忠信的山水画比作郭熙的画。郭熙在《林泉高致》中提出了观山的三远法:"自山下而仰山巅谓之高远;自山前而窥山后谓之深远;自近山而望远山谓之平远。"⑨三远中,自近而远的平远之境历来是文人画家的最爱。在山势向远处延伸的过程中,视野打开了,山的绵延与水的辽阔融合在一起,远山无皴,远水无波,山水共同创造出悠远萧淡的意境。在梁忠信的平远山水画中,刘迎专注于对平远的描绘:"一千顷碧照秋色,三十六峰凝晓光。"⑩一千顷碧正是远水的辽阔。《楚山清晓图》中,"清风宿雾方苍凉,兜罗绵网淡平野"⑪,平野之淡在观者面前展开了一幅辽远的画面,心意随之疏放旷达。而在《郭熙秋山平远用东坡韵》中,刘迎更是借用郭熙自己的画境描述和阐释了平远之境的魅力。诗云:"楚天极目江天远,枫林

① 翁方纲:《石洲诗话》卷五,中华书局 1985 年版,第 78 页。

② 《全辽金诗》,山西古籍出版社 1999 年版,第 706 页。

③ 莱辛著,朱光潜译:《拉奥孔》,安徽教育出版社 2006 年版,第 92 页。

④ 《全辽金诗》,山西古籍出版社 1999 年版,第 706 页。

⑤ 同上,第 695 页。

⑥ 同上,第 696 页。

⑦ 同上,第 704 页。

⑧ 同上,第 690 页。

⑨ 梁燕注译,郭熙著:《林泉高致》,中州古籍出版社 2013 年版,第 105 页。

⑩ 《全辽金诗》,山西古籍出版社 1999 年版,第 690 页。

⑪ 同上,第 693 页。

渡头秋思晚。烟中一叶认扁舟,雨外数峰横翠巘。"①水天交接的江边,幽静的枫林渡头、烟雾迷蒙中的一叶扁舟、远处的几座山峰等,平远之境的视觉感受是无限延伸,它带给人的心理感受也是无限开阔。在对平远的感受中,人的胸襟逐渐与天地自然融为一体,从而引发人至深的感悟与思考。

除了上述题画诗人之外,被元好问认为是"国朝文派"正宗的蔡珪今存题画诗五首,题诗能自由出入于图画内外,在景物描写后,呈现出自己作为观者的角色,并且把自己的真实情感融入其中,有比较明显的图画意识和题画意识。《太白捉月图》:"世上不能容此老,画图常看水中仙。"②《雪谷早行图》:"冰风刮面雪埋屋,客子晨征有底忙。我欲题诗还自笑,东华待漏满靴霜。"③两首诗都以嘲弄口吻,或写自己,或写画中人物,在嘲笑中隐约透露出诗人的无奈与凄凉。

金代著名的诗人、书画家王庭筠存有三首题画诗,诗歌能由画景引发人情,表达诗人自己的生命感悟。《杨秘监下槽马图》是为杨邦基《马图》题的诗,以议论为主,以画家为主,赞美画家"游戏万象"④的胸怀。《张礼部溪山真乐图》在景物描写后,抒发"人间待霖雨,欲归良独难"⑤的感慨,表达了治世之志与归隐之心兼顾而不得的苦闷心情。《题马光尘画》之"残年两行泪,绝笔数重山"⑥,也是对自己生命悲凉的感受。

"国朝文派"诗人中,刘仲尹作《墨梅》七言绝句十首,多用典故,但典故多与墨梅无关,甚至与梅花无关。王若虚对此批评道:"予尝诵之于人,而问其咏何物,莫有得其仿佛者。告以其题,犹惑也。尚不知为花,况知其为梅,又知其为画哉?自'赋诗不必此诗'之论兴,作者误认而求之,其弊遂至于此,岂独二诗而已!"⑦王若虚所言"赋诗不必此诗"说的是苏轼之论。苏轼《书鄢陵王主簿所画折枝二首》之一云:"论画以形似,见与儿童邻。赋诗必此诗,定非知诗人。"⑧苏轼的观点看来在金代非常流行,王若虚认为刘仲尹作《墨梅》是对苏轼的误读。苏轼论画不主形似,论诗不拘于语言文字,用于题画诗并不是不看画题的随意发挥。在题画诗尚未成熟的唐代,如杜甫所说,多不粘画上议论。成熟了的题画诗正是将绘画本身和画外诗人的情感等很好地进行融合,宋代如此,金代在图画题写方式上也已以成熟的姿态出现,对题写方式进行了多方的探索。刘仲尹所作《墨梅》虽然有十首,数量在同时期看来不少,但不是典型的题画诗。

---

① 《全辽金诗》,山西古籍出版社 1999 年版,第 696 页。

②③ 同上,第 542 页。

④ 同上,第 1176 页。

⑤ 同上,第 1179 页。

⑥ 同上,第 1186 页。

⑦ 王若虚撰,霍松林校点:《滹南诗话》,人民文学出版社 1962 年版,第 89 页。

⑧ 王文诰辑注,孔凡礼点校:《苏轼诗集》,中华书局 1982 年版,第 1525 页。

二、南渡诗人题画诗

金朝在大定明昌五十年的承平盛世后,走向了衰落。一方面蒙古军不断侵犯,一方面金宣宗昏庸无能,最终在贞祐二年(1214)金都城中都失守,被蒙古军侵占,整个黄河以北的土地全部沦丧。金宣宗弃都南下至南京。"国家不幸诗家幸"①,贞祐南渡后,在颠沛流离的乱世中,诗人们痛切的感受和体会一并寄托于诗歌,使得金代的诗歌迎来了创作的高峰。题画诗也一样,走向了它辉煌的顶峰。诗人们大多染指题画诗的创作,题画诗成为这一时期重要的创作内容,仅元好问一人就有 170 多首。这一时期主要的题画诗人有赵秉文、李俊民、元好问等。

（1）赵秉文题画诗

赵秉文(1159—1232),字周臣,号闲闲老人,河北磁州滏阳人。大定二十五年(1185)进士。由王庭筠推荐由外官入翰林,任兵部侍郎、翰林侍讲学士、礼部尚书,同修国史、知集贤院事等。赵秉文是金代文坛的领袖人物,执掌文坛四十年。元好问为其作墓志铭,称其"长于辨析,极所欲言,而止不以绳墨自拘。七言长诗笔势纵放,不拘一律,律诗壮丽,小诗精绝,多以近体为之,至五言则沉郁顿挫似阮嗣宗,真淳古淡似陶渊明"②。赵秉文于书法绘画皆精工。其书效法钟繇、王羲之,草书尤其遒劲有力,时人竞相收藏。擅画梅花竹石,"笔力雄健,命意高古"③。曾作《梅花书屋图》《雪竹倚石图》等。今存书迹有《赵霖昭陵六骏图跋》(北京故宫博物院藏)等。今存诗文集《滏水集》20 卷。《全辽金诗》录其题画诗 50 多首。

赵秉文题画诗的主题性非常鲜明,他借助对绘画的题写表达自己的情感。这种情感集中在两个方面:忧国忧民、自由精神,这正是中国文人"达则兼济天下,穷则独善其身"价值观的表现。

赵秉文历仕五朝,其所具有的君臣意识和社会意识要强于他人。赵秉文题画诗充分地表达了"诗言志"的意识。《题右丞画荷莼图》:"杏花菖叶雨声春,甘作明时荷莼身。只道乌鸦犹父子,岂知蝼蚁亦君臣。杖头日月挑周器,松下衣冠自舜民。"④此作看似表达的是愿做荷莼丈人般的隐士,躬耕田野,但诗人却以乌鸦、蝼蚁等自然界的生命为例,将父子君臣之义解说成自然万物共有的理,并将其注入隐士的生活中,使隐士也天然地具有了忠孝之情。看似牵强的解说,实际上蕴含着朱熹理学的精神,即宇宙万物有共同的理,即伦理道德。理学格物致

① 赵翼:《题元遗山集》,胡忆自选注《赵翼诗选》,中州古籍出版社 1985 年版,第 162 页。

② 元好问:《闲闲公墓铭》,《遗山先生文集》卷十七,《四部丛刊初编·集部》,上海商务印书馆缩印乌程蒋氏密韵楼藏明弘治刊本,第 175 页。

③ 夏文彦:《图绘宝鉴》卷四,世界书局 1937 年版,第 76 页。

④《全辽金诗》,山西古籍出版社 1999 年版,第 1371 页。

知,就是由物之理及人之理,达到对于天性之理的把握。程朱理学在金代被广泛接受,赵秉文作为一代名臣和文坛盟主,深谙理学,推崇朱子。这首诗以对于君臣之理的形象化阐释,宣告了自己的忠义之心,也向世人昭示了自己家国天下的情怀。这种情怀借助历史人物类的题画诗很容易得到表达。如《昭君出塞图》:"无情汉月解随人,羞向天涯照妾身。闻道将军侯万户,已将功业上麒麟。"①四句诗歌展现了完全不同的两种情感。前两句以汉月无情的意象表达了王昭君对故乡的思念和失落惆怅的心情。后两句笔锋一转,为大汉将军功业的建立而惊喜。这里一悲一喜,悲是为个人际遇,喜是为国家大业。诗歌以悲开篇,以喜收尾,明确地表现了在个人与国家之间,图画主人的选择,这种无私的天下情怀当止是王昭君所独有,无疑正是赵秉文自身的写照。因为,很难想象《昭君出塞图》瞬间的画面上能同时画出两种完全不同情感。显然,赵秉文的解读是在想象中对画面进行了延伸与改造,其改造的宗旨是凸显王昭君的国家情怀,实际上就是在凸显他自己的国家意识。《子卿归汉图》:"节旄落尽始归来,白发龙钟老可哀。犹胜生降不归汉,将军空有望乡台。"②苏武(字子卿)牧羊是中国历史上一个非常悲壮又凄凉的故事。苏武流亡匈奴十九年,白发苍苍时,要回到故乡,他似乎在回与不回之间有过犹豫,但很快决意归汉。在苏武的生命中,故乡就是自己的国家。"空有望乡台"暗示了苏武多年来对于大汉王朝的思念。赵秉文对苏武望乡台的呈现就是借以呈现他自己的家国情怀。

因为强烈的家国情怀,面对金王朝的衰落和中原大地的千疮百孔,赵秉文诗歌中表达了家国离乱的伤怀。《燕子图三首》:

一别天涯十见春,重来白发一番新。心知话尽春愁处,相对依依如故人。

祝尔区区万里身,锦书回寄莫辞频。而今塞北看双翼,多少中原失意人。

交亲消息两何如,满眼兵戈不得书,为问南来新燕子,衔泥曾复到吾庐。③

三首诗中的主角是燕子。无法知晓具体场景,但诗人独独在燕子传信这一特征上下功夫,而且全诗基本上不着图画笔墨,不粘画上题写,燕子只是一个引线而已。诗人围绕着燕子本可以传信却不能这一现象,引出了兵戈四起的社会现实。第一首,将燕子当成故人;第二首,托信于燕子;第三首,燕子传信不得。三首诗形成了一个完整的以时间为顺序的故事,以自己离别十年的孤独伤怀起笔,以复归家园的渴望落笔。两种情感串联起了一幅幅燕子传信的图画,画面的描写在诗歌中并不是重点,也不很清晰,但其背后隐藏着的画面却是整个北方社

① 《全辽金诗》,山西古籍出版社 1999 年版,第 1407 页。
② 同上,第 1407—1408 页。
③ 同上,第 1399 页。

会残破与混乱的画面。诗歌以传信的结果（传信不得）引发了种种想象，在想象中，抒发了诗人的伤悲之情。这种情感在诗歌中不仅仅是赵秉文一人的，而是失意中原人普遍的伤怀。赵秉文对于社会离乱的感受是透彻而深刻的，他的题画诗总是以自己的真切情感为主导，选择图画形象，调遣自己的想象，以充分地抒发内心的感受。

赵秉文题画诗的另一个主题是对自由精神的追求。在他的50多首题画诗中，关于苏轼的题诗就有7首，另外还有关于陶渊明的题诗。苏轼和陶渊明是赵秉文为自己树立的两个人格典范。《东坡真赞》中："坡仙西来自峨眉，手抉云汉披虹霓。天庭射策如孤鸮，奔走魍魉号狐狸。大儒发蒙挥金锤，要观赤壁窥九疑……入海簸弄明月玑，归来貌悴文益奇。"[1]他看到了苏轼的两面：无惧无畏的豪迈与胆识以及如海弄月的浪漫和洒脱。深居官场，赵秉文对于复杂政治与严酷社会的感受是深刻的，苏轼寓物而不留意于物的生活方式和嬉笑怒骂的性格正是对社会的个性化反抗与对自身自由境界的追求，所以以苏轼为榜样，正是赵秉文对社会与生命深切认知与感悟后的自觉行动。《题赵琳画东坡石上以杖横膝扇头二首》更将苏轼膝盖上的一根木杖解释为："击去荆舒蛮，扶来司马相。君看熊虎颜，百兽不敢傍。"[2]"手中果何物，乃是照邪镜。尔曹何足容，以杖叩其胫。"[3]苏轼的大无畏的精神和反抗的力量在对木杖的解释中淋漓尽致地展现了出来。《东坡赤壁图》中清晰地表达了自己的这一追求。诗云："古今一俯仰，共尽随蚍蜉。孙曹何足吊，我自造物游……何时谪仙人，骑鹤下瀛洲。相期游八表，一洗区中愁。"[4]诗歌中直接描写了苏轼天人合一、与物同化的至高境界，诗人希望自己也能达到这种境界，与苏轼同游。另有《题东坡画古柏怪石图三首》则对苏轼绘画进行了品鉴，其中表达的旨趣与前几首一脉相承。

赵秉文推崇的另一个理想形象是陶渊明，他曾作《和渊明饮酒二十首》《仿渊明自广》等诗，赞美陶渊明的高洁志趣，反思自己红尘白首的徒劳。其题画诗中有《东篱采菊图》，表达了对归隐田园的向往。这种向往还表现在许多题画诗中，如《春山诗意图》："想见归来泥样醉，却如醮水柳三眠。"[5]《管幼安濯足图》："沧浪濯足知君意，浊水那能浼我清。"[6]《坡阳归隐图》："不是不归归未得，家山虽好虎狼多。"[7]《平湖戏鸭图》："尽日自来还自去，尘埃满眼不如君。"[8]这些诗歌表现的旨趣与对陶渊明的推崇是一致的。

---

① 《全辽金诗》，山西古籍出版社1999年版，第1426页。

②③ 同上，第1301页。

④ 同上，第1262—1263页。

⑤ 同上，第1358页。

⑥ 同上，第1406页。

⑦ 同上，第1407页。

⑧ 同上，第1386页。

赵秉文题画诗在描写画面景物的时候，运用多种方法将画面上瞬间的固定的视觉景物生动化。

首先，他善于对景物进行动态化处理。《人日游西山寺观谢章壁画山水》："萧寺荒堂三五间，谢章满壁画江山。天涯霜雪少春意，一日携酒开心颜。饥禽穿窗啄官粟，岁久刓墙樵指秃。山僧送客不关门，寒云夜夜飞来宿。"①这是一幅西山寺里的壁画。诗人充分认识到了壁画以墙体为介质的特点，把与墙相关的因素及墙的特点植入诗中，如门、窗、作为外部空间的墙等，将这些因素及特点与真实的自然界融于一体，形成了一道道鲜活生动的自然风景。饥禽穿窗，樵夫刓墙，山僧开门，寒云来宿，生动的场景完全颠覆了观者对图画的静态观照，而是融入其中，欲关窗、关门等。《题杨秘监画马》："曾貌先帝麝香骢，纸上飞出天池龙。"②以"飞"字从纸上出，让画面整个变成了现实的真实，观者自然而然地进入画里。

其次，他常用空间时间化的方式进行描写。《东坡赤壁图》："平生忠义心，云涛一扁舟。笛声何处来，唤月下船头。掬此月中水，簸弄人间秋。荡摇波中山，光中失林丘。"③在扁舟上，东坡听到了笛声，然后唤月下船，接着掬月，由此簸弄秋江。《庞才卿画长江图》："青山隐隐水悠悠，何处长江是尽头。欸乃一声人不见，忽从天际下归舟。"④以画面主角为视角，看青山流水，实现逐渐延伸到长江的尽头。就在这时，听到了来自渔舟的"欸乃"声，正在疑惑怎不见渔父时，看到了远处而来的归舟。《题扇头》："文书勾引黑甜乡，倦枕抛书午梦长。梦里棋声惊雨雹，觉来窗隙有斜阳。"⑤从困倦到入梦，再从梦中到醒来。以上诗歌，都是站在画面主角的角度，叙述他的行动，用行动将画面景物串联起来，将瞬间存在的空间转化为线性的延绵不断的时间，在线性的时间叙述中，画面景物具有了无限延伸的可能性。当然在线性的叙述中，诗人充分调动了自己的想象，并将想象的虚景与画面的实景进行对接，由此虚虚实实创造了题画诗的生动情态。

赵秉文的题画诗中还表达了他对于绘画的理性认识。如《墨梅》："画师不作胭脂面，却恐傍人嫌我真"⑥，认为绘画不以形似之"真"为标准。《杨秘监画高士过关图》："三生自是竹林游，写出荒寒意外愁。"⑦绘画讲究画意，要在景物中表达画家之意，而荒寒之景适宜表达忧愁之情。《杨秘监秋江捕鱼图》："长林无声

---

① 《全辽金诗》，山西古籍出版社 1999 年版，第 1257 页。
② 同上，第 1261 页。
③ 同上，第 1262 页。
④ 同上，第 1406 页。
⑤ 同上，第 1386 页。
⑥ 同上，第 1396 页。
⑦ 同上，第 1368 页。

枫叶丹,清波不动江水寒……空留名字落人间,当日题诗几人在。"①绘画是无声的视觉艺术,是"不动"的瞬间艺术,但同样能够表达出景物的神韵。如江水的"寒",绘画怎么传递这种非视觉的感受?但杨邦基的作品却达到了让人感觉寒冷的效果。另外,这首诗还告诉我们,当时为画题诗已非常普遍,这也是金代题画诗兴盛的一个证明。

（2）完颜璹题画诗

完颜璹(1172—1232),字子瑜,又字仲实,号樗轩,又号如庵。世宗之孙,累封密国公。完颜璹趣味雅重,讲诵吟咏,唱酬品茗,"有承平时王家故态,使人爱之而不能忘也"②。完颜璹诗笔圆润,字画清健,字画有苏黄之风,喜作墨竹,自成一格,有《林下清风图》《淇水修篁图》《折枝竹图》二幅、《墨竹图》四幅等传世。③书字今存《草书韵会跋》(大连市图书馆藏)。完颜璹雅好收藏品鉴,家藏书画数十轴,皆世所罕见的古迹。金廷南渡时,他只带一箱箱的书法名画,不带其他一物,要与书画共存亡。他常在家与客人展玩品鉴,被时人评为画中有品鉴者,与其共获该称名者有庞都运、李治中,金代不过此三人。④《全辽金诗》录完颜璹题画诗五首。

完颜璹题画诗中有四首是题写人物的:

庞眉袖手出岩阿,及至拈花事已讹。千古雪山山下路,杖藜无处避藤萝。⑤

（《释迦出山息轩图》）

紫袍披上金横带,藜杖拖来纸掩襟。富贵山林争几许,万缘唯要总无心。⑥

（《题纸衣道者图》）

枯木寒灰久亦神,应缘来现胙公身。只因酷爱东坡老,人道前身赵德麟。⑦

（《自题写真》）

不是诗人灞水墙,又非野老曲江边。风姿便认王摩诘,蕴藉还疑李谪仙。驴背倒骑莲岳下,牛腰稳跨竹林前。掀髯对月余高兴,明日佳篇几处传。⑧

（《题潘阆夜归图》）

这四首诗,对于人物的题写方法迥异,但有一点是共同的,即诗人因人择法进行描写,最终目的是要呈现人物身上所具有的特质。佛、道人物诗重在由画及

① 《全辽金诗》,山西古籍出版社 1999 年版,第 1263—1264 页。

② 元好问:《遗山先生文集》卷三十六《如庵诗文叙》,《四部丛刊初编·集部》,上海商务印书馆缩印乌程蒋氏密韵楼藏明弘治刊本,第 375 页。

③ 王毓贤:《绘事备考》卷七,《文渊阁四库全书·子部》。

④ 据《遗山先生文集》卷四十《樗轩九歌遗音大字跋》,《四部丛刊初编·集部》,上海商务印书馆缩印乌程蒋氏密韵楼藏明弘治刊本,第 413—414 页。

⑤ 元好问编:《中州集》卷五,中华书局 1959 年版,第 278 页。

⑥ 同上,第 279 页。

⑦ 同上,第 275 页。

⑧ 同上,第 276 页。

理,由描写而进入对于人生的感悟,由释迦杖藜出山悟到的是人生的艰辛,由道者杖藜悟到的是万法无心。为诗人自己的写真题诗则全面呈现,重在整体的气质描写。《自题写真》由形、神、志三个方面,由外而内全面展示诗人自己的形象。以东坡老、赵德麟两位高人自喻,从整体上描写了诗人的风貌。这两位用以自喻的先贤,既是性情才能又是志向追求的隐喻。全诗虽只有四句,却容量很大。《题潘阆夜归图》的诗,重在其风姿趣味。潘阆是宋代诗人、隐士,他好华山,倒骑驴以观华山。其倒骑驴的形象,被北宋画家许道宁画入图中。诗人兼顾对人物动作的细节描写与对人物风貌的整体评价,全面地展现潘阆的形象。对人物的整体评价依然借用了两位古人进行比拟,这与其自题写真诗的写法是一样的。其目的与结果是人物呈现的整体性。

完颜璹题画诗关注绘画的文学性,关注绘画与文学的关系。《黄华画古柏》是他为王庭筠(号黄华山主)画所题的诗。诗云:

> 黄华老人画古柏,铁简将军挽大弨。
> 意足不求颜色似,荔支风味配江瑶。[1]

诗人由古柏的苍劲有力,认识到画意对于绘画的重要性。"意足不求颜色似"是宋代诗人陈与义的诗句,陈与义以九方皋相马说明绘画重要的不是外表的形色,而是物象的神韵。在宋代文人画的创作及理论中,物象的神韵渗透着画家的情意,这种创作理念已经深深地影响了金代的画坛,金代花鸟(甚至金代皇室贵族的花鸟)皆以水墨为之,以黑白二色离却形似,即是明证。完颜璹在此认识基础上,进一步品鉴了黄华(王庭筠)古柏画的美感特质:荔枝配江瑶(海蚌)。以味觉比之以视觉感受,对于绘画的这种通感式的享受显然超越了视觉的快感,进入了精神享受的层面,这与其对于画意的重视是一致的,而且是对画意之说的进一步阐释和强化。南北朝时期钟嵘以"滋味"论艺术、唐代司空图以"味外之味"论艺术,都在强调艺术给予人的美感是一种心灵的感受。文人画正以对于视觉中形色的超越而进入主体心灵的世界,从而生成了隽永无穷的美感。绘画求意的文学化倾向促成了这种绘画美感的生成。完颜璹以语言的形式强调这种美感的超越性特质,这在金代题画诗中是少有的。

完颜璹还有《题晋卿玉晖宝绘》一诗。该诗不是就画而题的诗,但题写的是书画收藏品鉴,保存了相关的史料,故略作分析。诗云:

> 顾陆张吴宝绘堂,风花雪月保宁坊。锦囊玉轴三千幅,翠袖金钗十二行。
> 数笔丹青参李范,一时迁谪为苏黄。太原珍玩名天下,旧迹犹凭古印章。[2]

苏轼《宝绘堂记》中记载宋代驸马都尉王诜(字晋卿,山西人)"虽在戚里,而

① 《全辽金诗》,山西古籍出版社 1999 年版,第 1848 页。
② 元好问编:《中州集》卷五,中华书局 1959 年版,第 276 页。

其被服礼义,学问诗书……而从事于书画,作宝绘堂于私第之东,以蓄其所有"①。完颜璹所题即王晋卿的宝绘堂。诗中记录了宝绘堂收藏之富有,所藏之名高,从艺术和人格方面给予画家很高的评价。更重要的是,当时太原的珍玩收藏名满天下,而是否真迹还要看是否有王诜的印章,可见宝绘堂在书画收藏中的重要意义。

(3)王若虚题画诗

王若虚(1174—1243),字从之,号慵夫,陕西槁城人。承安二年(1197)进士,历管城、门山县令、国史院编修官、翰林文字、翰林直学士等。金亡,归镇阳乡居十年。王若虚博闻强记,诵古诗达万余首,善于持论,时人无人能与之驳对。评议经学文章,超绝当时。为人滑稽多智,以稚童自称。文学欧苏,诗学白居易。有《滹南遗老集》存世。传世书迹有草书《猴山诗刻》(石在河南偃师)。《全辽金诗》收其题画诗七首,其中《题渊明归去来图》五首。

王若虚性情洒脱,自由无拘,论诗主张"出于自得"②,其题画诗鲜明地表现了他的这种人生意趣和诗歌主张。陶渊明是中国文人的人格理想,归田隐居也是文人们的生活向往,历代关于陶渊明的艺术创作源源不断,其中就有《陶渊明归去来图》及其众多的题诗。在这些作品中,陶渊明历来是被推崇的典范形象,是志趣高洁的得道之人。但王若虚却通过五首题画诗表达了自己完全不同的看法。其《题渊明归去来图》:

靖节迷途尚尔赊,苦将觉悟向人夸。此心若识真归处,岂必田园始是家。(其一)

孤云出岫暮鸿飞,去住悠然两不疑。我自欲归归便了,何须更说世相遗。(其二)

抛却微官百自由,应无一事挂心头。销忧更借琴书力,借问先生有底忧。(其三)

得时草木竟欣荣,颇为行休惜此生。乘此乐天知浪语,看君于世未忘情。(其四)

名利醉心浓似酒,贪夫衮衮死红尘。折腰不乐翻回去,此老犹为千载人。(其五)③

陶渊明的高洁志趣体现在他的不为五斗米折腰的具体行动上,更以大量的诗歌辞赋表达了出来,为后人所推崇,所效法。王若虚不以为然,认为这正是陶渊明修道未成的表现,才会"苦将觉悟向人夸",刻意地表达自己的觉悟,也才会只认田园为家。在他看来,真正的修行无时无处不在,"岂必田园始是家"? 陶渊

---

① 孔凡礼点校:《苏轼文集》,中华书局1986年版,第356—357页。
② 王若虚撰,霍松林校点:《滹南诗话》,人民文学出版社1962年版,第85页。
③ 《全辽金诗》,山西古籍出版社1999年版,第1861页。

明一生多次入世。20 岁时开始了他的宦游生涯,29 岁出任州祭酒,不久不堪吏职,辞官。后来入桓玄幕府一年,因母丧回家丁忧三年。40 岁时再度出山,任镇军将军刘裕参军,但心情复杂,在仕与隐之间动荡不安。十余年后,出仕彭泽令,因不满督邮要其束带,解印辞官,并作《归去来兮辞》,彻底开始了他的隐居生活。纵观陶渊明的人生大半,都是行走于出与处之间,内心一直充满了矛盾,而真正归隐已是晚年了,归隐的原因都是不满于官场。王若虚对此看得非常清楚,在其二、其四中,他表达了自己的看法,认为归隐是自己的事情,与外界环境没有关联,想归就归,无须与官场环境决裂,对于出与处的犹豫和思考都是在浪费生命,因此陶渊明其实并不是真正的归隐。所以,其五中,对于陶渊明因为不愿折腰事权贵而归隐,被后代千载传颂,王若虚实际上表达的还是一种质疑。

五首题画诗的意象和语意与陶渊明的《归去来兮辞》相对而发,如“实迷途其未远,觉今是而昨非”“云无心以出岫,鸟倦飞而知还”“乐琴书以消忧”等。[①] 其以反驳的态度,勾画了一个无奈归隐、矛盾归隐、归去犹有忧、归去未忘世的假归隐、未觉悟的陶渊明形象。这种描画不仅仅颠覆的是陶渊明的形象,实际上也在质疑千年来世人对陶渊明的崇拜。王若虚所说的真归隐、真觉悟是在去除与尘世的对立、去除语言的表达、去除心理的选择的前提下,才能生成的觉悟,且这种觉悟是以“心”为统领的,这才是真正的道。显然这种思想受到了禅宗的影响,与其“自得”的诗文理论一脉相承。

王若虚还有《赵内翰求城南访道图诗,辞不获已,乃作绝句以戏,复为解之云》二首,与画有关,但不是严格意义上的题画诗。诗云:

得道由来不必劳,痴儿舍父漫逋逃。闲闲老子还多事,时向伽蓝打一遭。

竹木萧森荫绿苔,幽襟自爱北轩开。主人无说吾何问,乘兴而来兴尽回。[②]

依然是站在“道”的高度,戏说赵秉文求访道图诗的过程和结果。无语、何问、乘兴,该诗共同诠释了“道”的自然而得而非劳作而得,与五首《题渊明归去来图》的思维观念完全一致。

总之,王若虚题画诗并没有依图画景物来描写,而是以画意为题写的指向,并集中展示他的佛学思维。正因为如此,诗歌游离于画外,无论是图画的实景还是想象的虚景,都不是王若虚关注的对象。所以诗歌多了议论、说理,少了题画诗特有的描写。境界虽高,但生动不足。

(4) 元好问题画诗

元好问(1190—1257),字裕之,号遗山,太原秀容(今山西忻州)人,北魏鲜卑族拓跋氏的后代。20 岁开始应试,直到兴定五年(1221),32 岁时进士及第,但因为科场纷争被诬陷,愤然不就选。三年后,受赵秉文举荐中宏词科,历国史编修,

① 逯钦立校注:《陶渊明集》卷五,中华书局 1979 年版,第 159—163 页。

② 《全辽金诗》,山西古籍出版社 1999 年版,第 1862 页。

镇平、内乡、南阳等县令,左司都事,左司员外郎等。23 岁时,蒙古大军攻破其家乡秀容,屠城十余万,其兄元好古不幸遇难。为避兵乱,元好问从山西逃至河南。蒙古兵攻破汴京之初,元好问向蒙古国中书令耶律楚材推荐了 54 个中原秀士,以求保护。金亡后,他和金代的大批官员被俘,成为囚徒多年,转辗于山东聊城等地。元好问亲眼目睹金朝衰亡和蒙古军的践踏,这些悲惨的经历和感受是他艺术创作重要的内容,也塑造了他刚健豪迈的艺术风格。

元好问是金代最著名的文学家,是金代的一代文宗,在整个中国史上亦具有重要的影响。他天资聪颖,7 岁能诗,14 岁师从郝天挺,6 年学习,贯通经传百家。25 岁时进京赶考,与礼部尚书赵秉文相识,所作《箕山》《琴台》诗,受到赵秉文的赏识,被称赞为“近代无此作也”①,于是名震京师。其“为文有绳尺,备众体。其诗奇崛而绝雕刻,巧缛而谢绮丽。五言高古沉郁。七言乐府不用古题,特出新意。歌谣慷慨,挟幽,并之气”②。著有《遗山先生文集》。

元好问还是一个历史学家,金亡后,他以“国亡史兴,己所当任”的责任感,收集金朝君臣遗言往行的资料上百万字,后称“金源君臣言行录”。同时,元好问“以诗存史”,收集整理金代已故君臣诗词,编纂《中州集》,并为每位文学家作小传,使得金代文学最大程度地得到了保存,也是后代研究金代文学最重要的底本。

元好问还精通书法,今存世书迹有:《米芾虹县诗跋》(元宪宗三年题,藏于北京故宫博物院)、《涌金亭诗刻》(河南辉县,摹本)、《摸鱼子词碑》(河北涿县文管所)。从其诗文集可看出,其题跋书帖、字画很多,品鉴独到。书法“正书出于褚遂良及唐人写经之间,行书则近苏轼笔意,端丽清朗而稍乏劲挺”③。

元好问精深的文学和书法修养以及对于文学艺术与历史的责任感,共同将金代题画诗推向了高峰。元好问题画诗多达 170 多首,且对于题画诗体有鲜明的自觉意识和成熟的题写模式和风格。元好问的题画诗,体现出了鲜明的图画意识,即格外地关注图画本身。因此,诗歌给予观者的图画感受很明显,很有特点,也很普遍,远胜于主题给予观者的感受,在金代题画诗中首屈一指。事实正是,元好问在题画诗的题写模式上进行了深入的探索,并自觉地在创作中进行实践,形成了他自己的题写模式,也在一定程度上为金代题画诗的题写模式作了总结。因此,本文从题画模式的角度分析元好问的题诗,以总结其题画诗的特点。

元好问的题画诗大概可以分成两种模式:关注人和关注画。

元好问的一部分题画诗是以关注人为重点进行创作的。所谓关注人,指的是元好问在题诗时有意地隐去绘画的因素,让观者直接进入画中,身临其境,感受图画的景物,表达自己的情感。这类诗歌或全然无一个“画”,或稍作提醒隐约

---

①② 《金史》卷一百二十六,列传第六十四《元好问传》,中华书局 1975 年版,第 2742 页。
③ 伊葆力:《金代书画史料汇编》,人民美术出版社 2010 年版,第 305 页。

写出一个"画"字,从开篇便直接入景,进行描写,如果没有标题的提示,这类诗歌如同山水花鸟人物诗。诗人也自开篇便全身心地投入其中,与画无隔,边游历边感受。诗歌的景物呈现和语言表达都是以观者一人的视角来确立的,为了诗人情感的充分表达,对画面景物的裁剪和修改力度比较大,或是将创造性的想象融入画面景物的描写中,以诗人的情感为中心调遣意象、语言,整首诗歌读来非常流畅,情感的呈现也自然而然。所以这类诗歌中诗人可以自由地表达情感。

《沧浪图》:

> 万顷烟波入梦频,眼中鱼鸟觉情亲。而今尘满西风扇,愧尔青山独往人。①

碧波万顷、鱼鸟相亲本是诗人理想的生活,现实却是在尘世中苟活着。对青山独来独往的隐居之士的向往之情自然而然地产生。无疑"独往人"是"画中人",但诗人并没有点破。虽然诗中有两个角色存在,但"我"始终是主角,独往人只是情感表达的陪衬而已。

《袁显之扇头》:

> 双鹭联拳只办愁,枯荷折苇更穷秋。风流绿影红香底,好个鸳鸯百自由。②

诗歌选择了两个对比性的景物进行描写,愁苦的双鹭和自由的鸳鸯,其中的意味不言而喻。至于画面到底是什么,不得知晓,但显然画面上不会同时存在枯荷折苇与绿影红香两幅完全不同风格的视觉画面,可见诗人为了情感表达的需要,创造性地想象,改变了图画景象。

《武元直秋江罢钓》:

> 暮山明月晓溪云,今古仙凡此地分。醉后狂歌问渔叟,残年何计得随君。③

诗人直入人间的仙境中,向渔叟求问。这如果是画景的直接描写,是可以想见的。但画题中并没有显现出狂歌醉酒,绘画也难以画出狂歌醉酒,所以,依然可以推断,诗人以自己的情感需求为目的,塑造了狂歌醉酒的形象。

元好问以直接入画景的方式充分地表达诗人自己的感情。这类诗歌中主要表达了两类情感:一是对社会的关注,对家国破碎的忧愁。《倦绣图》:"香玉春来困不胜,啼莺唤梦几时应。可怜憔悴田家女,促织声中对晓灯"④,表达了对农家织女的同情。《家山归梦图三首》有两首,分别为:"别却并州已六年,眼中归路直于弦。春晴门巷桑榆绿,犹记骑驴掠社钱。""系舟南北暮云平,落日漳河一线明。万里秋风吹布袖,清晖亭上倚新晴。"⑤诗人直接入题,交代写作的背景:离家六年,蒙古军的践踏使家乡满目疮痍。回想起家乡桑榆的绿色,掠社钱的游戏,系舟、布袖、倚新晴等,无须图画的介入,便显出了对家乡的思念和热爱。二是对隐

---

① 《全辽金诗》,山西古籍出版社 1999 年版,第 2719 页。

② 同上,第 2714 页。

③ 同上,第 2716 页。

④ 同上,第 2720 页。

⑤ 同上,第 2656 页。

居生活的向往。如以上所举《武元直秋江罢钓》《沧浪图》等。在这类诗歌中,诗人的情感先入为主,成为整首诗歌的情感基调。所以对于画面景物,诗人最大限度地使用了他的选择权,择其适宜于自己情感的景象使用。

在以人为关注点的这类题画中,有些诗中有图画的影子,但诗歌对图画只是稍作提示,提醒读者这是一幅画,并不是真正的现实中的景色,如用"卷""纸""咫尺""墨"等绘画的某个要素进行提醒。虽然只是提醒,这些绘画要素也是隐约出现或是一闪而过,但往往对诗人情感的表达起到了画龙点睛的作用,不可或缺。就这类诗歌的整体而言,焦点还是在人的身上。

《题解飞卿山水卷》:"平生鱼鸟最相亲,梦寐烟霞卜四邻。羡杀济南山水好,几时真作卷中人?"①在山水鱼鸟的自由享受中,"卷中人"提醒了诗人,自由是图画中的,诗歌的情感由欣喜一下转向了惆怅无奈与向往,将现实隐约地呈现在面前。

《跋邪律浩然山水卷》:"六月三泉松桂寒,西风早晚送归鞍。无因料理黄尘了,只得青山纸上看。"②诗人早晚风尘仆仆,料理俗事,无暇游历山水风光,在凄凉的生活感叹中,"纸上看"缓解了诗人的悲叹,也表达出了诗人的理想。

《家山归梦图》其三:"游骑北来尘满城,月明空照汉家营。卷中正有家山在,一片伤心画不成。"③"游骑""月明"是家乡的场景,诗人仿佛回到了家乡,置身其中,目睹着沧桑变化,感慨万千,悲喜交加。"卷中"一语提醒诗人,满目疮痍的故乡并不在眼前,诗人梦回故乡的感受突然被打断,思念故乡的伤怀涌上心头,难以画表。"卷中"起到了点明诗意、强化情感的作用。

《子和麋鹿图》:"白发刁骚一秃翁,尘埃无处避西风。野麋山鹿平生伴,惆怅相看是画中。"④诗人平生凄苦,唯有山鹿相伴能给予一些安慰,但"画中"一语将这种安慰变成了虚无缥缈的幻影,诗人的惆怅被深度强化,诗歌的主题也因此得以清晰呈现。

综上看出,这类诗歌中,隐约闪现的图画,并不是多余的,它连接着现实之景与图画之景,连接着观者的现实情感和审美情感。观者在图画欣赏中所获得的审美情感因为这些闪现而出的图画提醒,而得以转化,转化为现实情感,在另一个意义上讲,由画家创作之情转向了观者之情。这样的题写方式,既保护了观者之观看的角度和角色,也最大限度兼顾了观者自身的情感,为观者在题画诗中植入自己的情感提供了最大的空间。

元好问的大多数题画诗对于画的关注是很明显的,这在金代题画诗中,表现

---

① 《全辽金诗》,山西古籍出版社 1999 年版,第 2666 页。

② 同上,第 2715 页。

③ 同上,第 2656 页。

④ 同上,第 2720 页。

得非常突出,形成了独特的题写方式。在这类以画为中心的题诗中,元好问尽可能地将绘画的各个要素融入诗中,将他自己置于欣赏者的位置,描述作为欣赏者看到的、想到的和感受到的,为读者呈现了一幅完整的图画。绘画的要素在元好问的题诗中包括:画家、画面、画法、传承、接受、收藏等,这些因素或多或少地被元好问请进诗中,共同组合成一幅立体的图画。这类题诗多使用古体或乐府进行题写,以古体和乐府的大容量呈现诗人对于图画各个方面的关注。

如《李道人嵩阳归隐图》:

> 北山范宽笔,老硬无妍姿。
> 南山小平远,澹若韦郎诗。
> 嵩阳古仙村,佳处我所知。
> 长林连玉华,细路入清微。
> 连延百余家,柴门水之湄。
> 桑麻蔽朝日,鸡犬通垣篱。
> 愧我出山来,京尘满山衣。
> 春风四十日,梦与孤云飞。
> 可笑李山人,嗜好世所稀。
> 逢人觅诗句,不恤怒与讥。
> 道人本无事,何苦尘中为。
> 京师不易居,我痴君更痴。
> 山中酒应熟,几日是归期。①

诗歌以图画的本体特征入手,首先摆定了品鉴图画的视角。老硬的用笔和平远的构图在诗歌的开篇出现,这种鲜明的风格特征一下子就将一幅图画的风格推在了读者面前。然后定睛观赏描写图画的景物。"佳处我所知"所引发的景物描写,是画中的景物,更像是诗人所熟悉的李道人归隐地的现实图景。长林、细路、百余家、柴门、桑麻、鸡犬,显然这些景物是伴随着诗人的脚步和视线先后出现的,由远景及近景,由门外到门内。"长林"两句、"桑麻"两句分别以空间的陈列方式描写景物,整体上从"长林"到"垣篱",是线性的时间化的叙述,隐约地告诉读者,这是诗人拜访李道人时看到的景象,实际上也是对图画景物的现实化的描述。画景在诗人隐约的参与中和线性的依次呈现中,生动了起来,读者随着诗人进入了画中。紧接着,诗歌自然而然地转向了诗人和画家。沾满尘土的诗人和李道人,诗人为出山而惭愧、孤独,而道人却到尘世中找诗句,有"不恤怒与讥"的洒脱与自由。在两种形象鲜明的对比中,诗人的情感倾向自然显现。诗尾点题,同归山林。整首诗以画为中心,既对画的笔墨形式特征和画面图景进行了品鉴,又对画家进行了浓墨重彩的描述,但却将诗人"我"巧妙地融入画中,进而

---

① 《全辽金诗》,山西古籍出版社 1999 年版,第 2424 页。

表达了"我"的情感。这是元好问一首在写法上非常典型的题诗。

《范宽秦川图》：

> 乱山如马争欲前，细路起伏蛇蜿蜒。
>
> 秦川之图范宽笔，来从米家书画船。
>
> 变化开阖天机全，浓澹覆露清而妍。
>
> 云兴霞蔚几千里，著我如在峨嵋巅。
>
> 西山盘盘天与连，九点尽得齐州烟。
>
> 浮云未清白日晚，矫首四顾心茫然。
>
> 全秦天地一大物，雷雨颒洞龙头轩。
>
> 因山分势合水力，眼底廓廓无齐燕。
>
> 我知宽也不办此，渠宁有笔如修椽。
>
> 紫髯落落西溪君，长剑倚天冠切云。
>
> 望之见之不可亲，元龙未除湖海气。
>
> 李白岂是蓬蒿人？爱君恨不识君早。
>
> 乃今得子胸中秦，作诗一笑君应闻。①

　　诗歌以诗歌图景的感受开篇。乱山的峥嵘与细路的蜿蜒是图画的主景，也是欣赏图画时看到的概貌。诗人便是从自己对图画的图景的整体风貌入手，但接下来并没有继续描写图景，而是转向了对图画画家藏家的介绍及笔墨形式的品鉴。接着又进入了景物的描写，这次的描写用了整整十句。与诗篇开始乱山、细路的主景的概况性描写不同，从空中到大地，从山到水，这次描写具体详尽，写出了秦川的磅礴气势。和《李道人崧阳归隐图》一样，"著我如在峨嵋巅"，用"我"的眼睛看秦川山水，"矫首四顾心茫然"，用"我"的心感受秦川山水。诗人由看画到入画，从身在其中看景到感受景，诗作步步为营，混淆着画景和真景，让读者感觉越来越深入真景中，高远而辽阔的秦川完全包围了读者。接着，由秦川的磅礴气势想到并集中描写了友人张伯玉的豪迈，表达了对故友的怀念。此幅范宽的《秦川图》即是张伯玉家藏，其子出图请元好问为之题诗。诗尾将家中《秦川图》演绎为友人"胸中秦"，非常自然地表明了藏家与名画之间的必然关系。此诗环环相套，从图画的整体感受到画家藏家历史、图画笔墨形式，再到图画景物身临其境的描写，最后进而转向对藏家胸怀气魄的描述，既是对图画的欣赏，又是对图画经历的认识。

　　以上两首以画为中心的题诗虽是写画，但诗人往往总以巧妙的方式让自己入画，从而串联起绘画的各个要素，串联起画意和诗人的胸臆，进而达到表达情感的目的。对于画面的观赏，诗人很细微地把握到了观看的层次和顺序。两首诗中开篇的诗句都是对绘画的整体感受，是画面给予观者扑面而来的感受。

----

① 《全辽金诗》，山西古籍出版社1999年版，第2457页。

如《李道人崧阳归隐图》中感受的是"老硬""澹若韦郎诗"的风格。《范宽秦川图》中感受到的是画面的两个主景风格。然后是相对冷静的说明，如《李道人崧阳归隐图》中"崧阳古仙村，佳处我所知"。《范宽秦川图》中交代画家范宽，交代该画曾被米芾收藏等。之后便是细致入微地观赏画面，进而引入诗人的情感。这确实是面对一幅绘画作品时观者的观看过程，元好问敏锐地把握到了这个过程，并以诗笔记录下来，这使得他的题画诗格外的流畅自然。《巨然松吟万壑图》《太白独酌图》《段志坚画龙》《南湖先生雪景乘骡图》等，元好问的多数题画诗，都是以这种自然而然的方式将绘画的各个要素写进诗歌里，真正是以画为中心的题画诗。

元好问曾在为完颜璹《樗轩九歌遗音大字》作的跋中有言"盖诗与画同源，岂有工于彼而不工于此者"①。诗歌与绘画作为完全不同的两种艺术，在元好问的观念中，是彼此互相生发互相影响互相交融，无法割裂开来的。那么到底二者是如何影响、如何交融的呢？《许道宁寒溪古木图》诗中清楚地阐释了这一问题。诗云：

> 道人醉袖蟠蛟龙，扫出古木牙须雄，开卷飘飘来阴风。
> 翟卿论画凡马空，能知画与诗同宗，解衣盘礴非众工。
> 遗山笔头有关仝，意匠已在风云中，留待他日不匆匆。②

在中国传统艺术中人们常认为诗画同宗。对绘画来说，要与诗同宗，须非画工所作，解衣盘礴是创造和实现诗画同宗的根本方法。解衣盘礴是《庄子》中的故事，寓意真正的画家应该是不在乎功名，不在乎礼仪，不在乎绘画规则，不在乎笔墨纸砚等绘画的客观性的因素，只在乎创作主体自由无拘的心理状态。只有这样，创作出的绘画才会突破视觉的、规则的、功利的等种种约束，自由地表达画家自己的心意。绘画正因为解衣盘礴而具有了诗意，不再仅仅是用眼睛看的视觉艺术，而是走进了诗歌的情感世界。对于诗歌来说，要与画同宗，须是"遗山笔头有关仝，意匠已在风云中"。诗歌言志抒情，表达的是诗人的主体胸臆，即"意匠"。"风云"兼具风云之象与风云之气形神两种意思，即诗人的胸臆要以自然的万象进行表达，而且，还要表现出精神气势，一种刚劲豪健的精神。故言"笔头有关仝"。关仝所画北方山水，苍茫雄迈，是元好问追求的理想。结合元好问的诗学思想可以清楚地看到这一点。至此，诗歌与绘画才能同宗。也就是说元好问所说的能够同宗的诗画是有限定的一类诗画。又："诗在鹊山烟雨里，王家图上旧曾题。"③（《济南杂诗十首》）王家所藏的《鹊山烟雨图》就是一幅有诗的画，一幅与画同宗的诗，属于文人画一类，所以元好问在绘画里看到了解衣盘礴的自

① 据《遗山先生文集》卷四十《樗轩九歌遗音大字跋》，《四部丛刊初编·集部》，上海商务印书馆缩印乌程蒋氏密韵楼藏明弘治刊本，第413—414页。
② 《全辽金诗》，山西古籍出版社1999年版，第2487页。
③④ 同上，第2666页。

097

由,才引发了题诗的兴趣:"看山看水自由身,著处题诗发兴新。"④可见,元好问很强调自由对于绘画诗歌化的重要性和决定性。

在题画诗中谈诗画同宗的话题,因为题写对象是绘画,故更多的是对于画如何呈现出诗意的讨论,而对诗歌如何呈现图画少有论述。《王都尉山水》:"平林漠漠数峰闲,诗在岩姿隐显间。自是秦楼画眉手,不能辛苦作荆关。"①《赵大年秋溪戏鸭二首》:"寒沙折苇湔江湾,诗在波痕灭没间。前日扁舟人老矣,却从图画羡君闲。""画家朱粉不到处,淡墨自觉天机深。卖酒垆边见崔白,王孙真有五湖心。"②这几首诗中,都是在隐约灭没的画境中见出诗意的。诗歌所题写的图画之景在风格上都属于优美萧散一类。王都尉山水以疏旷的平林中山石隐隐约约的情景创造了诗意,就笔墨气势而言,是淡远的。赵大年的《秋溪戏鸭图》则是在水波遥远的尽头创造了诗意。远水无波、波痕灭没之间正是无限延伸的留白,是水墨简淡至极,故"淡墨自觉天机深",这是设色彩绘所无法达到的。总之,元好问认为画中有诗的方式是创造平远的淡墨的疏旷的景象。

《竹溪梦游图》:"意外荒寒下笔亲,经营惨淡似诗人。"③诗中又补充了一点:绘画和诗歌的创作都是惨淡经营而成的。"盘盘范家笔,老怀寄高寒。经营入惨淡,得处乃萧散。"④(《题张左丞家范宽秋山横幅》)"共笑诗人太瘦生,谁从惨淡得经营。"⑤(《自题二首》之一)说的都是唯有惨淡经营,才能创造诗意。这似乎与解衣盘礴的自由相悖。所谓惨淡经营,是指要用心将自己的心意寄放画中,要经营自己的心意,重点并不是指绘画技巧方面的细笔功夫。这样,便不会与解衣盘礴相悖了。

因为认定了诗画同宗,元好问的题画诗中总是诗画并举,如孪生兄弟。《王黄华墨竹》:"雪溪仙人诗骨清,画笔尚余诗典刑。"⑥《题山亭会饮图二首》之一:"女几樵人塞上词,溪南老子坐中诗。因君唤起山亭梦,好似三乡共醉时。"⑦《雪谷早行图二章》:"画到天机古亦难,遗山诗境更高寒。""诗翁自有无声句,画里凭君细觅看。"⑧《胡曳楚山清晓》"江山小笔也风流""卷中未有题诗客"。《跨牛图》:"画出升平古意同,江村渺渺绿杨风。看来总是哦诗客,远胜骑驴著雪中。"⑨《山村风雨扇头》:"总为诗翁发兴新,直教画笔亦通神。"⑩在元好问的题画诗,甚至是景物诗中,此类作品比比皆是,远超金代及以前的题画诗,甚至在题画诗全盛的元代,也很少有题画诗人能与元好问相提并论。

---

① ② ③ ⑤ 《全辽金诗》,山西古籍出版社1999年版,第2669页。

④ 同上,第2440—2441页。

⑥ 同上,第2500页。

⑦ 同上,第2690页。

⑧ 同上,第2710—2711页。

⑨ 同上,第2713页。

⑩ 同上,第2714页。

元好问题画诗还表现出了对于"天机"的高度重视,他的多首诗中都提到了天机,而且将天机作为绘画创作的关键。如《雪谷早行图二章》:"画到天机古亦难,遗山诗境更高寒。"①能得天机的绘画是高超的绘画。元好问的题诗中能见出这种天机,故而诗歌意境高古荒寒。《王右丞雪霁捕鱼图》:"画中不信有天机,细向树林枯处看。渔浦移家愧未能,扁舟萧散亦何曾。白头岁月黄尘底,笑杀高人王右丞。"②似乎天机不是画家的特质,但在画面的枯树林中,诗人看到了"天机",天机在于扁舟萧散、渔浦移家时。可见天机与创作主体的超凡拔俗的精神境界密切相关。《奚官牧马图,息轩画》:"息轩笔底真龙出,凡马一空无古今。安闲自与人意熟,萧洒更觉天机深。"③杨邦基的牧马图中的天机似乎是指马的特征,但如真龙而出的马,其情态不是激昂,而是与人相似的安闲,画家创作此画,显然安闲的人意是画家之意。也正因为此,才有了画面潇洒的风格,显现出了图画的天机。《郭熙溪山秋晚二首》其一:"烟中草木水中山,笔到天机意态闲。九十仙翁自游戏,不应辛苦作荆关。"④天机创造了悠闲的意态。而根源处是画家自由游戏的创作心态。从以上分析看出,元好问笔下的天机是绘画中创造诗意的关键,该诗意须由创作主体超迈的人格精神才能生成。因此,天机最终指向了人,指向了人的精神境界,一种不苟合于世俗的自由无碍的精神境界。这是元好问题画诗里始终题写的主题,也是中国文人画追求的最高标准。

(5)李俊民题画诗

李俊民(1176—1260),字用章,自号鹤鸣老人。泽州晋城(今山西晋城)人。承安五年(1200年)经义状元,应奉翰林文字、沁水令兼提举长平仓事。后弃官归隐嵩山20余年。入元后,元世祖曾召见李俊民,尝谓侍臣曰:"朕访求贤士几三十年,唯得李状元、窦汉卿二人"⑤,并加号庄靖先生。但李俊民始终未曾仕元。李俊民著述丰富,有《庄靖集》存世。李俊民创作了很多题画诗,《全辽金元诗》中收录60多首。

李俊民题画诗涉及各种画科,历史人物、山水花鸟、动物等。在对绘画的题写中,很难看到李俊民自己情感的表露。但通览他的题画诗,很明显感受到其中隐含着共同的情绪,也清晰地可以看到其题画诗创作的特点。

首先,他的题画诗有很明显的诗体意识和图画意识。

所谓诗体意识,是指李俊民尝试用各种诗体进行图画的题写,尤其较多地使用四言和六言诗进行创作,达19首之多,其中四言诗9首,六言诗10首,占全部题画诗的近三分之一,这在题画诗创作中比较少见。

---

① 《全辽金诗》,山西古籍出版社1999年版,第2711页。

② 同上,第2482—2483页。

③ 同上,第2482页。

④ 同上,第2695—2696页。

⑤ 苏天爵:《内翰窦文正公》,姚景安点校,《元朝名臣事略》卷八,中华书局1996年版,第154页。

　　四言、六言体的产生与成熟早于五言、七言体。《诗经》四言已成熟,《楚辞》六言已经很多,汉代抒情小赋中六言成句。与五言、七言诗相比,四言、六言诗体的特点是节奏整齐明快,顿挫短促有力,但缺少变化,不够活泼。也恰恰是这种不足,成就了四言、六言诗的庄重感、严肃感、古雅感。尤其是四言,它本来就有庄重感,加之四言《诗经》作为经典和中国文学之源,其端庄古朴早就是中国文人心理中的标范。铭文、祭文等即多用四言,大概原因就在于此。李俊民使用四言、六言所写的题画诗也多呈现出了严肃庄重的风格。如《萧权府三害图》是一首四言体的叙事诗。记述周处如何从当地的一个祸害,自觉自省,自励自强,变成了名垂千古的名将。这个广为流传的故事,本身带有很浓厚的民间色彩,尤其是周处醒悟前的"害"与醒悟后的"功"之间的对比非常鲜明,很有戏谑幽默奇特的故事趣味。但以四言题写的这首三害图,抹去了周处之害,只是笼统的一句"长桥之蛟,南山之虎,在彼州曲,父老所苦。岂独若此,亦有周处"①,点出了周处的"害"。但害之如何,完全略去。其后诗歌迅速进入到了对于周处励精图治的描述与赞美中了。诗题虽名为"三害图",但其实是以周处为核心,很严肃地矫正周处的形象,美化周处的形象,为周处树碑立传的色彩非常鲜明。《唐叔王韦生卧虎图》亦为四言诗,题诗别具心裁,说图画上的是假老虎,不是真老虎。这样的立意颇具戏谑幽默之趣,但四言的表达方式却使整首诗充满了义正辞严的批判意味。另有《烟江绝岛图》《双松古渡图》《古柏寒泉图》等四言诗以"冥冥飞鸿""堂堂两公""昼夜不舍"②等为句,叠字的使用及辽阔时空意象的创造,都强化了所题图画的苍茫感。这是诗人所感,也是四言诗对于诗人感受的强化性表达。

　　六言诗每句比四言诗多两个字,诗句的容量比四言大了许多,但节奏上与四言相似,每两个字一个节拍,每一拍停顿的时值相同。六言诗的这种节奏特点,一方面,缺乏五言七言诗歌单双音节奏的交替转换而生成的灵活变化,显得单调刻板。另一方面,格律诗的上下句要形成平仄的对或粘的关系,才合音律,读来顺口。六言诗的这种节奏无法形成粘的关系,与诗歌的声律规则相违背,带来的结果就是六言诗不适合朗诵,缺乏音乐的美感。但六言诗在经历了魏晋六朝的成熟后,唐代仅王维等作几首六言诗,到宋代,六言诗有复兴之意,文人画家文同作六言达20多首,且宋代对于六言诗体赞美不绝。洪迈赞"清绝可画"(《容斋随笔·三笔》卷十五《六言诗难工》),叶寘赞"事偶尤精"(《爱日斋丛钞》卷三),而王维则是被推崇的诗人。刘克庄《唐绝句续选序》曰:"六言尤难工……惟王右丞、皇甫补阙所作绝妙。"③王维《田园乐》共七首,其中四首如下:

　　采菱渡头风急,策杖村西日斜。杏树坛边渔父,桃花源里人家。(其三)

---

① 《全辽金诗》,山西古籍出版社 1999 年版,第 1878 页。

② 同上,第 1879—1880 页。

③ 刘克庄:《后村先生大全集》卷九十七,《四部丛刊·集部》,上海涵芬楼影印旧钞本。

萋萋芳草春绿,落落长松夏寒。牛羊自归村巷,童稚不识衣冠。(其四)

山下孤烟远村,天边独树高原。一瓢颜回陋巷,五柳先生对门。(其五)

桃红复含宿雨,柳绿更带春烟。花落家童未扫,莺啼山客犹眠。(其六)①

在这些诗中,因为双音对偶,诗歌叙述的流程被打断,诗歌得以在叙述的横截面上展开描写,形成一幅幅空间的画面。采菱与策杖之间、自归与未识之间、复含与更带之间、未扫与犹眠之间并没有线性的承接关系,而是两个画面中的瞬间动作。渡头、村西、山下、天边等也犹如画面的构图要素。春草、长松、秋绿、夏寒、桃红、柳绿、花落、莺啼等,正是画面上的一个个景物,形象清晰,色彩明丽。王维创造的画面感正是六言诗的特长,这个特长弥补了六言诗在音律上的不足。而宋代赞美六言并创作六言诗,实际上正是对诗歌绘画美的追求。这与当时文学与绘画的互通互融的创作实践密切关联。经过宋代,进入金代,诗中有画的观念被继承下来了。李俊民10首六言题画诗的创作正是因为他充分认识到了六言诗在描写画面视觉美中的优势,也表明了李俊民题画诗创作时对绘画本身、画面景物的格外关注。如:

《雪谷早行图》:

积素茫茫缟夜,流光耿耿扬辉。行人抵死贪路,何处家山未归。②

《北窗高卧图》:

问子不得兀兀,借书不得陶陶。谁遣人来送酒,枕边正读离骚。③

《窦子温江山图》:

醉里扁舟烟浪,望中几层云山。长天秋水一色,明月清风两闲。④

《锦堂四景图》之"春水满四泽":

淼淼舒如罗带,鳞鳞皱似縠纹。谁道卧龙不起,须臾变化风云。⑤

《锦堂四景图》之"夏云多奇峰":

幸得从龙变态,尚何出岫无心。正苦人间畏日,不思天上为霖。⑥

《锦堂四景图》之"秋月扬明辉":

清光一片如洗,西去姮娥耐秋。可惜广寒人老,谁将玉斧再修。⑦

《锦堂四景图》之"冬岭秀孤松":

山前倾盖独奇,雪里盘根岁深。千年老鹤相伴,谁似苍髯有心。⑧

以上六言诗叠字频现,意象并置,空间对应,景物成双结对地进入诗中,六个

① 张勇编著:《王维诗全集》,崇文书局2017年版,第285、286、287页。
②③《全辽金诗》,山西古籍出版社1999年版,第1967页。
④ 同上,第1966—1967页。
⑤ 同上,第1967—1968页。
⑥⑦⑧ 同上,第1968页。

字中，因为三个双音节拍，出现了三个景物：长天、秋水、一色（对前两个景物的整体感受，是整体之景），而为了对仗，又产生了三个相应的景物：月明、清风、两闲（对前两个景物的整体感受，是整体之景）。图画中的景物借助六言的节拍涌进诗中，而六言诗也以最大的容量接纳着这些景物，使得诗歌尽最大的力量传递视觉的美感。与五言、七言相比较，六言略去的是景物与景物之间的连接性的词语。叶寘赞六言诗"事偶尤精"（《爱日斋丛钞》卷三），可以理解为对偶是其精华，也应该再加注一点，那就是语词最精炼。这对于题画诗来说，是非常合适的一种诗体。李俊民选择六言诗进行题画诗创作，其用意显而易见，就是要充分展现图画的风貌，进一步讲，就是他的题诗更重视绘画本身的视觉传达。

所谓图画意识，指的是李俊民在题诗时，总是徘徊于画里与画外之间，提醒自己是在为画而作诗，要关注绘画本身，包括绘画的特点、技巧、观念及画家、欣赏者等各种要素。这与他以四六言题诗的旨趣是一致的。

图画意识最明显的体现是他很冷静地站在画外看画，并且告诉自己所看到的并不是生活真实，而是图画。《古柏寒泉图》："冬夏长青，昼夜不舍，拔本寒源，岂知量者。"[1]古柏四季长青和寒泉长流不息，在诗歌中指的是面对图画时，看到的古柏始终是青翠的，看到的泉水始终在流动，因为是在画中，画中的景物是瞬间的固定不变的，所以诗人使用了"长"与"不舍"两个词，特别地强调绘画的这种凝固性，也暗示了这幅图画的生动性。将现实中古柏、寒泉的生动情态与图画的凝固性结合在一起，形成了一个生生不息的永动的空间，一个呈现着时间的空间。时空的这种结合前提当然是画技的高明、图画的生动，更重要的是观者的想象，这大概就是李俊民所谓的"本源"。所以该诗是在写景，但实际上是在阐述绘画之理和观画之理。《唐叔王韦生卧虎图》："梁鸯之养，或失其时。曹公之肉，不救其饥。羊质而皮，狐假而威。谁能于此，辩是与非。"[2]即使是善于驯养老虎的梁鸯与最吸引苍鹰的曹操肉，也不能驯化、喂养老虎。为什么呢？因为它是假的。"羊质而皮，狐假而威"，看似是戏谑之语，但也是图画的事实。这让人对这幅卧虎图失去了兴趣。但结尾句是非难辨的反问，又反戈一击，以人们难分真假是非，暗示了这幅图画的栩栩如生。但从整体上看，这样先抑后扬的写法，因为"抑"之过多，而使观者对图画意兴阑珊了。其特点在此，失误也在此，那就是太过于强调绘画的凝固性和非真实性了。

图画意识还体现在随时关注绘画的各种要素。《烟江叠嶂图》[3]："挥毫落纸生云烟，江北江南水墨天。爱画主人胸次别，卧游不用买山钱。"[4]四句诗每一句

---

① 《全辽金诗》，山西古籍出版社 1999 年版，第 1880 页。

② 同上，第 1879 页。

③ 李俊民所题诗的《烟江叠嶂图》并未注明是何人所绘，不一定与王诜的绘画作品具体对应。故此处难以对王诜之《烟江叠嶂图》和诗歌作直接的对比分析，以下同。

④ 《全辽金诗》，山西古籍出版社 1999 年版，第 1976 页。

都有画的影子。诗人始终画里画外进进出出，在绘画本体与绘画客体、绘画主体之间频频转换视线。前两句，从挥毫落纸到云烟之景，从水墨到江南江北之天，是绘画笔墨本体营造出的绘画客体景物。后两句，从画到胸次，从卧游到山，是绘画创作主体、欣赏主体在绘画本体与绘画客体之间的游走。这首诗中，李俊民显然不想着意于表达自己或者画家的情怀，而是把图画当成中心，强调突出图画与人之间的关系，包括与画家之间、与欣赏者之间的关系。因此，在短短的四句中，涉及了绘画的各个相关要素（主体、本体、客体）和绘画艺术生产的各个环节（创作与接受），点出了绘画的重要观念（水墨、胸次、卧游）等。但诗歌毕竟以情、意为旨，该《烟江叠嶂图》的题诗过于强化绘画的中心地位，而主动放弃了诗人的想象与感悟，使诗歌仅仅停留在对于绘画的解说层面。虽然凸显了题画的意味，但有失诗之大体，读来虽觉形象丰富，却有眼花缭乱之感，终不能触动观者的情思。所以，题画诗如何安排题、画、诗三者之间的关系，显得尤为重要。

李俊民还注意到了诗歌与绘画的关系。《郭显道美人图》言："虽然丹青不解语，冷眼指作乡温柔。试问人间何处有，画师恐是倾国手。却怜当日毛延寿，故写巫山女粗丑。"[1]绘画不能像语言一样直接表达情感，但可以用形象传递出诗意，"冷眼指作"说的就是绘画无声静默的表达方式，而"乡温柔"正是绘画形象指向的情感意蕴。而能真切地传递这种意蕴的一定是高明的画师。李俊民以毛延寿丑化王昭君的历史事件为例，想说明绘画形象同样能表达出创作者的心意，能取得惊人的效果。在这首诗里，李俊民对于视觉艺术的表达给予了很高的评价。《雪庵题钱过庭梅花图》："已把传神画谱，又看格在诗评。月落难寻清梦，云空乃见高情。"[2]诗人在题有诗歌的梅花图中看到了诗歌与绘画各自的特点，绘画是图像化的"谱"，诗歌是主观化的"评"，绘画在于传神，诗歌在于格调。传神所传为客观对象之神，格调所显为主观精神世界。诗与画创作的对象、标准既然已经如此不同，但诗人在结尾的指向似乎又是一致的。"清梦"是月下梅花的图画引发诗人创造的虚幻之境，一种寄托着自己美好理想的想象空间，一个清高简淡的意境空间。它由图画而来，又非图画之景，显然已指向了主体的心理世界。而"高情"则是"云空"之景带来的直接感受，是主体情感的直接言说，是一种和"清梦"委婉言说的情感同类的情感。因此可以说，"月落""云空"最终都指向了主体，指向了主体的"高情"。这种"高情"是诗人的，也是画家的。李俊民想借以表达的正是无论诗歌还是绘画，作为艺术，其根本在于人的情感，创作就是人情与自然的交融，是情与景交融形成意境的过程。正是在这个意义上，绘画和题诗，无论是画谱还是诗评，都归于一律，相互融合。

这种诗画一律、诗画相融的结论和感受在李俊民的题画诗里是明确存在的。

---

① 《全辽金诗》，山西古籍出版社 1999 年版，第 1886 页。
② 同上，第 1965 页。

他在《一字百题示商君祥》之《画》中，更为清晰地表达了这一看法。这首诗是对于绘画艺术的整体感受，并不是专门针对某一幅绘画作品的题诗。诗云："有意皆堪谱，无言总是诗。潭潭居相府，此誉不妨驰。"①诗中明确指出了绘画特点：有意、无言。"有意"指绘画是画家之意的表达，强调主体的胸臆是可以用图像表达出来的。"无言"指绘画的表达方式是无声的言说，言说的内容是画家的"意"。因此，绘画具有诗歌言志抒情的功能，故称"无言总是诗"，强调的依然是绘画的表意功能。作为视觉艺术的绘画，其优势是呈现外物景观的视觉空间，而在李俊民的笔下，绘画的这一优势被忽略，取而代之的是绘画的表意功能。这种功能在当时显然已经得到了观者的普遍接受，正是所谓的"潭潭居相府"（绘画作品深藏于高门大宅内），也不会影响它被广泛地接受与赞美。这不是李俊民的一人断言，而是当时绘画的实际情况。绘画自唐代水墨产生时，其中便已渗透了画家之意，到宋代文人画兴盛，画意是文人画家们的普遍追求，甚至渗透影响到了当时画院画家的创作。李俊民是位诗人，且生活于金末元初，宋代的文人写意意识早已根植于金代的绘画观念中。因此，李俊民对绘画的认识也代表了那个时代画家诗人的普遍观念。

其次，李俊民题画诗善于造"趣"，长于幽默，似乎与其四言的庄重全然不同，但在诙谐幽默的背后，掩藏着至深的悲凉。在题诗中，他努力地捕捉有趣味的图景，或创造有趣味的场景。首先他喜欢捕捉醉酒的状态，以醉酒中迷迷糊糊的非理性非正常创造趣味。诗歌中多次写到杜甫之醉。《老杜醉归图二首》："寻常行处酒债，每日江头醉归。薄暮斜风细雨，长安一片花飞。""百钱街头酒价，蹇驴醉里风光。莫傍郑公门去，恐犹恨在登床。"②又有《老杜醉归图》诗："花下骑驴不踏泥，花间醉后复何之。殷勤骥子扶归去，明日重来别有诗。"③作为中国诗歌的典范人物，诗圣杜甫留给世人的印象是一个典型的儒家士子的形象，悲天悯人，广施仁爱，四处奔波，忧愁满怀，正如《茅屋为秋风所破歌》中所言："安得广厦千万间，大庇天下寒士俱欢颜。"据《清河书画舫》卷五和《书画见闻表》，五代画家徐熙画有《浣花醉归图》。北京故宫藏吴宽弘治三年（1490）跋黄庭坚《草书浣花溪图引卷》，明代杨廷秀《赠写真王处士》诗中也有《浣花醉图》的记载。黄庭坚作《浣花溪图引》诗并草书之："拾遗流落锦官城，故人作尹眼为青。碧鸡坊西结茅屋，百花潭水濯冠缨。故衣未补新衣绽，空蟠胸中书万卷。探道欲度羲皇前，论诗未觉国风远。干戈峥嵘暗寓县，杜陵韦曲无鸡犬。老妻稚子且眼前，弟妹飘零不相见。此翁乐易极可人，园翁溪友肯卜邻。邻家有酒邀皆去，得意鱼鸟来相亲。浣花酒船散车骑，野墙无主看桃李。宗文守家宗武扶，落日蹇驴驮醉起。酒

---

① 《全辽金诗》，山西古籍出版社1999年版，第1953页。

②③ 同上，第1966页。

阑解鞍脱兜鍪,老儒不用千户侯。"①黄庭坚和杨廷秀诗歌里的酒船、醉里、蹇驴等意象与李俊民笔下的《老杜醉归图》中的意象非常相似,可以推测,《浣花溪图》就是《老杜醉归图》,其画者为徐熙。这幅图本身就一改杜甫温柔敦厚的儒士形象,以醉入画。李俊民更以诗歌的语言描述老杜的醉态,充分发挥语言艺术"宣物"的功能,强化了老杜醉酒时的情景。时间上,老杜的醉酒发生在"寻常""每日",这在绘画里只是一个瞬间的醉,被无限扩充到了杜甫每天的日常生活中,变成了生活的常态。在空间上,老杜的醉酒发生在"行处""江头""街头""花间"等等地方,是无处不在的。而且,为了喝酒,作为大文人的杜甫还不得不到处还价、赊账、欠债,酒仿佛成了杜甫的基本食粮。杜甫温良敦厚悲苦的形象被彻底颠覆,变成了一个嗜酒成性、醉酒烂泥的醉汉,尤其诗人刻意传递其醉倒在繁花中间的滑稽,传递其骑着蹇驴在醉酒中东倒西歪慢行的窘态,等等,一个传统观念中温良悲苦的文弱儒士与一个酩酊大醉迷迷糊糊的醉汉形象之间形成了鲜明的对比,确实让人忍俊不禁。

如果说杜甫好酒,还不如说是李俊民好酒。他的题画诗中关于酒的题诗众多。如《许道真醉吟图》:"回首锦江春寂寞,一杯愁里赋梨花。"②《许司谏醉吟图》:"席地风光引兴来,不辞白发被春催。眼前有句贪拈掇,闲却梨花树下杯。"③虽然写的也是醉酒,但这两首诗中的主人并不是令人发笑的醉汉,而是因酒悲怀的失意之人。酒里是愁,是寂寞,是被光阴催老的白发。还有《跋窦子温江山图》:"森森澄江欲拍天,参差烟村老江边。举头不见长安日,一棹秋风载酒船。"④《窦子温江山图》:"醉里扁舟烟浪。"⑤《北窗高卧图》:"谁遣人来送酒,枕边正读离骚。"⑥这些诗句都有酒的影子。酒在这几首诗中,是看到长安的希望,是闲游江山的前提,是隐居生活的陪伴。反之,如果没有酒,那将失去回看长安的希望,将失去游历江山的闲心,失去了隐居生活的快乐。这看似不成逻辑的推理,在对李俊民诗歌的整体观照中,就会被发现是合理的。诗人正是借助酒,在酒创造的虚幻中,在自我的麻醉中,才能实现真正的自己。这正是李俊民喜欢写酒的真正原因,一种对于真实现实的否定性的认识,其中的悲凉色彩自然而然地呈现了出来。而杜甫的醉酒,正是这种否定性的悲凉的极端表达。他的悲凉何在? 在"不见长安",在心底深处不能真正地放下社会,归隐山林。这样的情感伴随着李俊民的一生,也是他整个诗歌的主题。

李俊民生活于金末元初,经历了金代的凋敝和灭亡,经历了战争造成的苦

---

① 郑永晓整理:《黄庭坚全集辑校编年》,江西人民出版社 2008 年版,第 506 页。

② 《全辽金诗》,山西古籍出版社 1999 年版,第 2002 页。

③ 同上,第 1975 页。

④ 同上,第 1972 页。

⑤ 同上,第 1966—1967 页。

⑥ 同上,第 1967 页。

难。他以进士之身隐没乡村荒林，因此，中国文人的情怀深深地埋在他的心里。他以杜甫作为自身的写照，以长安作为自己故园的写照。正如黄庭坚《浣花溪图引》诗所云："中原未得平安报，醉里眉攒万国愁。生绡铺墙粉墨落，平生忠义今寂寞。儿呼不苏驴失脚，犹恐醒来有新作。"①在杜甫的醉态里，深藏着对家国衰落、民不聊生的社会现状的深切忧虑，深藏着他忠义之才情无处施展的悲愤。而诗歌则是杜甫酒醒之后，其心情的真实言说。也就是说，在杜甫的世界里，无非两种状态：醉酒与酒醒。醉酒里藏着万国愁，酒醒时直抒万国愁。家国之愁塞满了杜甫的生活和生命。因此，李俊民选择《老杜醉归图》，他对杜甫醉酒淋漓尽致的描写，实际上正是对杜甫内心忧虑与悲愤的感同身受。和杜甫一样，李俊民也是诗人，他看到了诗歌之于杜甫的意义，他也是用诗来寄放自己内心隐性的诉说。可以说，在李俊民可以创造的诙谐幽默中，深深地埋藏着对于社会历史的关注和对于自己内心情怀的关注。

李俊民题画诗中的"趣"还体现在他对图画中人物之趣的捕捉上。陶渊明等高人隐士之趣是李俊民最为关注的。他曾在《游锦堂后园》中言："妆点园林次第新，野花无数不知名。即时唤起闲中兴，惭愧陶家趣未成。"②看来"陶家趣"是他的生活理想，但这种理想总是难以实现，这种情怀在题画诗中得以清晰表达。《渊明归去来图》："先生从来寄傲，肯向小儿鞠躬。笑指田园归去，门前五柳春风。"③《渊明归来图》："一旦仓惶马后牛，衣冠从此折腰羞。先生不是归来早，束带人前几督邮。"④《陶渊明》："迎门儿女笑牵衣，回首人间万事非。自是田园有真乐，督邮哪解遣君归。"⑤《陶渊明》不是一首题画诗，但和前面两首题画诗在表达方式和意趣上非常相似，都有很强的画面感和角色感，都树立了陶渊明和督邮两方角色，诗歌的趣味正是在其中散发出来。第一首中，高傲的陶渊明不向督邮鞠躬却对着小儿弯腰；第二首中，陶渊明仓惶地跟在督邮后；第三首中，陶渊明被儿女牵着，心里藐视着督邮。这三个场景，都以鲜明的动作描写刻画出了高人隐士非同俗人的形象和趣味。三首诗趣味的营造都是在对督邮这样一种世俗形象的彻底否定中生成的。从表面看，李俊民描写"陶家趣"，追慕"陶家趣"，一种自由自在不受现实约束的乐趣，从深层看，李俊民的这种刻意在每首诗中都设立一个对立着的督邮，正隐约地显出李俊民并没有彻底地完全走进陶渊明的世界。他始终处于与现实的对抗中，尚未达到完全融于自然的状态。因此，他对于督邮的对抗与否定是执着的，对于"陶家趣"的追慕是刻意的。他很努力，但心中终究有二者在对抗，他始终没有达到"心远地自偏"的心境。"即时唤起闲中兴，惭愧

---

① 郑永晓整理：《黄庭坚全集辑校编年》，江西人民出版社 2008 年版，第 506 页。

② 《全辽金诗》，山西古籍出版社 1999 年版，第 1981 页。

③ 同上，第 1965 页。

④ 同上，第 1993 页。

⑤ 同上，第 2004 页。

陶家趣未成"也便可以理解了。因为,有"闲"之兴致毕竟不完全等同于"趣",它尚在通向"陶家趣"的路途中。而"陶家趣"也不仅仅是闲心,而是人生的至高境界。

对于"趣"的创造还体现在其他的人物画题诗中。《四皓弈棋图》:"都缘鸿鹄心犹在,一局闲棋不到头。"①《申元帅四隐图》称孟浩然"破帽蹇驴风雪里,新诗句句总堪传"②,说李太白"不因采石江头月,那得骑鲸去上天",这里有闲棋、破帽蹇驴、骑鲸上天等等,李俊民总是善于发现和创造代表人物精神气质或生活状态的特征性的意象,并以诙谐幽默的语气表达出来,营造出随意戏谑的氛围。

诗人内心深厚的情感似乎在"趣"的营造中荡然无存。但正如李俊民喜欢写酒一样,趣和酒在他的诗歌中就像面具,他将自己的情感藏在面具下面,因为这份感情太深太强。任何表达都不足以传递他内心的悲和忧。所以,李俊民的题画诗总是不露情感,就画题画,以画为中心,在绘画的各个要素之间使用笔墨,使诗歌的深度有所缺失。

再次,李俊民既然认为绘画在于意,绘画是无言之诗,实际上在他的题画诗中,他也是在传递着图画之意,表达着自己的情感。他的表达方式有三种,一是通过对醉酒和趣味的生动描写,暗示他深藏于内心的情感。这份情太重太深,以至于他以自我麻醉和逃避来宣泄这份情。二是在题画诗中,他以对"心"的关注来表现情意在其诗歌创作中的重要性。"幸得从龙变态,尚何出岫无心"③(《锦堂四景图》之《夏云多奇峰》);"千年老鹤相伴,谁似苍髯有心"④(《锦堂四景图》之《冬岭秀孤松》);"纵能一见戴安道,船未回时心已回"⑤(《子猷访戴图》);"为君试草花间赋,未必心肠似雪庵"⑥(《雪庵二梅图》)等,图画中人物、动物、景物之心尚且能被诗人感知,诗人怎能不因画而生情? 可以看到,诗人在题诗的时候,爱用"长安"等词。"北风吹雪满长安"(《孟浩然图》二首之一)⑦、"举头不见长安日"(《跋窦子温江山图》)⑧、"长安一片花飞"(《老杜醉归图》二首之一)⑨等,作为一代之都,诗人的用意是显而易见的,即寄寓对家国离乱的伤感。三是李俊民在题画诗中总隐含着一种力量,让人觉得这是一种情感力量的显现。这种情感与其善用醉酒、趣掩盖深厚的情感实际是一脉相承的。"行人抵死贪路,何处家山未归"⑩(《雪谷早行图》),"抵死"一词凸显了行人执着坚持的强大信念。"谁道卧龙不起,须臾变化风云"⑪(《锦堂四影图》之《春水满四泽》),在对春水的

---

① 《全辽金诗》,山西古籍出版社 1999 年版,第 1999 页。

② 同上,第 2004 页。

③④ 同上,第 1968 页。

⑤ 同上,第 1970 页。

⑥⑧ 同上,第 1972 页。

⑦ 同上,第 1992 页。

⑨ 同上,第 1966 页。

⑩ 同上,第 1967 页。

⑪ 同上,第 1967—1968 页。

刻画中,植入了巨龙,使森森春水顿时波涛汹涌。"谁信朔风犹跋扈,天涯吹断弟兄行"①(《秋江断雁图》),飞扬跋扈的朔风打破了秋光云影中的宁静,等等,本是优美的图景,诗人常常植入强力的意象,使整个诗歌充满了暴风骤雨般的力量。这种力量来得急速、来得猛烈,不能不让人感受到诗人内心喷薄而出的情绪,这一定是一份压抑至深的情绪。

需要指出的是,以上对辽金题画诗的分析基本上是立足于诗歌而进行的,这一方面是由于诗歌所题之画已经荡然无存,难以得见;另一方面是即便有与诗歌所题之作品同名的绘画,且有作品流传至今,但却由于诗人未提及画家的名字而无法将之相互对应,进行直接的文图关系比照分析。这一问题也同样存在于接下来对元代题画诗的研究中。

---

① 《全辽金诗》,山西古籍出版社 1999 年版,第 1975 页。

第三章　元代的诗歌与图像

　　元代初期、中期及后期的题画诗文学风格各有侧重。元代初期的文人大多是来自宋金之地的前朝遗民,他们经历了改朝换代,国破家亡造成的社会动荡和变迁,他们的内心充满了痛苦的挣扎和苦闷的徘徊。元代早期文人的作品在揭露当时尖锐的社会矛盾的同时,都或多或少地反映出一定的民族意识。元代中期经济有了一定的发展,社会渐趋于稳定,科举制度也得以恢复,文人们重新获得了进身之阶,元代中期的文人作品中少了前期的抵触与不满,多了几分雅正之气。元朝后期赋税苛繁,元朝统治者加强了对人民的搜刮。延祐五年(1318),仁宗开始对江南征收包银,每户征银二两。此时包银总数,较元初增加了十倍之多。至于一般的课税(包括商税),较元世祖时增加五十倍。到了文宗初年,各种课税甚至比元世祖初定之额增加了上百倍。元朝后期自然灾害不断,自泰定帝以来,各种天灾的记载不绝于书,水旱灾害屡见于陕西、山东、河南、河北及江浙一带,当时饥民动辄以数十万计。元末顺帝更加残暴,灾难频发。至正四年(1344 年),黄河鲁、豫一带连续三次决口,洪水泛滥,泽国千里。天灾人祸并行,使得当时人们的生活普遍陷于困境,苦不堪言,遍及全国的起义不断爆发。元朝后期的作品较多地描述了下层人们的痛苦生活,具有强烈的现实意义。

　　元代绘画是中国绘画史上的一个重要转折期,在这个时期写意绘画逐渐成为画坛主流,院体绘画逐渐衰落。尤其在赵孟頫以书法入画的倡导下,绘画更加注意用笔和形式。钱锺书说:"元人之画,最重遗貌求神,以简逸为主;元人之诗,却多描头画角,惟细润是归,转类画中之工笔。松雪常云:'今人作画,但知用笔纤细,傅色浓艳。吾所画似简率,然识者知其近古。'与其诗境绝不侔。东坡所谓'诗画一律',其然岂然?"①"这现象看似矛盾,实际上同是元人对南宋文化的反动:诗反江西及宋末江湖末派的偏枯,画反院体的刻露。出发点是一致的。"②元代参与诗歌与绘画的艺术家主体更加多样,元代有很多诗画兼善的文人,诸如赵孟頫、倪瓒、吴镇、黄公望、王蒙、朱德润、王冕、张渥、曹知白、杨维桢、柯九思等。这使得他们所创作的诗与画关系更加密切,成为有机的整体。

---

① 钱锺书:《谈艺录·上卷》,生活·读书·新知三联书店 2001 年版,第 270 页。
② 上海书画出版社编:《赵孟頫研究论文集》,上海书画出版社 1995 年版,第 80 页。

第一节 元代题画诗的兴起

元代是题画诗大盛的时代,仅 90 年的历史中,题画诗之多,题画诗人之众,在中国题画诗史上空前绝后。陈邦彦《历代题画诗类》收录清以前题画诗不到 9000 首。其中,元代题画诗近 4000 首。顾嗣立《元诗选》收录题画诗 2000 多首。该书 340 位诗人中有题画诗者达三分之二。诗人别集中,题画诗是许多诗人诗作的主要内容。仅王恽《秋涧先生大全集》中就有题画诗 400 余首,虞集、柯九思、贡性之等人所作的题画诗皆在百首以上。题画诗近百首者如刘因、赵孟頫、贡师泰、陈旅、黄溍、杨维桢等多人。而画家的题画诗几乎是其诗歌创作的全部,如四大家吴镇、倪瓒、黄公望、王蒙,及郑思肖、王冕、钱选、朱德润等,构成了元代诗坛一道独特的风景。在《元诗选·癸集》,许多诗人仅存的几首诗中,或全部是题画诗或大部分是题画诗。

直接题诗于画面的现象在元代兴盛起来。或题他人画,或自题画,画上多有诗,题画诗在唐代诗体完备的基础上,开始走向了画体的完备。画家、诗人、书家在图画、诗歌、书体之间寻找着和谐共处的因素,并以画体形式呈现于画面。至此,题画诗逐渐进入了成熟的全盛创作阶段。

题画诗既是关于诗书画的艺术,它的兴盛又与诗人、画家、书法家等创作主体有着密不可分的关系。元代画家普遍具有诗人抒情之诗心,诗人又多具画家高古幽隐之心,加上元人书法艺术的繁盛和鉴藏之风的盛行,共同造就了元代诗画融合的盛况。

一、画家诗心

清方薰《山静居画论》云:“高情逸思,画之不足,题以发之。”[1]题画诗最大的贡献是将诗歌与绘画两种艺术结合在一起。古人云:“宣物莫大于言,存形莫善于画。”[2]而题画诗既是言,又关乎画,承宣物与存形于双肩,故如前古人所论,题画诗作为诗体,突出的作用是“补”。“诗言志”“诗缘情”是中国诗歌的传统。因此,题画诗所“补”最主要的正是图画之不可形容的画家的情志。

中国绘画发展到宋代,尤其是苏轼、文同等的文人画产生后,理论上人们对诗画关系有了新的认识,诗画一律的观念被普遍接受。创作中,皆奉行着“象外之象”的原则,以表现主体之意。“思致”“情志”“意趣”是宋代绘画评品的标尺。即使是南宋画院画家,其作品也表现了明显的情感寄托,如马远、夏圭以半边、一

---

[1] 方薰:《山静居画论》,中华书局 1985 年版,第 26 页。

[2] 张彦远:《历代名画记·叙画之源流》,浙江人民美术出版社 2011 年版,第 3 页。

角之构图,奇峭险峻之山势寄予着对南宋残山剩水的伤痛、激愤之情。元代画坛中,文人画家,尤其是野逸文人画家(四家、王冕等)占据了主导地位,将中国文人写意画推向了完美的高潮。

图3-1-1 赵孟頫自画像

一方面,元画写意精神是对宋代文人画的继承。如元初遗民画家,无不在画中寄寓着深切的亡国之痛、故国之思。龚开《骏骨图》变宋人画马之丰腴美为瘦骨气洞,背景荒凉萧索,以此写照自己孤臣宿儒的遗民之心,这在其自题诗中亦清晰可见。郑思肖之无土之兰、温日观之狼藉点画的水墨葡萄,皆寄寓着满腔的愤懑与悲伤。被誉为元代丹青之最的色目画家高克恭①,则在其云山、竹木画中寄寓着其"淡泊""无求"的人生理想。②他融众家笔墨图式,补正了米芾"不拘常法""非师而能"的率意之法,为文人墨戏之作提供了一定的格法。③(高克恭曾言:"子昂写竹,神而不似;仲宾写竹,似而不神。其神而似者,吾之两此君也。"④)从而成为中国文人画图式发展中的一座里程碑。

另一方面,元画写意精神启于赵孟頫的"古意"说。赵孟頫言:"作画贵有古意,若无古意,虽工无益。殊不知古意既亏,百病横生,岂可观也?"⑤"古意"说的精神内核是以近似简率的笔墨图式表现蕴藉典雅的中和之道。这种"道"不仅反对南宋院画花鸟的气度狭靡、院画末流的奇险刻露,更主要的是将中国汉文化的正统地位与形象寄予绘画图式中,实际上隐含着对汉文化的维护与弘扬。故其所谓的"简率"只是"似乎简率",而内蕴的深刻非深识"简率"之意者不可知。

元代绘画正是在高克恭的实践与赵孟頫的理论共同组合而成的"写意"精神指导下发展着。元四家是"写意"思想的最有力的推行者、实践者。吴镇曾言:"墨戏之作,盖士大夫词翰之余,适一时之兴趣,与夫评画者流,大有寥廓。尝观

① 张羽《临房山小幅感而作》言:"近代丹青谁最豪,南有赵魏北有高。"《静居集》卷三,《四部丛刊三编》(047),商务印书馆1936年版,第201页。
② 见《故太中大夫刑部尚书高公行状》,邓文原《巴西集》,《文渊阁四库全书》,上海古籍出版社1987年版,第1195册,第552页。
③ 朱德润《存复斋续集》言:"高侯学画,简淡处似米元晖,丛密处似僧巨然,天真烂漫处似董北苑,后人鲜能备其法。"(朱德润:《存复斋续集》,《丛书集成续编·集部》,第109册,上海书店出版社1994年版,第903页)又恽南田言:"米家画法,至房山而始备。"(恽寿平:《南田画跋》,西泠印社出版社2008年版,第61页)
④ 王逢:《高尚书墨竹·为何生性题》,《梧溪集》卷五,中华书局1985年版,第259页。
⑤ 俞剑华:《中国古代画论类编》上,人民美术出版社2007年版,第92页。

陈简斋墨梅诗云：'意足不求颜色似，前身相马九方皋。'此真知画者也。"[①]倪瓒则言"余之竹聊以写胸中逸气耳"[②]，又言"仆之所谓画者，不过逸笔草草，不求形似，聊以自娱耳"。[③] 从其众多的题画诗中，读到的不仅是高士淡泊的人生理想，还有借图画以消解的忧愁。[④] 而倪瓒借以消忧寄乐的图画格式，成为中国文人写意画的完美典范。这种简化了的图式并非完全的率意而为，而是极工细之后的去繁就简，这也正是元代文人画与米芾山水的不同。又如黄公望画之逸迈、王蒙画之秀润清新皆寄寓着其高情逸趣。二人虽无直接的写意画论传世，但留下了大量的题画诗，并寄其情。

除上述四家外，元后期的画家以花鸟画作居多。他们借梅兰竹菊四君子及其他花草木石等寓君子之德。而元代兴盛的墨花墨禽[⑤]，如陈琳的《苍岩古树图》《枯木竹石图》，王渊《秋山行旅图》《松亭会友图》，张中的山水等，以水墨代替色彩，本身正是对客观景物具象的超越，其中超越自然景物的主观之意可见矣。

"写意"的精神贯穿了元代前后，渗透到各个画科，各种画法。因此可以说，元代的画家普遍具有诗心，这正是元代题画诗产生的主要原因。

图 3-1-2　徐璋·松江邦彦图·倪瓒像

二、诗人隐心

中国画以山水花鸟等自然景物为描写的对象，画家们在对自然的观照中表现出了人与自然的亲和，同时，也意味着对现实社会的逃匿。元代又是中国山水花鸟画发展的高峰。画家们不仅以山水花鸟题材本身表现这种亲和，更在笔墨图式对于自然景物的自由选择加工中，主动地寄寓着这种亲和之心。徐复观言，庄子的自然精神就是中国艺术的精神。虽不尽恰当，但用来概括元代绘画艺术却十分精当。元画的精神正是超尘绝俗的自然精神。自然精神在元代不仅是画

---

① 参见王原祁、孙岳颁等：《佩文斋书画谱》，中国书店 1984 年版，第 397 页。

② 倪瓒：《跋画竹》，《清閟阁全集》卷九，《文渊阁四库全书》，上海古籍出版社 1987 年版，第 1220 册，第 301 页。

③ 同上，第 309 页。

④ 吴镇、倪瓒图画之写意性参见本书第三章第二节。

⑤ 以陈琳、王渊、张中等画家为主。参看《中国绘画理论研究论文集》，上海书画出版社 1992 年版，第 419—437 页。

家们的精神追求,也是元代文人的普遍精神追求。

元代文人与自然之间强大的亲和力在历史上是绝无仅有的。主要有以下三个原因:

(1) 遗民守道

公元 13 世纪,成吉思汗建立的蒙古汗国纵横四际。金、西夏、南宋等先后披靡于其铁骑弓刀之下。以汉民族为主体的金、宋人民失去了自己的家园,沦为异国的生民。沧海桑田的社会巨变使华夏生民体验了太多的苦难,世事的混乱使得追求自然的宁静是经历了逃生匿死的人们的普遍心理。尽管元世祖号称英主,笼络汉族士子,为宋、金遗民提供了一些入元仕官的机会,但华夏道统中的忠君思想、不二之节使他们无法放弃自己的遗民身份。他们或隐于山林,或浪迹江湖,或遁迹道观佛门,以表达对"忠君不二"之道的恪守。

(2) 文人地位

元代文人生活于一个被杀戮、被歧视的朝代。首先,同金、宋百姓一起,元代文人遭受了来自蒙古军进入中原时极其残酷的杀戮和掳掠。如蒙军占领保定,屠杀数十万人,赵复遭遇"九族俱残"之后,"披发徒跣,仰天而号",欲投水自尽,幸得姚枢所救[①],其身心的伤痛是何等的惨烈。其次,同金、宋百姓一起,元代文人遭受着蒙古统治者种族等级制的歧视与压迫。元代将国人分为四等,依次为蒙古人、色目人、汉人、南人。一、二等人为统治层,汉人是金遗民,南人是宋遗民,同为社会下层,尤以南宋遗民地位最为低下。文士们沦为社会的下层,失去了治国、平天下的机会。儒士的地位在元代处于各种行业的下层。余阙诗中有言"小夫贱隶,亦皆以儒为嗤诋"[②]。郑思肖《心史》中《大义略叙》载有:"鞑法:一官二吏三僧四道五匠六工七猎八民九儒十丐。"[③]如此窘迫的处境、卑贱的地位,使得他们既丧失了做人的尊严,更无从实现济世安邦之大志,心中与元廷的对立与抗争是不言而喻的。尘世已没有希望、没有诱惑力,他们只有到山林田园中享受心理的自由与轻松。

图 3-1-3 梧竹秀石图·倪瓒画·张雨题诗

(3) 科举制度

"学而优则仕",科举取士自隋唐以来一直是文人士子入仕做官、实现兼济天

---

① 《元史》卷一八九《儒学一》,宋濂等撰《元史》,中华书局 1976 年版,第 4314 页。
② 余阙:《青阳集·贡泰父文集序》,《文渊阁四库全书》,上海古籍出版社 1987 年版,第 1214 册,第 381 页。
③ 郑思肖:《心史》,《四库禁毁书丛刊·集部》(30),北京出版社 1997 年版,第 100 页。

下之志的必经之路。唐代开科取士，人数不多，仅数十人，但开明的社会环境为文人们创造了许多求官任职的机会。宋代是个重文轻武的朝代，每科录取进士达三四百人，科举是选拔人才的主要手段。儒士登第后，皆受到皇帝赐诗、赐袍笏、赐宴等优赏。金代亦设科考，笼络汉人。但元代，几乎断绝了科举入仕的出路。蒙古贵族入主中原后，仅太宗举行过一次考试，即有名的"戊戌试"，便因"当世或以为非便，事复中止"①，而科考录用的人员，并未得到重视。科试又一停便是 78 年，直到延祐二年(1315)，仁宗朝时，才重开科举。虽设科考，但每三年才一次，且每科中试者不过几十人。即使是如此少的录取名额，汉人与蒙古、色目人的竞争机会仍然不够平等。据《元史·选举志》载，蒙古、色目、汉、南人分别考试出榜，考试内容不同。上下等人题目有明显的难易差别。如第一场，蒙古人、色目人试"经问"五条，别无要求。而汉人、南人则试"明经""经疑"二问，并规定汉人、南人加试经义一道。第二场，蒙古人、色目人只需试策一道，汉人、南人则须考试古赋、诏、章、表等类，还有第三场考试策一道。从如此等等的科举规则中可以看出，元代汉族文士的仕进机会微乎其微。既然不能兼济天下，只好独善其身，自然界是其最好的安心隐身之地。

种种遭遇，使归隐之心在元代士人中急剧膨胀。因此，当自然山水、梅兰清逸、花鸟野趣成为文人们心中的理想圣地、理想形象的时候，图画便不仅仅是画家寄兴抒志的专利，也契合了其他文人的离世情怀；观画赏画，已不是一种单纯的艺术活动，借画抒怀、以诗题画成为绘画鉴赏的必然结果。因此，元代诗人大量地参与绘画创作，甚至一向轻视文学的理学家们也多有大量的题画诗作。"移家欲向山中住"②的归隐之志和"此君不可一日无"③的梅竹嗜好是文人们最频繁的咏唱主题，也是元代题画诗最主要的内容。

三、元人书艺

元代，题诗普遍地走进画面，图画多有题诗，每画又不止一人一题。题画诗的视觉审美功能已被普遍地认知。题画诗视觉上的审美功能从外在看，源于题画书法的审美效果；从深层看，源于元代缘书入画，书法与绘画的笔意相互映衬。

（1）元代书法

在诗艺的前提下，书法对题画诗创作有着明显的制约作用，甚至是决定性的作用。如清代钱杜《松壶画忆》言："画之款识，唐人只小字，藏树根石罅，大约书

---

① 《元史》卷八十一《选举一》，中华书局 1976 年版，第 2017 页。
② 赵孟頫：《题商德符学士桃源春晓图》，《元诗选》初集，中华书局 1987 年版，第 557 页。
③ 吴镇：《画竹七首》，《元诗选》二集，中华书局 1987 年版，第 734 页。

不工者,多落纸背。"①书法不工的范宽只以小字细笔"藏款"于树干、树丛或土石之间的山壁上。

元代题画诗的兴盛,尤其是画上题诗的兴盛,正与元代书法的广泛普及不可分割。清钱杜《松壶画忆》言:"元人工书,虽侵画位,弥觉其隽雅。"②事实正是如此。

首先,诗人工书。元代诗人兼工书法者,除赵孟𫞩诗书画兼善外,元诗四家中,虞集与揭傒斯皆为元代奎章阁的代表书家。奎章阁外,道士张雨书法用笔神骏超迈,独具风格。最为人称道的作品即是《题画二诗卷》(北京故宫博物院藏),被倪瓒评为"诗文书画,皆本朝道品第一"③。以"铁崖体"诗歌著称的诗人杨维桢又是元代隐逸书家中极具个性的代表人物。少数民族题画诗人贯云石、萨都剌、余阙、泰不华、遁贤等的书法在元代书法史上都不可忽视。程巨夫、王恽、袁桷等许多诗人,其书名虽不如前述者那么高,但其书艺对其题画诗的创作仍然起到了举足轻重的作用。诗人工书,能够将题画诗作为诗歌艺术的诗体之美与作为画面艺术的画体之美结合起来,使题画诗的艺术审美特性得以补充完善。

其次,画家善书。元代画家较之诗家更广泛地与书法结合,而且画家往往兼工诗书画三种艺术。赵孟𫞩书名自不必言。元四家中吴镇草书的萧散古淡、倪瓒楷书的清古瘦劲,皆代表着元代赵体之外的隐士书风,黄公望小楷的古韵平淡、王蒙行草的简淡清婉代表着赵派书法的隐士书风。在工画能诗的前提下,画家工书,自题画作,也同样完整地呈现了题画诗作为诗体艺术与画体艺术的审美功能。

因诗人工书,画家工书,故元代的书法家多集诗书名于一身,或诗书画名于一身。前者如元初三家中的鲜于枢、邓文原,奎章阁的虞集、揭傒斯、杨维桢、张雨等,后者如柯九思、赵孟𫞩、曹知白、方方壶及"元四家"等。只是诗、书、画之名不等而已。当书法艺术成为元代诗人与画家普遍具有的艺术技能后,元代进入了诗、书、画大融会的时代。

(2)书画一耳

以精美的书法题诗配画创作出的只能说是一首完整的题画诗,展现了题画诗本该独有的画体艺术的视觉美感。但一首真正完美的题画诗,还必须以书法的笔意融汇于图画的笔意中,在书法的用笔中读出图画的图式笔墨蕴含。如此,书法与绘画方可达到内在精神气质的融合无间,再配以意蕴相宜的题诗,诗、书、画在题画诗中浑然一体,题画诗才算是真正地实现了其作为画体艺术的审美理想。

元代书诗画集于一身的艺术现象,为这种审美理想的实现提供了条件。元

---

① ② 钱杜:《松壶画忆·卷上》,中华书局 1985 年版,第 8 页。

③ 汪砢玉:《珊瑚网·法书题跋卷十一》,《万有文库》第二集,商务印书馆 1936 年版,第 278 页。

人认为书画同体,援书法入画,又以画法论书法。元代书法是在赵孟頫崇尚古晋古法思想影响下发展的。①

首先,元代画家多工书法。既"画乃吾自画,书乃吾自书"②,皆以同一创作主体之心观照书、画两种不同的艺术,书画中渗透、寄寓的主体之情必然相同,书、画风格也自然一致,甚至对书、画艺术的认识也多有相似之处。这即是元代盛行的书画同一观的主体基础。赵孟頫之外元四家的图画风格与其书法风格多相一致。

图3-1-4　赵孟頫·秀石疏林图

其次,书、画在中国古代皆以笔、墨为工具,笔、墨又是其共同的艺术语言。在元代,水墨走进各种画科,绘画中墨的运用较之以前更为广泛。笔的线条与墨的抽象性在更大范围内与书法之笔墨相契合,尤其书、画出于同一创作主体之时,这种契合无疑是非常紧密、默契的。这又是元代盛行书画同一观的本体基础。这一基础与观点的直接结果是援书法入绘画,以书法之笔法用于绘画创作。故杨维桢言:"士大夫工画者必工书,其画法即书法所在。"③赵孟頫《自题秀石疏林图》言:"石如飞白木如籀,写竹还与八法通。"④柯九思则具体到在竹之叶、竿、枝、木石等的画法中援引书体。⑤ 如此具体书法用作画法,使得书法抽象的主观的笔墨形式移植于绘画中,可以"写"而成,超越了图画中自然之象的客观约束,因此,笔墨形式取得了一种相对独立的"写"的审美价值,为画家表达自我之情提供了自

① 赵孟頫《兰亭十三跋》其七中言:"书法以用笔为上,而结字亦须用工,盖结字因时相传,用笔千古不易。右军字势,古法一变,其雄秀之气,出于天然,故古今以为师法。"(赵孟頫:《赵孟頫集》,浙江古籍出版社1986年版,第253页)赵孟頫重用笔结字之法。首先是从学书者的角度出发而论,宋代苏、黄、米书法尚意。故没有法度严谨的正书。学其易失古法,流于浮躁。正如元代对于米芾画的态度,取其天真之意,但要由笔墨工致而后去繁就简得其意。这和其绘画"古意"说之内涵相一致。其次,赵孟頫书尚古晋,与其画尚古意相同,实为对传统的正统文化的回归。
② 俞剑华:《中国古代画论类编·上》,人民美术出版社2007年版,第14页。
③ 杨维桢:《图绘宝鉴序》,见《东维子集》卷十一,《文渊阁四库全书》,上海古籍出版社1987年版,第1221册,第482页。
④ 赵孟頫:《秀石疏林图卷》题跋,27.5 cm×62.8 cm,今藏于北京故宫博物院。
⑤ 书画同源详见本书第二章第二节虞集题画诗部分。

由运用笔墨的空间。这种援书入画的作品以四君子等花鸟画为多，这些作品是最能代表文人情怀的作品。故汤垕在阐述其"写意"论时说："画梅谓之写梅，画竹谓之写竹，画兰谓之写兰，何哉？盖花之至清者，画之当以意写，不在形似耳。"[1]

元代书法与绘画的种种结合，使得画上的题诗找到了其完美的形式。一旦画面中的题诗、书法也具有了与绘画浑然一体的艺术美感，便成了绘画不可缺少的部分，于是诗画产生物理层面的融合，这也是元代题画诗兴盛的原因。

四、书画鉴藏

从外界因素看，促成书、画、诗三种艺术结合的是元代书画的收藏与鉴定。元代书画的收藏与鉴定是以奎章阁为中心展开的，其前有秘书监，后有宣文阁与瑞本堂。

（1）秘书监

图3-1-5 扁舟傲睨图·陆文圭图·张翥题诗

元代收藏的书画自是由南宋、金而来的。金灭北宋之际，入汴京悉获宣和内府名画法书和未及南迁的北宋书画艺人。金皇室对绘画的爱好使金代的书画收藏日富一日。至章宗明昌时期（1190—1196），达到全盛。张翥诗中言"明昌正似宣和前"[2]。及元灭金，这些书画典籍入元朝内府，但由于接受与保存不够完好，多有损失。元太宗八年（1236），即灭金两年后，在山西设立经籍所，掌管这些典籍书画。至元四年（1267），元世祖将经籍所迁至大都改宏文院。至元九年（1272）采用前代旧制[3]，设秘书监，将秘书监由官职改为官署，掌管"历代图籍并阴阳禁书"[4]。焦友直为秘书监的开创者。至元十三年（1276），元兵逼近南宋首

---

① 杨大年编著：《中国历代画论采英》，江苏教育出版社2005年版，第69页。

② 张翥：《题李早女真三马扇头》，《元诗选》初集，中华书局1987年版，第1341页。

③ 杜佑撰，王文锦等点校：《通典·职官八》，中华书局1988年版，第723页。秘书监于东汉桓帝始设，为掌管禁中古今图书典籍的官员，属于太常礼院。三国时一度属于少府。南朝梁设立秘书省，秘书监为其长官，秘书监具有了独立的行政职能。隋炀帝增设秘书少监辅佐秘书监的工作。唐宋均沿设，职能亦续前代。

④《元史》卷九十《百官六》，中华书局1976年版，第2296页。

都杭州时,吸取了前次的教训,接受了秘书监焦友直的进谏"应收经籍图书书画等物,不教失落"①,对南宋的内府收藏采取了非常妥善的收缴办法:封府库、收图书。在兵乱中,南宋所藏完好地悉归元朝,收入秘书监。② 秘书监的书画收藏并无具体的数目。王恽曾入秘书监"披阅竟日。凡得二百余幅。书字四十七幅,一百八十一幅画"③。王恽集其所见为《书画目录》,但所记载的只是王恽在秘书监看到的很有限的一小部分书画名目。王士点《秘书监志》卷六所言至元十四年(1277)重裱图画"一千单九轴",亦非此期元代内府绘画的全部。而《秘书监志》所载皆元代书画史料,并没有关于书画的著录与统计。

秘书监的职责不仅在于装裱、修缮、整理、分科、编号等对古籍书画的管理,也在于对这些名物进行进一步的辨认鉴定。因此,至元二十五年(1288),秘书监开设了辨验书画直长一职,专门从事书画的鉴赏,只是其地位很低,仅列正八品。但参与书画鉴定的不仅仅是书画直长一人,秘书监的许多官员或能书或工画或精鉴或善藏,皆促进了内府书画的欣赏与鉴定。

元朝除了宫廷内府收藏之外,皇宫内鲁国大长公主的私人收藏在元代书画界也值得一提。它在一定程度上促进了书画鉴赏与题跋,也从家族内部为文宗设立奎章阁提供了汉文化来源。鲁国大长公主是顺帝的女儿,文宗的岳母。她雅好汉文化。她以皇帝赐予的嫁妆金、宋内府书画为基础,多方搜寻当代名人书画,形成了其颇具规模的书画收藏。泰定元年(1324)袁桷曾奉命为其所藏书画题诗、赞。④ 所题书画共有41件,其中名画35件,书法6件。但这未必是公主的所有书画藏品。同时,大长公主以其很强的感召力和领导才能于至治三年(1323)三月组织书画文人的聚会。酒阑之余,公主展示其所藏图画若干卷,命文士各依书文所能,在画卷后题跋留识。⑤

收藏必然伴随着鉴赏,而收藏与鉴赏结合最直接的表现便是画上的印章、题款、题跋诗文。无论是秘书监的内府收藏,还是大长公主的私人收藏,都在鉴定与欣赏中显示出其价值。而且,元代的书画艺人一定程度上也是在书画的鉴赏

---

① 王士点:《秘书监志》卷五,浙江古籍出版社 1992 年版,第 100 页。

② 同上,第 92—103 页。又据王恽《秋涧先生大全文集》卷四十一,《四部丛刊初编》(1385),商务印书馆 1912 年版,第 108 页。《书画目录序》言:"当至元丙子春正月,江左平。冬十二月,图书礼器并送京师,敕平章太原张公兼领监事。"

③ 王恽:《书画目录序》,见《秋涧先生大全集》卷四十一,《四部丛刊初编》(1385),商务印书馆 1912 年版,第 107 页。

④ 据袁桷《鲁国大长公主图画记》,见《清容居士集》卷四十五,《四部丛刊初编》(1425),商务印书馆 1912 年版,第 63 页。

⑤ 袁桷《鲁国大长公主图画记》中载:"至治三年(1323)三月甲寅,鲁国大长公主集中书议事执政官,翰林、集贤、成均之在位者,悉会于南城之天庆寺。命秘书监丞李某为之主,其王府之僚寀,悉以佐执事。笾豆静嘉,尊罍洁清,酒不强饮,簪佩杂错,水陆毕凑。各执礼尽欢,以承饮飨而莫敢自恣。酒阑,出图画若干卷,命随其所能,俾识于后。礼成,复命能文词者,叙其岁月,以昭示来世。"出处同上。

中获得了足够的社会重视,促成了其书画技艺的进步。他们的书画鉴赏或活跃于宫廷,或活跃于民间,前者有以奎章阁为中心的书画人物,如虞集、柯九思等;后者在以杭州为中心的文人艺术圈内,如大德二年(1298)二月二十三日,在鲜于枢杭州的寓所,举行过一次以书画鉴赏为主要内容的聚会。当时参加的有赵孟頫、邓文原、鲜于枢、周密、马秾、王芝、乔篑成、郭天锡、廉希贡等。这些人不仅是书画家或书画鉴赏家,而且多是当时具有名望的书画收藏家。① 他们均为周密《云烟过眼录》中记录的书画作品的收藏者。周密自己也是一位书画鉴赏家和收藏家,他的《云烟过眼录》《思陵书画录》即是书画鉴赏与著录的著作。《云烟过眼录》中记载的首位收藏家赵与懃藏画近 200 件。

(2)奎章阁

奎章阁的建立源于元文宗对汉文化的推崇。文宗政治上无所建树,但他却是一位颇负艺术才华的皇帝,功在元代的文治。他受岳母——顺宗之女鲁国大长公主嗜好汉文化的影响,精通汉语诗文、能画、能书。是元代帝王中,唯一众艺兼备者,这为奎章阁的筹建奠定了兴趣基础。文宗往来于文士之间,游戏于翰墨之中,汉文化艺术的熏陶与汉文士的影响使他于天历二年(1329)设立了奎章阁学士院,收藏古今图书典籍、法书名画。当然奎章阁的目的不仅仅是收藏。

文宗格外钟爱奎章阁,他赋予奎章阁很高的地位,在他最终获得皇权之后便致力于奎章阁的提升与扩充。提升后的奎章阁大学士属正二品,而此时的翰林国史院与集贤院为从一品。直属官员官职高低依次为大学士、学士、参书、典签、鉴书博士、授经郎等。设立隶属机构有:群玉内司,掌管奎章阁中的图书宝玩;艺文监,掌译事校雠等,其下又设掌藏储书籍的艺林库,掌传刻经籍及印造之事的广成局;与群玉内司和艺文监平级的还有掌管书画鉴定的鉴书博士司。大学士中康里巙巙是元代杰出的书法家,兼领群玉内司。奎章阁三级学士中,侍书学士虞集,是奎章阁的策划者,也是元代著名的文学家与书法家;承制学士李泂尤善诗歌与书法,其风流才性有类李白②。学士以下官位品秩既低,又以汉人为主,但却不乏诗书画名家。其中鉴书博士柯九思是元代著名的墨竹画家,其书名亦盛,也是奎章阁的象征人物。授经郎揭傒斯是元代诗坛四大家之一,其书法又得文宗赏识,很具时名。群玉内司的陈旅,艺文监的宋本、欧阳玄等皆诗文书法兼善。广成局副使杨瑀是元末杰出的书法家。

奎章阁建立的初衷,在于使皇帝明古人之得失,以鉴眼前之利弊,旨在元朝

---

① 由于宋、金之际的社会混乱,宫廷内府的许多书画流落于民间。加上杭州本是南宋的都城,又是南宋及元初文化的中心,无论在野的文人还是居官的文人皆荟萃于此。宫廷内外的往来既多,流落私家的书画藏品定不在少数。如周密《云烟过眼录》中记载的王芝,藏品 32 件,曾于大德五年(1301)任秘书监校书郎,编次秘书监图书,并监管秘书监所藏书画的装裱。又如奎章阁的柯九思,藏品甚富。其中有王献之的《鸭头丸帖》。该帖为文宗所赐。

② 据《元诗选》二集戊集"李泂小传",中华书局 1987 年版,第 508 页。

图3-1-6　竹西草堂图·张渥画·杨瑀题诗

的经国大业。时任翰林直学士的虞集是奎章阁筹建的主要策划者,他在《奏开奎章阁疏》中所说:"肇开书阁。将释万机而就佚,游六艺以无为。此独断于睿思,而昭代之盛典也。……咏歌雅颂,极裹赞之形容;探赜图书,玩盈虚之来往。冀心神之融会,成德性之纯熙。"①即读古书、游六艺,以涵养德行,藻雪情操。文宗的昭谕,更明确了奎章阁的责任在于明鉴得失以治国:"置学士员,日以祖宗明训、古昔治乱得失,陈说于前,使朕乐于听闻。"②但事实是,文宗只是尊其表而弃其质。奎章阁对于文宗来说几近游戏翰墨、玩赏古物的场所,整日流连奎章阁,与柯九思、虞集日相讨论鉴赏法书名画。陶宗仪《南村辍耕录》卷七载:"文宗之御奎章日,学士虞集、博士柯九思常侍从,以讨论法书名画为事。"③这为元代书画艺术的繁盛创造了条件,也促成了题画文学的兴盛。

(3)宣文阁与端本堂

由于奎章阁既无补于朝政,又侵犯了其他机构的权力,因此,奎章阁自设立之初便隐患重重。在其活跃了三年之后,随着至顺二年(1331)柯九思、雅琥的罢免,文宗的驾崩,奎章阁失去了往日的活力,形同虚设,但却一直维持到至元六年(1340)方改为宣文阁。

宣文阁较之奎章阁的变化在于:一是精简机构,简化职能。撤销奎章阁原有的附属机构,宣文阁的职责仅限于宫廷教育。二是精简官员,降低品秩。宣文阁不再设置大学士与学士的官衔,而由主官领宣文阁,主官多为翰林院、集贤院官员兼领。宣文阁的主要专职官员仅鉴书博士与授经郎,其品秩仅正五品、正七品。

宣文阁除了主官康里巎巎是元代书坛地位仅次于赵孟頫的大书法家外,七位鉴书博士④中以周伯琦的书名最盛。《元史》传称其:"博学工文章,而尤以篆、隶、真、草擅名当时。"⑤周伯琦被康里巎巎推荐为宣文阁篆"宣文阁宝"印文和

① 虞集:《道园学古录》卷十二,《文渊阁四库全书》,上海古籍出版社1987年版,第1207册,第180页。
② 《元史》卷三十四《文宗三》,中华书局1976年版,第751页。
③ 陶宗仪:《奎章政要》,《南村辍耕录》卷七,中华书局1959年版,第91页。
④ 其他鉴书博士有:王沂、麦文贵、归旸、郑深、李泂、刘某等。
⑤ 《元史》卷一八七《列传第七十四》,中华书局1976年版,第4297页。

"宣文阁"匾额。^①他曾刻"至正珍秘"印,内府书画上多钤有此印。^②可见,当时尽管宣文阁职责是教育宫廷子弟,鉴书博士也不专职鉴定,但内府的书画大都经过他们的鉴赏。

宣文阁设立于顺帝时期。顺帝对汉文化的兴趣可与文宗相提并论,尤长于书法才艺。《书史会要》卷七言其"所书大字严正结密,非浅学可到。奎画传世,人知宝焉"^③。但由于宣文阁地位的降低,其影响力远不及奎章阁。

至正九年(1349),设立端本堂,专为皇太子讲读之用,从属于宣文阁,地位与影响皆在宣文阁之下。因教谕太子,秘书监收藏的古代书画不少也常出入端本堂,并钤"端本"印。兼领端本堂的脱脱亦能书善画,欧阳玄谓之:"字画方毅,酷类颜真卿。"^④《书史会要》卷七言其"善大字"。^⑤另有许有壬、李好文、张仲等仕端本堂,故端本堂也常有书画鉴赏之事。

第二节 元代诗人题画诗

作为元诗的一个主要组成部分,题画诗的演进与元诗的发展相一致。早期题画诗人主唐音,并亲履躬践,虽也有南宋遗民诗人,但题画诗的主要创作主体是北方诗人。随着元后期复古之风的盛行,南北复古之音相融合,形成了元代题画诗歌的主流。而后在宗唐得古的前提下,元题画诗由复唐之古,变为复性情之真。与画家题画诗不同,元代诗人题画诗较少能够看到与之相应的画面。

一、元初遗民诗人题画诗:刘因、王恽、邓文原

元初的题画诗坛由宋金遗民和具有遗民情结的诗人占据着,主要题画诗人有刘因、邓文原、戴表元、仇远、王恽、程巨夫、吴澄等。他们虽同为旧臣,虽同唱归隐,但由于个人思想性格与经历的不同,题画诗无论内容还是题写的方式都表现出了很大的差别,刘因、邓文原、王恽是其中的代表。

刘因(1249—1293),字梦吉,号静修,又号雷溪真隐、樵庵。保定容城(今属河北)人。至元十九年(1282),被荐诏承德郎、右赞善大夫,不久,以母病辞归。至元二十八年(1291),又诏以集贤学士、嘉议大夫,皆固辞不起,授徒以终,年四十五。刘因是元代著名的理学家,与许衡并称"元北方两大儒"^⑥,还是元代前期

① 周伯琦:《近光集》自序,《文渊阁四库全书》,上海古籍出版社 1987 年版,第 1214 册,第 507 页。

② 《元史》卷四十二《顺帝本纪》,中华书局 1976 年版,第 886 页。

③ 陶宗仪:《书史会要》,上海书店出版社 1984 年版,第 304 页。

④ 欧阳玄:《圭斋文集》卷十四,《文渊阁四库全书》,上海古籍出版社 1987 年版,第 1210 册,第 158 页。

⑤ 同上,第 338 页。

⑥ 黄宗羲著,全祖望补修:《宋元学案·四》,中华书局 1986 年版,第 3022 页。

著名的诗人,自辑诗 5 卷名《丁亥集》,已佚。今传本有《静修先生文集》22 卷。刘因能画,据郑振铎《域外所藏中国古画集》载,刘因有《秋江渔艇图轴》传世。《静修先生文集》中,有图画题跋、序、记等文 6 篇,题画诗 80 首左右。

刘因题画涉及人物画、故事画、山水画、花鸟画、鞍马画等,所题图画有卷轴画,也有多幅扇面画。其题画诗表现了对故国的思恋和对闲情的向往这两方面的内容。

首先,刘因的题画诗表达了对故国的思恋。刘因出生的年代,距金军占据北方宋地、宋都被迫南迁杭州,已有百余年的历史,距元朝灭金已逾十五载。刘因可谓地道的元人,但他终不肯仕元,他始终把自己看作宋金遗民。如其所言:"生存华屋今焦土,忠孝遗风自一门。"①对宋金的怀念是现实情感的核心,也促成了其题画诗的一大主题,即所谓"南悲临安,北怅蔡州"②。

在刘因题画诗中,为宋朝皇帝(分别是宋理宗、宋徽宗和宋高宗)图画所作的画诗有 5 首,而为金太子墨迹所作的题画诗也有 4 首。《宋理宗书宫扇》:"伤心莫说靖康前,吴山又到繁华年。繁华几时春已换,千秋万古合欢扇。"③睹物伤怀,感叹历史的变迁。《宋徽宗赐周准人马图》感叹:"十载青衣梦故都,经营惨淡欲何如?"④《宋高宗题李唐秋江图》感叹:"千秋万古青山恨,不见归舟一叶横。"⑤两首为金太子允恭墨迹所题的诗则表达了对金朝的思念。七言绝句《金太子允恭墨竹》其二,抒发胸臆"露盘流尽金人泪,应恨翔鸾不解愁"⑥。七言古诗《金太子允恭墨竹》极力赞赏金太子的英气风节、文采笔墨,由此引发了作者对金国江山变焦土的无限悲痛,和诗人空山独吟的无限感伤。刘因的宋金之思,不仅表现在对宋金皇室遗物的悲叹上,也普遍渗透于其题画诗的创作中。《白乐天琵琶行图》诗中,作者融一己之情于图画,将图画幻化成鲜活的场景:"冀马嘶寒风,逐臣念乡国。江浦闻哀弦,长吟望南北。"⑦如果说《白乐天琵琶行图》诗因为刘因融情于画而诗格自高,那么在《采石图》诗中刘因则自觉地认识到了这一点:"古人看画论兵机,我今看画诗自奇。"⑧这正是"国家不幸诗家幸"。诗中已看不出《采石图》的概貌,处处充满了国破家亡的感伤:"娥眉亭中愁欲滴,曾见江南几亡国。百年回首又戈船,可怜辛苦矶头石。"⑨从南宋王朝的半壁江山到百年后兵戈再起,倾巢灭亡,采石矶是这段历史的见证。诗人以人格化的口吻叙说着采石矶的愁苦,实际上是在叙说一百多年来宋王朝的悲惨命运。诗中,诗人打破了传统的

---

① 《静修先生文集》卷九,中华书局 1985 年版,第 175 页。

② 黄宗羲著,全祖望补修:《宋元学案·四》,中华书局 1986 年版,第 3026 页。

③ 刘因:《宋理宗书宫扇》(并序),《静修先生文集》卷七,中华书局 1985 年版,第 125 页。

④⑤ 同上,第 127 页。

⑥ 刘因:《宋理宗书宫扇》(并序),《静修先生文集》卷十一,第 219 页。

⑦ 刘因:《宋理宗书宫扇》(并序),《静修先生文集》卷十,第 202 页。

⑧⑨ 刘因:《宋理宗书宫扇》(并序),《静修先生文集》卷七,第 124 页。

文学意象,"只今莫道昔人非,未必山川似旧时"①,古人一去不返,山川也非同昔日,故国竟在诗人眼前没有留下一幕值得欣慰的景象。这样的伤悲该是怎样的透彻！正因为如此,作者才有了"诗自奇"的感叹。

其次,刘因的题画诗表达了对闲情的向往。刘因的一生,是避世隐居的一生。他以"静以修身"为理想人格的生活参照,深究程、朱之学,深居简出,不与世合,认为"不如此,则道不尊"②,可见刘因所认定的"道"在他所生活的元代不在于济世,而在于修身,其理想形象是陶渊明。他创作了大量的和陶诗,另有多首诗歌题写陶渊明诗意图。《采菊图》中,他取陶渊明《饮酒》诗意,再现画家的本意,在与现实尘世的对比中诠释画家和自己的思想,"天门折翼不再举,袖手四海横流前"③。在时世变迁中,他看到的不是赫赫功劳,而是"南山果识悠然处"的欣慰自得,是"羲皇天"的万古长存。这大概就是刘因所坚持的"道":一种亘古不变的乐趣,一种在历史现实中发现的真实的乐趣。在刘因的此类诗作中,都有一个共同的特点:对现实的描述在先,对"道"的描述在后。也就是说,刘因笔下的闲情逸趣是摆脱现实社会的羁绊后得到的。《归去来图》在结构上和《采菊图》一脉相承。作者由豪气未除、翱翔八表的陶渊明入手,写到归来后"晨兴理荒秽,带月荷锄归"的陶渊明,两相比较,又以夷皓、唐虞将其人格理想清晰地表现出来。这是陶渊明的形象,也寄予了刘因的理想。

刘因在表现对闲情向往的主题时,习惯于运用两极思维模式,即绝去世俗的自由潇洒和感于世俗的凄凉懊悔。前者如《戏题李渤联德高蹈图四首》,描写了尽管麻衣寒食,却不必求人谀鬼、毕恭毕敬的生活,表达了高蹈山林、自由洒脱的心情。他没有回避闲情与贫困这一不可避免的矛盾,总是以乐观豁达的态度对待这一矛盾:"寄谢韩公莫相挽,山妻元不解啼饥。"④《郭氏家山图》描写了郭氏一家热闹祥和的居家生活,尤其是"床下拜庞公"⑤的山童形象刻画最有趣味。后者则如《仙人图》,表达了诗人向往世外仙境却不能抛弃尘世虚名的愧疚与懊悔。《明河秋夕图》则唤醒了诗人秋去秋来的亘古恨、明河何时清的现实情。

刘因论诗以李、杜、韩为正,尊元好问,重诗歌刚健之骨、高古之气。其题画诗风格豪迈,有悲壮刚劲之势。他善于用大景表现大情。大景如万里江流、千里龙沙、吞天的秋江、横流的四海、怒号的江声、如雷的朔风等,表现的则是千秋万古情、今古非同意等。在表现个人情感时,总是以故国的衰亡和历史的变迁为情感背景。因此,即使是逍遥世外的理想也感染上了苍凉与悲怆。如"千秋万古青

---

① 刘因:《宋理宗书宫扇》(并序),《静修先生文集》卷七,第124页。

② 陶宗仪:《南村辍耕录》,中华书局1959年版,第21页。

③ 刘因:《宋理宗书宫扇》(并序),《静修先生文集》卷七,第122页。

④ 刘因:《宋理宗书宫扇》(并序),《静修先生文集》卷十一,第238页。

⑤ 同上,第225页。

山恨,不见归舟一叶横"(《宋高宗题李唐秋江图》)①;"浩歌中流击明月,九原唤起严君平,人间此水何时清"(《明河秋夕图》)②;"万古西山只月明,画中依约晓猿鸣。幽人未去须深听,一出世间无此声"(《画猿》)③。豪迈刚健之气与个人忧郁之情结合于图画与题诗中。

在题画诗中,刘因还表达了对绘画的认识。题画诗是其"意"的寄托,但对图画,他并不专求画意。他曾题一画卷云:"烟影天机灭没边,谁从毫末出清妍?画家也有清谈弊,到处南华一嗒然。"(《田景延写真诗序》)④他认为"意思"必得于形似之极,"清妍"之感亦必得于"毫末"之工。反对抛却形似,空讲"意思"的画家之弊。

在题画诗中,刘因诗中还多次提到了作画与题诗的意旨。如:

笔底天机几许深,云容直欲见无心。苦心只许诗人会,不为题诗亦未寻。(《春云出谷横披》)⑤

龟约莲香上翠盘,四灵长向画中看。题诗记我千年恨,风月无声洛水寒。(《龟莲图》)⑥

画里潇湘自爱秋,谁家野鸭谩多愁。试看翠减红销处,好称江清月冷舟。(《祖愚菴家藏画册二首·败荷野鸭》)⑦

南山千古一悠然,误落关全笔意边。急著新诗欲收领,已从惨淡失天全。(《秋山平远图》)⑧

在以上诗中,刘因道出了作画与题诗的几种关系。一、诗歌表现画面上看不出的画家的深意,如《春云出谷横披》中的景物看似"无心",但实际上,图画中蕴藏着画家深深的心意。诗人题诗便是要寻找这份"苦心",领会这份"心意",这可称之为再现画家之情。二、借题诗表达诗人自己的情感,即"题诗记载千年恨",此类题诗的感情重心在诗人,而不是画家。诗人题诗一方面在表达一己之情,一方面也将自己的情感移注于图画,赋予图画一种"额外"的情绪。这可谓之表现诗人之情。三、与第一种题诗有相似之处,即诗人的情感源于图画景物,即在翠减红销、江清月冷的潇湘秋景图中感受到的是秋天的悲愁。但画家作画时想要表现的情感未必如此。从诗中看到,画家所画只在一个"秋"字,而诗人作此诗时,为说一个"愁"字,似乎在努力捕捉与其相吻合的景致,故用"试看"之语。这可谓之,以一己之感受迎合画家之画意,能否真正做到"吻合",难以明断。

---

① 刘因:《宋理宗书宫扇》(并序),《静修先生文集》卷七,第 127 页。

② 同上,第 132—133 页。

③ 刘因:《宋理宗书宫扇》(并序),《静修先生文集》卷十一,第 238 页。

④ 刘因:《宋理宗书宫扇》(并序),《静修先生文集》卷二,第 34 页。

⑤⑧ 刘因:《宋理宗书宫扇》(并序),《静修先生文集》卷十一,第 225 页。

⑥ 同上,第 224 页。

⑦ 同上,第 226 页。

四、诗人有感于画家笔意,想以诗歌"临摹"、再现画之意境,其初衷是忠于图画,但结果却有失图画之真,即"已从惨淡失天全"。原因并不在于诗人没有再现图画"悠然"之境的诗笔,而在于诗人的诗笔控制于心,而非受制于画中之色。因此,以诗人"惨淡"忧伤之心观照南山之景,悠然平远之秋山自会变得惨淡。从以上四种题诗方式来看,无论何种,题诗的情感依旧主宰于诗人手中。对于图画,诗人的初衷或再现画境,或表现画情,或迎合画面感受,或抒发一己之情,但都无法回避一个事实:题诗的主体是诗人,而诗又是和绘画截然不同的一种艺术,诗歌表现的是"情",而绘画的表现形式是景。绘画之表情达意是模糊的,是不确定的。而诗歌则赋予了它一种又一种确定的情感,但何者为画家之本意,却很难作出决断。这正是以画表情的特点,又可谓以诗题画的缺点。

王恽(1227—1304),字仲谋,号秋涧,卫州汲县(今河南卫辉市)人。历任中书省详定官、翰林修撰兼国史编修、监察御史等,是世祖时的重臣,元世祖早期的诰制辞令,咸出其手。有诗文集《秋涧先生大全文集》,合 100 卷,为明弘治刻本。据王恽《书画目录》自序,王恽与秘书监监事张易为旧友。秘书监是元代至元九年(1272)设立的掌管历代图籍与阴阳禁书的行政机构。王恽得秘书监监臣张易职务之便,入秘书监,"与左山商台符叩阁披阅者竟日""怡然有所得,冲然释所愿,精爽洞达滞思为一掠",阅得南宋的书画名作 200 多件,于是记录下这些书画作品的名目汇集为《书画目录》。① 其中绘画作品有顾恺之的《洛神赋图》、阎立本的《历代帝王图》14 幅、王维的《辋川图》和《山水图》、李伯时的水墨和着色画多幅、韩幹的马图等。② 这些画正是其题画诗的重要素材。王恽的《书画目录》尽管只是对元代内府所藏一小部分书画的著录,却是元代内府书画的唯一存录著作。在其文集中,有书画题跋 3 卷,还有不少为图诗、图叙作的序、与绘画相关的记等。题跋、序、记中,大多数是为元代书画所作,可见当时王恽对书画艺术颇为关注。王恽于绘画无所染指,但却好书。据《跋自书训俭文后》,王恽曾应人之嘱而书,虽自言:"乐为笔之初,不计其工拙。"③但此书写的训俭文是用来"置诸座右",其地位之重当能窥见王恽书法之功力。

王恽题画诗有 400 多首,其中题画赞近 30 首,多为人物真赞。在元代诗人题画诗领域可谓首屈一指。所题绘画作品众科皆备,古今皆及。其题画诗主要集中于七言绝句中,少量的题画诗属七言古诗。

与刘因的深情寓诗不同,王恽并没有完全将自己的情感融入题画诗中,因此,很难用一两个明确的主题概括其题画诗。他多是因画题画,就画叙事,紧紧

---

① 王恽:《秋涧先生大全文集》卷四十一《书画目录序》,《四部丛刊初编》(1385),商务印书馆 1912 年版,第 108—109 页。

② 黄宾虹:《美术丛书》(四集)第六辑,浙江人民美术出版社 2013 年版。

③ 王恽:《秋涧先生大全文集》卷七十二,《四部丛刊初编》(1392),商务印书馆 1912 年版,第 83 页。

围绕着画面写景,以画面为中心发挥很有限度的想象,他始终是一个局外观画的人。以此为基点,王恽题画有两方面的特点:一是化无生命为有生命,使静态的画面动起来,还原画面景物的历史背景和现实环境,姑且称之为还原型。二是在活化景物的同时,评价景物,称之为评介型。

还原型作品在王恽题画诗中占了大多数。《题香山寺画卷》以送客过玉泉观香山奇景为线索,描写了香山寺及其周围的美景。湛碧、僧钵、黄叶、石阑,画面景物与诗中景物是否完全一致无从考证,从理解诗意的角度也无须考证,因为王恽的用意仅在于展现香山寺的实地景观,展现一个真实的、鲜活的自然景观。其手段有:一是以一个游客的眼光,在骑马旅行中观览香山,给人以身临其境的感觉。二是多次将声音、感觉贯穿于视觉的运用中,如"山色空濛金界湿,松声清泛海波寒""斜日归时翠满鞍"①,从而使这幅香山寺画卷显示出更加充沛的生命力。《题乐天不能忘情图二首》根据画题、画面,再现了白居易放逐归来仍不能忘却世间情怀的种种图景。"况是春归留不得,侍儿无用蹙双蛾""止有醉吟情未减,又翻新样柳枝愁"②,这一反一正,两首诗的结尾虽采取的方式不同,但都站在乐天醉吟、侍儿蹙蛾的画面外,冷静地欣赏图画。《庄宗横吹图》则以叙述的笔调再现了后唐主李存勖玉管横吹的背景原因,没有渗入作者个人的主观情感:"郭相西征奏凯旋,阿娇欢宠镜交鸾。却嫌暖殿春风燠,玉管横翻晓吹寒。"③《疏梅寒雀图》的写法与《题香山寺画卷》相似,由画想到了扁舟过武夷时满清溪的梅竹和争寒枝的山禽,还原的是作者亲眼见过的现实中的疏梅寒雀。王恽的此类作品并没有将他自己的主观情感移接于画面及画面人物,想象在其诗中的运用也是很有限的,因为它完全依赖于画面,甚至从属于画面。整体上,作品因此显得过于拘泥,写法也颇为单一,情感上有失深刻和多样,其题画诗的大部分流露的是赏画的轻松和画面带来的愉悦。但可以看出王恽擅长的是对景物的描写和对景物特征的把握,这使得诗中景物鲜活而生动,富有立体的美感。

评介型题画诗是在对画面景物作出描绘和感受之后,评价该景物。作者以画面为基点,以欣赏画为目的,因此作者的感情更少融入画中。《题张梦卿双清图》中作者将"淡妆疏影两依依,点缀横斜画总宜"的画中景比喻为孤山篱落畔的景致:"小溪如练月如眉。"④这种比喻并不在于景物的相同,而是对景物感受的相同,即一个"清"字可以概括。《显宗墨竹》将墨竹图景比喻为承华宫栏畔的景致,也重在感受的相似,尤其突出了淡墨的效果。《春江独钓图》描绘了"渺渺春江碧若空,一丝斜袅钓坛风"⑤的富春江图景,目的不在引发诗人的归隐之心,而

---

① 王恽:《题香山寺画卷》,《元诗选》初集,中华书局 1987 年版,第 487—488 页。

② 王恽:《题乐天不能忘情图二首》,《元诗选》初集,中华书局 1987 年版,第 495 页。

③ 王恽:《庄宗横吹图》,《元诗选》初集,中华书局 1987 年版,第 497 页。

④ 王恽:《题张梦卿双清图》,《元诗选》初集,中华书局 1987 年版,第 493 页。

⑤ 王恽:《春江独钓图》,《元诗选》初集,中华书局 1987 年版,第 494 页。

是通过它"已在君王物色中"的评价和认识,突出了富春江独钓图的美丽。以如此方式进行创作,其题画诗带来的更多是欣赏美景的喜悦和欢快,与其他遗民诗人全然不同。

王恽题画诗中论画以形似为先,以"极形似而出神奕为佳"①,重"造微入妙"②。论诗主张"温醇典雅""平淡而有涵蓄,雍容而不迫切"③。在这种观念影响下,王恽的题画诗对画中景物的描写颇为工细,画家之情多点到为止。"雍容有过而蕴含不足""不迫有过而情致"不足。因此,其题画诗虽多,但佳制欠缺,影响也不大。

邓文原(1258—1328),字善之,一字匪石,人称素履先生、邓巴西。绵州(今属四川)人。随父迁徙杭州,少年时便精通《春秋》。入元后,历仕杭州路儒学正、翰林文字、江浙儒学提举、国子监司业、集贤学士兼国子祭酒。泰定元年(1324),朝廷任命他为经筵讲官,他因病请求辞职归家,归家四年卒。著有《读易类编》《内制集》《素履斋稿》。邓文原文名盛于大德、延祐年间,为元初文坛的中心人物。邓文原还是元初极负盛名的书法家。在大德二年(1298),元成宗召赵孟頫书《藏经》时,邓文原为首选善书者,与赵孟頫同入京师,书名由此而显。邓文原艺术主张皆师法古人,擅长小楷书、行书,尤精于章草,为元初复古运动的中坚力量。明人袁华评其书"观其运笔,若神龙出海,飞翔自如"④。

邓文原的题画诗作很多,涉及各种画科,其中题写动物画有《题子昂马图》《题小薛王画鹿》《江参百牛图》《钱舜举硕鼠图》《郭恕先升龙图》等,涉及的动物种类不少,这也是前所未有的。从整体上可以看出,邓文原尤其表现出了对古画,主要是隋唐及以前的古画的珍爱。中国最早的三大绘画艺术家顾恺之、陆探微、张僧繇的绘画,他都给予了关注。唐代的主要画家也尽摄于笔下,宋代画家相对少些,但也涉及了院画的代表之一刘松年和文人画的代表文同。而且邓文原所题的画都注明了画家的姓名,确实都是大家之笔。在他的诗歌作品中,题画诗占据三分之二之多。

邓文原是个由宋入元的诗人,但在他的题画诗中很少能看到对故国宋朝的悲叹、怀念。事实上,邓文原是将这种对故国的追忆深深地融汇于对"历史"的感受中,这种历史是诗人自己的历史,是山川景物的历史,是图画的历史。因此,他的题画诗有着强烈的时间意识。首先,他在诗中直接表达了对时光流逝、岁月流变的感叹。《题高尚书夜山图》叙述了真实的夜景与图画中夜景的比较,感叹"回

---

① ② 王恽:《题王生临道子横吹等图后》,《秋涧先生大全文集》卷七十一,《四部丛刊初编》(1392),商务印书馆 1912 年版,第 50 页。

③ 王恽:《遗安郭先生文集引》,《秋涧先生大全文集》卷四十三,《四部丛刊初编》(1386),商务印书馆 1912 年版,第 26 页。

④ 汪珂玉:《珊瑚网·法书题跋卷十》,《万有文库》第二集,商务印书馆 1936 年版,第 244 页。

思图画时,岁月倏已往。山川更晦明,阴阳递消长。人生何独劳,局促老穹壤。"①由此产生了遗世独乐的思想。《梁贡父学士江行阻风图》想象之景与艰难的江行画景比较,感叹"世事翻覆那有定,人生忧乐为谁谋。慨彼东逝川,白日不得须臾留"②。其次,邓文原题画诗中强烈的时间意识表现在现实与过去的对比中。《松雪墨梅》前两句"忆昔",写昔日诗人踏雪,看到百花凋零,梅花独艳;后两句写"如今",收拾图画,感到的是塞外管吹的"无情"。③"无情"是什么,是岁月,是流走的时光。《题李思训寒江晚山图》由图景想到"斯图斯景世莫传,古汴荒凉风景暮。眼中人事已非前,画里山川尚如故"④,今昔对比,传达出了深深的悲凉之感。再次,邓文原喜欢在诗中运用经年、几度等时间概念表达时间的意识。《赵幹春山曲坞图》言:"往来岂是避秦客,理乱不闻度经年。"《李思训妙笔》言:"花落花开度岁年。"⑤《王晋卿蜀道寒云图》言:"行行游子几经年,几度空林愁夜鹤。"⑥《吴道玄五云楼阁图》有"瑶草金芝不记年"⑦句。《题丁氏松涧图》有:"苍松手植经几年,灵虬夭矫今参天。"⑧邓文原题画诗中的时间意识是诗人对生命这一人类永恒主题的深刻感受和认识。而这样的思考和感受已超越了具体的事务,涵盖了生活的一切。因此,在邓文原的题画诗中很少将具体的情感、具体的现实付诸文字,而是笼统地表达为"人生忧乐为谁谋"⑨"人间金梳事堪疑"⑩"人生万事弈棋中"⑪"世间万物有时易"⑫。人间、万事、人生包容了多少的酸甜苦辣!时光的流逝、人间的万事带给诗人的是无限的苍凉和悲郁,于是离开尘世独守清幽是诗歌的主题。《题高尚书夜山图》言:"松乔遗世人,一笑凌烟像。"⑬《梁贡父学士江行阻风图》要"买田结屋""撷芳钓鲜"。⑭《题丁氏松涧图》中欲"得疏药圃谋芝田"⑮,《松雪翁桐阴高士图》羡慕高士们"胜事只消琴在膝,野情聊倚石为床"⑯的隐居生活等等,幽居之志在邓文原的题画诗中随处可见。

---

① 邓文原:《题高尚书夜山图》,《元诗选》二集,中华书局 1987 年版,第 274 页。

② 邓文原:《梁贡父学士江行阻风图》,《元诗选》二集,中华书局 1987 年版,第 275 页。

③ 《松雪墨梅》,《元诗选》二集,中华书局 1987 年版,第 283 页。

④ 《题李思训寒江晚山图》,《元诗选》二集,中华书局 1987 年版,第 287 页。

⑤ 《李思训妙笔》,《元诗选》二集,中华书局 1987 年版,第 289 页。

⑥ 《王晋卿蜀道寒云图》,《元诗选》二集,中华书局 1987 年版,第 288 页。

⑦ 同上,第 291 页。

⑧ 《题丁氏松涧图》,《元诗选》二集,中华书局 1987 年版,第 274 页。

⑨ 《梁贡父学士江行阻风图》,《元诗选》二集,中华书局 1987 年版,第 275 页。

⑩ 《赵孟坚水墨双钩水仙长卷》,《元诗选》二集,中华书局 1987 年版,第 282 页。

⑪ 《题王朋梅金明池图》,《元诗选》二集,中华书局 1987 年版,第 285 页。

⑫ 《唐子华云松仙馆图》,《元诗选》二集,中华书局 198   年版,第 289 页。

⑬ 《题高尚书夜山图》,《元诗选》二集,中华书局 1987 年版,第 274 页。

⑭ 《梁贡父学士江行阻风图》,《元诗选》二集,中华书局 1987 年版,第 275 页。

⑮ 《题丁氏松涧图》,《元诗选》二集,中华书局 1987 年版,第 274 页。

⑯ 《松雪翁桐阴高士图》,《元诗选》二集,中华书局 1987 年版,第 282 页。

邓文原不是画家,但在题画诗中对绘画的认识却颇为得理。南北朝宋宗炳《画山水序》中言:"张绡素以远映,则昆阆之形,可围于方寸之内,竖划三寸,当千仞之高,横墨数尺,体百里之迥。"①这里道出了绘画艺术最大的特点,即咫尺千里之妙。在邓文原的题画诗中,处处表现出了对绘画这一特点的自觉认识,由此,惊叹画家"以一管之笔,拟太虚之体"的高超技艺。如《题洪谷子楚山秋晚图》言洪谷子"五尺横图见十洲"②,接以描写十洲之景。《赵千里山水长幅》言"最是霜林好风景,居然咫尺见丹丘"③,《阎立本秋岭归云图》(其一) 谓"贞观从知画有仙,能将万里尺图间"④,《题李思训寒江晚山图》谓"咫尺瑶窗起烟雾"⑤,《郭忠恕十幅》有言"洛阳画史称忠恕,尺素能穷造化工"⑥,这是他对画家最普遍的一种评价,也是他对绘画最直观的一种认识。

邓文原在题画诗中深悟绘画艺术创作的方法和标准。如,山川景物"神运直自疏凿先"⑦,创作的自然而然,不刻意雕饰。"此老墨君三昧,云山发兴清奇"⑧,水墨云山要做到"清奇"二字。"人才有我难忘物,画到无心恰见工"⑨,深悟绘画的最高境界"忘我",确实可谓懂得绘画之三昧。"若人笔端斡玄气,万顷烟涛归咫尺"⑩,言绘画中的笔势,暗含了后代"一画"论的精神。"最是无声诗思好"⑪,画中寓意,画为无声之诗歌。

二、元代中期诗人题画诗:袁桷、虞集、杨载

大德、延祐间,题画诗由袁桷、赵孟頫完成了南北诗风的融汇,元四家更是推波助澜。题画诗风格或清俊豪健,或蕴藉雅正,毫无纤弱之气,袁桷、虞集、杨载是这一时期的代表。

(1) 袁桷

袁桷(1266—1327),字伯长,庆元(今浙江省内)人。少时有文名,累迁翰林待制、集贤直学士、翰林直学士。泰定初年(1324)辞官家居,读书终老。袁桷诗文名世,书法精美,"其在朝,践历清华,再入集贤,八登翰苑。凡朝廷制册、勋臣

---

① 张彦远:《历代名画记》,浙江人民美术出版社 2011 年版,第 104 页。
② 《题洪谷子楚山秋晚图》,《元诗选》二集,中华书局 1987 年版,第 292 页。
③ 《赵千里山水长幅》,《元诗选》二集,中华书局 1987 年版,第 292 页。
④ 《阎立本秋岭归云图》,《元诗选》二集,中华书局 1987 年版,第 294 页。
⑤ 《题李思训寒江晚山图》,《元诗选》二集,中华书局 1987 年版,第 287 页。
⑥ 《郭忠恕十幅》,《元诗选》二集,中华书局 1987 年版,第 292 页。
⑦ 《题丁氏松涧图》,《元诗选》二集,中华书局 1987 年版,第 274 页。
⑧ 《文湖州竹二首》,《元诗选》二集,中华书局 1987 年版,第 283 页。
⑨ 《题高房山墨竹图》,《元诗选》二集,中华书局 1987 年版,第 285 页。
⑩ 《王摩诘春溪捕鱼图》,《元诗选》二集,中华书局 1987 年版,第 287 页。
⑪ 《题洪谷子楚山秋晚图》,《元诗选》二集,中华书局 1987 年版,第 292 页。

碑版,多出其手"①。顾嗣立《元诗选》载其"翰墨所传,极于海内"②。诗文集有《清容居士集》50卷。《清容居士集》中收有袁桷图画题、跋、书、记23篇③;题画赋有《乐水图赋》《墨竹赋》《隐居图赋》等;题画骚辞有《岳麓图辞》《雪江图辞》等。题画诗160多首,其中画赞近20首,主要是人物真赞。

袁桷曾奉元代皇姊大长公主之命,为其所藏书画题诗、赞、文。这些题诗收于《清容居士集》第45卷。卷首有"皇姑鲁国大长公主图画奉教题"字样,卷尾有《鲁国大长公主图画记》。袁桷奉命题记,得以遍赏这些名画法书。其中画35篇,得题画诗29首。但这些诗均未收入《元诗选》。

袁桷看画重"意态"。④ 意态是指画面景物给予观者的主体认识与感受,它可纳入景物之"神"的范畴。袁桷题画诗,从整体上看,都是以画面景物的"意态"为描写的主要对象,在诗中很少有个人情感的直接抒发。但这并不意味着他的题画诗不表现感情,图画景物各种各样的意态,有不少在袁桷的笔下不同程度地象征着各种各样的情思。《题陈文翁画扇》:"淡淡孤花欲笑,娟娟双蝶疑愁。无奈寒螀得意,竟专落日啼秋。"⑤笑、愁、得意是扇面上花、蝶、寒螀的意态,这些意态之间存在着密切的联系,如双蝶的愁与寒螀的得意。《百鹭图》:"紫宸深处立清班,听履雍雍得自闲。归向江湖寻老伴,展图犹在五云间。"⑥白鹭的意态是"自闲",而且是听觉上的"自闲",这较之视觉描写更具效果,诗歌的主题便是一个"闲"字。《水仙图》"日暮佳人十二鬟,临风解佩意闲闲。当年曾立通明殿,笑押娥眉第一班"⑦,格外拈出水仙的"闲闲"意态。

当然,对这些情感的把握既来源于画家对于图画的感受,也渗透着诗人的心意。因此,在袁桷题画诗中,非常清楚地看到,"意在笔先"是袁桷坚持的基本原则。而此"意"虽表现于画面景物之中,却是诗人根据图画预设的"意"。《鞭马图》《络马图》《试马图》是就三幅鞍马图所作的诗,同是马,三首诗的主旨却不尽相同。

《鞭马图》由"鞭"引出诗人的诗意:"生驹万里意,所向知无前,圉人忌其德,未试先加鞭。"⑧诗写一匹千里马一生不遇伯乐,遭受嫉妒虐待的故事,但读来几乎就是一个活生生的人的遭遇。

《络马图》描写的是一匹温和驯服的马,它"属车效驾岂在力,愧汗绝足追奔

---

① 袁桷:《清容居士集》提要,《文渊阁四库全书》,上海古籍出版社1987年版,第1203册,第1页。

② 《元诗选》初集《袁桷小传》,中华书局1987年版,第593页。

③ 《清容居士集》卷四七至五〇,《文渊阁四库全书》,上海古籍出版社1987年版,第1203册。

④ 《清容居士集》卷四七《题八骏图后》谓李龙眠画马"深得沙苑间意态"。《题双竹图》言彭城遗派"皆有萧洒意态"。《题李龙眠十六罗汉像》言画中形象"神闲意定,视天台灵鹫,直瞬息事"。(《文渊阁四库全书》,第1203册,第621—624页。)

⑤ 《清容居士集》卷十四,《文渊阁四库全书》,上海古籍出版社1987年版,第1203册,第182页。

⑥ 同上,第177页。

⑦ 《水仙图》,《文渊阁四库全书》,第1203册,上海古籍出版社1987年版,第176页。

⑧ 《清容居士集》卷三,《文渊阁四库全书》,第1203册,第34页。

尘。良哀不生造父①往,公子毫端意凄怆。虞渊②逐日终饮河,出门加鞭奈尔何"③。诗歌借络马表现画家追逐世俗的功利却怀才不遇的自嘲和诗人同样疲惫地奔波于尘世中的无奈。

《试马图》:"二骏翩翩势立驱,转头槽枥总庸奴。秋风万里云容与,不用青丝强执拘。"④描写的是被庸奴青丝约束的骏马,表达的是对人生羁绊的无奈和对自由的向往。

袁桷题画诗中,所题的这些图画本身多只是一个引子,在诗中并不占据主导地位,而成为诗歌中心画面的却是诗人由此画题展开自由想象,重新构建而成的图画。《秋江钓月图》是黄清夫的一幅图画,尽管赵孟頫也曾写过《秋江钓月图》诗,诗中也有想象、有发挥,但诗人想象与发挥的不是来自一幅图景,而是来自诗人的胸臆。袁桷的不同在于他就江和月进行了极其夸张的图绘诠释。他的《秋江钓月图歌》极尽想象和描绘之能事,展现了以江和月为中心的图景。江边的南山上翔鸾舞空,北山上人立如猿,长江滚滚横贯其间,它正是蜿蜒逶迤万丈浙水的源头。江中大鱼"奔腾鳍鬣焦",小鱼"委靡随江潮"。月亮则是江中的"白玉蟾",它五彩落落,在天上主阴魂,在水中筑宅居。月中的广寒宫、载日的三角乌、东海投竿、羊裘古濑、百尺楼、黄金钩等等意象纷纷来到了诗人的笔下。孤清静谧的秋江钓月图变成了一幅热闹非凡的翻江闹月图。显然诗人是在有意对眼前的图画进行想象中的加工扩充。如他诗中所言:"感君缠绵如有素,瞬息还须上天去。"⑤诗歌因此表现出了冲云入霄的气势。四库馆臣评价袁桷的诗歌:"俊迈高华,造语亦多工炼,卓然能自成一家"⑥,当有一定的道理。《赵昌荷花》诗中,袁桷为描写赵昌所画的荷花,驰骋想象,纵横于天地云湖之间。他将荷花放置于一个面积达三百顷的东湖水面上,继而将静静地漂浮在水面上的荷叶形容为"纵横"交错的"瑞锦"和水天交界处凝聚而成的"绿云",给人以宽阔磅礴的气势。荷花的香是"森森晓气"中飘扬着的天香,花下的水也是映载着星斗之光的净水。荷花的本质像脱去文褓的婴儿,又像对临玉镜的胎仙。湖面上飘着的雨丝是由仙人轻侧琼杯而成,花瓣上挂着的露珠,是仙人用金掌调配而成。如此的想象和描写使本来清新秀丽的荷花,更具有了仙界的灵气和天地的神秘,小小的荷花融化于广阔无垠的宇宙中,成为宇宙的精灵。因为袁桷的诗作不仅仅极其夸张地

---

① 古代善御者,幸于周穆王。穆王使造父御,西巡狩,见西王母,乐之忘归。而徐偃王反,穆王日驰千里马,攻徐偃王,大破之。乃赐造父以赵城,由此为赵氏。见《史记·赵氏家》,中华书局 2006 年版,第284 页。

② 虞渊,传说中日落的地方,又指黄昏。

③《清容居士集》卷六,《文渊阁四库全书》,第 1203 册,第 75—76 页。

④《清容居士集》卷十三,《文渊阁四库全书》,第 1203 册,第 169 页。

⑤《清容居士集》卷八,《文渊阁四库全书》,第 1203 册,第 103 页。

⑥《清容居士集》提要,《文渊阁四库全书》,第 1203 册,第 1 页。

表现着一种空间的形象,而且也在搜索着具有时间意味的动作形象。

袁桷对图画的再创造除了运用视觉上的想象扩张画面外,还善于运用听觉、嗅觉这一图画无法表现的内容,引出画面内含着的意象,这些意象更多是诗人自己的创造。《题高彦敬桑落洲望庐山图》对画面景物只是简单的描述,主要的笔墨用于叙述"边声""鼙鼓""水气""渔榔""秦筝""羌管""琵琶"等可听可感而不可见的景象。用声音构建的意境较之单纯的视觉图像更增添了几分生机,也为诗人表现自己的胸臆提供了更广阔的空间。因为这一层声音的意境不是画面能反映出的,而是诗人感受得出的。

宋代刘道醇曾在他的著作《宋朝名画评》序言中提出的观画的六个要点中"变异合理"为一要,六个长处中"狂怪求理"为一长。[1] 二者共同的特点是在不同于传统、奇异怪诞的图画意象和图画笔法中,发现其合乎常理的因素。"变异"与"狂怪"虽然是就图画本身而言的,但在袁桷的题画诗中,可以看出他在欣赏一幅画的时候,努力发现并在想象中将其夸张延伸的正是不常被他人所触及的内容。因此,他题画诗中就某一主题选择描绘的景象总与人们习惯思维中对该主题图景的认识大相径庭,也就是说袁桷是以"变异""狂怪"的眼光来看画的。既然"变异","理"在哪里呢? 在袁桷的题画诗中,作者极度夸张变异的想象都是以某种感受、思想和情感为核心展开的,不是简单地对图画的扩展延伸变异。如此而得的图景排列在诗中才能做到有序、有理。袁桷"变异合理""狂怪求理"的"理"就是诗人观画时特定的思想情感,也就是诗人的胸臆,而不是既定的画面的景物。这正是袁桷具有诗人的想象力的证明。如此的想象力与其说是因画而起,不如说是因意而起。这是袁桷题画诗非常明显的特点。

袁桷题画诗中有两处提到了绘画与题画诗之间的关系问题。如《辋川图》云:"诗中传画意,画里见诗余。山色无还有,云光卷复舒。前溪渔父宿,旧宅梵王居。千古风流在,披图俨起予。"[2]苏轼《书摩诘蓝田烟雨图》中就王维的《山中》诗与《蓝田烟雨图》画,得出"诗中有画,画中有诗"[3]的结论。袁桷

图 3-2-1 王维·辋川图

① 刘道醇:《宋朝名画评》序,载云告译注《宋人画评》,湖南美术出版社 1999 年版,第 2 页。
②《清容居士集》卷九,《文渊阁四库全书》,上海古籍出版社 1987 年版,第 1203 册,第 118 页。
③ 孔凡礼点校:《苏轼文集》卷七十,中华书局 1986 年版,第 2209 页。

题王维的《辋川图》，"诗中传画意，画里见诗余"是针对苏轼之论而发，对苏轼之论的补充，即题画诗的目的是要传达出画面景物中所包含的但未能明确指出的深意。绘画的效果则是在画面景物中见出景物诗中没有表达尽的部分。袁桷清楚地交代了诗歌与绘画的互补关系，其立足点在于诗歌与绘画两种艺术的不同但可以互补，苏轼论说的立足点在于二者的相通而趋于相同。因此，袁桷的论说较之苏轼，甚至晁补之，实际上更明确地划分了诗歌与绘画艺术的界限。晁补之在《和苏翰林题李甲画雁》云："画写物外形，要物形不改。诗传画外意，贵有画中态。"①晁补之虽然以物之外形为绘画的表现对象，以"意"为诗歌的表现对象，似乎也是对诗、画关系的明确区分，但诗歌不仅仅传达画意，更可贵的是可以呈现绘画中物象的神态。在这一点上，诗歌与绘画是相同的。

袁桷《山水图》曰："树重云光湿，峰寒晓气清。抱琴人欲往，门暗客相迎。冻雨生寒溜，深云倚怪藤。蹇驴吟不得，指点墨千层。"②《山水图》中画不出蹇驴呻吟的声音，但这种画不出的声音却可以用"墨千层"代替。属于诗歌艺术的听觉与属于绘画艺术的视觉何以能替代呢？在语言修辞学中，这是"通感"。通感的基础是两种不同的感官其内在感受的相似。《山水图》诗中"吟不得"与"墨千层"也有着同样的涵义。"吟不得"的主语是蹇驴，是跛脚的驴子。《楚辞·七谏·谬谏》云："驾蹇驴而无策兮，又何路之能极③，蹇驴欲吟而吟不得的正是山路的艰难，是大山重重。层层着墨容易创造出层次感，而"墨千层"在这幅山水图中，显然创造出了重峦叠嶂、极其深远的绘画效果。在如此深山重峦中的蹇驴自然会苦吟山路之艰，至此，我们找到了听觉与视觉通感的基础，即山深山密。反观全诗，诗人着力表现的正是深山密林的景致与感受，如"树重""门暗""东雨""寒溜""深云""怪藤"等意象，它们共同传达的是深重、幽冷与孤寂的感觉，这与蹇驴欲吟的形象、与千层浓墨点染的用意相得益彰。可以看出，在袁桷的眼中，视觉艺术的绘画与属于听觉的语言艺术又是可以相通的，相通之处在于"意"。前人有很多关于绘画不能画出声音的论说，以证实诗与画的不同。而袁桷用同样的例子，却说明了一个与众不同的道理，即画虽不能传声，但可以传声音之意。他的论说在一定程度上丰富、强调了绘画表"意"的功能，也丰富了对诗画艺术关系的认识。

"蹇驴吟不得，指点墨千层"与"诗中传画意，画里见诗余"是袁桷对于诗画艺术关系的两种认识，既区别又相通。但就总体言，在袁桷的理论中，绘画的功能超过了诗歌的功能。诗歌是传达画意的，绘画则一可以见诗余，二可以传诗意。对绘画的这种认识是前人所未发之论。

---

①② 晁补之：《济北晁先生鸡肋集》卷八，《四部丛刊初编》(2013)，1929 年二次影印本，第 52 页。

③ 崔富章等注：《楚辞》，浙江古籍出版社 1998 年版，第 164 页。

（2）虞集

虞集（1272—1348），字伯生，晚称翁生，世称邵庵先生。蜀郡仁寿（今属四川）人，宋丞相虞允文五世孙，历任秘书少监（仁宗朝）、翰林直学士兼国子祭酒（泰定朝）、奎章阁侍书学士（文宗朝）。文宗驾崩后，回归故里，居家 16 年卒。虞集博学多才，门人集结其文稿为《道园学古录》。虞集诗歌名振元朝，与范梈、揭傒斯、杨载被并称为元代诗坛四大家，为元代诗歌之极盛。虞集工书法，精鉴赏。杰出的书法成就是虞集进入秘书监、奎章阁的主要因素。《书史会要》称其书法"真、行、草、篆皆有法度，古隶为当代第一"①。被认为"清朗蕴藉之气不减赵氏（赵孟頫）"②。隶书是虞集书法的特长，其篆书亦称名当代，曾为奎章阁刻篆印"奎章阁宝""天历之宝"两方，经过奎章阁鉴定的书画往往钤有这两方印。

《道园学古录》收录虞集题画诗 200 多首，《元诗选》收录虞集诗歌 383 首，其中题画诗近 100 首。虞集题画之作如此之多，除了诗书才名与精鉴之功外，与他的经历和任职的环境也有着密切的关系。虞集在仁宗朝时曾任秘书少监。秘书监乃是至元九年（1272 年）设置的掌管内府书画的专门机构，虞集得以经常参与书画的鉴定。文宗朝，虞集又入奎章阁，任侍书学士，是奎章阁书画鉴赏的主要人员，经奎章阁鉴定的书画上，除了钤有"天历之宝"和"奎章阁宝"两方朱文大印外，还多有柯九思和虞集等人的题跋。可见，奎章阁的职务给了他大量鉴赏书画的机会，也给了他为书画题跋的机会。

虞集的题画诗中，以题赵孟頫、柯九思等元朝画家的为最多。仁宗延祐间，虞集与赵孟頫同仕翰林院，赵孟頫长虞集近 20 岁，诗书画无一不精，对虞集的影响很大。柯九思与虞集又同在奎章阁，二人互相唱和，有着深厚的友情。元代诗人张雨言："侍书爱题博士画，日日退朝书满床。"③侍书，即侍书学士，指虞集；博士，即鉴书博士，指柯九思。

虞集题画诗中一个很重要的主题是对故乡的思恋之情。虞集祖籍蜀地仁寿，在今四川境内。他的大半生是在远离蜀地的异乡度过的，他将这种客居的情怀写进诗中，表现了浓重的思乡之情。在表现这类主题的时候，虞集总是能在所题写的图画中找到与故乡相关的因素。《题简生画涧松》由这幅画的作者简生是蜀人而引起诗人自己的思乡之情。《题柯博士画》则在柯敬仲的一幅水畔渔樵风景画中幻化出一个谪居黄州的蜀人苏轼，引出思乡之情。《为达兼善御史题墨竹》中，虞集有意地将图中的竹子定格为蜀地的竹子。尽管虞集在童年（五岁时宋亡）的时候便离开了家乡蜀地，但蜀地却是他一生魂牵梦萦的地方。在他的题画诗作中，"蜀道""蜀师""蜀都""蜀山""蜀人""蜀乡"等直接标明的故乡景物、人

---

① 陶宗仪：《书史会要》卷七，上海书店出版社 1984 年版，第 307 页。

② 黄惇：《中国书法史·元明卷》，江苏教育出版社 2001 年版，第 48 页。

③ 陶宗仪：《奎章政要》，《南村辍耕录》卷七，中华书局 1959 年版，第 91 页。

物及峨眉山、岷江等故乡山水频频出现,而诗人也以"蜀乡人"自称。①

不难理解,虞集对江南故乡的思恋无疑也渗透着诗人对大宋王朝的丝丝怀念。宋朝遗民的身份和家族忠孝的传统使他对宋朝仍念念不忘。《马图》诗有句:"乡人啜茗同观画,解说前朝复有谁。"②乡情与国伤结合在了一起。题画诗有一个明显特点是一般诗歌所没有的,即题他人画的题画诗往往涉及两个创作主体:画家和诗人。诗歌中往往渗透着诗人的情感,表现着诗人自己的个性。在虞集题他人画的题画诗中,诗人虞集选择的是一种纯粹题写图画与画家的方式,不难发现,在这种方式的运用中,虞集将自己的情思默默地迁移于图画中,迁移于画家身上。而这种被迁移的情思多是对宋王朝的思念与认识。《钱舜举折枝芙蓉》从一幅折枝芙蓉画中,挖掘的是画家钱选"白发多情忆剑南""剪来一尺吴江水"的故国之思。③《子昂画》从赵孟頫棠梨枝上白头翁的静态画面上,仿佛看到了"直似故园花石外,铜盘和露写东风"④的伤心场面。《息斋竹》的主景是画家李衍笔下的竹子,但虞集将其框定为江南故国的象征,认为画家在这幅竹子图画中"尽将情思写江南"⑤。由此可见虞集在为画题诗的时候,是以情入主,以情赏画,因此,尽管宋遗民画家赵大年描绘的只是汀渚小景,但在《赵千里小景》⑥诗中,虞集看到的却是画家对赵宋三百年江山的忠贞不移。《徽宗画梨花青禽图》诗中描绘的是暖尘飞的春天感受,但虞集仍要发出"何处人间作寒食"的疑问。如此种种,使得虞集的题画诗中,充满了归隐、思乡、怀古、嗟生的感叹。

虞集精于书画鉴赏,因此在他的许多题画诗中有对绘画美学的阐述,这是虞集题画诗格外突出的一个特点。

首先,虞集十分重视绘画之前的画家之意,最看重的是图画中渗透着的画家情思。《江贯道江山平远图》评价画家言:"人间几人写山水,谁能意在挥毫前。"⑦《为汪华玉题所藏长江万鸦图》评价画家:"云巢幽人爱江渚,抽思挥毫写横素。"⑧张彦远提出"意存笔先"⑨,郭熙《林泉高致》中专论"画意"。虞集所处的时代,由赵孟頫提倡的绘画贵"古意"的风尚正浓,赵孟頫的"古意"乃是跨越南宋,对唐朝王维、五代徐熙、北宋李伯时等"高尚画"的追随。⑩虞集之"意"也是赵孟頫"古意"风尚影响下的产物。

① 《题饶世英所藏钱舜举四季花木》,《元诗选》初集二,中华书局1987年版,第912页。

② 《马图》,《元诗选》初集,中华书局1987年版,第888页。

③ 《钱舜举折枝芙蓉》,《元诗选》初集,中华书局1987年版,第889页。

④ 《子昂画》,《元诗选》初集,中华书局1987年版,第891页。

⑤ 《息斋竹》,《元诗选》初集,中华书局1987年版,第891页。

⑥ 《赵千里小景》,《元诗选》初集,中华书局1987年版,第894页。

⑦ 《江贯道江山平远图》,《元诗选》初集,中华书局1987年版,第902页。

⑧ 《为汪华玉题所藏长江万鸦图》,《元诗选》初集,中华书局1987年版,第902页。

⑨ 张彦远:《论顾陆张吴用笔》,《历代名记》卷二,浙江人民美术出版社2011年版,第26页。

⑩ 唐伯虎:《六如画谱·士夫画》,中华书局1985年版,第31页。

其次,虞集对画家用笔的方法十分关注。虞集很看重"篆籀"法。他在《子昂墨竹》中写道:"子昂画竹不欲工,腕指所至生秋风。古来篆籀法已绝,止有木叶雕蚕虫。"①《为达兼善御史题墨竹》写江南御史达兼善:"知君深识篆籀文,故作寒泉溜崖石。"②两首诗所题写的都是竹子图,提到的画竹方法都是篆籀法。所谓篆籀,是汉字的一种字体,又称大篆。孙过庭《书谱》云:"篆尚婉而通。"③刘熙载《艺概·书概》第七则就此论阐发为"此须婉而愈劲,通而愈节,乃可。不然,恐涉于描字也"④。可见,与隶书委曲求稳的书体特点不同,篆籀追求的是刚劲有力的筋骨、雄浑飞扬的笔势。而篆籀被引入绘画领域,成为绘画的一种方法,实际上正是绘画创作对篆籀书体这一用笔特点以及由此形成的笔形的借鉴。虞集以篆籀法用于竹子的画法,看中的正是篆籀书体的劲节骨气和委婉形态,这正是元代以书入画的表现。

书画的关系在古代非常密切,以书法之笔入画在魏晋时就已出现。张彦远《历代名画记》记载:"张僧繇点曳斫拂,依卫夫人《笔阵图》,一点一画,别是一巧,钩戟利剑森森然,又知书画用笔同矣。国朝吴道玄,古今独步,前不见顾、陆,后无来者。授笔法与张旭,此又知书画用笔同矣。"⑤张彦远在画家的作品中从笔势、笔锋、笔法三方面验证了书画同体的结论,实具开创性的贡献。宋代苏轼言"诗不能尽,溢而为书,变而为画"⑥,表明了书画内在不可分割的联系。宋代画家们更多地在书画的具体用笔中强调二者的一致性。如赵希鹄《洞天清禄集》云:"画无笔迹,非谓其墨淡模糊而无分晓也;正如善书者藏笔锋,如锥画沙,印印泥耳。书之藏锋,在乎沉着痛快,人能知善书执笔之法,则知名画无笔迹之说。故古人如孙太古,今人如米元章。善书必能画,善画必能书,书画其实一事尔。"⑦郭若虚《图画见闻志·叙制作楷模》云:"画衣纹林木,用笔全类于书。"⑧而真正具体地将书法的不同书体与用笔之法分别用于不同的绘画图象中则是在元代。赵孟頫云:"石如飞白木如籀,写竹还于八法通,若也有人能会此,方知书画本来同。"⑨柯九思言:"凡踢枝用书法为之。"⑩"写干用篆法;枝用草书法;写叶用八分,或用鲁公撇笔法;木石用金钗股、屋漏痕之遗意。"⑪八分,指汉隶。鲁公撇

---

① 《子昂墨竹》,《元诗选》初集,中华书局1987年版,第856页。

② 《为达兼善御史题墨竹》,《元诗选》初集,中华书局1987年版,第857页。

③ 孙过庭著,朱建新笺证《孙过庭书谱笺证》,中华书局1963年版,第41页。

④ 刘熙载:《艺概》,上海古籍出版社1978年版,第134页。

⑤ 张彦远:《论顾陆张吴用笔》,《历代名画记》卷二,浙江人民美术出版社2011年版,第26页。

⑥ 苏轼著,孔凡礼点校《苏轼文集》卷二十一,中华书局1986年版,第614页。

⑦ 赵希鹄:《洞天清禄集》,中华书局1985年版,第28—29页。

⑧ 郭若虚:《图画见闻志》,江苏美术出版社2007年版,第15页。

⑨ 赵孟頫:《秀石疏林图卷》题跋,李湜编《故宫书画馆》第1编,紫禁城出版社2009年版,第54页。

⑩ 王韶华:《元代题画诗研究》,中国传媒大学出版社2010年版,第124页。

⑪ 徐显:《稗史集传·柯九思传》,宗典编《柯九思史料》,上海人民美术出版社1963年版,第2页。

笔法,即颜真卿撇画的写法,即用意锐利而不露笔锋,快速出笔而蕴涵筋骨。屋漏痕,书法用笔法,指笔画圆活生动,犹如屋子漏水,蜿蜒柔和,不见笔锋。① 元代画家们在最基础的层面上发现了书法笔形与绘画图形的相似与一致,并以书入画。如果说在宋代赵希鹄发现了中国书画界的一个现象——"善书必能善画,善画必能善书",在元代则成为一种自觉的要求和绘画实践的必经之路:"书与画一耳,士大夫工画者必工书,其画法即书法所在。"②虞集题画诗中对书法用笔在绘画中运用的自觉认识也正是元代书画同体论的表现。

再次,虞集题画诗还反映了对绘画中美的风格与标范的自觉认识。如"险危易好平远难,如此千里数尺间"③,表现了对郭熙画分三远中平远之美的认同。"子昂画竹不欲工,腕指所至生秋风"④,道出了绘画的标准不在于画得是否工细、相似,而在于是否能做到"气韵生动"。"高怀古谊两相得,惨淡酬酢皆天真"⑤,以绘画的高品格——自然不事雕琢的"天真"评价高克恭与赵孟頫这两位当朝名家。"默识形神出模画,把笔莽苍增嗟吁"⑥,指出简生画的优点在于背拟作画、不事临摹,在于笔墨苍莽浑厚。这又涉及了中国画独有的创作方法,即反对写生,主张"闭户张绢素"⑦。这种方法使画家最大限度地从对客观景物具体形状的摹写中解放了出来,获得了精神的自由,从而在画中可以发挥自己的想象,寄予自己的思想。如此,方能做得一幅好画。在虞集的题画诗中,点点滴滴地表现着中国绘画美学中美的风范,使题画诗体现了诗与画两种艺术的美,因此自觉地展现了更大的美的空间。

（3）杨载

杨载（1271—1323）,字仲弘,建宁浦城人（今属福建）,40 岁后被举荐,以布衣出任翰林国史院编修官,后登进士第,官至宁国路总管府推官,至治三年（1323）卒,年五十三。其诗文尝得赵孟頫之推重,杨载因此名动京师。凡所撰述,人多传诵之。⑧ 杨载学诗主张取汉魏之材、大唐音节,自言用功 20 余年,始得诗法,著有《诗法家数》⑨,为当时论诗法者所称首。顾嗣立在为杨载作的小传

① 姜夔:《续书谱·用笔》言"屋漏痕者……,欲其横直匀而藏锋",《丛书集成初编》,中华书局 1985 年版,第 4 页。

② 杨维桢:《图绘宝鉴序》,《东淮子集》卷十一,《文渊阁四库全书》上海古籍出版社 1987 年版,第 1221 册,第 482 页。

③ 《江贯道江山平远图》,《元诗选》初集,中华书局 1987 年版,第 902 页。

④ 《子昂墨竹》,《元诗选》初集,中华书局 1987 年版,第 856 页。

⑤ 《题高彦敬尚书赵子昂承旨共画一轴为户部杨侍郎作》,《元诗选》初集,中华书局 1987 年版,第 860 页。

⑥ 《题简生画涧松》,《元诗选》初集,中华书局 1987 年版,第 859 页。

⑦ 楼钥:《楼钥集》卷三,浙江古籍出版社 2010 年版,第 82 页。

⑧ 《元史》卷一百九十《杨载传》,中华书局 1976 年版,第 4341 页。

⑨ 清代四库馆臣认为《诗法家数》非杨载所著,而是书贾伪撰。《元诗选》杨载小传中未言及《诗法家数》。关于《诗法家数》的作者考证,参见张健编著:《元代诗法校考》,北京大学出版社 2001 年版,第 8—40 页,本文认为此考证证据充分,故从杨载撰说。

中言:"于诗尤有法度,自其诗出,一洗宋季之陋云。"①可见杨载于诗法确有精研。今存《翰林杨仲弘诗集》8卷。《翰林杨仲弘诗集》中有题画诗近70首,其中题画绝句有40多首,是五言、七言绝句总数的三分之二有余。

杨载题画诗中最常表现身世的悲凉、仕途的险恶,这与其"应有声名达帝前"的愿望和40岁前怀才不遇的经历有很大的关系。因此,无论是宋代惠崇笔下的枯木寒鸦,还是元代高克恭笔下的竹石,都被他演绎为仕途与人生的象征。《惠崇古木寒鸦》卷二对图画景物的描写只有诗首"江上秋云薄,寒鸦散乱飞"两句,但由此引发生成的却是一幅工细的想象图景:"未明常竞噪,向晚复争归。似怯霜威重,仍嫌树影稀。"②这是寒鸦一天的生活,又像人一生的经历,少年时渴盼走进社会的竞技场建功立业,人到老年则盼望离开这个竞技场,回归自然。象与意在这首题画诗中完美地结合了起来。《题高尚书竹石》:"矫龙疑苍筠,踞虎肖白石。倘乘风云会,变化那可测?"③在图景的描写中表现出十足的气势和蓄以待发的力量,可谓"沉雄典实"④。后两句则直接道出了心声:对理想和命运的把握不定。这一扬一抑,不正是主体生命自身与社会环境之间的强烈反差吗?同一主题的作品还有《题秋雨长吟图》《竹树图》《李伯时画浴马图》《题沈君湖山春晓图卷》《题华岳江城图》等。

杨载题画诗的另一个主题是思归的渴望。七言歌行体《题赵千里山水扇面歌》以大量的笔墨再现了扇面上的流光飞动、烟岚弥漫的景色和琴酒为乐的生活。"对此便欲山林居",由此引发了对出处行藏的思考。诗歌写景的特点在于选择的都是流动不居的物象,如飞烟、飞泉、飞霜、岚光等皆与"飞"相关。如此的景色带给诗人的不可能是忧郁消沉的感觉,而是完全释放了的自由和轻松。图画意象和诗人的心情相得益彰。《题华岳江城图》表达了"时清好作钓鱼翁,闲弄轻舟烟雾里"⑤的愿望。《题山石猿鸟图》表达了"只今踊跃归去来,莫愁无觅诛茅处"⑥的轻松自在。《桶底图》《题信州先天观图二首》《招真观图》等通过对仙境的渴望表达归隐之意。杨载的归隐之叹都是在看到了世道的艰难之后油然而发的,因此他的这类作品读来厚重而富有深意,读后又有厚重获释的轻松感。

《诗法家数》中讲究立意要"高古浑厚,有气概,要沉着,忌卑弱浅陋",练句要"雄伟清健,有金石声"⑦(《作诗准绳》)。其诗歌创作也表现了这一特点。诚如

① 《元诗选》初集,中华书局1987年版,第935页。

② 《惠崇古木寒鸦》,《元诗选》初集,中华书局1987年版,第949页。

③ 《题高尚书竹石》,《元诗选》初集,中华书局1987年版,第976页。

④ 瞿佑:《归田诗话》评杨载的七律,有"风雨五更鸡乱叫,江湖千里雁相呼""窗间夜雨消银烛,城上春云压彩旗"。《丛书集成初编》,中华书局1985年版,第31页。

⑤ 《题华岳江城图》,《元诗选》初集,中华书局1987年版,第962页。

⑥ 《题山石猿鸟图》,《元诗选》初集,中华书局1987年版,第961页。

⑦ 杨载:《诗法家数》,何文焕辑《历代诗话》,中华书局1981年版,第727页。

虞集所言"百战健儿",语言雄健劲放,意象雄浑、豪放。这也是杨载题画诗的特点。如《题华岳江城图》,写江城之景"北风将至江面黑,千艘万艘争避匿。沧溟涌溢水倒流,南岳动摇天柱侧。蛟龙戏落秋潭底,素练平铺八千里"①。诗人虽说是由画家"丹青亦豪放"之画风引发而作,但诗中的豪放恣肆之境像显然远远超过了画中的描绘。诗人在再现原画"豪放"之基础上,增加了将至的"北风"、千万艘渔船的"争避匿"、沧溟之水"倒流"之状、南岳的"动摇"之形、秋潭底的"蛟龙"、素练"八千里"的广阔等等。画题名为《江城图》,但诗人却将其引申为一幅狂风大作、波涛汹涌、蛟龙出没、狂流横溢的险恶图景,以极其动荡的图景描写寄寓混乱的社会状况。

在杨载题画诗中可见他对雷电、海涛、龙虎等气势磅礴、声势浩大的现象颇为偏好。如《王晋卿古木》卷八:"走根坼裂石,曲干渐清涟。雷电忌交作,化龙起重沔。"②《题沙总管屏风》卷八:"惊涛奔冲山震动,灵液渗洒树滋长。袭肌或怯寒吹摇,入耳如闻怒雷响。"③《题信州先天观图》卷三其四云:"云雾生床下,雷霆起室中。"又其三云:"茂林藏虎豹,阴洞伏蛟龙。"④《题山石猿鸟图》云:"拔剑斫山山骨露,山鬼咿嘤安敢怒。"⑤即使是清节绝俗的竹子也被杨载赋予苍老的颜色,飞舞盘旋的形状,而竹子图营造的清幽的环境在杨载的笔下变成具震耳欲聋、天崩地裂之气势。如《题墨竹》卷八:"嶻谷阴寒石如铁,二龙僵立露骨节。春雷动地万物活,畏汝飞腾冲石裂。攒青聚绿生岩幽,海涛声引风飕飕。年年三伏林下卧,白昼憭慄如深秋。"⑥《题风竹图》卷八:"屋后屋前皆种竹,中宵无奈朔风号。似维舟楫沧江上,裂岸崩崖听怒涛。"⑦此作可谓其诗歌豪放恣肆风格的代表作。在这类诗中,杨载善以飞腾的龙喻竹,如《题高尚书竹石》《题墨竹》等,又善称竹之老、大,如竹为"老竹"(《赵浚仪公竹石》),节为"老节岩岩"(《题息斋竹》卷八)、大节(《题雪竹图》卷八、《赵浚仪公竹石》)等,又善表现霜雪中凌云的竹子。可以看出,杨载观照图画景物时着力于捕捉、发现画中本已具有或能引起强烈动感、声响的因素,诉之于文字,形成了其题画诗雄健肆放的风格,这与其豪迈的胸襟是不可分割的,与其《诗法家数》之论相一致。

① 《元诗选》初集,中华书局 1987 年版,第 962 页。

② 杨载:《王晋卿古木》,《翰林杨仲弘诗集》卷八,《四部丛刊初编》(1447),商务印书馆 1912 年版,第 212 页。

③ 杨载:《题沙总管屏风》,《翰林杨仲弘诗集》卷八,《四部丛刊初编》(1447),商务印书馆 1912 年版,第 236 页。

④ 杨载:《题信州先天观图》,《翰林杨仲弘诗集》卷三,《四部丛刊初编》(1447),商务印书馆 1912 年版,第 84 页。

⑤ 《题山石猿鸟图》,《元诗选》初集,中华书局 1987 年版,第 961 页。

⑥ 《题墨竹》,《元诗选》初集,中华书局 1987 年版,第 964 页。

⑦ 杨载:《题风竹图》,《翰林杨仲弘诗集》卷八,《四部丛刊初编》(1447),商务印书馆 1912 年版,第 220 页。

三、以杨维桢为代表的元代后期诗人题画诗

元代后期,题画诗随着元诗风格的变化而变化,"情"成为题画诗表现的核心。杨维桢题画诗是其中的代表。

杨维桢(1296—1370),字廉夫,号铁崖、铁笛道人,晚号东维子,诸暨(今属浙江)人。年少时,于铁崖山书楼五年不出,遍览春秋等典籍百十家。擢进士第,除杭州四务提举、建德路推官、江西等处儒学提举。值张士诚兵乱,遂隐居浙西、吴中,累召不起。与隐居松江的诗书画界艺术家钱惟善、陆居仁、倪云林、顾瑛等以诗酒书画相往从。

杨维桢性格潇洒不羁,狷介孤高。《元诗选》初集辛集"杨维桢小传"中载:"玉山草堂之会,推主敦盘。笔墨横飞,铅粉狼藉,或戴华阳巾,披鹤氅,踞船屋上,吹铁笛,作《梅花弄》,坐客皆蹁跹起舞,以为神仙中人也。"①正是他这种以个人性情为核心的生活追求与豪放不羁的性格,塑造了他诗歌艺术与书法艺术鲜明的个性。

杨维桢是元代后期著名的诗文大家。他的诗歌被称为"铁崖体""铁体",在元代诗坛独树一帜。他否定律诗,极力推崇古乐府,致力于古乐府的创作,并多有创新,借古体诗的自由格式最大限度地表现诗人的真性情。杨维桢今存的诗文集有《东维子集》《铁崖古乐府》《铁崖复古诗集》《铁崖集》等。

杨维桢是元代中后期著名的书法家,他的书法与元代书法温婉秀丽的主流风格殊为两路。杨维桢擅长行草,笔画刚健遒劲,结构刻意扭曲,章法有意错杂,却"呈现为一种矫碟横发、峻拔险劲的奇崛之美"②。杨维桢的诗歌与书法皆表现出了明显的反主流、反正统的特点。

杨维桢以诗文、书法名世,又与同时代许多著名的画家相往来,如倪瓒、黄公望等。虽无画名,但熏染颇深。他为同时代陶叔同《无声诗意》画帙作序言:"诗者,心声;画者,心画。二者同体也。纳山川草木之秀描写于有声者,非画乎?览山川草木之秀叙述于无声者,非诗乎?故能诗者必知画,而能画者多知诗。由其道无二致也。"③他以诗人之心看待绘画艺术,将诗歌与绘画看成是同体的艺术。

杨维桢题画诗最引人注目的是其标新立异的构想。如《自题铁笛道人像》:"道人炼铁如炼雪,丹铁火花飞列缺。神焦鬼烂愁镆铘,精魂夜语吴钩血。居然跃冶作龙吟,三尺笛成如竹截。道人天声阋天窍,娲皇上天补天裂。淮南张涯人

---

① 《元诗选》初集,中华书局 1987 年版,第 1975 页。
② 徐建融:《元代书画藻鉴与艺术市场》,上海书店出版社 1999 年版,第 111 页。
③ 《东维子集》卷十一,《文渊阁四库全书》,上海古籍出版社 1987 年版,第 1221 册,第 481 页。

中杰,爱画道人吹怒铁。道人与笛同死生,直上方壶观日月。"①据杨维桢《跋君山吹笛图》,铁笛乃大痴道人黄公望所制,而且是支"小铁笛"。大痴道人曾出小铁笛令杨维桢吹洞庭曲,道人自歌。又《明史》本传与《元诗选》杨维桢小传中都记载玉山草堂聚会上杨维桢吹铁笛的事情,但未见有杨维桢制作铁笛的记载。也就是说杨维桢所以称为"铁笛道人"是就吹铁笛而言,史料记载中吹铁笛时物我两忘的情态确实恰到好处地表现了杨维桢的"神仙"气质。但也许吹铁笛的逍遥不足以展现杨维桢心中的"神仙"形象,所以在为自己肖像题写的这首诗中,他选择了炼铁造笛诠释"铁笛道人"。这本身已不同寻常,从感觉上,将高逸的享受演绎成了力量的释放,将笛声悠扬的旋律②改变为铁器铿锵的敲击声。在诗歌的具体创作中,更出人意料地刻画了道士炼铁的轻松容易和被炼之铁的残酷命运。昔日的名剑镆铘、吴钩在道士的炉中已属奇异之想,杨维桢还要让它们"神焦鬼烂""精魂夜语",炼成三尺长笛。由此笛发出的声音不仅堵塞天窍,还要震裂苍天,劳得女娲补天。因为,铁笛道人吹的不仅仅是笛子,而是"怒铁"。道人真可谓是神仙中之神仙。这是杨维桢的自画像。诗歌语言与境像呈现着诗人聚集于心中的喷涌而出的力量,一种极具穿透力、覆盖力的力量,这种力量中透射着诗人戏谑狂狷的心态和诗人光怪陆离的眼光。

杨维桢正是用这样的心态、这样的眼光观照图画,他的许多题画诗都具有造语恣肆、造像怪异、造境奇崛豪迈的特点,表现出了诗人十足的气势和以丑为美的审美观念。可以看出,他不仅仅在学李贺之怪,也在学韩愈之丑与力。

造像怪异、丑陋者,如《题春江渔夫图》:"一片青天白鹭前,桃花水泛住家船。呼儿去唤城中酒,新得槎头缩颈鳊。"③青天白鹭、桃花流水本是色彩鲜明的画面,诗人却以极其丑陋的"槎头缩颈鳊"佐酒。《题陶弘景移居图》刻意于捕捉隐君陶弘景"身有黑子七星文"的形象特点,以"金牛脱络""枯龟受灼""金沙丹饭"造像。④《题王粲登楼图》中的人物形象是"瘦马疲童面如鬼""平生不识大耳公"。⑤《题陶渊明漉酒图》着笔于陶渊明的头巾:"酒醒乱发吹骚屑,架上乌纱洗糟蘖。"⑥

造景奇崛豪迈者,如《题孟珍玉涧画岳阳小景》:"剑气拂云连翠黛,佩声挑月过沧湾。"⑦《饮马图》:"佛郎新来双象龙,鼻端生火耳生风。临流饮水如饮虹,波光倒吸王良宫。吁嗟青海头,白碛尾,渴乌一失金井水,长城窟远腥风起。"⑧《题

① 《元诗选》初集,中华书局1987年版,第2017页。

② 杨维桢曾吹《梅花弄》曲,见《元诗选》初集辛集"杨维桢小传"。

③ 《题春江渔夫图》,《元诗选》初集,第2013页。

④⑥ 《元诗选》初集,第2016页。

⑤ 同上,第2015页。

⑦ 同上,第2025页。

⑧ 同上,第2020页。

履元陈君万松图》："交柯玉锁混鳞甲，屈铁金绳殊骨相。石斗雷霆白日倾，雨走蚴龙青天上。"①造景恣肆的特点则在像与境的诡谲豪迈中清晰可见。

可以看出，杨维桢无论以如何的奇思妙想创造其诗歌的境与像，其内在凝聚着的都是一种极强的力量与气势。因此，即使诗中没有怪象奇景，但表现出的仍然是豪迈磅礴之气。用杨维桢的话讲就是"王"气②。

杨维桢展示其气势的方法是对画面再创造，赋予画面以力量与气魄。如《秋雁图》："野水江湖远，秋风芦叶黄。南飞旧兄弟，一一自成行。"③以"兄弟"喻雁，既以人的形象改变了空中飞雁形体的小，又以兄弟的力量改变了空中飞雁的弱，诗歌意象的气势顿增。《织锦图》："秋深未寄衣，络纬上寒机。断织曾相戒，夫君不用归。"④深秋、寒机构成的本是一幅萧瑟的图景，该图景中织布的想必是一位哀愁凄婉的女子，但杨维桢用叙述的笔调，用断线"相戒"这样一个非常理性的意象，又用"不用"这样一个非常冷静的词语，在诗句中勾勒出了一个果断、平静得近乎没有感情、没有伤悲，更多几分刚毅与豪爽的女子的形象。这与画景中那个哀愁凄婉的女子判若两人。《水墨四香画》："玉龙声嘶五更了，绿衣倒挂榑桑晓。道人冲寒酒未醒，梨花零落春云小。"⑤一幅淡雅的墨色花卉图，诗人以玉龙的嘶叫声打破佛晓的寂静作为其背景，改变了墨色花卉画通常具有的淡雅幽寂的意境。《题墨雁》："黄沙衰草羽毸毸，八月天山冷不堪。昨夜朔风吹过影，尽将秋色到天南。"⑥本来疏旷的墨雁图变成了劲风漫沙的塞外景，诗人心中的豪迈之气得以释放。

杨维桢题画诗中，色彩感，尤其是浓艳的色彩感特别强烈，其中最鲜艳的是金色。这些颜色带给读者的是强烈的视觉刺激，画面景物留给读者频繁的亮点及跳跃感，这与杨维桢绝平淡求奇崛的风格是一脉相承的。《赵大年鹅图》中美丽的鹅在春波微动的湖面上浮游，这本是一幅清澈明丽的图画，但杨维桢着力描写了水中鹅的形貌动作："上有金衣弄簧舌，下有红掌浮绣翎。"⑦金、红色彩的鲜浓增添了画面的生动感与鹅的生命力。又如《衮马图》："绿蛇连卷骨初蜕，一团旋风五花色。湿云乍洗乌龙池，金索掣断愁欲飞。"⑧《题赵仲穆临黄筌秋山图》："重峦叠嶂金碧堆，丹崖枫树如花开。"⑨"金牛脱络谁得箠，枯龟受灼宁生灵。金

---

① 《元诗选》初集，第 2027 页。

② 《题履元陈君万松图》中言："突然槎牙生肺肝，元气淋漓迫神王。"（《元诗选》初集，第 2027 页）《题月山公九马图手卷为任伯温赋》中言："图中九马气俱王，都护青骢尤第一。"（《元诗选》初集，第 2020 页）

③④ 《元诗选》初集，第 2022 页。

⑤ 同上，第 2024 页。

⑥ 同上，第 2025 页。

⑦ 同上，第 2021 页。

⑧ 同上，第 2020 页。

⑨ 同上，第 2017 页。

沙丹饭饥可饷,山中犹嫌呼宰相。从此移家金积东,满谷桃花隔秦壤。"①"金丝拂鞍长袖舞,夜静水凉神欲语。"②《折枝海棠》:"金屋银钉照宿妆,一枝分得锦云乡。"另有"金汤""金牛""金沙""金积"等。③

总之,杨维桢的题画诗确实表现出了横空出世的形象与效果。如《四库全书总目·铁崖古乐府》中言"元之季年,多效温庭筠体,柔媚旖旎,全类小词。维桢以横绝一世之才,乘其弊而力矫之,根柢于青莲、昌谷,纵横排奡,自辟町畦,其高者或突过古人,其下者亦多坠入魔趣。故文采照映一时,而弹射者亦复四起"④,毁誉相参。其实,这不仅仅是其诗歌的特点,也是杨维桢的个性特点。以文如其人论杨维桢,当可矣。

第三节 元代画家的题画诗

翁方纲《石洲诗话》云:"元人自柯敬仲、王元章、倪元镇、黄子久、吴仲圭每用小诗自题其画,极多佳制。此外诸家题画绝句之佳者,指不胜屈。"⑤元代画家不仅自题自画,也多有题他人之画者,画家题画诗呈现着画家对绘画的认识观及实践观,更能真实地展现元代绘画的特点及绘画的本质。研究元诗者,多提到元题画诗,而谈元题画诗,又将其认定为元代画家的一大贡献。又论者多以清逸绝俗概括元代题画诗的特点,仍然是就画家的题画诗,尤其是自题诗而言。可见元画家题画诗在元诗中的分量。元代画家多自题画,也有大量的题他人画诗。这些题他人画的诗歌是题画诗研究中不可忽略的部分。元代画家题画诗,早期有以郑思肖为代表的遗民画家,继之有以吴镇、倪瓒为代表的元四家,后期有王冕等。

一、以郑思肖为代表的遗民画家题画诗

郑思肖(生卒年不详),字所南,一曰名思肖,字忆翁,号所南,福州人。南宋时太学上舍,应博学宏词科,性刚介,志于宋,元兵南下时,曾犯禁上疏,并改名"思肖",改字"所南",意不忘南方的赵宋王朝。⑥宋亡后,隐于吴地(今江苏苏州),此地为其先世仕宋之地。居所门额上书"本穴世界",为"大宋"之意,平日坐卧必向南,誓不与北人交。岁时伏腊,望南野哭,再拜而返。尝对亲近的人说:

---

① 《题陶弘影移居图》,《元诗选》初集,第 2016 页。
② 《题柳风芙月亭诗卷》,《元诗选》初集,第 2018 页。
③ 《元诗选》初集,第 2032 页。
④ 永瑢:《四库全书总目》,中华书局 1965 年,1462 页。
⑤ 翁方纲:《石洲诗话》卷五,中华书局 1985 年版,第 101 页。
⑥ 陶宗仪《南村辍耕录》卷二十言:"曰肖曰南,意不忘赵,北面它姓也。"中华书局 1959 年版,第 247 页。

"我死,题吾主曰:'宋故不忠不孝郑思肖。'"[1]郑思肖可谓元代遗民画家中抗元呼声最高、思宋心情最痛的一位。

图3-3-1　郑思肖·墨兰图

　　郑思肖酷爱兰,精于墨兰,其兰画不随便赠送他人。邑宰曾求兰于思肖,并以其田产赋役相迫,郑思肖有言"头可得,兰不可得"[2],可见其清烈之质。因此,郑思肖以画兰名于世代,兼及竹菊,但很少杂以闲草野卉。尝在自画墨兰长卷上所题"纯是君子,绝无小人"[3],其意盖在于此。郑思肖正是以纯然愤俗的君子品格和忠烈愤懑的遗民心情观照笔下的梅兰竹菊,其墨兰"疏花简叶,不求甚工"[4],又"天真烂漫,超出物表"[5]。从绘画的笔墨语言形式上讲,郑思肖的墨兰并不算精工之作,反有生拙之感。但就笔墨的意蕴而言,郑思肖的墨兰极其鲜明地寄托着画家的情感与个性,如传世之作《墨兰图》,画面上疏花简叶,根不着土,以表达对元灭宋的愤懑与悲怆。今仅存《墨兰图》一幅(藏于日本大阪市立美术馆),上有题诗:"向来俯首问羲皇,汝是何人到此乡。未有画前开鼻孔,满天浮动古馨香。"[6]

　　郑思肖有《一百二十图诗集》,是为120幅图画作的题画诗。[7] 图画自《黄帝

①　韩奕:《韩山人诗集·五言古诗》,国家图书馆藏抄本。

②　王逢:《梧溪集》卷一《题宋太学郑上舍墨兰有序》,中华书局1985年版,第30页。

③　夏文彦:《图绘宝鉴》卷五,世界书局1937年版,第78页。

④　郑元祐:《遂昌山人杂录》,中华书局1991年版,第9页。

⑤　陶宗仪:《南村辍耕录》,中华书局1959年版,第247页。

⑥　郑思肖:《墨兰图》,25.7 cm×42.4 cm,藏于日本大阪市立美术馆。

⑦　此诗集只存于《知不足斋丛书》,本书引文出自上海古书流通处1921年出版的《知不足斋丛书》第二十一集《清隽集一百二十图诗集》。

洞庭张乐图》始,于宋代无名氏画终,皆为人物故事图。人物有各代隐士、高人、神仙以及唐宋诗人、文学家、历史人物等,涉及面非常广泛。

郑思肖此诗集的许多诗,都着力于在图题的关键词上下工夫,并以此演绎诠释着所题画各自内在画意。如《戴安道破琴图》,必以"破琴"点出画之意:"狂来宁可破琴去,不许俗人闻此音。"[1]《孙楚枕流漱石图》必借"枕流漱石"呈现一个完整的孙楚形象,并以突出"枕流漱石"的高人逸风的重要作用。《桃源图》必说"桃源",《烂柯图》必说"烂柯",《王烈餐石髓图》必说到"石髓"与"餐",如"明明正是洪濛髓,只恐凡人不肯餐"[2],《孙登长啸图》必言"长啸",如"划然长啸谁听得,独有苏门山点头"[3]。如此等等,图题中的关键词不仅仅是诗人重点观照的对象,也是诗人借以升华主题的关键手段。因此,在郑思肖120首题图诗中,尽管高人逸士的主题占了很大部分,但此主题的诗歌意象却各具情态,千差万别。这其中也不难发现,诗人完全融入画面的景物之中,与画面主景有着共同感受,并以画面主景的身份表情达意。

除传说中的神仙、高人、隐士外,郑思肖对现实生活中的人物也给予了格外的关照,如屈原、杜子美、苏武、孔明等。关于这几位历史人物的题图诗都在两首以上。而且诗人对这四位人物的观照皆以其对国家的一片忠心为主题,如:

《屈原九歌图》:

楚人念念爱清湘,苦忆九歌频断肠。只道此中皆楚国,还与何处拜东皇。[4]

《孔明成都八阵图》:

孔明抱义耻偏安,不道中兴事业难。赖有石头知落处,任从人换八门看。[5]

《杜子美茅屋为秋风所破歌图》:

雨卷风掀地欲沉,浣花溪路似难寻。数间茅屋苦饶舌,说杀少陵忧国心。[6]

《苏李泣别图》:

同为武帝一时人,忠逆分违感慨深。早信子卿归汉去,泪痕滴滴滴黄金。[7]

可以看到,郑思肖是通过对图画的选择和对其"忠"的题写间接地传达着自己的喜好与情感。他诗歌中的高人逸士,多具有神仙的气质或经历。对神仙的亲和,一方面展示了其对于尘世的绝弃,这在最大程度上实现着绝弃元代社会的心愿。同时,他又以忠于国家的图画人物,展现了其与现实(南宋故国这一记忆中现实)的亲和。因此,他的题画诗从总体上正是他心理上两极分化的真实写照。

① 郑起、郑思肖撰,仇远选:《清隽集一百二十图诗集》,《知不足斋丛书》第二十一集,上海古书流通处1921年版,第52页。

②③《清隽集一百二十图诗集》,第58页。

④ 同上,第37页。

⑤ 同上,第49页。

⑥ 同上,第62页。

⑦ 同上,第44页。

读郑思肖的题画诗,可以感受到他在表现现实主题时多用语端庄雅正,而在表现其他主题时则有挥洒戏谑之感。如:

《玉川长须赤脚图》:

惯立煎茶屋角头,低眸频候雪花浮。一奴一婢亦作怪,不为先生破屋愁。①

《南柯蚁梦图》:

忘了堂堂六尺身,鬼花生艳幻微春。绝怜蚁窟无分晓,迷尽古今多少人。②

这正是现实中悲痛之情的极度重压下产生的戏谑与嘲弄,与其端庄雅正的现实主题的展示是一脉相承的。因此,无论是与神仙高人的亲和,还是对历史人物的敬重,无论是戏谑的嘲弄,还是端庄的描述,都与郑思肖的故国忠心有着无法割裂的关系。

二、以吴镇为代表的元四家题画诗

元中期,以吴镇、倪瓒、黄公望、王蒙为代表的山水画确立了元代绘画的风格。一变前代画工画的规矩与对物象形似的追求,而为继形似之后的简逸文人画。当然,四家风格各异,但皆表现出了与两宋山水不同的风貌、图式与笔墨,并成为后世文人画的理想典范。元四家皆诗、书、画兼善,尤以画名为重,他们多在画上题诗,以画寄兴寓情。吴镇与倪瓒较之王蒙、黄公望更乐于在画上题诗。其题画诗多清逸绝俗,但"清逸"也因人而异,因情而异。同时,元四家的画上题诗也是元代画上题诗的代表,无论在元代,还是在中国绘画史上都有着举足轻重的地位。吴镇题诗又可谓元四家题画诗的代表。

吴镇(1280—1345),字仲圭,号梅花道人,嘉兴魏塘镇(今属浙江)人。吴镇终身不仕,隐居乡里。与元末许多隐居者不同的是,吴镇没有倪瓒的好客之名和杨维桢的风流放达,也不入玉山诗社,不以诗酒宴客,不以唱和相高,更不近显贵乡豪之门,"独匿影菰芦,日与二三羽流衲子为群"③。自家园中遍种梅花,与梅花为伴,以梅花自喻,自署梅花庵主,将殁,自题墓碣:梅花和尚之塔。吴镇视绘画为一种高雅绝俗的艺术,又是性情所至的艺术,"从其取画,虽势力不能夺,惟以佳纸笔投之案格,需其自至,欣然就几,随所欲为,乃可得也"④。其人与其画皆无一丝烟尘气息,却有"山僧道人之气"⑤。如方薰《山静居画论》中提到他:"饱则读书,饥则卖卜,画石室竹,饮梅花泉,一切富贵利达,屏而去之,与山水、鱼

---

① 《清隽集一百二十图诗集》,第 69 页。

② 同上,第 67 页。

③ 钱棻:《梅道人遗墨序》,黄宾虹、邓实编《美术丛书》第三集第 4 辑,神州国光社 1920 年版,第 13 页。

④⑤ 孙作:《墨竹记》,《沧螺集》卷三,盛宣怀、缪荃孙编《常州先哲遗书》37《沧螺集》,南京大学出版社 2010 年版。

鸟相狎,宜其书与画,无一点烟火气。"[1]

吴镇善画山水竹木,曾著《文湖州竹派》。其画最大的特点是惯用浓墨湿笔。他画山不用皴擦而创带湿点苔法,"兴来用笔不用皴,奇峰玉立莲花朵"[2]。而其他三家,虽黄之清秀、倪之简逸、王之繁缛,风格不尽相同,但以干笔皴擦,笔意相类。因此,吴镇之画水墨淋漓,山川浑厚苍茫,易造奇险突兀之象,与倪瓒的空灵之境有明显区别。如传世画作《清江春晓图》《溪山草堂图》《双松图》等,参李成与董巨之笔意,融南北画法于一图。吴镇画中最具成就与代表性的是渔隐图,有《渔父图》《秋江渔隐图》等,如吴镇自己所言其所画乃"士大夫词翰之余,适一时之兴趣"(《佩文斋书画谱》)。对渔隐图景的钟爱正是其在高洁情怀观照下,与尘世的绝离,对渔隐之乐的向往。山水画之外,吴镇的墨竹力追文与可,在三家之上。所谓"与可以竹掩其画,仲珪以画掩其竹"[3],其竹多粗笔重墨,造境荒率苍莽,被认为有"酸馅气"[4],这虽与文人画的淡泊幽远之理想图式不尽吻合,但亦能至竹之性,如孙作言"至于荒滨寂徼,烟梢露叶,凌雨暴日,悬崖拂云,偃仆植立之势,生枯稚老之态,斯则非高人逸士窥之岁月之间不能悉也"[5]。

吴镇的书法亦与其他三家不同,三家善楷、行书,而吴镇则多草书。《书史会要》云其草学"晋光",属怀素狂草一脉,其狂草在元代可谓无出其右者。[6] 书体浓墨与枯笔相间,小字中点缀以大字,笔势节奏明快。《草书心经卷》(藏于台北"故宫博物院")中有吴镇书法题识,清人杨守敬跋曰:"此卷有石刻本,忘其何人所镌,余见仲圭题识者皆奇妙绝伦,不第此书抗衡旭、素也"[7]。又如《渔父图》等中的书法题识,也表现出了以书写意的特点。

吴镇题画诗几乎是其诗歌创作的全部。其长于绘山林竹石,又嗜好渔隐图。因此,在其题画诗中,题竹画诗近 70 首,渔父辞 20 多首,另有题松画诗、山水画诗多首。

吴镇题竹画诗,很少着笔于竹子的外形,而是关注竹子带来的"清风""阴凉",即关注作为自然界中有生命的竹子而非图画中无生命的竹子给予观者的感受,这种感受是非视觉的,亦非心理的感受,而是肌肤的感受。他认为"清风"是竹子最可爱、最可贵的特征。有如下诗可参考:

① 方薰:《山静居画论》,王云五主编《丛书集成初编》,商务印书馆 1936 年版,第 22 页。

② 沈梦麟:《梅花道人山水》,《花溪集》卷二,《文渊阁四库全书》,上海古籍出版社 1987 年版,第 1221 册,第 69 页。

③④⑤ 孙作:《墨竹记》,《沧螺集》卷三,盛宣怀、缪荃孙编《常州先哲遗书》37《沧螺集》,南京大学出版社 2010 年版。

⑥ 陶宗仪:《书史会要·补遗》,上海书店出版社 1984 年版,第 459 页。

⑦ 黄惇:《中国书法史·元明卷》,江苏教育出版社 2001 年版,第 121 页。

图 3-3-2　吴镇·秋江渔隐图　　　　图 3-3-3　吴镇·双松图

《一叶竹》:谁云古多福,三茎四茎曲。一叶研池秋,清风满淇澳。①

《题竹》:阴凉生研池,叶叶秋可数。京华客梦醒,一片江南雨。②

《题竹》:轻阴护绿苔,清风翻紫箨。未参玉版师,先放扬州鹤。③

《题竹》:挺挺霜中节,亭亭月下阴。识得虚中理,何事可容心。④

吴镇又善于将竹子放置于月下、雨中,在寂静、萧疏的环境中,捕捉竹子的"影"、竹叶上的"露";为竹之"清"增添了几分具体可视的形象感。如:

《题竹》:野色入高秋,空影映湖水。日午北窗凉,清风为谁起。⑤

《题竹》:风来思无限,雨过有余凉。眷彼君子心,漪漪在沅湘。⑥

《画竹》:叶叶如闻风有声,尽消尘俗思全清。夜深梦绕湘江曲,二十五弦秋月明。⑦

《画竹》:低垂新绿影离离,倚石临泉一两枝。忆得昔年今日见,凤皇池上雨

① 吴镇:《题画》,《梅道人遗墨》,黄宾虹、邓实编《美术丛书》第三集第 4 辑,神州国光社 1920 年版,第 29 页。

② 同上,第 30 页。此诗亦见于《元诗选》二集,中华书局 1987 年版,第 209 页,诗名为《题纸上竹》。

③④ 同上,第 31 页。

⑤ 同上,第 32 页。

⑥ 同上,第 34 页。

⑦ 同上,第 37 页。

丝丝。①

"阴""影""露""月""雨"在其题竹诗中随处可见。

吴镇以身体的感受(肤觉)题竹。一方面,避免了将竹子作为道德形象的化身而流于颂德,在主体——人与客体——竹子之间以"清风"构建而成的联系,可谓是最真实、最客观、不带主观个性的一种联系,比之视觉与听觉更趋于竹子的自然本性与竹子的真态。另一方面,单纯以"清风"写竹,似又嫌诗意疏浅。实际上,"清风"在吴镇心中不只是竹子的自然属性,如《草亭诗意》中有"林深禽鸟乐,尘远竹松清。泉石供延赏,琴书悦性情。何当谢凡近,任适慰平生"②。竹松因为远离尘世才"清",这种"清"中包含着主体——人高逸超俗的心态体验。《题画》云"我爱晚风清,漪漪动庭竹"③,诗人之爱"清",在于对人生碌碌万事的超脱,对陶潜"五株柳""三径菊"之世外境界的向往。《枯木竹石》图轴题云"树大高于屋,竹长清如人。生平何所修,静与为比邻"④,可与诗人比邻的是竹清。因此,"清"中有一份人格化了的内涵。在下面几首题竹诗中明确地道出了"竹清"与人之情怀间的直接关系,如《题竹》:"叶叶舞清风,梢梢溥白雨。此怀谁共赏,山中有巢许。"⑤《画竹》:"叶叶如闻风有声,尽消尘俗思全清。"⑥

吴镇《题竹》曰:"碧筱抱奇节,轻霏舞晴露。高怀谁共赏,山中有巢许。"⑦诗中谈到了竹子的另一个特性"节"。此"节"所映照的高士情怀是吴镇对竹予以观照的又一重心,如《画竹》:"春到龙孙满地生,未曾出土节先成。可怜无个伶伦眼,镇日垂垂独自清。"⑧《野竹》:"野竹野竹绝可爱,枝叶扶疏有真态。生平素守远荆榛,走壁悬崖穿石罅。虚心抱节山之阿,清风白月聊婆娑。寒梢千尺将如何,渭川淇澳风烟多。"⑨即以"清"与"节"描写画中的竹子,题竹诗最大的特点便是展示了脱尽尘俗的清爽与幽静。

吴镇画善浓墨湿笔,以构建奇险纵横之境与像。其题画诗对此也多有表现,如《松石图》:"研池漠漠吐墨汁,苍髯呼风山鬼泣。涛声破梦铁骨冷,露影濡空翠毛湿。"⑩《箕笥清影图》轴题句:"陶泓磨松吐黑汁,石角棱棱山鬼泣。风梢呼梦

---

① 吴镇:《题画》,《梅道人遗墨》,黄宾虹、邓实编《美术丛书》第三集第4辑,神州国光社1920年版,第38页。

② 同上,第27页。

③ 同上,第23页。

④ 李日华:《味水轩日记》,卢勇编著《元代吴镇史料汇编》,浙江大学出版社2013年版,第111页。

⑤ 吴镇:《题画》,《梅道人遗墨》,黄宾虹、邓实编《美术丛书》第三集第4辑,神州国光社1920年版,第34页。

⑥ 同上,第37页。

⑦ 李德壎编:《吴镇诗词题跋辑注》,山东美术出版社1990年版,第77页。

⑧⑩ 吴镇:《题画》,《梅道人遗墨》,黄宾虹、邓实编《美术丛书》第三集第4辑,神州国光社1920年版,第38页。

⑨ 同上,第25页。

暮雪冷,露颖溥空晓云湿。"①《梅花道人墨竹卷》轴题句:"清霄暮过云生林,墨汁倒泻千壶冰。翡翠屏前玉簪堕,秋风飒飒来天庭。"②这种浓墨湿笔较之创造萧条淡泊之境的干笔渴墨,其所内含的画家主体之情更趋于激烈。故董其昌评元四家时,认为吴镇画"有纵横习气"③,这不仅是对其笔墨图式的评价,也隐含着对主体情性的评价。从吴镇论竹画、评竹画中亦可看出其对"纵横之气"的喜爱,看出纵横之气所蕴涵的主体情感倾向。他自称墨奴,心中有不平之事,寄托于竹子,表现于纸张则是"纵横"几枝。又《画竹》言"谁谓墨奴能倒景"④"心中有个不平事,尽寄纵横竹几枝"⑤"倚云傍石太纵横,霜节浑无用世情"⑥。

图3-3-4　吴镇·墨竹谱册·局部

吴镇在《画竹自题》中叙述他自己绘画的过程:"图画书之绪,毫素寄所适。垂垂岁月久,残断争宝惜。始由笔研成,渐次忘笔墨。心手两相忘,融化同造物。轩窗云霭溶,屏障石突兀。林麓缪槎牙,禽鸟熹翰翩。"⑦首先,图画的目的是寄

---

① 张照等编纂:《石渠宝笈》,卢勇编著《元代吴镇史料汇编》,浙江大学出版社2013年版,第40页。

② 吴荣光等编:《听帆楼续刻书画记》(1),西泠印社出版社2007年版,第1321页。

③ 董其昌著,周远斌点校:《画禅室随笔》,山东画报出版社2007年版,第60页。

④ 吴镇:《画竹七首》之一,顾嗣立编《元诗选》二集,中华书局1987年版,第734页。

⑤⑥ 吴镇:《题画》,《梅道人遗墨》,黄宾虹、邓实编《美术丛书》第三集第4辑,神州国光社1920年版,第39页。

⑦ 吴镇:《画竹自题》,顾嗣立编《元诗选》二集,中华书局1987年版,第712页。

托心中所适。其次，绘画须做到心手两忘、物我两忘，方能做到寄托心中所适，达到高的境界。最后，反对描摹。就以上几点，需要指出的是：第一，所适者，在吴镇的画中似乎表现为两个方面，一是以竹松画为主体的画家之性情，一是以渔隐图为主体的画家之性情。前者或有峥嵘槎牙之貌，纵横突兀之形，或寄不平之事；后者则皆为碧波万顷、月光夕阳的归棹之歌，皆为忘尘忘俗的自由任性。因此，其竹、木、松、石等画从某种程度上讲，画家之所适并没有完全摆脱世俗性情的羁绊。竹之清风、奇节的境界自逊于渔父辞中四海为家、无所不乐的自由。从这个意义上讲，渔父辞应该是吴镇作为隐士画家之真正所寄，渔父图也是吴镇对绘画题材新的全面的开拓，当为吴镇思想与绘画之代表与顶峰。第二，吴镇绘画时对"物我两忘"的追求使得其题画诗中绘画常被形容为"墨戏""戏写"。此"墨戏"或"戏写"并非所谓的以墨为游戏、毫无规则规范的随意抹画，其前提是要由"笔砚成"，渐渐达到物我两忘、随手写来的境界。《画竹》中有言"与可画竹不见竹，东坡作诗忘此诗。高丽老茧冰雪冷，戏写岁寒岩壑姿"①，与可之竹与东坡之诗正是形神兼备的典范，吴镇用与可及东坡之意在于对"墨戏"作形象的诠释。第三，吴镇反对描摹，称绘画为"墨戏"，但并不反对"意匠"与用笔之精工。《草亭诗意》："依村构草亭，端方意匠宏。林深禽鸟乐，尘远竹松清"。②"意"仍是墨戏的前提条件，《王右丞雪溪图二首》(其一)言："晓径沾衣湿，登台试屐危。乾坤增壮观，江海得深期。历乱瑶华吐，纷披玉树枝。精微谁与并，顾陆颇相宜。"③顾恺之画"紧劲联绵，循环超忽"，陆探微"精利润媚，新奇绝妙"，二者属于"笔迹周密"的密体，与"笔才一二，像已应焉"的疏体画风迥异。④ 吴镇虽视绘画为"墨戏"，但对王维、顾恺之、陆探微周密精到的笔迹仍大加赞赏。这与其所描述的由"笔砚"入绘画的前提是相吻合的，强调的都是"墨戏"中之非"戏"的成分，"戏"中有"规则"的成分。如五言诗《竹谱》言"初画不自知，忽忘笔在手。庖丁及轮扁，还识此意否"⑤，强调的是技法娴熟而后的"忘笔在手"。

　　吴镇《题竹》诗云："吾以墨为戏，翻因墨作奴。当年若卤莽，何处役潜夫。"⑥显然，吴镇所谓要想以墨为戏，首先要做"墨奴"，即要熟悉、掌握墨的运用技巧，服

---

① 吴镇：《题画》，《梅道人遗墨》，黄宾虹、邓实编《美术丛书》第三集第4辑，神州国光社1920年版，第25页。

② 同上，第27页。

③ 吴镇：《王右丞雪溪图二首》(其一)，顾嗣立编《元诗选》二集，中华书局1987年版，第718页。

④ 张彦远：《论顾陆张吴用笔》，《历代名画记》卷二，浙江人民美术出版社2011年版，第26—27页。

⑤ 吴镇：《竹谱》，《梅道人遗墨》，黄宾虹、邓实编《美术丛书》第三集第4辑，神州国光社1920年版，第29页。

⑥ 吴镇：《题画》，《梅道人遗墨》，黄宾虹、邓实编《美术丛书》第三集第4辑，神州国光社1920年版，第32页。

从于墨的使用规律。因此，作《竹谱》①，"一一推广其（文湖州）法也"②，《竹谱跋》言"墨竹虽一艺……余力学三十年秋，始可窥与可一二"，又《竹谱》首篇言李息斋"公力入笔研，文学之余久学纯熟，与笔墨两忘，自然见文湖州之趣，元不费力也"③。另作《文湖州竹派》一卷详言文湖州竹派的传承，吴镇"墨戏"之意可见矣。

渔父辞④是吴镇题画之作中很重要的组成部分，多为吴镇渔父图的自题之作，集中表现了渔父渔隐的自由。吴镇笔下渔父并非真正的渔父，而是一个高怀逸情的隐者，即所谓"棹月穿云任性情""江北江南适意人""忆得前身是姓任""舟有伴，兴无涯"。这是吴镇题画诗表现的中心主题，也是其渔隐图的旨意所在，即任性、适意，一切功利的、有目的的行动都被消解，一切外在的力量与具象的事物都被融化，以性取景，以意看景，于是尽管风起浪兴，渔父仍然能够做到"诗筒相对酒葫芦""半夜潮生不奈何"，能够平静地"听取虚篷夜雨声"。因此，整个《渔父辞》皆洋溢着自适无畏的高人之气，这是吴镇图画的气质，也是吴镇自己的人格写照。吴镇《渔父辞》多选广阔的水景和夕阳月夜中的景色作为渔父形象描写的背景，而且景中别无他人。如此的背景一方面为"自由"之意的抒写创造了实体的自由空间，如"碧波千顷晚风生，风触湖边一叶横""看白鸟，下平川，点破潇湘万里烟""绿杨湾里暖风微，万里晴波浸落晖""目断烟波春有无，霜凋枫叶锦模糊"等。一方面使"自由"之意的抒写带上了"自然"的本性，并传达着一种美感以及自由状态下对自然的欣赏与感悟，人与自然融为一体，和谐共处。如"枕着蓑衣和月眠""一曲渔歌山月边""扁舟荡漾夕阳红""残霞返照田山明""红叶村西夕照余，黄芦滩畔月痕初""极目乾坤夕阳斜，碧波微影弄晴霞"等等，对美景的描写都依托于月下夕阳背景中。因此，尽管吴镇有 20 多首渔父辞，写法不尽相同，但总体上，存在着一种倾向，即在夕阳意象牵引下向自然的回归。因此，渔父辞整体上节奏快而明朗，意境开阔疏旷，无半点尘世气息。⑤

三、以王冕为代表的元后期画家题画诗

元中后期的墨花墨禽画逐渐兴起，向文人画靠拢。同时，文人四君子画及其

---

① 现藏台北"故宫博物院"。

② 吴镇：《竹谱》，见《梅道人遗墨之"题跋"部分》，黄宾虹、邓实编《美术丛书》第三集第 4 辑，神州国光社1920 年版，第 48 页。

③ 同上，第 53 页。

④ 本节所涉及渔父辞多为吴镇渔父图自题之作，除北京故宫博物院收藏的《渔父图》上的题语以外，均见李德壎编《吴镇诗词题跋辑注》（山东美术出版社 1990 年版），该书载《渔父图》（三首）、《渔父图》（十五首）、《梅道人仿荆浩渔父图卷》（十六首录一）、《吴仲圭仿荆浩渔父图并题卷》（五首录一），下文不再一一出注。北京故宫博物院收藏的《渔父图》题诗为："目断烟波青有无，霜凋枫叶锦模糊，千尺浪，四腮鲈，诗筒相对酒葫芦。"

⑤ 渔父原型前文已述，此不再重述。

他花木石画的创作经过元初及元四家的推动兴盛起来,或以花木比德,寄寓文人的君子风范,或以花木喻情,寄寓强烈的现实情感,以及对文人自身品德与社会现实的共同关注,成为元后期题画诗的主要创作内容。元题画诗中,关于四君子等花木石的题诗达近1000首。王冕之梅、柯九思之竹是主要代表。

王冕(?—1359),字元章,别号煮石山农、会稽外史、梅花屋主等,绍兴诸暨(今属浙江)人,家贫好学,为浙东安阳理学家韩性闻之,收为徒,"遂为通儒"①。王冕素有"愿秉忠义心,致君尚唐虞,欲使天下民,还淳洗嚣虚"的高尚博厚之志②,但屡试不举,遂游历名山大川,途中慷慨悲吟,被斥为狂奴。后归越,隐于九里山,筑梅花屋,种梅桃杏树、粟米豆类,甚至养鱼千条。"操觚赋诗,千百不休,皆鹏骞海怒,读者毛发为耸。"③又遇天大雪,赤足登潜岳峰,"四顾大呼曰:'遍天地间皆白玉合成,使人心胆澄澈,便欲仙去。'及入城,戴大帽如莲,穿曳地袍翩翩行,两袂轩著,哗笑溢市"④。其狂放性情可见一斑。王冕虽身在江湖,但夜览书卷不止,遍术数,知至法,以待时而用,后以韬略兵机得赏于朱元璋,并赐以咨议参军之职,但未几,病卒军中。

王冕是元代后期著名的画家。他以画墨梅名世,师承扬无咎,但多有创新。如"以胭脂作没骨体"⑤。又一改宋人画梅疏枝淡蕊的图像模式,创画梅"万蕊千花"的繁花画法。⑥ 因此,其梅花去萧寒孤清之容,而富生机勃勃之感。正所谓"风神绰约,珠胎隐现"⑦(清朱方蔼《画梅题记》)。又以书法入画,如丁鹤年所言:"永和笔阵在山阴,家法惟君悟最深;写得梅花兼二妙,右军风致广平心。"⑧其绘画的书法意味浓厚,笔法遒劲简率。传世作品《墨梅图》有多本,真伪相杂。真迹《墨梅图》存于上海博物馆。王冕作有《梅谱》,对梅花画的起始、写梅妙理、指法、枝叶的画法等与墨梅相关的许多方面作了详细的讲述,⑨是一部重要的墨梅画理、画法著作。

王冕亦工诗。他在《自感》中述己幼时志向时云:"声诗勒金石,以显父母誉。"⑩蒲庵禅师《胡侍郎所藏会稽王冕〈梅花图〉》中言王冕:"暮校梅花谱,朝诵

①③④ 宋濂:《宋文宪公全集》卷二十七《王冕传》,《四部备要》集部,上海中华书局据严荣刻本校刊。

② 王冕:《自感》,《竹斋诗集》卷一,《丛书集成续编》第110册,集部,上海书店出版社1994年版,第978页。

⑤ 顾瑛编:《草堂雅集》卷十三,《文渊阁四库全书》,第1369册,第437页。

⑥ 夏文彦《图绘宝鉴》卷五:"善画墨梅,万蕊千花,自成一家。"世界书局1937年版,第84页。张辰《王冕传》:"君援笔立挥,千花万蕊成于俄顷。"王冕梅花作万蕊千花之繁,其诗也多有表现,如《题墨梅图》云"梅花枝上春如海",《题月下梅花》云"繁花满树梅欲放""万蕊千葩弄天巧",皆与"一枝横斜"的萧疏之梅迥然不同。

⑦ 朱方蔼著:《画梅题记》,王云五主编《丛书集成初编》,商务印书馆1936年版,第6页。

⑧ 丁鹤年:《题会稽王冕画梅》,《丁鹤年集》卷四,王云五主编《丛书集成初编》,商务印书馆1937年版,第56页。

⑨ 《永乐大典》第二八一二卷《梅》韵。

⑩ 王冕:《自感》,《竹斋诗集》卷一,《丛书集成续编》第110册,集部,上海书店出版社1994年版,第978页。

梅花篇。"①（《蒲庵集》卷二）无论是为父母显誉，还是为自己画梅，诗歌在王冕的艺术生活中都占据着重要的地位。顾瑛《草堂雅集》卷十三言王冕"好为诗，尤工于画梅"，而诗歌中的王冕比之画梅时的王冕，形象要丰满得多，现实得多。其诗集名《竹斋诗集》，刘基序王冕诗云："直而不绞，质而不俚，豪而不诞，奇而不怪，博而不滥，有忠君爱民之情，去恶拔邪之态。恳恳恓恓见于词意之表。"②前人所论不出两点：一是关注现实的诗歌主题，二是豪放质朴的艺术风格。

王冕诗歌中题画诗是最主要的组成部分。夏文彦言其善画墨梅，自成一家，"凡画成，必题诗其上"③。王冕题画诗不仅题于梅画，山水、鞍马、禽鸟、杂花等画作亦多有所及。其题画诗在一定程度上印证了上述前人的评价，既"抒性灵，感时纪事，以陶写其磊落抑塞之气"，又"不为元时习尚所囿"。④ 所谓"元时习尚"，是指传统中认识的纤巧的元诗风气。实际上，这并不能代表元诗的风尚。不难想见，王冕诗歌的现实观照、抑郁之心、磊落之怀正是他自己生活经历、感受与个性特点的自然流露，故其诗歌情真言切，自然朴实，又透射着狂放不羁之气。

王冕题画诗中深深地烙印着他关注人世的现实感受和狂士高人的离世情怀，这形成了他题画诗的两个内容、两种风格。

首先，现实情怀在题画诗中表现为对世事的感叹、乱世的悲苦、亲情与乡情的眷顾、自我愁怜的悲吟。

沧海之变是现实情怀中最主要的一个方面。《画猫》诗中，本来"斑斑异今古，抱负颇自奇，不尚威与武，坐卧青毡傍，优游度寒暑"的猫，因为处于"花林蜂如枭，禾田鼠如虎。腥风正摇撼，利器安可举"⑤这样时序代谢的社会，不得不和主人相依为命，流离失所。猫如人心苦，诗人借一幅猫图，借一只猫的遭遇，抒写了世道的混乱和乱世中人的苦难，用题画之笔表达这一主题，在更大程度上，更大范围内，强化了乱世带来的不幸，不仅由人来承担，还殃及小小的生灵。

诗人将自己的怨苦、民生的艰难归结于时序代谢、沧海之变，题画诗中多处流露出对沧海风波的彻骨感受。如《饭牛图》诗云："不知长安尘土暗，不知沧海风波翻"⑥，《水仙图》云："十二楼前问鹦鹉，沧海桑田暗尘土"⑦，这两首诗皆是诗人由画中之像引出沧海之叹，画面本身并不意味着有此寓意。王冕在画中看到的也正是南宋及元代统治下的"沧海桑田事"，故曰"非古"。同时，这类诗主要集

---

① 来复撰，法住编：《蒲庵集》卷二，《禅门逸书》初编第 7 册，明文书局 1981 年版，第 11 页。

② 刘基：《竹斋诗集》原序，《丛书集成续编》第 110 册，集部，上海书店出版社 1994 年版，第 967 页。

③ 夏文彦：《图绘宝鉴》卷五，世界书局 1937 年版，第 110 册集部，第 84 页。

④ 朱彭《竹斋诗集序》，《竹斋诗集》卷首，《丛书集成续编》第 110 册，集部，上海书店出版社 1994 年版，第 968 页。

⑤ 王冕：《自感》，《竹斋诗集》卷一，《丛书集成续编》第 110 册，集部，上海书店出版社 1994 年版，第 978 页。

⑥ 同上，第 1003 页。

⑦ 同上，第 982 页。

中于长篇古诗,题画结构大体都是在现实的生活感受与图画的景物之间互相切换,或由画到现实,或由现实到画。而两种"景"有时差别很大,但过渡描写无牵强附会之感,诗人联系二者的方式只有一个,即"抒性灵"。画中之景向现实之景切换,如《五马图》诗云:"太仆济济唐衣冠,五马不著黄金鞍。饮流系树各有适,未许便作驽骀看。鬃鬣萧萧绿云茸,喷沫长鸣山岳动。世无伯乐肉眼痴,那识渥洼千里种。官家去年搜骏良,有马尽拘归监坊。遂令天下气凋丧,驴骡驼骀争腾骧。只今康衢无马迹,得见画图差可识。画图画图奈尔何,抚几为之三叹息。"①画中是饮流适意的骏马,画外则是天下良骏凋丧的现实。诗人的用意尽在官家之搜掠,因此,多数题马图都是由画中马想到真马不遇伯乐,遭受羁缚、鞭笞等状况,但王冕这首《五马图》则以非常明确具体的现实事件连接画内画外,重在"搜骏良"的事情本身。诗人由《五马图》所引发、表达的现实情怀,也因此而更加真切、深重。

王冕题画诗画内画外之景切换的方式上与众不同之处,还在于他比较多地采用了由画外向画内转换的方式,即先写现实之景后描图画之景,如《秋山图》《赵千里夜潮图》《关河雪霁图为金陵王与道题》等。《秋山图》是一首长篇古诗,诗歌大部分篇幅着力于描写诗人所亲历的"前年放船九江口,秋风猎猎吹蒲柳""去年却下七里滩,秋水满江秋月寒"等两种秋山之景,景致与感受不尽相同。但本不同的现实景物在诗人看来"正与今年画相似",于是切换到了白狗黄鸡、翁媪稚童、东邻西舍的图画景物描写中。真的是自己"旧日经行"所到处与今日图画相似吗?从图中的景物描写可以看出,这是完全不同的景致,即使是诗人自己的经行之处,两次所见亦大相径庭。那为什么诗人还要作出如此结论呢?诗人联系二景所能依靠的仅仅是二景中"石林掩映树青红"的相似。以如此细微的相似联系二景,诗人的用意显然不在景物本身,而在以此道出昔年"经行"的感受:"触景感动客邸愁。"因此,全诗中,图画本身已无多大意义,诗歌的意义集中于由图画引发的种种现实情怀。所以由现实之景入,后述图画之景,如此安排诗歌结构,不难看出,诗人是以现实的情感先入诗中,并以此引导整首诗歌的情感趋向,题画的意味也因此被冲淡,图画犹如诗歌经行处的一道景观,失去了其所具有的独立意义,而现实的伤感却获得了更大的生存空间。

其次,王冕酷爱梅花,又以画梅著称。夏文彦云其"凡画成,必题诗其上"②,又张辰《王冕传》云:"每画竟则自题其上,皆假图以见意",皆言王冕自题诗于梅

① 王冕:《自感》,《竹斋诗集》卷一,《丛书集成续编》第 110 册,集部,上海书店出版社 1994 年版,第 998 页。
② 夏文彦:《图绘宝鉴》卷五,世界书局 1937 年版,第 84 页。

画上,虽然事实并不一定如此,①但在王冕的诗集中,题梅花诗确实是一个很重要的题画内容。清代翁方纲称王冕题画诗"如冷泉漱石,自成湍激"②,指的就是其题梅画诗。

王冕题画诗以绝句为主。既如张辰所言,"皆假图以见意",其所"见"之意,不是现实的社会情怀,又非世俗的人之常情,而多"见"诗人孤高逸世之情,绝尘去俗之怀。无疑,这恰合了梅花的品质、梅花的性情与梅花的自然生长状况。最有名的一首是《墨梅》:"我家洗砚池头树,朵朵花开淡墨痕,不要人夸好颜色,只留清气满乾坤。"③语言质朴无华,以笔下墨梅的特点——淡、墨,抒写梅花轻外貌重气节的高尚情操,这正是诗人之志的体现。又《白梅》:"和靖门前雪作堆,多年积得满身苔。疏花个个团冰雪,羌笛吹他不下来。"④据张辰《王冕传》,王冕曾游燕都,访秘书卿家,翰林诸贤,争相举荐他入仕,"君题写梅张座间,有云'花团冰玉,羌笛吹不下来'之句",即这首《题梅》诗。又王逢《题王冕墨梅》小引中言此诗"或以是刺时,欲执之,一夕遁去"。⑤诗人不仕朝堂之冰雪气节溢于言表。

图 3-3-5 王冕·墨梅图

---

① 据与王冕同时的贡性之言:"王郎胸次亦清奇,写尽孤山雪后枝。老我江南无俗事,为成赢得世人夸。"(《南湖集》卷4《题画梅》)可见,在杭州城,王冕画梅甚多,得王冕画者亦甚多。其画者,皆向贡性之索诗题画上,贡性之日日赋新诗多是题王冕的画梅诗。事实也是,在贡性之《南湖集》中,梅花诗是其最主要的题画诗。王冕之画需贡性之题诗,是否可以说明王冕并非每画必题? 当然,王冕也可能自题诗于画上,索画者又慕贡性之名而再索诗于其上。但贡性之所言"日日赋新诗",又索诗如"索债",得画诗者之众、之切,似又说明了王冕画上并不一定有题诗。据王冕《竹斋诗集》,其题画诗中,题梅诗之外,大多都是题他人之画。而王冕与元代其他文人画家不同的是,他时以画为生计。宋濂《王冕传》言:"求者(求画者)肩背相望,以缯幅短长为得米之差。人讥之,冕曰:'吾藉以养口体,岂好为人家作画师哉!'"(见《宋文宪公全集》卷27)求画者众,且"只把梅花索高价"(胡侍郎所藏会稽王冕《梅花图》,见《蒲庵集》卷2)。因此,很难说王冕会每画必题,尤其是题"见志"之诗。

② 翁方纲:《石洲诗话》卷五,中华书局1985年版,第98页。

③④ 王冕《自感》,《竹斋诗集》卷一,《丛书集成续编》第110册,集部,上海书店出版社1994年版,第1049页。

⑤ 王逢:《梧溪集》卷五,据《知不足斋丛书》排印,中华书局1985年版,第295页。

在王冕题梅诗中,多次使用的意象是明月、大雪、羌笛、玉箫。王冕好作雪后梅花,雪后梅自有清寒逼人之气、团冰抱雪之坚。明月箫管的意境在他的诗中又带上了孤独清高又美妙的仙人气息,而羌笛、羌管之意则是反其意而用。如《白梅》:"三月东风吹雪消,湖南山色翠如浇。一声羌管无人见,无数梅花落野桥。""海云初破月团团,独鹤归来夜未阑。一片笙箫湖水上,玉妃无语倚阑干。""月明海底夜无烟,恰似西湖雪后天。清气逼人禁不得,玉箫吹上大楼船。""马迹山前大树梅,千花万花如雪开。满载扬州秋露白,玉箫吹过太湖来。"①可以看出,王冕在题梅时,关注的并不是梅花自身的形态、神气,而是梅花所处的环境。它们营造的环境不是冰天雪地,以显梅花之坚,不是桃李争春,以衬梅花之清,而是一个个美丽清旷的空间,使人可视、可听、可感。梅花的性情、品质含于其中,不显张扬、直白,反多几分韵味。

梅花在王冕的笔下是其意志的寄托,他也正是以"意"为标准来看待艺术的,如《题温日观葡萄》中认为其葡萄画中寄寓的是沧海桑田的变故。《柯博士画竹》中言:"湖州老文久已矣,近来墨竹夸二李。纷纷后学争夺真,画竹岂能知竹意。奎章学士丹丘生,力能与文相抗衡。"②《息斋双竹图》云:"李侯画竹真是竹,气韵不下湖州牧。墨波翻倒徂徕山,笔锋移出篔筜谷。千竿万竿清影远,百丈十丈意自足。"③"真"与"意"是绘画过程的两个步骤。"真"指竹子的客观属性,如形、色、气韵;"意"则是超越竹子客观属性的概念范畴,指画家之胸臆,故有画竹"夺真"未必"知竹意"之说。王冕论画之"意",并不否定画之"真",故倡"意自足"时,亦论"气韵"之高下。主观之意与客观之形神的结合是其绘画追求。因此,在其题画诗中,十分重视画家胸中之积累,以得竹之自然真实的形神气韵,为"意"之抒写创造条件。如《柯博士画竹》言柯九思:"人传学士手有竹,我知学士琅玕腹。去年长歌下溪谷,见我忘形笑淇澳。我为爱竹足不闲,十年走遍江南山。"④《息斋双竹图》:"我生爱竹太僻酷,十载狂歌问淇澳。"⑤《柯博士竹图》言柯九思:"琅玕满腹造化足,须臾笔底开渭川。"⑥手中之竹源于腹中之竹,腹中之竹源于眼中之竹。只有多观察、多见识、多积累,方能做到"须臾笔底开渭川",这正是元代绘画的完美所在。

---

① 王冕:《自感》,《竹斋诗集》卷一,《丛书集成续编》第110册,集部,上海书店出版社1994年版,第1046—1049页。

②④ 同上,第994页。

③ 同上,第996页。

⑤ 同上,第997页。

⑥ 同上,第1000页。

第四节　元代题画诗的审美追求与题画模式

　　元代题画诗创作盛况拓展了题画诗的创作道路,确立了题画诗的审美理想,探索了题画诗的题写模式。宣城贡氏三代题画诗代表了元代题画诗的审美理想以及与之相适应的题画模式。

　　贡氏三代指贡集贤奎(1269—1329)、其子贡尚书师泰(1298—1362)、其族孙南湖先生贡性之(元末明初)。杨维桢在贡师泰《玩斋集》序中言:"本朝古文,殊逊前代,而诗则过之。郝、元初变,未拔于宋;范、杨再变,未几于唐。至延祐、泰定之际,虞、揭、马、宋诸公者作,然后极其所挚,下顾大历与元祐,上逾六朝而薄风雅,吁!亦盛矣。继马、宋而起者,世惟称陈、李、二张。而宛陵贡公,则又驰骋虞、揭、马、宋诸公之间,未知孰轩而孰轾也。盖仲章雍容馆阁,翱翔于延祐诸公之间;而泰甫当师旅倥偬,独擅文名于元统、至元之后。有元之文,其季弥盛,于宛陵父子间见之矣。"①贡奎、贡师泰父子在元代文坛的地位由此可见。贡性之虽名不在京师,但在元末的杭州文坛,也具有很高的声誉。

　　贡氏三代创作的题画诗形成了一道醒目的风景。由于生活的经历、生活的时代及各自性情的不同,贡氏三代的题画诗主题有别,风格各异。贡奎游离于尘世与山林之间,贡师泰强烈地关注着现实,贡性之充分享受着世外的自由,三代人的题画诗在不同主题影响下,形成了不同的风格,表现了不同的审美理想和对图画不同的认识与观照方式,这在一定程度上正是元代题画诗的缩影。

一、天趣:贡奎题画诗的审美追求与题画模式

　　贡奎,字仲章,少以文学名世,延为池州路齐山书院山长,又擢应奉翰林文字,兼国史编修,入翰林待制。泰定中,拜为集贤直学士。年六十一,卒于故里南湖。据《元诗选》小序记载,贡奎为文阔放,识鉴清远,对朝廷郊祀礼数多有论说,②并与邓文原、马九皋、袁桷、虞集等文学名家相互唱和,诗文集共 120 卷,明弘治间由其曾孙、吏部郎元礼汇编为《云林诗集》,刊刻行世。

　　贡奎的题画诗以山水景物画为主,所题多是元代画家的作品。贡奎题画诗的主题多是由山水之景引起的隐居之意。作为尘世中人,他在呈现这一主题的时候,总有意无意地表现出与尘世的对立,这种情况普遍地存在于元代前期诗人的题画诗作之中。

　　贡奎题画诗以得"天趣"为最高的审美理想。所谓"天趣",指自然的情趣,对

---

① 《贡尚书师泰》之小序,顾嗣立编《元诗选》初集,中华书局 1987 年版,第 1394 页。
② 《贡集贤奎》之小序,顾嗣立编《元诗选》初集,中华书局 1987 年版,第 722 页。

画家来说,是在自然而然的状态下,兴致所至,描绘出一种情调与趣味。对观者来讲,是指感受到了不加雕饰的画面景物表现出的情调与趣味,并自然地与之产生共鸣。贡奎在《题赵虚一山水图》一诗中提出了他的这种审美理想。诗歌在描述了画面中的层峦叠嶂、晴岚晓翠、丹枝旭日后,曰:"郭生十年不相见,笔意从容入天趣。青田道人如瘦鹤,能跨生驹穷海岳。何如挂此素壁间,终日焚香相对闲。"①《高侯画桑落洲望庐山》中又云:"直峰横岭藏曲折,笔力巧处疑镌雕……我爱高侯得天趣,所见历历穷秋毫。米家父子称好手,率意尚复遭讥嘲。灵机直恐神鬼设,变态叵测鱼龙骄。"②"天趣"是贡奎评价图画的最高标准,也是他进行诗歌创作的最高理想。在贡奎诗中,"天趣"大概包含了四个层面的涵义。

第一,"天趣"不是率意而得的,它与画家的用笔特点密切相关。如《题赵虚一山水图》诗中言,从容的笔意可以创造出天趣,又如《高侯画桑落洲望庐山》诗言,精细的笔意也可以创造出天趣。所谓笔意,并不是表现于绢素上的点画线条,而是画家用笔的整体构思布局。布局构思对绘画来说,受两方面的制约,一是客观物象,二是画家的思绪。因此,笔意包含内外两个层面:外在的用笔与内在的用意。贡奎强调的正是由内而外的用笔特点:要从容,要精细,要"所见历历穷秋毫""笔力巧处疑镌雕"。这似乎与传统中追求的天然去雕饰背道而驰。但旋即发现,贡奎认为高侯画中的"镌雕"是由"灵机"而来,"变态"而得,完全是自然天机的产物。这便将外在的用笔与内在的用意紧密结合起来了,将显于视觉的用笔转化为了心理感受中的自然趣味。这与宋代引"趣"入画的米芾之"趣"有很大的不同。米芾《画史》评董源画:"峰峦出没,云雾显晦,不装巧趣皆得天真。"③他主张率意为,反对工巧雕琢,因此说:"李成淡墨如梦雾中,石如云动,多巧少真意……董源峰顶不工,绝涧危径,幽壑荒迥,率多真意。"④评画的标准是用笔的工与不工,巧与不巧,并以由不工而得"趣"为高。因此说,贡奎在诗中道出了一个事实:尽管米氏父子的绘画堪称绝妙,但其率意而为的行为仍然遭到后人的指责。其率意的结果自然是"不装巧趣",是"不工"。贡奎诗歌刻意地纠正米芾的这一"缺陷",偏以秋毫较之于率意不工。

第二,"天趣"不仅仅与画面有关,它又与观者的态度密切相关,观者的态度是"天趣"得以呈现的关键。在《题赵虚一山水图》诗中,诗歌除了对画面的景物详细描写外,更重要的是抒写了青田道人"终日焚香相对闲"的观画态度与感受。"相对"二字显然是"天趣"的核心表现。人可以闲对绘画,而画何以能闲对人呢?这幅图画的"笔意"给予诗人的感受正是在画面中存在着一种鲜活的、灵动的、悠

---

① 贡奎:《题赵虚一山水图》,顾嗣立编《元诗选》初集,中华书局 1987 年版,第 737 页(下文简称《元诗选》初集)。
② 《元诗选》初集,第 734 页。
③ 米芾:《画史》,王云五主编《丛书集成初编》,商务印书馆 1936 年版,第 15 页。
④ 同上,第 90—91 页。

闲从容的生命魅力。而如此得来的天趣依然更主要地表现为观者与图画的两情相对,即如《高侯画桑落洲望庐山》诗歌所言:"焚香沽酒静相对,长日令人愁恨消。"①自然山水景物在画家的笔下,画面景物在观者的视野中具有了内在的生命,具有了和人一样的灵性。因此,"天趣"是绘画主体与绘画客体平等互动的结果,也是欣赏主体与欣赏客体之间平等互动的结果。唯有平等的相互往来的互动,才可能产生"天趣"之感。

第三,得"天趣"的作品意境,与米芾认定的有"趣"之画可大体视为同类。米芾《画史》载张彦远评孙文彦画:"云峰石色,绝迹天机,笔思纵横,参于造化。"②而米芾以其所见孙文彦画,谓"余未见此趣",孙文彦的"笔思纵横"在米芾的眼中不能谓之得趣;其所认为的得"趣"之画,非"峰峦出没,云雾显晦"③(评董源画),即"山骨隐显,林梢出没"④(评董源《雪景》),或"岚气清润"⑤(评巨然画),皆由平淡而至趣高。贡奎诗歌中画面景物描写在《题赵虚一山水图》中有"晴岚晓翠千万重""层峦叠嶂远溟濛",⑥既有平远之景,又多深远之感,但其纵深掩映于烟岚之中。《高侯画桑落洲望庐山》中有"楚江浩浩山磈磈……直峰横岭藏曲折,笔力巧处疑镌雕……暮云春树隐复见,人家半落沧州遥"⑦。虽有峰岭的雕刻,但云烟灭没之景占据了主导地位。事实正是,高克恭(即高侯)画学二米,又入董源,得林峦烟雨之妙。具体到《桑落洲望庐山图》,据贡奎诗歌,则可用朱德润之语概括评价:"高侯画学,简淡处似米元晖,丛密处似僧巨然,天真烂漫处似董北苑,后人鲜能备其法者。"⑧米芾提倡的"趣"之意境也正是贡奎追求的艺术的理想境界。

第四,以"天趣"为审美理想,贡奎在题画时既关注画家的绘画技巧与审美理想之间的互动,又关注画家与藏画家之间的情感互动,关注画家与题画者之间的情感互动,关注画景与题画者生活图景之间的互动。他努力在诸种主客体之间寻找契合点与平衡点,在作画、藏画、题画等诸种相关行为中发现和创造"天趣",而不是以诗人自己的主体情感驾驭绘画客体。因此,形成了与之相适应的题画模式,即全面观照图画,包括画面景物和绘画技巧,然后引入画家情感和藏家的情感,再将诗人自己的情感与画面景物、画家情感、藏家情感等相互融合,将诗人的情感融化于画景与画情中。就整体题画诗而言,这是一个由欣赏而化景融情

---

① 《元诗选》初集,第 734 页。

② 米芾:《画史》,王云五主编《丛书集成初编》,商务印书馆 1936 年版,第 9 页。

③ 同上,第 15 页。

④ 同上,第 22 页。

⑤ 同上,第 14 页。

⑥ 《元诗选》初集,第 737 页。

⑦ 同上,第 734 页。

⑧ 朱德润:《存复斋续集》,《涵芬楼秘笈》,上海商务印书馆 1925 年版。

的过程。

《题陈氏所藏着色山水图》颇能代表贡奎题画诗的审美理想和行笔模式。"独卧晓慵起,梦中千万山。推窗烟云满,一笑咫尺间。袅袅美人妆,金碧粲笄鬟。素波净如镜,绿巘点溪湾。美哉笔墨工,貌此意度闲。孤禽立圆沙,渔舟远来还。我方厌阛市,坐对忘朝餐。安得林下扉,深居长掩关。"①首先,诗歌由诗人将画景误认为真景,将视线从画外转入画中起笔,构思富有趣味。既点明了诗人看画时的情景,又借以展示了图画的主体风貌:山川、烟云。其次,描写眼中的画景,以"美人妆"喻着色山水,此景与诗人要表达的主体情感还没有形成直接的关系。贡奎此处着笔于景物描写的目的主要是赞美图画景物之美,为赞赏图画的技艺之工做好了铺垫。果然,紧接着便是完全将视线转出了画面的具体景物,而以观者的视角欣赏绘画的笔墨技巧。再次,在欣赏中,诗人终于发现了其技巧创造出的"意度"。前面这部分都可谓对图画的欣赏阶段,至此,诗人才开始真正以诗人的身份,走进图画,感受图画中具有"意度"的景物。虽然只有短短两句,但孤禽、圆沙、远来的渔舟共同组合而成的一小部分景致的分量远远超过了第一次进入画面时看到的图画美景。图画在诗人的观照下真正变成了"有我之景"。最后,直抒胸臆,抒发了对尘世的厌倦,表达了对幽隐生活的渴望,渴望中暗含着丝丝的无奈。《高侯画桑落洲望庐山》是在欣赏过画家绘画技巧及其创造的图画景物后,直抒胸臆:"自怜失脚行万里,微官羁系何由逃。焚香沽酒静相对,长日令人愁恨消。"②《题商侯画山水图》也延续了由欣赏而入画、感景的写作规则,诗歌结尾依然抒发了"安得从之慰我思,呼酒尽扫溪藤纸"③的感叹。

米芾以"不工"之法摒弃着笔墨的法则,其目的只在追求一种率真天然的审美享受,而贡奎则极力挽救并赋予笔墨法则以其作为绘画艺术语言应有的地位,在此基础上,追求率真天然的审美享受。笔墨图式与审美理想的关系正是中国文人画的核心问题,元代文人画之所以成为文人画的理想与楷模,正是它将这对关系中的两个要素完美地统一了起来。贡奎清楚地认识到这个问题,他以高克恭画为品评的对象,也是十分明智的。因为,高克恭在后代被推举的正是他在画面上力图塑造绘画艺术本身与画家情思共同交融而成的完美的艺术品。而贡奎的题画诗也正是在这样的背景下,以求对笔墨图式、客观景物与主观情感的共同关注,创造出富有"天趣"的完美诗歌。

当然,以"天趣"为审美理想,关注画家的用笔技巧和画家自己的情感,实现三者的完美融合并不是一件容易的事情。贡奎的题画诗虽寄予着诗人对现实与世外的深切感受,其题写的旨归也是为表达诗人的这种情感,但其诗歌中,诗人

①《元诗选》初集,第 725—726 页。

② 同上,第 734 页。

③ 同上,第 737 页。

似乎并没有完全投入地走进画面,他不时以观众的眼光欣赏着图画,因此,对图画中的艺术技巧、笔墨的特点、诗人入画的过程与愿望都比较清楚地进行了交代。对一件题画作品来说,它是完整的,但对于表达诗人情感来说,这却是一定程度的阻碍。因此,读贡奎的某些题画诗,始终有一个印象:这是一首题画之作,不是完全的抒情诗。

二、意度:贡师泰题画诗的审美追求与题画模式

贡师泰,字泰甫,贡奎之子。以国子生的身份中乡试,荐翰林文字。累拜监察御史、吏部侍郎、礼部尚书、户部尚书。贡师泰政绩非凡,而诗文名亦佳。门人汇其所著多部诗文稿本,名《玩斋集》。

贡师泰的题画诗所涉及的图画范围比其父贡奎广得多。除了山水、竹木、肖像画之外,还有鞍马、故事画。题画诗的主题也与贡奎迥然有别。

贡师泰官居要位,很受朝廷的器重,且仕途顺利。这种经历给予了他关注社会、关注现实,并进行实际操作的机会。其次,他曾在兵乱之地奉命强征过粮食,曾做过浙西都水庸田使,任户部尚书期间,负责过以闽盐换粮的事务。他目睹了元代下层百姓的艰苦生活,这些经历铸就了他强烈的现实意识与历史责任感,成就了他题画诗中的现实主题。

贡师泰用题画诗的形式表达他的现实情怀,为实现这一目的,贡师泰在诗歌中格外强调"意度",并以"意度"作为自己题画诗的最高审美理想。如《题王维辋川图》诗言:"遂令摹写间,意度犹可求。乾坤多变态,江海生暮愁。"[1]这是用江海之"愁"解释"意度"。《题山水图》中的"笔端意度"直接表现则是"衣冠自淳古"[2]。

"意度"一词明确地运用于绘画领域是在宋代郭熙的《林泉高致·山水训》中。郭熙认为画山水首先要把握山水的意度,把握山水意度的方法是"身即山川而取之"[3],即创作主体要与山川融为一体,才能切身地感受到山水的意度,绝非观察所能得。山水意度指山川景物透射出的内在气韵,山水给予人的整体感受。它虽是山川景物的属性,但既由感受体会而得,势必与感受者自身有着不可分割的关系。如郭熙认为云气之意度为:"春融冶,夏蓊郁,秋疏薄,冬黯淡。"[4]烟岚之意度为:"春山澹冶而如笑,夏山苍翠而如滴,秋山明净而如妆,冬山惨淡而如睡。"[5]可见郭熙所谓的"意度"就是山川景物的精神。这与南宋邓椿《画继·论

---

[1] 《题王维辋川图》,《元诗选》初集,第 1397 页。

[2] 《元诗选》初集,第 1405 页。

[3][4][5] 郭熙著,梁燕注译:《林泉高致》,中州古籍出版社 2013 年版,第 86 页。

远》中提出的"物之有神"已很接近,邓椿言,人有神,物也有神。① 无生命的物何以有神呢? 根本在于观察欣赏客观景物的人,是人将物视为有神之生命体,是人赋予物以生命体所具有的情感性格,而这种情感性格必然是依据欣赏者本人的情感性格而生成的。因此"意度"与其说是山水自然的精神,不如说是人的精神的辐射渗透。这种山水的精神不是画工画所具有的,而只有"轩冕岩穴"之士才能把握。这就强调了山水之神所具有的人的精神情感,比之郭熙向主体人的情感世界走近了一步。贡师泰笔下的"意度"在把握画面"物之神"的同时,向主体情感更进了一步,只是这个主体是题画诗人,是贡师泰。用"意度"评价图画,强调的是欣赏者情感向图画的主动渗透,强调的是以欣赏者的主观情感观照图画,以"意度"为审美理想,贡师泰自由地将个人的现实意识、家国关心、民生情怀等渗透到题画诗中。这种自由的表达使他的题画诗有一个共同的特点,即图画内容与诗歌内容之间的距离很大,或者说,图画在诗人笔下只是引发点,而不是诗歌的内容。作者更多的不是对眼前图画景物的解读,而是对由图画引发的历史图景的想象与描绘。他将静态的视觉画面演绎为故事叙述,以这种方式完成题画诗,进而摆脱图画的约束,自由地表达个人的情怀,以诗人自己的内心情感为参照感受图画,创造性地阐释图画中的形象。因此,画面形象图式与诗人情感之间并没有形成完全双向平等的互动关系,画面与诗人情感之间并没有实现完美的融合。由此,形成了他题画诗基本的题画模式。

首先,少评画,专写情。贡师泰的题画诗很少评价图画本身的艺术技巧,即使有,也是要从其中引发出他所认定的画家之意。如《题王维辋川图》②表达对国家与历史命运的关注,此诗一反自唐以来众人异口同声地对王维《辋川图》的赞誉,而是由《辋川图》描绘的景物写起,想到唐朝衰亡的历史。贡师泰将其归结为天宝年间"纲纪坏不修",于是《霓裳》打着"妖拍",鼙鼓声中滋生着"奸谋",菱歌传唱,文人唱和,艺术变成了坏纲纪的罪魁祸首。贡师泰认为,王维的《辋川图》正是在这种情况下奉命而作,但不同于此时其他的声、乐、歌、辞的靡乱不正,王维《辋川图》表现了一种"意度",即"乾坤多变态,江海生暮愁"的忧患悲愁之意,这样的意度留给诗人的是对于历史的感叹:"白鸥飞不去,千载空悠悠。"贡师泰对天宝年间的艺术评价不高,其目的就是要表达他自己的现实情怀。在《为郭宗道祭酒题韩滉移居图》③诗中,贡师泰将笔触锁定在田夫一家老小迁居的苦难形象中。他还特别拈出《移居图》的作者韩滉的政治身份与地位,认为韩滉作为朝廷重臣关心百姓流离穷困的生活。韩滉擅画农村风俗的用意大略正在于用图画传达民风民情,以示朝堂。贡师泰顺应着他认为的画家之意,继续阐释与生

---

① 邓椿:《画继·论远》,刘世军《画继校注》,广西师范大学出版社 2015 年版,第 191 页。
② 《元诗选》初集,第 1397 页,本节下文对本诗的相关引用皆源自该页,下文不再一一出注。
③ 同上,第 1404 页。

发,诗歌详细地描述了迁居的辛苦、新居的穷困、赋役田租紧相催的惶恐不安,从外在形象到内在心理都在阐释着"流离""困穷"的图画意度和农村生活主调。

其次,少写情,专评画。贡师泰的许多题画诗表现出了对绘画的外在的观赏态度,而不是内在的感受体验。这类作品评论画家画艺的成分较多,且很少用"意度",而是用"意气"或"意匠"论画,这也可看出"意度"所具有的内在情感性。如《题江阴丘文中山水图》一诗,一半写画家如何挥毫作画,并以"夺造化"①评价了图画高超的技艺,一半写画面上的长林、虚亭、深山等静态的视觉景物。就景物描写来看,无论如何也看不出诗人在描写中凝聚着一种属于诗人的情感。《题仲穆山水》一诗描写的山水景物色彩鲜明,气韵飘逸,但贡师泰在诗歌结尾很清楚地交代了这幅丹青之作给予诗人的感受只是"王孙已老丹青在,转觉风流意气多"②,景物的描写并没有寄予诗人的某种特定情感。《题颜辉山水》极描写与想象之能事,刻画了颜辉山水图的远近大小之景,由此感叹"画师盘薄精天机,元气淋漓归意匠。毫芒点染远近间,咫尺卷舒千万状"③,可见对景物的描写也就是对画师画艺的赞赏。尽管诗歌在结尾亦抒发了诗人自己盼望像仙人般脱离尘世的胸臆,但这只是欣赏之余的感叹,并不意味着诗人对待这幅山水图的态度是由衷的感悟与体验,诗人始终站在画面之外欣赏画境。

三、自然:贡性之题画诗的审美追求与题画模式

贡性之(生卒年不详),字友初,贡师泰族子。元末曾除簿尉、理官,入明辞荐不仕,隐于山阴(今绍兴),更名"悦"。躬耕自给以终其身,因祖籍宣城南湖,号"南湖先生",著有诗集《南湖集》。明代文学家李东阳认为其诗清丽可传,略有删节后,刊刻行世;明代田汝成称其诗歌清丽,但纤浓乏骨。④

贡性之诗歌在当时很受青睐。《元诗选》二集中载贡钦序贡性之《题梅》诗云,当时会稽王冕善画梅,凡得王冕之画者无南湖先生题诗则画不够贵重,故向贡性之索诗者甚众,故其诗中以题梅花诗为多;尝题绝句:"王郎胸次亦清奇,尽写孤山雪后枝。老我江南无俗事,为渠日日赋新诗。"又云:"王郎日日写梅花,写遍杭州百万家。向我题诗如索债,诗成赢得世人夸。"⑤贡性之之诗名才华由此可见。

贡性之的题画诗虽然很多,但就其主题而言却很单一,主要集中于表现世外闲情与高洁之怀。这与贡奎题画诗反映归隐之趣的主题似乎别无二致。但在他

---

① 《元诗选》初集,第 1405 页。

② 同上,第 1433 页。

③ 同上,第 1434 页。

④ 本节对贡性之的相关介绍参见《元诗选》二集之《南湖先生贡性之》之小引,《元诗选》二集,第 1186 页。

⑤ 贡性之:《题梅》诗按语,《元诗选》二集,第 1202 页。

们各自的题画诗中,能清楚地看到祖孙二人对于归隐的不同感受。这种感受的不同主要来自双方对于尘世的不同态度。无论贡奎怎样描述自然之美,怎样表白幽居之情,他的家始终在尘世,山林只是他歇脚的地方,他的定位只能是"尘世中人"。这是元代社会前期题画诗人的主导形象。贡性之的不同在于,他以大量的笔墨描写了身处山中的悠闲自得。山林对他来说是现实的存在而非遥远的理想。尽管他也是在与尘世的对比中见出山林的乐趣,但尘世在他的眼中始终毫无意义、毫无诱惑力。他的山林之乐是真正的乐趣,山林在他的诗歌中是没有丝毫红尘沾染的净地。因此,他诗歌中的幽居之趣是轻松的,没有自我的忏悔,也没有面对尘世的无奈,是完全抛却尘世羁绊之后的轻松。以如此心态对待山林,无论怎样在诗歌中提到尘世,怎样力图将尘世作为其出尘的参照和对比,山林始终是他真正的家,他始终在赞美着自己的家,他的定位只能是"山林中人"。即使是夕阳中古道逶迤行人稀少的萧条之景在诗人看来亦"虽无桃花源,亦与尘世隔"①。

以山林中人的心态面对山水画,画中的景物、人物自然地脱尽了尘俗的熏染,变得纯朴简单。因此,"自然"始终是贡性之题画诗的审美理想。所谓"自然",包括两层含义,其中之一便是指回归景物、人物的纯然状态,消尽现实人为的痕迹。因此,他以非常坦荡的甚至是欢跃的心情看待画中的景致,使画题诗进而变成了一件愉悦性情的事情。他的诗中没有贡奎诗中的忧郁、无奈,而是处处可以看到人物的笑容,听到人物的笑声。如:

> 江郎自是青云姿,按图笑索云山诗。(《青山云一坞图》)②
> 狂歌起舞还自惜,笑看白日行青空。(《题息斋竹次韵》)③
> 眼中为惜栋梁具,笑倩杨文昭图画之。(《题杨文昭为刘敬思画》)④
> 笑谈如著我,也入画图中。(《题画鹭鸶》)⑤

对尘世如此的蔑视,这是贡奎无论如何也不能达到的一种境界。"自然"的第二层含义是指将景物生命化,让主体以淡泊尘世的心态体验山水,实现天人合一。贡性之以如此蔑视尘寰的心态对待他所看到的画中的山水、梅竹、兰菊、鸟兽等自然生命时,这些生命本身充满了无限的生机。他始终将自己融会于图画的景物之中,感受体验画中景物的生机与活力。毋宁说,他始终都在描写身边的景物,与画景同感同乐。

以"自然"为题画诗的审美理想,形成了贡性之题画的基本模式。

首先,直接走进图画,很少对图画的艺术技巧、笔墨功夫发表评论。关注景

---

① 《题画》,《元诗选》二集,中华书局 1987 年版,第 1192 页。
②③ 同上,第 1189 页。
④ 同上,第 1191 页。
⑤ 同上,第 1192—1193 页。

物的外在特点,包括颜色、形状、气味,乃至于景物的性情,尽力避免景物身上所具有的传统的文化、社会、道德意义,将景物描绘成自然属性鲜明而又富有人的情感的自然生命体。因此梅兰竹菊四君子在贡性之的诗歌中就不仅仅是"比德"的工具,而是自然中美的生命,是诗人心中的朋友。他在梅花图上题诗最多,可看下例:

> 第六桥头雪乍晴,杖藜曾引鹤同行。诗成酒力都消尽,人与梅花一样清。(《题梅》)①

> 美人燕罢酒初消,凌乱云鬟压步摇。莫遣翠禽啼梦断,醒来无处托春娇。(《题翠竹红梅》)②

> 朔风扑面冻云垂,引鹤冲寒出郭迟。却忆西湖霜月下,美人相伴立多时。(《画梅二首》其一)③

> 江城钟鼓夜迢迢,霜月多情照寂寥。更有梅花是知己,小窗斜度两三梢。(《画梅二首》其二)④

> 湿云压地雪花干,一日狂风十日寒。不管春光满邻屋,却从墙角借来看。(《题画梅四首》)⑤

> 美人别后动深思,春到南枝总未知。记取灞桥明月夜,忍寒花下立多时。(《题画梅四首》)⑥

> 罗浮山下著青鞋,踏雪曾看烂漫开。好似人家茅屋底,一枝先占短墙来。(《题画梅四首》)⑦

贡性之笔下的梅花有如下特点:

(一)梅花是美丽的。贡性之着力于表现梅花的自然之美,其题梅诗中多次以"美人"称梅花,传达着对梅花的爱恋,也使得梅花从传统的冰霜铁骨的梅花意象中解放出来,被赋予鲜活的人所具有的恋情。可以想见,被恋情紧紧包围的"美人"该是怎样的形象,还会有"铁石梃孤杓,冰霜抱贞素"⑧的刚毅清绝吗?显然,贡性之眼中的梅花美人是一个娇媚得令人爱怜的美女形象,其芳香袭人,淡妆素裹,可与人同饮。

(二)梅花是诗人的知己。贡性之对梅花作为知己的解释大体可以一"清"字概括,即"人与梅花一样清"(《题梅》)。梅花之所以为知己是因为诗人与梅花"相逢多在月来时"⑨,诗人在霜月之夜寂寥之时,梅花总是在"小窗斜度两三梢"

---

① 《题画》,《元诗选》二集,中华书局 1987 年版,第 1205 页。
② 同上,第 1210 页。
③④ 同上,第 1208 页。
⑤⑥⑦ 同上,第 1204 页。
⑧ 丁鹤年:《题会稽王冕画梅》,《丁鹤年集》卷一,王云五主编《丛书集成初编》,商务印书馆 1937 年版,第 10 页。
⑨ 《题梅四首》其一,《元诗选》二集,中华书局 1987 年版,第 1209 页。

《画梅二首》）。诗人引鹤出城的时候，"美人相伴立多时"（《画梅二首》），人、梅、霜与月在组合而成的意境中相伴共处。这是何等的"清"？这样的"清"正是梅花的性格，是诗人高洁情怀观照下梅的性情，可谓梅之"神"，也是梅花留给人们的最普遍最直接的印象，因此，又可谓梅之自然存在的气韵，是梅的本性特点，它并不具有完全的道德意义。

（三）梅花是耐寒的。梅花的这一自然特点一直被赋予最典型的道德含义，即坚贞的品格、奉献的精神。在贡性之的题画诗中，作者始终都在关注着梅花盛开于风雪中的自然规律。但他在表现这种特点的时候，并不是以崇敬的眼光远距离地仰视梅花，视其为道德精神的象征，而是以一颗爱怜之心近距离地欣赏着梅花，视其为恋人或知己。因此，他笔下的梅花耐寒，是"美人"在灞桥之明月夜，"为等待恋人""忍寒花下立多时"（《题画梅四首》）的痴情；是罗浮山下，为遇踏雪赏梅的夫君，"一枝先占短墙头"（《题画梅四首》）的梅花仙子的多情与献媚；是为欣赏"满邻屋"的春光，不顾狂风严寒"却从墙角借来看"（《画梅二首》）的孩子般的可爱与执拗；是为陪伴诗人，在冰霜月夜，"小窗斜度两三梢"的知己的忠诚。

从贡性之对梅花的观照中，可看出他略去了梅花的比德内涵，虽然更大程度上还原了梅花的自然美的本性，但比德内涵中刚毅坚贞、不畏严寒的风骨却也随之略去。明代田汝成谓其诗"乏骨"意正在此。

其次，贡性之以对所描绘景物的选择体现"自然"的审美理想。贡性之追求的不是大山大水的大景，而是溪头野水的小景，有着浓郁的桃源气息、故乡风味和生活情调。他的诗歌因此少了分幽居、闲情之作常有的荒寒萧瑟、空寂静谧之感，而呈现的是生命的快乐。如《题画》中的闲情之景是"楼倚溪头水，溪环竹外山。扁舟垂钓者，相对白鸥闲"[①]。《题画扇四首》中，诗人羡慕的山中景是"三间两间茅屋，五里十里松声""鸭嘴滩连溪尾，羊肠路转山腰。云气晴晴雨雨，泉声暮暮朝朝""绿树湾头钓艇，青山凹里人家"[②]。《题画》中的闲情表现在"绿阴清昼深如水，饱看溪南雨后山"[③]。

贡氏三代题画诗的审美理想虽然完全不同，但天趣、意度等都是由图画与题画诗人之间的关系，即创作主客体之间的关系而生成的。主客体平等互动方得"天趣"，主体对客体的强势驾驭而得"意度"，主体对客体景物的欣然顺从以得"自然"。有元一代的题画诗的审美理想大概不出这三种。由于受以山水花鸟为主体的绘画图景的影响，以上诸种审美理想也大概与题画诗的创作主题相关联。表现身在尘世而向往山林之乐的内容多以"天趣"为理想，如赵孟𫖯、刘因、邓文原、虞集、丁鹤年等的题画诗。表达现实情怀的内容多以得"意度"为工，如张翥、

① 《题梅四首》其一，《元诗选》二集，中华书局 1987 年版，第 1200 页。
② 同上，第 1201 页。
③ 同上，第 1210 页。

杨载、揭傒斯、袁桷等人的题画诗。表现幽居闲情的内容往往以得"自然"为高，如鲜于枢、杨维桢、吴镇、倪瓒、马祖常等人的题画诗。由于审美理想的不同，大概形成了与之相适应的题画模式，而贡氏三代的题画诗正是其中的代表。

第五节　文图视野中的元代题画诗及其影响

历代留下的题画诗，绝大多数都是以文学的样式而存在。画上题诗只是其中的一小部分，尤其尚传世的画上的题诗更少。因此，在题画诗研究中，遇到的第一个问题便是，只见诗不见画。大多数题画诗因此也只能作为一种诗题来研究。元代题画诗、题画诗人既多，题画诗因此成为元代诗歌史上一个十分注目的诗题，在中国题画诗史上有着举足轻重的地位。

一、题画诗之于文

元代题画诗对于诗歌自身及绘画图像都有着深远的意义和影响，就"文"的方面而言，其为元代诗歌开辟了新的诗境。

（一）题画诗为元代诗歌开辟了新的诗境

诗歌到元代，面临着比此前任何一个朝代都更为严峻的发展问题。唐代诗歌已兼得体法情材于一身，宋诗只好在"理""意"兼主的规范下开辟新路。"宗唐得古"（戴表元）是元人为自己确立的诗歌发展之路。"近体主唐，古体主《选》"（仇远）固然为得诗之正提供了学习的范本，但流于模仿也是尊古常见的弊病。胡应麟即认为元诗"过于临模"。就诗体而言，元诗确无太多的创新，只是杨维桢的"古乐府"自创新题，"用吴才老韵书，以古语驾御之"（张雨《铁崖先生古乐府》），或沿用乐府旧题，自制新辞，树立元诗之新风貌，如竹枝词，影响深远。但就诗题而言，元代创作的大量题画诗足以证明其在诗歌发展道路上的开拓之功。首先，当题画诗成为元人笔下常写不衰的诗题时，它也真正为元人诗歌开辟了一片新的天空，这是唐代所没有的，也是宋代所不及的。以宋代三百年的历史及一千余首题画诗的比例而论，题画在宋代确实尚未被认定为一种普遍可用的诗歌题材，而只是苏、黄等几位书家诗人的专利。但在元代，图画作为一种诗题不仅是画家自我寄兴的手段，也是书法家乐此不疲的爱好，更是诗人们借以开阔诗境的最好方式。故有元一代，题画诗真正成了一种具有独立价值的诗歌样式，为困窘中的元代诗坛找到了一条生存与发展的道路。其次，也应该看到，这种诗题为雅文学在元代的生存提供了食粮。隐逸之心在元代社会急剧膨胀，但大多数人则以市井平民的身份心怀山林，真正坐归丘壑的并不很多，隐逸在逐渐地世俗化。而元曲等俗文学则以一代文学灿烂的形象兴盛于这种世俗化的"隐士"群体中,传统的正统文学诗歌的地位明显地受到了冲击。同时,元代文人本身的生活面较之前代已经很窄,无济世之路,只有在怀旧、叹归的个人小世界里抒情写意。并且元代停试科考近80年,文人不再受制于科举之经赋的约束,思维必然更趋于性情化,利于诗歌性情的表达。如此等等,使得作为雅文学的诗歌身处困境,绘画题材大量地走进诗人笔下,无疑为诗歌作为雅文学的生存注入了新鲜的血液。再次,题画诗为元诗注入了前所未有的清逸之气。中国绘画以山水花鸟等自然景物为主,画家在其中寄寓的往往都是与山水景物的内蕴相适应的高人逸情、自然精神,尤其绘画发展到元代,达到了中国文人写意画的一个完美境地。以倪瓒为代表的元四家以山水景物、花木竹石尽情展示了元代文人的理想追求,倪瓒的荒寒疏林、远山阔水、冥冥山色、缓坡平渚构建而成的是超俗绝世的世外清逸之境,为历代文人们所向往。而盛于元代的梅兰竹菊等四君子画更是文人高逸情怀与劲节精神的比照。这些山水、花竹图进入诗人的笔下时,其清逸绝俗之气自然溢于诗表,自有高人逸士的野逸之趣。诗可补画之不足,诗家的语言较之画家的语言更清晰明了,甚至夸张地展现这种清逸之质。总览元代题画诗,四君子画的题诗在千首左右,仅吴镇一人就有70多首。许多诗人几乎成了题梅专家(如贡性之、王冕)、题竹专家(柯九思等)。梅花非冰雪之姿即幽花独立,竹子非六月生寒即拔节劲挺,如此等等,大量题画诗清逸绝俗的气质,无疑为元代诗坛注入了一股股清逸之风。

(二) 对题画诗自身特征及意义的呈现

元代题画诗已经具有了一种独立的作为诗歌言志抒情的自由的价值。这种自由的获得依赖于诗与画面图景的亲和程度,和诗人对画面观照的角度。这主要表现在三个方面:

首先,诗歌的结构。这个结构指的是诗句与画面的关系。题画诗的结构,是由"题""画""诗"三个意义层面互相组合构成的。第一,从画中移向画外。因为"题",须由画先入。创作视线由画中移向画外,大体包括三个方面:画中景物向画外真物的转移,画中景物向画外画家的转移,画中景物向画外读者(诗人)感受的转移,画中景物及由其转移而至的画外景物、画家、读者构成了一个完整的文学接受过程。第二,画中移动。因为题画,多紧扣"画"。在画中的移动大体如下:画中景物向画中技法的移动,画中景物向绘画效果的移动,画中技法向绘画效果的移动。这包含了绘画的基本要素。第三,画外移向画中。因为是"诗",与诗人眼中真景、心中情景不可分割。画外向画中的移动如下:画外真景向画中景物的移动,画外真情向画中景物的移动。这包括了创作中情景交融的过程。元代题画诗第一类与第三类移动较多。就元代题画诗而言,纯粹的画中移动很少,而画外向画中、画中向画外移动的诗歌结构是其最基本的创作构思。这样的结构,为以题诗寄寓一己之情,或在图画中发掘画家之情提供了基本的存在空间。

诗人情感的主导程度与积极程度,又使得在这些结构中分出了新的更小的种类。如画外真情向画中景物的移动是最具诗人主导性的结构类型。而画中景物与画外真景之间的互动则相对地可谓之景物诗。占据元题画诗主导地位的是由画中景物向画外诗人、画家情的移动的结构。即使是图画内外景物的互相移动,在元代也多在诗人诗心的观照下表现为"情"景的移动,而非单纯的景物转换。

其次,景物的描写。题画诗句中,最大的一个组成部分是景物。这种景物有画中景,也有与之相关的画外景,题画诗的关键是如何把握景物、描写景物。元代题画诗最为常用的方法是以意度、意态写景。意度、意态,首先是指景物的神,其次,这种"神"中亦包含着画家的心思,故意度、意态是绘画欣赏中由客观图像向主观情感过渡的关键,是画面的核心。元人既识此理,又在画面中着力于捕捉景物的意度,题画诗因此而具有了生动的形象性,并由此再现着画家的心臆。意度的传达方法有两种:一种是忠实于景物描写,描写画面上可见的景物之态,并以此含情;一种是以画面的主景为背景,在此背景意态描写的基础上,运用丰富的想象力,为画面注入许多画面上根本无法看到,却与其相关的从其中可以生发出来的景物,使画面的物象形态远远多于画中的描写。如何选择新的意象,如何恰当地与图中的景物结合,又如何描写这些意象,这完全取决于诗人创作诗歌的主旨,即"意"。即使是一幅静谧秀美的山水图,也会在诗中被赋予豪迈奔放的气质。即使是幽远淡泊的世外桃源之景,也会生发出对现实沧桑的抑郁愤懑之叹。这也是元代题画诗极其常用的一种方法。这种方法真正使题画诗可以自由地传达诗人的情感。题画而不囿于画,抒情而不拘于画之情,诗人的情感真正主导着诗歌的创作。这种风格的题诗是元代常见而宋代并不普遍具有的。

最后,语言的运用。元以前的题诗多长篇,元代以降,当画上题诗成为风尚的时候,由于限于绢、纸等画幅空间,题诗数字也因此受到了限制。在元代诗人的别集中,题画诗绝大部分是绝句。想在五言 20 字或七言 28 字中完成一首关于众多景物构成的图画的诗歌,确不是件容易的事情。画家、画技、画景、诗人、诗情等等,如何以最简洁的方式统于一体而又不流于单调、肤浅,这是元代题画诗面临的一大问题。元人在这方面的实践证实了其创作的成功。因为在许许多多的题诗绝句中,虽然看不到众多的景物描写,却可清晰地看到景物与画家之情、诗人之情的水乳交融,以最少的字数表达了最丰富的情感内容。这类诗中,诗人们采用的办法有两种:一是精简景物。在画中挑选最有代表性、最有意态的景物,并脱略形貌,聚焦于其意态。即使是在绝句中的这种精而又简的景物描写,亦不必拘泥于画,可由画生发而出。二是压缩结构。将律诗中惯用的画中、画外、画景、人情、画技等以联或以句为单位,多层渲染铺叙而成的结构,进行压缩,使其中两两相合,甚至三三相合于一句或一联之中。用字虽少,但内容丰富。如此,题画诗的语言显得格外精炼而富有蕴含,诗歌的节奏与意象的转化也格外得紧凑快捷。

二、元代题画诗之于图

题画诗有自己的"造型",一旦进入画面,便成为画面的一个有机组成部分,因此,它本身与画面一样也具有视觉上的艺术美感。一般称之为"题款艺术"的题画诗,不仅与画面意境有内在的关系,且其以书法为载体的文字进入画面,也与画面空间的"经营位置"有了内在的关系。

(一)题画诗之"形"

至于款式,元代绘画中的题画诗与前代相比,没有大的变化。题诗多纵题式、方块式、小字式、正局款。但由于元代题画诗的兴盛,这些格式,尤其是正局式,奠定了中国绘画题跋诗文的基本格式。

纵题式,即竖题式。将诗歌在画上题写成竖排。一首诗,分成多行。元代基本都是纵题式题画诗。与后代不同的是,元代的纵题式一般不会很长,即使是五言绝句,仅20字,也要切成数行题写。而后世,尤其清代以后,有些纵题式的题诗其高度与画之高度相差无几,即从画卷上端直写到下端。许多题诗要占去画面纵线三分之二的高度。与纵题式相对的横题式题诗,目前在元画中尚未发现。

方块式。纵题式,尤其是截诗句纵向短排的习惯形成了元题画诗另一特点,即方块式的题款很多,大多数题诗皆平均分配成四行、五行、六行不等,但每行的字数相当,行首与行尾平齐,故一首题诗在画上形成了块状,而且多为方块状。元代题画诗尽皆如此。这样的款式虽有端庄之感,有稳定画面重心之用,但如果处理不当,不免流于板滞。明清,尤其清代题画诗则打破了方块式的题诗格式,或斜题,或参差不齐的间题,形式多样,画面因此变得十分活跃,有些突现了画面本身所具有的豪纵、狂肆的风格气质。

图3-5-1　曹知白·寒林图

小字式。元代题诗较之宋代字体已稍为扩大,但较之明清的大字题诗,仍属小字之道。有些题诗虽占去画面的不少空间,但是以多字形成的块状款式而不是扩大字形而为之。这无疑表明,在元代绘画中,书法本身的地位还未得到足够的重视,题诗书法的写意特性尚未完全独立出来。

正局式。正局式是就绘画题款的位置而言的,即题画位置有规律可循的题画款式,与其相对的是奇局式。正局式的题款适宜于各种画体,但其中放纵恣肆的大写意画更适宜于奇局式的位置安排。正局式要求题款的位置以四边四角为落点，具体位置由画的重心决定，题诗要在与重心相对的地方。如重心在右下方，左上角空白，则题于左上角，实以图式补空白，进而达到平衡画面重心的作用。正局对纵、横题款皆要求垂直、整齐，不能有意偏斜。总之，是绘画题款的一种正统格式。如前面例举过的倪瓒的四首诗，题诗皆与画景相配合以平衡画面的重心。又如倪瓒《竹枝图》，繁密的竹枝伸向右方并下垂，因此重心在右，题诗也便置于竹枝之左侧，似与竹枝底部共同撑起画中之竹；吴镇《渔父图》，主景居中，故题诗亦不偏不倚，居主景之上端而直；曹知白《寒林图》，枯枝寒林遍布画景中下部，但最

图 3-5-2　赵佶·芙蓉锦鸡图

高最粗的一棵树在左下方，故题诗于右上方，与其相对，以平衡画面；王冕的《墨梅图》重心在右上方，但题诗不在与之相对的左下方空白处，而题写在左上方空白处。原因在于梅枝向左下方向斜出，左下方的空白恰给人以由于梅枝斜出而延伸出开阔视野、空间的感觉，如题诗于上，结果与赵佶《芙蓉锦鸡图》一样，反会造成画面阻塞之感。当然也有不以空白而论者，这类正局题诗多服从于画面的境界。

图 3-5-3　倪瓒·竹枝图

元代的绘画题诗多属正局式，明清代绘画则多有奇局式的狂怪。以上看出，元画中题诗的款式尚不够丰富，无论是纵题、方款、正局或是小字，都反映了元代

文人画的正统性,萧散简逸而不失规矩的文人画题诗题款中反映出的是高逸自然又中正的文人思想。较之宋朝,作为诗歌,元代题画诗的图画约束力逐渐减弱,诗歌因素逐渐增强,诗人更多地依主观情感接受绘画艺术。作为画面上的一部分,元代题画诗的图画约束力却在逐渐增强。因为元画写意,所以这种约束在呈现了题画诗作为画体艺术视觉美感的同时,实际上强化了图画创作主体的情感意蕴,也强化了题画诗人对图画的主观接受意识。无论是图画因素的减弱还是图画美的强化,二者殊途同归于"情"。《西清诗话》有言:"画工意初未必然,而诗人广大之。乃知作诗者徒言其景,不若尽其情,此题品之津梁也。"①如果说宋题画诗人"广大"画意,"尽其情",元题画诗则在此基础上,"广大"其情而"尽情"。将"情"由画家之情扩大为诗人之情,在题画诗"尽情"的道路上迈进了一大步。而至明清,尤其是清代,题画诗无论作为诗体,还是作为画体,都在更广阔的范围内表现着画家的"情",诗人的"情"。诗中绘画形色笔墨等因素的约束日渐消失,但由此绘画对题诗的依赖却日渐增强。没有题画诗,甚至看不懂绘画,读不懂画家。而题画诗也由此具有了独立表现的功能,真正意义上具有了独立存在的价值。无疑,元代是题画诗历史发展中的一座里程碑。

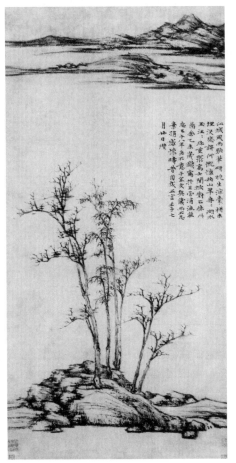

图3-5-4 倪瓒·渔庄秋霁图

(二)题画诗与画面构成

元代是画上题诗开始普及的时代,较之宋代,这已是一个很大的发展,另一发展则在于题画诗在画面上的艺术性与重要性被格外地强调了出来,题画诗真正地被作为画面构图的一个部分来看待。元代绘画中,题诗成为绘画构图布局中不可缺少的一个因素。但在元初,题诗与整幅画构图的关系还未达到水乳交融的境地,如郑思肖《墨兰图》草草三五笔,将一株花叶舒展的墨兰置于画面的正中间。无论是两边伸展的兰叶,还是兰叶上方的空白,图画都表现得极为对称。画面右上方的空白处,

---

① 蔡絛:《西清诗话》卷上,第33条,张伯伟编校《稀见本宋人诗话四种》之《明钞本西清诗话》,江苏古籍出版社2002年版,第190页。

题诗为："向来俯首问羲皇，汝是何人到此乡。未有画前开鼻孔，满天浮动古馨香。"[①]诗后落款"所南翁"。在左上方的空白处，题记十一字，与右边题诗的位置略有错落，但整体上还是很对称。画的左上方，有元人题赞一首，有明显破坏原画之嫌。但就郑思肖自己的题诗、题记而言，可以看出，不仅没有赵佶题诗带来的弊病，甚至还丰富了画面形象与结构。但如果取掉题诗，画面也不嫌过于空虚，重心也不嫌有失平衡。因此，题诗的构图艺术与画面主景的关系并非难以分割。

　　这种情况到元代中后期完全改变了，题诗的构图已完全融于图画的构图之中，图画的构图已离不开题诗，如果去掉题诗，图画显出了明显的构图缺陷。吴镇、倪瓒的图画是这种构图艺术的代表。以倪瓒为例，倪瓒作画习惯于三段式构

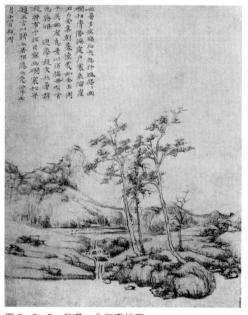

图3-5-5　倪瓒·幽涧寒松图

图3-5-6　倪瓒·六君子图

图——近树、远山、中间空白处的水，给人以阔远之感，如《渔庄秋霁图》轴、《容膝斋图》轴、《幽涧寒松图》轴、《六君子图》轴，皆采用了三段式构图，每图中皆三五株枯枝败叶树，都在小坡上，小坡偏于一边。远处的山皆影影绰绰，平缓延伸，偏于一边。每图上，远山的偏向与近树的偏向恰好对角呼应，有山在左树在右者，有树在左山在右者，只有《容膝斋图》中，山、树不是完全的对角偏向。如此重复的景物、结构，在倪瓒的笔下却有着各自的艺术魅力。其变化与不同主要在于对中间空白处"水面"压缩或延伸的处理。综观其图画，这个空白"水面"的处理与其题画诗的位置关系密切。可以说，倪瓒或者是为了其众多意象、结构相同的图

---

① 启功主编：《中国历代绘画作品·花鸟卷》卷二《墨海瑰宝》，山东美术出版社2003年版，第61页。

图3-5-7 吴镇·松泉图

画构图不至于单调、雷同，而改变水面的大小远近，这为题画诗在其画面上有多种不同的位置提供了方便；也或者是为了在画面不同的位置上安排题画诗而改变空白水面。总之，水面空白与题画诗密不可分的关系在倪瓒题诗中清晰可见，四幅图中，题诗有四种位置，而水面也有四种变化。一是诗题于中间空白水面处，则远山、近树最大限度地拉开了距离，如《渔庄秋霁图》轴。二是诗题于中间空白或远山之上空白（天空）处，则树与山的距离略有拉近，画面上出现了两处空白，即山景上端（天空）的空白处与山树间的空白。如《六君子图》轴，山景上端空白处（天空）有黄公望等时人的题画诗多首，中间空白处是倪瓒的自题记。与前图不同，此题记在左边中间山后，树在右边。三是诗只题于画上端者，则山与树的距离很近，甚至看不到中间的空白水面。而且树与山虽仍有对角呼应关系，但二者之间在画幅上几乎不存在空白距离。三段式几近简化为二段式，左右对应几近成了左右浑一。如此压缩其惯用的结构、更新构图，为画上题诗题款留下了很大的自由运用的空间。题画诗因此成为画幅上十分重要、醒目的组成部分。如《幽涧寒松图》轴，题诗在左上，占去了画幅上端三分之一有余的位置。画中，树偏右，题字仍在山景上端。就整幅画而言，近景是山树，远景变成了题诗。四是题画诗的位置安排，如《容膝斋图》，与《幽涧寒松图》大体相类，空白的压缩没有《幽涧寒松图》严重，故山景上端的空白处也不及《幽涧寒松图》上端的空白大，但这幅画中，题诗题款却占据了画面上端近五分之四的位置。作为画面的一部分，题诗题款被极度地强调与突出出来。同时，从四幅图中还可看出，山与树的对角距离也与题画诗的位置有很大的关系。如前两幅，倪瓒的画中题诗题款或左或右，皆在中间水面的空白处，题诗无论在左还是在右，皆处于山与树的对角空白处。山与树的对角距离在前两幅图画中是显而易见的；而后两幅图中，自题诗款无论在左还是在右，皆处于图画上端的空白处，山与树的对角距离感几近消失。

由此可见，题画诗是画家作画时安排构图的一个非常重要的因素。另，如吴镇《松泉图》，图画上端三分之一被题诗题款占去。如去掉题款题诗，则构图有明显的缺陷，诗歌的位置空间显然是画面的重要构成部分。

（三）诗画"一体"

首先，内在层面的诗画一体。宋代关于题画诗与图画关系的论说当推晁补之："画写物外形，要物形不改。诗传画外意，贵有画中态。"①从诗歌的达"意"本质与绘画的存形本质两方面说明图画作为一种特殊的诗歌题材，与画面形象之"态"不可分割的关系。题诗须有画态，又传画意。题诗与图画的关系，在宋代谈论的并不很多。在元代，这一问题不仅成为题诗家们热心关注的问题，而且较之宋代更加深刻、丰富。元代认为题诗的作用大概如下：一是补画之不足。如鲜于枢《高尚书夜山图》云："古人无因驻清景，高侯有笔能夺移。容翁复作有声画，冥搜天巧为补遗。"②贡奎《题赵虚一山水图》："清幽到处画不出，自遣数语人间传。"③以诗笔补画中画不出的"清"。元人题画诗格外地认为"清"是很难用一画笔描绘出来的，故以诗补。仔细分析，其"清"实际上不仅仅是景物之清，也是画家、诗人心怀之"清"，故难画。"补"由此兼具了"清景"与"清怀"之"意"，实际上表明了诗歌优于绘画的表述功能。二是引申画境。值得注意的是袁桷对题诗与绘画的认识："诗中传画意，画里见诗余。"④立足于诗画的互助而论，其《山水图》中"蹇驴吟不得，指点墨千层"⑤将诗歌善写听觉的功能移植于绘画，在绘画的墨法中找到了诗的影子。如此，打破了传统上对诗、画关系固定的认识，将绘画的地位定位于诗歌之上，这种认识是绘画中所未有的。又，萨都剌《题龚翠岩中山出游图》（钟馗图）中，萨都剌认为绘画与题诗要做到"看来下笔众鬼惊，诗成应闻鬼泣声"⑥，"鬼泣声"则是题画诗引申画境取得的最典型的效果。另外，关于题诗中诗人主体情感所具有的位置，元人也给予了详细的分类解释，如刘因对题画诗的四种认识。⑦

其次，形式构成层面的"一体"。诗歌是以书法为"载体"进入画面的，对书画关系的认同并不是一个新鲜的话题。如唐代张彦远的书画同体、书画用笔同法说，宋代苏轼"诗不能尽，溢而为书"说，赵希鹄"诗画一事"说，韩拙"书本画"说等。理论家们皆从各自认识的角度提出了书画同体的观点。这些言论皆总而括之，或言笔势相同，或言"象形"相同，或言传情达意的创作目的相同，为书画关系的研究提供了最基本的认识规则，但并未涉及书与画二者作为完全不同的艺术种类各自内部特征的相通与融汇。元代解决了这一问题。画家们纷纷将书法用

---

① 晁补之：《济北晁先生鸡肋集》卷八，《四部丛刊初编》，集部（20113），商务印书馆 1929 年二次影印本，第52 页。

② 《题画》，《元诗选》二集，中华书局 1987 年版，第 206 页。

③④ 贡奎：《题赵虚一山水图》，顾嗣立编《元诗选》初集，中华书局 1987 年版，第 737 页。

⑤ 《清容居士集》卷九，《文渊阁四库全书》，1203 册，第 118 页。

⑥ 萨都剌：《题龚翠岩中山出游图》，《雁门集》，上海古籍出版社 1982 年版，第 137 页。

⑦ 关于刘因对题画诗的四种认识，可参考本书第三章第二节"元初遗民诗人题画诗"部分。

笔之法运用于绘画创作之中,并在理论上总结了这一创作实践,使书画真正意义上开始了融汇、相通。这一理论即是在题画诗中得以总结提出的,在题画诗跋中得以普及。赵孟頫在自题《秀石疏林图》卷中言:"石如飞白木如籀,写竹还于八法通。若也有人能会此,方知书画本来同。"①杜本《题柯敬仲〈竹木图〉》中言:"绝爱鉴书柯博士,能将八法写疏篁。细看古木苍藤上,更有藏真长史狂。"②虞集《子昂墨竹》言:"子昂画竹不欲工,腕指所至生秋风。古来篆籀法已绝,止有木叶雕蚕虫。"③在元代书画家中,篆隶行草等书体之法皆可入画。事实上,元画尤其是竹画较为普遍地援书入画。题画诗中,较普遍地以书法之法评论绘画作品。书画同体的这种解释与实践,部分地解放了绘画囿于客观形象的笔墨,推进了元画的写意进程。

总之,从唐代题画诗的诗与画之意境相融逐渐发展到元代诗画物理形式层面的结合相融,是文图关系不断深入完善发展的一个过程。诗与画在意境(内容)与构成(形式)两个层面的融合是文图之间的理想存在状态。至此,诗画一体才真正成熟,并成为中国文图艺术的典型范式。

---

① 赵孟頫自题《秀石疏林图》,李湜编《故宫书画馆》第 1 编,紫禁城出版社 2009 年版,第 54 页。
② 宗典编:《柯九思史料》,上海人民美术出版社 1963 年版,第 100 页。
③ 虞集:《子昂墨竹》,《元诗选》初集,中华书局 1987 年版。

第四章　元代平话与图像(上)

元代全相平话是元代文学图像的大宗,不论是在文学方面还是在美术领域都具有重要的历史地位,是元代文图关系的代表性作品。过去的文学史和美术史对于元代全相平话介绍较少甚或只字不提,这并不意味着全相平话不重要或者在绘画上是难上大雅之堂的、粗浅的不入流艺术,相反,这是由于我们对它缺少应有的认识和理解。元代全相平话在文学方面是从唐传奇发展为白话小说的过渡形态,为明清时期小说的繁荣奠定了基础;在美术方面它是版刻造型艺术成熟的标志,对于明清甚至近代的版画及插图艺术有着十分深远的影响。从文图关系层面来看,元代全相平话确立了文图共同叙事的典范,文图的平行协同配合达到了空前的高度。元代全相平话是文图关系发展史上的一个里程碑。

第一节　《全相平话五种》概述

元代全相平话在文学样式层面具有过渡性,在图像造型层面具有典范性,元代全相平话是平面文图叙事的成熟样态,也是文图关系史上的重要节点。在对元代平话文图分析之前,我们有必要先就平话及平话之"相"进行考析。

一、关于平话

元代平话是宋元通俗小说兴起取代唐传奇的过渡性文学样式,"这类作品,不但体裁不同,文章上也起了改革,用的是白话,所以实在是小说史上的一大变迁。因为当时一般士大夫,虽然都讲理学,鄙视小说,而一般人民,是仍要娱乐的;平民的小说之起来,正是无足怪讶的事"①。可见,元代平话是继宋话本之后的通俗小说演变的关键环节之一。中国古代小说由文言转向白话的过渡期恰是发生在宋元。至明清时期通俗小说已经是名作巨著层出,一举成为文学史的主流样式,受到了人们的广泛关注。元代平话这一从文言小说向白话小说转变的过渡形态兼具了以元为中心的前后历史时段的小说特征——"它的文章,是各以

---

① 鲁迅:《中国小说的历史的变迁》,《鲁迅全集》卷九,人民文学出版社 2005 年版,第 329—330 页。

诗起，次入正文，又以诗结，总是一段一段的有诗为证。……至于诗，我以为大约是受了唐人底影响：因为唐时很重诗，能诗者就是清品；而说话人想仰攀他们，所以话本中每多诗词，而且一直到现在许多人所做的小说中也还没有改。再若后来历史小说中每回的结尾上，总有'不知后事如何，且听下回分解'的话，我以为大概也起于说话人，因为说话必希望人们下次再来听，所以必得用一个惊心动魄的未了事拉住他们。至于现在的章回小说还来模仿它，那可只是一个遗迹罢了。"①元代平话在小说的发展史上有着承上启下的枢纽作用，在平话中融合了文言与白话的语体矛盾，包容了讲史话本与章回小说的矛盾。"明清章回小说直承元刊平话而来，它们继承了元刊平话的内容、创作方法、风格等等。它站在平话的肩膀上，才有了代表一代之文学的成功和繁荣。在继承的同时，章回小说也对平话进行了巨大的改造，一些成功的改写之作如《三国志通俗演义》《封神演义》等，其影响远远超过了平话，也因此能够代替平话成为长篇小说的范式。到了明代晚期，平话作品渐渐退出了历史舞台，人们几乎忘记了盛行一时的元代平话的本义。"②但是，平话对明清章回小说产生的深远影响是不可否认的。"可以毫不夸张地说，如果没有平话在内容上、社会影响上所作的准备，如果没有平话所作的创作方法示范，如果没有平话创作和流传的实践经验，明清章回小说是不可能出现并取得成功的。"③

平话可能是话本刚刚脱离附属于口头文学的阶段而走上独立的书面文学阶段的产物，正如鲁迅在《中国小说史略》中所说："观其简率之处，颇足疑为说话人所用之话本，由此推演，大加波澜，即可以愉悦听者，然页必有图，则仍亦供人阅览之书也。"④平话的前身可以追溯到变文中的图文互补。唐五代敦煌变文中有资料显示，其俗讲表演时曾配有图画。在《汉将王陵变》中有"从此一铺，便是变初"的话，在《王昭君变文》中也有"上卷立铺毕，此入下卷"的提示语。铺，一般认为是指图画的"幅"。再如《韩擒虎》结尾说"画本既终，并无抄略"。可见讲唱变文者在表演时常常配以图画。元代"全相平话五种"把插图与故事文本在同一页纸上刻印出来，可谓与早期的连环画的雏形有一定的相似之处，文图并置的形式已经具备了。

平话图像在造型艺术方面具有经典性。首先，平话之相在内容表现方面极具功力，在有限的空间内最大限度地发挥了图像的叙述功能。平话受版式的限制，要在狭长的画面中，表现庞大的历史事件，这就要求版画的设计与制作有高度的概括性，版画家要像一个高明的导演一样，在狭小有限的空间中导演出一部有声有色的历史剧。《全相平话五种》的版画作者较好地处理了这一矛盾。如

---

① 鲁迅：《中国小说的历史的变迁》，《鲁迅全集》卷九，人民文学出版社 2005 年版，第 330—331 页。
②③ 卢世华：《元代平话研究：原生态的通俗小说》，中华书局 2009 年版，第 242 页。
④ 鲁迅：《鲁迅全集》卷九，人民文学出版社 2005 年版，第 134 页。

"赤壁鏖兵"的插图,仅用士兵五六人,战船一二只,加上岸边"孔明祭风"仗剑作法念念有词,江上"黄盖放火"火借风势,势不可挡,就把火烧赤壁波澜壮阔的战斗场面很好地表现出来了。《全相平话五种》的版画插图,运用洗练的手法,表现纷繁复杂的历史事件和战争场面,人物形象鲜明,场景的处理与人物形象交相辉映,使故事情节得到生动的表现。"元刊平话在书面白话小说中属首次使用插图者,有开创之功。"①其次,在技法层面平话之相也极为出色。平话图版的制作极为精丽考究,线条流畅,疏密有致,在黑白分明的对比之中,较好地体现了版画创作的辩证思维。如在《三国志平话》中的《得胜班师》一图中,左侧人物右顾,右侧人物左望,使得画面气息聚而不散。行进士兵的双腿虽然有造型的重复,但是人物腰间垂下的飘带,以及与前伸马蹄的穿插,使得画面在重复之中又有变化,丰富之中又有统一。艺术史家王伯敏认为:"《全相平话五种》的图版制作极为精缜,形象简练而鲜明,并善于运用线条的疏密与黑白对比,构图布置稳定而又能变化无穷,图与图之间又具有一定的连续性,文字也刻得比较精美,可以说是继承了唐宋版画的优良传统,而又加以发扬创造,成为元代版画中的重要代表作品,并给予明代上图下文型版画图籍奠定了巩固的根基,以后的不少版画作品,在相当大的程度上受到了它的影响。无论是研究当时的平民文学,研究出版印刷的历史,还是研究版画,《全相平话五种》都称得起是一份十分重要的历史遗产。"②此外,版画研究者对于全相平话的艺术价值也是认同的:"这五种平话插图,在绘图方面,人物形象、动作,始终保持着生动变化。配景中的屋宇、树石,也衬托布置的得当,刀锋圆润爽朗,韧而有力,婉丽中有浑朴,是它的特点。在构图方面,连续性很强。人物布列,前后照顾有序,看来也极尽心思。"③如《三国志平话》中的图像"孔明木牛流马",图中三头牛和两匹马"跃动自如,比例准确,牛黑马白,对比强烈,寥寥数刀,就能将牛、马的骨骼乃至体态特征表露无遗。更主要的,是整个画面强烈地表现了诸葛孔明披星戴月赶运粮草的特有历史氛围。这一'画外之音'非高手实不足以传神"④。因此,《全相平话五种》的版画足可称是建本图书的插图创作走向成熟期的力作,它是元代建本版画的代表性作品。

二、平话的版本及作者

元代平话主要有《全相平话五种》《五代史平话》⑤等。现今存世的元刊五种全相平话仅五册,藏于日本国立公文书馆内阁文库。《全相平话五种》包括《武王

---

① 卢世华:《元代平话研究:原生态的通俗小说》,中华书局 2009 年版,第 143 页。

② 王伯敏:《中国美术通史》第 5 卷,山东教育出版社 1988 年版,第 129—130 页。

③ 田建平:《元代出版史》,河北人民出版社 2003 年版,第 206 页。

④ 同上,第 207—208 页。

⑤ 因《五代史平话》无图像,且较《全相平话五种》影响小,故本书主要以全相平话为研究对象。

伐纣书》（别题《吕望兴周》）、《乐毅图齐七国春秋后集》、《秦并六国平话》（别题《秦始皇传》）、《续前汉书平话》（别题《前汉书续集》《吕后斩韩信》）、《三国志平话》等五种。各书大体根据正史写成，其中细节多采用民间流传的故事。《全相平话五种》均为上图下文，类似于连环画的文图样式。全相插图占版面约三分之一，每两页一图，即所谓"合页连图"且每一图像均标注有小标题，主要人物标出名字。五种平话共计246幅插图。其中《武王伐纣》含封面有图44幅，《乐毅图齐》无封面，有图41幅，《续前汉书集》含封面有图38幅，《秦并六国》含封面有图52幅，《三国志》含封面有图71幅。五种平话除《乐毅图齐》之外均有带插图的封面，版式也是上图下文式。

图4-1-1 《全相平话五种》封面（《乐毅图齐》封面缺失）

至于元代平话图像的制作者，应该是建本版画的知名画家吴俊甫和黄叔安。他们都是服务于建安虞氏书坊的画工。建安虞氏刻印的《全相平话五种》，其中《三国志平话》《武王伐纣平话》《七国春秋后集》的版画，题有"樵川吴俊甫刊"。樵川是建阳邻邑邵武的别称，说明吴氏乃邵武人氏。虞氏刻本《秦并六国平话》的版画，则题有"黄叔安刊"。吴俊甫和黄叔安，是继宋代"建安范生"①之后，既能制图又能刊刻的画工和刻工。平话文本的作者据推测"应该是在建安虞氏书坊的组织下雇请写手写作的，在写作过程中或许还和书商协商了内容结构，也与刻版画的工匠协商过插图的设计以及插图和文字的搭配。作者身份很可能是村塾先生或者书会先生之流，他们的社会地位应该很低，当然，元代儒士本来就地位低下，即所谓'九儒十丐'。证据之一是，胡曾的《咏史诗》主要是作为蒙童书流传的，作者对此十分熟悉，可见作者或许熟悉蒙童教育，他也许是蒙童老师，或许他只受过基本教育。证据之二是，学究在平话作品中的身份很特殊，作者对学究的生活似乎十分熟悉。比如《三国志平话》里一开始就详细写作了一个孙学究的故事"②。从文本叙述风格的妙笔生花、善于铺叙，对于历史的张冠李戴、移花接

① 郑振铎《中国版画史图录》录有三幅南宋建刻《妙法莲花经》佛经扉页画，署有"建安范生刊"。
② 卢世华：《元代平话研究：原生态的通俗小说》，中华书局2009年版，第133页。

木,以及对童蒙诗词的熟悉把握、自由吟唱来看,平话的作者似乎应该是社会下层的文人甚或是社会下层的说唱艺人。如《三国志平话》的作者即有人认为是"田夫野老",《三国志平话》"不过是讲述民间的传说故事,虽也采摘一些正史资料,但其间真假相伴,虚实杂糅,东西牵合,古今陈混,地名不求正确,情节不必有据。人们称这类三国故事为'柴堆三国'——田夫野老围在柴堆旁闲聊的三国故事"①。由此,元代《全相平话五种》的作者为民间说唱艺人的集体创作似乎更为合理。

《全相平话五种》是元代图文关系研究的重要组成部分,由此,下文将分别就《全相平话五种》中的"文"与"相"②之关系逐一进行描述和分析。

平话五种为刻印版本,文字格式相对固定,每幅画面所对应的正文页文字一般是 40 列,每卷的起始页一般为 38 列,每列 20 字(在五种平话中,只有《乐毅图齐平话》的起始页为 36 列,正文页 38 列,每列 19 字)。在分析的过程中,本论著主要对文、图叙述内容在篇幅、侧重方面进行比较,进而展现元代时期人们对于五种平话故事的接受和理解程度(情况)。

三、平话之"相"的还原

通常认为,元代平话刻本以"全相"冠于书名之首,与出版有一定的关联。在当时的平话制作者看来,有"全相"与无"全相"的表达效果应该是有很大差异的。这类插图书籍对人们具有更大的吸引力,其如同宣传画,"书籍的插画,原意是在装饰书籍,增加读者的兴趣的。但那力量,能补助文学之所不及,所以也是一种宣传画"③。一般所谓的"全相"的"相"指的是平话刊本封面上和每页上端的"图","全"即是整部平话作品自始至终每页皆有"图像",所谓的"相"即所谓的"图"。然而,事实或许并非如此简单。元代版刻的全相平话五种,为什么用"相",而不用"图""画""像"④? 这是偶然误用,还是与平话存在的时代文化背景有某种内在的联系? 这是我们必须要探究的问题。对于"相"的还原,不仅仅是对一个概念的溯源和理解,而且是对整个元代时期平话文图的生态样貌的还原,只有理解了"相",还原了"相",我们才能真正深入地理解元代全相平话。

那么,"图""画""像""象""相"又有什么区别呢? 我们不妨来查看一下清代刘树屏编撰的《澄衷蒙学堂字课图说》一书的界定。所谓的"图","河图为图之原始,六书象形字即图也。后世别有图学,凡言语所难显者,必绘图以明之。如天

---

① 卿三祥:《〈三国志平话成书于金代考〉质疑》,《文献》1992 年第 2 期。
② 为了方便写作和阅读,本文仍将"相"以约定俗成的方式称"图像"。
③ 姜维朴编:《鲁迅论连环画》,中国连环画出版社 1992 年版,第 2 页。
④ 后来用"全相"逐渐减少,"像"或"绣像""图"之类的逐渐增多,详见后文。

文地理,动植机器等图是"①。这和宋代郑樵对于"图"的界定基本上是一致的。"图,经也,书,纬也,一经一纬,相错而成文;图,植物也,书,动物也,一动一植,相须而成变化。见书不见图,闻其声不见其形;见图不见书,见其人不闻其语。图,至约也;书至博也。即图而求易,即书而求难。古之学者,为学有要。置图于左,置书于右,索象于图,索理于书。故人易为学,学亦易为功……见书不见图,闻其声不见其形;见图不见书,见其人不闻其语。后之学者,离图即书,尚辞务说,故人亦难为学,学亦难为功。"②"图"是象形字"圖",是用以"标示""说明"语言难以说明的东西,现在的机械制"图"、设计"图"纸、交通地"图"等等毫无疑问与"图"之意义基本是一致的。

"……界分曰画,……绘物之形曰画,……聿所以画之也会意兼指事字,引申为经画指画之画,胡卦切。貌其形以绘之也,俗亦称画成之图为画。"③"画"不同于"图",画主要是"貌形",但是"画""图"可以在俗称中混用。如果从"图"为象形字,"画"为指事字的层面来看,"图"倾向于客观物体方面的多一些,"画"则倾向于主观能动的方面多一些。"图"可以看作是主体描摹绘"画"物象之结果。

"凡物所发光线聚合而成虚形者,谓之形像,如镜中花,水中月是也。"④"像"主要与光线有关,且是"虚形"。而"象"既指大象这种动物,"又物相肖曰象,佛教即曰象教,因其奉佛象也"⑤。可见"象"主要指的是大象,或者是倾向于物象之间的"肖似"这一含义。

"凡有所视皆曰相,如相法相择之相,是百僚之长曰宰相,谓佐天子以相视下民也。故,引申为辅相摈相之相,假借为像。"⑥"相"的含义倾向于"所视",但是其也有假借而来的"像"的含义。

通过上述字义的比较,就可以发现表面相似的概念实质上却有着不同的倾向。全相平话之"相"乃是倾向于"所视"之"相"。而"所视"之"相"的含义恰巧与平话具有一定的"演剧"性质相一致。那么,是否可以推测,平话之"相"是来源于舞台演剧之"相"呢?答案是肯定的。

首先,平话之"相"与舞台表演艺术中的"相"有内在的关联。戏曲中的"亮相"是一种常见的表演动作。主要角色上场时、下场前,或者是一段舞蹈动作完毕后的一个短促停顿,集中而突出地显示出人物的精神状态,采用一种雕塑的姿势,这就称其为"亮相"。全相,之所以用"相"而非"图"主要是受元代表演艺术的影响而形成的称谓。平话之用"全相"之"相"应是中国传统戏曲表演中的"亮相"

---

① 刘树屏编撰:《澄衷蒙学堂字课图说》卷二,新星出版社 2014 年版,第 28 页。

② 郑樵:《四库家藏·通志略》,山东画报出版社 2004 年版,第 19 页。

③ 刘树屏编撰:《澄衷蒙学堂字课图说》卷二,新星出版社 2014 年版,第 54 页。

④ 同上,第 67 页。

⑤ 同上,第 84 页。

⑥ 同上,第 20 页。

之"相"。"亮相"是表演艺术中雕塑静态之美的呈现。陈幼韩认为亮相之"静"与表演之"动"是相辅相成的,"一条基本规律是:由动(舞蹈)—静(亮相);再由静(亮相)—动(舞蹈)。没有动,即不能突出静;没有静,动也失去了衬托"①。"另一条基本规律是舞蹈语言和雕塑语言的互相渗透。"②在戏曲表演的一段说唱或武打动作结束之后,表演者作突然的停顿和静止,这犹如暴风骤雨前的片刻宁静,其中包含着戏曲中激烈氛围的跌宕,"动"与"静"在这个突然出现的片刻交融,全相平话中之"相"的静态性特征也恰与亮相之静态相吻合。"戏曲表演艺术中,哪儿有亮相,哪儿就有雕塑美。……戏曲表演体系尽情地凝聚着、捕捉着生命中思想、情态最珍贵的瞬间,让它和时间的脚步一起,倏然停顿在那里,像雕塑似的亮出来,镶嵌在动态造型中间,闪光在舞蹈之美的环流里。"③因此,戏曲表演中的静态动作称之为"亮相",而非"亮图"。"相"之中包含的意蕴远比"图"丰富,前者是立体的、多维的,后者则仅是平面的、视觉的。

从对"平话"的各种解释也可以看到其与演剧艺术的联系,如浦江清认为平话乃是"平话者平说之意,盖不夹吹弹,讲者只用醒木一块,舌辩滔滔,说历代兴亡故事,如今日之说大书然"④。亦有认为平话乃是"评话",就是后来的"评书"。然而,不管是何种解释,有一种是肯定的,那就是说平话是一种有人表演或讲说,有人作观众或听众的艺术。这也表明这样一个基本的事实——平话与表演有关,平话不是专门写作出来供人们阅读的。只要是一种演出艺术,不论是有无音乐或曲调相配,其定然受到当时戏剧艺术的影响,自然而然在讲说之余,为了生动辅以动作就是再自然不过的事情了,"亮相"极有可能会被说书艺人自己加上去。平话与杂剧有一定的联系,"相"也不可避免地会与杂剧相关,进而汲取杂剧的演出形式而取"相"。这一点也可以在时间上加以证明。"平话更可能吸收杂剧故事。从时间上来看,元杂剧的兴盛期在金元之际,比至治平话要早五六十年,而且杂剧里的人物故事演得很详细,平话相对要简略。"⑤由此足见全相平话之所以以"相"为其文本名称用语是非常考究和有其深刻原因的。

其次,从时间上也可以推测"相"是与演剧相关的"亮相",或者是舞台的表演之"相",这从"相"的应用上可以见得。"相"的大量运用是在演剧盛行的时代,而"像"的大量运用则是在小说插图盛行的时代。"相"被大量运用,更频繁地出现的时代是在元代和明代早期,越往后出现的频次越低。但越是往后,"像"却出现的频次越高。从下表可见:

---

① 陈幼韩:《戏曲表演美学探索》,中国戏剧出版社 1985 年版,第 172 页。

② 同上,第 173 页。

③ 同上,第 167 页。

④ 浦江清:《浦江清文录》,人民文学出版社 1958 年版,第 207 页。

⑤ 卢世华:《元代平话研究:原生态的通俗小说》,中华书局 2009 年版,第 81 页。

部分"全相""全像"作品年代一览表	
年代时段	**"全相"作品名称**
明成化年间	新刊全相唐薛仁贵跨海征辽故事
明成化年间	新编说唱全相石郎驸马传
明成化年间	新刊全相说唱包待制出身传
明成化年间	新刊全相说唱包龙图陈州粜米记
明成化年间	新刊全相说唱足本仁宗认母传
明成化年间	全相说唱师官受妻刘都赛上元十五夜看灯传
明成化年间	新刊全相莺哥孝义传
成化十四年	新刊全相说唱足本花关索传
正德六年	新增补相剪灯新话
万历三十四年	新编全相杨家府世代忠良通俗演义
年代时段	**"全像"作品名称**
万历二十年	新刻按鉴全像批评三国志传
万历二十二年	京本增补校正全像忠义水浒志传评林
万历三十一年	刻全像音诠征播奏捷传通俗演义
万历三十一年	新镌全像西游记传
万历三十三年	新刻全像廿四尊得道罗汉传
万历三十三年	按鉴增补全像两汉志传
万历三十四年	新刻全像海刚峰先生居官公案
崇祯四年	新镌全像通俗演义隋炀帝艳史

在小说盛行的明清时期，"相"逐渐被"像"所取代，后来"小说版本里标有'出相'的标记并不常见，就笔者目力范围所及，仅见明金陵九如堂刊《新镌批评出相韩湘子》明确标有'出相'字样，其书有韩湘子图一幅（附赞），另有情节图三十幅，绣像版心上端标'韩湘子像'字样"①。

再次，从固定的图像观看"视角"，也可以佐证平话之"相"源自舞台演剧之"相"。从绘画的空间透视学中可以知道人的视阈是一个不大于60度的椎体形状的范围，在这个范围内人的视感觉比较舒适，平话之"相"的全景空间基本上就是以固定的视角观看点来绘制的舞台之"相"。平话图像中虽然图像的造型形象丰富多彩，有人物、山川、河流、宫殿等，但是基本上都是以俯视30度，广角不大于60度的视角而绘制。如同在一个平面的舞台上，表演者和观看者的角度是固定的，舞台呈现给人的视角也是固定的，舞台的内容是可以无限变化的。这从平

---

① 毛杰：《中国古代小说绣像研究》，华东师范大学2014年博士学位论文，第20页。

话图像地面上的方格透视中即可看出。

连环画或者其他绘画图像中的视角与平话是有差异的，平话之"相"的视角是固定的，且只有俯视角度。其他图像或插图的视角通常是变化的，有俯视、仰视、平视等不同的视角。文人画的空间视角的"高远""深远""平远"等也是变化的视角。由此，从图像视角方面也佐证了全相平话之"相"源自舞台演剧之相。

图4-1-2 《乐毅图齐》之燕王传位于丞相之子为王

图4-1-3 《武王伐纣》之纣王梦玉女授玉带

图4-1-4 《前汉书》之汉王吩咐吕后国事

图4-1-5 《秦并六国》之严仲子求救兵

综上可知，全相平话之"相"有其特定的内涵，自然也不同于一般的插图，也不同于以连续图像讲述故事的"连环画"。插图仅仅是一个图，首先它与演出无关，其次它是附属性的而非独立的。连环画看似与全相平话形式类似，但实质却相差甚远。尽管全相自身具有很强的连续性和逻辑性，但本质上却与连环画有异。连环画的落脚点是"画"而非文字故事，连环画的图像既与舞台"亮相"无关，也与舞台表演无关。连环画的时间密度要比全相平话中的"相"大得多，仅仅图像自身已经是能够完全叙述故事的了，连环画更加接近于现代的动画，而全相之相则时间密度要小得多，它更像是一个莱辛所言的具有"包孕性"顷刻间的"雕塑"。再者连环画中的图基本上与下方的文所叙述的故事是基本对应的，全相平话所叙故事的容量远比图像要大。如果将两者在文图结构关系上作一比较，平话之"相"与文本叙述的结构关系如同标点之于文章诗词。它不是简单的停顿，而是情感的凝结点。连环画则更像是声音语言和书面语言，两者是平行的。全相平话的这一特性，也正是其文图关系的特殊之处。

平话之"相"与明清时期的小说人物"绣像"也是有差异的，元代的全相平话的每一幅图像都有"图题"，平话正文的叙事中又有"标目"，"图题与正文的标目有着密切的关系，并代为行使回目的职能。回目完全成熟后，一部分小说的图题又与回目合二为一"①。叙事性的图题逐渐被回目所取代，最后只剩下了图像中人物的名字和诗赞。与此同时，平话中的故事人物也随着不断的传播而逐渐完善和定型，即便远离了舞台演剧，但人们依然可以"观像而知事"（甚至是整个文本所叙之故事），图像自身的独立性越来越强，图题和图像最终分离，小说绣像以非连续性的单幅插图形式存在，这便是所谓的小说"绣像"。

元代平话之相如同一个"湖泊"，它既包含图例的元素、插图的元素、连环画的元素、小说"绣像"的元素，也包含有演剧艺术的舞台人物造型元素。也就是说，平话之相与平话之文一样也是具有过渡性质和多重内涵的复合型图像。平话之相，既不同于先秦之图注、图示、图例，也不同于两汉画像故事之石刻，也不同于晋唐故事人物画，也不同于明清版刻书籍之插图，也不同于近代的连环画。但是，平话之"相"又兼具了图示、图注、插图、连环画等诸多因素。"相"亦如表演艺术一般，是多种"图""像"艺术的综合体。"相"具有"图示"性质，如不同种类的标示就类似于"图示"："第一种是在人物的上方用小框注明人名，比如'先主''曹公''孔明'等；第二种是图画中旗帜上标明的姓、姓名、旗号和墓碑的字等；第三种是每页插图均有的短语式的解说文字，研究者一般把这些文字认作是平话的小标题。"②图解的性质也可以从一些平话图像中看到，如"赤壁鏖兵"图中标注与三个短语"赤壁鏖兵、孔明祭风、黄盖放火"，图像之中人物名称以各种形式标注出来，这与杂剧人物出场之时的自我介绍姓名、身份有异曲同工之妙。平话故事人物众多，情节复杂，如同演剧艺术一样，若无介绍或标注姓名，人们就对故事人物难以辨认。

综上可知，元代全相平话是以舞台表演艺术为基础，文本以史为材料，添枝加叶，移花接木，以点带面，注重人物故事叙述，注重主要人物形象的塑造，化繁为简，变严肃为活泼的具有图像化倾向的通俗文学形态。平话的图像亦以舞台演出动态造型之相为基础，兼具了图注、图例的说明、插图的补充、连环画的叙述，并以传统中国山水人物画的写实手法进行刻画，并与平话文学叙述形成互文关系的图像。平之之文塑造着"相"，全"相"之中又包含着"文"，全相平话是文学艺术、图像艺术、表演艺术等多种艺术的复合体。元代的平话之"相"是典型的叙事性图像，它具有相对固定的符号寓意和空间寓意，具有自身的内在秩序、逻辑构造和表达机制。如果我们深入到图像内部作认真细致的研读，就会发现，平话之相中的造型诸如山川、树木等并非是对于自然界的"模仿"，而是类似于卡西尔所谓的严格意义上的符号，即平话之"相"也已近乎于严格意义上的符号生产。"在这个阶段人类的思想和精神可以自由地创造符号。这些符号表现为纯粹的独立的创造物，它们不再来源于任何自然和外部现实，它们是思想和精神的物化

① 李小龙：《试论中国古典小说回目与图题之关系》，《文学遗产》2010 年第 6 期。
② 卢世华：《元代平话研究：原生态的通俗小说》，中华书局 2009 年版，第 150 页。

和外化。"①平话之相与现实并不是模仿和被模仿的关系，而是指示和象征的关系。因此《全相平话五种》是既有文又有图的不可多得的研究元代文图关系的典范。在还原了"相"之本来面目之后，便能够更好地体会"全相"平话之魅力。

第二节 《新刊全相平话武王伐纣书》之文图②

在《新刊全相平话武王伐纣书》之前应该出现过杂剧《武王伐纣》，该平话应该是吸收了当时的杂剧故事经口头创作而成的。"马致远《汉宫秋》杂剧中有云：'不说它《伊尹扶汤》，则说那《武王伐纣》。'案《武王伐纣》，乃赵文殷所作杂剧，则《伊尹扶汤》亦必为杂剧之名。"③《武王伐纣》当是借用了《史记·殷本纪》中的故事，但不同的是《武王伐纣》平话中将故事描写得非常详细、生动。

《全相武王伐纣平话》别题《吕望兴周》，分为上中下三卷，全书三万余字，平话叙述了纣王无道、宠信妲己以及殷汤的兴起和商纣王朝的灭亡。平话中以姬昌、姜尚、武王以及周公旦等主要人物为正义一方，以讨伐无道失德昏君商纣王为主线，辅以传说甚至荒诞不经的故事，以得道多助、失道寡助、因果报应等为价值判断标准，来演绎"武王伐纣"这一历史事件。

武王伐纣平话"全相"42 幅，包括封面图像 1 幅，共有图像 43 幅，其中有 2幅（封面及"文王梦飞熊"图像）为半幅，其余 41 幅为全幅。武王伐纣的封面与平话下卷中"伯夷叔齐谏武王"的画面大致类似，封面图刻画了武王和姜尚率众伐纣，画面左边的叔齐和伯夷二人叩马谏阻，但是几乎占据整个画面的伐纣队伍将叔齐、伯夷逼迫到左边的一个角落，如此画面构成显示出了伐纣之"大势"已不可阻挡。虽然该部平话的别题为"吕望兴周"，看似与封面图像并无关系，但其作为副标题凸显了平话的主要内容。虽然吕望直到卷中才出现，但其是情节的一个重要部分，该标题也体现了刻书作者对于平话内容的深刻理解与把握。

一、上卷文图

《武王伐纣》平话的上卷共有汤王祝网、纣王梦玉女授玉带、九尾狐换妲己神魂、纣王纳妲己、宝剑惊妲己、文王遇雷震子、八伯诸侯修台阁、西伯谏纣王、西伯宝钏惊妲己、摘星楼推杀姜皇后、酒池虿盆、炮烙铜柱、太子金盏打妲己、胡嵩劫

---

① 洛伦兹·恩格尔：《不可见之见》，孟建主编《图像时代：视觉文化传播的理论诠释》，复旦大学出版社 2005 年版，第 6 页。

② 由于元代平话是元代文图关系史的要点和重点，因此本书将会在接下来的章节中对平话文图关系作较为深入和细致的分析，同时也会不可避免的有较多的平话原文引用来与图像的描绘相比较。期待能够以此方式在文图的对比分析之中，更为直观地展示平话中的文图。

③ 王国维：《宋元戏曲史》，上海古籍出版社 1998 年版，第 71 页。

法场救太子、殷交梦神赐破纣斧十五个标题及相等数量的图像。其中,流传广泛具有原型性质且文图叙述较具表现力的文图代表主要有汤王祝网、纣王梦玉女授玉带等。

（1）《汤王祝网》

在上卷的文图叙事中,"文大于图"的最为典型的代表乃是《汤王祝网》。与该幅图像对应的文本①叙事为:

> 三皇五帝夏商周,秦汉三分吴魏刘。
>
> 晋宋齐梁南北史,隋唐五代宋金收。

话说殷汤王姓子,名履,字天乙,谥法除虐去残曰汤。是契十四世孙主癸之子,以伊尹相汤伐桀,三让而践天子之位。顺天革命,改正朔,天下号曰商。以建丑之月为正月,色尚白。[作]大濩作历作圂。见张网四面,汤令去三存一,仍取自犯者。诸侯叹德,三十六国来归。天旱七年,以六事自责,焚身于桑林之野,天降甘雨,天下太平。汤王在位十三年而崩,传国世三十一王,计岁六百二十九年。今殷纣王是帝乙之子,治天下,名曰辛,一名受,乃汤之末孙也。诗曰:

> 商纣为君致太平,黎民四海沸欢声。
>
> 心婚妲己贪淫色,惹起朝野一战争。

又诗曰:

> 世态浮云几变更,何招西伯远来征。
>
> 荒淫嗜酒多繁政,故致(原文为"治")中邦不太平。

若说三皇五帝,皆不似纣王天秉聪明,口念百家之书,目数群羊无错,力敌万人,[抚梁易]柱（"柱",原置"叱咤"后）,叱咤声如钟音,书写入八分,饮酒千钟,会拽□弓,能骑劣马。纣王初治时有德有能,□□□□□天地阴晴,吉凶之兆。

时年四十七岁,鬼□□□□□封帝国之至□,封三十六镇诸侯,有一百六十□□之郡,是纣王之臣,一年两次来朝进奉。宾(原作"客",误)伏诸国镇压小邦,四下蛮夷戎虏,皆是纣王所管。东连大海,西望秦川,南摄九溪,北通沙沱,纣王有感招得忠臣烈士,文武百官,比干为相,直谏大夫,微子为都堂统政,费仲为大将军,飞廉为佐将大都督,殿前宰相宏天(此六字原置"八伯诸侯"后),[为]帅首,皇帝称小耗。纣王有八伯诸侯:第一,东伯侯姜桓楚,坐青州;第二,西伯侯姬昌,坐岐州;第三,南伯侯杨越奇,坐荆州;第四,北伯侯祁杨广,坐幽州;第五,东南伯侯楚天佑,坐扬州;第六,西南伯侯霍仲言,坐许州;第七,东北伯侯张方国,坐冀州;第八,西北伯侯扈敬达,坐并州。

此是八伯诸侯,尽是先君殿下忠臣。先君尊此八人为兄,合到纣王,此八人为八伯侯也。此是纣王重臣处,每到月旦生辰,画先君真容,左右画着八伯诸侯,同共行香酌洒,设奠于八伯诸侯前,亦如先君之前,行香设礼,因为是三帝立国忠

---

① 本书引用的文本均来自日本国立公文书馆内阁文库所藏元刊《全相平话五种》原本。

臣。此八人立先君三帝,立国忠臣。武乙都在朝歌。乙年无道,在位四年,时年雷震死。第二子太丁,在位三年,帝乙大帝封立。帝乙在位三十七年,立起纣王为帝。

图4-2-1 汤王祝网

平话的开篇部分与其他中国古代的小说叙事模式类似,由宏观的"三皇五帝"这一大视野作为叙事的起点,进而逐渐收缩范围将视觉中心聚焦于商代,进而叙述了汤王之仁德,并强调了商纣王原本是"有德有能"之君王,紧接着交待了平话故事的主要人物,即"八伯诸侯",这是文本叙事的轮廓。与文本相对应的图像并没有对上述所有故事进行"概描",而是选取了宏大时空中的一个特写镜头加以描绘,即"汤王祝网"。"汤王祝网"故事在文本中仅有一句"见张网四面,汤令去三存一,仍取自犯者"。汤王祝网显示了殷商以德服人的良好开端。其实,汤王祝网在文本的叙述之中仅是一笔带过,所占的比重十分有限。图像作者选择"汤德至矣"的故事加以刻画,与后文将要出现的伐纣形成鲜明的对比。图像的最右侧刻有"汤王祝网"及"樵川生俊甫刊"字样。画面的左侧是一位与汤王对话的老者,正在左手指网,即左侧的一张竖立的捕网。汤王站立在右侧,后面两名侍从、两名大臣,最右侧有一持斧大臣跟随鹿车转头而来。文本的叙事时空与图像的造型时空相一致。

(2)《纣王梦玉女授玉带》

《纣王梦玉女授玉带》是该部平话中最为经典的一幅图像,图像蕴含之意已远远超出了文本之叙述,从而使图像自身具有很强的自足性,几乎可以独立作为一幅完整的故事画而存在。该情节的文本叙述为:

纣王初登帝位,归朝治政,前十年有道,八方宁静,四海安然,天下皆称纣王是尧、舜。纣王忽有一日去后[宫],有正宫皇后来迎,王驾入后宫,礼毕,置酒待宴,有众宫监妆完备来迎。姜皇后传令,来日去玉女观行香,各令香汤沐浴了,安排玉辇来,谂天子去与否。纣辛闻之,问皇后何往,答曰:"臣妾来日诣玉女观行香去。此玉女是古贞洁净办炼行之人,今为神女,它受香烟净水之供。臣妾每遇月旦有望日,行香祈祝。"纣王曰:"寡人何不也去玉女观。"今有纣君令坛司传圣旨,令四卿八相诣玉女观行香。四卿八相得圣旨从驾行香,前诣玉女观下。纣王与姜皇后入观内行香之次,纣王观看久之,见一簇女中,有一人容貌出众。纣王思忆女人,朕宫中无一人似玉女之容仪。纣王如此三日,在殿上观玉女,乃问玉女：“卿容貌世间绝少。”纣王不去归朝，只在玉女殿上。是灯烛无数，置酒与玉女对坐。玉女不言。此人是泥身，焉能言之！乃宣费仲问曰：“玉女是泥身，如何问得言？”费仲奏曰：“大王只在殿上，群臣告退去，看玉女之灵□□□□□□。”如此，纣王只在殿上。夜至三更以来，纣王似睡之间，左右别无臣侍，王见众多侍从，一簇佳人捧定玉女来殿上。纣王见之大悦，亲迎玉女。礼毕，玉女奏曰：“大王有何事，意在此经夜不去，为何？”王曰：“朕因姜皇后行香到此，寡人见卿容貌妖娆，出世无比，展转思念。今无夫志，愿求相见，只此真诚。”玉女回奏曰：“臣为仙中之女，陛下为人中之王，岂可宠爱乎！曾闻古人有云，仙人无妇，玉女无夫。请大王速去，恐招谴谪。”王问玉女曰：“何如谴谪？”玉女不得已，言曰：“更后百日，终必与我王相见，启大王且归内去。”王问[玉]女曰：“有何信物？”玉女遂解绶带一条与纣王。玉女言曰：“此为信约，王收之。”接得绶带，忽闻香风飒飒，玉佩丁当，声闻于外，霞彩腾空。纣王见之，举步向前去扯玉女，忽然惊觉，却是梦中相睹。定省多时，只见泥神，不睹真形，视手中果然有绶带一条。纣王向灯烛之下看玩，思之至晚，悔恨无已。纣王只在玉女殿中，三日亦不闻消息。纣王只将玉女绶带，思念玉女无限。忽有费仲来殿，谏曰：“何不还宫？”王说玉女之言与费仲，费仲奏曰：“大王且归宫阙，候百日，恐玉女来见我王。”纣王依费仲之言，遂还宫阙，每日如醉，思望玉女前约之事。

　　文本叙述了纣王登基天下太平，去玉女观进香被玉女观之玉女仪容深深吸引并陶醉，进而在玉女殿上“置酒与玉女对坐”，陶醉于玉女的纣王最终伏案而寐，梦中和玉女相见，梦幻之中玉女留下玉带为信物，纣王梦醒时分虽不见玉女，但手中却有绶带一条，这更加增添了纣王对玉女的思慕之情。

图4-2-2　纣王梦玉女授玉带

　　与上述文本故事相应的图像极为巧妙地刻画了纣王梦玉女的故事。图像以居中的“纣王”为连接点，图中的梦与现实恰好各占一半空间。图像的右侧为现实世界的室内空间，供奉有玉女塑像，纣王朝向玉女塑像伏案而睡。案上的烛火显示为夜间，几案的位置在内外的交接处。图像作者以云的形状圈定左侧纣王的梦境内容：玉女正在两名侍从的陪同下把信物——玉带，交给纣王。对比与对称的手法在图像中得以充分的运用，室内之真实与梦境之虚幻、庙宇之地面与梦中之云端，相比对而存在。图像中一边为现实，一边为梦幻，现实和梦幻之间由伏案而寐的人来连接，物质的、有形的、可以看得见摸得着的玉女塑像，与虚幻的、无形的、梦境的玉女在空间上以纣王为中心而形成对称,营造一个封闭而完整的宇宙空间。纣王所处的中线位置恰为内、外的交接地带,也是现实与梦幻的交接带。纣王梦醒时分,手中的玉带显示了真与假的混合、醒与梦的并存。纣王对玉女之陶醉是"生命和死亡之间的临界点,是清醒和梦幻的边界处,因此也是它们之间的相遇、撞击和转换"①,画家如此处理已经暗示出此图像所绘情节在整个平话故事发展中的枢纽位置。

同样是描绘梦境故事,文本叙事模式也基本相似的《殷交梦神赐破纣斧》的图像处理与《纣王梦玉女授玉带》的图像处理却有着巨大的差异。《殷交梦神赐破纣斧》的文本语言叙述几乎与上文的纣王梦玉女授玉带是完全相似的,均是"歇息"—"入梦"—"遇到神人(神女)"—"留下大斧(玉带)"的模式:

当日太子一夜躲兵独行,到一庙中,有一神人来请太子上殿而歇,神兵问太子曰:"何故来此?"太子具说父王不仁无道之事,神人曰:"你后破无道之君。吾与汝一法,必胜矣。"先赐酒一杯与太子饮之;又与大斧一具,可重百斤,名曰破纣之斧。神人便助太子有力也,接大斧入手中。忽然觉来,却是一梦,果然见大斧在手中。

图4-2-3 殷交梦神赐破纣斧

但是画面的描绘却大相径庭:画面采用云纹的形式来描绘太子梦中遇到神人赐予破纣斧的故事。最右侧的太子躺在庙门前入睡,左侧的云纹中是太子梦中的内容:一神人坐在室内的几案之后,几案之前有三人,其中两人执壶端杯,意欲赐太子饮酒,另外一人手执一斧头,正递给太子。显然,通过上述两幅图像的对比,可以看到对故事的图像化处理包含了画家对平话故事的理解,即纣王在故事中是关键的中心人物,是主角,而殷交则为非中心人物,是配角。且殷交的梦斧与纣王的梦玉女,在故事发展中的作用也不可同日而言,前者对故事的发展仅具有辅助性作用,而后者对于故事的发展则具有决定性作用。因此,即便是相仿的梦境、相似的叙事模式,在图像描绘方面却有巨大的差别,显示出版刻画家不凡的艺术表现功力。《纣王梦玉女授玉带》在该部平话的文图叙述之中当属典范之作。

----

① 彭富春:《哲学美学导论》,人民出版社2005年版,第230页。

（3）上卷其他图文

除了上述较具代表性的文图之外，上卷中的其他十三幅图像，如《九尾狐换妲己神魂》《纣王纳妲己》等基本是选取文本叙事中较有吸引力的故事情节加以图像化，诸如"宝剑惊妲己""文王遇雷震子""宝钏惊妲己""推杀姜皇后""酒池虿盆""炮烙铜柱""太子金盏打妲己""劫法场救太子"等大多是民间所喜闻乐见的故事。版画艺术家也毫不吝啬地将这些故事展示于人。当然，在这些文图叙事的平话中，也不乏版画艺术家的主观处理，这在诸如空间场景处理、寓意符号添加等方面均有体现。

图4-2-4　九尾狐换妲己神魂

《九尾狐换妲己神魂》中画家将不同的时空安排在同一画面之中。图像中的叙事顺序为从右至左的俯视全景视角展开。画面的右侧为"故恩驿"，中间为苏颜、苏护宴饮，被云雾纹样隔离开来的左侧帐中则是妲己入睡及摄取妲己魂魄的九尾狐。

图4-2-5　纣王纳妲己

《纣王纳妲己》中画面选取了妲己由费仲引见纣王的画面。图像的右侧似乎是妲己所乘坐的鹿车，画面正中的妲己在大臣费仲的引荐下正走向纣王，左侧的纣王在两名侍卫的仪仗下坐定，并微微地向前探身。作者反常地将举仪仗扇的侍从尾随于妲己身后，巧妙地暗示了妲己之被纣王选中。画面左右边框均刻有云纹，整个场景仿佛被包裹在云雾之中。

《宝剑惊妲己》的画面上妲己与纣王对坐饮酒，宫人双手捧一宝剑站在阶下。画中四人除了纣王之外，似乎都有惊惧之色。但各人所惊有所不同，妲己被宝剑的"辟邪"功效所吓而惊怖，其余三人则是因为妲己的惊怖而惊恐。画中唯有纣王神态悠闲，对眼前妲己的反常举动毫不介意，一无所知。文本所叙本为妲己"大叫一声，奔走如风"，但是画面作者却将妲己处理为面露惊惧之色却仍然坐

图4-2-6 宝剑惊妲己

定,由此可见妲己心机之深。此外,画面的右侧宫人所捧宝剑的侧右下方有一鹤站立,除了装饰空白的画面之外,其应是暗示宝剑乃吉祥之物。

图4-2-7 文王遇雷震子

《文王遇雷震子》中,图像右侧为姬昌的马车和随从,姬昌正在指示人去抱出墓中的孩儿。画面的左侧已经敞开的棺材中有一妇女躺在其中,妇人的身上坐着一个婴儿。在画面的左上角画家以具有寓意性的圆形云纹内置雷神的符号图像,表明了被救之人的身份。

二、中卷文图

中卷包含的叙事主要有《刳剔孕妇》《纣王斫胫》《皂雕爪妲己》《文王囚羑里城》《赐西伯子肉酱》《西伯子吐肉成兔子》《雷震破纣三将》《纣王赐黄飞虎妻肉》《太公捉黄飞虎》《飞廉费孟追太公》《比干射九尾狐狸》《剖比干之心》《剪箕子发》《太公弃妻》《文王梦飞熊》15幅文图组成,中卷的最后一幅图像《文王梦飞熊》为半幅,其他均为全幅。在中卷的文图中较具代表性的有《刳剔孕妇》《纣王斫胫》《皂雕爪妲己》《赐西伯子肉酱》《纣王赐黄飞虎妻肉》等文图。

(1)《刳剔孕妇》《纣王斫胫》《皂雕爪妲己》

这是一组情节放大了的叙事瞬间,是这部分平话与图像关系较为特殊的三幅图像。在平话上图下文的叙事中,通常情况下,上图与下文是基本对应一致的,很少出现文图位置的错位,而这里的一页文本内容却占据了接下来二页的画面。也就是说连续三页的图都与中卷第一页的平话文本相对应。显然"图画的设计者是有意展示这三幅画面的内容。这三幅图画画得很细致,把纣王极端残忍的暴行描绘了出来。这样的内容在生活中是没有的,读者很难想象出这种酷刑的情景,设计刊行这样的图画,似乎在有意向读者展示这离奇的情景"①。这三幅图像类似电影中情节"瞬间"放大,图像的延续与滞后,拉大和强调了文本的叙述内容。与该三幅图像对应的文本叙述为:

图4-2-8　刳剔孕妇

图4-2-9　纣王斫胫

图4-2-10　皂雕爪妲己

　　话说冷淡处持过。却说纣王共妲己每日去宫中取乐,又依前损害宫人无数。纣王恣纵妲己取乐。如此无道,无人敢谏。有一日,妲己奏曰:"子童辨认得孕妇腹中是男是女。"王曰:"如何知之?"妲己曰:"恐王不信,试将数个孕身妇人,臣妾辨之。"王曰:"依卿所奏。"便宣到百个孕妇人至殿下。纣王问妲己曰:"那个是男,那个是女?"妲己曰遂叫过一妇女来,令坐复起,妲己奏曰:"坐中先抬左足者是男,先抬右足者是女。"纣王曰:"如何得知。"妲己奏曰:"恐王不信,剖腹验之。"纣王曰:"依卿所奏。"令教左右剖腹验之,果然如此。每日可废百人之命,妲己精神越好。此人是妖精之神也。民间嗟怨,客旅哀哉,悲啼不止,无不伤心。

　　诗曰:

　　　　　　恣情损害几多人,能辨人间孕妇身。

① 卢世华:《元代平话研究:原生态的通俗小说》,中华书局2009年版,第151页。

今日虽然多富贵，后来剑底作泥尘。

　　当日纣王共妲己游西鹿台，前有一河，号日野水河。妲己共纣王登台上而坐，望见河岸上冬月凌水。二人欲下水。有一年少者怕冷，不敢下水，数次上岸。老者不怕冷而撩衣便过。王问妲己曰："此二人年少却惧冷，年老不惧冷□□何哉?"妲己奏曰："年少者是老生之子，髓不满其胫，阳气衰弱怕冷，不敢涉水。年老者是少生之子，髓满其胫，傲寒耐冷;虽是肌毛枯乏，阳气太盛，故不怕冷，便涉河而过。"纣王曰："如何见得?"妲己奏曰："恐我王不信，教捉取二人敲胫看之。"纣王曰："依卿所奏。"令左右捉取二人来，斫胫看之，果然如此。纣王大喜，告妲己曰："卿煞知好事。"如此损害人命，后来不敢来河上过往。纣王令左右去到处捉人，来于河中试之，每日害数十人命。

　　诗曰:

剜胎斫胫剖忠良，颠覆殷汤旧纪纲。

积恶已盈天震怒，浊天不免鹿台亡。

　　又一日，纣王共妲己在于台上朝日取乐。忽从□□数人笼放出猎之人，架着鹰雕打台下过，忽有皂雕飞起，直来台上搦妲己。妲己见了，大叫一声，走入人丛中去了，被雕抓破面皮，打了金冠。左右捉将放雕人来，斩了其人，灭了全家。因此，后人更不敢架雕打台边过。因此，妲己更不游于鹿台，驾却入内去。每日纣王共妲己在摘星楼上，取乐无休。万民皆怨不仁无道之君，宠信妲己之言，不听忠臣之谏，损害人民之命。纣王今天下变震黎民，广聚粮草，在朝歌广有三十年粮，尽底成尘。有胡曾诗为证。诗曰:

积粟成尘竟不开，谁知拒谏剖贤才。

武王兵起无人敌，遂作商郊一聚灰。

　　文本分别叙述了纣王的三种暴行，这三种暴行又分别在画面中得以展现。在《剜剔孕妇》和《纣王斫胫》中，纣王和妲己坐在右侧的高台之上，左侧则是极为残酷的画面。在《剜剔孕妇》图像中，剜剔之人嘴衔刀子正把胎儿从孕妇腹中取出，展示给纣王和妲己，剜剔之人身后是袒胸待剜掩面而泣的三个孕妇。《纣王斫胫》的画面，则是右侧鹿台之上坐着纣王与妲己，左侧台下，一人高举斧头正斫向年轻人裸露着的胫，另一人正用力地将被缚的老者推向前去。此两幅画面与前文的酒池蛊盆和炮烙铜柱图像，作者似乎都刻意地选择了最为惨烈的瞬间作为刻画的对象，以突出纣王的残暴。

　　《皂雕爪妲己》图中的猎人置于右侧，纣王和妲己在画面的左侧鹿台之上。画面上所有人的视觉焦点都集中在正扑向妲己的皂雕身上。与前几个表现纣王残酷的故事不同，此画面并不选择纣王残杀猎人一家的画面，而是选择了皂雕扑向妲己的瞬间作为刻画对象。如果说前几个故事的图像是为了表达对纣王和妲己的愤怒，这个图像作者以皂雕扑向妲己则是表达了神对纣王和妲己的愤怒。纣王荒淫无道已经到了人神共愤的地步，这也似乎预示了故事发展即将到来的变化与转折。

（2）《赐西伯子肉酱》《纣王赐黄飞虎妻肉》

在这两幅画面中版画家几乎用相同的构图样式与空间布局描绘了相似的故事情节，但是如果将两者进行比较，则可发现画面中的微妙差异，这也显示了两个事件的联系与差异，体现了画家对于文本的忠实"转译"。

图4-2-11　赐西伯子肉酱

《赐西伯子肉酱》故事的文本叙述主要是：

有太守并使命一行见姬昌。礼毕，二人言曰："今奉王敕，姬昌免囚归国；今赐肉与食之。若食了肉羹时，姬昌去国，你儿伯邑考，见在朝歌等候。"遂取肉与姬昌。姬昌心内思惟，此肉是我儿肉，若我不食此肉，和我死在不仁之君手也。姬昌接得此肉，喜而食之。姬昌告来使曰："此羹甚肉？此肉甚好。"费孟闻言，心内思之，姬昌非是贤人也。

《纣王赐黄飞虎妻肉》故事的文本叙述是：

殿王闻言，出城迎接。接着殿使，礼毕，邀入厅上，管待殿使。三杯酒罢，殿使曰："今奉王敕，赐肉酱一盒与大夫食之。"飞虎曰："殿使尔不闻纣王不仁，未常赐肉与吾食之，又爱把人醢为肉酱，却与他亲人食之。公不闻伯邑考醢为肉酱，与姬昌食之？"飞虎又曰："吾妻耿氏，与妲己贺生辰去也，到今不归，先令将肉酱与我食之。我问此肉是甚肉也？你若不实说，教尔目下有难！"飞虎仗剑，再问殿使曰："尔若实说，免贤性命，你若不实说，目下交你分尸而死。"殿使不敢隐匿，实说，"此肉是大王夫人之肉也。"

在纣王的两次赐肉活动中，故事的叙述模式几乎是一致的，均是纣王之使者与被赐肉者相互"礼毕"——"赐肉"，所不同的是西伯侯接受赐肉之前已经知道了所赐之肉乃是自己儿子的肉，而黄飞虎则是在接到肉之后，觉得有疑进而问询使者，得知肉乃是自己妻子之肉。这些文本叙事的差异被巧妙地表现在画面上，在《赐西伯子肉酱》图中太守坐于右侧，一名侍从正把肉酱递与西伯侯姬昌，姬昌身后有一持棒之人，地面上有囚禁的刑具。图中并无描绘太守与西伯侯之间的对话，右侧的官吏之间也是毫无表情地或坐或站。

《纣王赐黄飞虎妻肉》的图像描绘了黄飞虎仗剑问询赐肉殿使的场面。左侧的殿使刚刚下马，双手捧肉酱正欲递与黄飞虎，右侧黄飞虎身后有两名侍从似乎正在用酒食招待殿使，但是他们似乎并不关心手里所捧的事物，好像更多的是在

图 4-2-12　纣王赐黄飞虎妻肉

交头接耳、窃窃私语。黄飞虎坐在堂中执剑问询来者的动作使得殿使透露了纣王所赐之肉的实情。

在上述两幅"赐肉"的图像中,虽然画面构成类似,但送肉使者以及姬昌和黄飞虎的不同位置,在一定程度上表明了故事情节发展的差异,西伯侯和黄飞虎一文一武,一个为隐忍食肉之后匆忙奔逃以日后图强,一个率性而为得知己妻被杀之后愤而挥剑,最终发难弃纣而投明,以上内容均在图像中很好地作了叙述。

（3）雷震破纣三将

在中卷的平话文图之中,《雷震破纣三将》是较具概括性的一幅图像,描绘了西伯侯出狱奔逃途中遇雷震子相救的场景。画面中左侧的西伯侯正骑在马上匆忙逃离,而居中的雷震子却挥舞大刀冲向右侧各执兵器的纣王三将领。西伯侯奔逃之时的回头顾盼、雷震子举刀奔向纣将的气势、右侧杀气腾腾的纣王将领,在周围山峦的环抱中形成了完整的叙事画面。

图 4-2-13　雷震破纣三将

图像刻画的不仅仅是文本所叙:"时有一头象来兵救姬昌,内有一将,披头似鬼,肩担一柄大刀,高声大叫:'与吾决战。'来者何人? 是录真山烈人雷震子也。此人被本师说与当日姬昌至陕西东古墓之事。雷震闻言是西伯侯,心中大喜,上马横刀,冲入阵中,独荡纣兵,虾吼、佶留留不敢当,众兵皆回。"图像中姬昌仓皇骑马奔逃,有回首张望之姿,这使得图像描绘的时间得以向前拉伸,将姬昌从羑里城狱中出来急于脱困之情节包蕴其中。

（4）其他文图

中卷图文中,颇具匠心的文本图像化处理还有《比干射九尾狐狸》《剖比干之心》《文王梦飞熊》等。在《比干射九尾狐狸》图像中,纣王在四名侍从的陪同之下坐于右侧,左侧的比干穷追不舍,弯腰拉弓射箭,将一只九尾狐逼迫于画面的左下角,使得九尾狐逃向窟窍之中。九尾狐的尾巴分九叉,用以表示九尾,这与汉代画像砖中的九尾狐的表现手法相似。该图像的对应文本为:

> 有一日,纣王宣文武父于后宫梧桐园里,置御酒赏百官饮宴,盛饮之次,见群花深处,闻一声响亮,文武皆惊。见一只九尾金毛野狐,在于花树底下坐。有纣王伯父比干奏曰:"此为妖怪,臣用弓箭射之。"比干拈弓取箭,射中狐一箭,火光迸散,带箭入窟窍中去了。

图4-2-14 比干射九尾狐狸

图4-2-15 剖比干之心

《剖比干之心》图像的右侧为纣王端坐,妲己坐在纣王的左侧,比干被置于画面的最左侧,双手捆绑于后,剖开比干之腹后的刽子手站立于一旁,一名侍从正迈上台阶把剖出的比干之心呈献给纣王。在这幅图像中,图像作者以透视和人物位置的矛盾关系表明了剖比干之心乃是妲己主使。画面中虽然纣王看似坐在正中,妲己坐在侧面,然而如果按照透视关系,实际上是妲己居中,纣王居于侧位。纣王的神情木然,虽然在画中,但仿佛是与事情无关的画外之人。权力角色在文图的转换中被表现成了位置空间的差异和人物神态的呼应。图像对应的文本为:

> 妲己奏曰:"臣闻比干是大贤人也,心有七窍,为人所以聪明智慧。"纣王问,"卿如何知?"妲己奏曰:"恐大王不信,可以剖腹看之。"纣王:"依卿所奏。"令左右剖开比干腹看之,果然如此。

《文王梦飞熊》图像为故事卷中部分的结束。在尺幅上较为特殊,仅有半幅图像。这主要是版刻画家从技术层面考虑的结果。平话文字仅占有十四行的空间,在半幅之内尚有四行空白,如果将图像刻画为整幅,则会有过多的留白空间。该图像构图简单,明白地将文本中所叙述的"西伯侯夜作一梦,梦见从外飞熊一只,飞来至殿下"形之于图像。右侧的画面乃是殿内的文王侧卧于榻上,左侧为

图4-2-16　文王梦飞熊

云纹梦境，中有一只黑熊生有双翼，作站立之状。生有双翼的"飞熊"乃是姜尚的别号，这预示了下卷姜尚将是故事发展中的主要角色。

三、下卷文图

平话下卷共有《文王求太公》《太公下山》《武王拜太公为将》《南宫列杀费达》《离娄师旷战高祁二将》《伯夷叔齐谏武王》《太公水淹五将》《太公破纣兵》《八伯诸侯会孟津》《太公烧荆索谷破乌文画》《烹费仲》《武王斩纣王妲己》12幅图像。其中较具代表性的文图有《文王求太公》《太公下山》《伯夷叔齐谏武王》《太公水淹五将》《武王斩纣王妲己》等。

（1）《文王求太公》《太公下山》

该两幅图像同样采用了放大时间的叙事方法，突出了太公对于武王伐纣之重要。在这两幅图像中画家展现了文学叙事的两个原型：即"渔父"原型和"下山"原型。在《文王求太公》中，太公端坐岸边以"渔父"的形象出现。画面中文王及其侍从由右边的山后转出，走向左侧，姜尚坐在河边垂钓，侧目朝向正在躬身施礼的文王。文王以鹿作为脚力表现出吉兆。其对应的文本为：

却说文王望见磻溪河一里地下车，行至岸边，见渔公，大礼恭敬三次，姜尚不顾分毫。文王近前大礼，渔公举手指让，文王大喜而无愠色。姜尚执钓竿问曰："公乃何人也？"文王曰："某是西伯侯姬昌，专来出猎到此。知公大贤，许我伐无道之君，如何？"姜尚无言。

尤其值得关注的是《太公下山》图像，在文本叙述中并无对应的"下山"情节。"下山"应该是民间对于高人或重要人物出场的一种模式化认知，高人的"下山"

图 4 - 2 - 17 文王求太公

图 4 - 2 - 18 太公下山

意味着战局的扭转，或者说"下山"就意味着即将到来的胜利。"太公下山"显然不同于其第一次出场，在中卷中"太公捉黄飞虎""飞廉费孟追太公"以及"太公弃妻"中太公虽有出现，但都是较为"落魄"的形象，且在上述的出场中太公并不是为正义一方谋划的，尽管有过胜利的战绩（捉黄飞虎），尽管太公的首次出场具有浓厚的神话色彩，画家却没有刻意描绘太公的出场。当然，更没有用"下山"的"仪式"让其出场。这是由于"下山"在中国的文图叙事中有特定的含义，尤其是武侠小说中"下山"或"出山"是一个重要的"仪式"，是故事发展的重要转折点。下山的人一般担任着引领或者指导凡人的重任。这在其他平话，如《乐毅图齐平话》《三国志平话》中，均有体现。

在太公下山的图像中，车队朝向左侧行进，文王乘前面的鹿车，姜尚乘后面的鹿车，在侍卫的簇拥之下缓缓而行，这正是元代民间对于"下山"的理解。但是有关太公下山的语言描述几乎难以在文本中发现，仅有："姜尚诗毕，文王大喜，深谢贤良。西伯侯用手扶姜尚，并众臣扶定姜尚，上车北进。"文本中也未提及姜尚下山，而是"上车北进"，但是图像作者却是以"太公下山"为题进行描绘。这应与元代时期人们对于智慧贤人的期待不无关系。

（2）《伯夷叔齐谏武王》

该幅图像也是平话的封面图像。图像中伯夷、叔齐位于画面左侧，双手作揖力谏武王，武王、姜尚及将士从右侧向左行进。两名侍从将伯夷、叔齐用力推开，武王左手持马之缰绳，右手向前伸出，显然武王并未采纳两者"臣不可伐君，子不可伐父"的建议。这里的伯夷和叔齐形象也是第一次被演绎写入文学作品中。①

---

① 欧阳健：《伯夷与历代小说——"伯夷文化论"之四》，《厦门教育学院学报》2005 年第 2 期。

文本叙述为：

伯夷、叔齐谏武王："臣不可伐君，子不可伐父。启陛下，父死不葬，焉能孝乎；臣弑君者，岂为恶乎？陛下望尘遮道，今日谏大王休兵罢战。纣君无道，天地自伐。愿我王纳小臣之言，可以回兵，只在岐州为君。大王有德，纣王自败也。"伯夷、叔齐如此之谏，故意先交前而飏尘遮日，只见昏暗，只图武王听之回兵不战。武王不纳伯夷、叔齐之谏。言曰："纣王囚吾父，醢吾兄，损害生灵，剥戮忠良，剖剔孕妇，断胫看髓，酒池虿盆，肉林炮烙之刑；弃妻逐子，民不聊生。朕顺天意伐无道之君，禀太公之智，东破不明之主。若不伐之，朕躬有罪。卿等且退。"二人又谏曰："大王休兵罢战，不合伐纣，恐大王逆也。"武王大怒，遂赐二人去首阳山下，不食周粟，采蕨薇草而食之，饿于首阳山之下。

图4-2-19　伯夷叔齐谏武王

文本叙述中的"谏武王""图武王听""又谏""武王大怒"等一系列"谏"的动作及结果，以武王从右向左的进发，旌旗招展的气势，以及兵士对伯夷、叔齐的推搡等造型作了图像化的诠释。

（3）《太公水淹五将》

图4-2-20　太公水淹五将

图像的左侧河水中有五人在水中，其中一人只剩下一个脸露在水面上，另有三人在水面挣扎，还有一人刚刚被武王将士从岸上投入水中。按照文本叙述，应该是水淹二人，而非五人。原文本的五人应为误写之故。此处，盖图像作者望文生义误将"二人"刻画为"五人"。图像对应的文本为：

太公破了乌文画，领兵至黄河，前迎纣兵将五员，前来迎敌。一个是史元革、赵公明、姚文亮、钟士才、刘公远，五人领兵将来迎敌战。太公却令南宫括、南宫列、殷交三人，与纣兵混战，约斗数合，败了五将，速上船去于水中不动。太公定一计，今教三军离河岸一二里下寨，取酒食赏三军。时至三更，饮酒食肉，歌舞无休,有船上五人,闻知取乐之事,以此,船上五将令三将来劫太公寨。有赵公明、姚文亮、刘公远三人,下船来劫太公寨。太公令兵南退一里,尽留下酒肉。三人见之,大喜,三将并小军尽食肉饮酒,欢娱纵意。饮之此酒,元是药酒。须臾,药倒三将并众兵士。太公潜兵捉下三将,多时药发命尽。有史元革、钟士才二人在船上不曾来,被太公令一小将至岸叫二人曰:"今有三将探得便利,周兵三万三千三百三十三人,约一半降尽,教来叫你二人,同捉太公。"二人闻言,忻忻下船进步至岸头,被殷交,祁宏捉住二人,拥见太公。太公不斩二人,先占了船只。此二人皆送在黄河里教溺死。

(4)《武王斩纣王妲己》

图4-2-21　武王斩纣王妲己

此为该平话最后一幅图像,在图像中作者用概括的图像叙述方式将武士斩杀纣王与妲己置于同一个画面中,刽子手站在最左侧,紧接着是被缚的跪在地上的纣王,与其他被斩之人不同的是纣王在被斩之时却是背向武王。武王端坐在右侧,左右有大臣手持笏板,正在向武王进言,武王身后一名侍卫侧首回望、手举华盖。太公在武王的前方身体前倾,一手持照妖镜,一手擎降妖章,火光迸出,妲己已还原成了一只人面九尾狐狸。与之对应的文本为:

武王并众文武尽言:"无道不仁之君,据此,合斩万段,未报民恨。"言罢,一声响亮,于大白旗下,殷交一斧斩了纣王,万民咸乐。二声鼓响,于小白旗下,刽子待斩妲己,妲己回首戏刽子,用千娇百媚妖眼戏之,刽子堕刀于地,不忍杀之。太公大怒,令教斩了刽子。又教一刽子去斩。刽子持刀待斩妲己,妲己回首戏刽子,刽子见千娇百媚,刽子又坠刀落地,不忍斩之。太公大怒,又斩了刽子。有殷交来奏武王:"臣启陛下,小臣乞斩妲己。"武王:"依卿所奏。"殷交用练扎了面目,不见妖容。被殷交用手举斧,去妲己项上中一斧。不斩万事俱休,既然斩着,听得一声响亮,不见了妲己,但见火光迸散。似此怎斩得妲己了?太公一手擎着降妖章,一手擎着降妖镜,向空中照见妲己,真性化为九尾狐狸,腾空而去。被太公用降妖章叱下,复坠于地。太公令殷交拿住,用七尺生绢为袋裹之,用木碓捣之。以此,妖容灭形,怪魄不见。

四、图语及人物分析

在《武王伐纣》平话中，图像叙述的立场鲜明，绘画选择的场景重点突出了纣王的残暴不仁和文王武王的有德仁爱。图像中的人物造型空间大多具有特定的含义，此外，图像中的官员服饰具有明显的宋代服饰特征，尤其是官帽的造型是典型的宋代官帽造型。图像作者依此暗喻自己所处的时代，含蓄地表达了对于时政的见解。

武王伐纣平话的人物位置空间统计：

图像名称	左侧空间主要人物	右侧空间主要人物	人物运动方向
封面（半幅）	伯夷、叔齐	武王、太公	右→左
汤王祝网	老者	汤王	右→左
纣王梦玉女授玉带	纣王	玉女塑像	/
九尾狐换妲己神魂	妲己、九尾狐	苏颜、苏护	/
纣王纳妲己	纣王、费仲	妲己	右→左
宝剑惊妲己	妲己、纣王	手捧宝剑者	右→左
文王遇雷震子	雷震子	文王姬昌	右→左
八伯诸侯修台阁	工匠	诸侯	
西伯谏纣王	纣王	西伯侯姬昌	右→左
西伯宝钏惊妲己	妲己、纣王	西伯侯姬昌	右→左
摘星楼推杀姜皇后	妲己、姜皇后	纣王	上→下
酒池蛋盆	被杀宫人	纣王、妲己	/
炮烙铜柱	被杀宫人	纣王、妲己	/
太子金盏打妲己	妲己	太子	右→左
胡嵩劫法场救太子	监斩官、太子	胡嵩	右→左
殷交梦神赐破纣斧	众神	殷交	右→左
剐剔孕妇	被剔孕妇	纣王、妲己	/
纣王斫胫	被斫胫者	纣王、妲己	/
皂雕爪妲己	纣王、妲己	皂雕及猎人	右→左
文王囚羑里城	文王、天凤	守门人	左→右
赐西伯子肉酱	西伯侯	太守	左→右
西伯吐子肉成兔子	兔子	西伯侯	右→左
雷震破纣三将	西伯、雷震子	纣将领	左→右
纣王赐黄飞虎妻肉	送肉之殿使	黄飞虎	左→右

图像名称	左侧空间主要人物	右侧空间主要人物	人物运动方向
太公捉黄飞虎	黄飞虎	太公	左→右
飞廉费孟追太公	太公	飞廉、费孟	右→左
比干射九尾狐	九尾狐	比干、纣王	右→左
剖比干之心	比干	纣王、姐己	左→右
剪箕子发	姐己、纣王	箕子	右→左
太公弃妻	太公	太公妻	左→右
文王梦飞熊（半幅）	飞熊	文王	左→右
文王求太公	太公垂钓	文王及侍从	右→左
太公下山	文王	太公	左→右
武王拜太公为将	太公	武王	左→右
南宫列杀费达	费达	南宫列	右→左
离娄、师旷战高祁二将	离娄、师旷	高祁二将（太公一方）	/
伯夷叔齐谏武王	伯夷、叔齐	武王、太公	右→左
太公水淹五将	五将	太公	右→左
太公破纣兵	纣王兵卒	太公	右→左
八伯诸侯会孟津	武王	八伯诸侯	右→左
太公烧荆索谷破乌文画	乌文画	太公、兵卒	/
烹费仲	费仲	太公	左→右
武王斩纣王姐己	纣王、姐己、太公	武王	/

在上述 43 幅图像之中，武王仅在 5 幅图像之中出现，占总图像数的 11.6％。西伯侯文王姬昌在画面中出现的次数为 10 次，占总图像数的 23.3％。可见文本与图像叙述的中心应该是文王而不是武王。纣王在画面之中出现的次数最多，达到了 14 次，在总图像数中占比约为 33％。姐己在画面中出现的次数也达到了 13 次之多，占比约为 30％。但是，纣王、姐己出现的频繁并非是颂扬，相反图像作者着力表现其失德恶行，意味着纣王对人们的残害事件已经不可胜数。纣王出现在画面左侧的次数为 7 次，占出现总次数 14 次的 50％，另外 7 次纣王出现在右侧的画面之中，然而在右侧出现的 7 次，画面左侧的人物全部是被滥杀的无辜者或是逼迫开膛剖心的比干。太公在画面之中出现了 12 次，约占图像总数的 27％，如果将飞熊也视作太公，则为 13 次，占总数的 30％。由于太公在上卷并未出现，在中卷也仅是末段出现，如果仅以下卷统计太公出现的比例，则更是占下卷 75％的比例。由此足见姜太公在元代民间的受欢迎程度。

从上述统计数据可以看到，图像作者力图在图像的叙述过程中形成特定的程式,诸如当造型人物双方都是正义方之时,尊者一方处于右侧;当一方为邪恶方、一方为正义方时,多将正义的一方至于右侧。当然,图像作者为了突出纣王在其位却残酷失德之时,反其意而表现,将纣王和妲己置于右侧,以此反衬出其昏聩残酷的失德之行。另外,从人物的运动方向看,人物的运动方向从右至左的多为取胜的描绘方式,从左至右的多为一方拜见地位较高的另一方。

平话的 42 个标题除了《西伯吐子肉成兔子》《文王梦飞熊》《伯夷叔齐谏武王》3 幅在紧贴画面的左侧边框位置题写,其余 39 幅均是在右侧的边框位置题写。其中《文王梦飞熊》是中卷的终结,《伯夷叔齐谏武王》又是劝阻伐纣和听命于纣王的终结。

图像的位置空间设置也体现出作者的等级观念,譬如在纣王与从属或大臣同时出现的场景中,纣王仍置于右侧,这一定程度上反映了作者对于封建礼制等级观念的认同,不论如何,统治者仍在等级上高于普通臣民。

第三节　《新刊全相平话乐毅图齐七国春秋后集》之文图

平话《乐毅图齐》与元代杂剧的《后七国乐毅图齐》应该有密切关系。平话与杂剧在故事名称上基本一致,平话内容与杂剧内容也基本一致。当然,两者也略有差异,这主要是平话的名称可能因袭杂剧而来,因为平话的标题多以偏概全,不如杂剧名称更加合适。内容方面,《乐毅图齐平话》比《后七国乐毅图齐》杂剧多出了孙膑和乐毅、鬼谷子和黄伯杨的斗阵内容,而杂剧中只有田单火牛阵破燕兵等。由此推断,元代的平话本《乐毅图齐》应该受到元代杂剧本《乐毅图齐》的影响。

《乐毅图齐七国春秋后集》分为上中下三卷,该平话主要叙述了乐毅学成出山,先到魏国。后来他听说燕昭王因为子之执政,燕国大乱而被齐国乘机打败,因而燕昭王非常怨恨齐国,不曾一天忘记向齐国报仇雪恨。燕国是个弱小的国家,地处偏远,国力是不能克敌制胜的,于是燕昭王降抑自己的身份,礼贤下士,先礼尊郭隗借以招揽天下贤士。正在这个时候,乐毅为魏昭王出使到了燕国,燕王以宾客的礼节接待他。乐毅推辞谦让,后来终于向燕昭王敬献了礼物表示愿意献身做臣下,燕昭王就任命他为亚卿。齐湣王自尊自大很是骄横,百姓已不能忍受他的暴政。燕昭王认为攻打齐国的机会来了,就向乐毅询问有关攻打齐国的事情。为了攻齐,燕昭王派乐毅去与赵惠文王结盟立约,另派别人去联合楚国、魏国,又让赵国以攻打齐国的好处去诱劝秦国。由于诸侯们认为齐湣王骄横暴虐对各国也是个祸害,都争着跟燕国联合共同讨伐齐国。乐毅于是统一指挥赵、楚、韩、魏、燕五国的军队去攻打齐国。

乐毅攻下齐国城邑七十多座,都划为郡县归属燕国,只有莒城和即墨没有收服。燕国前所未有地强盛起来。乐毅认为单靠武力,破其城而不能服其心,民心不服,就是全部占领了齐国,也无法巩固。所以他对莒城、即墨采取了围而不攻的方针,对已攻占的地区实行减赋税,废苛政,尊重当地的风俗习惯,保护齐国的固有文化,优待地方名流等,这些收服人心的政策,欲从根本上瓦解齐国。但是在燕昭王死去之后,太子乐资即位,称燕惠王。燕惠王从做太子时就对乐毅有所不满,等他即位后,孙子对燕国施行反间计。燕惠王派骑劫代替乐毅任将领,并召回乐毅。乐毅心里明白燕惠王派人代替自己是不怀好意的,害怕回国后被杀,便向西去投降了赵国,乐毅图齐功败垂成。

《乐毅图齐平话》中加入了许多民间传说,尤其是双方斗阵的部分有不少荒诞之处与历史有较大出入,但是,《乐毅图齐》作为文学作品毫无疑问是成功的。与其他四种平话的图像比较,该平话在五种平话之中是最为考究和细致的,在该平话的图像中,人物的造型、人物的空间位置,图像作者对于故事所持的褒贬态度等都很好地展示在画面之中。《乐毅图齐》全相平话中有上中下卷图像共 42 幅,每卷分别有 14 幅图像,其中 40 幅为整幅画面,图像横贯两个页面上方。第 14 幅和第 42 幅画面为半幅,图像仅占单个页面的上方,页面的下方为文字。《乐毅图齐平话》封面已经遗失,因此,也是五部平话中唯一一部无封面的平话。此外,在元代的平话五种之中,《乐毅图齐平话》也是唯一一部正文图像残缺较多的平话,共计有 16 幅平话图像部分残缺。

一、上卷文图

在该部平话的上卷中共有《孟子见齐宣王》《燕王传位与丞相子之为王》《齐人伐燕》《燕国立昭王》《邹坚弑齐宣王》《齐王贬二公子》《四国合兵困齐》《苏代请孙子救齐》《四国合兵困齐》《苏代请孙子救齐》《燕王筑黄金台招贤》《燕王拜乐毅伐齐》《乐毅具兵伐齐》《燕齐大战》图像 14 幅。其中在文图关系方面较具表现力的主要有《燕王传位与丞相子之为王》《齐人伐燕》等。

（1）《燕王传位与丞相子之为王》

"燕王传位与丞相子之为王"的文本叙述将故事的背景、缘起等作了交待,其时间跨度较大,即从"燕王即位以来"到"传位子之",地点主要是"朝堂之上",人物主要是燕王、子之、孙操等人。文本叙述主要突出了人物间的对话矛盾,图像则是将其转换成为空间位置矛盾。该文图是平话中图像叙事超越文本叙事的代表性作品之一。版画艺术家以图像的叙事逻辑将对不同人物的褒贬之意寓于构图之中。"燕王传位与丞相子之为王"文本如下:

却说燕王哙即位以来,有其相子之专权擅政。那燕王老耄,不能治国,欲慕唐尧、虞舜授禅的道理,欲将国政让与子之做燕王。有燕国太子不肯,遂谏于父王。燕王大怒,把太子赶出燕国。却有孙操得知,出班奏曰:"臣今有表,愿王察之。"

表曰："天之生民,为之立君,立君所以治民。人生日用之间,不过君臣、父子、夫妇、长幼、朋友,五者各有一定之理。君臣之间,义同父子,内则父子,外则君臣。况我王太子,仁孝日彰,可为民望。况子之有何德行,而国可以擅传于人乎?愿王归太子于本国,诛子之于市朝,免诸侯兴师问罪,则诚万幸。乞我王圣鉴。"

王看之大怒,曰:"昔尧禅位于舜,舜传位于禹。吾今传位于子之。事已决矣,汝何谏为!"遂传位与子之为燕王。孙操大骂子之:"贼臣,安敢欺君篡国!"子之大怒,遂令金瓜:"把下者!"却有上大夫毛寿出班奏曰:"方今齐国正强,内有孙子,谋欺姜吕;若斩孙操,其子孙膑报仇,谁能为敌?愿王将孙操囚之。"子之依言。

图 4-3-1　燕王传位与丞相子之为王

与这段文字对应的画面构图空间明显异于常理。孙操为臣,理应在外,燕王为尊理应在内,但是画面位置处理却恰恰相反。画面中左边孙操在内,右边燕王在外。孙操在左,燕王在右。孙操"出班奏曰",燕王本该是正襟危坐于朝堂之上,聆听大臣之奏章,图中却是孙操在主位,燕王在殿外。在空置的宝座旁边两个侍者并非平衡地站在两侧,而是站立于同一侧,"空置""站在同一侧"似乎是一个暗示——王位之事的悬而未决。

文本叙述之中,燕王、孙操、毛寿、子之等人均在激烈的争执之中,但是,画面上孙操一个人在一侧,燕王和另外的人在另一端,主要的两个人物即孙操和燕王相距甚远,这也似乎暗示了,两个人观点相距甚远。空置的宝座,君臣颠倒的位置,相距甚远的距离,这一切都以图像的方式转译了文本所叙的燕王昏庸无能而不自知,却荒唐地作出欲效仿尧舜之举,而"虚位以待"的故事情节。

(2)《齐人伐燕》

"齐人伐燕"文本叙述了孙子因燕国囚禁孙父而"大怒"伐燕。该图像是较为特别的一幅。"孙子遇乐毅""苏代请孙子救齐"等私人场合中是没有旗帜的。但是在不同国家交战的场面中旗帜是不可缺少的,如在"四国合兵困齐""乐毅伐齐"等故事中敌我双方都有自己的旗帜出现。然而,在"齐人伐燕"画面中,却是非常奇怪的,首先是没有齐国和燕国的旗帜,"孙子蒙圣旨,乞兵二十万,章子为元帅,袁达为先锋,李牧、独孤陈为殿后使。王依奏,令孙子为军师"。二十万的大军,竟然没有绘画相应的旗帜,不仅如此,"伐燕"的战斗场景也与平话后面的战争场面有人镇定指挥、有将士上阵冲杀不一样。没有旗帜的国家之间的斗争场面在整个《乐毅图齐》中，这里是唯一出现的一次。另外，该图像中，似乎更多的是具体的微观场面，与拿着刀枪的士兵对峙的似乎不是燕国的士兵，而是燕国的妇孺。在左侧的画面中，我们可以清楚地看到，在齐国士兵将刀枪刺向她们的时候，妇孺仓皇惊恐的表情，一人已经倒下，另外一个意欲向里逃跑。如果我们回顾一下这段文本的语言叙述，对上述疑问或许就有了答案：

却说孙子在齐，忽有燕国孙龙，使人赍书入宅。孙子接得，是父书。书曰："燕王将太子出于外国，以位禅于子之。吾谏不听。叵耐子之将吾囚于狱，吾命在旦夕，汝可速来救我。如迟疾，则父子不能相见矣。父孙操书。"孙子看毕，大恸骂曰："无道燕君，吾当奏帝，兴兵灭尔！"遂入朝奏帝曰："臣启我王，今有燕国丞相子之，篡君之位为王，黜燕太子平于国外，囚吾父于狱中。臣乞陛下兴师问罪。"苏秦出班奏曰："方今六国合纵敌秦，若大王伐燕，则构怨于诸侯，背洹水之盟。若秦合诸国攻齐，则吾国危矣。"王不听，遂起兵与孙子伐燕。

图 4-3-2　齐人伐燕

孙子看毕"大恸"，孙子的"大恸"主要并不是站在国家的立场上的，国家的立场理应是苏秦所说的："方今六国合纵敌秦，若大王伐燕，则构怨于诸侯，背洹水之盟。"孙子的伐燕毫无疑问是不利于诸国结盟的。孙子在这里的伐燕主要原因是燕国"囚吾父于狱中"。私人的恩怨，加上齐王自持有孙子为帅的傲慢，成了这次伐燕的主要原因。如此一来，国家之间的战争，在一定程度上成了孙子报"囚父"之仇的手段，故画面上以国家的旗帜出现似乎是不妥的。然而，既然是"私人"的恩怨战争，在画面中以妇孺的弱小形象出现对抗拿着刀枪的士兵也便在常理之中了。

（3）《邹坚弑齐宣王》

在弑齐宣王的图像之中，邹坚已经将齐王的头颅砍下。宝座周围的侍者惊恐万状，呈现逃离之态。齐王并没有被刺死在宝座之上，也没有躲闪到宝座的侧面或后面，而是在靠近门口的宝座的正前方的位置，可见在邹坚刺杀齐王的过程之中，齐王并无躲闪，而是愤怒地责骂邹坚甚至是直接冲向了邹坚。齐王的正义性在这里的图像暗示之中可见一斑。画面上齐王的头颅和身子被邹坚劈开，头颅位于稍微靠左的部分，而无头的身体则是位于画面的正中，且正面朝向画外，似乎是在盘膝而坐。在《乐毅图齐平话》的图像之中几乎没有完全正面朝向画外的人物造型,齐王尸体是仅有的一幅正面朝外的造型,这与后面的《固存太子哭齐王》图像之中齐王的尸体所呈现出的造型截然相反。正和背,在古代通常具有重要的寓意,在陈葆真解读的洛神赋图像叙事之中,也提到"背"即谐音"背信弃义"之"背"。那么,正面形象其寓意应该是肯定的,或者是说在图像制作者看来即便齐王昏庸无德,但以下犯上弑杀君主,仍有悖于君臣之礼。从文本叙述中可以得知,邹坚处于非正义的一方,而齐王则是正义的一方。邹坚弑齐宣王的原因及情节如下:

> ……次日,邹坚领五百兵,就宅杀孙子,被袁达,李慕伏兵捉住见帝,令左右□斩。被邹忌领兵来劫法场,救了邹坚,就领兵□□入内杀帝,齐王无备。诗曰:
> 　　　　便生篡国夺权意,激发图王霸业心。

怎生结束? 看帝性命如何? 李慕捉住。帝知大怒,令袁达都杀邹家老小。邹文简女来见帝,其妇大有颜色,言是景州太守国舅姊妹。齐王见之大喜,便纳为后;急令赦免邹坚、邹忌,依旧叙用朝中。前后五年之间,邹后见太子清漳聪俊,乱其上下,邀太子入宫饮宴就寝,谋害齐王。齐王知之,大怒,令斩邹后并太子。被邹坚提刀入内,见齐王便斩,又无袁达在侧,诗曰:
> 　　　　刃起时一片白云,血溅处满袍红雨。

齐王性命如何? 躲不迭,分尸两段。

次日,邹坚传宣,先皇晏驾,立太子田才为帝,号潜王,行大赦。孙子奏曰:"既先君丧,合诏六国赠孝。"潜王自思,恐众君王问罪,按诏而不行。

图4-3-3　邹坚弑齐宣王

作为内戚的国舅邹坚因为自己的阴谋败露,数次几乎被齐王所杀,但是却屡次被救下,因此弑君之心早已有之。而仅就邹后欲谋害齐王来说,齐王的所作显然是属于正义的一方。邹坚则是非正义的一方,以至于在邹坚传宣了立太子田才为齐王的意旨之后,和邹坚同属一个团队的潜王仍然"自思,恐众君王问罪,按诏而不行",而不敢依孙子所奏"既先君丧,合诏六国赠孝"。后来的潜王纳国姑、国姨为后,不理国事的荒淫也证明了齐潜王乃昏庸无道之君。这里再次显示出图像制作者的叙述技巧。

(4)《齐王贬二公子》

齐潜王欲杀进谏之人,田文、田忌等人极力反对,致使被贬,即"田文贬入即墨,田忌贬入莒城"。二公子被贬在该段文字中所占的比例甚少。仅仅有

12 个字的描述——"田文贬入即墨，田忌贬入莒城"。激烈紧张的进谏在文字上占有主要的比例，且有不少动人心魄的场景，如苏代进言、齐王怒骂、公子骂帝、袁达执剑等一系列剑拔弩张的场景均未被选择，并未将其作为表现的对象。反而是选择二公子被贬"出行"为表现对象。这些紧张的进谏场景的语言描述如下：

有日，苏代上谏曰："臣闻君王之道，昭如日月，普照万民。大王不可纳国姑为妃，国姨为后。况内疏骨肉，外失邦国，荒淫过度，事变祸成。愿大王改过从正，反道去惑，则臣之万幸。"王不听，孙子又谏曰："昔商纣王惑于妲己，而致邦国之灭。幽王淫于褒姒，而取一身之亡。望大王改邪归正，就有道而去无道，则邦国之幸。"帝不从谏，大怒骂曰："有您，江山如此；无您，亦如故。"喝令武士推转孙子。有鲁王众公子曰："孙子于国有大功，何罪斩之？得贤者昌，得愚者亡。"当时邹坚曰："孙子先有三罪：一不忠，二不孝，三不义。一不忠者，佐二主；二不孝，远离父母；三不义，舌谏帝王行邪。"帝令斩。又有卜昌谏，帝终不从。苦苦再谏。帝曰："再谏朕者，贬出临淄！"时有公子田文，亦来进谏。帝不从，公子骂帝："桀纣无道之君，同其兽类！"帝闻之大怒："怎敢骂朕？"令金瓜碎脑。诗曰：

坏了擎天碧玉柱，损却架海紫金梁！

看田文公子性命如何？田单、田咨、田忌、苏代众文武曰："若斩田文、孙子，满朝文武都反叛矣！"帝大惊："休，休！看先皇面不斩，赦之。"把田文贬入即墨，田忌贬入莒城。孙子见贬二公子，大泣言："齐邦无主。"言："无道之君，不纳贤良直谏！"王闻之大怒："朕为万乘之国君，卿何哭无主？"欲斩孙子。可惜尽忠之臣，死在无道之手。其时袁达大怒，言："无道之君，不纳贤良忠谏！"扯剑在手，诗曰：

剑起一片寒泉，落来半潭秋水。

图 4-3-4　齐王贬二公子

图像直接显示出了这次进谏的最终结果，以二公子为刻画对象暗示了田文、田忌对于后来齐国命运的重要，为后文的四国合兵困齐之时，田文、田忌再次效力于齐国埋下了伏笔。另外，二公子被贬的画面选择也十分有趣，画面没有选择朝堂之上湣王贬谪二公子的场景，而是刻画了二公子出城已久，剩余五里即将到达被贬之地的场景。画面的左边有两个侍从，路边有"五里"之地标。画面的右侧三人，中间一人的图像和田文的头部已经缺失，但是田忌的造型和二公子的名字仍清晰可见。田忌面侧向同行的二人似乎在相互交谈。画面中前行的侍从大跨步奔走,二公子和中间的人物相互顾盼,神情怡然自得,马的造型俯仰有致,整个画面的气氛更多的像是出游访友,全无紧张不安及压抑。图像的制作者显然对于二公子的被贬抱以"沧浪之水清兮可以濯我缨,沧浪之水浊兮可以濯我足"的隐逸心态。

(5) 其他文图

《四国合兵困齐》图像与语言文本的叙述重点基本一致,四国困齐的图像下方也是以困齐作为主要文字内容的。四国困齐本有秦、燕、魏、韩国等大军四十万,但是画面却类似舞台表演的处理——仅有四个人,左侧两人骑马,但是旗帜残损,据推测应为秦之旗帜,左侧的下面有魏国的旗帜,但魏国的仅有旗帜"魏"字,士兵隐于画外,其含义引人遐想,而燕国和韩国的旗帜在右侧均有骑马之兵士。如果通过对比四国困齐的原因,可能对此有所理解。

图4-3-5 四国合兵困齐

燕国孙操大兵一十万,与儿孙子来索命;魏国毕昌兵一十万,亦来攻齐,与庞涓报仇;韩国大将张奢起兵一十万,与孙子报仇,为邹坚气杀孙子。四国兵四十万,都困临淄城。

从这段文字描述可以见得四国困齐的理由都与孙子相关,但是秦、燕、韩国显然是站在孙子的立场上讨伐齐国,唯有魏国是为报庞涓之仇,虽然与孙子有关,但是这个理由显然是不同于其他三国的,甚至是与其他三国相反的。

图4-3-6 孙子遇乐毅

《孙子遇乐毅》画面中乐毅居于左侧,孙子居于右侧,两人虽相遇却仍相距甚远,乐毅一侧的流水显示出两人的方向,即一个入山"潜身归云梦"和一个出山"下山佐诸国",对应于文本中的孙子归隐和乐毅下山。画面中清冷的气氛和相距甚远的相遇,与诗相谐:

　　孙乐相逢话已投，一来一往志难侔。

　　谁知乐毅扶燕后，翻作庞涓刖足仇。

　　乐毅自言："孙子自夸，会被庞涓刖足！"这体现出乐毅的自信和对孙子的不屑，同时也与画面场景相契合。

　　黄金台①招贤复国中兴的故事是历史上的著名典故，后代的文人、官员对黄金台的吟咏诗篇大量流传。如李白、杜甫、刘因以及康熙、乾隆等都有作品留存，甚至在文学史上已经形成了所谓的"黄金台"母题原型。在平话的图像中也得到了表现。画面中燕王、邹衍等三人坐在左侧，彰显了对于人才渴慕的虔诚态度，在《乐毅图齐》的所有图像之中，除此之外，帝王的位置几无坐于左侧的，皆坐于右侧。乐毅在台上正躬身经过放置有黄金的桌子。画面右侧牌坊上题写有"黄金台"三字。图像所绘与文本所叙侧重点并不一致，文本主要叙述燕王与乐毅的对话，并未描写乐毅走上黄金台这一动作，而图像则凸显了这一动作，将乐毅迫不及待的心理形之于画面。如文本曰：

　　话说燕王在黄金台上设宴管待郭隗、邹衍、剧辛之次，忽有阁门大使奏曰："有一贤士，来自魏国。"王大喜，宣至台下。礼毕，王曰："谢卿远来，愿闻名姓。"毅曰："臣幼小出家于线代谷，受阴阳书兵法于黄伯杨。闻知燕国用贤，故来佐国。"王遂宣乐毅上黄金台，置酒管待乐毅。遂封乐毅为亚卿，任以国。

图4-3-7　燕王筑黄金台招贤

二、中卷文图

　　平话的中卷共有14幅图像，分别是《乐毅破齐》《燕王入齐报仇》《齐王出走》《乐毅会淖齿擒齐王》《固存太子哭齐王》《孙子反间燕王召回乐毅》《燕王召回乐毅》《王孙贾射杀淖齿》《田单火牛阵破燕兵》《齐襄王归临淄城》《乐毅再图齐》《孙子说乐毅》《石丙追孙子》《孙乐斗阵》。在《乐毅破齐》《燕王入齐报仇》《齐王出走》《乐毅会淖齿擒齐王》《固存太子哭齐王》等中，文图以人物运动方向的回环而

---

① 据考证，战国时期并无所谓的"黄金台"，燕王招贤所筑的是"宫"而不是"台"（参见洛保生《黄金台考》，载《河北学刊》2003年第1期）。平话中艺术家直接将其画作"台"，足见在元代时期"黄金台"之故事已经非常流行了。

形成的"组图"叙事单元极具表现力。

（1）《乐毅破齐》《燕王入齐报仇》《齐王出走》《乐毅会淖齿擒齐王》《固存太子哭齐王》

图4-3-8　乐毅破齐

图4-3-9　燕王入齐报仇

图4-3-10　齐王出走

图像叙事具有自己的逻辑段落模式，这在《乐毅破齐》《燕王入齐报仇》《齐王出走》《乐毅会淖齿擒齐王》《固存太子哭齐王》的构成空间方面体现得较为显著，这是中卷表现力最强的一组图像。此五幅图像是一个相对完整的叙述单元。首先，《乐毅破齐》图像的构图并不是将进攻的强者放置于画面的右侧空间，而是左侧空间，而接下来的两幅图像均把乐毅及其将士置于右侧，从而使"破齐"—"报仇"—"追杀（齐王出走）"—"被擒"—"被杀"过程形成了一个连续而封闭的图像故事构成空间。《乐毅破齐》左边是乐毅的大军源源不断地从山后涌出，右侧是士兵已经破门而入齐国的城池，这也是燕齐大战的结果。燕王入齐报仇的画面视点则是由右至左，画面上并没有齐国将士，也没有双方激烈的交战，从右奔向左的燕王及其将士充满了整个画面，所刻画的应是文本所述"乐毅遂迎燕王入齐城，取临淄之宝物、祭器"的场景。"齐王出走"是"破齐"大胜的体现，画面具有强烈的动态刻画，视点为从右至左，齐王背向画外，伏在马背上仓皇逃走，后面紧跟着的是燕国的追兵。《乐毅会淖齿擒齐王》的静态画面是"破齐""报仇""出走"的结果。《固存太子哭齐王》是"破齐"之余音。图像直接描绘了得胜的一方居右而坐，齐王面朝右方，跪在地上的这一"擒"的结果。如果将画面合并起来，整体观看，就会发现艺术家将人物的运动方向设置为"向右"—"向左"—"向左"—"静态"—"静态"，这在视觉上形成一个回环，从而完成该段落文本故事的叙述。

　　该图像叙述单元的节奏缓急设计别具匠心。艺术家将乐毅破齐的造型运动视点设置为从左侧趋向于右侧，可以看作是"弱起"。接下来的燕王及将士充满整个画面而无一齐兵士的"报仇"可谓是"渐强"与发展，齐王的"出走"，可谓是"强音"，"擒齐王"则是"高潮"，而"哭齐王"则是如死寂一般"静止"的尾声。《固存太子哭齐王》，作者将该幅画的题字异乎平常地写于左边，以此封闭了这个叙述单元。固存太子掩面哭泣，树枝上悬挂着齐王和邹妃的人头，人头的下方则分别是两个人侧卧的尸体。燕国的将士站立在最右边。整个画面清冷、悲凉。这与文本叙述的平静一致契合：

　　却说固存太子，在打猎户青龙景家中养着，听得人说齐湣王无道，被燕兵捉去，使钩子挂了。太子闻得烦恼，曰："便做齐王无道，是俺生父！"离家大哭。

图4-3-11　乐毅会淖齿擒齐王

图4-3-12　固存太子哭齐王

　　如果就文本叙事的篇幅重点而言，《乐毅会淖齿擒齐王》《固存太子哭齐王》图文的主要叙述内容并不一致。在图题为"固存太子哭齐王"的下方文字部分叙述的主要是"齐臣王蠋自经死"的故事，固存太子哭齐王的内容并不很多，且场景也无太多的紧张与冲突。但如以"图语"的叙事秩序来看，画家以"哭齐王"的场景作为"图语"叙事段落的终结是十分合乎逻辑的。而且，图像的选择暗示了固存对于齐国命运的重要性，对此后文即可见得：

　　却说孙子在云梦山，夜观帝星明朗，自思湣王无道，乃是游海固存太子，年一十五岁,旺气光辉,合再兴齐。

此外,选择固存太子哭齐王的画面,也显示了固存不顾被燕国抓虏的危险而对其父之死的孝道表达,凸显了固存太子乃是重孝悌仁厚之人。

(2)《田单火牛阵破燕兵》《齐襄王归临淄城》

《田单火牛阵破燕兵》和《齐襄王归临淄城》是一个相对完整的叙述单元,图像的构图分别是由右至左和由左至右完成了齐兵获胜、君王归城这一故事情节。

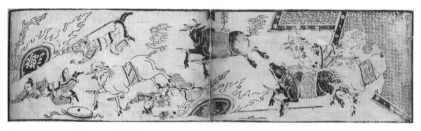

图4-3-13　田单火牛阵破燕兵

首先,《田单火牛阵破燕兵》的图像左侧燕国士兵惊慌逃走,被杀死的士兵仰面朝天,写有"燕"字的旗帜已经倒下。右侧则是战争的主动方,田单的火牛头上、腿上绑着尖刀,正从城池中冲出来奔向燕国军队。此图像所绘与文本的叙述基本相互一致。文本曰:

> 即时于即墨城里拘刷上等庄家好牛,得一千余只。于牛角上施枪,腿上安刃;尾上扎火把,膏油灌于其上。又用青红被缠于牛身,上画五彩龙文;头上戴龙藤面具;颔下带鼓,鼓里盛着铁球子,摇响如雷。……此日天晚,闻城中鼓响,从西见千道火起,两壁下是甲马步军,中间里青黄五百条毒龙出阵,后锣鼓振天。燕兵见明朗如白日相似,见枪刀飞入阵来。燕兵大惧,弃甲抛戈,撒星败走。

不同的是牛的"颔下带鼓"并未在牛的造型中出现,反而是画面的左下角有一面战鼓,倒下的旗帜和丢掉的战鼓明确地刻绘出双方的胜负。

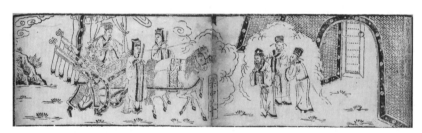

图4-3-14　齐襄王归临淄城

其次,《齐襄王归临淄城》的图像,运动的方向是由左至右,显示了由失败到胜利,由被动到主动的转折。画面左侧齐襄王在三名侍卫的陪同下乘两骑之车正走向城门,画面的右侧城门半开,有三位大臣躬身相迎。文本曰:

田单、田文、田忌、王孙贾并众官迎齐襄王归临淄城，城中父老百姓，各各焚香接驾，拜曰："燕乱齐国数年，今幸得复见天日。"齐襄王慰谕而遣之。

　　图像与文本的差异是，图像中是三位大臣而非田单、田文、田忌、王孙贾并众官，也未显示城中百姓焚香的场景。图像构图的由右至左和由左至右所形成的这个叙述单元将故事的发展暂时作以小结。

　　（3）《孙子说乐毅》《石丙追孙子》《孙乐斗阵》

　　《孙子说乐毅》《石丙追孙子》和《孙乐斗阵》是一个视点"回环"的叙述单元。画面的视点由左至右，再由右至左，最终以难分上下、两两相对而结束中卷，构成一个相对完整的图像叙述场景。

图4-3-15　孙子说乐毅

　　乐毅再图齐，孙子孤身一人游说乐毅退兵。在《孙子说乐毅》的图像中，图像作者并没有刻画孙子进入乐毅寨门的动作，而是在画面的左侧画有两名佩戴弓箭、手持长斧的兵士和孙子的青牛坐骑。画面的右侧乐毅和孙子并坐于帐中，乐毅居右，孙子手持拐杖在左侧。画面的最右侧站立一名持矛的侍卫与左侧两名侍卫造型、服饰一致，这在形式上使画面左右呼应，在内容上显示出乐毅为主，孙子为客，对应于孙子由"寨门外"来见乐毅"招讨"的叙述。由该画面人物的运动过程可以推测出应是孙子由左至右，但是由于孙子和乐毅并不存在臣属关系，彼此是平等的关系，因此图像作者只是刻画两人并坐交谈，并无刻画孙子进帐的动作。而文本中孙子和乐毅之间的交锋是异常激烈和紧张的：

　　　忽有小军报元帅："寨门外有一道人，着青袍，骑着青牛，提双拐，来见招讨。"乐毅闻之大怒："正是孙子瘸汉，准备刀斧手，来者便斩。"那时先生下青牛，挂沉香木拐，入寨去见乐毅。乐毅言曰："孙膑有何面目来见我，待说甚？"孙子至帐下，乐毅自思，两国相持，不斩来使，看孙子来者说甚么。……乐毅哮吼如雷："叵耐瘸汉，敢发此言！"喝令刀斧手："下手者！"石丙言："不用外人，我与你下手。"抡起石棰便打孙子。孙子性命如何？当有乐毅扯住："未可着！孙子别有甚事。"

　　　……孙子承怒，用拐便打。乐毅用手约住。石丙大怒："打杀孙膑，容易图齐。"乐毅曰："未可。交尽词者，杀它未迟。"膑曰："尔仗众杀我，非强。你敢放我出寨，取少军兵来敌你多兵，则一阵便见高低。"乐毅曰："这汉使脱身之计。"毅曰："我不放你出去。"膑曰："你不放我出去，你敢做耶娘养着我么？你不放我出寨去，就此处杀你。"膑于衣底取刀与毅看。

在文字的叙述中,乐毅的咆哮如雷、勃然大怒,石丙意欲杀孙子的愤怒,孙子的极怒甚至用拐击打的动作都没有显示在画面的人物造型中。孙子和乐毅反而是平静地坐着交谈,可见图像作者已经有意识地倾向于将孙子和乐毅逐渐地作为谋士的形象去把握和处理,而不再是动武的将军的形象。可见中国文化中的谋士有着一个"由动到静""由武到文"的演变过程。《三国志平话》中的诸葛亮形象也是如此,在平话中诸葛亮是提刀杀人的武夫形象,在后来的小说中渐趋定型化为儒雅的谋士。

《石丙追孙子》的图像中,人物的运动方向与前者相反,乃是由右至左。画面仍采用相对固定的空间布局寓意,左侧是被动的一方,孙子正骑在青牛之上奋力逃走,石丙处于画面的右侧双手抢起金瓜锤追赶孙子,石丙身后的旗帜表明追赶孙子的并非石丙一人,而是"五百军兵"。但是,通过石丙抢起金瓜锤的手势和石丙的身体姿态来看,似乎其所抢起的锤子是在抢到一半的过程中停滞了下来,由文本可知石丙是因为看到孙子放飞的两只鹁鸽而停了下来。

图4-3-16　石丙追孙子

石丙自思,俺到没人处,打杀这瘸汉。孙子出寨,得青牛骑了,便去怀里取出两个鹁鸽放起,上带哨子响。石丙道:"孙膑有埋伏军兵。"石丙日便回。放孙子行二里之上。石丙观无伏兵,石丙大怒,言曰:"这汉使脱身计,今番捉住,不由乐元帅,我便打杀这瘸汉!"领五百军兵胜将去赶孙膑。

图像作者用石丙举锤的犹豫和孙子前上方飞起的两只鹁鸽来对应文字叙述中石丙追孙子的直追—犹豫—愤怒再追—斗阵的这个过程。该幅图像人物由右至左的运动与上一幅图像的相反运动方向构成了一个回环,叙述了孙子游说乐毅的故事。

图4-3-17　孙乐斗阵

紧接着的《孙乐斗阵》又是一种相对平衡和静止的三角形空间构成。图题

"孙乐斗阵"位于画面的左上方，标志着平话故事《乐毅图齐》中部故事的结束。画面的左侧乐毅骑马，后有军兵举着"乐毅"的旗帜，正冲向右侧，孙子居于右侧，骑着青牛正冲向左侧，身后的士兵举着上书"孙膑"的大旗。乐孙两人相向而行、分置左右，暗示了对阵伊始、孙子居上的战争开端。

三、下卷文图

下卷是平话故事的高潮和终结，主要有《袁达战石丙》《孙子困乐毅》《乐毅请黄伯杨图齐》《迷魂阵困孙子四人》《齐国宣鬼谷救孙子》《鬼谷下山》《独孤角入迷魂阵》《鬼谷说伯杨》《鬼谷擒毕昌》《渔叟送阴书与鬼谷》《破迷魂阵》《孙子出迷魂阵大战》《伯杨乐毅投降鬼谷》《四国顺齐》14 幅文图。其中《孙子困乐毅》《乐毅请黄伯杨图齐》《齐国宣鬼谷救孙子》《鬼谷下山》《四国顺齐》等文图叙述较具特色。

（1）《孙子困乐毅》

这幅图像画面的构成较为平衡和自足，描绘的实际是孙子拿乐毅的故事。孙、乐双方相向而行，均无进攻之态势，尤其是乐毅仍然骑在马上，似乎也难以看到乐毅被困。但如果将文本叙事中的"放走乐毅，再拿乐毅"加入进来，则画面就显出"困"得极为有理。画面的左侧是水，右侧骑牛的为孙子，其余为齐国将士。骑在马上的乐毅似在与孙子对话，而孙子也正回头与己方将士交谈。此图像是文本中齐军苍河放水困乐毅，乐毅与孙子打赌再战情节的描绘：

> 是夜，袁达见乐毅、石丙引兵过河。袁达令兵急放下水隔住，燕兵不能前进。孙子领田文更妆草人，打魏国兵旗号；袁达为庄农，引众兵叫："赵兵来。"水军报与乐毅，被齐军开沧河放下水来。毅曰："碍也！"其时燕兵不能渡河。

图 4-3-18　孙子困乐毅

图像既描绘了乐毅被困，也通过人物的动态刻画了二者之间的对话。画面中乐毅骑马向右，乐毅的随从将士却向后张望，孙子扭头后顾，似在听袁达的建议。画面生动地体现了孙、乐间的对话：

> 乐毅出阵打话。孙子告曰："吾弟，尔在吾计中，尔肯回兵么？"毅曰："你好毒害。既赚我过河，尔兵不及一万，如何近我？"孙子曰："尔觅个死。"叫袁达，"先缚乐毅，后捉石丙"。看乐毅怎生奈何？ 孙子曰："乐毅在吾计中，肯降我么？"毅曰："吾为百万之师，怎肯降你？"孙子曰："吾截你归路，你怎生去得？"毅曰："吾虽落

你计中,不记你前者入寨议论公事,吾放你去时节。"孙子曰:"看咱同道面,你若肯降我么?"毅曰:"我放你还齐国,你今番放我,若到齐城一阵,令兵捉你。"孙子冷笑:"今番放你还寨,何妨?"袁达曰:"若放他去,再难捉也。"毅曰:"你算吾非为强,你阵上捉得吾方为强,我便降你。"孙子曰:"俺布一阵交你看之。"毅曰:"愿看。"

（2）《乐毅请黄伯杨图齐》《齐国宣鬼谷救孙子》《鬼谷下山》

该部分文图共同叙述了平话中经常出现的"下山"原型。不同的是黄伯杨的下山用了一幅图像,而鬼谷子的下山却以两幅图像来描绘。黄伯杨与鬼谷子同属世外高人,两者的造型均为老者形象。但是"下山"图像的差异,已显示出了战争双方谋士的高下。

图4-3-19　乐毅请黄伯杨图齐

《乐毅请黄伯杨图齐》图像所凸显的不仅仅是"请",而是将"请"与"下山"合二为一。画面的左侧是一个燕军兵士,手捧文书,黄伯杨乘青牛,后有一随从小童,向左而行。燕军迈步向前双手呈书,黄伯杨并未等待燕军送上所呈之书,而是伸出右手去拿书信,似乎已经是"迫不及待"。图像作者以此来显示"黄伯杨先生并不推托,便去前至燕寨"。另外,在这幅图像中值得注意的是黄伯杨的坐骑与孙子的相似,黄伯杨从辈分上高于孙子,但二者均以青牛为坐骑,其寓意颇值得玩味。文本叙述为:

燕军往燕山行之数日,路逢一仙长,骑一青牛。小军便问:"先生何往?"先生曰:"尔往何方来?"小军回言曰:"乐将军战齐孙子不胜,敬遣俺往燕山,请他师父黄伯杨,下山解围。"先生曰:"吾便是黄伯杨也。"小校便言:"乐毅数败于齐孙子,特令小军来请先生。"看这黄伯杨先生肯去么? 黄伯杨先生并不推托便去,前至燕寨。

与黄伯杨下山相比较,鬼谷子的下山要"隆重"得多,不仅"请"与"下山"分开描绘,且图像也将"下山"作为仪式来呈现。首先是文本的叙述十分详细且具神秘性,诸如鬼谷与王傲、肖古达的对话已经预测到孙子之灾难,"大虫闻有生气"乃是苏代的到来等,都衬托出鬼谷身怀神通之本领。其次,鬼谷并不像黄伯杨那般"爽快"答应,而是先以"老钝"推辞,又以"孙子不听其言"推辞,之后又以"吾是楚国之民,不受齐王水土"推辞,最后在苏代"孙子之命休矣"的"威胁"下,鬼谷先生才"勉强"同意下山。这种"再三推辞"和"再三告拜",似乎成了后来小说戏曲中大谋士出场的"标配"。

《齐国宣鬼谷救孙子》图像左侧为大夫苏代双手捧书躬身趋步向鬼谷,右边画面中鬼谷坐于榻上,榻后植有竹子。鬼谷左右有两小童,一小童执扇头微侧向鬼谷似在认真谛听,另一小童肩负书卷朝向鬼谷。图像与文本的叙述场景有所差异,文本叙述中鬼谷乃是在洞中,并非在室外榻上,苏代见到鬼谷乃是入洞之后。文本为:

图4-3-20 齐国宣鬼谷救孙子

忽有人报曰:"洞外有使命至。"仙童出洞见使命,乃是东齐大夫苏代擎圣旨来,宣鬼谷先生救孙子。苏代问仙童曰:"洞中鬼谷先生有么?"仙童曰:"先生只在洞中。"遂引苏代入洞见鬼谷先生。礼毕,苏代曰:"吾奏王命,特来请先生救孙子之难。"鬼谷曰:"告大夫,贫道目今第一老钝,第二养性自安。"鬼谷先生不往。代曰:"先生不去,困死孙子,枉折先生节概。"鬼谷曰:"孙子不听吾言,果有大灾,我难救他。"苏代再三拜告。看鬼谷肯去吗?

图4-3-21 鬼谷下山

如果仅就"鬼谷下山"的文字叙述而言文中仅有"先生坐二虎车下山"数字,但画家却不吝以单独的画幅对其下山进行描绘。画面上鬼谷坐在二虎车上,前有仗剑侍卫,后有将军骑马尾随。尤其是车前二名侍卫的夸张姿态[①]生动传神地衬托了鬼谷之重要。画面人物的运动由右至左,与上一幅图像的由左至右构成了"宣鬼谷"和"鬼谷下山"的叙述单元。仅从双方"下山"的阵势对比,双方的胜负已定。

---

① 车前侍卫的夸张姿态应该是元代时期舞台演出的姿态造型,无疑与实际中的行军姿态是有差异的。

（3）《鬼谷说伯杨》

图4-3-22 鬼谷说伯杨

《鬼谷说伯杨》图像中，伯杨和乐毅位于画面的左侧，伯杨骑牛双手呈作揖之状，乐毅骑马跟随伯杨之后。鬼谷骑虎位于画面的右侧，身体前倾，手指伯杨，身后的战将扬鞭提刀，跟随鬼谷。象征气势的云状条纹从鬼谷一方飘向伯杨的一方。伯杨神情谦和，乐毅怒目圆睁，鬼谷愤怒指手，双方的矛盾与气势以及强弱一望便知。该图像看似作者选择了"鬼谷闻之大怒"进行叙述，实则是把乐毅的坚持，伯杨对于弟子乐毅的听信和不太情愿与鬼谷较量，以及鬼谷的气势等信息都呈现于画面。文本故事叙述为：

鬼谷曰："咱看燕寨。"田单领众兵至阵前索战。鬼谷曰："请燕乐毅出阵。"毅出阵曰："莫是齐国来进奉？"田单立马曰："今国家不能办得，请伯杨仙长出阵。"伯杨时年一百二十岁，骑着青牛出阵来。齐阵上有二虎车，车中有一百八十岁鬼谷先生，问众将曰："果是黄伯杨否？"众将曰："然。"鬼谷乘二虎车至阵前，欠身叫："吾弟黄伯杨，别来安乐否？"那时，伯杨曰："托吾兄仙庇，幸尔穷健。"伯杨自思，休道是百万燕兵，便一千万也索饶它。却说齐阵众人议曰："孙子几时免灾？看先生用甚计策救出他？"燕阵伯杨与乐毅曰："且领兵回去，如何？"乐毅曰："师父错矣。今鬼谷乃孙子师父，如何才相见便言退兵？"伯杨曰："鬼谷是吾兄，何背了情也？"毅曰："然此上吾告师父，兴兵各佐其主。师父若去，弟子如何保全？愿师父决胜负。"

伯杨出，二人礼毕。鬼谷曰："尔今得道，何搅是非？"伯杨曰："孙子欺吾忒煞。"鬼谷曰："吾今特来劝尔回兵，如何？你肯交乐毅回兵么？"伯杨曰："兄然倚大，识此阵么？"鬼谷闻之大怒，叫小将军先擒伯杨，后捉乐毅。当时众人道："一个神通广大，一个变化多般，二人正是本对。"看救得孙子么？

乐毅与伯杨师徒之间的对话，以两人各异的神情来表示。文本叙述中本想与鬼谷和解的伯杨，在听了弟子所言"兴兵各佐其主"之后，不得不出阵对战。同时，伯杨的神情也显示出其对于兄长鬼谷的理亏和"背情"。与文本描述有异的是鬼谷乘二虎车至阵前，画面中却为骑一虎与伯杨对峙。

（4）《渔叟送阴书与鬼谷》《破迷魂阵》《孙子出迷魂阵大战》

平话中"送书""破阵""出阵"的叙述，体现了鬼谷孙子一方的胜利乃是天时、地利、人和所成就。在鬼谷面对"迷魂阵"也颇感无奈之时，恰恰是仙鹤化身的道

童,将伏羲阴书经渔父^①之手传与鬼谷。文本叙事分别为:

> 言未尽,又一人来见鬼谷。礼毕,言曰:"小人是景州吴桥镇人,打捕为生。在沧河钓鱼,忽见二仙鹤落在水岸边,变作二道童,言终南山得三卷伏羲阴书。小人至近,化鹤去了,撒下此书。小人看之,名曰阴书,内有三千条缚将之计。特来呈与先生。"

> 破迷魂阵用七员将,背了皂罗七星袍,披头仗剑,叫一声,杀入迷魂阵里去……袁达绰一百二十斤开山斧,李慕横丈四长枪,独孤陈持双股剑在手,众人一发都撞出来。袁达大叫:"乐毅、黄伯杨冤仇大如太山!"四人领兵出迷魂阵,杀燕兵出来。

图4-3-23 渔叟送阴书与鬼谷

图4-3-24 破迷魂阵

图4-3-25 孙子出迷魂阵大战

"送书""破阵""出阵"三幅图像将上述过程一气呵成作了描绘。渔叟送书画面视点从左至右,破阵和出阵则是所有人物从右至左的运动,其胜利之气势可见一斑。渔父送书的画面刻画了渔父头戴斗笠赤脚站立、身体前倾向鬼谷作施礼状,渔父的上方标注有"沧河渔父"。鬼谷坐在右侧双手摊开一卷阴书朝向渔父,

---

① 与前文的"渔父"相似,这里的渔父也颇值得思考,打鱼为生的渔父不仅认得仙鹤留下的是"阴书",而且知道内有"三千条缚将之计",足见"渔父"在元代已经是智者的象征。

另有一卷放于膝上。鬼谷的造型应是"正是吾三卷阴书"喜悦之情的图像化表达。画面在刻画人物觐见或拜访之时,一般以进门瞬间的动作造型作为描绘对象,此处却直接将鬼谷拿到阴书之后的动作呈现出来,意在突出战事中孙子一方对于此书渴望之迫切以及鬼谷得书之欣喜。画面紧承后面"鬼谷看毕"之破阵。《破迷魂阵》的图像刻画了七人执剑披头从右出发冲向左侧,图像与上面的得阴书之喜悦紧密相连。孙子能"出阵"是"送书"和"破阵"的结果。孙子出迷魂阵大战图像中,虽曰"大战",实则是有"出"而无战。画面并未选择文本中叙述比例较多的"七国混战"来刻画,而是直接展示人们心里期待已久的交战结果。孙子居于画面的右侧骑在青牛之上,右手指向前方。袁达、独孤陈、李慕分别持斧、双剑、枪向前冲去。画面的左侧有两个士兵丢盔弃甲,或奔逃或仰面摔倒。

画面中袁达的造型耐人寻味,虽然表面上突出了袁达将欲劈下的"开山斧",然而其却背过身去,背向画外,似乎暗示了故事发展的矛盾——虽然其大叫"冤仇大如太山",但实际上却是双方的最终和解。

(5)《伯杨乐毅投降鬼谷》《四国顺齐》

此两幅图像的人物布局一反常态,胜者、王者居于左侧,而降者、进奉者却居于右侧。在"伯杨乐毅投降鬼谷"的画面中,鬼谷与孙子从左至右一前一后骑在虎和牛的坐骑之上,投降的伯杨和乐毅则是跪在右侧,如果参看文本便知,伯杨、乐毅乃是不敌鬼谷而投降,而非真心拜服:

图4-3-26 四国顺齐

伯杨、乐毅自思,难以抵敌,火急下马,拜见鬼谷,躬身抚伏在地上:"启师兄,更不敢再犯。"

同样,《四国顺齐》图像作者将齐王置于左侧,应暗示有两层含义:一是各国并不一定真的是对齐国心悦诚服,而是表面上的屈从。再者,春秋时期本应是周王室的天下,所谓的诸侯并不是真正的君王。因此,虽然齐国得胜却仍将齐王置于左侧接受四国的进奉,显示了图像作者正统的君臣观念。

四、图语及人物分析

《乐毅图齐》较为严格地遵守了图像符号化叙述的规则,人物造型的位置较为程式化,大多具有固定的含义。在该平话中连缀成组的叙述单元表现得较为显著,这与其他几部平话有所差异。《乐毅图齐》图像中的官员服饰同样具有宋代服饰特征,官帽是典型的宋代官帽造型。

《乐毅图齐平话》的人物位置空间及出现频次统计如下:

图像名称	左侧空间主要人物	右侧空间主要人物	人物运动方向
孟子见齐宣王	孟子	齐宣王	左→右
燕王传位与丞相子之为王	孙操	燕王、大臣	左→右
齐人伐燕	齐兵将	燕妇孺	/
燕人立昭王	大臣	昭王	/
邹坚弑齐宣王	齐宣王、大臣	邹坚	右→左
齐王贬二公子	侍从	田文、田忌	右→左
四国合兵困齐	秦兵将	韩、燕兵将	/
苏代请孙子救齐	侍卫	苏代、田忌、孙子	
孙子书请四国回兵	毕昌、孙操、张奢、白起	信使	右→左
孙子遇乐毅	乐毅	孙子	
燕王筑黄金台招贤	燕王、邹衍	乐毅	右→左
燕王拜乐毅伐齐	乐毅	燕王、大臣	/
乐毅具兵伐齐	齐士兵、乐毅	兵齐将	右→左
燕齐大战	齐国兵将	燕国兵将	/
乐毅破齐	燕国兵将	齐国兵将	左→右
燕王入齐报仇	燕国兵将	燕王、乐毅	右→左
齐王出走	齐王	燕国追兵	右→左
乐毅会淖齿擒齐王	齐王	乐毅、淖齿	
固存太子哭齐王	固存、齐王、邹妃	燕兵将	
孙子反间燕王召回乐毅	孙子	燕王	左→右
燕王召回乐毅	信使	乐毅	/
王孙贾射杀淖齿	王孙贾	淖齿	右→左
田单火牛阵破燕兵	燕兵	火牛	右→左
齐襄王归临淄城	齐襄王	临淄官员	左→右
乐毅再图齐	乐毅	兵士	右→左
孙子说乐毅	侍卫	孙子、乐毅	/
石丙追孙子	孙子	石丙	右→左
孙乐斗阵	乐毅	孙子	/
袁达战石丙	石丙	袁达	右→左
孙子困乐毅	乐毅	孙子	/
乐毅请黄伯杨图齐	信使	黄伯杨	右→左
迷魂阵困孙子四人	孙子等四人	燕兵	/

图像名称	左侧空间主要人物	右侧空间主要人物	人物运动方向
齐国宣鬼谷救孙子	宣旨大臣	鬼谷	/
鬼谷下山	侍从	鬼谷、侍臣	右→左
独孤角入迷魂阵	独孤角	孙子等四人	/
鬼谷说伯杨	乐毅、黄伯杨	鬼谷	/
鬼谷擒毕昌	鬼谷	毕昌、兵士	左→右
渔叟送阴书与鬼谷	渔夫	鬼谷	左→右
破迷魂阵	齐国将士	齐国将士	右→左
孙子出迷魂阵大战	燕国兵士	孙子及其兵士	右→左
伯杨、乐毅投降鬼谷	鬼谷、孙子	伯杨、乐毅	/
四国归齐	齐王	四国代表	/

　　从上表的人物频次统计可以得知，在 42 个图题和图像中，乐毅出现的次数均为 13 次，占总数的约 31%。孙子在图题和图像中出现的次数均为 11 次，占总数的 26%。黄伯杨在图题和图像中出现的次数均为 3 次，占总数的 7%。鬼谷子在图题和图像中出现的次数均为 6 次，占总数的 14%。另外，在该平话中图题不含任何具体人物的如"四国合兵困齐"之类图题有 4 个，占总数的约 10%。图像中全部为概念性的将士而无具体称谓人物的有 6 幅，占总数的 14%。

　　由此可知，主要人物在图题与图像中出现的频次一致，反映出在《乐毅图齐》的平话中文图叙述具有较高的契合度，文图叙述重点基本上是一致的。另外，平话中出现了无具体称谓的图题和图像，反映出该平话图像抽象概括性的增强，在图像"翻译"文本叙述之时具有较强的"图语"性质。与其他几部平话相比较，《乐毅图齐平话》之文图的确是对应程度最高的一部平话。在该平话中，图像的"图语"规则也是最为固定和严格的。

第五章 元代平话与图像（下）

较之于前两部平话中的文图，《新全相三国志平话》《新刊全相秦并六国平话》《新刊全相前汉书续集平话》等的叙事更贴近历史事实，甚至有照搬挪用的痕迹，相对前两部平话而言，这几部平话缺少超凡想象，不如前两部平话那般富于神奇浪漫的迷人气息。就图像而言，造型相对粗糙，人物造型、符号象征、叙述空间以及表现手段等亦不如前者细腻、生动，尤其是较之于《乐毅图齐平话》更为逊色。但其中仍不乏文图关系的精彩之处，亦是研究元代文图的重要对象。

第一节 《新刊全相三国志平话》之文图

三国故事在元代之前已广为流传，深得人们喜爱。隋代的水上杂戏就有"曹瞒浴谯水击水蛟""刘备乘马渡檀溪"的节目。唐代时期的"说话"也有三国故事。宋代时期的"说话"艺人中甚至出现了说三国故事的专家。此外，皮影戏、金院本也都有专演三国故事的节目。[①] 元代时期虽然统治者禁止"演唱词话"，但三国故事亦然盛行。元代杨维桢在《东维子文集·送朱女士桂英演史序》中云：

> 至正丙午春二月，予荡舟娱春，过濯渡。一姝淡妆素服，貌娴雅，呼长年叔棹，敛衽而前，称朱氏名桂英，家在钱唐，世为衣冠旧族，善记稗官小说、演史于三国五季。因延致舟中，为予说道君、艮岳及秦太师事，坐客倾耳耸，知其腹笥有文史，无烟花脂粉。予奇之曰："使英遇思陵太平之朝，如张、宋、陈、陆、史辈，谈通典故，入登禁壶，岂久居瓦市间耶？曰忠曰孝，贯穿经史于稠人广众中，亦可以敦励薄俗，则吾徒号儒丈夫者，为不如已！"古称卢文进女为女学士，予于桂英亦云。[②]

由此也可看出杭州"说话"艺人朱桂英"演史于三国五季"，在"三国故事"发展中有着十分重要的作用。在元代，三国故事是演剧的常见内容，据不完全统计现存的剧本有 21 种，如关汉卿《关大王独赴单刀会》《关张双赴西蜀梦》、高文秀

---

① 陆树仑、金曾琴等：《三国故事在元代》，赵景深《中国古典小说戏曲论集》，上海古籍出版社 1985 年版，第 279 页。

② 引自《东维子文集》卷六，第 12 页。该书现藏于日本早稻田大学图书馆。

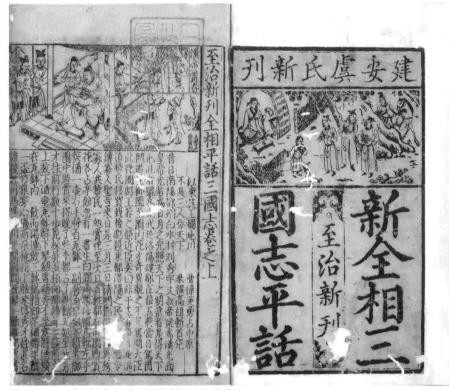

图5-1-1 《新刊全相三国志平话》封面及正文首页

《刘玄德独赴襄阳会》等。现存元代的三国故事残曲有四种，分别是王仲文《诸葛亮军屯五丈原》、花李郎《相府院曹公勘吉平》、高文秀《周瑜谒鲁肃》及武汉臣《虎牢关三战吕布》。此外，还有无传本和残本（仅有存目）22种，以及故事发生在宋代，内容却是写诸葛亮和关羽捉妖的神化了的剧本四种。上述元代时期的三国故事剧本、曲本等共计51种。① 由此足见，三国故事在元代流传之广泛。元时期的讲史平话也不可避免地受到演剧艺术的影响，"杂剧影响平话，其实还可以从平话的插图得知，因为从插图看来，平话的人物服饰，显然是从杂剧中得来的。平话正文中的阴文也和杂剧的名称一致，并且成为人们熟知的故事名称，如三战吕布等"②。因此，全相三国志平话之"相"应当是表演时舞台人物之"相"。

元刊《全相三国志平话》是至治年间（1321—1323）福建建安虞氏刊刻。全书分为上中下三卷，每卷各有23页，共有69页。每页的布局同其他平话一样，也是上图下文布局，每一幅图像均有标题，文则是每页20行，每行约20字。

《全相三国志平话》叙述了从汉光武帝刘秀赏春和司马仲相阴司断案的故事开始，到诸葛亮病逝于秋风五丈原以及刘渊灭晋的故事结束。平话以人们熟知

① 陆树仑、金曾琴等：《三国故事在元代》，赵景深《中国古典小说戏曲论集》，上海古籍出版社1985年版，第287页。
② 卢世华：《元代平话研究：原生态的通俗小说》，中华书局2009年版，第82页。

的"三顾茅庐"故事图像作为封面，以增加平话刻本的吸引力。该封面图像与平话中的第三十四幅"三顾孔明"图像的构图相仿，只是封面上的人物分布更加集中，省去了刘关张三人的侍卫，并把孔明的面部侧向右边，左右呼应，构成了一幅完整独立的封面图像。

《三分事略》与《三国志平话》应该是不同名称的同一本书，就图像而言，两书的"插图基本上相同。插图位于上栏，约占三分之一的篇幅，每半页都有一幅。从图中标题，以至人物、衬景来看，它们显然同出一源"①。如果将两者相比较，则《三分事略》比《三国志平话》缺少八页，分别是卷上的"张飞三出小沛""张飞见曹操""水浸下邳擒吕布"，卷中的"孔明班师入荆州""吴夫人欲杀玄德"，以及卷下的"孔明斩马谡""孔明百箭射张郃""孔明出师"等八页。②在图像的造型及刻画方面，《三分事略》较为粗糙，《三国志平话》则更加细腻，人物及衬景等的刻画也更为考究。③因此，本书将以较为完整的《三国志平话》为对象，分析文图关系。

该平话的图像包括封面在内一共71幅，其中封面和"曹操斩陈宫""曹操勘吉平""关公袭车胄"四幅为半幅，其他为全幅。封面所刻画的故事为"三顾孔明"，画面上左侧孔明端坐，右侧柴门外大树下是刘、关、张三人。图像显示出该平话的主要故事及叙述倾向，孔明出山是整个蜀汉事业的转折点，因此该封面可以看作是画家对于该平话的概括和提炼。"这幅图画作为封面，显示了平话插图设计制作者对于《三国志平话》故事内容的深刻理解和对于其主题的准确把握。"④该平话的别题"至治新刊"与其他四部平话相比较为特殊，其所标识的仅为时间而不涉及平话的主要故事情节。

一、上卷文图

《三国志平话》共有上中下三卷，其中上卷共有《汉帝赏春》《天差仲相作阴君》《仲相断阴间公事》《孙学究得天书》《黄巾叛》《桃园结义》⑤《张飞见黄巾》《破黄巾》《得胜班师》《张飞杀太守》《张飞鞭督邮》《玄德作平原县丞》《玄德平原德政及民》《董卓弄权》《三战吕布》《王允献董卓貂蝉》《吕布刺董卓》《张飞捽袁襄》《张飞出小沛》《张飞见曹操》《水浸下邳擒吕布》《曹操斩陈宫》23幅图像。其中较具表现力或原型性的文图叙事有《孙学究得天书》《桃园结义》《玄德作平原县丞》

---

①② 刘世德：《谈〈三分事略〉：它和〈三国志平话〉的异同和先后》，《文学遗产》1984年第4期。

③《三分事略》的图像情节选择等较为粗糙，如两书的封面，《三国志平话》封面所刻画的孔明的侍童一手指向院内，一手在胸前，而该"侍童"在《三分事略》封面上的造型则是双手均在胸前呈作揖状，显然《三国志平话》的侍童造型在画面的构成及故事的叙述中更具表现力。

④ 卢世华：《元代平话研究：原生态的通俗小说》，中华书局2009年版，第144页。

⑤ 两幅同名画作，但画面描绘不同，详见后文。

《玄德平原德政及民》等。

（1）《孙学究得天书》

文本的叙述顺序为孙太公生二子，长子为农，次子（孙学究）读书，因忽患疾，发脱落遍身脓血，妻子家人嫌之，而纵身跳入地穴。学究跳入洞穴之后，其家人赶来找寻。画面描绘的就是跳入地穴之后的情景。图像右侧为学究的父兄和妻子三人以及一条狗，山边放着学究的鞋子和拐杖，表示学究已经跳进地穴。画面正中的山顶天立地，将学究与正在寻觅的家人完全隔绝开来。画面的左侧乃是学究坐在石板上，喜气盈腮，正侧身看天书。

图 5-1-2　孙学究得天书

这里的图像构成再次展现了舞台演剧之"相"的特征。文本的叙述曰："学究寻思，不如寻个死处。取那常挂的病拐，脚跌脓血之鞋，离庵正北约数十步，见地穴，放下病拐，脱下鞋，望着地穴便跳"，以及"直上见一点儿青天"。这都表明了，学究是跳下有深度的地穴中，按照通常的图像表现方法，将纵深的地穴画出并无困难，但是版画家却将纵向的空间转变成了横向的空间。这样的构图就是舞台表演的呈现，中国戏曲的舞台上，一两个人就是千军万马，演员跑个圆场，就是走遍了海角天涯，还有一声慢板就意味着五更天等等。图像将洞穴与地面的垂直高度转变成了左右平面上的距离，不就是舞台表演的连续性之"相"吗？"根据原文，学究应在地穴之中，而作者在处理上，却使读者既可以看到学究坐于洞门石席上的动态，又可感到他的家属在洞外寻找他的情况，这种类似舞台演出般的表现，与当时杂剧的流行不无关系。"①此情节的文本叙述为：

约离地穴有一山庄，乃是孙太公庄。太公生二子：长子为农；次子读书，将为孙学究。忽患癫疾，有发皆落，遍身脓血不止，熏触父母。以此，于庄后百十步，盖一茅庵独居。妻子每日送饭。当日早辰，有妻子送饭。时春三月间，到于庵门，见学究疾病，不忍见之，用手掩口鼻，斜身与学究饭吃。学究叹曰："妻子活时同室，死后同椁，妻儿生自嫌我，何况他人！我活得一日，待如何？"道罢，妻子去讫。学究寻思，不如寻个死处。取那常挂的病拐，脚跌脓血之鞋，离庵正北约数十步，见地穴，放下病拐，脱下鞋，望着地穴便跳。穴中便似有人托着，倒于地下，昏迷不省。多时忽醒，开目望，直上见一点儿青天。学究道："当时待觅个死来，

① 杜哲森主编：《中国美术史·元代卷》，齐鲁书社 2000 年版，第 143 页。

谁知不死。"移时黑暗，却见正北有明处，遂往明处行约十余步，见白玉拄杖一条，用手去拿，却是一门缝，用肩推开洞门，如同白日相似。见一石席，坐气歇多时，身困，卧于石席上睡着。忽然舒身，脚蹬软忽一块。学究惊起。见甚来？不争学究到此处，单注着汉家四百年天下合休也！学究见一条巨蟒，呆粗细做一块，约高三尺。即时，巨蟒走入洞去。学究随蟒入洞，不见其蟒，却见一石匣。学究用手揭起匣盖，见有文书一卷，取出看罢，即是医治四百四病之书，不用神农八般八草，也不修合炮炼；也不为丸散，也不用引子送下，每一面上有治法，诸般症候，咒水一盏，吃了便可。看到风疾处，元来此法便是医学究病疾名方。学究见了，喜气盈腮，收得天书，便出洞门石席上坐。

话分两说。学究妻子又来送饭，不见学究，回来告与公公得知，即时将引长子等去寻。行至地穴边，见病拐一条，脓血之鞋，父母兄长妻子，皆绕地穴悲哭多时，却听得地穴内有人叫唤。遂取绳子。

（2）《桃园结义》之一、之二

"桃园结义"的故事不见于正史，乃是宋元以来民间艺人的虚构故事。[1]《三国志·关羽本传》曰："先主与二人寝则同床，恩若兄弟。"关羽在曹营时，曾对张辽说："吾极知曹公待我厚，然吾受刘将军厚恩，誓以共死，不可背之。"《张飞本传》云："（飞）少与关羽俱事先主。羽年长数岁，飞兄事之。"史书中的这一记载，经过民间文艺的铺张渲染，最终演变成"桃园结义"的故事。元代平话中的"桃园结义"应是最早出现的刘关张结义故事。小说《三国演义》中的"宴桃园豪杰三结义"与平话之中的故事基本相似。桃园结义在该平话的叙述中仅有数行文字，但是却有两幅同名图像，版刻艺术家再一次将时间拉长，不吝笔墨用两幅图像作以刻画，可见"结义"在三国故事中的重要性。同时也映现了民间艺术家对于"结义"故事的喜好。文本中叙述与桃园结义（一）对应位置的文字为：

话说一人，姓关名羽，字云长，乃平阳蒲州解良人也。生得神眉凤目虬髯，面如紫玉，身长九尺二寸，喜看《春秋左传》，观乱臣贼子传，便生怒恶。因本县官员贪财好贿，酷害黎民，将县令杀了，亡命逃遁，前往涿郡。

不因躲难身漂泊，怎遇分金重义知。

却说有一人，姓张名飞，字益德，乃燕邦涿郡范阳人也。生得豹头环眼，燕颔虎须；身长九尺余；声若巨钟，家豪大富。因在门首闲立，见关公街前过，生得状貌非俗，衣服褴褛，非是本处人。纵步向前，见关公施礼。关公还礼。飞问曰："君子何往？甚州人氏？"关公见飞问，观飞貌亦非凡，言曰："念某河东解州人氏。因本县官虐民不公，吾杀之，不敢乡中住，故来此处避难。"飞见关公话毕，乃大丈夫之志，遂邀关公于酒肆中。飞叫量酒："将二百钱酒来！"主人应声而至。关公见飞非草次之人，说话言谈便气和。酒尽，关公欲待还杯，乃身边无钱，有艰难之

---

① 鲁小俊：《论"桃园结义"》，《江汉大学学报（人文科学版）》2004 年第 6 期。

意。飞曰："岂有是理！"再叫主人将酒来。二人把盏相劝，言语相投，有如契旧。正是：

龙虎相逢日，君臣庆会时。

说起一人，姓刘名备，字玄德，涿郡范阳县人氏，乃汉景帝十七代玄孙，中山靖王刘胜之后。生得龙准凤目，禹背汤肩，身长七尺五寸，垂手过膝，语言、喜怒，不形于色，好结英豪。少孤，与母织席编履为生。舍东南角篱上，有一桑树，生高五丈余。遥望重重如小车盖。往来者皆怪此树非凡，必出贵人。玄德少时，与家中诸小儿戏于树下，"吾为天子，此长朝殿也"。其叔父刘德然见玄德发此语，曰："汝勿语戏吾门。"德然父元起。起妻曰："他自一家，赶离门户。"元起曰："吾家中有此儿，非常人也。汝勿发此语。"年十五，母使行学，事故九江太守卢植处学业。德公不甚乐读书，好犬马，美衣服，爱音乐。当日，因贩履于市卖讫，也来酒店中买酒吃。关、张二人见德公生得状貌非俗，有千般说不尽底福气。关公遂进酒于德公。公见二人状貌亦非凡，喜甚，也不推辞，接盏便饮。饮罢，张飞把盏，德公又接饮罢，飞邀德公同坐，三杯酒罢，三人同宿昔交便气合。有张飞言曰："此处不是咱坐处，二公不弃，就蔽宅聊饮一杯。"二公见飞言，便随飞到宅中。后有一桃园，园内有一小亭，飞遂邀二公亭上置酒，三人欢饮。饮间，三人各序年甲，德公最长，关公为次，飞最小。以此大者为兄，小者为弟。宰白马祭天，杀乌牛祭地，不求同日生，只愿同日死。三人同行同坐同眠，誓为兄弟。

图5-1-3 桃园结义之一

图5-1-4 桃园结义之二

上文平话直接与"结义"有关的叙述仅有百余字，对应的两幅图像将这一细节作了放大。第一幅《桃园结义》主要是"置酒欢饮"，图像刻画了刘、关、张在鼓乐的伴奏下举杯畅饮，画面的右侧四人为鼓乐手，左侧正中为刘备，关公和张飞分坐两侧，两名侍者手捧兵器站在张飞身后。第二幅《桃园结义》主要是"祭天立誓"，图像右边为云雾环绕的刘、关、张三人站立在几案前，左侧是一屠夫和乌牛、白马，屠夫正欲为三人的结义而挥刀杀白马、乌牛祭祀天地。图像作者将文字叙述的时间作如此的拉伸和放大，在整个平话中是十分罕见的，体现了当时社会对于结义的理解和认同。

（3）《玄德作平原县丞》《玄德平原德政及民》

《玄德作平原县丞》的图像与文本中相关的描述并不一致。文本中并无玄德奔赴平原上任的路途叙述，只是说"帝喜，赐赏加官，迁德州平原县县丞"，但是图像作者却省去了董成招安、玄德见帝等情节，转而描绘玄德头戴官帽，侍卫簇拥骑马赴任，临近平原县被欢迎入城的场景。画面显示了作者对刘备落草之后，未被追责，反因此而被招安升迁的快意心情。画面的右侧刘备前有两名戏剧化动态的开路侍卫，后有举旗兵士，左侧的建筑上挂着"平原县"的匾额，并有三人作揖相迎。平话文本中关于玄德作平原县丞的描述却至为简单：

图5-1-5　玄德作平原县丞

董成与军兵打话："我奉圣旨招安你。为十常侍等朝野内贪财好贿，悬秤卖官，以此诛杀。今将首级交你弟兄知者。又赦你杀太守，鞭督邮之罪，都在赦下。"刘备俯伏在地，听讫赦书。刘备谢恩毕，便随国舅入长安见帝。帝喜，赐赏加官，迁德州平原县县丞，左右二官赐赏毕。

图像描绘玄德赴任的场景中，刘备还未上任，就已经被作为一个有"仁德"者而受到欢迎，这种先入为主之见，清晰地显示了图像作者的立场和元人对刘玄德的情感偏向。玄德在元代已经成了"仁德"符号的化身。

图5-1-6　玄德平原德政及民

在《玄德平原德政及民》的图像中，右侧头戴官帽的玄德骑在马上身体前倾，右手略略抬起正与二位平原父老相互交谈。画面的左侧有锄禾二人，驻足回望。在平话文本中并无直接叙述玄德德政及民的情节。如果说有体现玄德施仁德于民的描述语言,则是下文曹操路过德州平原之时对玄德所辖地域繁荣景象的赞叹:"曹操辞帝出城,会天下诸侯前至定州见太守公孙瓒。正行之次,见里堠整齐,桥道平整,人烟稠密,牛马繁盛;荒地全无,田禾多有。"

(4)其他图文

除了上述文图,《董卓弄权》《三战吕布》《王允献董卓貂蝉》《吕布刺董卓》等图文也各具特色,大多以戏曲之"相"叙述了文本情节。

图5-1-7　董卓弄权

"董卓弄权"的文本对董卓"弄权"的叙述篇幅较长,但若以图像描绘"弄权"却是非常困难的事情,因为"弄权"较为抽象,且难于用图像描绘。这里的图像并未描绘董卓,而是巧妙地以反衬的方法来映射出"弄权"。版刻作者选取汉献帝与大臣之间、大臣与大臣之间的相互顾盼、商议、耳语等犹豫彷徨的神态,映射董卓弄权。画面右侧室内的后面有假山、花草显示出献帝所坐的位置为后殿,左侧为国舅董成正在给献帝进谏献策。图像对应的文本叙述为:

却说汉献帝于后殿中默诏国舅董成。成至,献帝圣旨:"今有董卓弄权,如之奈何?"董成奏曰:"我王诏天下诸侯,将我王往长安建都,令天下诸侯并杀董卓,以此天下太平。"帝问:"谁人可去?""臣手下有一人典库校尉,那人可去,有心胆。若干了这大事,可为元帅。"诏冀王袁绍,以镇淮王袁术监军,使长沙郡王太守孙坚。

图5-1-8　三战吕布

"三战吕布"是三国故事中脍炙人口的重要情节之一。图像选取了刘、关、张与吕布激烈交战的情景。画面的右侧为持枪的张飞、举刀的关羽、抢双刀的刘备(文本中为双剑),以及后面士兵举着写有"刘关张""玄德"字样的旗帜。最左侧的吕布骑马举矛迎战的同时,正败退奔入虎牢关。与图像对应的文本叙述为:

第三日，吕布又搦战，众诸侯出寨与吕布对阵。张飞出马持枪。张飞与吕布交战二十合，不分胜败。关公忿怒，纵马抡刀，二将战吕布。先主不忍，使双股剑，三骑战吕布，大败走，西北上虎牢关。

文本叙述中主要突出了张飞的勇猛，张飞在战吕布的情节中是聚焦的中心，这与画面的描绘有所差异。画面不论是从构成方面还是人物顺序方面来看，突出的中心人物是关羽而非张飞。关羽冲锋在最前方且处于"黄金分割"的最佳视觉位置。人物的兵器与文本描述也有差异，如文本中刘备是用双剑，而图像中则为双刀。可见，在元代时期刘、关、张的人物形象仍在演化的过程中，还未最终定型。①

图5-1-9　王允献董卓貂蝉

《王允献董卓貂蝉》画面以戏曲背景的手法再次展示了"王允献董卓貂蝉"的全景空间。图像中作者直接将貂蝉、王允、董卓等人物都展现出来。图像左侧为牵马在室外等候王允的马夫，室内的右侧为董卓，门口为王允和其为董卓带来的貂蝉，王允和董卓之间并无"置酒"，以此表明王允献上貂蝉之后即匆匆离去。文本叙述为：

中平七年春三月三日，太师正然坐间，人报曰："丞相王允，驮马重重，不知送甚人来？"太师急出，遂邀王允于正堂，自言："莫非貂蝉么？"允曰："然。"太师令人置酒。王允言曰："今有小疾，不敢久停。"辞太师去。

图5-1-10　吕布刺董卓

《吕布刺董卓》图像描绘了吕布刺死董卓的瞬间，作者将吕布和董卓置于最左侧，拉伸了吕布由外冲入室内的空间，展示了吕布之"大怒"，拉大的空间是吕布的"冲刺"，逼迫于一隅的太师，已无路可退。构图之险与故事情节之惊险协调

① 这一点从孔明的造型形象中也可以看到，后文将述及。

一致,版画家巧妙地将抽象的情绪转变成视觉上的,同时也留出了描绘貂蝉"推衣而出"的空间。画面中吕布举剑、董卓帽子滚落一旁,身子从榻上滑落仰卧在地。文本中对应的叙述为:

> 当夜天晚,温侯听宅中有乐嘹亮,遂问左右人:"为何?"众人具说:"丞相一妇人,乃貂蝉也。"吕布大惊,行至廊下,无由得见。猛然见貂蝉推衣而出,吕布大怒:"逆贼在于何处?"貂蝉曰:"已醉矣。"吕布提剑入堂,见董卓鼻气如雷,卧如肉山,骂:"老贼无道!"一剑断其颈,鲜血涌流,刺董卓身死。

二、中卷文图

　　《三国志平话》的中卷图像有《汉献帝宣玄德关张》《曹操勘吉平》《关公袭车胄》《赵云见玄德》《关公刺颜良》《曹公赠云长袍》《云长千里独行》《关公斩蔡阳》《古城聚义》《先主跳檀溪》《三顾孔明》《孔明下山》《玄德哭荆王墓》《赵云抱太子》《张飞拒桥退卒》《孔明杀曹使》《鲁肃引孔明说周瑜》《黄盖诈降蒋干》《赤壁鏖兵》《玄德黄鹤楼私遁》《曹璋射周瑜》《孔明班师入荆州》《吴夫人欲杀玄德》《吴夫人回面》二十四幅,其中《云长千里独行》《古城聚义》《先主跳檀溪》《三顾孔明》《孔明下山》《张飞拒桥退卒》《黄盖诈降蒋干》《赤壁鏖兵》等多具原型性质,相应的图像刻画也较具代表性。

　　(1)《云长千里独行》

　　"千里独行"是民间文学中广为流传的三国故事之一。平话之中千里独行的关羽有异于元杂剧《关云长千里独行》的关羽形象。元杂剧中当关羽得知刘备的消息后,并未直接告诉二嫂,而是佯装醉酒,并"将这条凳椅卓(桌)都打碎了,幔帐纱橱都扯掉了",以至于二嫂下跪后,关羽才说出实情——"我故意推醉,我特来报与嫂嫂知道",开始护送嫂嫂千里独行。

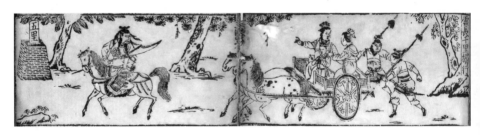

图5-1-11　云长千里独行

　　平话中省去了杂剧《关云长千里独行》中的情节,关羽在得知刘备的消息后,即告诉嫂嫂千里独行去寻刘备,这更符合民间审美中关羽的忠义形象。从平话图像中可以看到关羽的忠义和对嫂嫂恪守孝悌之礼。图像中关公骑马执刀在前,并与车驾保持一定的距离,但又甚是关心,默然无语地回头看望坐在马车上正在热聊的甘、糜二夫人及站在车前的阿斗。在车后有两名侍从执枪紧紧跟随。

图像的左侧有一石碑，上刻"五里"，但是前方并无城池名字，显然这只是千里路程中众多"五里"界碑中的其中一个而已。图像中车的形象似乎也只是演出的道具，耸起的椭圆形车轮透出其装饰性的造型。[①] 文本叙述为：

当日天晚，去二嫂宅内，见二嫂灵前烧香奠酒啼哭，关公笑曰："二嫂休哭，哥哥只在里！"甘、糜曰："叔叔醉也？"关公曰："听得哥哥在冀王袁绍处。见有嫂嫂收拾行装，来日辞曹丞相往袁绍处。"关公却归本宅。

至来日，关公去辞曹丞相。至相府门前，挂着"回"字牌。关公却归本宅。至第二日再去，相府门前又挂着"回"字牌。关公却归本宅。第三日再去，相府门前又挂"回"字牌。关公怒曰："丞相故不放参。"复还本宅，将累赐底金银，尽数封监，并印符文，付与十个美人；又令人收拾军程鞍马，请二嫂上车，出长安，西北进发。

……却说关公与二嫂，往南而进太行山，投荆州去。唯关公独自将领甘、糜二夫人过千山万水。

（2）《关公斩蔡阳》《古城聚义》

"古城聚义"并不见于史书记载，但是在平话中有较长的篇幅作了详细的叙述。"斩蔡阳"是聚义前的一个插曲。

图 5-1-12　关公斩蔡阳

《关公斩蔡阳》图像作者将人物分为三组：左侧三人为一组，其中执枪的应是张飞；中间为关公和蔡阳，左边的关公正纵马抡刀杀向右边的蔡阳；最右侧一组为两名士兵，其中一名兵士所执旗帜已倒在地上。作者在同一个画面中依次将张飞关公的初见误会、蔡阳被斩、魏军奔逃三个情节集中在一个画面中并以三组人物分别加以描绘，同时又以"斩蔡阳"的顷刻作为画面的中心，兼顾了与图像标题的呼应。

平话中的"古城聚义"主要有两个情节。一是刘备和赵云经过古城，经由巩固介绍去寻找张飞，赵云大战张飞后，张飞被刘备认出。二是关公千里独行之后，寻到古城找刘备，张飞误解关羽，关羽斩蔡阳后入城相聚。《古城聚义》的图像与《桃园结义（一）》的图像类似，鼓乐、酒食俱全，只不过多了赵云和城墙符号，

---

① 该平话中有车出现的图像，车轮的造型均呈扁椭圆状。

图5-1-13　古城聚义

标志地点为古城。图中城上正中置一长桌,上置酒食,桌右边为玄德、张飞,张飞旁边有两人在击鼓奏乐;左边为赵云、关公,赵云左侧有两名执刀侍卫,赵云的名字被标注出来。刘、关、张已是兄弟如一人,无姓氏标注。该情节的文本叙事也较为详尽:

却说先主并赵云,引手下三千军正南上行。蓦闻锣鼓响,见一伙强人。当先一人,茜红巾,熟铜甲,开山斧,高声叫曰:"留下买路钱者!"先主出马言曰:"是何名姓?"贼人见先主,连忙下马施礼,言:"玄德公别来无恙。是汉臣巩固,为董卓弄权,于此中为寇。"遂邀先主、赵云并众军入山寨,牛酒管待。正饮酒,一小校报曰:"有大王使命至。"巩固出,与使命相见。使命曰:"今奉大王圣旨,为你三个月不来进奉钱物,本待将你头去,且免今番;若再不进奉,决不肯休,时开权免。"巩固还帐见先主,先主问曰:"是那国来的使命?"巩固曰:"终前山中。则说小人独镇中园,近有一人,引十匹马来,杀败小人,每月要进奉。在于山南一古城,自号无姓大王,古城内建一宫,名曰黄钟宫,立年号是快活年。使一条枪丈八神矛,万人难敌。"先主听说毕,暗想,莫是张飞。赵云使一条枪,名曰涯角枪,海[角]天涯无对。三国志除张飞第一条枪。赵云要看无姓大王,并先主众人,一发下山。离古城相近,赵云故将锣鼓喧天。

却说张飞在古城官内,正坐间,小军报曰:"不知甚人,城外搦战。"张飞听得,大叫一声:"是谁? 那个敢死的?"急令备马,火速披挂,绰枪上马,引部下数骑出城北门,望见先主军兵,便飞将来。两阵相对。张飞曰:"甚人搦战?"赵云出马持枪。张飞大怒,使丈八钢矛,却取赵云。二马相交,两条枪来往如蟒,硬战三十合。张飞怒曰:"曾见使枪的,这汉真个强!"又战三十合,赵云气力不加,败回马本阵里来。张飞怒曰:"正好厮杀,嗑早败!"纵马持枪赶赵云。至阵前,先主认的是张飞,叫曰:"兄弟张飞!"张飞视之,却是哥哥,让鞍下马,纳头便拜,言:"哥哥怎生来这里?"便上马相邀,"入城里做皇帝去来。"众人一齐入城去。张飞邀先主正厅坐饮宴。张飞问:"二哥哥在于何处?"先主具说:"关公扶佐曹操,官封寿亭侯,杀袁绍两员将,险送我性命,亦无桃园之恩。"张飞听毕,大怒:"叵耐胡汉,尔言不求同日生,只愿同日死。尔今受曹操富贵。我若见你,定无干休。"再劝先主酒。

且休说先主在古城。却说关公至古城相近,使人报与张飞。张飞听的大叫:

"叵耐胡汉；尔今有何面目！"急令备马披挂，并先主众人出。张飞见关公，跃马持枪，直取关公。关公言曰："兄弟张飞！"张飞不听，使枪刺关公。关公急忙架隔遮截。张飞见关公不厮杀，捯马曰："尔乃无信之人，忘却结义之心。"关公曰："兄弟不知。我今引二嫂并阿计，一千里地故来寻你兄弟哥哥，你今何故杀我？"张飞曰："你受曹操富贵，故意埋藏，来追先主。"二人语话，又见尘头映日，似雨遮天。至近，亦有旗号，上写"汉将蔡阳"。张飞回言："尔不顺曹操，今有汉将蔡阳，尔今引来，故意征伐。"关公视之，回马与蔡阳相对。蔡阳传令，众军排开阵势。蔡阳出马，言曰："忘恩之人，我奉丞相钧旨，故来追尔！"关公大怒曰："我非忘恩，今引家小来寻兄长。与曹相所立大功，亦报其恩。"又令人摇旗噪鼓，蔡阳持枪欲取关公。关公纵马抡刀，鼓响一声，被关公一刀砍了蔡阳头，其军乱走，名曰一鼓斩蔡阳。张飞见关公斩蔡阳，让鞍下马施礼，向前言曰："早来二哥不罪兄弟。道二哥顺了曹操，不想二哥贞烈之心。"纳头便拜。礼毕，遂邀关公入城。关公见先主礼毕，先主曰："兄弟坏了袁绍两员将，我性命险些不保。若非赵子龙，岂能得脱！不想今日相见。"羽曰："不知哥哥在彼。"遂请二嫂并阿计下车，弟兄三人相会，先主两手加额，言："若非天然聚会，怎想今日得大将赵云？赵云兵三千，通有五千军。"三人大喜，每日设宴，名曰古城聚义。

(3)《三顾孔明》《孔明下山》

图 5-1-14 三顾孔明

《三顾孔明》的故事已经成为家喻户晓的寻贤纳士典故。最早载于《三国志·蜀志·诸葛亮传·出师表》："先帝不以臣卑鄙，猥自枉屈，三顾臣于草庐之中。"平话中的叙述发挥了民间说唱艺人的想象，叙述的十分详细。图像中的人物按照故事情节可以分为两组。最右边的两人为一组，在此画家以"两人"表千军。其中一人目向刘关张，以此表示为刘所引众军，一人向后看去，表明其后仍有其他军士在等待。左侧的茅庐和中间的刘、关、张三人为一组，小童将坐在茅屋中看书的孔明与柴扉外等待中的刘、关、张三人联系起来，小童站在开启的柴门旁边以手势"传递"给刘、关、张三人关于孔明在否的信息。刘、关、张三人抄手相顾站立，表明已经等候多时。文本叙述为：

无数日，兄弟三人前往南阳卧龙冈去请诸葛。有诗曰：

一言可以扶家国，几句良言立大邦。

直北遥观金凤尾，向南宜视伏龙冈。

话说中平十三年春三月，皇叔引三千军，同二弟兄直至南阳邓州武荡山卧龙冈庵前下马，等候庵中人出来。却说诸葛先生，庵中按膝而坐，面如傅粉，唇似涂朱，年未三旬，每日看书。有道童告曰："庵前有三千军，为首者言是新野太守汉皇叔刘备。"先生不语，叫道童附耳低言，说与道童。道童出庵，对皇叔言："俺师父从昨日去江下，有八俊饮会去也。"皇叔不言，自思不得见此人。便令人磨得墨浓，于西墙上写诗一首。……太守复回新野。至八月，玄德又赴茅庐谒诸葛。庵前下马，令人敲门。卧龙又使道童出，言："俺师父去游山玩水未回。"先主曰："我思子房逃走，圯桥遇黄石公，三四番进履，得三卷天书。"又思徐庶言，伏龙胜他万倍，天下如臂使指。皇叔带酒闷闷，又于西墙题诗一首。……皇叔与众官上马，却还新野。张飞高叫言："哥哥错矣！记得虎［牢］关并三出小沛，俺兄关公刺颜良，追文丑，斩蔡阳，袭车胄，当时也无先生来。我与一百斤大刀，却与那先生论么！"皇叔不答。

却说诸葛自言："我乃何人，使太守几回来谒？我观皇叔是帝王之像，两耳垂肩，手垂过膝，又看西墙上写诗，有志之辈。"先生日日常思，前复两遍。今正虑间，道童报曰："皇叔又来也。"……

话说先主一年四季三往茅庐谒卧龙，不得相见。诸葛本是一神仙，自小学业。时至中年，无书不览，达天地之机，神鬼难度之志；呼风唤雨，撒豆成兵，挥剑成河。司马仲达曾道："来不可□，□不可守，困不可围，未知是人也，神也，仙也。"今被徐庶举荐，先主志心不二，复至茅庐。先主并关、张二弟，引众军于庵前下马，亦不敢唤问。须臾，一道童至，先主问曰："师父有无？"道童曰："师父正看文书。"先主并关、张直入道院，至茅庐前施礼。诸葛贪顾其书。张飞怒曰："我兄是汉朝十七代中山靖王刘胜之后，今折腰茅庵之前，故慢我兄。"云长振威而喝之。诸葛举目视之，出庵相见。

图 5-1-15　孔明下山

上引原平话文本中并无所谓的"下山"，几乎全部是下山之前的诸多细节：孔明坐于庵中的神态、皇叔与张飞的对话、孔明的自言自语等。但是图像却描绘一行人下山的场景。图像对文本中所叙述情节"结果"的展示。"孔明下山"是平话中谋士圣贤出场的惯常仪式。"孔明下山"与其他几部平话中的"下山"一样，虽然文本叙述一笔带过，但是图像作者却用心刻意描绘。《孔明下山》图像人物的行进方向为由左而右，描绘了孔明在刘、关、张三人的簇拥及兵士的尾随之下缓缓而行的情景。山后露出一角的旗帜暗示了众军尾随于后。文本中并无关于孔明出山的详细叙述，仅有"诸葛出茅庐，年方二十九岁。诸葛出庵前往新野，每日筵会"。作者之所以对此进行描绘，足见在元时期三国故事中的孔明已经成了人们所津津乐道的一个重要人物。这与元代的历史环境有着密切的关系，"这个斗智英雄是适应当时人民斗争需要的产物。虽然元统治者的铁蹄踏遍了全中国，但是人民的反抗斗争风起云涌，'江南盗贼凡四百余处'（《元史·世祖本纪》），斗争此起彼伏，没有停息过"①。同时孔明的出场"标志着全书情节从斗勇发展到斗智的新阶段"②。此后，在平话中关于孔明的图像出现频率也是非常高的。

（4）《黄盖诈降蒋干》

图5-1-16　黄盖诈降蒋干

《黄盖诈降蒋干》的图像作者运用了图像叙述的惯常手法，反而将被参见的蒋干置于左侧，将黄盖置于右侧，黄盖几乎完全面朝内背向外，且单手执书趋向蒋干。图像作者以此来表现黄盖的投降乃是诈降。文本叙述为：

蒋干在帐中自言："早来周瑜拦吾不语。"有黄盖哀怨，至帐言："谢先生早来劝元帅免死之恩。"先生言曰："周瑜不堪为帅。"黄盖有言："今无直命而佐。"蒋干见左右无人，说曹操之德。"谁能远信，可当见曹公？"蒋干言曰："曹相拜我为师。我来说周瑜，瑜拦住，我不能言。尊重若肯投曹？"蒋干言曰："将军愁甚官不做，甚职不加。"黄盖又言："军师不知，前有蒯越、蔡瑁，将书已投周瑜。"蒋干大惊，黄盖言："元帅书与小官。"蒋干要看书，看了大惊，"此事曹相争知！把书蒋干与曹操，斩讫二人，绝其后患。"黄盖自写叛书。盖言："我投曹操，将五百粮草献与曹相。"二人说话到晚。

（5）《赤壁鏖兵》

"赤壁鏖兵"是平话中故事发展的高潮部分，图像作者将孔明祭风、黄盖放火、曹军溃逃等情节集中概括在同一个时空之中。画面的右侧孔明赤足散发，身披衣袍，手持长剑，作法祭风，岸边树木被大风吹向曹军一方。中间船只上黄盖带领兵士手举火把掷向曹军战船。最左侧的曹军船只被大火包围，船上兵士慌忙奔逃，写有"曹操"字样的旗帜也被风吹得几欲倾倒。起伏汹涌的江水，蔓延浓烈的大火，双方兵士的交战，将赤壁鏖兵的故事形之于画。文本中与此相关的叙

①② 陈翔华：《诸葛亮形象史研究》，浙江古籍出版社1990年版，第123页。

图 5-1-17　赤壁鏖兵

述为：

……后说军师度量众军到夏口，诸葛上台，望见西北火起。却说诸葛披着黄衣，披头跣足，叩牙作法，其风大发。……曹操船上高叫："吾死矣！"众军曰："皆是蒋干！"众官乱刀锉蒋干为万段。曹操上船，慌速夺路走出江口，见四面船上皆为火也。见数十只船上，有黄盖言曰："斩曹贼，使天下安若太山！"

（6）其他文图

《玄德哭荆王墓》与孔明初出茅庐首战夏侯惇告捷得胜相比，玄德哭荆王墓的情节在故事的发展中并不是一个十分精彩的情节。文本叙述也非常简单，仅有"至来日，离荆州四十里，见一大林，下问曰：'此乃荆王之坟也。'玄德用酒食果盘祭祀，痛哭之次，军师告皇叔：'曹操兵近也。'"但是图像作者并没有选择前者加以描绘，而是描绘了玄德哭荆王墓的情节，这凸显了刘备的仁义和厚德。画中三人，孔明居中，手指向玄德，转头回看骑马者，手势似在招呼位于画面左侧祭祀荆王墓的先主玄德速速离去，转头回看右边骑马者，正在倾听其所说的曹军逼近的消息。

图 5-1-18　玄德哭荆王墓

《张飞拒桥退卒》图像作者选取了人们喜闻乐见的故事进行刻画，突显张飞勇猛的形象。图像描绘了张飞大吼曹军退走的故事。画面的右侧为张飞立马横矛站立桥头，振臂高呼，桥下水波汹涌翻滚，桥两侧山势险峻。画面的左侧则是仓惶退走的曹军兵士。文本叙述为：

却说张飞北至当阳长坂，张飞令军卒将五十面旗，北于阜高处一字摆开，二十骑马军正觑南河。曹公三十万军至。"尊重何不躲？"张飞笑曰："吾不见众军，只见曹操。"众军一发连声便叫："吾乃燕人张益德，谁敢共吾决死！"叫声如雷贯耳，桥梁皆断。曹军倒退三十余里。

图 5-1-19　张飞拒桥退卒

《孔明杀曹使》叙述了孔明到东吴说孙权联刘抗曹，故事框架与史无异，但诸葛亮斩曹使却是民间艺人之想象。孔明"提剑就阶杀了来使"的"莽汉"形象也说明元代时期的孔明形象还处于未定型状态。图像中孙权坐于右侧与惊慌的鲁肃在说着什么，紧挨着鲁肃的张昭、吕范二人也正交头接耳，甚至在孙权身后的举辇侍童也露出惊异的神情侧目偷窥。左侧的孔明一手抓来使头发，一手抡剑劈向曹军来使。文本叙述为：

> 唬诸葛大惊："倘若不起军，夏口主公休矣！"言尽，结袍挽衣，提剑就阶杀了来使，众官皆闹。张昭、吕范曰："方知诸葛奸猾！知者知是诸葛杀了曹使；不知则言吴军杀之。"

图 5-1-20　孔明杀曹使

《玄德黄鹤楼私遁》《吴夫人欲杀玄德》两幅图像与前文的《先主跳檀溪》图像作者均采用了"以龙喻主"的象征手法来暗示刘备乃是"真龙天子"。作者将玄德逃遁和周瑜醒来后问询玄德何去的情节并置在同一个画面之中。画面的右侧为黄鹤楼，周瑜酒醒下楼问询玄德去处。画面的左侧所绘乃江边一船，玄德坐于舟中，一舟子正将船驶离江岸。玄德船上空有一云朵内有一龙，这是再一次暗示玄德乃是真龙天子。《吴夫人欲杀玄德》画面右侧为玄德，后有两名臣子。画面正中

图 5-1-21　玄德黄鹤楼私遁

图 5-1-22 吴夫人欲杀玄德

为吴夫人手持酒杯正与玄德把盏,吴夫人身后为孙夫人手持宝剑,回首正与鲁肃谈论着什么。玄德胸前飘出一云团,内中再次现出龙形,以此对应文本中所叙的"金蛇盘于胸上"。

《吴夫人回面》图像为中卷的最后一幅。图像视点由右至左,其中人物分为两组,右边乃是诸葛站在江岸船头送别玄德,玄德则在侍卫的陪同下骑在马上回首挥手向诸葛吩咐着什么。左边一组人物为孙夫人坐于车中,前有两个兵士引车前行。平话文本叙述为:

> 皇叔暗与诸葛说回面事。诸葛军师笑而言曰:"皇叔远逐夫人去江南,万无一失。"皇叔再言:"恐有周瑜计。"军师言:"主公过去,诸葛将五万军屯于江岸,下锁战船,左右关、张二将,使吴将不敢正视主公。"皇叔上路赴江南,和夫人同到建康府。

图 5-1-23 吴夫人回面

三、下卷文图

《三国志平话》下卷共有《庞统谒玄德》《张飞刺蒋雄》《孔明引众现玄德》《曹操杀马腾》《马超败曹公》《玄德符江会刘璋》《落城庞统中箭》《孔明说降张益》《封五虎将》《关公单刀会》《黄忠斩夏侯渊》《张飞捉于昶》《关公斩庞德佐》《关公水淹于禁军》《先主托孔明佐太子》《刘禅即位》《孔明七纵七擒》《孔明木牛流马》《孔明斩马谡》《孔明百箭射张郃》《孔明出师》《秋风五丈原》《将星坠孔明营》图像 23幅,其中《庞统谒玄德》《封五虎将》《关公单刀会》《孔明七纵七擒》等文图表现力较强。

（1）《庞统谒玄德》

图5-1-24　庞统谒玄德

　　图题为"庞统谒玄德"的图像描绘了庞统见刘备的情景。画面的右侧刘备双手合拢似在施礼,却并未站立起,而是端坐于上,两侧各有侍卫一人目光瞅向刘备,画面左侧的庞统躬身走上台阶谒见玄德。与三顾茅庐相比较,此处刘备的端坐,几案酒席的缺失,足见壮大起来的刘备对庞统的冷淡态度。文本叙述为:

　　庞统在路,到荆州,见帝星朗朗,照荆楚之地。庞统言:"吾不失其主。天下人皆说皇叔仁德之人。"入衙见皇叔。皇叔请坐。皇叔问:"先生高姓?"只言:"姓庞名统。"皇叔会其意,又问:"先生与诸葛相知否?"庞统唯唯而立。皇叔与庞统文书,便做历阳县令。

（2）《曹操杀马腾》《马超败曹公》

　　此两故事情节的文本叙述均十分简单,但图像处理颇为精彩。此两幅图像互为因果,描绘视点往返呼应。在《曹操杀马腾》的图像中视点由左至右,而在《马超败曹公》的图像中视点由右至左。前者图像中人物可分为三组,左侧为永金禅院,内有一人坐于廊角正在读手中书卷;中间部分为马腾被三兵士推搡押出禅院;右侧五人曹操端坐中间,其余四人侧目听曹操所言。该图像的描绘与文本差异较大。文本叙述为:

　　到晚,马腾归寺。曹操当夜使三千军,数员将,没一个时辰,把马腾皆斩了。

图5-1-25　曹操杀马腾

　　在《马超败曹公》的图像中,作者以双方所处的位置和动态描绘了马超得胜和曹操落败。画面左侧的河水岸边停泊一舟,曹操刚刚上岸骑在马上,一手提刀,一手执马,战马昂蹄回首。右侧的马超则是在马上冲锋,挥枪刺向曹操,身后的将士正蜂拥向前。文本的叙述为:

　　天明,船达南岸。曹公得马欲走,正迎马超。于渭河夹间,马超连杀曹公八阵,三日得脱,于阜高处下寨。

图5-1-26　马超败曹公

（3）《封五虎将》

《封五虎将》也是三国故事中民间所乐道的情节。平话文本叙述中关羽在受封之时并未在场,而是刘备"使心腹人赐金珠,赴荆州封关公寿亭侯"。但是图像作者仍将五虎将在画面中弧状排开,以祥云环绕。从右至左分别是赵云、张飞、关公、马超、黄忠五人,其中关公居中,有一人手捧书信朝向关公,以此表示关羽因不甘与黄忠为伍而"缺席受封"的情节。文本叙述为:

> 又说军师班军入益州见皇叔,筵会。皇叔封五虎将。关公封寿亭侯,张飞封西长侯,马超封定远侯,黄忠封定乱侯,赵云封立国侯。皇叔思封五虎将军,唯不见爱弟关公,使心腹人赐金珠,赴荆州封关公寿亭侯。

图5-1-27　封五虎将

（4）《关公单刀会》

"单刀会"是三国故事中最为精彩的一个情节。鲁肃想要夺回荆州,设局邀请镇守荆州的关羽赴宴,想在席间将其拿下,威胁其归还荆州之地。不料关云长事先有所准备,不仅没被鲁肃拿住,反而摔住鲁肃,将其痛斥,以至鲁肃伏地言道:"不敢。"之后关羽安然脱险而去。图像人物可分为两组,右侧一组为乐人,击鼓、吹笛、吹笙等五人各执乐器,左侧一组三人,最左侧一人为周仓（为关羽执刀牵马）,关羽则摔住酒宴桌边的鲁肃,挥拳欲打。奏乐五人占据半边位置似对应于"宫商角徵羽"之"五音","羽"不鸣与关羽之"羽"谐音,是鲁肃集团意欲设局谋杀关羽的暗示。文本叙述为:

> 吴将见关公衣甲全无,腰悬单刀一口。关公视鲁肃,从者三千,军有衣甲,众官皆挂护心镜。君侯自思,贼将何意? 茶饭进酒,令军奏乐承应,其笛声不响三次。大夫高叫:"宫商角徵羽!"又言"羽不鸣",一连三次。关公大怒,摔住鲁肃,

关公言曰：“贼将无事作宴，名曰单刀会，令军人奏乐不鸣。尔言'羽'不鸣，今日交'镜'先破！”鲁肃伏地，言道：“不敢。”关公免其性命，上马归荆州。

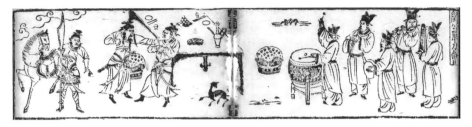

图5-1-28 关公单刀会

(5)《先主托孔明佐太子》《刘禅即位》

此两幅图像基本是平话文本叙述的“直译”，两幅图像分别为“托孤”和“即位”。托孤图像的右侧为刘备之帷幄床塌，旁立侍仆手托一碗，意为刘备病中，太子立于床角，孔明站立床前。坐在榻上的刘备一手扶阿斗后背，一手唤指躬身施礼的孔明，左侧空旷的庭院内有一执扇侍童，似为孔明随从。

图5-1-29 先主托孔明佐太子

图5-1-30 刘禅即位

《刘禅即位》图像中，殿内年幼的刘禅位于右侧，稍微倾斜地坐在皇位之上，左右各有侍臣站立，阶前有觐见大臣，殿外有持剑侍卫二人。文本的叙述为：

无一月，太子、军师至，见帝扯太子，捽武侯，泪下，与武侯曰：“君臣几不见面。”前后数日，先主病重，告武侯曰：“方今天下，非卿不能得也。”宣太子至，令拜武侯。武侯欲起，帝压其身。武侯言曰：“老臣死罪。”先主曰：“军师不闻周公旦抱成王之说？”帝又言：“阿斗年幼，不堪为君，中立则立，如不中立，军师即自为之。”武侯告曰：“臣亮有何德行，今陛下托孤，杀身难报。”太子跪前进，后拜。帝曰：“太子但有公事，教军师会意者！”言讫，帝崩，六十四岁。章武三年，刘禅立，改建兴元年。

（6）《孔明七纵七擒》

七擒孟获的情节基本相似，每一次均是蛮人用金珠从武侯处赎孟获，因此图像选取了孟获被赎回的场景进行描绘。画面中孟获跪在右侧，身后二人皆满面虬髯，前者站立，身着斜纹长服，手捧金珠，后者跟随而至，肩扛巨大的牛角，而"献牛角"文本中并无述及，此处疑为图像作者添加。左侧帐内，孔明端坐中间，左右各有四名侍卫手举枪矛。文本中的叙述仅有数字："蛮王又不降。又使金珠赎了。"

图5-1-31　孔明七纵七擒

（7）其他文图

《秋风五丈原》《将星坠孔明营》图像也较具表现力，《秋风五丈原》图像右侧为孔明骑马率军前行，左侧为大山即文中所叙的"西山"，山前有一屋舍，角上有一大树，树下有一妇人即文中所叙的"娘娘"，孔明正与妇人对话。此为孔明即将离世的预兆。文本叙述为：

军师引手下三千军，离街亭约百里，有一大树，西见一庄。令人唤出一娘娘当面，问："此处属那里？"娘娘言："岐山岐州凤翔府北，乃是黄婆店。"又问："今岁好大雨？"娘娘言："卧龙升天，岂无大雨？"娘娘又言："官人勿罪。岂不闻君亡白帝，臣死黄婆？"军师思，果有此言。又问："西高山甚名？"娘娘言："秋风五丈原也。"言毕，娘娘化风而去，不知所在。

图5-1-32　秋风五丈原

《将星坠孔明营》图像右侧为帐前守卫军士，左侧为武侯，正披头散发，向上举剑，前置一盆，内有鸡一只，天空绘有星相及弯月，天空中一星的光芒直射在武侯前的盆中。姜维和赵云站在武侯的身后。该图像名称虽为"将星坠孔明营"，实为孔明施法"压住将星"。文本叙述为：

当夜,军师扶着一军,左手把印,右手提剑,披头,点一盏灯,用水一盆,黑鸡子一个,下在盆中,压住将星。武侯归天。

图5-1-33　将星坠孔明营

《将星坠孔明营》为《新刊全相三国志平话》的最后一幅图像。孔明死后三国平话的故事便随之戛然而终。后文的姜维征西凉、司马懿统一天下等情节,平话文本中用了不到一千言作了极其粗简的概括。由此也足见孔明在整部平话中所具有的重要位置,以及该部平话的叙述重点之所在。

四、图像叙述空间分析

《三国志平话》在五部平话之中是文图最多的一部平话,共有71幅文图画面。在三国志全相平话中,图像也基本遵循固定的叙事规律,不同角色的人物在画面空间之中基本有相对稳定的位置,不同的位置有不同的寓意。不同人物的出现频次也体现出元代时期人们对于三国人物的审美倾向。《三国志平话》中的人物位置统计如下表:

图像名称	相对左侧空间	相对右侧空间	人物运动方向
三顾孔明(封面半幅)	孔明	刘、关、张	右→左
汉帝赏春	大臣	汉帝刘秀	左→右
天差仲相作阴君	天神	司马仲相	左→右
仲相断阴间公事	阴间高祖、韩信等	司马仲相	左→右
孙学究得天书	孙学究	学究家人	右→左
黄巾叛	广宁郡城楼	黄巾军	右→左
桃园结义	刘、关、张	舞乐人	/
桃园结义	屠夫、白马	刘、关、张	/
张飞见黄巾	张飞	黄巾张表	左→右
破黄巾	黄巾军	刘、关、张	右→左
得胜班师	举旗及鼓乐兵士	刘、关、张	右→左
张飞杀太守	太守	张飞	右→左

图像名称	相对左侧空间	相对右侧空间	人物运动方向
张飞鞭督邮	刘、关	张飞、督邮	/
玄德作平原县丞	乡民	玄德	右→左
玄德平原德政及民	乡民	玄德	右→左
董卓弄权	群臣	汉献帝	/
三战吕布	吕布	刘、关、张	右→左
王允献董卓貂蝉	王允、貂蝉	董卓	左→右
吕布刺董卓	董卓	吕布	右→左
张飞捽袁襄	袁襄	张飞	右→左
张飞出小沛	张飞	小沛城池及守军	右→左
张飞见曹操	张飞	曹操	左→右
水浸下邳擒吕布	张飞	吕布	左→右
曹操斩陈宫（半幅）	陈宫	曹操	右→左
汉献帝宣玄德关张	刘、关、张	汉献帝	左→右
曹操勘吉平（半幅）	吉平	曹操	/
关公袭车胄（半幅）	车胄	关公	右→左
赵云见玄德	赵云	玄德	左→右
关公刺颜良	关公	颜良守军	右→左
曹公赠云长袍	关公	曹操	右→左
云长千里独行	关公	甘、糜夫人及阿斗	右→左
关公杀蔡阳	关公	蔡阳	左→右
古城聚义	赵云、关公	刘备、张飞	/
先主跳檀溪	刘备	蔡瑁	右→左
三顾孔明	孔明	刘、关、张	右→左
孔明下山	关、张	孔明、刘备	左→右
玄德哭荆王墓	荆王墓、玄德	孔明	右→左
赵云抱太子	赵云、太子	关靖、追兵	右→左
张飞拒桥退卒	兵卒	张飞	右→左
孔明杀曹使	孔明	孙权、张昭、鲁肃等	/
鲁肃引孔明说周瑜	孔明、周瑜、鲁肃	小乔	/
黄盖诈降蒋干	蒋干	黄盖	右→左
赤壁鏖兵	曹军船只	黄盖放火、孔明祭风	右→左
玄德黄鹤楼私遁	玄德	周瑜	右→左

图像名称	相对左侧空间	相对右侧空间	人物运动方向
曹璋射周瑜	曹璋	周瑜	右→左
孔明班师入荆州	孔明	荆州城	左→右
吴夫人欲杀玄德	孙夫人、吴夫人等	玄德	左→右
吴夫人回面	玄德、吴夫人	孔明	右→左
庞统谒玄德	庞统	玄德	左→右
张飞刺蒋雄	蒋雄	张飞	右→左
孔明引众现玄德	玄德、孔明	庞统、黄忠	右→左
曹操杀马腾	马腾	曹操	左→右
马超败曹公	曹操	马超	右→左
玄德符江会刘璋	刘璋	玄德	/
落城庞统中箭	庞统	落城守军	右→左
孔明说降张益	张益	孔明	左→右
封五虎将	黄忠、马超、关公	张飞、赵云	/
关公单刀会	关公	鼓乐者	/
黄忠斩夏侯渊	夏侯渊	黄忠	右→左
张飞捉于昶	于昶	张飞	右→左
关公斩庞德佐	庞德及其士卒	关公	右→左
关公水淹于禁军	岸上的于禁军	水中的于禁军	/
先主托孔明佐太子	孔明	刘备	左→右
刘禅即位	大臣	刘禅	左→右
孔明七纵七擒	孔明	孟获	右→左
孔明木牛流马	司马仲达	孔明士卒	右→左
孔明斩马谡	马谡	孔明	右→左
孔明百箭射张郃	司马军、张郃	孔明	右→左
孔明出师	蜀士卒	孔明	右→左
秋风五丈原	妇人	孔明	右→左
将星坠孔明营	孔明	姜维、赵云及守军	/

　　上表共 71 幅图像，其中出现孔明的有 18 幅，占图像总数的 25.4％，刘、关、张在图像中共同出现的画面有 10 幅，占图像总数的 14.1％。刘备在 22 幅图像中出现，占总图像比例的 31％。关羽在图像中出现 17 次，占总数的约 24％。张飞曾在 21 幅图像之中出现，占图像总数的约 30％。曹操在图像之中共出现 6 次，约占总数的 8.5％。孙权在图像中仅出现 1 次，即在《孔明杀曹使》中出现 1

次,所占比例仅为 1.4%。也就是说,在图像中出现频次由高到低分别是刘备、张飞、孔明、关公、曹操、孙权。由此可见,不是君王的张飞这一莽汉形象似乎最受欢迎,在当时人们的审美中有着十分重要的地位。相反,关公在图像之中出现的频次并不是很高。曹操虽然是三国时期的重要历史人物,但是其在图像之中仅仅出现了 6 次,这也显示了元代民间审美对曹操的好恶倾向。孙权在图像中仅出现 1 次,可见当时人们对"孙权政权"并不十分"热衷"。在平话里"吴蜀的联盟,始终是互相猜疑和互相斗争的,东吴先设计在黄鹤楼擒刘备,后设计让孙夫人杀害刘备,以便占领荆州并延伸至西川,均被挫败。……东吴在关羽北征曹操时,用暗计袭击荆州,俘虏了关羽。东吴俘虏关羽不像曹操那样能够容贤用贤,而是立刻杀害了关羽。这给刘备集团造成巨大的损失,并因此引起张飞之死,导致彝陵之战,乃至于刘备之死。蜀汉集团的精锐几乎全部丧失在与东吴的战争中。从平话故事内在的逻辑和道理上来讲,站在蜀汉集团的利益上,曹操集团的确没有孙权集团可恨"[①]。

除却封面无标题之外,每幅图像均有标题,在 70 个标题之中,出现孔明的标题有 13 个,占标题总数的 18.3%。刘备在标题中出现 12 次(包含 2 次为"先主"),占标题总数的 17%。张飞在标题中出现 9 次,占总数的约 13%。关公在标题中出现 7 次,占总数的 10%。曹操在标题之中出现 6 次,占总数的约 8.6%。平话的标题多为故事的口语化的概括,从标题所占比例的高低来看,由高到低依次是孔明、刘备、张飞、关羽。孔明的故事居于核心位置。平话的后半部分几乎全是以诸葛亮为核心而展开的,这与民间的审美需要相关。关于诸葛亮的形象,"《平话》所写的军师诸葛亮没有士大夫似的温文尔雅,却具有火热的性格。他作为'人也'的军师,在斗争中表现粗豪、刚强而果敢,甚至有时还带有急躁的情绪和卤莽的行动。这是《平话》不同于其他诸葛亮形象的一个显著特点"[②]。如《平话》描写诸葛亮:"军师与蛮军对阵。军师出喝三声,南阵上蛮王下马。无五日,对阵,蛮王令人打出虎豹来。诸葛喝一声,绝倒(蛮军)千人。"诸葛亮在战争中吆喝绝倒敌军千人,这样的故事在其他三国故事中是闻所未闻的。想象一下在平话艺人演说之时的情景,说到这一幕时,是何其的淋漓和痛快! 不仅如此,在《平话》中诸葛亮还是使刀弄剑的练武之人。如在《平话》中诸葛亮在联吴之时,就曾"动武":"唬(得)诸葛大惊:倘若(东吴)不起军,夏口主公(刘备)休矣! 言尽,结袍挽衣,提剑就阶,杀了(曹操)来使。"诸葛亮提剑杀人的形象,亦是后来的三国故事中再也不曾出现的。诸葛亮的形象在元代或许处于定型的过渡期,亦或许是其被元人寄托了太多的期盼而"文智武术"双全。诸葛亮这一角色在平话中举足轻重,尤其是下卷部分,几乎成了"诸葛亮传",无怪乎孔明一逝

① 卢世华:《元代平话研究:原生态的通俗小说》,中华书局 2009 年版,第 80 页。
② 陈翔华:《诸葛亮形象史研究》,浙江古籍出版社 1990 年版,第 117 页。

故事便止。

平话图像涉及蜀汉的数量远远多于涉及汉帝、曹操及其他图像。蜀汉故事图像有 59 幅之多，占总数的 83.1％。汉帝、曹操及其他故事图像共 12 幅，占总数的 16.9％。这也表明了元代时期三国故事拥护蜀汉政权的思想倾向非常鲜明。在平话的叙述节奏方面，蜀国灭亡之后，叙述的步调突然加快，诸葛亮去世后的三国归晋过程仅仅用了约 800 字，且还叙述了刘备之外孙建立后汉的过程。可见平话作者对蜀国之后的故事叙述不感兴趣。

此外，在图像中人物的空间位置安排方面也有规律可循。如果将画面之中的人物等级、主次等方面进行比较，可以发现主要的、等级相对较高的一方一般居于右侧，在 71 幅图像之中，主要或等级较高的一方居右侧的有 45 幅之多，占图像总数的 63.4％。如果除去中心布局的运动方向不明确的构图形式，以及仅绘画单一一方的图像（如《关公水淹于禁军》画面仅有禁军一方形象刻画，而无关公的造型形象出现），这个比例会更高。在图像人物运动方向层面，如果是战争场面的描绘，则从右至左一般为胜利场面的描绘，失败的一方多朝向左侧奔逃。

总之，在三国平话的图像对文本的"翻译"之中，图像作者基本遵循一定的图像绘画规律以对应文本的语言叙事。在图像的描绘之中，接受者能够感受到图像作者较为明显的认知和情感倾向。

第二节 《新刊全相秦并六国平话》之文图

《新刊全相秦并六国平话》别题《秦始皇传》，分为上中下三卷。与《武王伐纣》《乐毅图齐》等平话相比较，《秦并六国平话》有着显著的特征，即该平话故事于历史事实基本一致，较少有耸人听闻的传说或荒诞不经的鬼神故事。但其在叙述套路上亦是讲史的风格样式。李梦生在《秦并六国平话》的前言中也认同其为说话人的底本："本书一般认为是讲史艺人说话的底本，为'讲史'的一种。卷上记秦王政出身来历，秦灭韩攻赵；卷中记荆轲刺秦王，秦灭燕、魏、楚；卷下记秦灭齐一统天下至刘邦、项羽灭秦。故事基本取材于《战国策》《史记》，有时尽引原文，不加增饰，如荆轲刺秦王一段，全引《史记·刺客列传》，李斯《谏逐客书》也全文照抄，使全书文白相间。"[1]尽管如此，平话语言的对话体、口语性特征仍十分明显。诸如：平话卷下"始皇封大夫松"源自《史记·秦始皇本纪》和《资治通鉴》，内容基本相同。《史记·秦始皇本纪》曰：

既已，齐人徐市等上书，言海中有三神山，名曰蓬莱、方丈、瀛洲，仙人居之。请得斋戒，与童男女求之。于是遣徐市发童男女数千人，入海求仙人。[2]

---

① 古本小说集成编辑委员会：《古本小说集成提要·秦并六国平话》前言，上海古籍出版社 2018 年版，第 1 页。
② 司马迁：《史记》卷六《秦始皇本纪》，中华书局 1959 年版，第 247 页。

《资治通鉴》卷七曰：

　　而遂除车道，上自太山阳至颠，立石颂德；从阴道下，禅于梁父。其礼颇采太
祝之祀雍上帝所用，而封藏皆秘之，世不得而记也。①

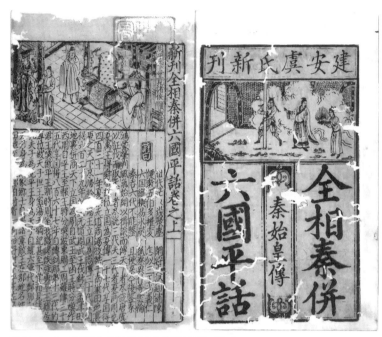

图 5-2-1　《新刊全相秦并六国平话》封面与首页

　　平话的语言与上述文本语言相比较，不仅有细节的叙述，还有以对话的形式
叙述且具有口语化的特征：

　　帝封毕，至山巅，立石颂德。从阴道下，禅于梁甫。遂游东海而来。忽遇道
士徐市来上书，奏始皇："东海有三神仙山，山上有长生不死仙药。"帝问："卿如何
得去？"徐市再奏曰："陛上可选五百童男童女，差一使前去。"帝依奏，令近便州郡
监，选索童男童女五百，限十日；如过期，赐罪。果十日，使命计到童男童女五百
来献帝。帝大喜，令徐福将军入海求神仙。徐市奏曰："愿陛下往浮江，至于湘山
祠。"帝依奏，令车驾来到湘山等候。徐福入海求神仙。

　　平话的叙述显然要具体生动得多，与《史记》《资治通鉴》等有着非常鲜明的
差异。

　　该平话主要叙述刻画了战国末期七大诸侯国之一的秦国消灭山东六国、完
成中国统一的战争故事。从公元前 230 年攻打韩国到公元前 221 年灭齐国结
束，共计 10 年的时间，先后灭韩、赵、魏、楚、燕、齐六国，结束了中国自春秋以来
的诸侯割据纷争的局面，建立了中国历史上第一个君主专制中央集权国家——

---

① 司马光：《资治通鉴》卷七，中华书局 1956 年版，第 239 页。

秦朝。该部平话包含封面在内共有图像52幅。其中上卷20幅图像,中卷15幅图像,下卷16幅图像。该平话的封面图像是五部平话中最为有意思的一个封面,封面描绘的是商鞅"徙木立信"的故事,而不是秦始皇"夺取六国财富"[①]的情景,也不是别题所谓的"秦始皇传"。画面上共有三人处在"都市南门",左侧一人正试图扛起木头,右侧一人双手捧赏金,中间一人应为见证官员。这与《史记》所载相一致:"孝公既用卫鞅,鞅欲变法,恐天下议己。……令既具,未布,恐民之不信,已乃立三丈之木于国都市南门,募民有能徙置北门者予十金。民怪之,莫敢徙。复曰:'能徙者予五十金。'有一人徙之,辄予五十金,以明不欺。卒下令。"[②]平话中虽然未涉及商鞅徙木立信的故事,但是秦之所以能够并六国,与其强大的实力有非常密切的关系,由此观之,商鞅变法正是秦国走向强大的关键环节。故此,以"徙木立信"故事为封面是极其有道理的。

一、上卷文图

平话上卷共有《周平王下堂见诸侯》《始皇出诏并六国》《王会五国大王》《六国兴兵伐秦》《王翦败张晃》《周光刺王翦》《邹兴射王翦》《楚王会议退秦兵》《王翦回军见帝》《韩国惠王薨》《秦王交兵与王翦》《王翦攻城唬倒韩王》《严仲子求救兵》《王翦灭韩国》《赵将杀匈奴》《马乱吞奏郎主》《李牧驱番兵》《始皇令王翦伐赵》《司马尚奏李牧反》《赵王赐李牧死》20个故事标题及图像。其中《周平王下堂见诸侯》《始皇出诏并六国》等图文较具表现力。

(1)《周平王下堂见诸侯》

图5-2-2 周平王下堂见诸侯

平话开篇叙述了从鸿蒙初辟到周代的历史。到了周代"平王虽居尊位做天子,但王室荡无纲纪,甚至下堂而见诸侯"。图像作者选取了"周平王下堂见诸侯"这一细节,以小见大,表明周王室已十分衰微。图像右侧为殿堂,左侧是觐见大臣。周平王的龙椅居于右侧,但是平王已经站立并走下殿堂,甚至已经走出殿堂并站立在台阶之下与诸侯相见。"下堂虚位"表明周王室已甚是衰微。左侧觐见的诸侯手持笏板,躬身施礼。左侧另有四人头戴宋代官帽,交头接耳,亦无恭敬之态,确为"王室荡无纲纪""为臣底失为臣之礼"。与图相应的文本为:

诗曰:

世代茫茫几聚尘,闲将《史记》细铺陈。

便教五伯多权变,怎似三王尚义仁。

六国纵横易冰炭,孤秦兴仆等云轮。

秦吞六代不能鉴,且使来今复鉴秦。

鸿蒙肇判,风气始开。以揖让而传天下者,尽说唐、虞;以征伐而取天下者,尽说三代。夫三代者,夏、商、周也。夏禹王得舜帝禅位,立国为夏,传一十七代,享国得四百三十一年。夏桀无道,商汤放桀于南巢田地里,夏之天下尽归于商。汤王立国为商,传三十代,享国得六百二十九年。纣王无道,周武王伐纣于孟津田地里,并商天下,立国为周。自武王至幽王时分,唤作西周;自平王至报王时分唤作东周。二周虽传三十五代,享国得八百六十七年,自传到那第十三代的君王唤作平王。那时,周室衰微,诸侯强勇,平王虽居尊位做天子,但王室荡无纲纪,甚至下堂而见诸侯。孔夫子为见平王身为天子,自统六军伐郑。那郑伯无君,身为王家卿士,自率诸军敌王,在那地名繻葛田地交战。被郑伯射着一箭,恰好射中平王左肩。孔夫子是□□世儒道的宗师,要扶持这三纲五常。因见那时王纲颓坏,为君底失为君之道;侯国强勇,为臣底失为臣之礼,怕天下后世乱臣贼子,争效这般模样,便使三纲沦而九法斁,不成世界。不免将那直笔,把那时一十二公,共有二百四十二年的事迹,著一部史书,唤做《春秋》,从平王时事为头,有善事底褒奖它,使人知劝;有恶事底贬责它,使人知怕。怎知世变推迁,春秋五伯之后,又有战国七雄,天下龙争虎战,干戈涂炭,未肯休歇。且说那战国七雄是兀谁? 诗曰:

两周分治各西东,十二诸侯互战攻。

未有真人来一统,奈何七国又争雄!

那七国者,秦、韩、魏、楚、燕、齐、赵也。秦姓嬴氏,周武王时封秦,至武公、惠公时分,始僭称王,此秦国也。韩虔世代仕晋,在威烈时分,韩虔求做诸侯,分晋国,自立为韩,此韩国也。魏斯世代仕晋,在威烈王时,魏斯求做诸侯,分晋国,自立为魏,此魏国也。赵籍,世代仕晋,在威烈王时,赵籍求做诸侯,分晋国,自立赵,此赵国也。史谓三家分晋,是说这韩、赵、魏也。

(2)《始皇出诏并六国》

平话叙事直接进入"秦并六国"的主题。图像作者选择了始皇与大臣之间议事的结果来描绘,即描绘了始皇发诏诸侯国,"纳降"于秦的场景。图像右侧始皇正面危坐,剑眉倒竖,表情严肃,四名侍臣站立左右,左侧阶下一大臣正把诏书递于秦公子少官。图像场景依然具有显著的舞台特点,始皇端坐,几乎是完全正面朝向画外,似乎是演出之时面向观众而非与场景大臣对话之人。文本叙述为:

当有一大臣司马欣出班奏曰："陛下，若论七国，则国势均平；若论气力，则秦为上国。何不发使命赍国书，威伏六国，命它拱手来降，纳土于秦，免得战争，如何？不来者，差军发将，取之未迟。"帝闻奏大悦。圣旨问："班中有谁人可充使命？赍国书前往齐、燕、魏、赵、韩、楚诸邦，游说诸侯，早献地图纳降，免得干戈，百姓枉遭涂炭。这是一项好底勾当。"那时有秦公子，名曰少官，他自请赍此国书，游说六国。

图5-2-3 始皇出诏并六国

（3）《楚王会五国大王》《六国兴兵伐秦》

《楚王会五国大王》《六国兴兵伐秦》叙述了六国听闻秦国欲并六国后的聚会和先发制人的伐秦情节。楚王会五国大王画面中楚王居于右侧，步出殿外和身后侍从大臣一起迎接前来的诸国大王。左侧五人应是齐王、魏景关王、韩威惠王、燕孝王、赵孝成王等人，楚王与诸国大王相互施礼。

图5-2-4 楚王会五国大王

图5-2-5 六国兴兵伐秦

出兵伐秦在平话中并没有描写，文中只就楚王选伐秦先锋作了较为详细的描述。在《诗曰》中有云："秦谋一统祸临城，楚领三军并伐秦；猛将雄兵皆用命，生灵涂炭涨氛尘。"图像描绘了楚王伐秦的场景。图中从左至右四人，左侧有一大将骑马举旗，身着盔甲。楚王执马挥剑奔在最前，上方标有"楚王"字样。再向后则是两骑马提刀将领，其中一名正从山后转将出来。伐秦的联军稀疏、松散，似乎也无甚气势。图像作者似乎在暗示六国难以合力伐秦。

（4）《秦王交兵与王翦》

与其他几部平话中的"交兵"仪式不同，该"秦王交兵"图像一改"交兵"的严肃与紧张，而以民间艺人的视角对秦王交兵与王翦作了极为诙谐的描绘。秦王演武殿交兵本是一件非常严肃的事情，且是"二十万"的大军，但是在画家的笔下似乎成了农忙时节的劳作场景，也如舞台幕后的准备演出场景。秦王神情悠闲，坐在正中偏左的位置，后有两名侍臣。秦王的左侧竟然是"甲杖库"，右侧则是将士。甲杖库前有两个兵士正把武器旗帜搬运出来，右侧五人，有两人已经穿上了作战的铠甲，且其中一人正在试戴帽子。另外一人扛旗，一人拿着刚拿到的战服，还有一人双手向前摊开，似乎在问询。作者在这里似乎有意以"散漫"的场景之"相"解构战争的严肃性，转而将其描绘成为近乎日常的劳作或游戏行为。战国时期诸侯国的混战也的确如此。与此有关的文本叙述为：

次早，演武殿交兵二十万人马。诗曰：

> 忙点三军亲起发，当时赏赐与诸军。

取出衣甲器械，分俵散与诸军。会使枪底枪在手，能射弓者弓便射。兵将一齐离了京兆府，奔往韩邦。

图 5-2-6　秦王交兵与王翦

从文本的叙述中难以看出游戏一般的凌乱"散漫"场景，图像叙述使得文本的意蕴更加丰富，文本的解读也有了更多的可能和维度。

（5）《王翦攻城唬倒韩王》《王翦灭韩国》

文本叙述了韩王听闻王翦攻城而被唬倒的情景，生动地将韩王唬倒的瞬间作了刻画。画面左侧殿内韩王并未坐在宝座之上，空虚的王位昭示了韩国实已"六神无主"。韩王已经瘫倒在王座之前的地上，两名侍臣上前搀扶，一名侍臣边

图 5-2-7　王翦攻城唬倒韩王

回望身后边双手托"安魂定魄汤"趋于韩王。台阶前有一穿武官服饰的应是冯亭，画面右侧的远处有两名大臣表情惊异，交头议论，整个场景充满了紧张、不安和惊恐的气氛。此氛围中的韩国大势已去。该图像的文本叙述为：

巴到次日天明，招讨王翦肩担一柄刀出阵，厉声叫："索冯亭将军打话。"冯亭出阵，问王翦曰："因甚兵伐吾邦？"王翦曰："吾奉始皇敕命，故来伐韩邦。"冯亭忿怒，抢起熟铜月斧斫王翦。王翦将刀迎过。王翦举刀斫，冯亭架隔遮拦。逢虚即下，遇空则施，才五十合，并无分毫胜负。再战三十合，又无输赢。各人歇令，明日却战。次日，各人整顿器械，布阵已完。二人出马，交战七十余合。冯亭年老，气力不加，败退二十里下寨，是晚，各人牢把寨门。等次早天明，排下阵圆，周光出阵，秦兵蔡仇出马。二马交战，才三十合，蔡仇败走，周光赶杀。蔡仇回马，将刀斩落周光下马。蔡仇喊杀连天，韩兵大败。冯亭出阵，与蔡仇接战，才三十合，冯亭诈败，蔡仇赶杀。被冯亭翻身举起月斧砍落。只见蔡仇金盔倒着，两脚登空。诗曰：

如龙骏骑已空回，似虎将军还落马。

秦招讨王翦，肩担大刀出阵，与冯亭挑战。冯亭大败，退一十里晋州城前下寨。王翦人兵赶上，城前一箭之地驻扎人马。次日，排下天罗地网阵。王翦出马索战。冯亭肩担月斧出阵，与王翦挑斗。怎见得交马？诗曰：

二将骤征鞍，盘桓两阵前。

征云笼日月，杀气罩山川。

斧险分毫着，刀争半米偏。

些儿心意失，目下掩黄泉。

冯亭大败归城。冯亭只留得五千人，折了一半，紧紧闭了城池。冯亭归朝，奏上韩王曰："告陛下，臣等年老，气力不加，拒王翦不过，外折兵五千，亏将一人，周光被失。伏乞大王令旨。"韩王问张车、严仲子："卿等有何人能退秦兵？"张车、严仲子二大臣奏曰："秦兵二十万，王翦英雄难退。望陛下修书，臣为使命，往齐、赵借兵解围。"韩王依奏，急令修书，付张车往齐、严仲子往赵。二人再奏曰："乞差冯亭送小臣过阵。"王依奏，令冯亭持兵出城，开城放下吊桥，渡了人兵，城前布阵，索来将打话。甘宁出马，与冯亭交战。二马相交，才三十合，甘宁败走，冯亭赶杀来冲破阵，送得张车、严仲子出往外国求救。二人走马如飞登程。冯亭回阵，收兵归城，紧紧守把城门。王翦见冯亭收兵入城不出，传令限三日，准备攻城。二十万人兵四畔围绕，大喊三声，唬得，诗曰：

当坊土地拒行藏，巨霸灵神难别辨！

但见城头尘落纷纷，河内鱼儿豁辣。唬得生灵尽皆惊，吓得三军心胆颤。小卒谓冯亭曰："城前人兵发喊。"冯亭听得，入朝奏曰："目即人兵攻城发喊，取自大王敕旨。"唬得大王跌倒，近臣扶起，将些儿安魂定魄汤救得，良久方醒。敕问冯亭曰："今王翦攻吾邦，此事怎生？"冯亭启奏曰："陛下无危，臣且保城池，待使命往齐、赵借兵解围,若何?"王依奏。冯亭上城观望,果然秦兵围绕,无计可退。传下钧旨,使诸军传箭巡更,持铃喝号,守保城池。

图5-2-8　王翦灭韩国

其实,从韩王被唬倒就已能够看到灭韩国这一结局,尽管有严仲子求救兵,却难以改变被灭亡的趋势。《王翦灭韩国》的图中王翦已将冯亭砍杀落马,王翦单手持刀回看落马的冯亭,画面正中韩国上将冯亭身首异处,铜斧与人头散落地上。左侧王翦的将士从山后杀将出来,右侧韩国将士正仓皇应战逃窜。图像作者再次以王翦和冯亭的马首均向左、王翦回身的造型来显示王翦的"诈败"。所谓的灭韩国的赶杀入城,擒韩王、掳嫔妃的场景并未被作者刻画。

(6)《司马尚奏李牧反》《赵王赐李牧死》

平话以司马尚奏李牧反和李牧被赐死为上卷的尾声。李牧乃战国四大名将之一。平话的叙述与《史记》有异。《史记·李牧传》曰:"赵王迁七年,秦使王翦攻赵,赵使李牧、司马尚御之。秦多与赵王宠臣郭开金,为反间,言李牧、司马尚欲反。赵王乃使赵葱及齐将颜聚代李牧。李牧不受命,赵使人微捕得李牧,斩之。废司马尚。后三月,王翦因急击赵,大破杀赵葱,虏赵王迁及其将颜聚,遂灭赵。"[1]而在平话中,并未提及王翦用反间计。仅叙述了"忽有司马尚私说李牧曰:'城中无将堪征,不如擒赵王献秦将招讨王翦,各人得些功赏。'李牧不从。"未有司马尚通秦的叙述。

图5-2-9　司马尚奏李牧反

《司马尚奏李牧反》的图中右侧赵王在殿内端坐,两侧各有两名侍臣,司马尚因劝说李牧策反擒拿赵王到秦王处邀赏未能成功,后怕而站在阶前启奏赵王诬陷李牧反。《赵王赐李牧死》的图像为半幅,右侧为使者赵葱,一手托盘一手持鸩

---

[1] 司马迁:《史记》卷八十一《李牧传》,中华书局1959年版,第2451页。

图5-2-10 赵王赐李牧死

酒瓶，身后一马。李牧从帐内走出，伸手欲接赵王所赐之毒酒。该部平话的上卷至李牧死而结束。

《司马奏李牧反》和《赵王赐死李牧》的文本叙述为：

李牧持兵入城，奏赵王曰："秦将英雄，先锋李信，副将蒙毅，招讨王翦二十万人，难敌。小将四员折尽，兵三千。臣特来奏王，取自敕旨。"赵王问司马尚曰："此事若何？"司马尚谏曰："权将城门紧闭，容臣一面定计，退秦人马。"赵王依奏。王翦见李牧归城不出，持兵克日攻城。城前发喊，惊得赵王心惊胆颤，文武诸将仓皇无计。忽有司马尚私说李牧曰："城中无将堪征，不如擒赵王献秦将招讨王翦，各人得些功赏。"李牧不从。

司马尚恐李牧出首，预先来奏赵王曰："李牧不肯出征，要反叛，望伐之。"赵王赐鸩酒，吩咐司马尚为使，取李牧首级。司马尚不敢为使，故推举赵葱为使，来见李牧曰："赵王赐鸩酒与将军死也。"李牧曰："咱无罪，前后累有功，因甚赐吾死罪？"使命曰："吾不理会得。汝不得违敕命。"使命便斟下药酒，吩咐与李牧饮。李牧接得在手，不敢怨望赵王，嗟呼叹气，谓使命曰："吾死。不争前日有司马尚来说吾反赵王归秦，得些功赏，吾不从伊，是致背奏大王，赐吾死罪。敢烦托奏大王。"诏未毕，李牧服药而死。使命就割首级来奏大王曰："李牧未服药，先托微臣奏大王，有司马尚说李牧反叛大王，归秦请赏，李牧不从，情赴朝典而死。"

二、中卷文图

中卷叙事主要有《秦将掳赵王灭赵国》《太子送荆轲入秦》《荆轲刺秦王》《秦王遣王翦伐燕》《秦将索燕丹太子》《燕使献首级》《燕王赐太子死》《始皇纳燕地图金宝》《魏国修城》《李信斩龙离足》《王贲收魏回秦》《秦楚交战》《始皇遣王翦征楚》《王翦伐楚国》《王翦伐楚班师》15幅文图。其中具有原型性的或代表性的文图主要有《太子送荆轲入秦》《荆轲刺秦王》《燕王赐太子死》等文图。

（1）《太子送荆轲入秦》《荆轲刺秦王》

《史记·荆轲传》中易水送别场面历来被人们看作是荆轲故事中的点睛之笔，平话中对此也作了细致的叙述。平话作者也引用了司马迁所作的"风萧萧兮易水寒，壮士一去兮不复还"诗句，融情入景，寓悲于壮，将荆轲临行之时与众人道别的复杂心态描述得淋漓尽致。虽然平话叙述中除了悲壮的情绪之外，也有"复为羽声慷慨，士皆瞋目，发尽上指冠"的"慷慨"，但是由于荆轲刺秦王的悲剧性结局，人们更多地放大了"悲壮"而缩小了激昂的"慷慨"，画家亦然。太子送荆轲入秦的画面平远开阔，左侧的易水孤舟横泊，芦苇飘零，正中乃是站在易水岸边的太子与荆轲,太子敬酒,荆轲举杯而饮。荆轲身后应是秦舞阳,旁边有黑白两匹马。画面右侧太子的身后一人持酒壶,另有尾随而至的两人应是"知其事者"的宾客,似乎欲掩面而泣。文本叙述为:

> 太子及宾客知其事者,皆白衣冠以送之至易水之上。有胡曾咏史诗为证。诗曰:
>
> > 一旦秦皇马角生,燕丹归北送荆卿。
> >
> > 行人欲识无穷恨,听取东流易水声。
>
> 燕丹太子既祖取道,高渐离打筑,荆轲[和]而歌,为变徵之声,士皆流涕。又前而为歌曰:"风萧萧兮易水寒,壮士一去兮不复还!"复为羽声慷慨,士皆瞋目,发尽上指冠。

图 5-2-11 太子送荆轲入秦

荆轲刺秦王,已是家喻户晓的文图故事原型,尤其在中国图像史中不断地被历代画家所描绘。平话文本对于荆轲刺秦也有详细的叙述:

> 荆轲奉樊於期头函,而秦舞阳奉地图匣,以次奉至阶下。秦舞阳色变振恐,群臣怪之。荆轲顾笑舞阳,前叫曰:"北番蛮夷之人,未尝见天子,故振慑。愿大王少假借之,使得毕使于前。"秦王谓轲曰:"取舞阳所提地图。"轲既取图奉之。秦王发图,图穷而匕首见。因左手把秦王之袖,右手提匕首揕之。未至身,秦王惊,自引而起,袖绝;拔剑,剑长,操其室,时惶急,剑竖,故不可立拔。荆轲逐秦王,王环柱而走。秦法严,群臣侍殿上者,不得持尺寸之兵刃,诸郎中执兵器,皆陈殿下,非有诏召,不得上殿。临期方急时,不及召下兵,以故荆轲乃逐秦王,而卒惶急,无以击轲,以手共搏之。是时侍医夏无且,以其所奉药囊提荆轲,秦王方环柱走,卒[惶急不知所为]。左右曰:"王负剑。"遂拔剑以击轲,断其左股。荆轲废,乃引其匕首以擿秦王。不中,乃中铜柱。秦王复击荆轲。荆轲被八创。轲自知事不就,倚柱而笑,箕倨以骂曰:"事所以不成者,以欲生劫之,必得约契以报太子也;荆轲怀屡年之谋,而事不就者。"于是左右既前进,杀死荆轲。

图 5-2-12 荆轲刺秦王

画面描绘了荆轲匕首刺向秦王之时，秦王奔逃却被荆轲拽住衣袖的惊险瞬间。右侧殿内秦王已经从宝座上离开，一手被荆轲所拽一手提剑，向内奔走。荆轲一手拽秦王衣袖一手举起匕首刺向秦王，荆轲身后的秦舞阳手中持图，目光惊恐。殿外的两名秦王将士惊恐万状。此图中殿内仅有屏风而无柱子，故此处的秦王也并未如文本所叙的"环柱而走"。荆轲头戴长翅膀官帽、身着宽大官服，是典型的宋代官服样式。

（2）《秦将索燕丹太子》《燕使献首级》

荆轲刺秦王不成，激怒秦王，以至于"益发兵，诏王翦行兵伐燕"。在作战两月有余而难取燕国的情势下，始皇采用了李斯"先捉获燕丹太子，后灭燕王"的计策。《秦将索燕丹太子》的画面突出了秦方"索"的这一动作。图像右侧的辛胜一手举矛，一手前伸示意前来交战的燕国将士石凯"先不要动手"。辛胜身后的兵士端坐马上，点指对方，也无欲战之态。左侧石凯一方的将士均作"撞出"的前倾冲锋姿势。作者的这一细节刻画描绘了秦国的目的不在作战，而是欲索要太子丹。这正是文本中双方对话的形象描绘：

辛胜上阵，厉声高叫，索燕将打话。燕阵撞出石凯。辛胜曰："将军可回阵奏上燕王，今蒙始皇帝圣旨，预先要获燕丹太子，报昔日荆轲刺王之仇，免战。"石凯大怒曰："即非太子遣荆轲刺始皇，皆是始皇意图天下六合。乃是荆轲路见不平，傍人划削来为刺客，非太子之过。将军错矣。要战却战，捉获太子，休言此话。"

图 5 - 2 - 13　秦将索燕丹太子

"燕使献首级"之文图叙述了燕王无计败走，只得令孙虎去取燕丹首级。燕丹让孙虎割了手下人的首级来替代他自己，并由石青龙出阵，将假太子首级献给王翦。该图像作者重点刻画了王翦发现首级"作假"的情景。图像左侧帐中乃是秦将王翦，右侧是燕使石青龙正献上太子首级，身后有战马一匹，似刚刚下马献首级。图像的视觉重心聚焦于"画像"与太子首级相互对比。以图与首级的对比显示王翦之疑，进而"叙述"首级之假，这是该幅图像的叙述逻辑。图像所概括的文本叙事为：

孙虎领燕王旨回宫，宣召燕丹太子。太子接了父王圣旨赐死，丹即泪下曰："告将军乞行方便，救丹一命。"使命曰："蒙你父王敕命，怎生方便？"燕丹近前附耳，说不上数句，孙虎依计，将太子手下人来，割了首级，函封来献燕王。燕王泪下曰："苦哉，可惜吾儿丧命！若不这般，教本邦危矣。"孙虎心下自知，不敢奏上燕王。燕王遣石青龙提丹首级,献与王翦退兵。石青龙出阵,将太子首[级]献上王翦曰:"吾奉燕王敕旨,取得燕丹太子首级,献上招讨,可以回兵免战。"辛胜接得首级与招讨。招讨令人取出燕丹图像比对,原来不是,只是假底。

图5-2-14 燕使献首级

(3)《燕王赐太子死》

文本中燕王赐太子死的情节较为复杂。燕王令丞相景丹以鸩酒取太子首级,太子不肯,剑杀景丹后走入内宫悬梁而死。图像以程式化的造型语言,描绘了景丹欲以鸩酒赐太子的场景。图像右侧景丹丞相一手持酒杯,一手招呼燕丹太子饮鸩酒就范,景丹后一随从提鸩酒壶。左侧殿内门口,燕丹太子在恳求丞相多献金宝及他人首级给秦将替代自己的建议被拒后,燕丹太子一手相拒,一手持剑,并侧身移步走向殿内屏风。文本叙述为:

景丹斟下药酒,逼太子服药,"不得有违父王圣旨"。燕丹谓景丹丞相曰:"咱无罪,因甚赐吾死罪?"景丹曰:"自于二十年,太子不合遣荆轲为刺客刺秦王,今有王翦兴兵攻城。只为此上仇恨,是致兵来攻城。以此赐死。"太子再告丞相曰:"多将金宝献与秦将;丞相可将别首级献上父王。"景丹不肯,逼太子服药酒。燕丹走入内宫。景丹随后便起。太子取剑在手,在屏风后少立。须臾,景丹入来唤太子,被太子一剑斩了。燕丹走在后宫,将丈二红罗悬梁而死。

图5-2-15 燕王赐太子死

(4)《始皇送王翦征楚》

始皇满是疑虑地将举国之兵士交与王翦征伐楚国。图像主要聚焦于始皇送王翦的"送"和"疑虑"这两方面。图像中始皇居于左侧,在随从的簇拥下骑在马上刚刚走出朝门送王翦出征,始皇的随从探头探脑相互顾盼似有疑虑。右侧仅有王翦一人,身着戎装,站在树下躬身拱手向始皇施礼,王翦身后并未描绘"将兵六十万"。如果将此图与前文的《始皇遣王翦伐燕》图像相比较,即可知晓作者在图像叙述方面颇具匠心。在"始皇遣王翦伐燕"中王翦率兵20万,图像作者尚画出了王翦及将士共四人,然而此处始皇倾举国之兵60万,作者却仅绘出王翦一人,其身后虽然留白空间十足却无一兵一卒。实在是"六十万将士"身系一人,始皇及众多随从亲自送王翦出朝门已见其足够重视此次用兵,这里作者仅绘王翦一人,更借此暗示始皇将所有的兵士都交给了王翦一人之时的疑虑和担忧,也隐喻了王翦因责任重大怕始皇生疑而以乞赐的方式来打消始皇的疑虑。正如王翦所说:"非俺五次取赏,秦皇贪心无厌,吾故使多索富贵,不然秦皇怛然而不信人。"文本叙述为:

次早,始皇登殿,文武山呼已毕,阶前撞出李信,俯伏在地待罪。帝问李信曰:"卿伐楚如何?"李信奏道:"臣折将亏兵,望王赦罪,方敢奏帝言。"始皇曰:"赦卿无罪,有事合奏。"李信奏曰:"告陛下,楚有项梁英勇,未易抵当。此行丧师,小将方宁已没,皆臣不能用兵之罪。乞别命良将攻楚。"始皇不语,思之王翦所言极当。宣上王翦来问,王翦奏曰:"李信只凭少壮,统二十万人兵敢去伐楚。缘荆地有上将项梁,英雄难攻。臣启陛下,非六十万兵不可。"帝曰:"愿听将军计耳。"于是王翦将兵六十万,先锋蒙恬、副将蒙毅、末将辛胜。次早王翦起兵离朝门,始皇送到灞上。王翦奏曰:"臣乞陛下赏赐金宝等物。"帝即位□□□□。王翦谢恩。始皇车驾回朝。

王翦只在灞上□□□□□。王翦遣使赍表奏帝,乞赐行,请美田、宅园、池等。来使赍上表,始皇览之,帝即依奏,赐美田五百亩,宅园一万步,池百口。王翦大笑,再令辛胜赍表奏帝,言美田五百亩,臣等老幼三百口,日食不给;宅园、池却少,望王多赐。始皇览表,来观王翦行兵,尚在灞上未行。又遣辛胜表奏,多多乞赏。始皇赐每事一千,金银一千两,绵帛一千匹,米粟一千石,美田一千亩,牛羊一千头。帝令辛胜报王翦,得赏甚众,可以行兵。辛胜回到灞上,报覆王翦曰:"圣旨每事皆赐一千。"王翦叹曰:"怎不每事赐一万也好。"辛胜闻之大笑。翦问辛胜:"笑者何也?"辛胜答曰:"始皇所赐足矣,招讨何必嗟呼?"王翦曰:"非俺五次取赏,秦皇贪心无厌,吾故使多索富贵,不然秦皇怛然而不信人。今空秦国甲士而专委于我,我不多请田宅,为子孙业以坚固,令秦皇坐而无疑我矣。"

图5-2-16 始皇送王翦征楚

（5）《王翦灭楚国》《王翦伐楚班师》

征楚的结果以秦胜楚亡、王翦得胜班师回朝为结局,这也是平话中卷的结束。"蒙恬寻至后宫,得见楚王悬梁而死,乃割得楚王首级,来献招讨。王翦大悦,令蒙恬剿除宫女。蒙恬杀入宫中,刀举处,人头落地,枪刺处,性命归泉。"图中秦军将士已杀入楚国宫殿,楚国宫人被逼迫到左侧空间。右侧秦兵士抡刀举枪已至阶前,左侧殿内三人,一人惶恐向内逃窜,二人瘫倒在地举手投降。

图5-2-17　王翦灭楚国

　　"王翦伐楚班师"并非整个并六国战争的结束,平话中对此的叙述十分简单。仅以"王翦把藏库金银抄藉十车回邦,班师人马"一句话作结。《王翦伐楚班师》图像为卷中的最后一幅,画面大小为其他图像的一半。画面以"胜"字旗帜和人物的轻松神态显示出"得胜班师",图像所绘地点是班师的途中,而非朝堂。换言之,如果不是"胜"字旗帜,画面就是一幅出征的场景——人物的运动方向为从右至左,王翦骑马挥剑前行,前面两名兵士高举大旗。王翦身后有尾随的将士从山后转将出来。王翦所押的金银车辆却未绘出。战争的结束意味着新的战争的开始。至此,平话暂告一段落,卷中部分结束。

图5-2-18　王翦伐楚班师

三、下卷文图

平话的下卷有《蒙毅杀死石凯》《燕王投虏王》《秦齐大战》《齐王出降》《高渐离扑秦王》《李斯谏逐客》《始皇封大夫松》《张良打始皇车》《焚书坑儒》《始皇崩沙丘》《李斯诈诏杀扶苏蒙恬》《沛公当道断蛇》《秦二世居禁中》《斩李斯父子》《郦生见沛公》《秦子婴杀赵高》16 幅文图,其中较具代表性或原型性的文图主要有《高渐离扑秦王》《李斯谏逐客》《焚书坑儒》《沛公当道断蛇》等。

（1）《高渐离扑秦王》

图 5-2-19　高渐离扑秦王

始皇灭齐并六国后,燕国人荆轲的好友、善于击筑的高渐离,伺机刺秦复仇。高渐离是中国古代重要的刺客形象之一。《史记·刺客列传》曰:"高渐离乃以铅置筑中,复进,得近,举筑扑秦皇帝,不中。"[1]图像作者应该知道高渐离击秦王的武器为筑而非刀,但是画面处理则为以刀刺向秦王。用犀利之"刀"而非"筑",体现作者主观处理画面时意欲表达出对秦王之"憎"。画面左侧为宫殿,殿前左右各有始皇侍从一人,右侧为高渐离一手扑向始皇,一手举起短刀前刺。画面正中的始皇背负宝剑,身体后倾,惊恐奔逃。始皇与高渐离之间横隔一物应是渐离"筑"之乐器。文本叙述为:

始皇灭齐,并天下,乃为一统。两班文武,贺王万全之喜,洪福齐天。方称皇帝。乃为水德,天下尚黑。帝设宴待文武。诗曰:

遍地舞茵铺锦绣,当筵歌拍捧红裙。

酒至七盏,忽有长太子扶苏奏上父王:"今日设宴待臣僚,筵中无乐。臣儿见收得家童上客庸保,善击筑,可以筵间供应。"帝令宣至庸保。庸保至殿下,山呼毕,帝问曰:"筵前无乐,闻卿善击筑,卿何不击之?"庸保谨领敕旨,遂击筑。帝闻之甚妙,但渠人应有筵席,令庸保击筑。此日,座中忽有一大臣司马欣出奏曰:"此击筑之臣,非乃庸保,乃是燕王殿下高渐离也。"始皇惜其善击筑,重赦之。

不觉半载,稍益近之,有高渐离思之,意图为主报仇。每日帝令击筑取乐,高渐离进退无疑。忽一日,高渐离将刀置筑中,进帝边击之。四近少有近臣,便举

① 司马迁:《史记·刺客列传》,中华书局 1959 年版,第 2537 页。

筑扑秦皇。秦皇便闪走,高渐离赶扑,秦皇奔走绛绡宫。有内侍见秦皇奔走,高渐离后追,内侍呼:"陛下将剑砍之!"秦皇每负剑,遂忘了;遂得左右呼言,帝遂拔剑,以击高渐离。高渐离跌倒,左右近臣缚住。秦皇令诛高渐离身死。

(2)《李斯谏逐客》

图 5-2-20　李斯谏逐客

自高渐离既诛之后,始皇不令大臣居近。非秦地所生者,一切逐去。李斯亦在逐客数中。图像所刻画的就是李斯进谏始皇收回逐客令的情景。图像右侧始皇居中,两侧各有一侍卫大臣,案上展开放置着李斯的逐客谏书,殿外李斯跪伏在地叩首施礼谢恩,左侧有一大臣手持斧头站立一旁。该图像在一定程度上反映出元代时期多种文化的杂糅。图中故事为秦时故事,但是官吏均是宋代官帽及装束,而李斯所行的跪礼又是元代时期的强制性礼节。先秦时期由于人们席地而坐,跪礼、作揖等是非屈辱性的礼节。宋代,对于帝王等的礼节可站立作揖或跪礼皆可,如南宋宫廷画师所绘的《迎銮图》,其中的百姓驻足观看,并无跪礼相迎。元代时期的跪礼才成为统一的强制性的礼节。"从元朝开始,带屈辱、卑贱性质的跪礼才推行开。'汉制,皇帝为丞相起,晋六朝及唐,君臣皆坐。唯宋乃立,元乃跪,后世从之。'(《康有为遗稿》)元朝臣下进奏,一律下跪。"[1]此外,李斯的《谏逐客书》也被平话作者几乎原文搬录。但图像对此并无描绘,也难于描绘。李斯谏逐客的平话叙述为:

自高渐离既诛之后,始皇不令大臣居近。忽有秦宗室奏曰:"天下人来诸侯事秦者,大抵为其主。但一切人皆不可与之近。"帝依奏,凡有诸侯国人非秦地所生者,一切逐去。李斯亦在逐客数中。李斯乃上书曰:"臣闻吏议逐客,窃以为过矣。昔秦缪公求士,西取由余于戎,东得百里奚于宛,迎蹇叔于宋,求丕豹、公孙支于晋,此五子者,不产于秦,而缪公用之,并国二十,遂霸西戎。孝公用商鞅之法,移风易俗,民以殷盛,国以富强,百姓乐用,诸侯亲服,获楚、魏之师,举地千里。至今治强。惠王用张仪之计,拔三川之地,西并巴、蜀,北收上郡,南取汉中,包九夷,制鄢、郢,东据成皋之险,割膏腴之壤,遂散六国之纵,使之西面事秦,功施到今。昭王得范雎,废穰侯,逐华阳,强公室,杜私门,蚕食诸侯,使秦成帝业。

---

[1] 吴钧:《图像证史:对宋代跪礼的两点澄清》,《中国艺术时空》2015 年第 2 期。

此四君者,皆以客之功。由此观之,客何负于秦哉! 向使四君却客而不内,疏士而不用,是使国无富利之实,而秦无强大之名也。

今陛下至昆山之玉,有隋、和之宝,垂明月之珠,服太阿之剑,乘纤离之马,建翠凤之旗,树灵鼍之鼓。此数宝者,秦不生一焉,而陛下悦之,何也? 必秦国之所生然后可,则是夜[光]之璧不饰朝廷,犀象之器不为玩好,郑卫之女不充后宫,而骏良駃騠不实外厩,江南金锡不为用,西蜀丹青不为彩。所以饰后宫,充下陈,娱心意,说耳目者,必出于秦然后可,则是宛珠之簪,傅玑之珥,阿缟之衣,锦绣之饰不进于前,而随俗雅化,佳冶窈窕,赵女不立于侧也。夫击瓮叩缶,弹筝搏髀,而歌呼呜呜,快耳目者,真秦之声也。郑、卫、桑间,昭虞、武象者,异国之乐也。今弃击瓮叩缶而就郑、卫,退弹筝而取昭、虞,若是者何也? 快意当前,适观而已矣。

今取人则不然,不问可否,不论曲直,非秦者去,为客者逐。然则是所重者,在乎色乐珠玉;而所轻者,在乎人民也。此非所以跨海内、制诸侯之术也。臣闻地广者粟多,国大者人众,兵强则士勇。是以泰山不辞土壤,故能成其大;河海不择细流,故能就其深。王者不却众庶,故能明其德。是以地无四方,民无异国,四时充美,鬼神降福,此五帝三王之所以无敌也。今乃弃黔首以资敌国,却宾客以业诸侯,使天下之士退而不敢西向,裹足不入秦,此所以藉寇兵而赍盗粮者也。夫物不产于秦,可宝者多;士不产于秦,[而]愿忠者众。今逐客以资敌国,损民以益仇,内自虚而外树怨于诸侯,求国无危,不可得也。”

（3）《始皇封大夫松》

图5-2-21　始皇封大夫松

该部分平话也包含有始皇遣徐福将军入海求神仙的故事,但图像作者选择了“始皇封大夫松”为描绘对象。图像右侧始皇在大臣的簇拥下乘车行于太山,图像左侧有一大臣一手执笏,一手指向身后的松树。画中共有五棵松树以对应于始皇封“五大夫松”的故事。由此可见,在图像作者所处的时代人们对于“五大夫松”已讹为五株。① 甚至早在唐代就已经弄不明白“五大夫松”是“一棵松树”了。宰相陆贽《禁中春松》有“愿符千载寿,不羡五株封”②之句,此时已经将“五

---

① 五大夫本为爵位,而非五株。《史记·秦始皇本纪》:“(二十八年)乃遂上泰山,立石,封,祠祀。下,风雨暴至,休于树下,因封其树为五大夫。禅梁父。”
② 王启兴主编:《校编全唐诗》(上),湖北人民出版社2001年版,第1445页。

"大夫松"误认为是五棵受封为大夫的松树了。平话文本叙述为：

> 始皇御驾东行郡县，上邹峄山，在东海之下立石颂功业。上太山，偶值风雨昏暗，不知道路，乃驻车。怎见得风雨？但见天摧地裂，岳撼山崩，沧海震怒，铁槌打中始皇车；太华山前，巨灵神一擘三峰裂。诗曰：

> > 一风撼折三竿竹，十万军声万马奔。

> 始皇等待雾开，见五松遮盖车驾，秦始皇遂封为五大夫。后有胡曾咏史诗为证。诗曰：

> > 一上高亭日正晡，青山重迭片云无。

> > 万年松树不知数，若个虬枝是大夫。

（4）《焚书坑儒》

图 5-2-22　焚书坑儒

　　焚书坑儒是秦重要的历史事件之一。图像概括描绘了秦始皇采纳李斯建议"焚书坑儒"的故事，始皇采纳李斯建议后焚烧《秦记》以外的列国史记，对不属于博士馆的私藏《诗》《书》等也限期交出烧毁；坑杀犯禁者四百多人。画面右侧在军士的监督下烧毁书籍，左侧儒生装扮的数人被兵士推入坑中。

　　三十四年，李斯丞相奏帝："异时诸侯并争，厚招游学。今天下已定，法令[出一]，百姓当家则力农[工]，士则习学法令[辟禁]。今诸生不师今而学古，以非当世，惑乱黔首，相与非法。闻令下，则各以其学议之，入则心非，出则巷议。夸主以为名，异趣以为高，率群下以造谤。如此弗禁，则主势降乎上，党与成乎下；禁之则便。臣请史官，非秦纪者皆烧之。天下有藏《诗》《书》、百家语者，皆诣守、尉杂烧之。有[敢]偶语《诗》《书》，弃市。是古非今者，族。所不去者，唯医药卜筮种树之书耳。若欲有学法者，以吏为师。"后坑儒四百余人。孔子之后，家藏《诗》《书》于屋壁。秦皇只留《周易》之书，乃是卜筮之书也，不毁。其余《诗》《书》尽行焚毁无留。

　　（5）《沛公当道断蛇》

　　汉高祖斩白蛇的故事普遍存在于艺术作品中，平话图像也对其加以描绘。图像右侧为跟随刘邦的"徒中壮士愿从者"，一人持棍背面向外，手指前方，一人牵马持弓箭从山后转将出来。左侧的刘邦站在被斩成两段的白蛇前面，扶剑而立。断蛇上端幻化出一白衣老妪掩面而泣。文本叙述为：

> 刘邦，字季。为人隆准龙颜，宽人爱人，意豁如也。常有大度，不事家人生产

作业。初为泗上亭长。秦十二里一亭，亭置二长，主督盗贼。为县送徒人往骊山，徒多道亡。自度比至，皆亡之，乃解纵所送徒，曰："公等皆去，吾亦从此逃矣。"徒中壮士愿从者十余人。

刘季被酒，夜径泽中，有一大蛇当道。季援剑向前挥之，其蛇两段，白气上升空。中夜有一白衣老妪哭而言曰："吾子西方白帝子也，化为蛇当道，今被赤帝子斩之。"道罢，忽然不见。有胡曾咏史诗为证。诗曰：

> 白蛇初断路难通，汉祖龙泉血刃红。
>
> 不是咸阳将瓦解，素灵那哭月明中。

图 5-2-23　沛公当道断蛇

平话又以因果报应的程式化叙事而结尾。秦并六国的战争虽然结束了，且秦统一了六国。但是平话的叙事并未到此结束，而是延续到刘邦在芒砀山斩蛇之后正式举起反抗暴秦的义旗来作为故事的终结（当然沛公当道断蛇并不是最后一幅文图。平话对李斯、赵高等人也作了交待）。平话之中贯穿着因果报应的规律。虽然该平话并未像《武王伐纣》那样对纣王不仁大肆描绘，但是"焚书坑儒""张良打始皇车"等仍透露出作者的爱憎倾向，直到一个新的有"仁德"的统治者出现，方肯罢休，这样才能够实现和完成人们心中所期盼的因果。

四、图语及人物分析

《秦并六国》在文图的叙述方面较为严格、刻板，较少有幻化的神灵符号等，尽管文中略有奇幻想象，但是版刻艺术家似乎是有意回避而选择较真实的故事加以描绘。这与其他几部平话图像中夹杂大量的梦境、离奇故事等有所差异。《秦并六国》图像中的官员服饰同样具有宋代服饰特征，尤其是荆轲的造型衣冠均为宋制。

该平话故事所表现的主要英雄人物是王翦父子，而不是封面的别题"秦始皇传"，在文本的故事标题和图像空间分析中可以看到这种倾向。

图像名称	左侧空间主要人物	右侧空间主要人物	人物运动方向
周平王下堂见诸侯	大臣	周平王	/
始皇出诏并六国	大臣	始皇	/

图像名称	左侧空间主要人物	右侧空间主要人物	人物运动方向
楚王会五国大王	五国大王	楚王	/
六国兴兵伐秦	楚王	兵将	右→左
王翦败张晃	张晃	王翦	右→左
周光刺王翦	周光	王翦	左→右
邹兴射王翦	邹兴	王翦	右→左
楚王会议退秦兵	项梁	楚王	左→右
王翦回军见帝	始皇	王翦、王贲	右→左
韩国惠王薨	惠王遗体	侍卫	/
秦王交兵与王翦	秦王、兵将	兵、将	/
王翦攻城唬倒韩王	韩王	侍从、大臣	/
严仲子求救兵	严仲子	赵王	左→右
王翦灭韩国	王翦、秦兵将	韩国兵将	/
赵讲杀匈奴	马乱吞（匈奴）	严聚（赵将）	右→左
马乱吞奏郎主	郎主	马乱吞	右→左
李牧退番兵	番兵	李牧	右→左
始皇令王翦伐赵	王翦	始皇	左→右
司马尚奏李牧反	司马尚	赵王	左→右
赵王赐李牧死	李牧	使者	右→左
秦将掳赵王灭赵国	赵王、秦将	赵王侍从	/
太子送荆轲入秦	荆轲、秦舞阳	燕太子、宾客	右→左
荆轲刺秦王	秦将士	荆轲、秦王	左→右
秦王遣王翦伐燕	王翦	秦王	左→右
秦将索燕丹太子	（燕）石凯	（秦）辛胜	/
燕使献首级	王翦	石青龙	右→左
燕王赐太子死	侍臣	持毒酒的景丹丞相	右→左
始皇纳燕地图金宝	始皇	侍臣、金宝	右→左
魏国修城	修城官吏	修城工匠	/
李信斩龙离足	龙离足	李信	/
王贲收魏回秦	魏王、朱亥	始皇	/
秦楚交战	将士	将士	/
始皇遣王翦征楚	始皇	王翦	左→右
王翦灭楚国	楚国妇孺	秦兵将	右→左

图像名称	左侧空间主要人物	右侧空间主要人物	人物运动方向
王翦伐楚班师	秦将士	王翦、秦将士	右→左
蒙毅杀死石凯	蒙毅	石凯	/
燕王投虏王	王（不明）	王（不明）	/
秦齐大战	将士	将士	/
齐王出降	齐王	蒙毅	左→右
高渐离扑秦王	侍从、秦王	高渐离	/
李斯谏逐客	李斯	始皇	/
始皇封大夫松	大臣	始皇	右→左
张良打始皇车	张良	始皇、侍从	左→右
焚书坑儒	官吏、儒生	官吏	/
始皇崩沙丘	李斯、赵高	胡亥、车驾	右→左
李斯诈诏杀扶苏蒙恬	修长城壮丁	扶苏、蒙恬、使者	/
沛公当道断蛇	蛇、沛公	随从	/
秦二世居禁中	李斯、赵高	秦二世	/
斩李斯父子	李斯父子、刽子手	赵高	/
郦生见沛公	郦生	沛公	左→右
秦子婴杀赵高	赵高	子秦婴	/

　　秦并六国平话人物的出现频次较为平均，从上表可知，始皇（秦王）在图题中出现了 11 次，约占总图像数（不含封面）的 22％，在图像中出现的次数为 13 次，占总数的 25％，其中 5 次出现在左侧空间，8 次出现在右侧空间。除了始皇之外，王翦是平话中最为重要的人物，其在图题中出现的频次甚至高于始皇，达到了 12 次之多，占图题总数的 24％，在图像中王翦出现的次数为 9 次，占总数的 18％，其中 4 次位于左侧，5 次位于右侧，由此足见王翦在该部平话中的角色之重要。除了始皇、王翦之外，其他众多人物在平话中出现的频次基本相同，并无太多的差异。由此，可以推断，秦并六国的故事在元代时期的传播中人们更多关注的角色应该是始皇和王翦。

　　平话中对战争的叙述和描绘有较强的程式化倾向，如在"秦楚交战""秦齐大战"之中，画面只有双方的士兵在争斗，而无具体的将士名称标注。程式化的"图语"也同样体现在人物的高低尊卑刻画之中，该平话虽然不是很严格地遵守了右侧为尊的原则，但基本上仍将尊者或者是强势一方置于右侧画面，而将弱势一方置于画面的左侧。

第三节 《新刊全相前汉书续集平话》之文图

《新刊全相前汉书续集平话》别题《吕后斩韩信》，分为上中下三卷，故事主要引用了《史记》中的《吕后本纪》《淮阴侯列传》，《汉书》中的《高帝纪》等史实，同时也吸取了民间传说故事创作而成。

该全相平话在人物造型、动态描绘以及细节处理等方面也较为粗糙，但是"对全貌大体的神情，却把握得十分恰切，尤其是一些宏大的场面，对人与人的关系和心理刻画，都非常生动深刻"①。该平话含封面共有图像37幅。其中上卷12幅图像，中卷13幅图像，下卷12幅图像。封面图像《吕后斩韩信》与上卷中的第十幅图像类似，也是平话的主要内容。"吕后斩韩信"甚至是故事中心，②平话开头便说"时大汉五年十一月某日，项王自刎而死"，点明了在楚汉相争、汉王获胜的背景下，吕后怂恿刘邦杀死功臣韩信，彭越、英布、蒯通为韩信表功鸣冤，刘邦理屈，不得不为韩信安葬立祠。张良见功臣被杀，于是辞官归隐。刘邦死后，吕后专权，杀死了戚夫人、赵王如意和刘友等人，并企图立吕氏为君。后刘泽起兵灭吕氏，文帝即位。另外，平话封面的下方也有"吕后斩韩信"的别题，平话以此故事情节作为封面，点明了平话叙述的主题。

一、上卷文图

平话上卷有《五侯献项王头争功》《汉王葬项王于谷城》《汉王封三大将》《泗水诸将上疏》《汉王游云梦擒韩信》《陈豨约众将反汉》《汉王吩咐吕后国事》《汉王辞吕后征陈豨》《刘武刺汉王》《吕太后斩韩信》《汉使持金诏陈豨下四将》《陈豨兵败投北番》等文图12幅，其中较有表现力的有《五侯献项王头争功》《汉王游云梦擒韩信》《汉王吩咐吕后国事》《吕太后斩韩信》等文图。

（1）《五侯献项王头争功》

图5-3-1　五侯献项王头争功

---

① 王朝闻总主编，杜哲森编：《中国美术史·元代卷》，齐鲁书社2000年版，第143页。
② 樊婧：《〈史记〉在元代的传播接受研究》，陕西师范大学2014年博士学位论文，第146页。

平话文本在叙述了项王的"八德"之后，接着叙述了五侯以献项王头颅给刘邦来争功的情节，前者之"八德"与后者之"争宠邀功"，形成强烈的对比，显出对趋炎附势的不齿和讥讽，同时也表明了刘邦的虚伪与智慧。画面右侧刘邦惺惺作态，站立阶前躬身拱手施礼于阶下的项王头颅，刘邦的造型正是"哭曰""谁杀吾弟""与吾家属无异"等的体现。左侧阶下站立戎装五侯，交头接耳似有觉察争功之不妥，但仍趋附于汉王皆作拱手状。最前面诸侯的脚下，有项王人头，以此描绘献项王头颅来争功。文本叙述为：

时项王既死，王翳等五人见汉王，将项王头各争功，言已诛项王。汉王亲视项王首，哭曰："谁杀吾弟！"汉王见五侯功已不定，故如此哭之。王翳等曰："非臣等所杀，项王自刎而死。"汉王封五侯：吕马通中水侯，王翳射行，杨喜赤泉侯，杨武吴防侯，吕胜混阳侯。汉王既封五侯，汉王传令于众军曰："若得项王家属，无得驱虏杀害，与吾家属无异矣。"

（2）《汉王游云梦擒韩信》

图5-3-2　汉王游云梦擒韩信

平话叙述了刘邦欲杀韩信，问计于陈平之后，以"巡游"之机擒韩信的故事。画中帐篷意为"巡游"，画面右侧帐内为汉王刘邦，一手抚膝，一手前挥赦免韩信。帐前子房回首朝向汉王，似正力谏刘邦勿要斩杀韩信。画面左侧两名身着宋代官服的将士将韩信按倒，使其跪在地上，并对其拳脚相加。在子房和韩信之间的地上，有钟离眛的人头。图像概括描绘了刘邦出巡，擒韩信的文本故事。文本与此相关的叙述为：

至四日，汉王宣陈平，问："卿尔不言一计，当殿先斩尔身，后灭九族。"陈平再奏曰："钓鳌须凭香饵，打虎只要游子，不得二，鳌虎不能近也。今料信计难矣。陛下亲行，信可得也。"帝曰："计将安出？"陈平曰："陛下先教班诏遍行天下，言巡游，信可得也。"帝曰："卿言甚当。"放平出内。子房、萧何议帝四日不朝，陈平三日不放出内，有甚事？正念间，人报曰："陈平至。"二人迎平而问曰："公与帝三日议何事？"平曰："汉王巡游。"子房叹曰："楚韩信休也。"随驾巡游去军吏官员人等，收拾行装，闹却咸阳。天下太平，常有细作，离乱岂无奸！今有大夫孙安在咸阳，密听汉王行事，闻天子巡游，唬杀孙安："捉我主公去也！"孙安急来报，楚韩信见孙安咸阳而来，问曰："何事？"孙安曰："天子巡游。"韩信离坐，仰告天曰："四海晏然，万民乐业，此乃帝之恩德，亲临抚恤，真难得也。"孙安奏曰："大王错矣。非抚万民，专来擒大王。"信见此言，惊而问曰："为何?"孙安曰："近有季布，帝赦其罪，为大王私藏钟离昧，无计取之。诈称巡游，来就大王。大王可熟思之。"韩信道："无此事! 我不曾负汉，汉不负我。"……韩信引百官将钟离首级献与汉王。至帐下立，汉王问信："尔藏钟离昧，今你虽斩首，尔合得甚罪。"令左右监押韩信还咸阳，便要斩首。子房知，急谏汉王曰："韩信有盖世功名。灭楚王，我王为帝，掌握天下，享富贵，皆是韩信也。我王思之。"汉王沉吟半晌："朕思卿累有欺吾之心，合当斩首;为卿有立国之功，免卿死罪。去大楚之军权，封卿为淮阴侯，只于咸阳住坐，不令去下邳。"

（3）《汉王吩咐吕后国事》

图 5-3-3　汉王吩咐吕后国事

陈豨等众将"想汉王有始无终，损灭诸侯，思新忘旧。昔日楚王韩信盖世之功，至今坐家致仕。久后咱都如此也。咱众官员就此处买马积草，共同谋夺刘氏江山"，陈豨鼓动众将反汉。汉王欲对陈豨用兵，并吩咐吕氏罪杀韩信。在《汉王吩咐吕后国事》中，图像右侧汉王居中而坐，两侧各一侍从，扬手吩咐吕后国事。左侧画面中吕后在两名仕女的陪同下，站立阶前恭听吩咐。画面中仅有汉王及吕后，再无他人，图像作者以此表明汉王疑心重重，陈豨反汉之后，虽不乏将士，却"无人"适合出征。最可信的就是"御驾亲征"，不得不将国事吩咐吕后。文本叙述为:

吕后见高皇龙颜不悦，问："大王，方今天下和平，四海来朝，万民乐业，五谷丰登;秦楚疆封，尽属刘氏社稷。岂不想足者常足也，祸莫大于不知足。大王怀愁者，甚也?"高皇曰："今有太原魏豹写表来申，代州陈豨反矣，自称雁门王，手下有数员战将，更挑了寡人上驷军二十万，朝野无人可敌，朕当御驾亲征。胸怀二忧也:外有陈豨之患，内有韩信之忧，内外困心。所以朕之烦恼。尔敢持内，罪杀信乎?"吕后曰："臣愿领陛下圣旨。"

（4）《吕太后斩韩信》

平话叙述了吕后设计诬陷、擒拿韩信，并以金瓜锤将韩杀死的情节。画面右侧吕后坐于几案之后，韩信女仆青远跪在案前。阶下跪着韩信，萧何站立在韩信身后。艺术家将吕后、韩信、青远、萧何置于同一画面，再次将太后与萧何定计、女仆青远证言韩信等故事集中概括描绘在同一时空之中。"吕太后蓄谋已久的深算，青远公报私仇的诬陷，萧何物伤其类的内疚，韩信鸟尽弓藏的冤愤，都被安排在一种微妙的君臣、上下、尊卑的关系之中，收到了巧妙的艺术效果。"①文本中的叙述则甚为繁复，且萧何与韩信亦不在同一场景之内：

……萧何言曰："今有使命到来，将陈豨首级进入宫来，太后设[宴]，众诸侯群臣尽要入内。楚王今日与吾相同入内，吾于太后行保大王，于楚地依元旧职镇守，如何？"信大悦。二人出宅，并马而相逐入内来。韩信岂知是赚他之计？至内门里，韩信到萧墙左右，回头不见萧何，韩信拍马言曰："吾中萧何之计也，不能复去，吾之命逡巡之间亡矣！"……却说吕太后令武士从一壁转过，将信擒下。那金瓜武士推拥着韩信在吕后殿前。信见吕后，执手难言，两泪交流，言声屈死。太后笑曰："高皇有甚亏你处，唆使陈豨雁门造反者？"韩信言曰："小臣并无此意。"吕后唤那女人青远，证言韩信。吕后不容分诉，即传令武士金瓜簇下。韩信言："等高皇回朝，臣死也未迟，且看垓下苦战之时。"吕后不从。

图5-3-4 吕太后斩韩信

二、中卷文图

平话中卷有《蒯通为韩信伸冤》《汉王赦蒯通》《韩信下六将为主报仇射吕后》《高祖遣使官宣彭越》《杀彭越扈辄触阶死》《汉王封栾布》《英布射汉王》《四皓辅太子》《汉高祖升遐立惠帝》《惠帝游凌烟阁》《吕太后宴十王》《吕太后擒戚夫人》《吕后鸩死赵王如意》等13幅文图，其中较有表现力的有《蒯通为韩信伸冤》《汉王赦蒯通》等。

（1）《蒯通为韩信伸冤》《汉王赦蒯通》

图5-3-5 蒯通为韩信伸冤

---

① 王朝闻总主编，杜哲森编：《中国美术史·元代卷》，齐鲁书社2000年版，第143页。

韩信被杀之后，汉王征陈豨还朝，蒯通在汉王前面以"笑三声，哭三声"列举韩信有所谓的"十罪""三反"①而为韩信伸冤。汉王被蒯通所陈之事所感，最终赦免蒯通，韩信冤屈得伸，并为其修祠祭祀。在《蒯通为韩信伸冤》图中，画面右侧汉王坐于正中，两侧各有一侍臣。左侧蒯通站在阶下掩面而泣，身后有两名戎装军士交头接耳，汉王身后的两名大臣也露出疑惑的表情，画家以此描绘蒯通在汉王面前"大笑三声，却又大哭三声"之情节。

图5-3-6　汉王赦蒯通

《汉王赦蒯通》的画面右侧依然是汉王端坐其上，左右各有侍从大臣两人。蒯通仍站立阶下，蒯通面前一人手托汉王赐予的"千金"。与上幅图像不同的是，该图像的气氛较为缓和，站在蒯通身后的已不再是武将，而是换成了文臣。这与汉王赦蒯通并赐千金的文本叙述相一致。

通共随何入长安来，至朝门，引通见汉王。拜舞毕，高皇赐通平身，不敢便问。通殿下多时，帝不语。通计策已在心头。通仰面儿大笑三声，却又大哭三声。高皇问通："尔笑者为何，哭者为何？"陈平搔耳："此人不可问，若问，通必然说也。"蒯通便奏："臣一哭我十年苦战，二哭朝中无人，三哭汉大臣不与通说话。"高皇问："笑者为何？""臣一笑一人无道，二笑汉家无智，三笑我王自征。"帝怒而问："卿因甚恨韩信不反？"通奏："启陛下，是臣恨信不反，此人不用臣言，故来此处受刃。韩信若听小臣之言，怎死于吕后之手？"高皇大怒，要镬内烹之。通嗟吁："是合烹小臣唆信反罪。"通点头："通理当，时秦朝陆沈，山东大扰，异姓并起，英雄乌杂。秦朝失其天下，天下共逐。高材捷足者先得之。桀犬吠尧，尧非不仁，吠之为非其主也。当彼时小臣独知韩信，非知陛下。吾受信衣禄，岂不知恩！山东大乱，皆因秦皇无道，到处兴兵，谋臣不圣明辅佐，臣宜尽呈绝伦之才，教信反数次，不纳小臣之言，致必他家受刃，故以哀哉。可惜许大车马，多争天下，任用贤士，纳谏如流，陛下百万雄兵，骁将莫知其数，皆总不及于项羽。立韩信为帅，灭项羽在乌江。如今天下太平，更要韩信则甚？是可亦斩之。臣所信更有十罪，汉大臣皆可以听通数信十罪：第一，陛下汉中投奔诸国，亦可拜将能定秦，陛下复有故地。其可杀也，是一罪。第二，陛下兵败滩水，夺于荥阳，韩信能提孤兵破楚王于京索之间，杀楚军二十余万，諕项羽不敢正视。其可杀也，是二罪……

① 文本中为"五反"，但根据文中的叙述，实际应为"三反"。

启陛下，韩信则不有罪，更有五反。臣启我王，详察信之反者。收燕破楚兵，权四十万雄兵，此时好反，今为闲人，乃是反也；韩信九里山前大会垓下，权一百万大军，恁时好反，今为闲人，乃二反也；启陛下，今来天下已加信为楚王，权兵印四十万，坐独角殿，称孤道寡，顶冠执圭，恁时不反，今为闲人，乃是三反也；陛下驾出成皋，信在修武权兵印，五十员大将，掌四十万雄兵，帅有镇主之威，天下诸侯惧怕，今日尤烹小臣。我王见孤兔灭绝，不用猎，欲要烹臣。"通仰面而叫屈。高皇见通言信有大功劳，无言可答，两眼流泪。众大臣尽皆伤感，敕下免罪，赐金千两，绢帛一千匹，交通还乡侍奉老母。通又哭奏高皇："我王可怜韩信亏死，看旧日君臣之面，可亦建墓，高筑灵台，盖一祠堂，受人祭祀。"高皇依奏，敕葬坟墓，建立祠堂。通授燕京通判。谢恩辞帝归乡，"臣去，我王善保龙颜，宰国设政；安抚黎民，轻收差税；重赏三军，可亦显君臣之道"。蒯通辞帝，出长安还乡，上燕京通判赴任讫。

（2）《四皓辅太子》

商山四皓是经久不衰地被民间传颂的历史典故之一，也是隐者形象的又一原型。商山四皓在历代的文学作品中也经常出现，如刘禹锡的《刑部白侍郎谢病长告，改宾客分司，以诗赠别》"九霄路上辞朝客，四皓丛中作少年"，张志和《渔父》"翻嫌四皓曾多事，出为储皇定是非"，李白《别韦少府》"欲寻商山皓，犹恋汉皇恩"等。平话对此也有较为详细的叙述：

早朝见帝，太子引四皓入朝见帝，亦礼毕。高祖见四皓白发皓首，约各一百余岁。高祖异之，问曰："尔四皓也？"四皓各称其姓名。高祖曰："昔日朕宣卿等数次不至，隐于商山。今朕问立后主，可以掌天下，谁可为也？"四皓曰："可立太子刘盈为后主。其人孝慈、仁惠、恭敬，天下人伏。刘隐乃是末妃之子，未可以立。兼大王关外更有八子：一太子刘肥，二太子刘泽，三太子刘长，四太子刘盈，五太子刘建，六太子刘恢，七太子刘恒，八太子刘友。况兼刘盈是长官之子，合为后主，号为惠帝。"文武皆喜。朝散，高祖入寝殿，见戚夫人与如意共泣，哀告高祖："若我王万岁之后，俺子母必遭吕后之计也。"高祖沉吟曰："夫人言之是也。"帝忽然生怒："朕布衣提剑三尺，取天下，岂不由朕？"令左右诏四皓，欲斩之，复立如意为君。近臣奏曰："四皓拂袖如飞，不知何往。"有胡曾诗一首为证：

四皓言饥食碧松，石岩云电隐无踪。

不知俱出龙楼后，多在高山第几重。

图 5-3-7 四皓辅太子

图像作者再次将不同时空中的情节集中在同一画面中,诸如戚夫人与其子哀泣告高祖、四皓荐刘盈、高祖立太子等情节被版画作者并置画中。画面右侧汉王坐于正中,左右各有孩童扮相的一长一幼,其侧后方被一妇人拉着的一幼儿应是戚夫人与其子如意。阶前一长,应该是太子,即所立的惠帝刘盈。画面左侧在刘盈身后有四位老者即"四皓"——东园公、夏黄公、绮里季、甪里先生。

（3）其他文图

图5-3-8　汉高祖升遐立惠帝

《汉高祖升遐立惠帝》及《吕太后宴十王》是中卷较有概括性和表现力的文图。《汉高祖升遐立惠帝》画面仅描绘了高祖升遐而无立惠帝的仪式,但是图题注明"立惠帝"是比较耐人寻味的。有"升遐"而无"立",可谓是惠帝将被吕后所取代的预兆,后来的故事发展也正是如此。画面左侧躺在床榻上的高祖已逝,妇人在床榻旁边掩面哭泣,画家在云纹中刻画一人来表示高祖已魂灵离躯。画面右侧置一几案,案前大臣伏地跪拜。文本叙述为:

大汉十二年四月初八日,高祖病重,宣在朝众文武遗嘱,谓文武曰:"汉天下皆在卿等。为太子幼小,皆赖卿等,全仗文武之能。"帝曰:"非刘氏不封王,非垓下不用功者,不得封侯。"言讫,低迷真灵,如龙归沧海,凤返丹霄。高祖归天,文武举哀。令白虎殿停尸七昼夜,葬入山陵。在位一十二年,帝崩,寿年六十二岁。

孝惠帝登龙位时,天顺民和,幸然四海安宁,罢讫征战之事。中间却有吕后,吕婆评议,今日万事休论;若有日惠帝晏驾之时,吕婆曰:"图王霸业,自来有之,不避其故。"又曰:"姐姐不如损讫关外十王。先取青州刘肥。"太后曰:"如何得来?"吕婆曰:"诈写诏书,传言曰,惠帝诏请哥哥来也。念弟在幼,特教哥哥前来,同理国事。诏到,刘肥必来。若至时,邀入后宫,用鸩酒洗尘。"太后然之,亦依此计,遣使命持诏至青州。

图5-3-9　吕太后宴十王

《吕太后宴十王》的文图较为特殊。首先，平话文本中无吕后宴十王的叙述，两处与"十王"有关的叙述分别是"吕婆曰：'图王霸业，自来有之，不避其故。'又曰：'姐姐不如损讫关外十王，先取青州刘肥。'"和"至来日，设朝，与众议曰：'朕欲请关外十王，乃寡人兄弟，宣至阁下，众臣等如何？'近臣奏曰：'取圣旨，发一道使臣，走马关外。'"前者是欲除刘肥，而后者是惠帝宴十王却被吕后利用谋杀刘长。其次，图像的处理也极具特色。画家以舞台演出的构图方式将吕后置于画面正中端坐案后，面略朝向一侧，吕后左右各置一宴分坐五王。图像中并无吕后杀刘长等故事的描绘，但人物的神态表情已将紧张的氛围隐于其中。居于正中的吕后与分列左右的"十王"以"概括"的方式叙述了文本故事。

三、下卷文图

平话下卷有《吕太后临朝》《吕后散吕女与十王为妻》《吕后鸩死刘友》《吕后封吕氏三王》《刘泽交兵灭吕氏》《吕太后宴群臣》《吕后祭汉王》《吕后梦鹰犬索命》《诛吕氏三千》《汉文帝归长安》《汉文帝登位》《汉文帝看细柳营》12 幅文图。其中较具表现力的文图有《吕太后临朝》《吕后散吕女与十王为妻》《吕太后宴群臣》《吕后梦鹰犬索命》《汉文帝看细柳营》等。

（1）《吕太后临朝》

图 5 - 3 - 10　吕太后临朝

吕太后临朝是下卷的开始，吕氏临朝与覆灭是下卷的主要情节。图题"吕太后临朝"下方对应的文本并无叙述太后临朝，文本主要叙述"吕后见惠帝归天了，令郦商等伏兵内门"，以及众臣商议"国不可一日无君"，吕后自己独霸朝廷的故事。图像是对惠帝死后，吕氏掌权的概括叙述。因此，该图像所绘之人皆无具体称谓标注，也无特定的动态或情节描绘。画面就是"临朝"的图像化"概念"。画面右侧上吕后端坐于宝座之上，旁有举箑侍者相伴，图像左侧站立三名大臣持圭启奏，另有一持斧武士守卫，画面叙述的只是抽象的"临朝"，而非特定的"临朝"。图像下方的文本为：

却说吕后见惠帝归天了，令郦商等伏兵内门。第三日，文武来朝，却见内门闭，众文武内外交闹，文武甚惊。自帝崩前后六七日，有王陵、陈平商议，问："内门紧闭，如之奈何？"二人话间，见一人提辔而来，下马参拜二相，却是樊伉。拜毕,陈平曰:"谁如您父子?"优曰:"昔日父踏鸿门,若用樊优,愿往之不惧。""只此闭九重禁门,只为惠帝,六日不知好弱。"樊优曰:"二相看我不踏开此门,誓不为汉臣。"有樊优进步向前,手摇金环,一脚踏门两开。又至五门,被兀踏之,三座门开。太后忙问吕婆。急开门,见太后曰:"惠帝归天也。"文武大哭罢,商议:"不可一日无君,教请关外十王来。"太后闻之甚怕,又与吕婆议论:"这事如何?"吕婆曰:"今有惠帝正官有孕,候十月满足,长得是太子,为后主;若是公主,教他文武扶立十王,未为迟也。"众文武不曾敢言。后时昭阳宫停尸七昼夜,后葬惠帝入山陵,毕,文武皆退。

　　太后与吕婆商议,吕婆教一般貌相女人选一个,诈做皇后,至于前殿。众文武都皆谩过。内有陈平知是伪诈。后惠帝归天,经一月余,太后使六宫大使张石庆,于民间买十数个怀孕妇人,约得八九月内降生的,教入宫来。数内有一妇人,是屠户张永之妻,十月满足,降生一子,生得端严,可为后主。除外将九个妇人,怕漏泄了天下,尽推入井中,用大石盖了井口,尽皆身死。那九个妇人不曾分娩,不见光明,死之苦矣。太后等后一个月,皇后降生一子,吕后诏请众文武赴长乐宫,与太子作满月。设一大宴,聚集两班文武,尽至于会上。太后进过太子,教大臣看之。转至陈平,陈平笑曰:"庶人者为福七日,无福者即死矣。"言讫,陈平笑。太后言曰:"相公笑者何意?"陈平曰:"臣不笑别,见太子貌似惠帝。"太后听言毕,自然冷笑。太后抱太子归于后宫。即日,教众文武封为太子常山王。宴罢皆散。次日太后抱太子设朝。前后长八岁。常山王随二十官女至少阳宫殿,太子于龙床睡着。庶人无分,被八爪金龙推下龙床。觉来,常山王骂众宫女:"敢把寡人推下龙床来。"数内一人甚恶,却回常山王语:"你甚圣主?"常山王:"寡人龙孙,怎敢无理!"宫监笑曰:"您上祖多能屠宰。"常山王笑而问曰:"俺祖甚人也?"宫监细说前事一遍。常山王点头大怒,拂袖而归于后宫。

　　(2)《吕后散吕女与十王为妻》《吕太后宴汉群臣》

图5-3-11　吕后散吕女与十王为妻

　　此两幅图像所叙述的故事不同,但图像的构成却相仿,均是以"中心对称"式的人物空间位置经营画面,具有显著的舞台演剧人物布置特色。《吕后散吕女与十王为妻》图像有三组人物，画面正中为吕后，两侧各有五人神态各异，即关外十王。[①] 十人有恭敬朝向吕氏，有交头接耳，相互议论，但均拱手站立，不得不接受吕后所散的吕氏女子为妻。文本叙述为：

> 有数日，关外十王皆至，入内于阶下拜舞毕，吕后曰："子童宣您别无事。皆因常山王归天，怕四隅蛮夷侵界，所谋汉之天下。特请十王与众大臣，就于此殿设一大宴，别无宣赐，子童散吕女与您十王为妻者。其前妻尽要休离，如违者，即斩。限十日到于本国，不要见面。只此为令。"

图5-3-12 吕太后宴汉群臣

《吕太后宴汉群臣》亦是"中心对称"构图，图像右侧为吕氏三王，左侧六人为汉文武大臣。吕后坐于正中，头侧向左侧的吕氏三王。吕后右侧是一名捧酒侍臣，右侧是监宴樊伉，其手持一剑站立于宴桌前。与前者不同的是在"与十王为妻"中十个人物的装束一致，以此显示为"十王"。后者图像中人物有文武官员不同的服饰，显示出吕后所召集的为"群臣"。文本的叙述为：

> 太后入官，又问吕婆："这公事如何？"吕婆曰："先损了汉下文武大臣，后吕氏三王牢把三关：东是潼关，南是武关，北是萧关。且来日未央官排一小宴，请众文武大臣会宴。"太后对文武便言："子童自从惠帝归天，不曾与大臣宴会。今日排一小宴，请文武就官中筵宴。"众官领旨赴宴。坐定了，陈平见是伏兵气象，曰："这事大变也。"俄尔坐筵，敕下樊伉为明府监宴，赐剑一口，如有筵前作闹者，先斩后奏。

（3）《吕后祭汉王》《吕后梦鹰犬索命》

《吕后祭汉王》《吕后梦鹰犬索命》以放大时空的方式展现了吕氏多行不义后"必遭天谴"的梦幻凶兆。该两幅图像的文本内容均在《吕后祭汉王》图像的下方，但版刻画家却将故事的图像延伸至下页，以放大的空间展示吕氏恶行必将遭到报应。此两幅文图均以云形状的纹样描绘了幻境或梦境中的人物。在《吕后祭汉王》画面右侧为城门，城门外即是波涛汹涌的河水，在河水岸边有一几案，其上焚香，吕后在几案之后拱手祈祷，身后两名侍臣举辇相侍，其中一名侧目观看。在汹涌的河面上有一船，船身乃是鱼形，鱼嘴巴张开眼睛上翻，目视岸上。船上

---

① 文中虽然有曰"与十王过盏"，图像中也绘有十王，但后文却仅述"七王"分别是：刘肥、刘泽、刘长、刘建、刘恢、刘恒、刘友。

有高祖、韩信、戚氏等人。其中韩信挽弓射吕后。

图5-3-13 吕后祭汉王

图5-3-14 吕后梦鹰犬索命

《吕后梦鹰犬索命》画面右侧吕后正卧于屋内榻上休息,右侧的云纹内所绘乃是吕氏之梦境——吕氏慌张地逃向室内,并回首顾盼。吕氏身后地上有一犬已咬到其足上裙裾,头顶有一飞鹰正扑向吕氏。画面的最左侧的上方绘有星星和月亮,表明其时为夜间。文本叙述为:

祝罢,众官一齐下拜。忽听一声响,太后举头,忽见河内一只大鱼,目睹太后,亦不转睛。鱼背上又见一只孤舟,上有高祖、韩信、彭越、英布、戚氏、赵王等神魂,在于船上。黑云笼罩定大臣,尽皆不见,唯有吕后得见。高祖举手而骂:"贱人,您姊妹二人信谗言,损害忠良,所谋俺刘氏江山,封吕氏为王,皆是贱婢。"骂讫数句,韩信道:"我王免怒。"信张弓兜箭,拽满射中,鬼箭正中吕后左乳上当。吕后倒于河边死讫。有诗为证:

一心谋取刘天下,岂拟时衰祸患来。

却说吕后闷倒多时,吕后甦省,云雾忽散。太后自见左乳上一块青肿,似针刺般疼痛,急忙回朝,传旨宣取太医院官治之,终不能痊可。太后在心,怎生过得?当夜又梦见一个鹰飞来,额上觜一啄;又见一个狗,于足上咬一口。又梦见三十个官人扯住衣裳来索命。太后惊觉,血流遍身,寻思起来,是戚夫人子母每,小字鹰娘,儿名做犬儿也。太后病患,一向沉重,内门不开。遗嘱吕禄,且教替我设朝。当夜太后归天。

(4)《汉文帝看细柳营》

"汉文帝看细柳营"的故事突显了周亚父①治军之严、军纪严明,该文图也是

---

① 图中署名为"周亚夫",图下文本中写作"周亚父",本书依照文本统一写作"周亚父"。

《前汉书续集平话》的最后一幅图像。图像被牢固的营墙"坚定"地一分为二，右侧文帝在两名侍从的陪同下已行至"细柳营"，却无将士迎接。文帝站立在营门之前等候，遣一侍卫上前敲门。图像的左侧周亚父身着戎装，三名侍卫站立左右，亚父居中而坐，身后的屏风上画有一虎。画面正中乃是细柳营的寨门，上书"细柳营"三字。文本的叙述为：

> 亚父辞帝，出城下寨。亚父传令与左右将军，令整将士，不得迟违。帝出长安，亦看亚父之营。帝至棘门，左翼将徐迈以音乐迎之，送帝至霸陵桥上，右翼将刘礼以音乐迎之。帝至中军，送至细柳营。帝见亚父闭营，三军将令，紧把寨门。军不放帝入去，窃恐夹带细人入来。帝亲至棘门问曰："何故？"军人答曰："只闻将军令，未闻天子宣。"帝使左右报知亚父，亚父出接帝。亚父曰："介胄在身，不能拜舞，休责臣罪。"亚父请帝于帐下坐，亦酒待之。帝问亚父曰："卿能掌军严切。"亚父曰："不足道也。"帝问曰："行，如何决胜？"亚父曰："今有五整，军不放娇傲。"又曰："军不食，将军不食餐；军不寝，将不卧；夏不执扇，雨不执伞。此五者是五整也。"帝曰："将军如此之行，战者无不胜也。"帝曰："今代州刘武手下二十万雄兵，令卿一就掌者。"文帝出营。亚父曰："介胄在身，不能送帝。"帝叹曰："此乃上将之作也，行帅者，无不胜也。适来棘门、霸上二将军，真如儿戏耳。"见此营作诗而咏曰：

文帝銮舆看北征，将军亚父有威名；
辕门不听天子令，今日争知细柳营！

图 5-3-15 汉文帝看细柳营

周亚父的严明军纪为汉文帝击败番军奠定了基础，平话以此作结，预示了汉代文帝是能够带来稳定繁荣的一代明君。正如文中诗歌所云："忠臣扶立千年圣，汉家天下已回春；日正端门登极位，万国来朝有道君。"善有善报、恶有恶报，因果报应的观念又一次在平话故事的发展中得以呈现。

四、图语及人物分析

《新刊全相前汉书续集平话》中的图像叙述同样遵循"相"之叙事规律，选择人们喜闻乐见的故事瞬间进行刻画。在对吕氏、文帝等的描绘中，有较多的传奇情节。绘画选择的场景，重点突出了吕氏的专横弄权和人们对于仁德帝王的期盼。与其他四部全相平话一样,图像中的官员服饰皆为宋代服饰,君臣礼节方面具有元代特征,有鲜明的时代特点。

《新刊全相前汉书续集平话》的人物空间位置统计如下表:

图像名称	左侧空间主要人物	右侧空间主要人物	人物运动方向
五侯献项王头争功	王翳等五侯	汉王	/
汉王葬项王于谷城	鲁王	汉王	右→左
汉王封三大将	汉王	韩信、彭越、英布	/
泗水诸将上疏	韩信、彭越、英布	汉王	右→左
汉王游云梦擒韩信	韩信、钟离昧人头	汉王	/
陈豨约众将反汉	陈豨	将士、仆从	/
汉王吩咐吕后国事	吕后	汉王	左→右
汉王辞吕后征陈豨	汉王、将士	吕后	右→左
刘武刺汉王	汉王	刘武	右→左
吕太后斩韩信	萧何、韩信	吕后	/
汉使持金诏陈豨下四将	汉使	陈豨	/
陈豨兵败投北番	将士	陈豨	右→左
蒯通为韩信伸冤	蒯通	汉王	/
汉王赦蒯通	蒯通	汉王	/
韩信下六将为主报仇射吕后	六将	吕后	左→右
高祖遣使官宣彭越	使官	彭越	左→右
杀彭越扈辄触阶死	彭越、扈辄	汉王、吕后	/
汉王封栾布	汉王	栾布	/
英布射汉王	英布	汉王	左→右
四皓辅太子	四皓	太子(惠帝刘盈)	/
汉高祖升遐立惠帝	(已逝)高祖	大臣	/
惠帝游凌烟阁	凌烟阁	惠帝	右→左
吕太后宴十王	十王	吕后	(吕后居中而坐)
吕太后擒戚夫人	吕太后	戚夫人	右→左
吕后鸩死赵王如意	赵王	吕后	/
吕太后临朝	大臣	吕太后	/
吕后散吕女与十王为妻	十王	吕后	(吕后居中而坐)
吕后鸩死刘友	刘友	吕后	右→左
吕后封吕氏三王	吕超、吕禄、吕产	吕后	/

图像名称	左侧空间主要人物	右侧空间主要人物	人物运动方向
刘泽交兵灭吕氏	将士	刘泽	/
吕太后宴群臣	群臣（相对空间）	吕后（相对空间）	（吕后居中而坐）
吕后祭汉王	高祖、韩信、戚氏等	吕后	/
吕后梦鹰犬索命	梦中吕后	吕后	/
诛吕氏三千	将士	吕氏家属	右→左
汉文帝归长安	大臣	汉文帝、周勃	右→左
汉文帝登位	汉文帝	大臣	/
汉文帝看细柳营	周亚父	汉文帝	右→左

由上表可知，图像在空间安排方面依然是基本遵循尊者或者是强势一方居右，弱势一方居左的规则。在该部《新刊全相前汉书续集平话》别题《吕后斩韩信》中，吕后是故事的中心人物，就图题与图像中吕后出现的频次来看，吕后也的确是故事的中心人物，吕后在图题中出现了14次，占总图题数的约38％；吕后在图像中共计出现16次，占图像总数的约43％；其中仅有3次出现在图像左侧空间，其余13次均出现在图像的右侧空间。由此看来，吕后不仅是平话主角，而且是强势的一方。这与平话大部分篇幅中吕后的角色是一致的。汉王也是平话文图中的重要人物之一，汉王在图题中出现了12次，占总图题数的32％；在图像中出现了14次，占总数的38％；其中有5次出现在图像的左侧空间，9次出现在图像的右侧空间。从图像的位置及汉王出现的频次也可以看出，汉王在平话中的角色之重要，位置之尊贵。韩信是平话中的另一重要角色，但是其在图题和图像中出现的频次却不多，韩信在图题中出现3次，占总图题数量的8％；在图像中出现的频次为5，占总图像数量的约14％；在5次的图像出现频次之中，其中有4次是在图像的左侧空间，仅有1次是出现在图像的右侧空间，且是在"汉王封三大将"中与彭越、英布等一起在场。如果从出现的频次来看，汉文帝也是较为重要的角色之一，若将平话下卷视作独立的叙事单元，汉文帝的位置更加重要，在下卷的12幅文图之中，汉文帝在图题中出现了3次，图像中出现了3次，占下卷总图题图像数量的25％。汉文帝出现的频次之高，这似乎与生活在动荡不安、战争不断的元代社会的人们对于贤明君主的强烈向往与期盼有关。

第四节　《新刊全相平话五种》之文图特征

元代全相平话五种的文图叙述具有较强的程式化特点。首先，这种程式不仅体现在形式层面，也体现在内容方面。其次，不论是不同平话之间的文图叙述，还是单独某一部平话的文图叙述，在叙述故事之时，都遵循相对固定的"程式"。

一、文图的程式化特征

全相平话五种的文本叙述具有较强的程式化特征。首先,角色功能的类似性。在每一部全相平话中都有相类似的角色,这些"角色功能充当了故事的稳定不变因素,它们不依赖于由谁来完成以及怎样完成。它们构成了故事的基本组成成分"[①]。这些角色在不同的平话中反复出现,如《武王伐纣平话》中的"太公",《乐毅图齐平话》中的"鬼谷子",《前汉书续集平话》中的"陈平"等,都是以"谋士"的角色在故事中发挥作用。善恶的角色在《武王伐纣平话》和《前汉书续集》中较为类似,诸如纣王、妲己与吕后,文王、武王与韩信、蒯通等具有类似的角色功能。

其次,叙事结构的模式化。(一)形式层面的模式化指的是相类似性文本形式构成,在不同的平话及不同的部分反复出现。平话或者是每一卷基本都是以诗作为开始,叙述段落的终结处亦以诗歌作结。诸如《武王伐纣平话》以"三皇五帝夏商周,秦汉三分魏蜀吴"诗句开始,以"善恶到头终有报,只争来速与来迟"作结;《乐毅图齐平话》以"七雄战斗乱春秋,兵革相持不肯休"诗句开端,以"纵横斗智乐孙辈,青史昭垂万世名"作结。其他三部平话亦是如此。(二)叙述结构层面的模式化。在叙述战争的过程中,作者常常用一些套路性的语言描写战争,部分战争描写十分简单,往往用几个常见的套路和几个常用的词语。一般写布阵、人物的打扮,之后就是"搭话"→"大战"→"掩杀"→分出胜败。如果难以取胜则"使诈",然后取胜。语言所叙述的战争,其实是一个抽象的概念式样的战争,并不是真实世界内的战争。或者换言之,平话的语言叙述是受到了舞台演剧艺术中"战争"的影响而形成了新的对于"战争"的"再叙述"。这一方面是由于作者不可能有真实的战争经验,而是"听众和读者并不一定喜欢了解政治军事斗争的真正场面,那种真实的战争是非常残酷的,汉末建安时期是'白骨露于野,千里无鸡鸣',可是三国故事却趣味横生,看不到战争的残酷和伤亡的呻吟,原因就是讲史人、平话作者并没有给群众展示真正的战争事实"[②]。这也正表明了平话的艺术性本质,说唱艺人清楚地知道,平话是在不违背基本历史常识的前提下以讲故事娱乐人们,并不是板着脸给人们上课讲史。因此,程式化的叙述并不一定是作者浅薄的体现,相反,作者以程式化的叙述方式,简化了叙述方面人们对于故事的记忆与传播。

再次,善恶因果循环报应。平话中非正义的角色,结局大都是受到神灵的谴责,或者受到上天的惩罚,并且常常以离奇的方式展示出来。即便是在"三国"

---

① 普罗普著,贾放译:《故事形态学》,中华书局 2006 年版,第 18 页。
② 卢世华:《元代平话研究:原生态的通俗小说》,中华书局 2009 年版,第 168 页。

"前汉书""秦并六国"等较为贴近史实的平话中,非正义的邪恶一方也一定会被善良、仁德的一方最终征服或取代。如"秦并六国"平话中由于"秦王之暴戾",使得"荆轲刺秦王""高渐离扑秦王""张良打始皇车",人为的"报应"虽未实现,但在始皇"崩于沙丘"之后的"刘邦斩白蛇"的离奇情节中,始皇的暴行终于有了"报应"。"前汉书"平话中,吕后"作恶多端",虽然人们是敢怒不敢言,但是梦中的神灵却对其加以惩罚,且平话叙述了吕后死后汉文帝登位,以此来达到善恶因果的循环和圆满。"武王伐纣""乐毅图齐"等其他平话的善恶因果循环报应更是如此。

平话文本叙述的程式化与"相"的程式化一致契合。平话中的图像也具有同样的特点,诸如人物的尊卑与位置空间、人物的神态服饰以及对于故事场景的描绘、故事顷间选择等都有程式化的特点,这些特点在文图的叙述中表现出很强的程式化特性,甚至已经"固化"为有一定"语法"的"图语"。

首先,图像的位置空间具有相对的稳定性和寓意性。在前文的人物位置空间统计中可以看到,"左弱右强""左卑右尊"是大多数图像遵循的规则,画面的右侧为主要人物的位置,画面的左侧为次要或弱势一方的存在空间;现实空间与虚幻空间的连接多以"云形纹样"进行连接;帝王或重要的人物常用象征性的符号,诸如"龙纹"(如刘备过檀溪之时)或"雷公"(如雷震子出现之时)等符号加以映射;人物众多的场景一般采用主要人物现身,其他人物隐于画外的手法,使得图像的阅读者可以感到"图虽尽,而画仍延续"的"图后之意"。

其次,图像中的战争描绘极具程式化特点,通常是几个人物可以代表千军万马,五六个人表现一个大的战斗。这与连环画是不同的,连环画通常是"写实"的,是用焦点透视的方式,以近大远小的组织方式至少在画面上画出十数人来显示千军万马。比如现代的连环画在描绘"文王出羑里城"的画面时,可见头部造型的有 14 个之多,如果加上头部被掩映的人物竟有 16 个之多。现代的连环画趋向于"写实",平话之相倾向于"写意"。平话中打斗场面的程式化特点同样鲜明,如平话中不论是王翦与韩、魏、楚等国大将的交战,还是乐毅、孙子的交战,基本上采用一左一右的对称构图样式,并以分处左右空间来"叙述"强弱与正邪。

平话之相的程式化特点不仅与文本叙述的程式化契合,更重要的应该是平话之相是以舞台之相为"依据"。一是元代全相平话中图像叙述构图、人物造型等的相对稳定性和程式化的倾向与元代杂剧有内在的关联,平话中的图像一定程度上可以视作是舞台戏曲表演的平面化结果。元代时期戏曲表演有其固定的脚色格式,"中国民间表演伎艺的方法和规律主要指的就是所谓'格式化框架内的套袭与变异'这一方法的诸种语言,如脚色制的表演格式语言、套曲式唱腔音乐的语言、科介类的动作范式语言、拴搐式的结构内容语言等等,即伶人所谓'格范''框格''戏式'。通过这类方法将经过观众选择的优秀表演伎艺以格式的方式固定化,从而将那些偶然出现的,或由天才创造的卓越表演艺术化为一种可以传承的表演伎艺基因，产生以简驭难、化个别为一般的效果，也使杂剧由仅可'施于一时一地'的临场表演进化成一种可以由不同演员在不同场合演出的重复表演[①]。如此一来，不同的人物、职业等都逐渐形成了自己的特定"造型"，全相平话中人物的装扮造型、故事情节的场景选取、图像视点的变换等无不与元代的舞台演出艺术有着密切的关系。因此，全相平话中的图像可谓是元代戏曲表演的静态化记录。

二是平话之"相"所选择"包孕性"顷间与舞台的表演性质相契合。莱辛的顷间本是基于《拉奥孔》雕塑而提出的造型理论，而戏曲表演中的"亮相"性质亦似于雕塑，因此平话中的"相"，"具有很强的情节性，而且能抓住平话中的典型情节或主要情节加以表现"。并且这种提炼功夫"已臻完全成熟的地步"[②]。在平话的小标题方面，也显示了标题的此种"顷间性"，如在《三国志平话》中，"张飞见黄巾""得胜班师""赵云见玄德""孔明班师入荆州""孔明引众见玄德""玄德符江会刘璋""洛城庞统中箭""孔明出师"等都不适合作为平话的小标题，这些短语并不具有概括性，只是对于画面瞬间的解说。这似乎可以看作是语言上的"亮相"。

当然，在文本语言叙述转变成空间图像叙述的过程中，平话图像的制作者会有主体性的掺入，一般对故事都有一定的概括和倾向性处理，图本与文本的叙述会有一定的差异。在所有平话图像和文本的对照中，文图完全一致的尤为稀少。这一方面体现出了图像叙述的局限性，另一方面也体现了图像艺术家对于文本故事"翻译"的主动性。图像制作者在文本图形化的遴选中，通常依据当时人们感兴趣的对象来确定描绘的对象，图像艺人的立场和情感在全相平话中得到了较为鲜明的体现。平话故事之中的人物服饰则是明显地留存有宋代服饰的痕迹，而较少有元代蒙古族的服饰元素，"平话插图是以宋代人的服饰为基准的，其中皇帝穿的龙袍、将领穿的铠甲、文臣穿的官服、文士穿的衣衫都是宋代的服装样式"[③]。王伯敏认为这是元代人对服饰的不了解，"元代人表现历史故事，由于当时的局限性，使其对古代衣冠制度并不十分了解，而是以较近的印象中的宋代为依据，故画中的人物多为宋代的衣冠，同时也夹杂着一些元代的东西"[④]。本书认为这与当时平话受众的审美倾向有关系，宋代的服饰可以满足处于等级压迫之下对故国的怀念之情。

此外，全相平话的人物造型，体现了中原文化的影响，人物依据大小来区分社会地位与身份的高下贵贱。这与北方游牧民族的图像人物造型是有差异的，譬如在辽代的墓室壁画中，"无论是早期的，还是中晚期的，主人与仆从，契丹人

① 刘晓明：《杂剧形成史》，中华书局 2007 年版，第 7 页。

② 田建平：《元代出版史》，河北人民出版社 2003 年版，第 207 页。

③ 卢世华：《元代平话研究：原生态的通俗小说》，中华书局 2009 年版，第 151—152 页。

④ 王伯敏：《中国美术通史·第五卷》，山东教育出版社 1988 年版，第 129 页。

与汉人，除了装束上有所差别外，人物大小没有区别，作者对每一个人物都给予了充分的刻画，使他们个性鲜明，生动活泼，共处于同一环境之中"①。

全相平话的图像造型也呈现出其不足的地方，诸如人物造型过于程式化，不同的人物仅能够依据人物的服饰加以区分，甚至需要人物名字的标示，否则就很难从人物的面部刻画等方面进行区分（当然，一定程度上这也与画面空间的有限有关）。全相平话中对人物的表情、五官特征等的描绘有待进一步深化和细化。但是，这并不妨碍全相平话成为元代时期文图关系的典范之作。

二、全知叙述视角与全景构图

全相平话五种采用全知式的叙述视角，平话作者对于历史的过去、当下、未来了如指掌，对于人物的个性、品质、能力、心理等洞悉明了。平话虽然是底层文人的"说话"，但是全知视角也深刻地体现了中国文化的叙述模式和时空观念。不管是《三国志平话》还是《武王伐纣平话》都体现出中国叙述特有的时空观。"时间的整体性观念以及大小相衔的时间表述体制，携带着丰富的文化密码，深刻地影响了中国叙事作品的开头形态。有所谓'开章明义'，中国人对一部作品，尤其是大作品的开头，是非常讲究的。他们在运笔之初，往往聚精会神，收视反听，进入一种'精骛八级，心游万仞'的精神状态，以便超越时空限制，与天人之道对话，'观古今于须臾，抚四海于一瞬'。这就是说，中国著作家往往把叙事作品的开头，当作与天地精神和历史运行法则打交道的契机，在宏观时空，或者超时空的精神自由状态中，建立天人之道和全书结构技巧结合、相沟通的总枢纽。"②如《三国志平话》的开始部分：

> 各人取讫招伏，写表闻奏天公。天公即差金甲神人，赍擎天佛牒。玉皇敕道："与仲相记，汉高祖负其功巨，却交三人分其汉朝天下：交韩信分中原为曹操；交彭越为蜀川刘备；交英布分江东长沙吴王为孙权；交汉高祖生许昌为献帝，吕后为伏皇后。交曹操占得天时，囚其献帝，杀伏皇后报仇；江东孙权占得地利，十山九水。蜀川刘备占得人和。刘备索取关、张之勇，却无谋略之人，交蒯通生济州，为琅玡郡，复姓诸葛，名亮，字孔明，道号卧龙先生，于南阳邓州卧龙冈上建庵居住，此处是君臣聚会之处，共立天下，往西川益州建都为皇帝，约五十余年。交仲相生在阳间，复姓司马，字仲达，三国并收，独霸天下。"

平话作者超越时空的视角，不仅简化了复杂的三国鼎立之成因，也使得因果相报的朴素的善恶观念贯穿其中。

平话中所有的画面均采用俯视的全景视角，似乎观者和表演者都是固定的，

---

① 罗春政：《辽代绘画与壁画》，辽宁画报出版社 2002 年版，第 132 页。
② 杨义：《中国叙事学》，人民出版社 1997 年版，第 129 页。

尽管展示的是不同的情节和故事，但是内容似乎是在一个固定的舞台上进行展现。如果我们截取所有绘有能够较好显示透视空间的地面的图像做对比，我们就会发现，这些投向地面的视线角度完全是一致的。而这在壁画、插图或者是连环画中是没有的。这也佐证了元代全相平话之相并非是普通的"图像"或插图，而是舞台之相到连环画的一种过渡形态。连环画中所描绘的"纣王在摘星楼下棋"的画面焦点透视十分明显，人物为平视，屋顶为仰视，地面、桌面均是远大近小（与西方焦点透视的近大远小相反）。画中人物的大小也严格按照近大远小的焦点透视法则绘制，并没有因为纣王地位之尊而将其绘制得非常高大，也没有将侍者的身高绘制得短小低下，这与平话之相中的空间组织是有很大差异的。

三、文图中的道教影响

元代时期的文学受道教的影响。元代是道教较为盛行的时期，元代的文学中也打上了道教的烙印，元代时期的演剧艺术亦是如此。"道教戏剧的发端当在元代以前，但其鼎盛时期毫无疑问是在元代。据钟嗣成《录鬼簿》所载，元杂剧至少有 400 种，就其题目、正名来看，属于道教戏剧一类的至少有 40 种，约占元杂剧总数的十分之一。"①毫无疑问，如此之多的元代道教戏剧在当时的流传播布，对于元代时期的平话"演出"不可能没有影响。在平话五种之中，几乎所有的智者都是道教的人物，也就是道士。

首先，平话中的高人几乎都是道士。在《三国志平话》中的重要人物孔明道号为卧龙，徐庶、庞统等都是道士，乐毅、鬼谷子、孙膑、黄伯杨等都是斗法的道士。在战争中，道术的高低是决定胜负的关键因素，道士被赋予了不可替代的关键地位。如《三国志平话》中，对诸葛亮的描写："话说中平十三年春三月皇叔引三千军，同二弟兄直至南阳邓州武荡山卧龙冈庵前下马，等候庵中人出来。却说诸葛先生，庵中按膝而坐，面如傅粉，唇似涂朱；年未三旬，每日看书。有道童告曰：'庵前有三千军，为首者言是新野太守汉皇叔刘备。'先生不语，叫道童附耳低言，说与道童。道童出庵。"

元代的不少文人和画家几乎也都是信奉道教的"道人"，甚至"很多画家、文学家都加入了这个全真教"②，如赵孟頫号雪松道人，黄公望号大痴道人，吴镇号梅花道人，李衎号息斋道人，张彦辅为太一道道士，丘处机也是道士画家。

其次，平话中的智者或者是贤者大多是道士形象。在平话中，太公、鬼谷、孟子等几乎所有智者或贤者的形象都像是舞台上戴了胡须和面具的老者。这应该与元代时期戏曲表演中的人物造型有一定的联系。

---

① 詹石窗：《元代道教戏剧的象征性》，《中国典籍与文化》1994 年第 1 期。
② 陈传席：《中国山水画史》，天津人民美术出版社 2001 年版，第 234 页。

总之，元代全相平话五种的文图在程式化、叙述视角与图像构成、道教影响等方面具有显著的一致性特征，这些特征印证了文图之间在各自保持叙述表达规律基础上的互构互建，也体现了元代时期人们的观看与思维表达，是元代时期社会发展、文化审美等方面的综合体现。

此外，需要指出的是元代除了上述的平话五种，也有其他有图像的书籍，如《新编连相搜神广记》《新刊全相成斋孝经直解》等。据考证《新编连相搜神广记》约为元代至正年间（1341—1360）由建安书肆配以图版刊刻。亦有学者认为："按此《搜神记》称元作圣朝，又复有至元、大德、延祐年号，其成书应不早于元中期，又据其字体版式，谓出元中后期建阳书坊间当不误。"①《新编连相搜神广记》"图为整版，疏朗醒目，镌刻虽略嫌粗略，却不失生动。所写人物气韵自在……是研究草创时期小说版画风格版式的珍贵资料。"②《搜神广记》有前后两集，题有淮海秦子晋撰，内中共收五十七神。但是，该"连相"文本的文学叙事性及图像的叙事性较之于全相平话五种要逊色许多，限于文学本位之原则，本文将对其不作论述，尽管其图像刻画在技术及艺术方面也具有较高的水平。《新刊全相成斋孝经直解》一卷，也是元代时期文图并置的与文学有一定联系的版刻书籍。此书高约 21.5 厘米，图文布局同全相平话，亦为上图下文。全书共 18 章，计 15 合页。据王伯敏《中国美术通史》载，该书的原书日本的林秀一教授藏有一卷。从该书自序残存两页的题记"时至大改元孟春既望宣武将军两淮万户府达鲁花赤小云石海崖北庭成斋自叙"，可知该书刻印于至大元年，即公元 1308 年。该书上图下文"以人物为主体，通过人物的活动与互相关系表达情节，配景中的栏杆、几席、竹树、云水与人物相配合，位置布列也颇具匠心，使情节表达更为明确，已具有若干连环画的色彩"③。其中如娱乐、拜谒等情节，形象地再现了当时的习俗和生活面貌，人物及背景结构也较宋代版画更加细致复杂。该书的文学性亦难及元代的全相平话五种，故本文不对其另作论述。

---

① 贾二强：《叶覆明刻〈三教源流搜神大全〉探源》，《古代文献研究集林》第二集，陕西师范大学出版社，1992 年版。
② 周心慧：《中国古代版刻版画史论集》，学苑出版社 1998 年版，第 35 页。
③ 王伯敏：《中国美术通史·第五卷》，山东教育出版社 1988 年版，第 131 页。

第六章　元代文学与后代的图像(上)

　　王实甫的《西厢记》自诞生以来,广为流传,无论是北杂剧还是南戏,抑或百姓口头上的西厢说唱,都让《西厢记》更加深入人心,有所谓"戏曲之存于今者,以《西厢》为最古,亦以《西厢》为最富"①的说法。《西厢记》不仅文学刊本数量丰富,而且插图本也琳琅满目。在明代,小说以《水浒传》的插图为胜,而戏曲插图则非《西厢记》莫属。明代小说戏曲高度发展,尤其是戏曲的创作数不胜数,但汤显祖的"临川四梦"、高明的《琵琶记》等,都没有遮掩创作于元代的《西厢记》的光芒。

　　崔张的恋爱故事,从《会真记》到王实甫的《西厢记》历经五百年之久,有李绅、赵时睍、董解元等文人对莺莺故事的再创造,直到王实甫用如椽之笔,以优美的文辞、细腻的情思谱写了一首永唱不衰的千古流传之曲——《西厢记》。随着《西厢记》各种文本的面世,《西厢记》的图像也应运而生。明代雕刻印刷等技术的进步带动了《西厢记》图像的广泛流传。② 伴随着《西厢记》影响日增,不仅《西厢记》插图本中的插图数量繁多,以《西厢记》作为母题的图像作品比如民间年画、剪纸、窗花、工艺品、连环画等亦不断涌现。《西厢记》最早的插图当为元末刊本的《新编校正西厢记》残卷五面,其中有一幅插图。③ 自 20 世纪 20 年代一部《西厢记》无声黑白电影诞生以来,《西厢记》各种影视版本也在多地出现。此外,《西厢记》在现代的戏曲舞台上,更是成为昆曲、京剧等剧种的保留剧目长盛不衰。可以说,伴随着《西厢记》文学文本传播开来的是一个庞大而丰富多样的《西厢记》图像家族。

第一节　《西厢记》及其明代图像

　　尽管王实甫的《西厢记》创作于元代,在它真正成为戏曲的翘楚之前,"西厢

---

① 王国维:《录曲余谈》,见房鑫亮主编《王国维全集》第二卷,浙江教育出版社 2010 年版,第 288 页。
② 据不完全统计,《西厢记》明清插图本计一百多个,当然其中也有很多重复的图画或集大成的著作。
③ 1980 年中国书店发现了元末刊本的《新编校正西厢记》残卷五面及一幅插图,参见田建平《元代出版史》,河北人民出版社 2003 年版,第 208 页。

热"弥久不绝、评点蜂起却是在明代曲坛实现的,突出的表现就是《西厢记》的版本刊印在嘉靖和崇祯间达到高潮。可以说,《西厢记》各刊本的出版,是明代戏曲及其出版史上值得大书一笔的盛事。①

一、明刊《西厢记》插图本概况

明代经济的增长,助推了崇尚奢华的社会风气。明代时期陆楫的《蒹葭堂杂著摘抄》就传达了这种思想,崇尚华美的消费风尚在各个阶层蔓延开来。除了对财富的看重,就是重物质的享受,颇有"行乐须及春"之感。明代盛行的以戏为娱的风气为戏曲的繁荣奠定了基础,比如何良俊的《四友斋丛说》就记载了相关的士大夫蓄养家乐的情形。所有这些都造就了明代戏曲表演的辉煌,使得戏曲作为一种文学艺术形式的地位得到提升,对戏曲的发展起到直接的作用。戏曲地位的提升,使其从文学的边缘走向中心,进入了文人的视野。大量的布衣文人甚至许多文坛耆宿开始广泛介入戏曲的创作、品评、鉴赏和研究,如王世贞、汤显祖、沈璟等。《西厢记》插图也随之繁荣。

明代出版业尤其插图版画十分繁荣。天启五年(1625)武林本《牡丹亭还魂记·凡例》便云:"戏曲无图,便滞不行,故不惮仿摹,以资玩赏。"②明代商业在各方面的发展也渗透到了出版业,直接的表现是书籍出版的泛滥。何良俊在《四友斋丛说》中提到"今小说杂家,无处不刻"③,李致忠在《古代版印通论》一书中提到:"明代刻书的机构之多,刻书的地区之广,刻书的数量之大,以及刻书家之普遍,都是它以前的任何时代不能比拟的。"④缪咏禾在《明代出版史稿》中根据机构的不同,将刻书分为家刻、坊刻、官刻,尤以家刻和坊刻为重。从《西厢记》插图本刊刻的情况来看,家刻的大多数是文人、官员,比如凌濛初、汪廷讷等,主要的书坊有在北京的金台岳氏,湖州的闵振声、闵遇五,西陵天章阁、玩虎轩、容与堂等。吕坤在《呻吟语》中提到"古今载籍,莫滥于今",并针对书籍种类的繁多,将刊印的书籍种类分析归纳出了"全书""要书""经世之书""赘书""益人之书""无用之书""病道之书""杂道之书""败俗之书"九类。⑤ 这些分类也反映了除古代一以贯之的有益于社会和道德秩序的书之外,还有很多商业性的迎合大众消费的书籍,比如"无用之书""病道之书""杂道之书""败俗之书",而戏曲书籍就是符

---

① 《西厢记》的明代图像主要是单行插图本中的插图和部分曲集中的插图。鉴于明代《西厢记》插图本种类繁多,不同的地域流派各具样式,本章《西厢记》图像将对不同地域流派的明刊本《西厢记》予以介绍,部分曲集中的插图将放在清代《西厢记》戏曲表演图像中介绍。

② 薛冰:《插图本》,江苏古籍出版社 2002 年版,第 35 页。

③ 何良俊:《四友斋丛说》,中华书局 1959 年版,第 25 页。

④ 李致忠:《古代版印通论》,紫禁城出版社 2000 年版,第 226 页。

⑤ 吕坤:《呻吟语》,岳麓书社 1991 年版,第 313 页。

合大众消费的书籍,因而明代的出版物中,占很大比重的就是戏曲书籍。由于商业利益的驱动,书商在出版书籍时添上插图以迎合读者的口味,并在书名上冠之以"绘像""全像""出像""图像""全相""出相"等字样,以引起读者的注意,甚至插图质量的优劣也成为各个书坊之间竞争的重要筹码,这就促进了插图本的兴盛和发展。

明代的书籍刊刻主要以城市为主,尤其是人口密集的政经中心、文教中心,比如明代前期的北京,中期的金陵、杭州。此外印刷材料也成为印刷业发展的重要因素之一,比如安徽的新安、歙州等制墨发达,所产的宣纸、歙砚也名扬天下。又如福建的建安盛产版刻所需要的木材,《天工开物》第十三卷有云:"凡造竹纸,事出南方,而闽省独专其盛。"①原材料撷取的便利,带动了当地出版印刷业的发展,这也反映在戏曲出版上。

明《西厢记》刻本甚多,据《〈西厢记〉新论》一书统计,明代注释校刻版本有68 种,重刻复印版有 39 种,曲谱本 3 种,总约 110 种,其中配有插图的本子,总计三四十种。② 1957 年出版的傅惜华编著的《元代杂剧》,收录的《西厢记》目录有明刊本 41 种(包括后来重印的)。1980 年蒋星煜的《论徐士范本西厢记》(载《中华文史论丛》1980 年第 1 期)文中介绍《西厢记》的明刊本有 38 种。此外日本昭和四十五年(1970),日本研究《西厢记》的学者传田章《明刊元杂剧〈西厢记〉目录》中著录《西厢记》版本 66 种,这是著录的最多的一种。③

如果从评点系统来看,李卓吾批评的《西厢记》有六种刊本,徐文长批评的《西厢记》刊本也有六种,其他糅合以前评点本的评语并有自己新见解的刊本也有几种。从这些庞杂的《西厢记》刊本可以看出,明代刊行的《西厢记》主要是各大家的评点本。事实上,自明嘉靖、万历以来,不仅戏曲创作十分兴盛,而且戏曲批评也随之而起,著名批评家辈出。他们有学术性的评点,比如从"释义""校勘""音注"等方面从事批评,也有的是鉴赏性的评点。

明代的曲集中,也有对《西厢记》曲文的收录。明郭勋编辑的《雍熙乐府》是以宫调来安排所选的曲文,所收录的《西厢记》曲文分别位于正宫的两套、仙吕宫的四套、中吕宫的四套、双调的五套、越调的五套、商调的一套。明徐文昭编辑的《风月锦囊》中收录了《西厢记》十二套曲文;胡文焕《群音类选》中收录了《西厢记》二十出曲文,并标有四字出目;明崇祯间毛氏汲古阁刊行的《六十种曲》也全文选录了《西厢记》。此外还有《南北词广韵选》《古今奏雅》等对《西厢记》的相关曲文亦有所收录。

---

① 宋应星:《天工开物》,广东人民出版社 1976 年版,第 325 页。

② 寒声、贺新辉、范彪编:《〈西厢记〉古今版本目录辑要》,《西厢记新论》,中国戏剧出版社 1992 年版,第182 页。

③ 缪咏禾:《明代出版史稿》,江苏人民出版社 2000 年版,第 232 页。

不管是《西厢记》的单行刊本还是收录于曲集中，大部分的《西厢记》刊本都配有插图，只有《新刻考正古本大字出像释义北西厢》（胡少山堂刊）、《重刻元本题评音释西厢记》（徐士范刊本）、《田水月山房北西厢藏本》等少量的明刊本没有插图。

最早发现的刊本插图是《新编校正西厢记》。此刊本是残缺本，现在只能看到四片残叶，其中插图有一幅半，是北京中国书店 1980 年在一部元刻《文献通考》的书背发现的，版式古老，被认为是《西厢记》的最早版本。① 元刊《西厢记》插图为单面方式图。完整保存下来的一幅图题"孙飞虎升帐"，另半幅标目无存，画面中部横一带矮墙，崔莺莺漫步墙外，似为"月下听琴"②一出的插图。插图有标题，位于图片的左上角，用小长方形框起来，字系直行。蒋星煜通过对残叶的校勘发现其字体和明代弘治、正德、嘉靖、万历刻本距离均较远，而与成化年间北京永顺书堂的《白兔记》等曲本较为接近，尤其简笔字几乎全部相同，所以蒋氏认为此本应该是成化年间刊刻的，并认为此书对于研究《西厢记》的演变，尤其是版本的演变，有较高的学术价值。③周心慧给予这个刊本以极高的评价："这个本子的发现，在中国古代戏曲版画史上具有重要意义。它不仅填补了元刊戏曲版画的空白，为今人探讨古戏曲版画的源头提供了新的史证，而且为今人研究早期戏曲版画的版式版型、艺术风格、刀刻技法等各方面的问题，提供了极为珍贵的资料。"④

整体上看，明初到隆庆年间，出版的书籍较少。明万历年间及以后，出版业蓬勃发展，不仅戏曲版画，小说版画等也是汗牛充栋，而且不仅是数量上的丰收，形式上也颇有新意，被王伯敏称之为中国戏曲版画的黄金时期，并形成了地域特色。现存较为完整的《西厢记》插图本主要有福建建安派《西厢记》插图，如《重题出像音释西厢评林大全》为福建书林建安忠正堂熊龙峰在明万历二十年（1592）所刊刻；《重刻元本题评音释西厢记》由万历时期福建书林乔山堂刘龙田刊刻；金陵、苏州等地的《重刻订正元本批点画意北西厢》《词坛清玩槃薖硕人增改西厢定本》，以及安徽新安派玩虎轩汪光华刊刻的《元本出相西厢记》，明崇祯四年（1631）山阴延阁李廷谟刊印《北西厢》等。这些版本各具特色，且图像具有较高的艺术水平，本文将以上述版本的《西厢记》插图作为主要对象进行文图分析。

二、福建建安派《西厢记》插图

福建建安派的诞生与兴盛，更多是依靠其原材料产地而起。自宋元以降，闽

---

①③ 蒋星煜：《〈西厢记〉的文献学研究》，上海古籍出版社 1997 年版，第 25 页。

② 亦有学者认为此图是"寺警"。由于此刊本的各种残缺，意见难以统一，但大多数学者在论及时都认为是"月下听琴"。

④ 周心慧：《中国古代戏曲版画考略》，《中国古代版刻版画史论集》，学苑出版社 1998 年版，第 66 页。

北地区因盛产版刻所用材料而成为著名的坊刻中心,特别是闽北建宁下的建安、建阳、欧宁等地,尤其是建安和建阳,两地所刊风格类似,在美术史上被合称为"建安派"。据《中国印刷史》记载,明代建阳书坊就多达八十四家,号称"图书之府"。①

建安插图本沿袭宋元古制,上图下文,古拙俭朴,有的刊本还被诟病,主要原因是偷工减料、粗制滥造、肆意删减书籍内容,以求降低刊印成本。明代谢肇淛《五杂组》中提道:"闽建阳有书坊,出书最多,而板纸俱最滥恶,盖徒为射利计,非以传世也。大凡书刻,急于射利者,必不能精,盖不能捐重价故耳。"②尽管如此,因其价格低廉、传播广泛,仍有较多读者,且其在插图上打破传统,对明代插图出版有着深远影响。

当然,建安派也有它不可多得的优势,建安图书以品种繁多、价格便宜、出版周期短而著称,选取读者所喜闻乐见的题材,尤其重视小说、戏曲书籍中插图的视觉包装,插图本更是为读者所青睐。建安派中以建安乔山堂刘龙田、建安忠正堂熊龙峰为最。

《重题出像音释西厢评林大全》为福建书林建安忠正堂熊龙峰在明万历二十年(1592)所刊刻;《重刻元本题评音释西厢记》由万历时期福建书林乔山堂刘龙田刊刻、上饶余沪东校正,它的刊刻年代一直没有定论,蒋星煜认为是1608年左右。由于熊龙峰版本在国内已经很难见到,流通更多的是刘龙田刊本。而刘龙田刊本也是现存所见"北西厢"中最古的一个刊本。此刊本的框架结构如下:开篇是"崔张引首",接着是正文,正文后附录了《莺红下棋》《园林午梦》《西厢别调》《打破西厢八嘲》《闺怨蟾宫》《秋波一转论》《松金钏减玉肌论》《浦东崔张珠玉诗

图 6-1-1　佛殿奇逢(刘龙田刊本)

集》《钱塘梦》。全书的构架和《新刊大字魁本全相参增奇妙注释西厢记》几乎相同,只是附录都在大字魁本的前面,然后才是正文。郑振铎对刘龙田刊本给予很高的评价,称其"《西厢》附录之富,此书当为第一"③,并将其选入了《古本戏曲丛刊》第一集中。刘龙田刊本的戏文分二十出,每四出有一个正名(或题目),和大字魁本的刊本相比,刘龙田刊本的特点是宾白比较丰满。

纵观刘龙田刊本的插图,有如下的艺术特点:(1)插图的位置与形式。正文

---

① 张秀民:《中国印刷史》,上海人民出版社1989年版,第377—390页。

② 谢肇淛:《五杂组》卷十三,中央书店1935年版,第209页。

③ 郑振铎撰,吴晓玲整理:《西谛书跋》卷七,文物出版社1998年版,第535页。

插图每出一幅，单面方式，穿插于正文的每折，二十出戏文所有插图共计二十幅；另在文末附录三幅单面图，分别为《莺红对弈》《园林午梦》《钱塘景》。（2）插图的内容。图上都有四字标目，两旁是联语。像这样的旛幢式的标题，是一直从唐、五代时期的佛教版画中继承下来的，只是由于字句不对称改成对联式的文字内容提纲，这些联语有的比较一般，有的反映了对《西厢记》的理解或评价；另有四面连成一幅的《钱塘梦》图，因此总共是二十四幅图。（3）插图工艺。大多数学者认为书中采用阴刻与阳刻结合的方法，以阳刻为主。以《秋暮离怀》为例，张生的纱帽、莺莺和红娘的发髻都着重用黑白对比的刀法勾勒出来，并巧妙地运用大片的黑色来衬托纹路；形象突出，人物皆作大型处理，占版面二分之一乃至三分之二以上，只简单地衬以庭院、内室、松树的背景；离别时莺莺和张生难舍难分、牵手嘱咐的情谊，红娘端着酒壶为一对即将分别的恋人斟酒时的同情，琴童听着莺莺和张生两人甜言蜜语的嘱咐羞涩转身的表情都展现得丝丝入扣，这些都是建安派戏曲版画插图的范例。

周心慧对建安派版画的评价是"古朴稚拙"。诚然，画面线条粗犷，人物造型也较为简略。为了加强插图在本书中的作用，发挥插图的性能，刘龙田将上图下文的狭长的半幅传统版画形式，改为单面全页格式，有力地突出了内容主题和鲜明的人物表情，给予读者以更深刻的印象，因而郑振铎称之为"一大革新"，刘龙田刊本的插图"开启了建安派木刻画的新路。……的确是一个创举。……也是今日所见的同型插图的最早者。后来，金陵派的小说、戏曲的插图便大都使用了这个形式。是不是受到刘龙田刊本《西厢记》的影响呢？应该说，是很可能的。"①持类似观点的还有王伯敏、郭味蕖和周芜等学者。祝重寿在《刘龙田刊本〈西厢记〉插图的再认识》一文中，不认同郑振铎等的观点，他从四个方面予以反驳，并认为："不是刘龙田刊本《西厢记》插图影响金陵插图，恰恰相反，倒是金陵插图影响了刘龙田刊本《西厢记》插图。"②

从明万历金陵富春堂刊刻的《长亭送别》和刘龙田刊本的《秋暮离怀》来看，两图在构图、景物、人物上有颇多相似，只是刘龙田刊本比富春堂刊本多了琴童和马，且背景上屋舍外围和草木有些不一样，人物的动作和表情几乎一致。

目前并无文献可查出金陵

图6-1-2 秋暮离怀　　图6-1-3 长亭送别

① 郑振铎：《中国古代木刻画史略》，上海书店2006年版，第56页。
② 祝重寿：《刘龙田刊本〈西厢记〉插图的再认识》，《装饰》2003年第12期。

富春堂《新刻出像音注李日华南调西厢记》刊本的刊刻年代，所以也无从知晓究竟是谁模仿谁，但是二者各取所需，又有所创新，这既说明了金陵和建安插图艺术相互交流、借鉴的精神及各自创新的魅力，又表明插图不仅仅依附于文本，亦有自己独立的生命。

三、金陵、苏杭《西厢记》插图

金陵、苏州、杭州地区文人荟萃，文人阶层的审美趣味对戏曲版画插图的影响日深。为了能得到文人阶层的赞誉，当地出版商求新求变，插图呈现出另一番韵味。《重刻订正元本批点画意北西厢》、金陵环翠堂汪廷讷《西厢记》刊本、秣陵继志斋陈邦泰《西厢记》刊本、吴兴凌濛初的朱墨套印本《西厢记》等都是《西厢记》插图的经典之作。

（1）《重刻订正元本批点画意北西厢》

《重刻订正元本批点画意北西厢》刊行于明万历三十九年（1611），为武林本，它是徐文长评点本《西厢记》的一种。现存《重刻订正元本批点画意北西厢》藏于国家图书馆，且是以微缩胶卷的方式呈现。卷首有两篇题语，一篇署名漱者，有天池山人、金云山人印章，指出是依据碧筠斋本进行批点，但是却错误地把《西厢记》称为"董张剧"。对此，蒋星煜指出这种做法不符合常规，有把董西厢和王西厢混为一谈之嫌疑。另一篇题语署名文长、青藤道人，有青藤道人印章，指出此书的曲文，即唱词和说白都是以碧筠斋本为准。

《重刻订正元本批点画意北西厢》共有插图 10 幅，全书共 5 折，每折 2 幅。插图的样式是双面连式，分别置于各折折首，且插图并不是出自一人之手。蒋氏认为，看第一图可知"虚受斋"为"以中"的斋名，虚受斋并非刊行者及藏版者，后面第八幅图作者署名为"不易氏王生"，得出"王生"也有可能就是"野王孙"，且"不易"和"野王孙"是同一个人的结论。[①] 可以说，插图上分别署名"虚受斋""不易""停云""野王孙""以中"等，都是画家王以中的字、号。

第一幅	袖拂花枝笼玉笋 黄应光镌	步移苔彻露金莲	万历辛亥冬日虚受斋漫笔 新安	以中
第二幅	佛境客来无犬吠	山房僧去有云封		不易
第三幅	欲眼又怕书斋静	倚遍阑干恨转生		以中
第四幅	炉冷芸香灯半灭	窗前花影月将沉		停云
第五幅	扫石焚香当夜月	谨将心事祝丝桐		停云
第六幅	焚香待月帘高卷	倚槛迎风户半开		野王孙

---

① 蒋星煜：《〈重刻订正元本批点画意北西厢〉考》，《西厢记考证》，上海古籍出版社 1988 年版，第 88 页。

| 第七幅　梦里喜添春色　眼前恨煞梅香 | 〇郎 |
| 第八幅　勒马频回首　停车盼去踪 | 〇易汉 |

　　每一幅插图上的两行诗句并非直接引自文本，而是根据题意由画家撰写说明式的对联，大多出自张楷的《浦东诗》，一方面有说明剧情发展的功能，另一方面，似乎在模仿文人画诗、书、画合一的形式。

　　此刊本中的第二幅《佛境客来无犬吠　山房僧去有云封》。如果撇开原文本，会发现这就是一幅写意的山水画，连绵的小山、潺潺的流水、拱形的小桥、远方的屋舍、挺拔的树木，颇有山水画的意境。即使配上图中的文字，也恰是一幅王维《鹿柴》诗中"空山不见人，但闻人语响。返景入深林，复照青苔上"那种空旷幽静的氛围的图景。

图6-1-4　佛境客来无犬吠　山房僧去有云封

　　从图及其所题文字的图文关系来看，"佛境客来无犬吠，山房僧去有云封"正是对这幅画很好的述说，这些诗句来源于张楷《浦东诗》，恰又是一幅"诗意画"，却又似"题画诗"[1]，已经达到了浑然一体的境界。

　　从插图与原文本的关系来看，此插图特立独行，其他的《西厢记》插图本很少有纯粹出现景物的插图，尤其是关于普救寺的外围景色的展现，更多的是描摹人物的人物山水画。在原文本第一折中是这样描写景色的：

　　【混江龙】……这黄河有九曲，此正古河内之地，你看好形势也呵！

　　【油葫芦】九曲风涛何处显，则除是此地偏。这河带齐梁，分秦晋，隘幽燕；雪浪拍长空，天际秋云卷；竹索缆浮桥，水上苍龙偃；东西溃九州，南北串百川。归舟紧不紧如何见？却便似弩箭乍离弦。

　　【天下乐】只疑是银河落九天；渊泉、云外悬，入东洋不离此径穿。滋洛阳千种花，润梁园万顷田，也曾泛浮槎到日月边。[2]

　　读者由此文本可以感受到的是张生行走到浦东看到阔大的景色，及张生心中那种豪迈的气概，当然也能在此图中感受到宏大，但是更多的是萧瑟和寂静，不是《西厢记》文本中描绘的"雪浪拍长空，天际秋云卷；竹索缆浮桥，水上苍龙

---

[1] "诗意画""题画诗"在赵宪章教授的文章《语图互仿的顺势与逆势——文学与图像关系新论》中有所提及。

[2] 本文中凡是《西厢记》原文文本，皆引自王实甫：《西厢记》，王小雷点校，岳麓书社2002年版，下文不再——出注。

偃;东西溃九州,南北串百川"般的宏伟,而颇有种归隐人的居所之感。插图作者更多的是借鉴山水画来做此插图,和文本中传达出来的阔大意境有所区别,既源于文本又超越文本。当然,很多插图有照搬照用山水画或者仕女画的倾向。比如此图,如果不放在文本中做插图,它就是一幅独立的山水画,离开了文本的支撑,图像将丧失自己的身份,成为一种无根漂浮的状态,无法确切证明自己是什么,只有文本文字才赋予了图像生命、存在的身份和唯一性,离开了文字的命名或者离开了原文本语境,图像最多是像什么,而无法是什么。①

(2)《词坛清玩槃薖硕人增改西厢定本》

此刊本为明天启元年(1621)金陵本。蒋星煜认为《西厢定本》是明代以来最为低级庸俗的一个本子,而且又是改编本,其艺术性、思想性、文学性比被人讥讽"王关精神被糟蹋完了"的《南西厢》要差得远,从体例、语言、结构、曲牌组合等方面都作了大幅度的删改或增改,有"肆意删改"之实。②

本文姑且不论文本改动的好坏,就其插图艺术而言,《西厢定本》插图 15 幅,集中置于上卷卷首,首幅半页为唐伯虎所绘"莺莺遗照",其余十四幅皆双面连式,每幅皆为写意图,画上题有诗文。如题有文字"萋萋芳草忆王孙"的插图,近景为坡岸,中景为开阔的水面,远景为连绵的小山。文字题写也构成了图像的一个组成部分。读者面对图像时,首先感受到的是秀丽的山水景色,其次通过题词能联想到白居易那首《赋得古原草送别》中吟咏的"又送王孙去,萋萋满别情",此外便没有其他了。而将此图置于《西厢记》卷首作为插图,也让人有懵懂之感,一方面在原文本中找不到相应的语言与之对应,另一方面此插图题词所表达的情感已经超越了原文本《西厢记》的情感,变得洒脱和大气,颇有文人画的风范和意境。可见,正如在《重刻订正元本批点画意北西厢》中分析的"诗意画"那样,《西厢定本》中的插图也有这样的特点,文本是图像的来源,图像对其再现,却又超脱于文本;如果离开文本,插图便不具有插图的意义,而可以成为一幅独立欣赏的图画。

四、安徽新安派《西厢记》插图

明中后期,安徽新安派睥睨艺坛,兼济众派之优,使插图艺术提升到一个新的高度。"世宗践祚,版画作者,乃复振颓风,争自磨濯。以燕京、金陵、建安三地为中心,所刊图籍,流传遍天下""万历中叶以来,徽派版画家起而主宰艺坛,睥睨

---

① 秦剑蓝:《〈红楼梦〉图像研究:从艺术史模式到视觉文化模式》,《中国美学》第 2 辑,上海古籍出版社 2011 年版,第 29 页。
② 蒋星煜:《评张人和〈集评校注西厢记〉》,《戏剧艺术》1989 年第 2 期。

一切"。① 这样的辉煌成绩很大的程度上来源于新安派刻工精湛的技艺。尤其是黄氏家族，出了黄一楷、黄一彬等优秀的刻工。黄氏刻工同族聚居，子弟相传，技艺高超，并习惯把他们的名字刻在作品的插图上，"徽派的木刻画家们也往往在人所不注意的小地方，签上自己的名字。而他们的作品留下来的又是那么多，因之，我们今天知道这时代的徽派木刻画家们的姓名，比之前整个中国木刻画史里所有的木刻画家们的姓氏还要多"②。这些徽州刻工们不仅雕刻细致入微，而且也学习借鉴了金陵、苏州、杭州等地插图崇尚文人风尚的特点，海纳百川，使其插图不仅刻工精美，而且也极有文人气息，备受文人的喜爱。新安派徽州玩虎轩汪光华刊刻的《西厢记》、黄父观刻的《北西厢记》、黄一楷和黄一彬刻的《新校注古本西厢记》都是典范之作。

（1）《元本出相西厢记》

玩虎轩汪光华刊刻的《元本出相西厢记》是徽派插画的典范，此刊本的插图每出1幅，双面连式20幅。《红娘请宴》插图，和前面的插图相比，一方面，从插图的艺术手法来看，刻画非常的细致，画面明丽，用笔细腻，布景繁缛，繁复典雅，人物刻画精致，刀法圆活，生动流利，极富韵味。另一方面，从图像与文本的关系来看，颇具特色。原文本中描述如下：

【小梁州】则见他叉手忙将礼数迎，我这里"万福，先生"。乌纱小帽耀人明，白襕净，角带傲黄程。

【满庭芳】来回顾影，文魔秀士，风欠酸丁。下工夫将额颅十分挣，迟和疾擦倒苍蝇，光油油耀花人眼睛，酸溜溜螫得人牙疼。

图 6-1-5 红娘请宴

这些唱词都展现了张生将见莺莺时的激动心情。他整理着装，希望用最美好的外表赢得莺莺的芳心。此图选取的场面是红娘复命邀请张生赴宴，张生很看重，在整理衣冠的画面。可以说是选取了一个能够呈现心理和身体活动的瞬间来表现张生的行为，恰到好处。有的刊本在此折插图上选取的是张生向红娘作揖鞠躬的画面，本书认为，此幅构图更能彰显张生此刻惬意的心情和志在必得的心理，惟妙惟肖。

（2）《徐文长先生批评北西厢》

《北西厢》于明崇祯四年（1631）由山阴延阁李廷谟刊印，此本是徐文长刊本

---

① 郑振铎：《〈中国版画史图录〉自序》，见《中国古代木刻画史略》附录部分，上海书店出版社2006年版，第235—236页。

② 郑振铎：《中国古代木刻画史略》，上海书店出版社2006年版，第100页。

中比较重要的一本。《北西厢》承袭了王骥德《新校注古本西厢记》二字标目的体例,在插图方面也有所借鉴。该书现藏于国家图书馆,其插图历来为人们所称道,由项南洲刻。

此刊本插图共 21 幅,首幅莺莺半身像,旁边题款为:洪绶[①]画于灵鹫峰。接下来的 20 幅双面连式,前半页图中所绘以西厢情节为主题,每折取一图,版心镌刻该折两字标目;后半页图中绘花鸟、竹石、走兽、树木等与西厢剧情无关的内容,画者款署均题于其中,署名则有玄宰、眉公、瑛、周复等。

对于前面各个刊本的插图,此刊本最大的特色就是采用了"月光版"的图式,即把故事描绘在长方形版面内的圆形之中,山石、树木、人物等刻画精细,线条流畅。圆形的画面与女性的柔美、儿女情长等意象有某种联系,这在一定程度上更易于引起人们的遐想。明代戏曲家王光鲁的传奇《想当然》卷首《成书杂记》有这样一段话:"是本原无图像,欲从无形色处想出作者本意,固是超乘。但雅俗不齐,具凡各境,未免有展卷之叹。……故择句皆取其言外有景者,题之于本图之上,以便览者一见以想象其境其情,欣然神往,是由夫无形色者也,用是以补其缺陷。"[②]可见那时插图的作用已经不满足于直观显现情节内容,而是要引领读者进入文字营造的佳境,插图亦成为文人读者的案头之作。

五、明刊《西厢记》插图的特色

明刊《西厢记》插图极富艺术魅力,且各具特色。以刘龙田刊本为代表的福建建安派的《西厢记》插图,粗豪古朴、稚拙简率,金陵、苏杭地区《重刻订正元本批点画意北西厢》和《西厢定本》的插图充满文人气息和写意画特色,安徽新安派旗下刻工印刻的《西厢记》插图本则具有缛丽繁复、纤细入微的艺术特色和语图关系。其余的明刊《西厢记》插图本同样精彩。

以《西厢记》为蓝本,可以看到三大流派的艺术特色,当时画家和刻工密切配合,不仅提高了《西厢记》插图的水平,也为其赢得大量读者。虽然有些插图之间有互相模仿、重复之嫌疑,但总体艺术价值颇高。

（1）插图的数量

明刊本插图的数量不等,分为如下几类:

首先,多幅插图类。以弘治岳刻本为典范。刊刻于弘治十一年（1498）的弘治岳刻本《新刊大字魁本全相参增奇妙注释西厢记》依据情节绘制,其有 156 个长短不一的标题,一出一图,共计 273 页,少则一页一图,多则两页、三页乃至八

---

① 陈洪绶,字章侯,号老莲,为明末著名画家。传说为《西厢记》做了三次绘画。

② 蔡毅编著:《中国古典戏曲序跋汇编》,齐鲁书社 1989 年版,第 1190 页。(《成书杂记》在该本中的署名为"茧塞主人")

页一幅完整的图，共计 156 幅图。由于依据故事情节，所以图片是连贯的，而且与文本相吻合。

其次，20 幅插图类。包括《新刻考正古本大字出像释义北西厢》（1579 年胡少山堂刊）、《重刻元本题评音释西厢记》（1592 年熊龙峰刊本）、《重刻元本题评音释西厢记》（刘龙田刊本）、《重校北西厢记》（王敬乔三槐堂刊本）、《北西厢记》（晔晔斋李楩校本）、《元本出相北西厢记》（起凤馆刊本）、《元本出相北西厢记》（玩虎轩刊本）、《李卓吾先生批评北西厢记》（容与堂刊）、《重刻订正元本批点画意西厢记》、《新校注古本西厢记》、《鼎铸陈眉公先生批评西厢记》（萧腾鸿师俭堂刊本）、《词坛清玩西厢记》、凌濛初刻本《西厢记五剧》、《仇文合璧西厢记》等。这些都依据《西厢记》二十出的体例，每出一折，共计 20 幅图画，"能够简明扼要地反映全剧故事发展的过程，仍旧不失'连环画'的情趣"①。

另外，数量不等的特例插图类。《重校北西厢记》继志斋刊本和虚受斋徐文长本（1611）都有 16 幅；《李卓吾先生批评西厢记》（游敬泉）有 12 幅；《环翠堂乐府》有《佛殿奇逢》《墙角联吟》《红娘请宴》《锦字传情》《妆台窥简》《乘夜逾墙》《月下佳期》等 9 幅；何璧校刻本（1616）有 8 幅；《张深之先生正北西厢秘本》有《目成》《解围》《窥简》《惊梦》《捷报》5 幅图。

（2）插图式样

明刊《西厢记》插图样式丰富，格式不一，有上图下文式的大字魁本，采用 156 幅类似于连环画性质的单面插图，将故事中的每一个情节尽量都画出来供读者观览。

刘龙田刊本、凌濛初刊本、李廷谟延阁刊本、起凤馆刊本等，每折一图的单面插图，占整幅版面，图的四周仍保留框线和书口。明代初期的出版事业还没有那样繁盛，规模、技巧、风格和宋元还没有明显的区别，图的篇幅都还没有超过一面，人物和背景也都比较简单，线条粗犷古朴。

明代中期，出版业有所发展，插图大量增加，为了争取较大的篇幅，画幅增大，出现了双面合页的形式。版画作风多样，工致细密的徽派版画大为风行，形成了明显的时代特色。

明代后期出现了月光式构图。山阴延阁主人李廷谟刊刻的《徐文长先生批评北西厢记》、金陵孔氏汇锦堂刊刻的《三先生合评北西厢记》都采用月光式构图，外为圆形，插图在圆形之内，比较小巧，也较为精美。

（3）明刊插图本《西厢记》的文图关系

纵观几十种明刊《西厢记》插图本，其语图关系形态主要是两类，即紧密型和

---

① 蒋星煜：《明刊〈西厢记〉插图之体制与方式》，《〈西厢记〉研究与欣赏》，上海辞书出版社 2004 年版，第 249 页。

松散型的互文关系。① 所谓的紧密型即图文对照、图与文合；松散型即图与文的关系不紧密，有的图画是对文本内容的部分展现，甚至跳出了文本的内容，跟文本关联度不大，比如前述的西陵天章阁刊本《西厢记》的副图。

（A）紧密型互文关系——写实图

所谓的写实图，即图像通过构筑生活的场景再现故事情节。京师金台岳氏刻本《新刊大字魁本全相参增奇妙注释西厢记》、新安派玩虎轩《元本出相北西厢记》、金陵环翠堂刻本《元本出相西厢记》、香雪居刊本《新校注古本西厢记》、凌濛初刻本《西厢记五剧》都是写实图式的紧密型互文关系的典型。

以《新刊大字魁本全相参增奇妙注释西厢记》为代表的上图下文式为例，全书共 156 个小标题，此本插图以竖行小标题的形式简要概括图像内容，并对全书的内容不分情节轻重地进行了图像的展示。在这样的版式中，与曲文或宾白相关的图像被放置于书页的上部来表现语言文本的内容，每页一图，连续不断，图画的内容随着情节的发展而有连贯性，因此图与文的关系是非常紧密的。插图是对文本的图式化和直观表达，图文对应，使得《西厢记》戏曲插图表现与剧本内容紧密相关，是典型的紧密型的语图互文关系。

刘龙田刊本的《玉台窥简》一图，莺莺在梳妆台前坐下，意外发现了柬帖，拿起捧在手里读，而此刻红娘躲在屏风后探出头来窥看莺莺的反应。这样的构图非常符合红娘和莺莺的思想感情及其相互间的关系和规定情景，最能体现并完成这一出戏的主题。联语是"发来假怒一场明掩思春外迹，四奉新诗四句暗藏乘夜中情"，图文紧密配合，既点明了此图的主旨，也暗示了后面的情节。

图 6-1-6　玉台窥简

可以说写实性的插图经常选取的是能够表现一折故事情节的关键动作，即莱辛在《拉奥孔》中提出的"瞬间理论""最富有孕育性的那一顷刻"②，使得插图不仅具有写实的功能，也有较强的叙事性。

（B）松散型互文关系——写意图

《重新订正元本批点画意北西厢》《词坛清玩槃薖硕人增改西厢定本》《李卓吾先生批点西厢记真本》等几个刊本表现了写意图式的松散型语图互文关系。

---

① 紧密型和松散型的文图关系，张玉勤曾在其博士学位论文《明刊戏曲插图本"语—图"互文研究》（南京大学 2011 年）中提出。

② 莱辛著，朱光潜译：《拉奥孔》，安徽教育出版社 2006 年版，第 92 页。

所谓的写意图，是相对于写实性的图像而言。插图并不是直接再现故事情节，恰如前面已经引用过的传奇《想当然》卷首《成书杂记》所提出的，"欲从无形色处想出作者本意，固是超乘"[①]，即最好的插图不重直观再现，而是引领读者进入文字营造的情趣，追求写意的情调。明刊《西厢记》插图本中写意图的构造主要有如下三种方式。

图6-1-7　袖拂花枝笼玉笋　步移苔彻露金莲

图6-1-8　一个笔下写幽情

首先，是古典诗词佳句的运用，比如《重新订正元本批点画意北西厢》的插图就是通过引用《浦东诗》来提升画面，留给读者更多想象的空间。图《袖拂花枝笼玉笋　步移苔彻露金莲》为《重新订正元本批点画意北西厢》的第一幅插图，讲述的是莺生相遇的情节，插图左上题有"袖拂花枝笼玉笋，步移苔彻露金莲"的诗句，既有诗情画意，又将张生和莺莺相遇的情节表现得惟妙惟肖。

其次，是选取文本中的关键性语句入画。这类语句往往极具写意性，比如《李卓吾先生批点西厢记真本》插图《一个笔下写幽情》。单从图中莺莺托腮凝眸远望，面前是笔墨纸砚的情景并不能看出此幅插图描写的是剧本中哪一个情节，但是从文本的内容可联想到，有两个可能性，一个是张生传书后莺莺回复给张生的信，一个是张生进京赶考后寄给莺莺书信、莺莺回寄的场景。从原文本来看，应是后一种。第五本第一折中写道"书封雁足此时修，情系人心早晚休？长安望来天际头，倚遍西楼，'人不见，水空流'"，和"笔下写幽情"的插图异曲同工。图中的莺莺画像和题句，是对文本中这一关键性语句的描绘，使张生和莺莺"两下里都一样害相思"的剧情得到生动展现，极富韵味。

再次，是化用古典意象，比如蝴蝶。蝴蝶的意象最早出现于《庄子·齐物论》："昔者庄周梦为胡蝶，栩栩然胡蝶也，自喻适志与，不知周也。俄然觉，则蘧蘧然周也。不知周之梦为胡蝶与，胡蝶之梦为周与？周与胡蝶，则必有分矣。此之谓物化"[②]，道出了人难以区分真实和虚幻的境况。后来又有梁祝化蝶的传说，双栖双飞，获得了爱情的自由。晚明的《闵齐伋绘刻西厢记彩图》刻本第三折

---

① 蔡毅编著：《中国古典戏曲序跋汇编》，齐鲁书社1989年版，第1190页。
② 方勇译注：《庄子》，中华书局2010年版，第42页。

中,闵遇五一改往日莺莺焚香的造型,用两只蝴蝶寓意张生和莺莺,叶子上分别题写有二人应和的诗句,将彼此的心意传达。莺生二人的浓情通过两只蝴蝶巧妙地传达出来。不只如此,《传简》也化用了"云中谁寄锦书来""一春鱼雁无消息",借用能传递消息的飞鸟和鱼来构图,写意性十足。

可以说写意性的插图经常选取的是文学剧本中抒情意味极浓的唱词,而不是情节性较浓的段落入画,或者选用表达相关情感的古典意象入画,使得戏曲插图极具写意性。恰如明天启四年(1624)刊行的《彩笔情辞》编者张栩所言:"图画俱系名笔仿古,细摩辞意,数日始成一幅。后觅良工,精密雕镂,神情绵邈,景物灿彰。"文人画家的参与,将直白的形象更多地融入了意象之境,图像与文本文字渐行渐远。

可以说,版画插图的出现,使得万历以后进入了一个文化史的图像时代。尤其是明代中叶以后,文人画家参与版画插图的制作,比如唐寅、仇英、丁云鹏、陈洪绶等,不仅让明代戏曲版画的刊刻进入了辉煌的时期,而且插图越来越多,亦愈来愈精美。由于印刷术的发展、文艺著作的商品化,《西厢记》从昔日精英及小众的阅读时代(如代表知识精英的缙绅士大夫)转向普通大众(比如农工商贩和市井妇女)的阅读时代。

第二节 《西厢记》及其清代图像

王伯敏在《中国版画通史》中有言:"清末版画,是鼎盛之后的一种续盛状态……但是到了清末,版画发展的总趋势是明显地衰微了。"①以此来评价清代的版画不无道理。清代是插图版画的集大成时期,但清朝统治者的集权管理和文字狱等思想文化的控制手段,既要利用其作为粉饰太平、歌功颂德的工具,又要加强控制,这便形成了两难的局面。清统治者为了巩固自己的统治,采取了极为专制的文化政策,以"诲盗诲淫"为理由,反对戏曲、小说的流行。小说、戏曲类文艺作品动辄被冠以诲淫诲盗的罪名屡遭严禁,甚至稽查没收刊本,集中焚毁。顺治、康熙、乾隆、嘉庆历朝都有禁书令,这种高压政策的压制在一定程度上打击了戏曲小说的发展,也阻碍了戏曲小说插图的发展,文艺创作日渐衰微也就在所难免了。

明末清初战乱频繁,波及全国,对坊肆刻书造成了极大的危害,进而直接影响到版画事业的开展和传播。清代王士禛在《居易录》中提到"近则金陵、苏、杭书坊刻版盛行,建本不复过岭"②,可见乾隆时,在明代盛行一时的福建建安派版刻事业已经渐衰。金陵、杭州所谓的"刻版盛行",也已经名不副实。明代时期福

---

① 王伯敏:《中国版画通史》,河北美术出版社 2002 年版,第 130 页。
② 王士禛:《居易录》卷十四,钦定《四库全书·子部杂家类》,北京出版社 2012 年版,第 480 页。

建建阳、金陵、杭州等版画事业发达的地区在清代已经衰落，当版画失去了赖以存在和发展的基础，小说、戏曲版画的衰微也就不可避免。

尽管清统治者为了维护统治实行文化专制，但又允许歌功颂德的作品继续存在。在清初统治秩序基本稳定之后，统治者对这些歌功颂德的作品进一步加以利用，如乾隆就曾召集许多版画名家入宫，刊印"殿本"，这在一定程度上为小说戏曲版画的发展提供了条件，但名工的提拔对于戏曲小说插图的创作等于釜底抽薪。所有这些都造成了整个清代版画艺术发展的先天不足，其成就可想而知。①

明代以戏为娱的风气和戏曲地位的上升对戏曲的传播发展起到了推波助澜的作用。清代承继明末的风气，戏曲表演不仅是在士大夫的家里进行，酒馆、茶园、戏院、戏馆等都成为戏曲演出的场所，戏曲表演也成为一种商业的文化消费。在这样的大背景下，清初戏曲插图依旧有着良好的发展势头，而《西厢记》作为一个经典的曲目依旧活跃在舞台上，同时受金圣叹评点本《第六才子书》的影响，各种《第六才子书》插图本的产生使坊肆出版业获得了新生。

一、清刊《西厢记》插图本概况

清刊《西厢记》相比明代的刊本为数亦不少，但也有自己的特点。其一，如果说明刊本《西厢记》的注释本、校正本的类型较多，吸引了当时的大文豪为其评点、校注，形成了徐士范刊本、徐渭评本、李卓吾评本等庞大的评点系统，那么到了清代，《西厢记》的评点本则改变了几分天下的格局，而以金圣叹批点本为胜。当然还有毛西河论定本、吴兰修本、朱素臣本（《西厢记演剧》），绿叶衬着红花，但在历史的长河中趋于沉寂。可以说《西厢记》清代刊本以金圣叹批点本最为风行，其《第六才子书西厢记》在《西厢记》清代刊本中一枝独秀。与此同时，在金圣叹第六才子书的基础上，后人也多有翻刻本以及《金批西厢》的注解本，据统计总数不下 60 多种，是明清两代所有刊刻本中翻刻数量最多的一种。

清代批点本除了金圣叹本，还有陈实庵批点本《西厢记》，这本很少有人提及，只有清代的毛先舒在《诗辩坻》卷四中提到过，至于究竟刊行于什么年代，还无从考证。还有周昂②的《增订金批西厢》，刊行于乾隆六十年（1795），是一部对金圣叹批改本《西厢记》进行详细分析、评论的批点本。

其二，在清代最为流行的与其说是王实甫的《西厢记》，还不如说是金圣叹批点本的《西厢记》。原因在于《金批西厢》本身的艺术魅力。从"圣叹批《西厢记》

---

① 元鹏飞：《戏曲与演剧图像及其他》，中华书局 2007 年版，第 37—38 页。

② 周昂，江苏常熟人，熟悉音律，也擅长写传奇，对于戏曲艺术应该是很熟悉的。蒋星煜先生考证，认为他的世界观相当腐朽顽固，并不比金圣叹有什么高明之处，因而这部《增订金批西厢》批点本也受到了各方面的局限。参看蒋星煜《西厢记考证》，上海古籍出版社 1988 年版，第 141 页。

是圣叹文字,不是《西厢记》文字""天下万世锦绣才子,读圣叹所批《西厢记》,是天下万世才子文字,不是圣叹文字"(《读第六才子书西厢记法》)①这些就可以看出。清代的《西厢记》刊本,几乎很少翻印明代的刊本,而主要是金圣叹批点的《西厢记》,并多达60多种,可见当时对《西厢记》的痴迷,不仅仅是对西厢故事本身的喜爱,更是对金圣叹大椽之笔的钦佩。谭帆认为这源自金圣叹文学批评"主体性"②的表现,本书认为这种主体性更多地可以归结为"才情"。

清刊本《西厢记》种数之多不亚于明刊本,而以顺治期间金圣叹批《贯华堂第六才子书西厢记》为主流,同为《第六才子书》本,体例不尽相同,附录亦不尽相同。其附录大部分为明刊各本所原有,唯一的明刊本中未附录过的是所谓的《醉心篇》。各个版本的《第六才子书》都绘有精美的插图,是清代不可多得的版画佳品。

《毛西河论定西厢记五卷》是不隶属于《金批西厢》系统的清代重要刊本,也具有很高的学术研究价值,但仍然没有盖过《金批西厢》的宏大光环。毛奇龄对《西厢记》做了论定并参释,参释内容宏大,堪称《西厢记》的集大成刊本。毛奇龄在明代王骥德、凌濛初等学者批点的基础上重新校勘注释,既肯定了已有学者的成就,也提出了他自己的疑惑,在清代产生了一定的影响,吴仪一就曾指出"评曲家,以西河大可氏《西厢》为最"③。

《毛西河论定西厢记五卷》现存于国家图书馆,由民国间武进董康在诵芬室刊印。有四册本,也有六册本,四册本的没有附录插图。六册本的第一册均为插图和肖像,第二册为"千秋绝艳图",第三至第六册为《毛西河论定西厢记五卷》。插图占了两册,是《西厢记》明刊善本中绝大多数精美的绣像、插图的汇总。④ 绘像主要是陈居中的《崔娘遗照》一幅、汪于田仿唐六如像一幅,毛西河论定本像一幅,张深之本绘"双文小像"一幅,插图主要为明刊本的大杂烩,比如王骥德校注本的20幅插图,徐文长批点本10幅,王凤洲李卓吾合评本20幅,闵振声本20幅,凌濛初本20幅,张深之本5幅。

清末民初,刘世珩依其暖红室所藏善本戏曲编辑成一部集大成的著作《暖红室汇刻传奇》,《西厢记》亦在其中,这是《西厢记》版本史上兼附录资料集大成的一种刊本,里面收录了众多明清两代《西厢记》刊本的资料,内容极为丰富,把许多记、传、事略、墓志、年谱、杂识、诗、词、赋等汇集在一起,为人们研究《西厢记》提供了重要的参考价值。《西厢记》文学文本和插图主要选取的是明凌濛初刊刻的《西厢记五剧》《新校注古本西厢记》《北西厢》等刊本,其中只有凌濛初刊本附带了插图。

① 金圣叹著,曹方人、周锡山标点:《金圣叹全集(三)》,江苏古籍出版社1985年版,第19页。

② 谭帆:《金圣叹与中国戏曲批评》,华东师范大学出版社1992年版,第16页。

③ 《康熙原刊牡丹亭还魂记序跋》,见陈同、谈则、钱宜合评《吴吴山三妇合评牡丹亭》,上海古籍出版社2008年版,第147页。

④ 伏涤修:《〈西厢记〉接受史研究》,黄山书社2008年版,第59页。

从国家图书馆古籍馆的馆藏目录和实际的部分考察所知,目前所看到的清刊《西厢记》插图本主要有如下几种:

序号	书名	刊刻时间	刊印	插图特点	备注
1	西厢殇政	清康熙七年(1668)	童质侯绘	人物故事图	西厢殇政、西厢酒酬、酒筹合印一本
2	雅趣藏书	清康熙四十二年(1703)	四德堂	单面方式图18幅,前图后赞,图版绘镌俱佳	西厢时艺类书籍,扉页题"绣像西厢时艺雅曲藏书"
3	贯华堂绘像第六才子西厢	清康熙四十七年(1708)	贯华堂	单面方式	八卷,十册
4	怀永堂绘像第六才子书	清康熙五十八年(1719)	金阊书业堂	巾箱(袖珍)本,单面方式配题跋	八卷,四册
5	第六才子书	清乾隆四十五年(1780)	文德堂	双面连式	八卷,六册
6	笺注绘像第六才子西厢释解	清康熙间(1662—1722)	致和堂	双面连式	八卷,六册
7	绣像第六才子书	清嘉庆四年(1799)		版画20幅	六卷
8	绘像增注第六才子书释解	清光绪十三年(1887)	致和堂	人物绣像和故事情节画;情节图每折一幅,单面方式	八卷,四册
9	益智堂增补注典释义第六才子西厢	清(1644—1911)	益智堂	单面方式,人物绣像和故事图	八卷,六册

除了各个清刊本的插图,关于《西厢记》的图像在酒酬、酒筹、酒令和殇政里都有。可见,《西厢记》在清代仍有灿烂的生命光辉。

纵观清代戏曲版画的发展历程,大体上可以分为两个阶段:一是清代前期,包括顺治、康熙、雍正、乾隆四朝;一是清嘉庆至清亡。清代前期是《第六才子书》插图本产生的主要时期,嘉庆至清亡这段时间,戏曲版画不仅数量较少,而且质量拙劣,无足称道,《西厢记》插图本也在劫难逃,日渐衰落。

二、清刊《西厢记》人物绣像

绣像人物画是清代小说版画最为突出的成就和特色之一。和明刊本相比,清刊的《西厢记》除了继承明代的优良传统外,还有新的特色,最为引人注目的是在卷首出现独立的人物绣像,没有任何的背景衬托。如前所述,从"相"发展成为

"绣像",不仅意味着人们对文本接受的改变,也是图像观看视角以及图像自身叙述逻辑的变化。在这个过程中,图像由连续性、舞台性特征较强的"相"逐渐演变为抽离了时间空间的人物"插图"或"绣像"。人们的关注点逐渐从故事的整体叙述到了剧情中某一特定的人。从"相"到"绣像"的转变,是人们文本接受水平提高的表现。

当然,人物绣像的出现,也受到明末仕女人物画在文人阶层流行的影响。明末时期,在文士审美趣味的影响下,戏曲插图进一步走向了"清玩赏鉴",主要表现在戏曲的卷前绣像人物和图版出现正页、副页两方面。绣像人物本质上属于人物画。人物画是我国历史最为悠久的画种,从周朝具有劝善惩戒意味的历史人物壁画开始,到东晋顾恺之的《洛神赋图》,到南唐顾闳中的《韩熙载夜宴图》等都为世人称赞。万历以后尤其是崇祯年间,部分戏曲插图开始出现了人物绣像,标志着在插图领域中人物画的出现。

1. 莺莺绣像的流变

《西厢记》中的莺莺绣像是戏曲插图中人物图像的突出代表,万历及其之后很多《西厢记》刊本都出现了崔莺莺画像,比如秣陵继志斋陈邦泰的《重校北西厢记》中有汪耕摹唐寅的"莺莺遗照",武林起凤馆曹以杜《元本出相北西厢记》中有王耕仿唐寅"莺莺遗照",山阴香雪居朱朝鼎《新校注古本西厢记》中有仿陈居中的"崔娘遗像",渤海逋客何璧《北西厢记》中有款书为"摹仇英笔"的"崔娘像",天启年间金陵刊《西厢定本》中为唐伯虎所绘的"莺莺遗照",山阴延阁李廷谟《徐文长先生批评北西厢》模仿陈居中的莺莺像,及陈洪绶在《张深之正北西厢秘本》中绘制的"双文小像"和西陵天章阁《李卓吾先生批点北西厢真本》中绘制的莺莺像等。

图 6-2-1 莺莺遗照·起凤馆刊本

图 6-2-2 崔娘遗像·香雪居刊本

图 6-2-3 双文小像·张深之刊本

从所罗列的莺莺像可以看出明刊《西厢记》中的人物绣像只有崔莺莺,图像模仿的是陈居中、唐寅的莺莺图,尤其是唐寅的莺莺像。唐寅是明代"吴中四子"的佼佼者,山水、花鸟和人物画都精妙绝伦。《苏州文史资料》第 25 辑记载了崔护收集的唐寅的题画诗和自题人物画的诗歌40余首，可见唐寅的人物画作之多。唐寅的人物画中人物形象都温婉动人、娇弱柔美、细眉小眼、纤细瘦长，而在《西厢定本》和起凤馆刊本的卷首莺莺图像中人物形象则很丰满。董捷曾在《明清刊〈西厢记〉版画考析》中对这几幅图像是否真的是唐寅所作进行了分析，认为和唐寅以前的仕女图作品相比，风格相差太多，不可能是唐寅所作。[①] 当然，本书也不敢附和，不管是真的作品还是刻工自画再题上唐寅的名字，都不重要，重要的是这种绘制莺莺图像的方式，打破了以往刊本的插图方式，让读者一看就能感受到故事中崔莺莺的重要性和形象性。人们对《西厢记》的关注中心从"事"变成了"人"。[②] 此外，《西厢记》讲述的是唐朝的故事，在那个以肥为美的年代，丰腴是女性美丽的一面，所以唐寅一改往日仕女图的风格，闲情时所作的丰满莺莺图也就不足为奇了，因而可以推断，唐寅的画作更符合《西厢记》文本的时代背景，同时也采用了明代人物画的手法。和唐寅的莺莺像相比，陈居中的莺莺像颇有淑女气质，而陈洪绶的更是有小家碧玉之美，"崔莺莺独步庭院，手捻落英，顾盼而有情，辅之以恰如其分的场景描绘，把人物内心的冲突和矛盾揭示得极为成功"，"此本所冠'双文小像'，人物造型皆凝静端丽、娇羞含蓄中略显抑郁"[③]，是传世莺莺像中的代表性作品。

到了清代，莺莺的绣像不再沿用陈居中、唐寅、陈洪绶的莺莺图像，绘画家以清代的审美情趣，结合时代的特色来诠释莺莺的美。清康熙毛奇龄评点本《毛西河论定西厢记》中有一幅"双文小像"莺莺手执纸扇，裙襟飞扬，宛如一位下凡的仙女。插图上引用了明代有"曲中李易安"之誉的杨慎夫人黄娥的诗词："灵犀已暗通，玉环寄恨人。"在这里绘画者引用黄娥的诗词，体现了绘制者对女性的尊重，因为这首词不仅是黄娥作为一个女性在阅读了《西厢记》后有感而发的一个单纯的文本，更重要的是绘制者引用女性评点诗歌这个过程表现了绘制者对女性审美体验的遵照。

清嘉庆十七年（1812）官刻本《绘真记》是由清弹词女作家朱素仙编刻的。在《绘真记》的卷首绘制了一幅莺莺像，表情和动作上借鉴了唐寅所绘的莺莺像（起凤馆刊本图），都是以手支颐的情态，发饰和服饰则是清代民间妇人的样式，可见朱素仙对其进行了生活化的诠释，正如其《绘真记·自序》中提出的"故凡传奇小说，有其事不必有其人，有其人不必有其事。是以中郎至孝，《琵琶》责之忘亲；会真弃偶，《西厢》巧为作合。盖文人游戏，嬉笑怒骂，尽属文章；畸士穷愁，离合悲欢，无非慷慨"[④]，标榜了她独特的审美观，即自然而为。

---

① 董捷：《明清刊〈西厢记〉版画考析》，河北美术出版社2006年版，第87—90页。

② 当现代影视产生之时，由于明星的加入，更进一步使人们疏离叙事，而关注所谓的"偶像"。偶像的产生意味着对于原文本叙事的遮蔽，后文将述。

③ 周心慧：《陈老莲和他的木刻画》，《中国古代版刻版画史论集》，学苑出版社1998年版，第218页。

④ 朱素仙：《〈绘真记〉自序》，《中国古典戏曲序跋汇编》，齐鲁书社1989年版，第2012页。

竹村则行藏光绪朱墨印本《评点西厢记》的卷首同样附有《双文小像》,该刊本插图和其他清刊本插图造型不同,不管是服饰、发饰,还是举止动作都显得端庄秀雅,有着大家闺秀的风范。

从明代到清代,莺莺图像在不同的文人画家的笔下展示了不同的情态,不仅反映了画家所处的时代背景,而且彰显了画家个人的审美情怀,和人们对《西厢记》戏曲审美接受重心的变迁。

图6-2-4 绘真记·莺莺像

2. 其他主要人物的绣像

除了卷首所附的莺莺图像属于人物绣像外,有些《西厢记》刊本插图中也已经有了人物画的印记。比如《张深之正北西厢秘本》中的"目成""杜确将军""窥简"等图像,以对人物形象的白描为主,这明显都是人物画的表现手法。

清康熙七年(1668)刊行的《西厢殇政》的插图是西厢的人物画,有"法本""白马杜将军"等的单幅人物像,打破了明代刊本中莺莺作为唯一人物像的垄断地位,也体现了画家对人的关注。

光绪年间《增像第六才子书》插图本刊本中除了绘有20幅故事图,还有《西厢记》主要人物的绘像,其中的造型有正襟危坐彰显威仪的老夫人、活泼可爱的欢郎、机敏的红娘、情痴有才气的张生、仁慈的法本和尚等,同样诠释了绘制者对这些人物的理解。

图6-2-5 张深之刊本·人物像

图6-2-6 西厢殇政·人物像

在明末清初刊本中,经常可以看到自诩其插图"绝于古而尚于今""不啻顾虎头、吴道子之对面"的宣传性文字,要求极高。清道光五年(1825)刊《第六才子书西厢记》八卷,附一卷扉页上横题"道光乙酉新镌",右栏题"圣叹先生评点",左栏下署"味兰轩藏板",书为巾箱小本,例言曰:"《西厢》绣像,前人刊本有只为稗官小说家恶习而删之。按是书绘像,昉自赵宜之跋《双莺图》,以及陈居中、唐伯虎皆有之也。今绘双文小像于首卷，而复于每折前为绘图像。其画谱皆仿元笔，既系意遵古法而又格翻新样，眉目较清，谅无妨谐俗也。"①纵观清代的莺莺图像，清瘦秀美，发髻优美，衣袖飘逸，在人物的刻画上倾向于清代的审美。即便是遵古法和翻新，亦别有一番韵味。然而从上述这段话，也可以读出清人认为版画是"稗官小说家之恶习"，这和明代坊肆把版画视为真正的艺术创作，动辄要求版画的审美价值"不啻顾虎头、吴道子之对面"②的高要求和标准是极其不同的。认识上的差异，导致清代在戏曲、小说版画方面，远逊于山水、人物、宗教等类版画。

三、明清《西厢记》戏曲表演插图③

王实甫的《西厢记》本就是为文人清唱和各种戏曲舞台表演而创作。明清时期不断地在戏台上演出。明清两代收录西厢记散出折子的曲集颇多，数百年前的《西厢记》戏曲表演的状况没有具体的形象和声音资料，考察更多的是通过戏曲选本插图这个载体来传达。

王秋桂主编的《善本戏曲丛刊》共六辑，是一部选取重要演出剧目的戏曲选集的集大成著作，本章关于明清《西厢记》的戏曲表演插图主要源于其中。

（1）《善本戏曲丛刊》戏曲选本中关于《西厢记》的插图状况

选本名	选取的《西厢记》折子	所附的插图
南音三籁	酬和　送别　闹简 听琴　传情　闺怨 捷报　惊梦　游殿 会合　自叹　暗约	酬和　送别　听琴闺怨　会合
摘景奇音	张生假借僧房 君瑞跳墙失约	张生假借僧房 君瑞跳墙失约
乐府菁华	莺莺月下听琴	莺莺月下听琴
玉谷新簧	莺红月夜听琴 红娘递简传情 莺莺夜赴佳期 小姐私睹丹青（原缺）	莺红月夜听琴 红娘递简传情 莺莺夜赴佳期
词林一枝	俏红娘堂前巧辩 崔夫人拷问红娘（缺）（二者应实为一出）	无

---

① 周锡山：《〈西厢记〉注释汇评》，上海人民出版社 2014 年版，第 370 页。

② 《隋炀帝艳史》凡例，朱一玄编《明清小说资料选编（上）》，南开大学出版社 2012 年版，第 137 页。

③ 明清时期已经出现《西厢记》戏曲舞台表演，收录《西厢记》散出折子的戏曲选集集大成者——王桂秋先生的《善本戏曲丛刊》中各刊本的著者既有明代的，也有清代的，为了便于章节安排和论述，就放在清代《西厢记》图像章节中谈论。

选本名	选取的《西厢记》折子	所附的插图
八能奏锦	莺莺月下赴约 偷看莺诗（原缺）	无
怡春锦	赴约　报捷　传情	无
醉怡情	奇逢　请宴　拷婢　惊梦	奇逢
万家合锦	斋堂闹会	无
缀白裘新集	游殿　惠明　佳期	无
徽池雅调	月下佳期	无
乐府红珊	崔莺莺长亭送别 张君瑞泥金报捷 崔莺莺佛殿奇逢 崔莺莺锦字传情	无
审音鉴古录	游殿　惠明　佳期　拷红　伤离　入梦	游殿　惠明　佳期　拷红 伤离　入梦
万壑清音	惠明带书　草桥惊梦	无
月露音	酬和　听琴　传情　闺怨　捷报	无
尧乐天	秋江送别　泥金报捷	无
时调青昆	莺莺听琴　莺莺送别　乘夜逾墙 红娘请宴	无

就《善本戏曲丛刊》所收录的书籍来看，《乐府菁华》《玉谷新簧》《摘景奇音》《词林一枝》《八能奏锦》《南音三籁》《怡春锦》《吴歈萃雅》《缀白裘新集》《乐府红珊》《徽池雅调》《万家合锦》《审音鉴古录》等戏曲选本中，都有《西厢记》的部分折目，其中附上了《西厢记》插图的选本有《乐府菁华》《玉谷新簧》《摘景奇音》《南音三籁》《审音鉴古录》《醉怡情》等。

这些戏曲选本选择的折子戏各有不同，而且同一个折子文本会有所差异，比如同样是"佳期"，《南音三籁》《玉谷新簧》《八能奏锦》《审音鉴古录》的文本都不同。"一些戏曲选集一般说来反映嘉靖、万历年间为适应舞台演出和歌唱者的需要而改编的本子。同一剧目在不同时代、不同剧种中往往随时尚或特殊剧种的格律而产生'别本'或'异本'。"①相对于《北西厢》，不同的选本、同一选本的不同出目对《西厢记》改动程度也不一样，有的大致保留了全本的文字，比如《玉谷新簧》中的《莺红月夜听琴》改动非常小，而《玉谷新簧》的《红娘递简传情》则改动比较大。

（2）戏曲表演、戏曲选本插图与明清单行刊本插图的关系

图像和文本之间有互文关系，图像和图像之间也有承继和创新关系。明清

---

① 王秋桂主编：《〈善本戏曲丛刊〉出版说明（附提要）》，转引自罗冠华《表演视角下的"西厢记"改本研究》广州大学 2009 年硕士论文，第 42 页。

《西厢记》的戏曲表演繁盛,但时代久远,当时影像的资料不可能存在,因而从戏曲选本和单行刊本的插图中寻找表演的印记就有了可能性;明清大量的戏曲选本刊行,里面附录了大量精美的插图,这些插图有的来源于明清单行刊本,有的来源于可能的舞台实况。

(A)选本插图来源于单行刊本插图

图6-2-7　左图为《惠明》,右图为《解围》

《审音鉴古录》由清代的琴隐翁编著,现存于《善本戏曲丛刊》第五辑,其中选录了《西厢记》的《游殿》《惠明》《佳期》《拷红》《伤离》和《入梦》六个选段,并相应地附录了六幅插图,纵观这些图,给人似曾相识之感。

《审音鉴古录》中《惠明》的戏曲插图,与明代香雪居刊本《新校注古本西厢记》的《解围》的插图,在构图上有颇多的相似处,人物的动作、表情和所处背景环境几乎都一致,明显有借鉴《新校注古本西厢记》插图的痕迹。

《南音三籁》是明凌濛初选编的,其中《酬和》《送别》《闹简》《听琴》《传情》《闺怨》《捷报》《惊梦》《游殿》《会合》《自叹》《暗约》共12个折子戏。在序后附了16幅插图,但并未标出插图的标目,并不能让读者看出它的出处。图上面只有题词,这些题词是对画面情与景的关键词概括,可以从中看出可能的折目。在《南音三籁》中收录了元、明两代的散曲和戏曲等南戏作品五六十种,计十多幅图画,而其中有多幅是关于《西厢记》的,可见选编者对《西厢记》的重视。

《南音三籁》中选取的《传情》和《西厢定本》中的曲意图在人物的情态、动作上是一模一样的,只是在屋舍、草堂等背景物象上略有区别。

图6-2-8　传情

《西厢定本》刊行于明天启元年(1621),《南音三籁》并未标出具体的刊行时间,从范围来说大致是明末,影印"明末原刊本配补清康熙增订本",可见现在能看到的是清康熙时期的翻刻本。凌濛初校注《西厢记五剧》的时间是在明天启年间(1621—1627),《南音三籁》收录《西厢记》的折子戏是在《西厢记五剧》刊行之后,所以很可能《南音三籁》的插图借鉴了《西厢定本》。另一方面,《西厢定本》此图是双面连式的一个完整画幅,而《南音三籁》则选取了其中左边半幅,也可以说明《南音三籁》的插图是对《西厢定本》的借鉴。

《摘景奇音》是明代的龚正我编写,明万历三十九年(1611)书林敦睦堂张三不刻本。版式分为两栏,上栏刊小曲、酒令、灯谜等,下栏为传奇、散句等。该刊本选取了西厢故事中的《张生假借僧房》和《张生跳墙失约》两折,并在相应的正文前配上了插图。

《摘景奇音》的《张生跳墙失约》与《重校北西厢记》继志斋刊本《乘夜逾墙》的构图也有较多相似之处。《重校北西厢记》继志斋本为明万历二十六年（1598）刊印，早《摘景奇音》13年。摘本中的《张生跳墙失约》比继本的《乘夜逾墙》空间更为浓缩。但两者的景物、人物的动态表情基本一样。不同的是继志斋本是双面连式，版面比较宽大，因而构图比较疏朗，画面布景表现得比较完整。如就人物之间符合剧情实际的空间关系而言，相对来说《摘景奇音》的插图更好，因为只有一页的宽度，所以必然将人物之间的距离拉近，但这样图像的美感就会打折。

（B）选本、单行本插图与戏曲表演的相互借鉴

《西厢记》插图与戏曲表演之间的关系是动态的，它们之间相互构建，并生共存。第一，早期的戏曲版画插图可能受舞台演出的影响，即插图的创作者很可能从实际的看戏中获得灵感从而创作出插图。

刘龙田刊本向来就被学者公认为具有舞台痕迹，①它的版画插图是占一面的完整版幅，人物较大，极力凸显人物的动作和表情，再辅之以舞台表演的身段和空间处理，因而舞台动作性比较强，使得它能与剧本本身的特色相符合。因此，段启明指出："重刻题评本西厢记的唱词与舞台上其他人物的宾白、动作等密切搭配，紧相衔接，同时唱词本身又体现着人物的动作，借以增强戏剧性。这些都是舞台实际演出时所必需的。"②以《乘夜逾墙》为例，画面描绘了张生得到了莺莺的"明月三五夜"诗，信心满满地来到花园欲跳墙，却在角门误搂红娘，且被在太湖石旁的莺莺指责，使得张生大失所望。相应的文本内容如下：

【沉醉东风】我则道槐影风摇暮鸦，原来是玉人帽侧乌纱。一个潜身在曲槛边，一个背立在湖山下；那里叙寒温，并不曾打话。（红云）赫赫赤赤，那鸟来了。（末云）小姐，你来也。（搂住红科。红云）禽兽，是我，你看得好仔细着，若是夫人怎了。（末云）小生害得眼花，搂得慌了些儿，不知是谁，望乞恕罪！

（红唱）便做道搂得慌呵，你好索觑咱，多管是饿得你个穷神眼花。

……

（末做跳墙搂旦科。旦云）是谁？（末云）是小生。（旦怒云）张生，你是何等之人！我在这里烧香，你无故至此；若夫人闻知，有何理说！（末云）呀，变了卦也！

刘龙田刊本插图中描绘有三人同时位于画面，都面对着读者，这就和常理有点相悖，显然是为了照顾读者观览的视角，此外刘本插图主要表现的场景是张生误搂红娘这一闹剧场面。张生一手搂住红娘的肩膀，红娘则用手指指向莺莺，而莺莺则似乎什么都不知道，娇羞地低着头。在这组画面中，三个人有着微妙的关

---

① 蒋星煜、陈旭耀、张玉勤等学者在其著作中都有相关的论述，认为刘龙田刊本的《西厢记》插图有浓厚的舞台印记。

② 段启明：《西厢论稿》，四川人民出版社1982年版，第45页。

系,均面向画外,有可能是舞台演出的真实场景。

我们也应该看到虽然人物的服饰、身段、脸谱等有舞台上的特点,但背景环境往往采用写实的手法,这种写实既可能是绘图者的想象,也可能是取材于舞台造型。此外,由于社会历史观念的影响,人们对于某些事物有一致的看法,造成舞台演出和版画插图在表现这些内容时采取比较一致的表现方式。

戏曲表演有超脱自由的时空观,既解放了戏曲作家的笔墨,也解放了戏曲的舞台演出,更激发了戏曲插图绘制者的想象,表现出很多通常在舞台上难于表现的生活场景,梦境就是一个典型的案例,同样也可以体现出舞台表演对插图绘制的影响。我国古典戏曲中有关梦境的作品很多,比如《蓝桥玉杵记·云英入梦》(第六出)、《紫钗记·晓窗圆梦》(第四十九出)、《风流梦·丽娘寻梦》(第九出)、《还魂记·惊梦》(第十出)等,不一一赘述。郑传寅曾说:"世界上恐怕没有哪一种戏剧像我国的古典戏曲那样深深地迷恋梦幻。西方古典戏剧中描写梦境的剧作是不多的,以梦境为主要描写对象,或者以梦名剧者就更是少见。"①戏曲及其表演有着独特的梦境情结,《西厢记》的经典曲目《草桥惊梦》即为一出梦境。在文本中,莺莺背着家人逃出来追寻张生,两人互诉衷肠之际,士兵来袭……梦境如烟似幻,凄凄迷迷,也许是日有所思、夜有所梦的映射。明代《西厢记》很多的单行刊本对此折的插图都是张生在草桥店的睡梦中,一个椭圆形的图案里是莺莺单独出去追随张生的画面

陆萼庭在《曲海一勺》中分析《还魂记·惊梦》一出时指出:"剧本提示'睡科,梦生科,生持枝上'。但如何入梦,并没有说明。昆曲舞台搬演此节,自来别有安排。演出本在旦唱毕【山坡羊】后吹住,上付脚所扮之睡魔神,有一段说白,于是引二人入梦。睡魔神头戴知了巾,口戴黑吊搭,手掌日月镜。上睡魔神表现梦境,实为我国传统方法之一,由来已久。"②同样的,明刊本《樱桃梦》的插图表现梦境时就有睡魔的形象,卢生也是趴在桌子上入梦的。从《西厢记》的文本来看"(在床前打铺做睡科)(末云)今夜甚睡得到我眼里来也",张生应该是在床上入睡的,在明刊《西厢记》大多数的插图中,都是在床上入梦的,也有的是趴在桌子上入梦的,比如继志斋刊本、刘龙田刊本、《张深之正北西厢秘本》,唯一更为独特的是闵遇五刊刻的《西厢记》彩图,以大海为背景,梦从一个蚌壳引发。

文本中梦境一般都提示"做睡科",从插图来看,梦境图像在床榻上休息产生的比较少,而坐着或者趴伏在桌子上倒是很多,而这些插图明显受舞台表现方式的影响。从常识经验来看,人趴着或者坐着也会打盹,打盹也可能产生梦境,这在舞台表演上也具有真实性和逼真性,而通过床榻设置来暗示相关的情境的现实可能性很小,为了配合舞台演出条件,只有采用倚靠座椅的办法。

---

① 郑传寅:《传统文化与古典戏曲》,湖南人民出版社 2004 年版,第 309 页。

② 转引自元鹏飞:《戏曲与演剧图像及其他》,中华书局 2007 年版,第 209 页。

第二,戏曲插图对戏曲表演的指导借鉴意义。戏曲插图不仅仅有舞台演出的痕迹,是对舞台表演的瞬间定格,而且还有"照冠扮服",对戏曲舞台表演起指导的作用。周心慧在《中国古代戏曲版画考略》中也指出:"戏曲版画的功用,并不仅仅在于从审美角度来提高图书的艺术欣赏价值,同时也是梨园搬演的图释指南。"①万历三十四年(1606)浣月轩刊本《蓝桥玉杵记》"凡例"提道:"本传逐出绘像,以便照扮冠服。"②这是最先将戏曲插图和演出活动建立起联系,并声明图像可以用来指导舞台实践活动的话语。

图6-2-9 刘龙田刊本·
草桥惊梦

图6-2-10 张深之刊本·惊梦

廖奔在《中国戏剧图史》中分析:"这些图画都是生活场景的状摹,而不是舞台场面画,因此其中人物穿着打扮基本上是生活装束,只能为表演装扮出具一个基本的提示,例如某个角色应该穿哪一类的服装,如此而已。其中也没有角色面部装饰的显示,例如净角、丑角人物的图像都不画出脸谱。因此这还不能叫做扮相谱。"③郑振铎也曾说:"盖戏曲脚本之插图,原具应用之意也。"④古代的戏曲表演很简单,并没有太多的舞台背景,甚至完全没有舞台背景,单有人物,因为戏曲主要是依赖表演者说出富有表现力的台词和唱词,或者做出观众可意会的虚拟动作。然而插图中往往有较多的背景,因为我们无法真实还原当时戏曲表现的情形,而且演员说出的台词和做出的动作在图上并不能让观众知晓,绘图者对戏曲表演的舞台形象加以利用时,也会考虑到插图与表演本身的差距,所以会对戏曲插图做再创作,将人物放置在绘图者创造出来的空间背景中,无论是背后有屏风的狭窄室内,抑或开放的花园庭内,都不是当时实际的舞台布景,而是插画家依据故事情节想象出来的布景,也正因为如此,中国的戏曲插图具有说明的性

① 周心慧:《中国古代戏曲版画考略》,见周心慧《中国古代版刻版画史论集》,学苑出版社1998年版,第80页。

② 转引自廖奔:《中国戏剧图史》,河南教育出版社1996年版,第319页。

③ 廖奔:《中国戏剧图史》,河南教育出版社1996年版,第319页。

④ 郑振铎:《〈中国版画史图录〉自序》,见《中国古代木刻画史略》附录部分,上海书店出版社2006年版,第235页。

质,既有助于读者了解剧情,也有助于演员在舞台上的表演。

真正能够提供"以图证演"的图像并不多,它们很难具有直接的文献证据功能,但插图并非凭空而来,终究是服务于叙事文本故事内容的。这些故事内容尽管具有虚构的成分,但还是取材于具有客观存在性的现实生活,因而这些插图总是对生活的映射。此外,戏曲舞台上展现的情境和剧本的情节终究会貌合神离,毕竟不一样的媒介载体,特质也会有所不同,它们就像是镜子和影子那样,虽然都能够反映客观实在,却无法依据一方证明另外一方。其中的文图关系,我们只能从遗留下来的图像资料中去尽力地推测和还原。

四、清代《西厢记》民间艺术图像

除了刊本的印刷、戏曲舞台表演之外,清代的民间艺术也有许多《西厢记》题材。艺术家从刊本、戏曲表演中汲取养分,创作出了大量精美的《西厢记》民间艺术图像,比如年画、剪纸、工艺品等。《西厢记》的工艺品包含了青花瓷、五彩瓷、笔筒等瓷器,木雕的笔筒、木雕的屏风、翡翠西厢人物摆件等等。

宋代,随着市民社会的兴起,出现了"民间"的概念,由此,民间艺术与文人艺术、宫廷艺术等逐渐有了区分。民间艺术更天然地倾向于成为娱乐消费,因为它的起源在本质上就有人们借以娱乐、消遣、休息、放松的很大成分。[1] 既然是娱乐,也就注定了会壮大自己的生命力,想方设法提供具有较高观赏性的娱乐。由于民间艺术是底层手艺人生存的手段,因而他们会通过技艺的提高,来增加消费者的购买力。在民间艺人和消费者的共同努力下,歌舞杂家曲艺等这样的表演艺术、戏曲这样的综合性艺术、民间工艺品这样的造型艺术如火如荼地发展着。

(一)《西厢记》年画

年画是中国民间寓意吉祥的一种象征性装饰艺术表现形式,有驱凶避邪、祈福迎新之意,寄寓了古代人民对美好生活的向往。

从明清戏曲发展来看,明代的戏曲表演主要是在士大夫家中和专业的勾栏瓦肆,清中叶以后戏园兴起并成为日后专业的戏曲演出场所,使得戏曲的上演更为专业化。与此相应的,那时制作的年画出现了穿戏服、扮戏脸,有简单的道具(砌末)而无背景的昆曲演出实况。图像对戏曲舞台表演的借鉴,甚至可以上溯到元代全相平话,只是那时并非将戏曲舞台演出实景搬到画面上,而是将具有舞台表演姿态的造型放置于画面中,然后按照画家自己的构想增添其他的背景。真正完全模仿舞台表演人物的脸谱、服饰、身段及舞台表演的空间背景,并将其搬入画面是在清乾隆嘉靖后盛行的年画中,因而表现戏曲演出的年画图像多出

---

① 王毅:《中国民间艺术论》,山西教育出版社 2000 年版,第 270 页。

现在清代以后。由于清代以降的戏剧服饰"根据扮演角色的需要和中国艺术的精神,选择和加工了生活服饰,从而形成了以明代服饰为基础,突出角色特征为原则的服饰体系"①。清代戏曲年画兴盛,热衷于表现戏文故事,《西厢记》就是其中之一。

1.《西厢记》年画概况

苏州桃花坞、天津杨柳青等传统的年画绘制地区都画过有关《西厢记》题材的年画。桃花坞的《六才西厢连环画》是一个代表,现已毁失,只剩下一些墨线刊本。图中最前面的山门上题写着"普救禅寺"四个大字,匾额上则题写"大雄宝殿"。钟楼、佛堂、厢房、碧瓦粉墙、庭石棕榈置于左右,将普救寺的全景展现出来,错落有致。整个构图以连环故事形式展开,将《西厢记》主要情节绘刻于一版上,分别反映了寺内的全部故事。图中刻画的情节较原作简单,并以张生莺莺夫妻团圆的方式告终。因为年画是新年喜庆日子里粘贴之物,这样团圆美好的结局处理方法,是年画的特点之一。当然,因为画纸有限,要把八个故事都表现出来,难免会有人物小、背景不清晰之困,但对于熟悉《西厢记》题材的人来说,看到哪些人物出场、有什么简单的动作就可以推测出此幅讲述的故事情节了。

清末仁和轩绘制的《西厢记》年画则别有一番趣味。仁和轩年画增添了色彩,给人耳目一新、心情爽朗的感觉。此外,桃花坞《六才西厢连环画》共绘制了八个故事情节,显得内容庞大,令人眼花缭乱。"孙飞虎欲抢莺莺"的画面,将近景、中景、远景有层次地展现出来。画面近景为孙飞虎骑着战马带领部分将士围庙欲抢莺莺为妻,中景是张生和法本和尚在商量退兵之策,远景是莺莺和红娘听到了孙飞虎围寺的惊恐和担忧。年画绘有寺庙和西厢房的全景,包含了更多的信息。

2.《西厢记》年画对原文本的接受与重构

《西厢记》原文本对人物外形、形态、动作等都有详尽的描述,对《西厢记》年画的创作给予了很多的借鉴。比如原文本中对莺莺的外貌描写很大程度上是借助张生的反应来侧面描述的:"可喜的庞儿浅淡妆,穿一套缟素衣裳""宜嗔宜喜春风面,偏、宜贴翠花钿。宫样眉儿新月偃,斜侵入鬓边""樱桃红绽,玉粳白露"。清初山西襄汾绘制的《莺莺红娘》,就是参照这样的描述,用工笔重彩之法使大家闺秀的莺莺形象跃然纸上。

此外,在《西厢记》原文本中关于特定的折子情节,年画也做了相应的创作。清末桃花坞所绘制的《西厢记前本》和《西厢记后本》。前本由借厢、惊美、游殿、闹斋、酬韵、琴心、惠明、请宴这八回组成,后本由赖婚、跳墙、寄柬、佳期、拷红、长亭、捷报、荣归八回组成,共十六回,选取的都是《西厢记》原文本所叙述的关键性场景进行绘制。

---

① 宋俊华:《中国古代戏剧服饰研究》,广东高等教育出版社2011年版,第273页。

《西厢记》年画对原文本的重构表现在对人物服饰的选择和具体的故事情节画面的再创造。与刊行本的插图相比，年画的画像更为细致，衣着、表情、环境等都刻画清晰，一方面，少量地参考和借鉴了明刊本插图的部分内容，如一些基本的动作；另一方面，更多地参考和借鉴了戏曲的舞台表演，比如图像中的服装倾向于舞台表演时候的戏衣，人物的动作表现和背景也有浓厚的舞台痕迹。

年画中除了舞台服饰元素的采纳之外，还融入了清代日常生活服饰的元素。清代文学家李调元有大量关于川剧在绵竹演出盛况的诗文记载，绵竹文物部门搜集到了相关的清代年画雕版一百多件，其中三十多件是戏剧题材，《西厢记》就在其中。绵竹的西厢斗方年画一改以往的唐代或者明代服饰的风格，融入了清代的服饰文化特色。四川绵竹《西厢记》年画对原文本的适度改造，透露出时代气息。

在年画的画面构成上，内容不仅来源于原文本，更包含着绘制者的匠心。山东潍坊也是制作年画的一大产地，潍坊的《西厢记》年画为条屏形式，从右至左描述的故事情节分别是张生巧遇莺莺、张生乘夜逾墙、老夫人拷问红娘和长亭送别，体现了有情人终成眷属的主旨，符合年画团圆喜庆的氛围，这些都是遵照原文本的。令人新奇的是，每幅画都进行了重构。首幅张生巧遇莺莺，上面题有"从来才子逢佳人，可谓世间一乐春。当年秋波那一转，莫怪诗人说到今。《偶遇》"。第二幅张生乘夜逾墙，题写着"传情进心一红娘，板梯杓引逾东墙。古今多少风流事，独让莺莺与张郎。《拙笔》"。第三幅老夫人拷问红娘，上面题写着"拷打吐真言，好事多折磨，天不负良缘。《偶题》"。第四幅长亭送别，题写着"十里长亭来践行，夫妻握手叙别情。欲得后日同欢乐，必定金榜和题名。庚午冬月。《偶题》"。作画者别出新意，题写得非常精妙和到位，也为此年画增添了一抹盎然的春色，在众多年画中一枝独秀。

清代作为年画诞生与发展的鼎盛时期，产生了很多经典作品，但如今遗存下来的清代年画已很少，其中大部分是孤品。又由于年画是时令性张贴的"艺术品"，人们买回以后，绝大部分都贴在墙上，揭下旧的贴上新的，因而不仅仅是关于《西厢记》的年画，只要是贴过的年画都很少有完整保存下来的。现代如此，清代和民国时期更是难以保存。

综上所述，清代有关《西厢记》的年画主要集中在部分的经典曲目上，这些曲目老百姓去茶园、戏馆都可以欣赏，长时间的耳濡目染后也会对《西厢记》的故事情节记忆深刻，年画与"民间记忆"这一无形的文本形成互文，从而使《西厢记》图像在民间年画中流行传播。清代是年画的鼎盛时代，涌现出不少精品佳作，而《西厢记》正是其中之一，既为年画绘制者喜爱，也深受老百姓欢迎。

（二）《西厢记》工艺品

《西厢记》在明末清初之际广为流传，康熙时期更是成为剪纸、陶瓷等各种工艺品的经典题材，盛传一时，其中也不乏精彩之作。

　　剪纸是中国传统的民间装饰工艺品之一,可以用于点缀墙壁、门窗、房柱、镜子、灯笼和灯等等,剪纸作为我国民间艺术的瑰宝,具有强烈的民俗色彩。关于《西厢记》题材的剪纸,也别有一番洞天。如京剧脸谱西厢记剪纸工艺品之崔莺莺,人物貌美如花,发髻和服饰细致入微,体现了高超的剪纸技巧。再如广东潮汕的民间艺人根据潮汕地区《西厢记》戏曲表演制作的"长亭送别"剪纸也极具特色。

　　清代的戏曲画,在民间的瓷器绘画中也屡见不鲜。当时大量的民间青花瓷、五彩瓷等瓷器装饰画面上,经常会有戏曲故事人物的场面,其中流传最广、影响最大的《西厢记》就是其中之一,因而在瓷画中表现《西厢记》戏曲故事人物的亦属最多。清康熙年间制作的纹撇口碗就绘有"西厢纪记事"。碗的底部刻有两行楷书款"大明成化年制"六个字。碗上的图像描绘的是张生和莺莺云雨初会、莺莺焚香祈祷、张生墙外倾听并和诗等情节。这两场戏都以工笔重彩的方式在青花瓷上做了生动的描绘。

　　关于《西厢记》民间艺术的图像除了上文提到的戏曲表演、戏曲年画、剪纸、青花瓷等瓷器外,还有皮影戏、刺绣、雕镂(如玉雕、木雕)艺术等,它们组成了《西厢记》的民间艺术图像。与前面的文人画、宫廷艺术相比,这些《西厢记》艺术的民间性主要表现在:第一,内容的民间性。《西厢记》是一部平民与贵族的爱情戏曲,而"愿天下有情的都成了眷属",更是民间的共同心愿。其中描绘的"遇艳""写怨""长亭送别"等都是百姓日常生活中会遇到的场景,可能没有故事描写的那么唯美,却有共同的人性,充满着平民的文化气息。第二,创作者的民间性。《西厢记》年画、各种工艺品的创作,都是民间的画工、雕工制作的,他们来自民间,对百姓喜闻乐见的题材都非常熟悉,更能创作出让大众所接受的艺术品。第三,日常生活的民间化。年画是百姓每年都会张贴在墙上的图像,工艺品是一般家庭都会放置的物品,将古典名著《西厢记》的插图绘刻在年画上、工艺品上,可以将《西厢记》这个经典更好地传承。

　　《西厢记》年画在制作上非常重视民间风俗的展现,不仅采用了大红、绿色、大黄等高纯度强对比的色彩,而且非常注重情趣和造型的表现,人物生动可爱,富有活力。《西厢记》工艺品品类繁多,有的借鉴了明清刊本插图的构图,有的则是民间艺术家汲取生活素材的再创作,构图精美,极具审美价值。

五、清刊插图本《西厢记》的文图关系形态

　　清代《西厢记》文本在金圣叹的点评下更为流传,各种新刻的文本和各种图像构成了一个庞大而复杂的西厢文化,《西厢记》文图关系亦是如此。

（一）"文—图"互现

《增批绘像第六才子书》[民国十九年（1930）扫叶山房石印本，此刊本的原本是清康熙年间的《怀永堂绘像第六才子书》]的"双文小像"的人物图出现在文本中，封面和序言之后，《会真记》之前。图中还有文字分别为"双文小像"和"并燕莺为字，联徽氏姓崔。非烟宜采画，秀玉胜江梅。薄命千年恨，芳心一寸灰。西厢旧红树，曾与月徘徊"，这些文字是对莺莺形象、情态的描绘，和图像映衬，文字与图像构成了一个整体。因而，这些图中的文字和图像，都是文本的一个重要组成部分。图像与文本合而为一个整体，最终图中的文字和像彼此共同构筑了一个完整的图像，形成了图文的显现性互文。

（二）"图—图"互文

互文必然涉及"先在之语"，文学理论上的互文即过去的语言对当下的特定语言文本施加一定的影响。同样的，过去的图像也会对当下的图像产生一定的影响，这种影响就是先在图像的影响。

自陈居中最早绘制"莺莺遗照"以来，有很多文人雅士根据《西厢记》原本对莺莺像诠释了自己的理解。比如陶宗仪题诗"薄命千年恨，芳心一寸灰。西厢旧红树，曾与月徘徊"①，明显继承了元稹《会真记》的悲剧传统，并且这种悲剧传统深深地烙在了后世的"崔娘遗照"画像中。上述民国十九年扫叶山房的"双文小像"中的莺莺低头满面愁容，和题词的内容相照应，共同营造了画像整体的凄婉哀怨的氛围，延续了悲剧性的和声。

不仅是莺莺像，其他的插图也有很多是在明刊本《西厢记》插图基础上的复制或者新创，形成了从明刊本到清刊本《西厢记》插图的彼此互文。

（三）"文—图"互补

图像和文字的互补主要表现在，图像能够画出文本中未道出的情态，而文字可以显出图像所难以表现的细腻内心活动，有了对应的图像，文字就显得更有张力。如《绘像第六才子书》的"夫人停婚"。原文本是这样描写这个情节的：

【殿前欢】恰才个笑呵呵，都做了江州司马泪痕多。若不是一封书将半万贼兵破，俺一家怎得存活。他不想结姻缘想甚么？到如今难着莫。老夫人谎到天来大；当日成也是恁个母亲，今日败也是恁个萧何。

【离亭宴带歇指煞】从今后玉容寂寞梨花朵，胭脂浅淡樱桃颗，这相思何时是可？昏邓邓黑海来深，白茫茫陆地来厚，碧悠悠青天来阔；太行山般高仰望，东洋海般深思渴。毒害的怎么。俺娘呵，将颤巍巍双头花蕊搓，香馥馥同心缕带

---

① 蒋星煜：《〈西厢记〉的文献学研究》，上海古籍出版社 1997 年版，第 594 页。

割,长挽挽连理琼枝挫。白头娘不负荷,青春女成担阁,将俺那锦片也似前程蹬脱。俺娘把甜句儿落空了他,虚名儿误赚了我。(下)

(末云)小生醉也,告退。夫人根前,欲一言以尽意,未知可否?前者贼寇相迫,夫人所言,能退贼者,以莺莺妻之。小生挺身而出,作书与杜将军,庶几得免夫人之祸。今日命小生赴宴,将谓有喜庆之期;不知夫人何见,以兄妹之礼相待?小生非图哺啜而来,此事果若不谐,小生即当告退。

文本已经将老夫人停婚后莺莺的悲痛和张生的无可奈何表现出来,而画面中并没有选择明清大多数刊本中老夫人宴请张生的画面情节,而是选取了张生受红娘邀请后一起来到老夫人那里时,张生满怀喜悦、红娘再三嘱咐的情境,此刻莺莺独坐楼台,望着门前的张生,心里更是激动万分,想象着将来的美满生活。这里的构图并没有按照原文本的意思,而是选取了文本以外的一个情节,和文本相互补充。文本是图像的来源,离开了文本的支撑,图像将会丧失自己的身份。同时图像是对文本的图释化和补充,"从自然环境、历史人物、历史事件、历史现象到建筑、艺术、日常用品、衣冠制度,都是非图不明的。有了图,可以少作多少的说明。少了图,便使读者有茫然之感"①。图像对文本的表现或者再现,不一定是原封不动的模仿,因为图像不可能将所有的文字都刻绘出来。此外插图的绘制本身就是二次创作,是画家思想的结晶。中国古代小说的插图,均为画、刻、印三工各司其职,合作而成。成功的小说插图,需要名家起稿,名手镂版,二者方能相得益彰。画家的责任是将时间性的情节转化为空间性的场景,让图文之间上下呼应,互相阐释;刻工则将画稿的精妙之处,发挥得淋漓尽致。② 图像与文字就是在这样此消彼长中共同诠释原文本蕴含的意味。

清代的《西厢记》插图本,原创的插图都是金圣叹评点本各个刊本的《第六才子书》,而《毛西河论定西厢记》、暖红室刊刻的《西厢记》两部集大成的著作汇集了明清各大刊本及其插图、附录等,对明清《西厢记》史料的考察极具参考价值。清代各刊本的插图多有对人物绣像的偏好,不仅有莺莺绣像的绘制,还有了张生、红娘、老夫人、杜确将军等的单幅人物图,而且莺莺图像一改明代的丰腴,而为清秀瘦美的形象,包含了清代画家的审美情怀。故事情节图更多的是延续明刊本的特色,可以说清刊本既有对明刊本插图中部分元素的借鉴,形成了图像与先在图像的互文,也有独到的创新,比如选取新的情节场面绘制插图,插图制作更为精美,对文本进行图式化的解说和补充,构成了显性的语图互文关系。

明清两代《西厢记》的插图,不仅吸引了读者,有利于书籍的销售,而且作为中国版画的一部分也促进了中国版画的发展和繁荣。此外,这些插图还为当时《西厢记》的演出提供了很好的人物造型依据。周心慧在《中国古代戏曲版画考

① 郑尔康编:《郑振铎艺术考古文集·〈中国历史参考图谱〉跋》,文物出版社 1988 年版,435 页。
② 陈平原:《看图说书:小说绣像阅读札记》,生活·读书·新知三联书店 2003 年版,第 65 页。

略》一文中说:"戏曲版画的功用,并不仅仅在于从审美角度,来提高图书的艺术欣赏价值,同时也是梨园搬演的图释指南。这样就更易理解不少早期的戏曲版画,在人物造型上为什么宛若舞台演出的写真,身段、动作无不毕肖了。书肆老板们对戏曲本子插图的重视,总起来看超过其他题材版画的创制,这当也是原因之一。"①可以说《西厢记》插图版画,在不同层面形成了与文本的互文关系,从而使《西厢记》成为一个丰满、鲜活的富于生命力的经典之作。

第三节 《西厢记》及其现代图像

《西厢记》在现代的演绎更为繁复,在戏曲表演、影视作品、现代绘画等方面都异彩纷呈。当然,用影视艺术形式将其再现也不失它固有的价值和魅力。本节就从戏曲表演、影视改编及其他改编与绘画的角度来探讨《西厢记》在这方面的文本演变和图像阐释,共同完成对《西厢记》的现代性观照。

一、《西厢记》的当代舞台改编和演出

从明清开始就有了《西厢记》的舞台表演,从《北西厢》到《南西厢》,各个经典的曲目一直延续下来。现当代的《西厢记》戏曲舞台表演在艺术家集思广益的智慧结晶中,呈现了新的盛世。

20 世纪对《西厢记》的戏曲改编首先大规模开始于中华人民共和国成立初期。最早对《西厢记》进行戏曲表演和舞台改编的是 1953 年由华东戏曲研究院改编,苏雪安执笔,并于年底在京演出的越剧《西厢记》,由袁雪芬饰莺莺,范瑞娟饰张珙,傅全香饰红娘,张桂凤饰崔夫人。此剧获得了巨大成功,并多次作为接待外宾的观摩表演之一。此后,这个越剧剧本又几经辗转,在忠实于原著的基础上多次改演,改变了以往舞台上常见的以红娘为主的艺术手法,更多地关注张生和崔莺莺之间的情感历程,受到颇多好评,为此也成为上海越剧团的演出代表作。

图 6-3-1 袁雪芬饰莺莺剧照

---

① 周心慧:《中国古代戏曲版画考略》,见《中国古代版刻版画史论集》,学苑出版社 1998 年版,第 80 页。

田汉于 1958 年改编了《西厢记》京剧演出本,它结合了苏联的《倾杯记》[1]、南北《西厢记》剧本和现代戏曲表演,取诸剧之所长,弃其所短,去粗取精,对《西厢记》进行推陈出新,删去了王实甫原著中最后一本,"力图使莺莺的历史局限性和阶级局限性能够被她追求幸福生活的愿望所淡化,表现出较强的相当主动的斗争性"[2]。同时借鉴了苏联《倾杯记》中莺莺与张生双双私奔的结尾,田汉也改变了原剧的结局,将王实甫原本张生金榜题名与莺莺完婚的喜剧结尾变为莺莺和张生不第而奔的悲剧结尾。张生的不第恰恰是为了更深一层地刻画和发展莺莺的性格,加强了她反封建门阀、反封建婚姻的彻底性。这个改编本由著名京剧表演艺术家张君秋、叶盛兰、杜近芳等在 1959 年联袂出演。

此外还有马少波的昆曲演出本,宋之的(宋汝昭)改译的话剧本,豫剧、黄梅戏等也都有《西厢记》的改编本。20 世纪 90 年代浙江小百花越剧团演出了曾昭弘改编的《西厢记》,它们在原著的基础上深入挖掘,并根据舞台的艺术形式融入新的内容,将《西厢记》的传播推向了新的高度。

被人们称之为"百戏之祖""母剧"的昆曲是明清《西厢记》表演的主要剧种。现当代昆曲的舞台上依旧能见到《西厢记》折子戏的演出。北方昆剧团和江苏演艺集团昆剧院是南北方两个大的昆曲院,在它们的表演曲目中,《西厢记》的《拷红》《离别》《玩笺》《佳期》《惊艳》《琴心》等都是保留剧目。20 世纪初的戏曲理论家齐如山先生曾用八个字概况了戏曲的特点:无声不歌,无歌不舞。[3] 在歌与舞的结合上,昆曲无疑是最佳的典范。如昆曲舞台画面,莺莺和张生这对恋人即将分离,在这送别的时刻,莺莺的大段唱词表明了自己的心意,希望张郎能早日归来。在舞台背景的布置上,可谓别出心裁,虽然没有了文本中的"疏林挂住斜晖"马鸣嘶叫的凄楚情境,但是这长亭,这染红的枫叶,这碧蓝的天空都和文本的唱词有颇多形似。在人物的造型上,也一改以往张生素净着装的书生气息,采用和莺莺大红色披衣相对照的黑色,可见编者和导演的用心。

可以说,各个剧种对《西厢记》舞台演出的改编从未停止。京剧《红娘》(荀慧生主演)、豫剧《拷红》(常香玉主演)、桂剧《拷红》(尹羲主演),还有当下《西厢记》话剧、歌舞剧也活跃在舞台上,各个剧种都有《西厢记》改编的佳话,和传统的《西厢记》昆曲、越剧一样各领风骚,共同演绎着舞台上《西厢记》经典的折子戏。

(1) 有意味的舞台背景与道具

戏曲表演虽然会用虚拟的动作,但总有相应的舞台道具,它们就像是剧本中的景色描写、饰物等,在表演中起着重要作用,形成了有意味的物,共同组成和支

---

① 1949 年后《西厢记》的折子戏在苏联演出,颇受苏联人民的喜爱。后来苏联艺术家将我国的《西厢记》改编为贴近该国生活的《倾杯记》并成功上演。

② 蒋星煜:《当代剧作家与〈西厢记〉》,《〈西厢记〉研究与欣赏》,上海人民出版社 2009 年版,第 252 页。

③ 谭勇、席玲玲、孙晓丽:《中国民族乐舞创作多视角研究》,民族出版社 2016 年版,第 441 页。

撑整个画面。

舞台背景是舞台表演的一个重要内容，从最开始的一桌一椅，到后来的精心布置，舞台背景不仅为剧目创设良好的环境，还能带给观众强烈的视觉冲击，扩展演出的空间。首先，舞台背景具有情境性。在原文本中常见的舞台背景有厢房、围墙、假山、走廊、室内、屏风、西厢房的小门、长亭等，在现代的戏曲舞台上，这些背景被有目的性地安置。越剧《西厢记》中的背景就随着情节的变动而有所变化。以西厢房、围墙、盆景和树木为主要舞台背景的剧目有《惊艳》《酬韵》《寺警》《赖简》，以厢房和客厅为舞台背景的剧目《赖婚》《传书》《寄方》《拷红》等大多有符合原文本的背景。通过舞台背景的布置，艺术家能更好地借助这样的时空背景展现让人荡气回肠的西厢故事。

其次，舞台背景的创造性。舞台背景并不局限于剧本所描写的情境，在实际的表演中结合新的时空观展现不一样的舞台背景之美。由马兰主演的黄梅戏《西厢记》独具匠心，没有了那个小小的戏曲舞台的局限，而是类似于拍电视剧那样把戏曲背景搬上了真实的林荫小道，在那样真实的环境中艺术家们诠释着碧云天黄叶地的依依不舍之情。

道具中的折扇。舞台上的折扇运用亦非常广泛，尤其是京剧和昆曲，将其作为展现舞美的一种方式，不仅刻画了人物的性格、揭示人物内心，还能烘托戏剧气氛，加强艺术效果。比如《牡丹亭》中"游园"一折就是杜丽娘手持折扇，春香持团扇，用千娇百媚的身段舞出婀娜多姿的造型。同样，在《西厢记》的戏曲舞台上，自1954年越剧《西厢记》首演以来，崔莺莺和红娘手里都拿着宫扇或丝绢，张生则手持一柄折扇，红娘用扇子扑蝶，翠袖翻飞，裙带飘摇，翩跹动人，张生则充分运用折扇的收折和开张，显示了儒雅倜傥的风度。

其实，《西厢记》采用折扇入画在明代就有了。弘治岳刻本《张生莺莺西厢步月》中张生、莺莺分别有折扇和宫扇，何璧校本《写怨》中红娘手持宫扇，环翠堂本《墙角联吟》《红娘请宴》中张生手持折扇，李廷谟本《遇艳》中红娘手持宫扇。蒋星煜认为"折扇是在宋代由日本传入中国的，让唐代的张生手持宋代才会出现的折扇，难免令人感到滑稽"[①]，同时指出，《西厢记》原文自始至终都没有出现过"扇"之类的字样，元刊我们已无从知晓，而明清刊本的插图中除了陈洪绶等少数文人画家外，其他大多数的民间艺人、画匠"对文本往往重视不够，又缺乏'尊重原著'的概念，所以在制图时想当然地画上、刻上了扇子"[②]。从剧本的具体情境来看，是这样描述的：

（莺莺引红娘捻花枝上云）红娘，俺去佛殿上要去来。（末做见科）呀！正撞着五百年前风流业冤。

【元和令】颠不剌的见了万千，似这般可喜娘的庞儿罕曾见。则着人眼花缭

---

① ② 蒋星煜：《崔莺莺和张生手中的扇子》，《〈西厢记〉研究与欣赏》，上海人民出版社2009年版，第264页。

乱口难言,魂灵儿飞在半天。他那里尽人调戏觯着香肩,只将花笑捻。

可见,莺莺上场是手拿花枝的,在明刊本《西厢记》中,《佛殿奇逢》大多数插图都可见莺莺手捻花枝,因为手捻花枝比较符合"南海水月观音现"的观音造型。就如蒋星煜所说的,这并不忠实于文本,也不和历史相符,但是这恰恰是改编的魅力所在,改编本身就是要有所突破和创新。在戏曲表演中运用折扇或者纱巾,更能让艺术家表演自如,形成一种"有意味的形式",而且手持折扇一直从明代的插图延续到今天的舞台表演,表现了图像的一脉相承和对艺术的尊重。

(2)红娘舞台地位的渐变与审美意蕴

在前文分析《善本戏曲丛刊》所选取的《西厢记》折子戏中,可以看出《拷红》常常被选入戏曲选本中,可见各个编者和戏曲艺术家对《拷红》的欣赏,而这恰恰是红娘地位提升的显著表现。

《西厢记》剧本按故事情节来说,主要人物是张生和莺莺,纵观明清刊《西厢记》的插图就会发现,更多的笔墨都给了莺莺和张生,红娘只是一个丫头的配角。但是近代演出的折子戏,不论是京剧或昆曲,选取的经典的曲目如《游殿》《闹斋》《寄柬》《跳墙》《着棋》《佳期》《拷红》《伤离》等都有红娘的出场,尤其是《拷红》这一剧目还专门展现了红娘的机智,让读者看到了一个机灵、活泼的红娘形象。观众的兴趣和注意力更多地转移到红娘身上,红娘已成为家喻户晓的人物,成为好为有情人牵线搭桥、助人为乐的代名词和象征。

荀慧生在20世纪50年代着手创作改编了《西厢记》,因喜红娘其人,参照王实甫的《西厢记》和昆曲《拷红》,编写成了《红娘》一剧,此剧由此成为荀派的巅峰之作,反复上演。他的弟子们也继承了衣钵,在舞台上塑造了一个又一个让观众人见人爱的红娘形象。最出名的是1981年京剧《红娘》中扮演红娘的宋长荣,他的表演使俏皮的红娘好似从书中走来。

红娘"反客为主"有其深刻的社会根源,在情薄似纸的封建社会,红娘是热心人的代表,读者渴望看到更多的像红娘那样热心肠的人。而且红娘在剧中表现出的机智、活泼和天真烂漫也打动了很多读者。最重要的是,红娘已经成为一个侠义英雄人物,"清末民初正是京剧兴盛的年代。与此同时,也正是武侠小说盛行之时。扶危济贫、除暴安良、助人为乐的英雄正是此时人们所最向往、崇拜和渴求的人物。在稳定的封建社会里,百姓关心的依靠的是'王法''明君'和'清官'。到了军阀混战,帝国主义入侵的半封建半殖民地时代,已无'王法'可言,人们只能寄希望于幻想中的侠客,他们藐视任何统治者及其规矩,采用最直接的办法惩罚贪官污吏、劣绅恶霸甚至暴君。这种'成人童话'中的侠义形象,也大量登上了戏曲特别是京剧舞台。红娘在舞台上地位的变化与当时的'时代情绪'或'时代意识'是有关系的"。[①] 不仅是在戏曲表演中,而且在影视方面,红娘的戏

---

① 骆正:《荀派艺术的心理特色》,秦华生主编《京剧流派艺术论》,京华出版社2001年版,第210页。

份也在真正意义上超过了莺莺，成为绝对的主角。"任何爱情题材的剧目，以侍婢作为主要歌颂对象，作为剧名，是从《红娘》开始"①，这是对红娘形象的极大肯定，也反映了观者和表演者对红娘形象的喜爱。

改编使《西厢记》焕发出新的活力，使其从案头读物转变为大众舞台艺术。

二、《西厢记》影视作品改编和表演

由于戏曲舞台表演的时间、空间的局限，因而不是所有的观众都能亲临现场观赏。随着信息技术的发展和老百姓对电影、电视剧需求的旺盛，戏曲和小说名著改编成为一大潮流，在戏曲改编影视中，人们比较熟悉的电影有《赵氏孤儿》等，电视剧有《倩女离魂》《新白娘子传奇》等，电影电视剧都有的是《倩女离魂》《西厢记》等。在所有的改编中只有《白蛇传》改编的《新白娘子传奇》获得了巨大反响，其他的都趋于平淡，《西厢记》亦在其中。

《西厢记》改编的电影主要有 1927 年邵氏公司出品的《西厢记》，1965 年港版国语《西厢记》，近十年来浙江电视台等联合摄制的电影《西厢记》，黄健中执导的电影《红娘》；电视剧主要有 1986 年马精武编导的《西厢记》，香港无线拍摄的《西厢奇缘》，2000 年由刘小峰、陶慧敏等主演的、浙江电视剧制作中心摄制的 21 集电视连续剧《西厢传奇》，2011 年有张晓晨、周奇奇、邓家佳主演的央视摄制的《新版西厢记》。

图 6 - 3 - 2　1927 年邵氏公司出品的《西厢记》海报

图 6 - 3 - 3　1965 年港版国语《西厢记》海报

---

① 蒋星煜：《红娘的膨化、越位、回归与变奏》，《〈西厢记〉研究与欣赏》，上海人民出版社 2009 年版，第 173 页。

1927 年播出的电影《西厢记》,是一部长达 42 分钟的黑白无声片,也是电影史上最早的一部《西厢记》,由香港民新公司出品,黎民伟制作,黎民伟夫人林楚楚演崔莺莺,李旦旦饰红娘。本着"为人生而艺术"的理念,用当时最先进的技艺处理,在江南实地取景。还让军队配合拍摄,场面浩大。此片一度失传,后发现残本修复,得以再行面世。

1965 年港版国语《西厢记》,是一部长达 102 分钟的电影,这部电影最大的特点是非常忠实于原著,保持了原著的精神风貌,尊重原著中人物的形象以及读者、观众对原著的既有认知与理解。

《西厢奇缘》《西厢传奇》和《新版西厢记》三部电视剧都保留了原著的精华部分和基本的故事情节,在原有的主线之上,又增加了新的人物和副线,故事情节也跌宕生姿,共同演绎这场爱情大戏。

《西厢传奇》对原著进行了大刀阔斧的改编,新设的情节有:张生和洛阳知府结怨;隐身市井别有来历的秋娘和神秘莫测的僧人惠明曾有过爱恋,惠明原系内宫护卫,奉命追缉逃亡民间的梨园舞女秋娘,爱上了秋娘后,他剃度出家守护秋娘至今;而在孙飞虎围住普救寺欲抢莺莺为妻的危急关头,众人发觉普救寺长老法本与相国夫人郑氏竟是年轻时的一对恋人;在张生高中探花后,礼部卫尚书想将小女嫁给他,同时夏公公想拉张生为自己的党羽,张尚书和夏公公狼狈为奸,张生被迫答应;张生别娶,莺莺无奈只得与郑恒结婚并生女;欢郎暗恋红娘;长安歌女飞天爱慕张生;张生欲与芙仙结合,发现原来芙仙竟然是莺莺和郑恒的女儿;莺莺出家……所有这些新添的情节都充实着电视剧的剧情,在意料之外,却又在情理之中。当然也存在很多问题,主要就是人物形象的颠覆。在王实甫原著中,张生对莺莺一往情深,而《西厢传奇》塑造的张生形象则是处处留情,和莺莺的女儿也暧昧不清,改变了名著中人们认识的形象。

《新版西厢记》剧中为情所困的不再只有崔莺莺和张生,活泼娇俏的红娘也有了爱情,这使得这个早已深入人心的角色变得更加立体丰满,成为同莺莺、张生并列的主角,也获得了理想的情感归宿。在王实甫原著中以张君瑞庆团圆而结束,作为一部舞台戏曲,故事到这里也是"最富于孕育性的那一顷刻"[1],就该结束了,然而生活中红娘又该何去何从? 其实在原著第三折莺莺焚香的情节中就有所暗示:"愿俺姐姐早寻一个姐夫,拖带红娘咱!"佳期之后,张生说"今夜成就了事呵,小生不敢有忘"时,红娘答道:"不图你甚白璧黄金,则要你满头花,拖地锦。"原本红娘作为莺莺贴身丫鬟,莺莺出嫁时是要陪嫁给张生的。在这部电视剧中,编者并没有从故事所发生的年代实际出发,而是融合了现代的爱情观和偶像情节,给红娘构建了一个生死相恋的爱人。虽然这些情节有模式化、套路化之嫌,但大团圆的结局总能引起观众的共鸣。此版本的《西厢记》,唯美和纯情是

---

[1] 莱辛著,朱光潜译:《拉奥孔》,安徽教育出版社 2006 年版,第 92 页。

主要的特色和追求。在这里，除了我们熟知的主角张生和莺莺的爱情故事外，其他的每个人，都有自己的故事。诚如海涅所说："在一切大作家的作品里面根本无所谓配角，每一个人物在它的地位上都是主角。"①

纵观上述这些改编的《西厢记》影视作品，我们可以看到主要有两大类改编方法：一是照编，即忠实于原文本的改编，将原文本的内容用影视的手法加以呈现，主要人物、故事情节、语言风格等不予变动或有小幅度的删减。比如 1965 年港版电影《西厢记》就是典范，和王实甫原著相比，既形似又神似。二是整编，即根据电视剧叙事的特点，对原著进行分解、增删、浓缩、扩展等调整。比如《西厢奇缘》《西厢传奇》和《新版西厢记》三部电视剧均长达二十多集，而原著只有近五万字，需要改编者的大量扩容整编，但是改编作品和原作的主旨等没有背离，同时通过整编，添加角色和剧情等，丰富了原著的戏剧冲突，给电视剧增添了可视性和吸引力。总之，《西厢记》的影视改编都是以《西厢记》原著为蓝本，最终的影视成品和原本之间形成鲜明的对应关系，因而对照分析研究就具有可操作性和可能性。

（1）《西厢记》影视文图的互动

从明清《西厢记》刊本和戏曲选本的插图，到戏曲舞台表演，再到影视的展现，我们可以看到图像本身的呈现方式发生了很大的变化。一方面是由于媒介的改变，从纸质的、简单的、一维的，到影视的、复杂的、动态的、连续的画面。另一方面主要归因于戏曲文学作品改编成电视电影的过程中，文学语言（即语象）到视觉图像的转化。

从本体论的角度来看，将文学文本改编成电影或电视剧，除了借用绘画、音乐、舞蹈等艺术形式和新媒体外，还承接了文学作品的文学性。戏剧和电影在改编上发挥的空间相对较少（主要是时间的限制）。而从 2000 年后的电视剧改编来看，在文学作品的改编上电视剧有着更多的创造性和弹性。《西厢记》作为一部文学作品，它与电影、电视剧都是形象思维的艺术，文学的呈现形态是单一的语言，而电影和电视剧则更为复杂，既要借助文学的语言，也要使用独立的电影、电视剧的语言。在对比了王实甫原文本和改编的电影、电视剧后，读者能感受到的是，原文本呈现给读者的是一个个需要我们想象的角色，美好而充满童话色彩。而经过电影、电视剧的改编再现后，这些人物形象已经失去了那份单纯的美，甚至没有了文本中表达的内容，从而构成了原著的形象之重和改编后形象的荧幕之轻。

（A）形象之重与荧幕之轻

《西厢记》除了它的主题思想"愿天下有情的都成了眷属"引起一代又一代人的共鸣外，最大的特色就是它优美的语言。明代朱权《太和正音谱》指出"王实甫之词如花间美人，铺叙委婉，深得骚人之趣，极有佳句，若玉环之出浴华清，绿珠

---

① 海涅著，商章孙等译：《海涅散文选》，新文艺出版社 1957 年版，第 167 页。

之采莲洛浦"①,点出了《西厢记》华美的语言。这些凝练而华丽的语句营造的是栩栩如生的人物形象,刻画的是细腻的情感。

首先,人物之美。《西厢记》用了大量的文辞表现莺莺的美,比如莺莺的容貌美,"宜嗔宜喜春风面,偏宜贴翠花钿""春意透酥胸,春色横眉黛,贱却人间玉帛",莺莺也有优雅的体态,"解舞腰肢娇又软,千般袅娜,万般旖旎,似垂柳晚风前"和"弹着香肩,只将花笑捻"的举止,无不让读者喜欢,并从这些文字中想象出可能有的古典美女形象。

其次,情感细腻。《西厢记》中莺莺和张生互相爱慕的内心语言非常多,比如开篇莺莺的怀春之情"流红花落水,闲愁万种,无语怨东风",莺莺思念张生"坐又坐不安,睡又不稳,我欲待登临又不快,闲行又闷,每日价情思睡昏昏""香消了六朝金粉,清减了三楚精神",又渴望能有人牵线搭桥"吟得句儿匀,念得字儿真,咏月新诗,煞强似织锦回文。谁肯把针儿将线引,向东邻通个殷勤"。这些都将莺莺对张生的那番情意展现得淋漓尽致,而这些在后来的影视表现中并不是那样明显,内心活动较少,甚至根本就没有展现。

再次,男欢女爱。《西厢记》对男女情爱和性爱的描写比较直接,比如"人间天上,看莺莺强如做道场。软玉温香,休道是相亲傍,若能够汤他一汤,倒与人消灾障",又如第四本第一折《佳期》,"绣鞋儿刚半拆,柳腰儿够一搦,羞答答不肯把头抬,只将鸳枕捱。云鬟仿佛坠金钗,偏宜(髩)鬏儿歪。我这里软玉温香抱满怀。呀,阮肇到天台,春至人间花弄色。将柳腰款摆,花心轻拆,露滴牡丹开。但蘸着些麻儿上来,鱼水得和谐,嫩蕊娇香蝶恣采。半推半就,又惊又爱,檀口(揾)香腮"。蒋星煜曾在《〈西厢记〉研究与欣赏》一书中提到了这段文字的露骨和直白,②影视的改编在这个部分都以床帏等具有象征性的道具点到即止。

《西厢记》"花间美人"这样的文字力量带给读者的审美感受是强大的,由文字生成的形象也是清晰而明朗的,这些形象会在读者的内心引起丰富的联想,这即是《西厢记》的形象之重。

文学和电影有着一致的美学内涵,同属于艺术领域,都以抒情和叙事的手法来表现人生与社会,都通过塑造美的形象让人们在阅读和观看后形成特定的认知和审美。但是影视带给人的印象更加深刻,"你能记住影片里的面孔和手势,而你在读一本书时,却永远无此可能"③。但这并不意味着电影、电视的改编能力神乎其神、无所不能,许多文学领域影视镜头无法触及。"视觉形象所造成的视像与思想形象所造成的概念两者间的差异,就反映了小说和影视这两种手段

---

① 涵虚子编:《太和正音谱》(洪武抄本影印),商务印书馆 1920 年版,第 11 页。

② 蒋星煜:《〈西厢记〉对性禁区的冲击——〈月下佳期〉欣赏》,《〈西厢记〉研究与欣赏》,上海人民出版社 2009 年版,第 155—163 页。

③ 亨利密勒语,转引自茂莱著,邵牧君译《电影化的想象——作家和电影》,中国电影出版社 1989 年版,第 289 页。

之间的最根本差异。"①经典文学作品的内容的精深和宏阔，文辞上的华美，都给改编带来了相当的难度，如上所述，《西厢记》的电视剧和电影中莺莺和张生之间欲说还休的情感表现并不如王实甫原著中写得那样细腻和深刻，无法像原著那样，给读者如痴如醉的感觉。

在文学文本中，莺莺和张生相遇后，张生那种疯魔的情态，王实甫用了大量的文笔来描写"正撞着五百年前风流业冤""颠不剌的见了万千，似这般可喜娘的庞儿罕曾见。则着人眼花缭乱口难言，魂灵儿飞在半天""呀，门掩着梨花深院，粉墙儿高似青天。恨天，天不与人行方便，好着我难消遣，端的是怎留连。小姐呵，则被你兀的不引了人意马心猿"。但是在《西厢记》的电影电视中这个情节基本是张生呆呆地望着莺莺，至于内心在想什么，我们无法从画面中获得。莺莺只是颔首一笑，随即不好意思地拿扇遮挡，而张生则是点头示意"你好"，羞涩中带着痴情。

"小说与电影像两条相交叉的直线，在某一点上会合，然后向不同的方向延伸。在相交叉的那一点上，小说和电影剧本几乎没有什么区别。可是当两条线分开以后，它们就不仅仅能彼此转换，而且失去了一切相似之点。在相距最远时，小说与电影，像一切供观赏的艺术一样，在一个特定的读者（观众）所能理解的程式范围内，最大限度地利用它们的素材。在这相距最远的地方，最电影化的东西和最小说化的东西，除非各自遭到彻底的毁坏，是不可能彼此转换的"②，文学作品向电影、电视转换是有限度的，电影电视对文学的改编永远不可能穷尽其内在的意蕴。

《西厢记》原作是仅仅有几万字的戏剧作品，改编成电影是 100 分钟的篇幅，而改编成电视剧是二十几集或三十几集，从人物到情节再到主题都极大地丰富了。"电影是时间的艺术，它凭借动作、语言、音节、旋律在时间中运动，抒发人们的情绪，表现人物的性格。电影又是空间的艺术，凭借线条、光影、色彩等在空间的显现，给人一种如临其境的真实感受。"③但不可否认的是，文学作品中的形象比银幕塑造的形象在内涵上更为丰满，因为影视的改编或多或少会削去部分难以用镜头来传达的画面。在形象的塑造上，文字和镜头带来的感性形象和视觉形象，还是有或多或少的差异。

（B）时空转换与并置

麦克卢汉在《人体的延伸——媒介通论》一书中提出"媒介即讯息"④的观点，即"媒介物决定内容"，戏曲小说的媒介物是语言文字，影视的媒介物是影视形象，当语言文字向影视形象转化的时候，影视媒介就决定了戏曲内容要符合影

---

① 乔治·布鲁斯东著，高峻千译：《从小说到电影》，中国电影出版社 1981 年版，第 1—2 页。

② 同上，第 69 页。

③ 张卫："电影的文学价值"质疑》，《电影的文学性讨论文选》，中国电影出版社 1987 年版，第 74 页。

④ 马歇尔·麦克卢汉著，何道宽译：《人的延伸——媒介通论》，四川人民出版社 1992 年版，第 3 页。

视改编的特点,即从时间向空间转化和时空并置。

文学作品主要是时间的艺术,在字、词、句、段的线性演进中叙事和抒情;影视作品主要是空间的艺术,通过变化一系列空间场景的声音元素、视觉造型、摄影手法、运动技巧及蒙太奇、后期剪辑等方式来铺陈情节、建构形象、营造氛围。"电影既然不以语言为唯一的和基本的元素,它也就必然要抛弃掉那些只有语言才能描述的特殊的内容:借喻、梦境、回忆、概念性的意识等,而代之以电影所能提供的无穷尽的空间变化、具体现实的摄影形象以及蒙太奇和剪辑的原理。所有这些差别都是从小说是一种理念的、推理的形式,而电影是一种视像的、表演性的形式,这一基本差异中派生出来的。"①

如《西厢传奇》中张生和莺莺在普救寺第一次见面的场景(第二集),镜头分析见表:

镜头时长	镜位	镜头表现方法	画面内容	《西厢记》原文本
33:46—33:47	中景	固定镜头,切	莺莺听到了外面的声音正起身出佛殿门,抬头	(末做见科)呀!正撞着五百年前风流业冤。【元和令】颠不
33:48—33:50	中景	固定镜头,切	张生上台阶、挥扇、抬头	刺的见了万千,似这般可喜娘的庞儿罕曾
33:51—33:52	特写	推镜头,由远及近,从近景到特写	莺莺眼睛凝视(从殿堂台阶正欲迎面上来的张生)	见。则着人眼花撩乱口难言,魂灵儿飞在
33:53—33:54	特写	推镜头,由远及近,从近景到特写	张生眼睛凝视(从殿门正欲下台阶的莺莺)	半天。他那里尽人调戏蝉着香肩,只将花
33:55—33:57	特写	推镜头,由远及近,从近景到特写	莺莺眼睛凝视,字幕出现唱词"这一眼便将我魂儿丢"	笑捻。
33:58—33:59	特写	推镜头,由远及近,从近景到特写	张生眼睛凝视,字幕出现唱词"这一眼便将我魂儿丢"	【上马娇】这的是兜率宫,休猜做了离恨
33:60—34:01	远景	固定镜头,切	(想象画面)莺莺全身像,闪电	天。呀,谁想着寺里遇神仙!我见他宜嗔
34:02—34:02	特写	固定镜头,切	莺莺眼睛凝视,字幕出现唱词"这一眼甘为你命儿休"	宜喜春风面,偏宜贴翠花钿。
34:03—34:04	远景	固定镜头,切	(想象画面)张生全身像,闪电,字幕唱词"这一眼甘为你命儿休"	【胜葫芦】则见他宫样眉儿新月偃,斜侵入鬓边。(旦云)红
34:05—34:06	中景	移镜头,切,从左到右	莺莺眼睛凝视	娘,你觑:寂寂僧房人不到,满阶苔衬落
34:07—34:08	中景	移镜头,切,从右到左	张生眼睛凝视,字幕唱词出现"说什么来世今生没来由"	花红。 (末云)我死也!未语
34:09—34:12	特写	固定镜头,切	莺莺眼睛凝视,字幕唱词"说什么来世今生没来由""可知道不是冤家不聚首"	前先腼腆,樱桃红绽,玉粳白露,半晌恰方言。

---

① 乔治·布鲁斯通著,高峻千译:《从小说到电影》,中国电影出版社1981年版,"序言"第2—3页。

镜头时长	镜位	镜头表现方法	画面内容	《西厢记》原文本
34:13—34:17	特写	移镜头，切，从左到右	张生眼睛凝视，字幕唱词"可知道不是冤家不聚首"	【幺篇】恰便似呖呖莺声花外啭，行一步可人怜。解舞腰肢娇又软，千般袅娜，万般旖旎，似垂柳晚风前。
34:18—34:20	特写	推镜头，由远及近，从近景到特写	莺莺眼睛凝视	
34:21—34:25	特写	推镜头，由远及近，从近景到特写	张生眼睛凝视	（红云）那壁有人，咱家去来。（旦回顾觑末下）
34:26—34:30	近景	固定镜头，切	莺莺眼睛凝视 红娘"破冰"	
34:31—34:35	近景	固定镜头，切	张生眼睛凝视 法本和尚"破冰"	

　　镜头时长不到一分钟，从表格中我们可以看到，画面呈现的是张生和莺莺相见的一刹那彼此相同的表情——凝视，都为对方的气质、美貌吸引住了。在接下来的多个相互切换组合的凝视画面中，几乎都是和这两幅一致的画面，以至于在红娘和法本和尚的推动下才打破一分钟的相视。在这个过程中，还运用了想象、夸张、隐喻、蒙太奇、后期剪辑等方式让这个凝望更为含情脉脉，其中闪电的运用加深了二者对彼此的惊喜。

　　电影电视有自己的影像思维、影像叙述和影像呈现的审美创作规律，在这一分钟里，线性的时间文字叙述着故事，而在影视中这些线性的文字转化成空间的场景，在莺莺和张生两个形象中不停地切换，从而在时间的空间化和空间的时间化并置中将莺生二人的相遇变得"惊天地泣鬼神"。

　　正如克里斯蒂娃在其《词语、对话与小说》中所言"任何文本都是对其他文本的吸收和转换"[①]。从默片到有声，从没有文字的图像到图文并现，没有谁更重要，只有都重要。从 1927 年到 2011 年《西厢记》的影视作品中，我们可以看到图像不是对文本虔诚的模仿和再现，它拥有了自己的逻辑和体系，就像文学的自觉那样，图像的自觉已经愈演愈烈，这也是一种进步。同时在推陈出新的影视改编中，编者都加上了时代的要素，更加贴合观众的审美感应，实现了艾布拉姆斯在《镜与灯》中提到的文学（这里指剧本和影视）、世界、作者（改编者）、观众这四要素的完美结合。[②]

　　古典文学名著的传承已经不限于阅读戏曲、小说的原著了，随着影视技术的提高，电影电视的改编也使名著有了新的扩展空间，成为当下传承和传播悠久深厚传统文化的有力载体。当下我们生活在"世界图像化"的时代，电视作为主要的图文构成方式和传播最为广泛的媒介方式，是当代图像研究的集中表现，而电

---

① 朱莉娅·克里斯蒂娃：《词语、对话与小说》，《符号与传媒》第 3 辑，四川大学出版社 2011 年版，第 219 页。

② M. H. 艾布拉姆斯著，郦稚牛、张照进、童庆生译：《镜与灯——浪漫主义论及批评传统》，北京大学出版社 1989 年版，第 5，6 页。

影、电视剧改编成为文学和图像之间的一个巨大的"互文"现象。"互文性的特殊功劳就是,使老作品不断地进入新一轮意义的循环。"①

三、《西厢记》的现代绘画及审美

在"读图时代"的语境下,《西厢记》的现代绘画也呈现出多姿多彩的局面。程十发曾为杨振雄演出本《西厢记》卷首绘制了七幅图,第一幅为杨振雄的肖像,其余六幅为《西厢记》曲意图,图画未标题目,但据画面所反映内容而言,应该分别为《借厢》《闹柬》《回柬》《佳期》《拷红》《长亭》。蒋星煜先生为此写了《程十发俊笔画〈西厢〉》一文对程十发的七幅画逐一评点,从纵向和横向上给予了极高的评价。②《西厢记》绘画不仅有插图本的绘画,也有类似于吴声这样的专业绘画家为《西厢记》做的彩绘,更有西厢漫画独步书市。当然还有其他类型的绘画,在这里将从当代《西厢记》绘画中具有典型性的连环画和漫画入手窥看视觉时代下作家和读者的西厢审美。

(一)"西厢"连环画

连环画以图画为主,每幅图会简单地标注情节梗概。明初《新刊大字魁本全相参增奇妙注释西厢记》就是一个连环画性质的插图本,在《西厢记》现当代绘画作品中,王叔晖《西厢记》连环画③尤其著名,并在1963年第一届全国连环画评奖中获得第一名。在这个连环画册中,共用了128幅图来展现《西厢记》前16折的内容。图画优美,文字解说浅显易懂。王叔晖的笔下,张君瑞的书卷气很浓厚,没有纨绔子弟的轻佻。莺莺和红娘都很秀丽可爱。

1. 以图为主、图文结合

王本连环画作技法娴熟、形象生动细腻,图画占到页面的四分之三,文字只占四分之一,页面显示出图画占主导地位,以图为主,图画与文字各司其职,分工明确,图画的线条、颜色描绘出文字所无法叙述的意境,而文字的清晰语义表达又弥补了难以直观显现的思想及时空变化。在这里文字与图画互相融合、协调,共同表现一个主题,创造一个世界。图中人物、情景、道具均能给人以栩栩如生、呼之欲出之感。

2. 以图像"叙事"为主

王叔晖的《西厢记》连环画描绘了其中很多故事的发展过程,在时间和空间上用多幅连续图画展开,显示出了连环画的一个重要特征即叙事性。因为有了

---

① 蒂费纳·萨莫瓦约著,邵炜译:《互文性研究》,天津人民出版社2003年版,第114页。
② 蒋星煜:《程十发俊笔画〈西厢〉》,《〈西厢记〉研究与欣赏》,上海人民出版社2009年版,第317—323页。
③ 参看王叔晖绘制的《西厢记》,人民美术出版社1957年版。

多幅连续才使叙事具备可能。不仅是多幅可以叙事，即使单幅画也可以叙事，比如《佳期》是比较难处理的场面，有的画红娘在门外饱受风露侵袭而耐心地等待莺莺，有的画幔帐低垂的床，甚至就是床上戏。而王叔晖取景张君瑞在门口迎接莺莺的镜头，此刻莺莺虽然已经有书信的邀约，但仍不免娇羞而难以举步，几乎是被红娘推进门的。这和文本中的情境相吻合，叙事性很强，莺莺的造型无懈可击，衣裾也富于动感，有力地衬托了莺莺的忸怩心态。

现代画家林宜耕也曾绘制过《西厢记》的画卷，和王叔晖的图文配合不同的是，此画卷全部是图画，并没有文字的搭配，即画上没有题写《西厢记》的题目或画面内容。因而如果观画者在不懂《西厢记》文本的前提下，可能并不知晓这是在画西厢故事，恰如玛格丽特的"这不是一只烟斗"，这里显示出来文字至高无上的霸权地位。

现代《西厢记》的图画技艺水平越来越高，画面构图疏朗、人物形象清秀、容颜貌美、颜色亮丽，在发髻、服饰上也融入了多种元素。白宇在论述古代连环画时指出："古代连环画所具有的隐身性，除了绘画形式的多样化之外，还和当时文图结合的关系尚未完善有关。……一方面使文学和绘画的结合找到了一种新的表现形式，促使它丰富多彩，不断发展。另一方面则又容许它长期依附在各种绘画形式和文学著作之中，限制了它的独立发展。"[1]如果说古代的连环画囿于社会经济和科技发展的限制而没有将文图很好地结合，那么现在的连环画则是文学和绘画的紧密融合，选择"富于孕育性的那一顷刻"[2]，绘制者精心绘刻，让静止的一幅幅画面被读者凝视。和影视的连续画面相比，这幅幅静止的画面也是连贯的，有跌宕起伏，有旋律和节奏，有开始与结局，能在人们心中形成对这些瞬间场景的品味和欣赏，乃至留存。

（二）漫画"西厢"

"漫画"最早源于日本，是用来形容自由随意而夸张的绘画风格。在英文中，"漫画"指讽刺性的图画、文字。漫画是绘画艺术的一个品种，它常用比喻、夸张、象征、拟人、寓意等手法，直接或隐晦、含蓄地表达作者对纷纭世事的理解及态度，是含有讽刺或幽默的一种浪漫主义的绘画。

20世纪30年代的胡考开启了《西厢记》[3]的漫画时代。其《西厢记》漫画出版于1935年，共30幅，胡考先生用简练的笔法勾勒出西厢故事的情节，突出了漫画中"漫"字的内涵，即随意、闲散，但非常注重内容。在这30幅漫画中，下部是简笔漫画，上部是作者对西厢折子情节的概括。

---

① 白宇：《连环画学概论》，山东美术出版社1997年版，第81页。

② 莱辛著，朱光潜译：《拉奥孔》，安徽教育出版社2006年版，第92页。

③ 参看胡考、曹聚仁合编：《西厢记·西施》，山东画报出版社1998年版。

比如《借厢》这幅（图6-3-4），从构图上看，采用了传统的简笔画法，用疏朗的线条勾勒出人物形象和道具，简洁又有内容；在人物形象上，一改往日插图的风格，人物形象活泼生动，具有漫画的典型特征，即夸张、变形，形成了线条优美，富有张力和独具韵味的画面。

图6-3-4　借厢

中州古籍出版社出版的《西厢记：中国古代经典喜剧漫画本》则展现了新型漫画的特点。其画面在形式上，打破了传统的简笔画法，画面构图细致、讲究，色彩绚丽，与读者所熟悉的日本漫画有很多相似之处，不仅人物形象美观大方，而且动作传神，类似日本漫画中的"青春美少女系列"。这些新型漫画以独特的风格为中国当代漫画艺术领域带来了一股清新的气息。

诚然，中国漫画主流的审美特征是随时代主旋律的变化而变化，"由为民族救亡的政治讽刺漫画发展到歌颂社会主义建设取得成就的歌颂漫画，再发展到今天适应人民群众休闲娱乐需求的幽默漫画"①。当然并不是所有的漫画都可以这样纳入时代的主旋律，总有另类的支流。比如丰子恺和胡考都是具有浓郁生活气息的漫画家，他们绘制的漫画没有贴上当时时代的标签，那时的西厢漫画，叙事话语和审美特征更多的是闲适，给人以轻松和愉快的感觉。

与其他的绘画形式相比，漫画的显著特征是除了用图像表现内容外，还通过文字配合图像共同表达主题，从而更加直接、深刻地揭示主旨。新时代西厢漫画则更多地受大众文化的影响，大众、通俗，消费性和娱乐性强。大众文化时代"读图"的流行风尚，使漫画成了这一时期的"代表形式"，紧贴时代的脉搏，以审美愉悦作为自己的最根本的特点，迎合了现代大多数人享受文化的需求。

当前的经济和文化变革，使大众文化成为一种世界性的文化形态，随着人们生活水平的提高和闲暇时间的增多，社会上多数人的审美趣味在发生变化，而大众文化就适应了这部分受众的审美需求。在美国文化理论家杰姆逊看来，"消费社会或后现代社会已经打破了传统艺术和生活的界限，艺术成为商品已经成为普遍的文化景观。这就导致了文化的深刻转变"②。"文化已经从过去那种特定的'文化圈层'中扩张出来，进入了人们的日常生活，成了消费品"③，"日常生活

---

① 孙运芬：《中国当代新型漫画的审美特征浅论》，山东师范大学2005年硕士学位论文。

② 周宪：《视觉文化与消费社会》，《福建论坛（人文社会科学版）》2001年第2期。此处是周宪教授对杰姆逊的解释与总结。

③ 杰姆逊著，唐小兵译：《后现代主义与文化理论》，陕西师范大学出版社1987年版，第129页。

的审美化或审美的日常生活化成为文化的主流。在这个过程中，现实的不断形象化或影像化不可避免，戏仿、拼贴、碎片化、怀旧成为影像表征的主要方式"①。不管是戏曲表演还是影视改编，抑或现代的连环画、漫画，《西厢记》在优秀艺人的智慧下于各种艺术体裁之间自由转换，而这恰恰是在新时代大众消费文化的语境下才产生的。

　　尽管当下是所谓的"读图时代"，人们更依赖图像，也更乐于以观看影视的方式来接受古代的文学作品，但主体的参与性是永远不能够被"影像"取代的。在当前快节奏和高压力的生活状态下，很多人已无暇细细体味语词带来的思维快感了，而是尽可能地摒除物象与文字间的隔膜，通过直观的图像探究物象的本质，因而"读图"顺理成章成为缓解现代人精神压力的审美快餐，各种舞台表演、影视等图像也就应运而生。但是语言艺术的魅力却是影像难以取代的，在阅读《西厢记》文本的时候，主体参与的深入，语言声音的跳动与旋律，想象的自由与变幻……这些是影视所不能提供给我们的，正是由于此，《西厢记》的戏曲文本不仅不会消失，而且仍将会在当下的"图像时代"散发着永恒的魅力。

---

① 周宪：《视觉文化与消费社会》，《福建论坛（人文社会科学版）》2001 年第 2 期。此处是周宪教授对杰姆逊的解释与总结。

第七章　元代文学与后代的图像（下）

《窦娥冤》《赵氏孤儿》《汉宫秋》《梧桐雨》是元杂剧中的四大悲剧，它们为后人广泛接受，至今盛演不衰。图像在这四部悲剧的文学接受中具有重要的位置和作用，元[①]明清时期就有戏曲选本的版刻插图，近现代以来则有连环画、漫画本、电影电视改编等多种形式的图像。这四种剧作内容不同、风格相异，它们与后世图像形成了各自不同的文图关系；不同的历史时期具有各自的时势，四大悲剧的文图关系亦具有时代印痕和阶段性特征。

第一节　《窦娥冤》及其后代图像

杂剧是戏剧家为戏曲搬演而写的脚本，它需要考虑戏曲表演的实际情况，甚至会参考演员们的意见。正如郑骞所言："杂剧在元代只是流行社会民间的一种通俗文艺，不是圣经贤传高文典册，谁也不理会什么叫做尊重原文保持真象；而且，经过长时期许多伶人的演唱，更免不了随时改动。所以，元杂剧恐怕根本无所谓真正的原本，只能求其比较接近者而已。一切改动，更无从完全归之于某一本书或某一个人。"[②]郑骞说出了元杂剧的历史形态，但我们从文学的角度对它们展开研究，还是要探求更接近元杂剧原初形态的本子。

现存的《窦娥冤》主要有三种版本，皆诞生于明代，一是陈与郊编撰的《古名家杂剧》（1588），二是臧懋循编撰的《元曲选》（1615—1616），三是孟称舜编撰的《新撰古今名剧合选》之《酹江集》（1633）。相比而言，后两者基本一致，它们与《古名家杂剧》在文字上有较大差别，虽然整体情节未变，但文人改动的痕迹比较明显，而《古名家杂剧》虽然年代更靠近元代，但与元代通行本有多少差距亦是值得探讨的问题。这种现象充分说明《窦娥冤》的创作原本是为了戏曲搬演，而并

---

① 元戏曲文学在元代时期就有插图或图像产生，但是元戏曲文学的元代图像保留下来的非常稀少，多为明清及近现代的插图或图像。元戏曲的动态演剧图像更是难以目睹。故此，行文中所涉元代戏曲图像也放在该部分即元代戏曲与后代的图像中加以论述，元代戏曲文学与其在元代的插图或图像部分不再论述。

② 郑骞：《臧懋循改订元杂剧平议》，见张月中主编《元曲通融（上）》，山西古籍出版社1999年版，第1156页。

不是为了案头阅读，但后来它一方面不断被不同时代的多个剧种在舞台上搬演，另一方面亦经历了文字改编与图像展现的历史过程。舞台搬演的状况我们无法复现，只能从相关的文字记载去推想，而剧作的文字改编与图像展现，则可以就其历史遗存作出阐述。

对于《窦娥冤》杂剧故事的接受会因为时代的不同而有所出入，情节或语言亦会有所调整或改编，甚至与原文本有较大差异。杂剧原文本《窦娥冤》共有四折一楔子，现将剧情简介如下。①

楔子 贫穷秀才窦天章曾借蔡婆婆二十两银子，一年以后连本加利为四十两，他无力归还；蔡婆婆欲将窦天章七岁的女儿端云作为童养媳领养，他本不同意，但上朝应举缺少盘缠，无奈之下只得同意蔡婆婆的要求，蔡婆婆勾销了他的债务，并送他十两银子作盘缠；父女依依惜别。

第一折 端云至婆家后改名为窦娥，婚后未几年丈夫死了，窦娥与婆婆相依为命。赛卢医欠下蔡婆婆债务，因无力偿还而心生歹念，将其骗至荒郊，用绳索勒其脖颈，企图将她害死；幸得张孛老、张驴儿父子搭救，蔡婆婆方得以活命。张氏父子乃游手好闲之辈，二人想要蔡氏婆媳为妻，蔡婆婆不从，欲以金钱报答，张驴儿竟欲行凶，蔡婆婆无奈之下，只得答应回家与儿媳商量后再慢慢寻思，于是带父子二人回到家中；窦娥坚决反对婆婆招婿之事，自己也不愿意嫁给张驴儿。

第二折 蔡婆婆生病倒下后，张驴儿欲毒死她以威逼窦娥，于是他便胁迫赛卢医为其制毒药，然后偷偷在窦娥给蔡婆婆做的羊肚汤里下了毒药，蔡婆婆身体不舒服，实在吃不下，将羊肚汤谦让给张孛老吃，张孛老中毒身亡，张驴儿非常意外，要挟窦娥顺从她，窦娥不愿顺从，张驴儿便将她告到衙门，山阳县令桃杌以刑逼供，窦娥宁死不招，桃杌欲加刑于蔡婆婆，窦娥为避免婆婆受刑而屈招。

第三折 被押赴刑场的窦娥内心悲愤，喊屈叫冤，到了刑场，婆婆哭着向窦娥告别，窦娥悲叹自己命薄运浅，向婆婆交代后事，婆婆非常悲痛，含泪点头。临刑之前窦娥要一领净席与丈二白练，并许下三桩誓愿：如果自己实在冤枉，刀过头落之时，一腔热血无半点洒落于地，全都飞在白练之上；身死以后，天降大雪，将其尸体掩埋；受刑之后，楚州地区将大旱三年。行刑以后，前两桩誓愿都已应验，刽子手与监斩官皆为之震撼。

第四折 及第后的窦天章曾官拜参知政事，后因清正廉洁，被委以两淮提刑肃政廉访使之职，前往楚州审囚刷卷。他到州厅后夜读案卷，首先便遇到窦娥案

① 据吕效平研究："元杂剧一本四'折'。'折'主要地并不是一个叙事结构的单位，而是一个音乐的单位，即积若干曲牌联成的一个套曲。每一套曲中的曲牌采用同一宫调，每本四支套曲，或末或旦一人主唱，这些音乐上的僵硬原则都是与情节结构的追求相冲突的，障碍了故事的自由表演。"（参见吕效平《戏曲本质论》，南京大学出版社 2003 年版，第 76—77 页）吕效平所说很有道理，但为了让读者对该剧每部分内容有一个大致了解，本书仍依次分别介绍该剧的楔子及四折，依照的文本源于《元曲选》；下文将要论及的《赵氏孤儿》《汉宫秋》《梧桐雨》与此剧情况相同。

卷,并与女儿灵魂相遇,了知冤情。窦天章升堂审案,张驴儿耍赖不认罪,窦娥鬼魂出庭作证,被捉拿归案的赛卢医亦证明曾为张驴儿制作毒药,案情大白,窦天章宣布:张驴儿以凌迟之刑处死,桃杌及典吏各杖一百,永不叙用,赛卢医永远充军,蔡婆婆由其收养,窦娥之罪改正明白。

该剧常被后世改编与搬演,成为富有生命力的经典,明传奇《金锁记》、京剧《六月雪》是后世改编中较为著名的例子。

一、《窦娥冤》与明清及近代图像

(一) 舞台演出状况

由于时代久远以及技术的限制,已无法复现元代至近代的戏曲搬演状况,只能通过相关研究资料去推断。有研究者认为:"从《窦娥冤》的刊本传播中可以发现,明末的《乐府遏云编》为杂剧、戏文、传奇单出曲文选本,该选本选《金锁记》折子戏《敕风雪》和《赴市》,说明这一时期戏曲舞台演出虽然仍是全本戏占主导,但《窦娥冤》的折子戏在此时就已经出现,只是戏曲创作者和艺人们已经开始注意精简场子,要求剧本结构紧凑。"[①]可见,《窦娥冤》戏曲的搬演随着历史时势而作适当调整,从全本戏到折子戏的变化只是其中的一个方面而已。

(二) 臧懋循《元曲选》本《窦娥冤》

臧懋循编选的《元曲选》刊于明万历四十三年(1615)、四十四年(1616),相比于陈与郊编的《古名家杂剧》[万历十六年(1588)年刊本],该书作了相当大的改动。就《窦娥冤》而言,臧懋循虽然未改动其主要情节,但对其唱词、对白进行了若干文人化的修饰,对于一些他认为不尽合理的细节作了修改或增补。例如,窦天章连本加利欠蔡婆婆十两银子被改成四十两;又如,《古名家杂剧》本窦娥的三桩誓愿是通过对白的方式说出来的,而《元曲选》本则扩展为三段唱词;再如,《古名家杂剧》第四折中窦天章与女儿灵魂在晚上相见,天亮以后案情了结是通过一段对白的方式来表现的,而《元曲选》则就这些对白进行扩写,又请出窦娥的灵魂来做证人,对审案进行详写,增加她与张驴儿对质的情节,又增加很多窦娥的唱词,而"题目""正名"亦由原来的四句改为了两句,原来为"后嫁婆婆忒心偏,守志烈女意自坚;汤风冒雪没头鬼,感天动地窦娥冤",臧懋循则改为"秉鉴持衡廉访法,感天动地窦娥冤"。后人对臧懋循的更改颇有异议,但我们的研究重心是图像与文学文本之间的关系,《古名家杂剧》本没有插图,《元曲选》中有插图两幅,其图像跟更改后的文本密切相关。

---

① 白芸蔓:《〈窦娥冤〉传播研究》,山西师范大学 2009 年硕士论文,第 23 页。

图7-1-1 《元曲选》本《窦娥冤》插图一　　图7-1-2 《元曲选》本《窦娥冤》插图二

　　《元曲选》本《窦娥冤》所载第一幅图是这样的：右上角有"秉鉴持衡廉访法"字样，画面中心一年轻女子作跪拜状，女子周围画了一些曲线显然是暗示她为鬼魂，一男性官员站立于堂上桌前，平视女子，桌子上放着一盏灯及若干案卷，而画面近景则是院内房屋与树木。这幅图显然是对《窦娥冤》第四折窦天章与女儿灵魂相见场景的描绘，选取了窦娥认父、倾诉衷肠这一顷刻，是忠实于文学文本的，而"秉鉴持衡廉访法"作为画题亦与画面内容吻合。《元曲选》本《窦娥冤》的第二幅图是：右上角有"感天动地窦娥冤"字样，左下角为"仿贾千里笔"字样，画面上一年轻女子反手被绑，双膝跪地，天空乌云密布、旗帜招展，有两位持刀的刽子手站在女子旁边，一人垂刀而立，抬头看天，一人左手指天，右手持刀，似在言说着什么，后有一监斩官端坐在屏风前、桌子后，地面杂草丛生，屏风后有青松矗立，浓重的黑云即将遮蔽天空隐喻"青天"不再。这幅画显然是对窦娥被冤杀之前场景的描绘，选取了极富寓意的一顷刻对于窦娥之冤屈进行展示。这里的文本与图像并行叙述，文本的叙述使人得知窦娥冤屈之深，图像之描绘使人获得一种在场之感，甚至人们可以从黑云涌起的画面上感受到冤杀窦娥，老天为之动容所降临的不祥征兆。尤其是"感天动地窦娥冤"的画面，几乎成了绘画图像造型的典范样式，在后来以此为题材的美术造型中，大多选择这一顷刻窦娥的形象加以描绘。该插图造型可谓是创立了窦娥冤故事的图像叙述语言。

（三）《新撰古今名剧合选·酹江集》本《窦娥冤》

　　孟称舜所编的《新撰古今名剧合选·酹江集》刊于崇祯六年（1633），它"基本取《元曲选》版本，但也在对《元曲选》的一些改动不当处提出异议"①。就《窦娥冤》而言，该书文字内容与《元曲选》没有太大差异，其主要情节与《古名家杂剧》本亦一致。该书中有两幅插图，其构图与《元曲选》之《窦娥冤》基本一致，但并不是原版翻刻，而是就图仿画。就题为"秉鉴持衡廉访法"的插图而言，其构图亦以窦娥与窦天章为中心，大堂、桌子、烛灯皆如《元曲选》图，但父女相对的方向由《元曲选》图作了180度的调整，并且窦天章并不像《元曲选》本插图一样站在桌子后面，而是持剑站在桌子前面，左手指着窦娥，而窦娥则跪拜作申诉状。《元曲选》本插图画面近景的房子与树木被删减，使得画面主题更为集中，大堂左上角云烟缭绕，更增加一种神秘之感，可见《酹江集》中的插图虽仿照前作，亦有自己的思考，画面选取父女将认未认的顷刻，更易抓住读者之心，画面与文学文本的关系显得更加吻合与一致。而题为"感天动地窦娥冤"的插图，其刽子手、监斩官、窦娥、旗杆、旗子等元素与《元曲选》图一致。不同的是，监斩官与刽子手及窦娥所处的方位作了180度的调整，这样一来，监斩官位于画面的右侧，而乌云占据了画面上方较大一片空间，两刽子手持刀作对话状，窦娥面向观者，此画的构图与《元曲选》基本一致，但方向调整亦使其在言说故事时更切合文本，给人真切之感。由此可见，《酹江集》中的《窦娥冤》插图对《元曲选》本插图作了较大的改进，提高了图像展示文学文本的逼真程度，缩短了文学与图像之间的距离。但如果从图像艺术的角度视之，该两幅图像要逊于前者，《元曲选》的插图，尤其是"感天动地窦娥冤"图像，跪泣诉天的窦娥、扭动的黑色旗帜、乌黑的云团，仿佛上天已经有所回应，连点成线的构图，使得画面各个元素之间有机相连，饱

图7-1-3 《酹江集》本《窦娥冤》插图一

图7-1-4 《酹江集》本《窦娥冤》插图二

① 马欣来辑校：《关汉卿集》前言，山西人民出版社1996年版，第15页。

满充实,可谓是插图的精彩之作。这显然要比《酹江集》中之"感天动地窦娥冤"生动丰富,在《酹江集》本中,几乎是一条横线的旗帜稍显呆板,缺少动感,画面元素之间相对松懈而缺乏整体感。

(四)《绘图缀白裘》之明末传奇《金锁记》

《金锁记》是明代末年的一部传奇,根据杂剧《窦娥冤》改编,该书作者历来存在争议,一说为叶宪祖,一说为袁于令,曾点校该书的李复波经反复考证,认定为袁于令所著。[①]《金锁记》对《窦娥冤》作了大幅改动,在该剧中,窦娥的丈夫蔡昌宗并非因病逝去,而是因外出求学而覆舟入龙宫,而其母和妻子均以为他溺水而亡;原作中的张驴儿父子被改编成张驴儿母子,张驴儿救蔡婆婆于赛卢医之手,蔡婆婆为报恩而留其母子居于家中,但张驴儿贪恋窦娥美貌,心起歹意,购得毒药欲毒杀蔡婆婆霸占窦娥,不料却把自己母亲毒死;张驴儿告官,窦娥为避免婆婆挨打含冤认罪,但在执行斩首行罚时,窦娥感动了上天,天降大雪,监斩官下令停斩;穷秀才、窦娥之父窦天章考中功名,任廉访使,重审此案,窦娥冤屈得以昭雪,而她丈夫亦考中功名,母子、夫妻、父女团圆,在该剧中"金锁"是一个线索,蔡昌宗幼时项挂金锁,因此乳名叫锁儿,他外出求学,金锁交与母亲,他"溺水"后母亲将金锁交与窦娥保管,而张驴儿调戏窦娥时,窦娥慌乱逃脱,遗留下金锁,张驴儿拿金锁换毒药,而落在赛卢医手中的金锁成为最后断案的证据。传奇共33出,故事情节复杂,人物形象更饱满,却削弱了原剧的悲剧性。

图7-1-5 《绘图缀白裘》本《金锁记》插图一

清钱德苍编选的《缀白裘》[②]共12编,该书载有《金锁记》的单出戏文,其第一编有《送女》《探监》《法场》三出,第八编有《私祭》一出,第十编有《思饭》《羊肚》二出。刊行于光绪二十一年(1895)的《绘图缀白裘》[③]亦有12编,分别对应于钱德苍所编的《缀白裘》单出戏文,该书中有六幅《金锁记》插图,这六幅图的标题对应着《金锁记》传奇的以上六出戏文。《思饭》一图对应《计贷》一出,该出描绘张驴儿和张妈妈食不果腹、生活困窘;《探监》一图对应《探狱》一出,该出描绘蔡婆婆去监狱

---

① 参考袁于令著,李复波点校:《金锁记》前言,中华书局2000年版,第2页。

② 朱崇志《中国古代戏曲选本研究》(上海古籍出版社2004年版)之附录"中国古代戏曲选本叙录"对钱编《缀白裘》作了非常详细的介绍,该书首编于乾隆二十九年(1764),名为《时兴雅调缀白裘新集初编》,后经历十年,至乾隆三十九年(1774)出齐全十二集,详见该书第249—250页。

③ 该书首页题为"光绪乙未暮春上海书局石印"。

探望窦娥的情节;《私祭》一图对应《私祭》一出,该出描绘窦娥祭奠溺水而亡的丈夫,它们都是在元杂剧《窦娥冤》基础之上新增的情节,我们不准备对其进行叙述,而《送女》《羊肚》《法场》三图对应《从姑》《误伤》《赴市》三出,它们是《窦娥冤》本来情节基础之上的丰富。先来看《法场》,窦娥被斩是历来插图作者颇为关注的重点情节,在《金锁记》之《赴市》一出,窦娥被刽子手绑缚着押在法场,她的冤情感动上天,上帝安排众天神于六月天放风下雪,[①]监斩官被迫停斩,此出文字与其他出的重大不同是:大段沿用《元曲选》本《窦娥冤》的唱词;插图《法场》所展示的正是这将斩未斩的瞬间,两刽子手持刀站立,被捆缚的窦娥跪在地上,监斩官站在城门一侧,而半空中云朵腾起之处有风、雪二神挥舞着旗子施风降雪,旗子上分别书写有"风""雪"二字,以示二神之身份。与前述插图不同的是,刽子手头上的翎子显示所画人物为戏曲舞台装束;值得一提的是,与此图相应的文本并非仅《赴市》一出,另有《神敕》与《借冰》二出,这两出叙述上天怜悯窦娥,令掌施风雪的神仙在窦娥行刑之时施以风雪,但六月并非下雪时令,故又生出向东海龙王冰库中借冰块以便磨成雪片这一情节。足见该图像在"转译"文本叙述之时,更多的信息被传达。但是,这种"具体化"也使得想象的空间被挤压缩减,图像的审美寓意性逊色于《元曲选》的插图。

图7-1-6　《绘图缀白裘》本《金锁记》插图二

《送女》一图对应的是《怜娇》与《从姑》二出,《怜娇》铺叙背景,《从姑》说的是困窘无奈的窦天章在赴京赶考之际将女儿送到蔡婆婆家作童养媳,插图中小女孩哭倒在地,窦天章依依不舍,蔡婆婆弯腰挽扶着倒地的女孩儿。《羊肚》一图对应《误伤》一出,该出叙述了张驴儿在羊肚汤中下毒,本欲毒死蔡婆婆,却误把张妈妈毒死,而图像所展示的正是张妈妈喝汤的瞬间,此时蔡婆精神不振、托头倚靠在桌子上,窦娥则侍立在婆婆身旁。

（五）晚清画工之图——颐和园内彩色壁画《窦娥冤》

在颐和园长廊的7区77内西有《窦娥冤》彩画一幅,画面由两部分构成,左侧是被捆缚的窦娥低头与蔡婆言谈,两刽子手站立于旁边,右侧则是端坐的监斩官及身旁站立的随从。[②] 整幅画面以位于山野的刑场为背景,彩色画面,人物适

① 参考袁于令著,李复波点校:《金锁记》,中华书局2000年版,第51页。
② 易明编著:《颐和园长廊彩画故事全集》,中国旅游出版社2012年版,第251页。

图7-1-7　颐和园内彩色壁画《窦娥冤》

真。这幅画出于晚清画工之手，显然受当时该剧舞台演出以及西方绘画的影响。画面的人物服饰与舞台服饰相似。从画面的透视空间以及窦娥身下的方形物体来看，颇具焦点透视的空间，甚至人物的脸部造型已极具油画的凸凹立体阴影描绘，而非中国人物画的平面化造型，这与西方绘画在中国的传播有着密切的联系，西方图像绘制方法的传入在一定程度上影响和改变了中国图像固有的观看视角。

二、《窦娥冤》与现当代图像

（一）舞台演出情况

在现代戏剧史上，《窦娥冤》曾被多个剧种搬演，据陶君起统计，除了京剧有此剧目，"滇剧、徽剧、汉剧、湘剧、秦腔、同州梆子、河北梆子、评剧均有此剧目"[①]，其实搬演过《窦娥冤》的剧种远不止这些，只是由于戏曲展演的时间、地点、内容、特色等要素大多没有文字记载，所以这方面的原始资料较为有限。我们这里以中国期刊网上可以查询到的文字资料为中心，对《窦娥冤》的舞台展现作一概述。

首先要提及的是1958年关汉卿戏剧活动七百周年时的相关演出。1958年6月28日人民大会堂隆重举行了纪念大会，全国各地亦纷纷举行纪念活动，在这些活动中戏曲展演是最为重要的纪念形式，当年"有一千五百多个剧团用一百多种不同的戏剧形式同时上演关汉卿的剧作"[②]，其中搬演《窦娥冤》者亦不在少

① 陶君起编著：《京剧剧目初探》（增订本），中国戏剧出版社1963年版，第291页。
② 式敏：《全国热烈纪念我国伟大的戏剧家关汉卿》，《人民音乐》1958年第7期。

数。北京地区在 6 月 28 日纪念大会以后，便开始了纪念演出周，这一周中《窦娥冤》被多次展演，洛阳市豫剧团、北京市评剧团、群声河北梆子剧团、艺华评剧团等分别展演了《窦娥冤》，而中国戏曲学校亦以京剧、评剧、河北梆子等三种形式分别展演了《窦娥冤》；全国其他省份亦不乏此类纪念演出，湖北、陕西、广东等省都以不同剧种演出过《窦娥冤》，吉林和山西则有以《窦娥冤》为蓝本的《六月雪》剧目。① 可见《窦娥冤》在当时颇受追捧，并且不局限于戏曲这一种文艺样式，中央实验歌剧院在四川演出了侣朋编剧、郭兰英主演的歌剧《窦娥冤》。②

不同时段、不同剧种的若干剧团演出的具体状况我们无法到现场观看，只能根据文字记载，从展演与文本关系的角度作举例阐说；但有一点可以肯定，编剧、导演和演员们面对前代已有的演出，总是力图给观众以新的视听感受。就京剧而言，传统京剧"一般只演《探监》《法场》两折，程砚秋编演全部，1949 年后，恢复窦娥被斩情节"③，随着时代的变迁，后代京剧人才辈出，承继前人的同时突破表演艺术的极限便也成为后世文艺工作者的责任。

就表演而言，演员们总是力求在演技上有所突破，呈现出独特的"这一个"，曾在第七届福建省"水仙花"戏剧比赛中获大奖的演员曾宝珠说："在《六月雪》中，为了区别于以往传统窦娥的形象，我运用了大段不同板式、不同节奏的唱腔，运用了'甩发''跪转''跪步别母''长水袖'等，尤其是临刑前一刻的'探海'转身、弹起、'僵尸倒'等一连串高难度的形体动作，强化了窦娥的悲、怨、愤的情绪，对观众既有强烈的视觉冲击又有震撼心魄的情感满足。"④而徐福先、侯春芹、任晓蕾、章益清等演员对他们表演窦娥的叙述亦突显了他们独特的演技与突出的表现能力。⑤

戏曲舞台的场景亦不断革新，呈现出日新月异的面貌。例如，郭启宏改编的河北梆子《窦娥冤》于 2005 年 6 月 25 日由河北省梆子剧团在北京长安大戏院首演，改编者声明重在继承，而不是解构与颠覆，但"在音乐、舞美、灯光等表现形式上，该团做出了许多大胆的改革和设计，比如在梆子戏中适时选用昆腔；将电影表现手法引用到戏曲舞台上，再现干裂的土地和移动的影像；在服装造型设计上也摒弃了装饰性极强的传统服饰，且角不再带头饰，使之具有很强烈的现代美学意味，以配合整台剧作诗化般的风格"⑥。又如，2009 年末在厦门举办的第十一届中国戏剧节中上演的话剧《呐喊窦娥》，"从台词运用、动作设计，到舞美、服装

---

①② 黄楂：《全国各地热烈纪念关汉卿》，《戏剧报》1958 年第 11 期。

③ 陶君起编著：《京剧剧目初探》（增订本），中国戏剧出版社 1963 年版，第 291 页。

④ 曾宝珠：《让我痴迷的窦娥》，《中国艺术报》2005 年 2 月 25 日。

⑤ 任晓蕾《我演窦娥》（《当代戏剧》2004 年第 S1 期）；侯春芹《我演〈斩窦娥〉的几点体会》（《戏剧文学》2003 年第 9 期）；徐福先《我演窦娥》（《中国戏剧》2007 年第 5 期）；章益清《"窦娥"印象》（《戏文》200 年第 4 期）。

⑥ 李静：《河北梆子版〈窦娥冤〉有新意》，《中国文化报》2005 年 6 月 7 日。

灯光等,都与之前的窦娥戏大相径庭,其不同之处突出表现在创作者对于戏剧舞台表现形式的创新探索,以及对人物命运的思索、发问"①。该剧虽然沿用了元杂剧《窦娥冤》的情节,但人物语言运用现代口语乃至夹杂英文,演员装束为现代服饰与古代服饰错综出现,其中现代装扮的窦娥及其呐喊给观众以强烈的震撼,②这一系列创新无一不在挑战着观众们的审美神经。

(二)《窦娥冤》连环画改编本

连环画是一种重要的艺术载体,它以图为主、文图结合的样式便于文学的传播与接受,但人们过于看重它叙述故事的功能,常称其为"小人书"或"画书",而忽视了它的美术价值与文学价值。《窦娥冤》的连环画改编本为数不少,据本书搜集,主要有以下六种:赵震宇改编、秘金通绘画《窦娥冤》(中州书画出版社1982年版);达方改编、高云绘画《窦娥冤》(《连环画报》1984年第11期);言炎改编、孟庆江绘画《窦娥冤》(人民美术出版社1990年版);文玉改编、丘玮绘画《窦娥冤》(湖南少儿出版社1993年版);戴逸如改编、盛鹤年画《窦娥冤》(上海美术出版社2006年版);耿剑改编、周申绘画《窦娥冤》(《连环画报》2013年第7期)。盛本较具代表性,故这里主要以高云、丘玮、盛鹤年、周申等四人所绘的连环画为例,叙述其文图关系。

第一,这四种连环画基本保留了元杂剧《窦娥冤》的故事情节,图像所配文字部分源于元杂剧《窦娥冤》,但对图像与文字的具体处理方式又各有不同。达方改编、高云绘画的版本缺少窦天章为女儿昭雪的部分,文玉改编、丘玮绘画的版本沿用了《元曲选》本《窦娥冤》之窦娥鬼魂在窦天章审案环节出庭作证的情节,而戴逸如改编、盛鹤年绘画的版本以及耿剑改编、周申绘画的版本则没有让窦娥鬼魂在审案环节出场。就这四本连环画的图像而言,戴逸如改编、盛鹤年绘画的版本最为精美,该连环画以人物的具象展示及情节的细致刻绘为主,图画以人物为中心,人物所占画面比例较大,表情也较为清晰,而另外三种连环画则以构图的整体来展现故事情节,人物面容大多不甚清晰,多是粗线条的勾勒。

第二,这四种连环画图画与文字的版面比例均为3∶1,图与文共同完成叙事任务。与历史上的《窦娥冤》图像相比,这四种连环画的图像数量众多,以连续的方式呈现,对《窦娥冤》的情节进行了全面展示,古本插图的一个画面,在连环画中可以分成多个画面进行描绘,比如"羊肚汤"这一情节,连环画可就做汤、送汤、下药、误伤等若干细节进行绘画。

第三,画面的构图极巧妙地吻合了文学文本是《窦娥冤》连环画文图关系的另一个重要特点。例如,戴逸如改编、盛鹤年绘画的连环画《窦娥冤》,描述张驴

---

①② 柳隐溪:《形式的拓展与蕴含的收缩——从窦娥剧变迁看〈呐喊窦娥〉的得与失》,《戏曲研究》2011年第2期。

儿父子跟随蔡婆婆来到家门口的文字为"到得家门,蔡婆婆称,要先进去说服儿媳,让张家父子稍候片刻"①,而该页的绘画视角亦是从院内上空俯瞰下来,整幅图以院墙及院内场景为主,张驴儿父子与蔡婆婆站立在院门口说话的场景只占到画面一角,这样的绘图与文字配合得很巧妙。再如,该书第102页只一句"自打窦娥被斩,楚州当真大旱三年,颗粒无收"②,而该页的配图也很巧妙,画面中的河流已经几近干涸,几个人在河床底部的一处小水沟中取水,透过桥拱可以看到桥那边路上的行人,可见干旱的程度相当严重。

第四,连环画的画面与其对应文字之间,存在前者对后者不同程度的扩容与拓展,充分突显绘画这门艺术异于文字的独特魅力。例如,戴逸如改编、盛鹤年绘画的版本中,窦娥被斩之前,有一段怒斥世道的话:"问天地为何也欺软怕硬是非不分,为善的偏受贫穷更命短,造恶的却安享福贵延寿年。地也,你不分好歹何为地? 天也,你错勘贤愚枉为天! 哎,只落得我这弱女子两颊泪涟涟。"③针对这段话,画家不仅画出窦娥在控诉,而且以窦娥为中心,将三个场景组合在一幅图画中,中间是因蒙冤而戴枷的窦娥,左上方展示的是王公贵族身穿锦罗绸缎、拥抱美女、饮酒作乐的景象,右下方展示的是衣衫褴褛的老百姓穷困潦倒、凄惨无助的景象,左上方和右下方的景象形成了鲜明的对比,二者皆出于窦娥的口中控诉,而画家却通过想象将它们汇集在一幅画面中进行展示。又如,窦娥以周大夫苌弘化白玉、蜀王杜宇化杜鹃、战国邹衍遭陷降严霜的例子来自比,画家皆在窦娥形象的背后配以对应的图画,这种做法拓展了文学的表达空间,使其感染力进一步增强。

第五,连环画对场面与景象的描绘,既扩展了读者的视界,又渲染了气氛,对文字起到补充的作用。连环画的作者很善于营造一种场面感,而这恰是古本插图所缺少的,就斩窦娥这一情节而言,连环画用一系列图画进行展示,即使图像的主角是窦娥,也从不忘记对围观人群、街道、房屋等周边场景的描绘,而这种场面有助于增强读者对艺术真实感的体验。例如,戴逸如改编、盛鹤年绘画的《窦娥冤》第83页的文字为"正当三伏酷暑,赤日炎炎。窦娥被押往法场,街道两旁挤满了围观的人群"④,画家据此画出了场面感:街道上众人围观被押往法场的窦娥;又如,第99页的插图很精彩地表现了天气突变之时,刽子手及众衙役仓促躲闪的不同神态,而窦娥凛然不可侵犯的形象与他们形成了鲜明的对比,也正因为这样,该页被用作连环画的封面,该页的文字为"窦娥话音刚落,有云飘来遮住太阳,天色顿时阴沉,北风吹来,冷气飕飕"⑤。

---

① 戴逸如改编,盛鹤年画:《窦娥冤》,上海美术出版社2006年版,第33页。

② 同上,第102页。

③ 同上,第86页。

④ 同上,第83页。

⑤ 同上,第99页。

另外,连环画之中的人物造型服饰同样体现了当代人们的审美,仰视空间的出现、人物结构比例的精确、夸张外露的表情等无不表现出当代人们对于图像语言的认识,也在一定程度上反映出在图像转向的时代,含蓄的、内在的、有意味的、可以反复体验和"咀嚼"的"画"逐渐演变成直白的、外在的、追求视觉震惊和观看的"图"的历史迹象。

(三) 戏剧文本及其当代图像

本部分涉及两种现象,一种是元杂剧《窦娥冤》的现代刊行本,另一种是用现代白话改编的新剧本。

就元杂剧《窦娥冤》的现代刊行本而言,文字没有变化,但刻印技术的进步、绘者技法的提升使得当今图像以其丰富而新颖的画面拓展了文学的空间。关汉卿著、张中莉编著《窦娥冤》(吉林文史出版社1997年版)一书为单行本,该书在原文中插入图片24幅,颇有连环画的效果;其中楔子部分有图1幅,第一折有图5幅,第二折有图8幅,第三折有图3幅,第四折有图7幅。这些图片结合原文内容而绘,亦步亦趋地集中展示了《窦娥冤》原剧的主要情节。北京师联教育科学研究所编的《古典戏剧基本解读》(人民武警出版社2002年版)一书选有元杂剧《窦娥冤》,并配有5幅图,除第二折有2幅图,其余每折1图,而第二折多出的1幅图源于孟称舜所编《新撰古今名剧合选·酹江集》中《窦娥冤》的斩窦娥插图;其余4幅图皆就每折核心内容而重新绘制,第一折的图展示了张驴儿父子搭救蔡婆婆,第二折的图展示了张驴儿父亲中毒而死、张驴儿作痛哭状,第三折的图展示了两位刽子手监押着跪地的窦娥,第四折的图展示了窦娥之灵魂与父亲相遇。王季思主编《中国十大古典悲剧集》(上海文艺出版社1982年版)一书选有《窦娥冤》,正文前有四幅图,前两幅介绍人物,后两幅展示情节,第一幅图中有张驴儿、赛卢医、桃杌三个人物,第二幅图中有蔡婆婆、窦天章、窦娥三个人物,这两幅图的人物着装与表情颇能体现人物性格,第三幅图展示了张驴儿与窦娥、张驴儿之父与蔡婆婆拉拉扯扯的场景,第四幅图则展示了窦娥即将被斩的时刻,场面宏阔,人物众多。

就当代剧本及其插图而言,则可以陈牧改编的《窦娥冤》(《大舞台》1996年第6期)为例进行言说,该剧本以现代汉语对白及现代戏曲演唱的形式对原剧进行了改编,增添张驴儿敲诈赛卢医及向县令桃杌行贿等情节,主要故事情节则仍延续原作。该剧刊载于杂志之中,有一幅题图,两幅插图,题图为成来所绘,插图为郑丽作绘。题图绘在白色的底子之上,树叶飘舞,白练斜悬,窦娥披散着头发,头戴重枷,背插斩标,手缚锁链,用手指着白练。两位男性刽子手持刀站立,窦娥身穿带有"囚"字样的衣服,反手被绑,跪在地上,长发飘飘,似乎是一个卡通美少女。从图像的角度来看人物造型显然与游戏动漫时代的到来有着某种一致与契合,有电脑游戏中人物的影子。这似乎消解了原剧的悲情和冤屈,窦娥故事仿佛转化为虚幻中的游戏。

（四）《窦娥冤》白话改编单行本

元杂剧《窦娥冤》语言直白、故事情节丰富，故事的读者或接受群体多样，这使得后世出现了若干白话单行本。白话改编单行本的文图关系在很大程度上已变为小说文本与当代图像的关系。

最早的白话改编本是龙世辉改编的《窦娥冤》（上海文化出版社 1958 年版），全书共六部分，其标题分别为：父女生离、驴儿下毒、窦娥受冤、六月飞雪、怒责州官、惩办真凶，这六部分构成一个整体，以小说的样式呈现，该书虽为单行本，但充其量也只是中篇小说的篇幅。此白话改编者笔法娴熟，构思巧妙，既尊重元杂剧《窦娥冤》的原有情节，又作了一些想象性的、适合小说形式的创造。例如，作者在蔡婆婆向赛卢医要债时，设想了一系列对话，将蔡婆逼债、赛卢医赖债以及前者激怒后者的过程作了很形象的呈现。又如，在此改编本中，窦娥灵魂与父亲相见的方式是在父亲梦中，其灵魂也未在窦天章断案现场出庭作证，这便将戏曲本的虚拟性与程式性作了修正，使得小说本更合情合理。全书每部分配有一图，共有六幅插图，根据每章具体内容而绘制。就图像方面而言，龙世辉本的图像较为强调画面的构成性和形式感，改变了传统插图面面俱到"翻译"文本的"图像化"方式，使得画面更加具有现代感和时代性，图像的自足性得以加强。

畅孝昌改编的《窦娥冤》（汉英对照）（新世界出版社 2002 年版）一书共十章，其标题分别为：生离死别、蔡婆遇险、引狼入室、张驴害父、狼狈为奸、酷刑逼供、刑场发愿、奉命出巡、魂魄鸣冤、伸冤雪恨。从标题可以看出改编者基本没有改变原著的面貌，但是文体的变革使得改编者必然有所取舍。正如改编者在前言中所说，"遵循必须忠实于原著的基本原则，参照明人传奇《金锁记》的个别情节，除对原著场景、人物心理活动诸方面进行了适当的渲染描写，使之更具有小说特点外，还增加了一些新内容。这些新增加的内容，大多是原著曾经提到但语焉不详的，个别则是原著为形式所限不可能涉及的"[1]，由此可见，改编者对于戏曲与小说两种文体的差别了然于心，能够把握改编过程中的技巧。该书正文前有四幅图，为单幅人像，分别展示了窦娥、窦天章、张驴儿、蔡婆婆等四个主要人物，正文中每一章前都有一幅插图，皆据该章故事情节而绘。畅本插图强调线感，人物造型较为夸张和写意。

王寅明编著的《窦娥冤》（陕西旅游出版社 2005 年第 2 版）共分 19 个部分，每一部分都有标题，全书对元杂剧《窦娥冤》进行了扩容与充实。首先，书中增加了桃夭与关汉卿这两个人物，桃夭是桃杌之子，关汉卿是该书作者。前者仗势欺人、将蔡昌宗打伤并致其死亡，增加这个人物是为了突出社会黑暗及民众疾苦。

---

[1] 畅孝昌改编：《窦娥冤》前言，新世界出版社 2002 年版，第 13 页。

后者去狱中探访窦娥、拜见桃杌、编演《窦娥冤》，为窦娥打抱不平，增加关汉卿是为了渲染故事的真实性与现实性。① 其次，改编本对原有情节作了调整与改变，蔡昌宗这一人物在元杂剧中并未出场，改编本则花了很多笔墨描绘他读书、恋爱、结婚、去世的过程。张驴儿也并不是一个偶然出现的人，而是一个从小便与窦娥相识的地痞流氓。这样一来，该书便成了一本自成体系的长篇小说。书中有图像十幅，它们皆根据新的文字内容绘制而成。

（五）《窦娥冤》白话改编选本

当代的白话故事选本中常选有《窦娥冤》，这些选本往往配有图片，在这种类型的读物中，类似于中短篇小说的文字与插图构成了新的关系。我们根据白话改编选本《窦娥冤》对元杂剧《窦娥冤》的改变程度，将这些选本分成如下几类展开叙述。

1. 改编拓展白话故事本

《中外传世名剧·中国卷》（中国少年儿童出版社 2005 年版）中选有《窦娥冤》改编本，改编者李立在戏曲文本转为白话故事本过程中煞费苦心，自称"在改编的过程中，我们一方面忠实于原著，按照原著内容的顺序展开情节；一方面又加进了改编者的合理想象，丰富了故事的情节，更凸现了人物的背景及性格特点，使故事更具有可读性与曲折性"②，改编者还很珍视唱词，将它们融入故事的叙述之中。书前配有彩图两幅，一幅图为童年窦娥含羞掩口站立在门框旁，另一幅图则是刑场上身缠锁链的窦娥立于白绢之前。正文中配有插图五幅，根据情节的发展而绘制，画面采取线条勾勒的方式，虽然简洁却颇为传神。例如，描绘张驴儿之父中毒倒地的画面为：汤碗倒扣于地、汤汁洒落，一木凳倒地，一只小猫在帘子后惊恐地偷看，该图虽然未出现剧中人物，但其表现力却很强。该图像充分注重了图像的阅读对象——少年儿童。画面中的线条、造型、物象极富情趣，即便是如此冤屈的悲剧情节，在该插图的描绘中人们似乎也已感觉不到悲痛，相反，感到的是具有意趣的画面和令人想象的布白空间。

董建文、曹明海主编《中国十大古典悲、喜剧白话故事》（插图本）（济南出版社 2003 年版）亦选有《窦娥冤》，该选本为邹圣因改编，篇幅比前者略小，亦以白话故事这一新的体裁进行叙述，整体上忠于原剧，但由于体裁的差异，不免作了一些想象性的填补。该文有插图一幅，画面展示的是刑场，窦娥反手被缚，仰面朝天、跪在席子上，两个刽子手执刀站在她身后。后来金金编著的《中国十大古典悲剧故事》（内蒙古出版社 2010 年版）之《窦娥冤》的文本内容即在邹圣因改编文字基础之上进行的修改，图片与其一致。

---

① 王寅明编著：《窦娥冤》，陕西旅游出版社 2005 年版，第 248—249 页。
② 李立等改编：《中外传世名剧·中国卷》，中国少年儿童出版社 2005 年版，第 72 页。

昌言等编写的《古典戏曲精彩故事》(河北少年儿童出版社1993年版)亦选有《窦娥冤》,该选本篇幅与前者相类,包括"引狼入室""害人害己""六月飞雪""父女梦圆"等四个部分,在尊重原著的基础上,该选本作了一些想象性的改编以及细节丰富。例如,在该选本中,窦天章初审张驴儿及蔡婆婆没有探听到真实信息,便带人夜间私访蔡婆婆,探知真实情况;而最后的审案环节中,窦娥灵魂出庭作证的情节被删除,由蔡婆婆出面作证,张驴儿则在被施以刑罚以后如实招认。该书共有插图四幅,分别展示张驴儿父子搭救蔡婆婆、张驴儿哭父、窦娥被两刽子手押在刑场、窦娥灵魂与父亲相见四个内容。昌言等编写的剧本图像也颇具特色,如"窦娥灵魂与父亲相见"图像较具形式感,画面也采用了象征性的云符号,寓意窦娥灵魂在梦中与父亲相见的场景。

2. 基本遵照原文的白话故事文本

如果说前述选本在一定程度上脱离原文,更多的选本则依据原文乃至按照原文展开的顺序照直叙述,基本没有想象性的拓展,但是白话故事这一文体与元杂剧相比,毕竟发生了根本的改变,从文言文到现代文,从表演性到叙述性,改编者亦在进行一种再创作。在众多的选本中,张晓风编撰的《看古人扮戏——戏曲故事》(三环出版社1992年版),丁冰、关德富主编的《中国古代十大悲剧故事集》(东北师范大学出版社1992年版),余炳毛、王钦峰编著的《少儿元曲故事》(陕西师范大学出版社1993年版),余世谦编著的《桃花人面——中国古代戏剧故事选》(复旦大学出版社1994年版),李杰生、吴继昌编撰的《元代戏剧故事》(内蒙古人民出版社1980年版),古曲编写的《中国戏曲故事(第一辑)》(河北人民出版社1980年版),何强、方小壮主编的《中国古典文学名著故事》(海峡文艺出版社2003年版),王星琦主编的《一分钟名著——中国古典小说戏曲卷》(江苏人民出版社1991年版)等八种选本都是白话故事文本配以插图一幅,这些插图大多描绘刑场斩杀窦娥这一场景,表现这一场景的占到六幅之多,这六幅插图中不乏有特色者:丁冰、关德富主编的《中国古代十大悲剧故事集》中《窦娥冤》插图采取国画样式,画面中窦娥跪地,仰头作呼吁状,她被锁链捆缚的手高举着,在她头顶上方有白绢飘舞,画面左下方署名为育沛;余世谦编著的《桃花人面——中国古代戏剧故事选》的《窦娥冤》插图中,画面中央为坐地作痛哭状的窦娥,画面两侧分别只画出了左右两个刽子手的手、脚及手持的棍子,并未展示其整体;李杰生、吴继昌编撰的《元代戏剧故事》中的《窦娥冤》插图,画面极力突显了窦娥,前景中飘舞的白绢之下跪地仰天的窦娥占了很大的构图空间,后景中的监斩官与刽子手则作模糊处理;古曲编写的《中国戏曲故事》所展示的内容为:刑场上窦娥跪地,二监斩官立于其身旁,人物装扮为戏曲表演装束。除了这六幅刑场斩娥图,另外两幅图分别载于何强、方小壮主编的《中国古典文学名著故事》及王星琦主编的《一分钟名著——中国古典小说戏曲卷》,前者为窦娥灵魂入父亲之梦,后者为张驴儿父亲中毒而死之时窦娥、蔡婆、张驴儿三人的不同表情,画面包含四人,分别予以标识，这两个选本相比于其他六种选本最突出的特点就是篇幅极为短小，分别仅有 3 页及 2 页，因此也只是以第三人称的角度对原剧故事进行叙述与概括。余炳毛、王钦峰编著的《少儿元曲故事》的篇幅亦与此两本相类似，只有 3 个页面。在文本方面，需要单独评述的还有张晓风编撰的《看古人扮戏——戏曲故事》中所选的《窦娥冤》，该文以短篇小说的样式展开叙述，虽然几乎完全遵照原剧的情节，但作者能巧妙把握从戏曲文本到短篇小说文本转化时的技巧，在行文中注意前后照应与情节安排，且该详细处详细，该简略处简略，例如，窦天章审案环节，作者没有让窦娥出场，而是让证据说话，这显然是符合小说文本特征的。

除以上只有一幅插图的选本之外，还有一些具有多幅插图的选本，它们在文本或图像方面颇有特色，值得单独叙述。陈立记等改写《中国探案故事》（中国少年儿童出版社 2010 年版）一书所载《窦娥冤》按照元杂剧《窦娥冤》的内容叙述窦娥故事，配有插图两幅，一为赛卢医勒杀蔡婆，一为刑场上窦娥被砍杀的瞬间，这时白绢飘舞，刽子手高举起刀，蔡婆非常悲伤，卧倒在地。白帝等编，葛闽丰、张宏绘《中国古典十大悲剧》（连环画出版社 2006 年版）亦忠实于原著进行白话叙述，没有太多拓展性的想象，该选本有图六幅，分别展示窦天章送女至蔡婆家、张驴儿偷放毒药、窦娥被迫画押、窦娥被押赴刑场的路上、窦娥之魂与父亲相见、窦天章审案断决等场景。凌嘉霏编著的《元杂剧故事集》①（江苏人民出版社 1983 年版）依照元杂剧原文进行白话描叙，未作太多想象性的拓展，很多语段仍有戏曲原文的痕迹，充分体现了改编者忠于原文的行文风格。该书有插图四幅。题图所占空间约为页面的六分之一，画面中大雪纷飞，挂在木杆之上的白绢在风中舞动。正文中有三幅图，一是窦娥与父亲惜别的场景，二是窦娥斥责张驴儿勿要靠前的场景，三是刑场上风起叶落背景之中的窦娥，每一幅画皆配有源于白话故事的简要字段。

最有特色的是姜勇主编《元曲故事》（新疆青少年出版社 2006 年版），该选本虽然也是以白话故事为体式，但是严格遵照了元杂剧《窦娥冤》的内容，并尽量模仿其文体样式，因此颇有特色。全文分四部分，每部分内容与元杂剧《窦娥冤》的每一折相对应，且每折都录入了一段源于元杂剧的唱词，这段唱词作为人物言谈而出现，古本与今本巧妙融合为一体。也正是由于这种撰述倾向，每部分内容也只是根据原剧作简要叙述，显得直白而简单，有些内容直接略去，比如窦娥灵魂出庭作证的场景在白话本中没有出现，最终的断案环节只是一笔带过。该选本每部分之前皆有一幅插图，与该部分内容相对应，图像造型也较具特色。第一部分的插图为张驴儿父子搭救蔡婆婆，第二部分的插图为张驴儿之父倒地、窦娥作惊讶状，第三部分的插图为被两刽子手监押着的窦娥，画面构图以刀尖环绕窦

---

① 凌昕编著的《中国戏曲故事选》（江苏人民出版社 1996 年版）亦选有《窦娥冤》，其文字与《元杂剧故事集》相同，图片仅有一幅，来自《元杂剧故事集》。

娥,刻意突显了窦娥之处境。第四部分的插图为窦娥灵魂与父亲相见。

(六) 儿童读物及简介性著作中的《窦娥冤》

元杂剧《窦娥冤》的文学价值使得它为多种儿童读物所重视,被编选成适合儿童阅读的图书,并配以图片;在其他一些文学史著作或名著简介类的著作中,该剧亦常被选入,并以图片相配。这些文字与图片构成了另一种类型的文图关系。

1. 儿童读物中的文图

由元杂剧《窦娥冤》改编的儿童故事选本大致分为如下两类。第一种类型是短小的注音文字配附彩图,这类读物面对的读者群体应为低幼儿童,所以文字特别简单,对故事的介绍也很不完整。除了文本短小简单之外,儿童读物中图像的色彩造型与通常的插图也有显著的区别。

龚勋主编的《中华上下五千年》(华夏出版社 2012 年版)一书只用一个页面来介绍《窦娥冤》故事,其标题为《关汉卿与〈窦娥冤〉》,对故事的介绍不够完整。文字下方配有彩图一幅,刑场上有监斩官、刽子手及窦娥;魏力、谢珩编著的《中国名著故事》(敦煌文艺出版社 2006 年版)亦载有对《窦娥冤》这一故事的简要介绍,作者除了介绍故事还评价了《窦娥冤》一剧及其创作背景,并配有四幅图,一幅是京剧《窦娥冤》的演出照片,其他三幅皆为绘图,分别展示窦娥在被押赴刑场的路途中、刑场斩娥、桃杌庭审张驴儿与窦娥等场景;《中华上下五千年》(少儿彩图注音版)(西安出版社 2012 年版)一书所载的《〈窦娥冤〉感天动地》一文简要介绍了元代社会状况、关汉卿的创作背景及《窦娥冤》的故事情节,配图两幅,一为窦娥受审,一为刑场斩娥。

第二种类型是彩色卡通图画配附文字,这是指《精彩戏曲故事》(金葫芦卡通宝库)(明天出版社 1997 年版)所载的《窦娥冤》。该书共 38 页,以画面为主,每页有 3—5 幅图片,文字以条目的形式配附于图片之下,共 94 条。该书封面标示为"最新卡通连环画",这本书在具备连环画特征的基础上,又别具特色:图片与文字随意插配安排,显得灵活、自如,而图片是卡通式的,虽不以逼真为尚,却也别有一番童趣。

2. 简介性出版物中的文图

有一些名著介绍类著作对《窦娥冤》这一经典作品进行介绍,并配有插图,它们大都以青少年读者为阅读对象,图片是对文字叙述的一种补充,使其更加丰富和完美。这些著作包括:墨彩书坊编委会编《儿童故事版中华上下五千年》(旅游教育出版社 2014 年版),员晓博、袁野编著《中华上下五千年》(美绘少年故事版)(新疆少年儿童出版社 2012 年版),郭宇波著《中华历史故事(4)》(少年版)(朝花少年儿童出版社 2003 年版),杨旭主编《中外文学名著导读》(汕头大学出版社 2010 年版),郭春辉主编《龙的国度》(湖北少年儿童出版社 2007 年版)。这五种图书的共同特点是用较短的篇幅评述《窦娥冤》这部戏剧，并涉及元朝的时代背景及关汉卿的创作情况，前四者各配有一幅图，《儿童故事版中华上下五千年》及《中华上下五千年》（美绘少年故事版）中的插图皆为戴着锁链的窦娥跪地作呼天之状，而《中华历史故事(4)》（少年版）及《中外文学名著导读》则展示的是桃杌审判窦娥的场景；郭春辉主编的《龙的国度》则配有关汉卿及窦娥图各一幅，另选择了《元曲选》本《窦娥冤》中的刑场插图以配附。

值得一提的还有另外两本书，它们与以上诸作略有不同。黄新光等编著的《中国文学史》（少年配图本）（二十一世纪出版社 1994 年版）一书有一节内容具体介绍了元杂剧《窦娥冤》前三折的内容，并对该剧作了总体评述，配有插图两幅。图的内容从其所配文字可以看出，一为"窦娥严词拒绝张驴儿的无理要求"，另一为"窦娥披枷带锁，遍体鳞伤，走向刑场"。曹余章主编《中国传统文化故事荟萃之六——不朽的篇章》（文学篇）（浙江教育出版社 1995 年版）中有《关汉卿和〈窦娥冤〉》一文，内容与以上所述著作类似，只是以鲜活语言来表述故事情节以及关汉卿的创作状况，配有两幅图，一为刑场斩娥，一为关汉卿生活场景，两幅图与其说是一般插画，不如说是艺术性很强的绘画作品。

（七）《窦娥冤》漫画本

读图时代编绘（绘画主笔尹爱民、脚本撰写时娜）的《窦娥冤》（中州古籍出版社 2003 年版）是中国古代经典悲剧漫画本系列图书。该漫画本正文共 150 页，一页有多幅图片。正文前有大图四幅，绘出了窦娥、张驴儿及其父、蔡婆、窦天章、桃杌及赛卢医等主要人物，并用简短的文字对他们进行了介绍。漫画本的图像与文字叙事遵照了元杂剧《窦娥冤》的主要故事情节，亦充分发挥图像与文字巧妙搭配组合的优势，使故事得到了更清晰的呈现，虽然与原来的戏曲文体迥异，却以新的方式激活了古典名著的活力。就常为绘画者所关注的刑场一幕而言，此漫画本未作整体展现，而是细化的、局部的、多侧面地展现：从窦娥被押往刑场的途中与婆婆对话、与监斩官对话，到斩头的瞬间，皆一一用图配文的方式展示具体人物及具体表情，画面不仅展示主要人物窦娥，还通过展示监斩官、刽子手、围观群众的表情和反映来突显窦娥冤情之深。就"窦天章与窦娥鬼魂相见"这一经典情节而言，图像与文字一起叙事，将窦天章如何挑灯看案卷，窦娥怎样与父亲相见并叙说冤情的过程，用若干图片配附适量文字的方式作了详细的展示，而不是像前述白话故事选本那样以一幅图来呼应一大篇文字。此漫画本努力以数量众多、角度各异的图像连续而集中地突显故事内容，所以图像大多是局部的展示，或是人物瞪大的眼睛，或是建筑的一角，或是头脑中想象的一个图景，而文字又恰如其分地附在图像旁边，二者共同发挥叙事的功能。

（八）美术作品中的《窦娥冤》

《窦娥冤》亦常为画家们关注，成为美术作品中的常见题材。戴敦邦曾据《窦娥冤》作画一幅，[①]画面中窦娥带斩标跪地，天空乌云密布、雪花飞舞，刽子手凶神恶煞，监斩官作惊讶之状，三个人物都是戏曲舞台演出的装扮。高马得喜欢画戏曲画，他亦曾就《窦娥冤》作画，[②]有一幅画中乌云密布，窦娥悲愤站立，监斩官用扇子半遮脸面、作惊讶状，所绘人物皆戏曲演员装束；高马得以水墨写意的画法切入《窦娥冤》这一古典题材，寥寥几笔便突显出浓重的故事感与戏曲味。魏敬先根据 20 世纪 60 年代的戏曲表演绘有《窦娥冤》一图，[③]画面中仅窦娥一人，怒目圆睁，作悲愤之状。郭德福所绘的《窦娥冤》[④]亦别有特色：解下枷锁与斩标的窦娥跪地仰天，凶猛的刽子手持刀欲扬。

就民间美术而言，上海市民间文艺家协会编的《中国戏曲剪纸》（上海教育出版社 1998 年版）一书载有《窦娥冤》剪纸一幅，可见该剧为民间剪纸艺人所熟知，在该剪纸图中，两个刽子手持大刀站立两旁，戴锁链的窦娥跪地、低头、双手上擎，空中雪花飞舞、乌云遮阳，本来雪花是窦娥被砍头以后才开始飘落，剪纸艺术显然想利用一幅图画来叙述更多的故事情节，不得不将更多的元素进行组合。

（九）电影《窦娥冤》

以窦娥冤案为题材的电影有蒲剧电影《窦娥冤》和粤剧电影《六月雪》，二者都诞生于 1959 年，这里我们以前者为例叙说其文图关系。1959 年，长春电影制片厂拍摄了彩色蒲剧电影《窦娥冤》，导演为张辛实，饰演窦娥者为王秀兰。该剧基本上沿袭了原本的故事情节，用当代演员来表演古代戏曲，唱词和念白根据蒲剧与现代汉语的特点作了改编。电影《窦娥冤》以戏曲为形式，承继了《窦娥冤》从元杂剧以来的搬演传统，又以电影为媒介，在很多方面突破了传统戏曲的艺术特点。例如，窦娥血溅白练、六月天降飞雪这一情节，戏曲舞台上只能通过虚拟的方式进行表示，而电影则通过一系列连续的镜头这样展示：

1:27:24—1:27:39　窦娥唱"情深似海，冤重如山"；

1:27:40—1:27:46　天色变暗、电闪雷鸣；

1:27:47—1:28:17　窦娥流泪怒唱"天哪，定要，定要，这……楚州地亢旱三年"；

---

① 刘旦宅等绘：《名家配画诵读本·元曲三百首》，上海辞书出版社 2000 年版，第 40 页。
② 高马得绘、黄冠编：《水墨·粉墨：看马得画戏 听众家评说》（江苏美术出版社 2008 年版）与《马得戏曲画选》（上海人民美术出版社 1987 年版）皆载有高马得同一年所画的"窦娥冤"图，两者构图元素相同、画面相似，但显然是不同的两幅画。
③ 魏敬先绘：《魏敬先速写画集》，中国戏剧出版社 2003 年版，第 35 页。
④ 郭德福绘：《古典戏剧故事白描百图》，辽宁美术出版社 2002 年版，第 24 页。

1:28:18—1:28:20 临斩官怒吼"施刑"；

1:28:21—1:28:22 窦娥怒目圆睁；

1:28:23—1:28:24 刽子手举起大刀往下砍去（窦娥不在画面中）；

1:28:25 空中白练瞬间变红，并随风飞舞而去，天空随即飘起雪花，并越来越大，镜头从天空转向地面，地面及树木已布满积雪。

原先不过是戏曲对白与唱词，在影像中，导演将不同人物的动作与神态，以及天气变化用多个镜头进行了巧妙地组织安排与穿插展示，突破了戏曲舞台表演的虚拟性，观众们由以听为主转向了听和看并重。由此可见，影像具有文字文本所不具有的若干特质，它诉诸视觉和听觉观感，通过影像来展示情节，给人以强烈的震撼。

不同于图片只能选取某一个顷刻进行作画，影像可以通过镜头的剪切、拼接构成连续播放的场景，如张驴儿下药误伤其父的情节，电影是这样展示的：

38:00—38:08 窦娥端汤来，欲喂她婆婆喝；

38:09—38:12 张驴儿父亲作馋嘴状；

38:13—38:37 蔡婆婆因闻不得膻味而表现为作呕状，如是两番；

38:37—38:38 张驴儿父亲瞅来瞅去，作出很想喝汤的样子；

38:39—38:44 窦娥端汤放在桌面上；

38:45—38:59 张驴儿父亲端起汤一边言说，一边喝汤；

39:00—39:02 镜头转向站在窗外偷看的张驴儿，他看到父亲喝汤，表情作痛苦状；

39:03—39:06 张驴儿父亲仰头喝完汤。

舞台上每个演员都在表演，观众则作整体性的观看，图像选取某一顷刻来表现，而电影却将镜头拆分后展示给观众，电影的这种做法比文学文本更加逼真化、现实化。再如，电影形象地展示窦娥屈招的情节：拖着病体前往公堂的蔡婆婆被施以酷刑，蔡婆难以忍受，迫使窦娥为挽救婆婆而屈招，这种影像的展示确实比文字作品更使人相信其情节的合理性。相比于文学作品，电影更吸引人，也更易使人物的一言一行刻印在人们的记忆之中，从而使《窦娥冤》获得更多的受众，又给已经读过文学作品或观赏过戏曲舞台表演的人们以新的审美感受，而元杂剧《窦娥冤》依赖理解与想象，因时代久远而流失了很多受众。

（十）电视剧《窦娥冤》

以窦娥冤案为题材的电视剧有 1998 年上映的《新窦娥冤传奇》①和 2005 年

---

① 1998 年上映的七集电视剧《新窦娥冤传奇》是北京中北电视艺术中心推出的 4 单元、24 集电视剧《倩女奇冤》的一个单元，《倩女奇冤》由《窦娥冤》《谢小娥为父报仇》《英娘救父》《陈三两爬堂》四个故事改编，梁凯程导演，赵冬苓编剧。《新窦娥冤传奇》由刘松仁饰县令陶伍、张咏饰窦娥、黄达亮饰窦天章，故事情节围绕陶伍和窦天章的私人恩怨展开，很大程度上掩盖了窦娥之冤，为此，我们不再对该剧展开探讨。

上映的《窦娥冤》，这里主要以后者为例言论其文图关系。2005年上映的三集古装电视剧《窦娥冤》由苏丹执导，鲍国安饰演窦天章，苏瑾饰演窦娥，韩影饰演蔡婆婆。不同于蒲剧电影《窦娥冤》，2005年上演的这部电视剧没有采取戏曲的样式。该剧在元杂剧《窦娥冤》的基础上作了情节的改编，原本是窦娥死后三年，他的父亲才作肃政廉访使，而电视剧却把窦娥案的发生时间与窦天章作肃政廉访使的时间安排在了一起。楚州太守桃杌因受贿而枉断案件，他听闻窦天章已到楚州地界，并于第二日将至州府，因此故意要在凌晨对窦娥行刑，而窦天章当天曾在一家饭店与被押解的窦娥、蔡婆、张驴儿偶逢，但是分离时间较长，互相没有认出对方。窦天章一直觉得被押解的女子跟自己女儿很像，而晚间拜访王道长时，又听他说起山阳县发生了一起与窦娥有关的案子，夜里则梦见押解女子与其相认，于是决定连夜去山阳县衙查阅案卷，并命山阳县令往楚州府送其手谕，要求手下留人，在千钧一发之际却未能赶上。窦天章抓住一切线索判案，县官、桃杌、张驴儿等人都是犯罪嫌疑人，但找不到赛卢医则没有惩治他们的证据。电视剧最后在找寻赛卢医方面做了一些文章，窦天章派张千抢先于桃杌所派衙役找到了赛卢医，案件大白于天下。电视剧中增加了哑巴、王道士、燕大人等人物，使故事性更强、线索更多元，也更加吸引观众。

电视剧故意安排了一系列巧合，而窦娥依然在千钧一发之际被冤杀，这便更加突显了事件的悲剧性。影像的排演颇具特色，这表现在以下三个方面。首先，该剧将桃杌设置为蒙古族官员，并增加了燕大人这位受皇帝委办来巡访的蒙古官员，他们及衙役穿着蒙古族服装，这种影像处理充分考虑到历史实际与艺术真实，而在斩窦娥的法场之上，桃杌身着蒙古族服装，监斩官则着汉族官服。其次，法场上有很多围观的群众，这是蒲剧电影《窦娥冤》所忽略的，在窦娥临刑之前，很多群众因感动而抹眼泪，在窦娥被砍头的瞬间，很多群众低头不忍观看，血溅白练的刹那，人们躲闪、抹眼泪，而骑马的衙役也在此时大喊着"刀下留人"飞奔过来；与此同时，镜头展示群众们觉察到雪花降落而抬头望天，桃杌及监斩官亦发觉下雪了，随即雪越来越大，漫天遍野飞舞起来，刑场上飘舞着沾满鲜血的白绢，这一系列镜头都在突显着窦娥冤情之深。再次，元杂剧中最重要的人物是窦娥，其次是张驴儿、蔡婆婆、窦天章、赛卢医等，其他人物形象都很模糊，而在电视剧中，主要人物和次要人物皆因优秀演员的杰出演技给人们留下深刻的印象。元杂剧中的桃杌只是一个庸吏，在电视剧中则是一个贪赃枉法之人，围绕他展开了不少情节：收受贿赂、枉断案件、讨好燕大人、安排属下刺杀赛卢医等。赛卢医的形象也比较饱满，《古名家杂剧》本《窦娥冤》中窦天章审案环节不过几句话带过。《元曲选》本《窦娥冤》则安排窦娥鬼魂当庭对峙，并由出逃后被抓回的赛卢医上堂作证。而电视剧在赛卢医逃跑后的去向上大作文章，引出桃杌派人杀害赛卢医以消灭证据与窦天章派人找寻赛卢医作人证这对矛盾冲突，赛卢医被窦天章所派之人捉拿归案后，张驴儿与桃杌均受到应有的处罚。新增人物哑巴、王道长、燕大人也以其衣着、长相、表演等给人们留下了印象,这也正是影像优于文学之处,它施展了文学文本所不具备的呈现视觉及听觉场景的专长。

第二节 《赵氏孤儿》及其后代图像

《赵氏孤儿》本事散见于《春秋》三传、《国语》《吕氏春秋》,这几种文献基本上遵照了历史事实;《史记》对赵氏孤儿故事的叙述更加完整,但其偏离历史事实的倾向也颇为后人诟病;《史记》的相关记载影响了赵氏孤儿故事在民间的传播状况,汉唐以来人们对救孤英雄的祭祀便与此相关,而宋代赵姓皇帝出于政治目的对救孤英雄进行祭祀则更加促进了赵氏孤儿故事的民间传播,[①]于是赵氏孤儿故事越来越成熟了。元杂剧《赵氏孤儿》是剧作家纪君祥结合民间传说,根据历史文献,为杂剧搬演而改编的剧目,它以表演艺术为方式展现赵氏孤儿故事,在后世产生了深远的影响。元杂剧《赵氏孤儿》现存三种版本,一是《元刊杂剧三十种》(元代末年刻本),二是臧懋循编选的《元曲选》(1615—1616),三是孟称舜编《新镌古今名剧合选》之《酹江集》(1633)。《元刊杂剧三十种》中无对白,只有曲词,臧懋循编选的《元曲选》对前者进行了大量的润色,增加了对白,改写了部分曲词,并在原曲的基础上增加孤儿复仇一折,虽然核心故事情节没有改变,但时代印痕相当明显。[②] 孟称舜编《新镌古今名剧合选》之《酹江集》本《赵氏孤儿》基本上继承了臧懋循改编的《元曲选》。元刊本《赵氏孤儿》宾白不全、常有错字,臧懋循编选的《元曲选》本《赵氏孤儿》文字整饬而完整,成为后世的通行本,本书着眼点在图像与文本之间的关系,文本之间的变化并不是我们研究的重点;更为重要的是,与元刊本文本相配的图像并不存在,本书研究的图像多与《元曲选》等后世文本相配。《元曲选》本《赵氏孤儿》主要故事情节如下。

楔子 晋灵公殿前有屠岸贾和赵盾两位重臣,二人不和。屠有害赵之心,他先是派鉏麑刺杀赵盾,此计未成,又生一计,他向晋灵公进言,称有一唤作神獒的猛犬可辨贤恶,于是与赵盾同在一殿时,放开那只久经训练的神獒,被猛犬追击的赵盾幸得提弥明、灵辄等人救助才得以逃脱。屠岸贾遂将赵盾一家三百口斩尽杀绝,又诈传灵公命令,命赵盾之子、驸马赵朔自杀身亡,赵朔临终前嘱咐怀孕的妻子:如生儿子则取名赵氏孤儿,将来为赵家报仇雪恨。

第一折 屠岸贾派人严守驸马府,赵氏孤儿出生后无法逃出,公主向常在驸马府走动的程婴求助,程婴应承后,公主自刎身亡。程婴把婴儿装在药箱中企图

---

① 张鹏:《祚德庙与宋代赵氏孤儿故事的流播》,《古典文学知识》2010 年第 6 期。

② 有多篇论文论及《赵氏孤儿》杂剧元明刊本的差别问题,它们是:任爽《〈赵氏孤儿〉两种刊本比较——浅谈元杂剧在元明时期的不同》(《戏剧丛刊》2014 年第 3 期);陈远洋《〈赵氏孤儿〉元明刊本主题之变化》(《名作欣赏》2010 年第 32 期);郭锐《〈赵氏孤儿〉元明刊本之比对》(《沧桑》2007 年第 4 期);刘素琴《〈赵氏孤儿〉元明刊本比较》(《齐齐哈尔师范高等专科学校学报》2014 年第 1 期)。

蒙混过关,看守将军韩厥对屠岸贾残害忠良的行为甚为不满,放走程婴,自刎身亡,程婴携孤儿逃出驸马府。

第二折　屠岸贾下令,如果没有人主动交出赵氏孤儿,则将晋国半岁以下、一月以上新添的小孩都搜捕上来砍死。程婴愿意以己子冒充赵氏孤儿去投案,欲委托老宰辅公孙杵臼抚育赵氏孤儿,公孙杵臼以年长为由拒绝,声称愿与程婴之子同死,最终二人达成一致意见:公孙杵臼与程婴之子一同赴死,程婴则匿孤育孤。

第三折　程婴向屠岸贾举报公孙杵臼,屠岸贾不信,在得知程婴欲挽救晋国小儿及免却自己孩子被杀的理由之后,屠岸贾相信了程婴,并与其一同去搜孤。公孙杵臼惨遭痛打、宁死不招,屠岸贾派人搜出了婴儿,三剑将其剁死,公孙杵臼在盛怒之下撞阶而死。屠岸贾答应收"程婴之子"为义子,并纳程婴为门客,程婴忍住内心的巨大悲痛,带着赵氏孤儿在屠府生活。

第四折　赵氏孤儿官名叫程勃,为屠岸贾义子,因此又叫屠成,二十年后长大成人,程婴将过往的事情画成手卷给孤儿看,待孤儿看懂故事以后,程婴便将其身世告知于他,赵氏孤儿义愤填膺,发誓要杀死屠岸贾,为家人报仇雪恨。

第五折　晋悼公即位,赵氏孤儿将冤情奏知于他,得到暗自捉拿屠岸贾的指示。赵氏孤儿擒住屠岸贾,上卿魏绛宣布主公命令:以凌迟之法处治屠岸贾,恢复赵氏孤儿原姓,赐名赵武,世袭祖辈勋爵,赐程婴十顷田庄,封韩厥后人为上将,为公孙杵臼立碑造墓,表彰、纪念提弥明等人。

相比于以前的文字记载,尤其是与《史记》相比,元杂剧《赵氏孤儿》有如下三点突出的变化:第一,《史记》中的程婴是赵朔友人,杂剧中程婴原是草泽医生,后为驸马门下人;第二,《史记》中替孤儿死的是他人婴儿,杂剧中程婴以自己的孩子替代孤儿;第三,《史记》中程婴带赵孤隐匿山中,长大成人方回朝复仇,而杂剧中孤儿被屠岸贾收为义子。元杂剧《赵氏孤儿》的改编突破了前作又开启后人,正因为它这几个方面的改编深刻影响了后世剧作家,致使后人大有文章可作,①元明南戏《赵氏孤儿记》、明传奇《八义记》皆在元杂剧《赵氏孤儿》的基础上改编而成。② 本书

---

① 电影《赵氏孤儿》中程婴一直痛惜自己儿子的死亡,抱着让赵氏孤儿为自己儿子报仇的想法。国话版与人艺版话剧《赵氏孤儿》则在赵氏孤儿与屠岸贾的养父子情谊上展开思索。我们将在下文对它们有所涉及。

② 据吴敢《〈全元戏曲・赵氏孤儿记〉辑校商榷》[《徐州师范大学学报》(哲学社会科学版)1999 年第 4 期]一文所研究:"大约与纪君祥创作杂剧同时,宋元无名氏曾以同一题材创作了南戏《赵氏孤儿报冤记》。并且,这本南戏与《赵氏孤儿》杂剧较为接近……纪君祥《赵氏孤儿》杂剧以程婴、公孙杵臼、韩厥为三主角,并为英雄;宋元南戏《赵氏孤儿报冤记》则强调公孙杵臼;元明南戏《赵氏孤儿记》以及它的昆曲改编本《八义记》(《六十种曲》本、北图本等)则突出程婴,这大概是它们之间最有特征性的区别了。"在吴敢看来,《赵氏孤儿》后世版本皆受元杂剧《赵氏孤儿》与宋元南戏《赵氏孤儿报冤记》的影响,其先后顺序为:天历、至正本南戏《赵氏孤儿》(即元明南戏《赵氏孤儿记》)—锦本—富春堂本—世德堂本—六十种曲本《八义记》及徐元《八义记》—北图本《八义记》,其中有一些散佚的本子,本书就以上诸本中有图像遗存者展开研究。

探索围绕图像和文本的关系进行,对元杂剧《赵氏孤儿》及其改编本《赵氏孤儿记》《八义记》以及当今的白话改编本中有插图的刊本进行研究,并对后世的戏曲搬演、连环画、美术作品、影像等诸多方面的展现作出评述。

一、《赵氏孤儿》与明清及近代图像

(一) 舞台演出情况

在元杂剧《赵氏孤儿》之后,先后有元明南戏《赵氏孤儿记》、明传奇《八义记》、清代的《节义谱》(已佚)等,这些改编在很大程度上正是为了搬演的需要,我们可据此推断该剧一直活跃在戏曲舞台上。清朝末年以来,以赵氏孤儿故事为内容的《八义图》剧目被多种剧种搬演,①就京剧而言,《闹朝击犬》《搜孤救孤》《兴赵灭屠》等都是以赵氏孤儿故事为内容的传统剧目。② 还要指出的是,早在1755年,法国作家伏尔泰便将《赵氏孤儿》改编成《中国孤儿》登上了巴黎的戏剧舞台,产生了轰动;该剧随即传入英国,英国的演员和剧作家墨菲在伏尔泰改编本的基础上再进行改编,亦称为《中国孤儿》,将其搬上了伦敦戏剧舞台,也获得了很好的效果;③后又于1778年在纽约上演。④ 至20世纪中叶,这出戏还频繁出现在法兰西喜剧院的保留节目单里,演出场次高达190次。⑤ 虽然《赵氏孤儿》的海外演出与原本差别甚大,但故事核心与精神还是得到了保留。

(二)《元曲选》本《赵氏孤儿》

《元曲选》中的《赵氏孤儿》有两幅插图,第一幅插图是对第三折中屠岸贾令程婴棒打公孙杵臼场景的描绘,在元杂剧《赵氏孤儿》中,这段文字颇有波折:屠岸贾先命令他的随从打公孙杵臼,公孙杵臼未招,他又命令程婴来打,程婴不愿意打,屠岸贾便责备他怕被"指攀"⑥出来,程婴便拿棍子打,当他拿起细棍子时,屠岸贾怀疑他怕打疼公孙杵臼而被"指攀",程婴拿起大棍子时,屠岸贾又怕他三两下打死公孙杵臼,以致死无招对,程婴很为难,屠岸贾便命令他拿中等棍子打。

---

① 李修生主编:《古本戏曲剧目提要》,文化艺术出版社1997年版,第373页。
② 参考陶君起编著:《京剧剧目初探》(增订本),中国戏剧出版社1963年版,第22、23页。该书注《闹朝击犬》曰"一名《八义图》……川剧、蒲剧都有此剧目";注《搜孤救孤》曰:"一名《八义图》,余叔岩代表作,唱腔上有许多创造。川剧有《程英救姑(程婴救孤)》,汉剧、滇剧、秦腔、晋剧、河北梆子、同州梆子均有《八义图》。"可见京剧对传统剧目《八义图》的传承起到很大的作用。
③ 范存忠:《〈赵氏孤儿〉杂剧在启蒙时期的英国》,《文学研究》1957年第3期。
④ 朱静:《〈赵氏孤儿〉在欧洲》,《上海戏剧》1991年第6期。
⑤ 孟华:《〈中国孤儿〉批评之批评》,《天津师范大学学报》1990年第5期。
⑥ 本部分凡涉及元杂剧《赵氏孤儿》原文皆源自臧懋循《元曲选》,下文恕不赘注。

图 7-2-1　《元曲选》本《赵氏孤儿》插图一

图 7-2-2　《元曲选》本《赵氏孤儿》插图二

而绘画展示这段以言谈和动作为主要内容的文本则较为困难,此图以空中俯视的视角展示剧情场景:穿官服者(应为屠岸贾)左手按桌,右手前指,而一个穿百姓衣服的人(应为程婴)则右手挂竹棍,左手前指,地上侧卧一个穿百姓服装的老者(应为公孙杵臼),画面中人物伸出手指应表示他们在说话,而侧卧地上的人有无回应则无法从画面上看出,但辅以文字我们便知道此图所展示的是公孙杵臼被责打勘问的情节;而该图中持刀和矛的士兵以及周边的场景则只是以上核心内容的陪衬,或者是出于画面构成的需要,文本中并无关于场景如何的叙述。该图像构图考究,人物聚散有致,屠岸贾、程婴等人,造型与神态相互呼应,围拢成一个圆形,使得画面整体圆满而富于节奏与张力。

　　第二幅图是对元杂剧《赵氏孤儿》第五折内容的展示,《元刊杂剧三十种》中的《赵氏孤儿》只写到程婴告知赵氏孤儿历史真相、赵氏孤儿欲复仇,没有第五折,臧懋循在此基础上增添了第五折,主要描述赵氏孤儿报仇,新上任的晋悼公命令上卿魏绛给屠岸贾定刑,并拨乱反正,恢复赵武爵位,奖赏义士。插图描绘了赵氏孤儿擒拿屠岸贾的场景,却与原文有一定的错位。根据臧懋循增补的文字,赵氏孤儿做好充分准备在闹市中等着,屠岸贾带着侍卫从元帅府回私宅,摆开仪仗队,好不威风,赵氏孤儿见屠岸贾腆着胸脯、装腔作势,仪仗队数行纷纷攘攘跟在他两边,于是便驰马持剑向前阻挡。赵氏孤儿拿下屠岸贾,派人将其捆住。① 插图与文本的表述不甚吻合,画面有两组人物,近景绘有五人,端坐于马身者应为屠岸贾,马尾处有二侍从,一人持刀一人打旗,马头处有二侍从,一人持斧一人持杖,这几个人似乎都没有意识到后面有人冲杀过来,只有持斧侍卫侧头

---

① 原文由念白、唱词及其他说明性文字组成,此处叙述性文字部分借用原文。

往后看去,但并未表现过多的惊慌,画面远景有四人,身体前倾作俯冲之势,其中一持矛少年(应为赵氏孤儿)骑着马飞奔过来,矛头将及屠氏的旗子,持矛少年身后有三个人,两位侍从持矛站立,身往前倾,一位中年人(应为程婴)赤手空拳,似正在言说;画面边角之处有树木、建筑等物,使得画面饱满充盈。显然,图像所绘是赵氏孤儿欲擒屠岸贾而尚未擒到的那个顷刻,二人尚未开展对话,屠岸贾尚且从容安详地坐在马上前行,而赵氏孤儿却一派杀气、冲将上来,可能画工认为赵氏孤儿从背后冲上更具真实感,所以对插图作了微调。这两幅图显然是画工根据戏曲文本进行的想象性的构造,而并不是对戏曲表演场景的描绘,这与后世图像描绘演剧场景的现象形成了鲜明的对比。

图7-2-3 《酹江集》本《赵氏孤儿》插图之一　　图7-2-4 《酹江集》本《赵氏孤儿》插图之二

(三)《新撰古今名剧合选》之《酹江集》本《赵氏孤儿》

孟称舜所编的《新撰古今名剧合选》之《酹江集》所选《赵氏孤儿》有插图两幅,从这两幅插图的版式上来看,它们明显是对《元曲选》本《赵氏孤儿》的模仿,但又不是原版临摹,而是仿照它进行重画,并作出自己的改进。先来看第一幅插图,画面的中心人物屠岸贾右手前伸,程婴左手前伸,公孙杵臼卧倒于地,这是我们判断这幅插图是根据《元曲选》本《赵氏孤儿》插图仿画的核心因素,但这幅画又与《元曲选》本有很大的不同;《元曲选》本中插图的厅堂、桌子、树木、远山等景物被此图舍弃,此图除了人物没有任何布景,且侍从由原来的三个增加为五个,屠岸贾两侧分别站立两个侍卫,右二人分别持矛和刀,左二人分别持矛和剑,其背后尚有一人持扇立于椅后。面对同样的文本,画工作出富有个人特点的修正,显然,此图没有《元曲选》本精美,其线条显得粗犷而率意。

第二幅插图则作了更大的修改，对文本作了更加富有想象力的阐发。就原文而言，屠岸贾认为自己敌不过赵氏孤儿，便要逃跑，赵氏孤儿说："你这贼，走哪里去？"并唱："我、我、我尽威风八面扬，你、你、你怎挣閲怎拦挡？早、早、早唬的他魂飘荡，休、休、休再口强。是、是、是不商量，来、来、来可匹塔的提离了鞍鞒上。"原文紧接着的说明文字是"正末作拿住科"。要说明的是，元刊本《赵氏孤儿》之所以粗疏、缺少宾白，正因为它不过是戏曲搬演的脚本，有很多东西要靠演员发挥，这便也给臧懋循的改写留了空间。臧氏作如此改编，那么演员应作如何表演，画家应如何插图？文学艺术、表演艺术、绘画艺术是三种不同类型的艺术，插图虽具有自己的艺术特征，但不可避免要考虑戏曲文本的搬演这一维度。同《元曲选》本《赵氏孤儿》插图一样，这幅插图依然是以赵氏孤儿和屠岸贾为中心，以二人的随从为辅助，但此图展示的是赵、屠二人你追我逃的场面，赵、屠二人都骑着马，屠岸贾右手前伸、左手曲摆，作畏惧逃跑状，赵氏孤儿手持长矛作英武冲杀状，而双方的随从均未骑马，屠的随从一边张旗奔跑一边回首张望，赵的随从一人张旗一人持矛奔将上来，此图展示了孤儿擒拿屠岸贾的瞬间，极大限度地想象文本所欲表达的表演特征，但画面所展示的内容并非戏曲人物的演出场景（在戏曲表演中，一般不用真马，而是虚拟的牵马、骑马动作），而是想象中的实景。

《酹江集》本《赵氏孤儿》的图像，省略了人物所处的具体环境，将人物从环境之中抽离出来，成为纯粹的图像叙述符号，画面的描绘似乎更类似于文本叙述的关键词或短语，这显然与《元曲选》的插图有异。

（四）《风月锦囊》本《赵氏孤儿记》

《风月锦囊》所载的南戏《赵氏孤儿记》戏文为明嘉靖三十二年(1553)徐文昭编辑、詹氏进贤堂重刊本，《善本戏曲丛刊》第四集曾据以影印，其首页题为"新刊摘汇奇妙戏式全家锦囊大全孤儿"；据比对，该书早于明金陵世德堂本《赵氏孤儿记》，①但内容与其基本一致，下文简称"锦本"。锦本《赵氏孤儿记》共有 14 页，每页皆为上图下文的版式，共 14 幅插图，每页插图皆以类似对联的样式呈现，横批为插图名，左右两边为对联式竖排文字，这三块文字皆从戏曲文本中抽绎，中间的板块则为一幅图画，文字与图画形成互补与说明性的关系。图片下面的版面节选戏文若干，并没有标明选自哪一出，经仔细比对，我们发现这些戏文分别和世德堂本《赵氏孤儿记》之第二出"赵朔放灯"、第五出"朔收周坚"、第七出"贾妻劝夫"、第九出"医桑救辄"、第十三出"屠赵交争"、第十五出"鉏麑触槐"、第十八出"嗾獒计定"、第三十一出"程杵共谋"、第三十三出"公孙死节"、第四十三出"指说冤枉"等十出的相关内容对应，但只是片断式地摘取；图像占整个页面的四

① 世德堂本《赵氏孤儿记》是一个比较完善的本子，本文在行文中多以其为参照；该本较为晚出，将在下文对其进行详述。

分之一,竖排的文字占到四分之三,版面很紧凑,无论是插图还是文字都显得粗糙、模糊不清。

锦本《赵氏孤儿记》戏文与世德堂本南戏《赵氏孤儿记》基本一致,据吴敢先生研究,"世德堂刊本因袭《赵氏孤儿》杂剧关目之处颇多,遍及全剧,而且这些关目都是纪君祥首创,并非史实固有的"①,他对具体的因袭状况进行了罗列,指出明显的十六处因袭:

一、晋灵公剧中不出场;二、赵屠二人文武不合(南戏第7、13出,以下仅注出序);三、屠岸贾遣鉏用獒(14、15、16、18);四、灵辄巧遇盾危(19);五、杵臼弃职归农(22);六、程婴投杵臼(22);七、程婴盗孤(28);八、韩厥守门盘孤,三番两次纵孤复索,最后自刎明志(28);九、程婴以己子代孤(28、30、31、33);十、屠岸贾欲杀全国同庚儿(29);十一、程婴、杵臼共谋,以岁数不以难易分责,甚至计谋已定,程婴尚疑杵臼攀指(31);十二、程婴首孤、杵臼死节,乃至杵臼一时语漏(32、33);十三、屠岸贾认孤儿为义子(33);十四、孤儿报仇时灵公已亡(37);十五、孤儿观画,程婴指说冤枉,甚或婴示烦恼之容以引孤儿问询(43);十六、孤儿亲手擒杀屠岸贾报冤(44)。②

由此可见,世德堂本南戏《赵氏孤儿记》显然是脱胎于元杂剧《赵氏孤儿》,而锦本戏文又基本与世德堂本一致,毫无疑问属于我们研究的范围。《赵氏孤儿记》在元杂剧《赵氏孤儿》的基础上增加了很多情节,例如周坚替赵朔死亡,公主与赵朔均未死,最终夫妻、亲子团圆等,我们只就与元杂剧《赵氏孤儿》原有情节相关的图像进行举例叙述。锦本《赵氏孤儿记》的十四幅图中与元杂剧《赵氏孤儿》原有情节相关的图像有《灵辄采桑》《文武争强》《赵盾烧夜香》《程婴送孤儿与杵臼》③《杵臼献儿替死》《孤儿观画》《程婴讲因》《孤儿闰倒》8幅,其中《杵臼献儿替死》一图对应的戏文没有选录,只选了公孙杵臼匿藏婴儿的相关戏文。

围绕图像与文本之间的关系,我们对以上图像作一概述。《灵辄采桑》一图是对《赵氏孤儿记》第九出"翳桑救辄"故事的展示,元杂剧只是通过屠岸贾及程婴之口简单提及此关目,《赵氏孤儿记》将其扩展为一出戏,《灵辄采桑》画面中一人跪地,三人站立,跪地者应为灵辄,而站立之人居中者当为赵盾,一人靠其左侍立,其右一人则拿东西给灵辄。《文武争强》图像是对第十三出"屠赵交争"内容的展示,二人站立在栏杆、树木为背景的画面中央,作言谈状,不看戏文难明图像内容,但横批"文武争强"及左右两边的文字④可使读者明了该图的叙事功能,一文一武、一忠一奸赫然明朗。《赵盾烧夜香》一图在元杂剧中不过是程婴指画向

<hr>

① ② 吴敢:《〈全元戏曲·赵氏孤儿记〉辑校商榷》,《徐州师范大学学报》(哲学社会科学版)1999 年第 4 期。

③ 该本中"程婴"全被写成"程英",显然是抄写错误,而我们视为比较完善的本子——世德堂本《赵氏孤儿记》则是"婴""英"混用,为阅读方便,下文凡遇到此类情况,皆写成"程婴"。

④ 左为"□山社稷股肱良",右为"□□奸雄心胆落"。

孤儿叙述的一句话，"谁想这穿紫的老宰辅，每夜烧香，祷告天地，专一片报国之心，无半点于家之意"，《赵氏孤儿记》将这段话扩展为烧香祈祷国运的一段戏，通过题名"赵盾夜烧香"及两边文字，我们可以大致判断这幅模糊的插图中，左为赵盾持香，右为侍从跪地托盘，中间一人或为赵朔。《程婴送孤儿与杵臼》一图展示的程婴抱赵氏孤儿前去与公孙杵臼商议，图像及周边字皆不太清楚。《杵臼献儿替死》一图所展示题材亦为历来插图所重视，与以往图像不同的是，屠岸贾并未用手指，而是公孙杵臼跪地前指，这是对《赵氏孤儿记》第三十三出"公孙死节"部分的展示，该出戏文对白部分较少，相关情节通过唱词表达出来，通过"拽起枷锁，望屠贼面上打"①的唱词，我们了解到公孙杵臼在临死之前作了反抗，戏曲文本毕竟只是演出脚本，它需要演员在此基础上发挥，这种情况之下图像就起到补充文本的作用，所以此图中的公孙杵臼也不再是趴着，而是跪立作责骂状。《孤儿观画》《程婴讲因》《孤儿闩倒》三图皆是对第四十三出"指说冤枉"的展示，由此可见，插图作者配图并不均衡，也无规律。《孤儿观画》与《孤儿闩倒》都是展示墙壁挂画的厅堂，前者孤儿一人站立画前，以手指画，后者则增加一人，面向孤儿站立作解说状，应为程婴。而《程婴讲因》一图则以程婴和赵氏孤儿二人为主体，站立者应为赵氏孤儿，端坐桌前者应为程婴，从画面背景来看，依然是放画的厅堂，只是画面的重心不再是画，而是程婴向孤儿讲述事情的前因后果。除以上所述，还有《驸马叙金赐》《登楼庆元》《与民同乐》《赵大夫劝农》《夫人谏岸贾》等插图，它们所对应的文本是《赵氏孤儿记》在元杂剧《赵氏孤儿》基础上新增加的关目，所以我们不再叙述。

锦本《赵氏孤儿记》的插图为版刻图像，人物的造型生动，但限于版画技法人物的表情刻画不及绘画细腻。该版本虽是明代刊刻，但其与元代的"全相平话五种"颇有相似之处，尤其在人物的服饰方面，如《灵辄采桑》图中，人物的帽子显然是宋代的官帽造型而非明代的人物服饰，这或许与元代的全相平话有某种联系。

（五）《新刻出像音注赵氏孤儿记》（明代金陵富春堂本）

《赵氏孤儿记》最重要的版本有富春堂本与世德堂本两种，富春堂本早出于世德堂本，其文本与世德堂本基本一致，出数也一致，富春堂本与世德堂本的显著不同是，每一部分不名为"出"，而名为"折"，每一折都没有名称。富春堂本"第十四折"误抄为"第十三折"，使得该书出现了两个"第十三折"，于是从十三折以后，该书与世德堂本的出数错一位，该书共有插图七幅，均是占满整个页面的大幅插图，清晰而精美，为便于理解，我们列表（见表1，表中折数根据实际情况作了更正）如下。

---

① 世德堂本《赵氏孤儿记》第三十三出。

表 1　金陵富春堂本《赵氏孤儿记》插图情况一览表

插图在书中顺序	插图题名	对应的出数	对应的世德堂本的出名	插图反映的内容与纪君祥本《赵氏孤儿》的关系
1	程婴见驸马说禁灯	第二折	赵朔放灯	衍生关目
2	赵盾戒子莫游乐	第六折	坚留门下	衍生关目
3	岸贾差人寻取熊掌	第十二折	割截人手	衍生关目
4	提明朝门打恶犬	第二十折	弥明击犬	原有关目
5	赵盾探望灵辄信	第二十六折	报产孤儿	衍生关目
6	赵朔到灵辄家问父信	第二十七折	朔遇灵辄	衍生关目
7	程婴出首孤儿	第三十二折	程婴首孤	原有关目

　　每个带有插图的版本都有其独特的绘图经验与绘图思考，此本亦是如此。本书以"提明朝门打恶犬"为例叙述其文图关系，《元曲选》本《赵氏孤儿》只用几句话叙述提弥明打死恶犬，在富春堂本《赵氏孤儿记》中却以第二十折整折的篇幅展示，提弥明自述背走赵盾，又回头来杀死恶犬，因而触怒屠岸贾而被其杀害，与此情节相关的还有第十九折赵盾的唱词，"谗臣在庭帏，逐犬来急，没处躲避"[1]，以及第十八折屠岸贾用饥饿法训练神獒击杀穿紫色官服的草人。富春堂本《赵氏孤儿记》并未直接描述赵盾与屠岸贾在厅堂上相见，屠岸贾向灵公陈说有神獒可以识别忠奸，然后在灵公应允之后放出神獒，神獒追逐赵盾，而读者可以通过十九折的赵盾唱词及十八折屠岸贾的计谋来判断上述事情的发生，这既是详略处理的问题，又是戏曲搬演的实际需要；而这一内容在元杂剧《赵氏孤儿》中是在楔子部分由屠岸贾介绍的。但是绘画却要尽量将矛盾汇集一处展现，于是《提弥明朝门打恶犬》一图便将屠岸贾、赵盾、手持金瓜的提弥明、恶犬等集中在了一起，就实际戏曲文本而言，题为"提明朝门打恶犬"的图中不应出现赵盾，因为提弥明在恶犬追逐赵盾时，背负他逃出宫门，灵辄则从宫门外继续背负赵盾逃走，提弥明则在宫门口等着击杀恶犬，所以，此画与戏文略有错位。另外，图像中的人物头戴宋代样式的官帽，这一现象也颇耐人寻味。而《程婴出首孤儿》一图则与第三十二折"程婴首孤"吻合，画中跪地者应为程婴，他左手外指，右手平端，若陈说事情之状，坐立于椅上穿官服者应为屠岸贾，右端站立者应为侍从。

　　而另外五幅图皆根据《赵氏孤儿记》衍生出的情节而绘制，与戏曲文本的内容基本吻合，插图名称字数不一，旨在说明绘画的内容。就绘画的内容而言，《程婴见驸马说禁灯》描绘程婴与驸马谈论赵盾建议元宵节禁灯之事，《赵盾戒子莫游乐》描绘赵盾告诫儿子切莫仰仗岳父与妻子而贪图享乐，《岸贾差人寻取熊掌》是描绘屠岸贾为灵公之御羹派人寻找熊掌，《赵盾探望灵辄信》描绘逃往深山的

---

[1] 金陵富春堂本《赵氏孤儿记》，《日本所藏稀见中国戏曲文献丛刊》第一辑，广西师范大学出版社 2006 年版，第 275 页。

赵盾与去山下探信的灵辄对话的场景，这四幅画皆描述人与人的言谈；《赵朔到灵辄家问父信》则是描绘赵朔到灵辄家打听父亲消息，不意看见父亲坟墓，跪拜后与打柴归来的灵辄相遇。

（六）《新刊重订出像附释标注音释赵氏孤儿记》（明金陵世德堂本）

《新刊重订出像附释标注音释赵氏孤儿记》即世德堂本《赵氏孤儿记》，该书首页标示："明姑孰陈氏尺蠖斋订释，明绣谷唐氏世德堂校梓"，《古本戏曲丛刊初集》据北京图书馆藏明世德堂刊本影印。前文已就该版本对元杂剧《赵氏孤儿》关目袭用的状况进行叙述，这里本文直接进入该版本文学与图像关系的研究。与锦本不同，世德堂本《赵氏孤儿记》的插图占满整个页面，并且非常清晰，全书共十五幅插图，每幅插图都有一个题目，现将各图与《赵氏孤儿记》戏文对应状况列表如下（见表2：世德堂本《赵氏孤儿记》插图情况一览表）。

世德堂本《赵氏孤儿记》对元杂剧《赵氏孤儿》的关目多有因袭，同时也作了很多改编与创新，就该书的十五幅图而言，有九幅是对新增关目的描绘。受明代才子佳人戏的影响，《赵氏孤儿记》中公主和赵朔成了主要人物，《庆赏元宵》一图便描绘了元宵节时公主和赵朔观看木偶表演。为把赵朔设置为主要人物，《赵氏孤儿记》增设周坚这一人物替赵朔死，于是便有"周坚替死"一出及相应的插图；因赵朔未死、藏于深山，便有了他下山与公主相见、寻找孤儿的情节，因此增加了"山神点化"一出及相应的插图。

表 2　世德堂本《赵氏孤儿记》插图情况一览表

插图在书中顺序	插图题名	对应的出数	对应的出名	插图反映的内容与纪君祥本《赵氏孤儿》的关系
1	上元禁灯	第二出	赵朔放灯	衍生关目
2	庆赏元宵	第五出	朔收周坚	衍生关目
3	赈贷灵辄	第九出	翳桑救辄	原有关目
4	表谏谗臣	第十三出	屠赵交争	原有关目
5	合家圆梦	第十七出	赵府占梦	衍生关目
6	周坚替死	第二十一出	周坚替死	衍生关目
7	宫中悲叹	第二十三出	宫中悲叹	衍生关目
8	灵辄探信	第二十六出	报产孤儿	衍生关目
9	计脱孤儿	第二十八出	计脱孤儿	原有关目
10	夫妇商量	第三十出	婴计存孤	衍生关目
11	公孙死节	第三十三出	公孙死节	原有关目
12	山神点化	第三十六出	山神点化	衍生关目
13	出郊打猎	第四十出	北邙会猎	衍生关目

插图在书中顺序	插图题名	对应的出数	对应的出名	插图反映的内容与纪君祥本《赵氏孤儿》的关系
14	指说冤枉	第四十三	指说冤枉	原有关目
15	孤儿报冤	第四十四	孤儿报冤	原有关目
合计	插图与该出名称一致者计有七幅			插图共六幅与原有关目相关

剧中增加了程婴夫人这一人物，于是便有"婴计存孤"一出及《夫妇商量》插图；剧中又增加公主的丫环春来，于是又有了"宫中悲叹"这一出及相应插图，描述赵氏孤儿未出生前其母与春来的忧愁与悲叹。除此以外，《上元禁灯》《合家圆梦》《灵辄探信》等插图皆因新增情节而绘制。[①]

需要说明的是，讨论文本与图像之间的关系，一般从故事情节入手，但对戏曲文本却不应如此简单化，因为戏曲的本质是搬演，如果某出戏文对白很少、曲词很多，我们只能通过曲词去揣摩相关事情的发生，而曲词因音乐及唱腔的需要而创作，自然不如对白更易理解。这方面，世德堂本《赵氏孤儿记》显然不如《元曲选》本《赵氏孤儿》处理得好，《元曲选》本《赵氏孤儿》有大量念白，乃至法国传教士马若瑟翻译该著时，只翻译对白便能使其成为完整的故事，但世德堂本《赵氏孤儿记》各出在念白方面很不均衡，如"赵朔放灯"一出中赵朔与程婴的对白很多，唱词特别少，而"公孙死节"一出几乎全是唱词，对白极少，而唱词在表达故事情节方面弱于一般的对白文字，因为它有时唱给对方，有时唱给观众，有时又唱给自己，这便使得文意含糊、情节不明。世德堂本《赵氏孤儿记》与《元曲选》本《赵氏孤儿》的大篇幅对白形成了很大的差别，因此就世德堂本《赵氏孤儿记》的戏文与插图进行对读时，不可避免要加上理解与填充。

在明了以上问题的基础上，我们来看脱胎于元杂剧《赵氏孤儿》的插图与文本之间的关系，通过分析，我们将对图像的历史变迁增加认识。总体而言，有如下特点。

首先，这几幅图所对应的戏曲文本皆是在《元曲选》本《赵氏孤儿》基础之上的拓展与丰富，插图皆有名字。《赈贷灵辄》一图对应"翳桑救辄"一出，该出描述灵辄偷采桑，偶遇赵盾，赵盾可怜他，让他饱餐一顿，并给予稻米和银两。《计脱

[①] "上元禁灯"一图与第二出"赵朔放灯"相对应，在该出中，我们通过赵朔与程婴的对白了解到赵盾与屠岸贾在元宵是否放灯之事上存在分歧，赵盾为了国家安全主张禁灯，屠岸贾则坚决反对。赵朔并不知情，他安排下人放灯以娱乐。该图题为"上元禁灯"，实则展示赵朔与程婴对话的场景，赵朔从程婴口中得知赵盾与屠岸贾关于禁灯一事的分歧，读者不读对话内容，很难明了这幅画的含义。《合家圆梦》一图与第十七出"赵府圆梦"相对应，这是对下文若干情节的暗示与概述。《灵辄探信》一图与第二十六出"报产婴儿"相对应，该出有两部分内容，一是赵盾与灵辄避居深山，赵盾派灵辄下山探听消息，灵辄探听得知赵家三百口皆被杀，赵盾顿时气死；二是王婆去驸马府探听消息，并将公主生产情况报告给屠岸贾。

孤儿》一图对应"计脱孤儿"一出,描述程婴藏婴儿出宫,韩厥把守宫门的场景,比原本增加了侍卫这一角色。《公孙死节》一图对应"公孙死节"一出,这是经典的一出,很多情节不是对白,而是用唱词表达,可从其唱词推想出相关情节,如公孙杵臼遭暴打差点说出程婴,程婴担心公孙变节等。《表谏谗臣》一图对应"割截人手"和"屠赵交争"两出,这是原剧屠赵不和基础之上的拓展,原剧只说屠岸贾与赵盾不合,并对赵盾进行陷害,这里增加了赵盾上书晋灵公,陈说屠岸贾不贤,并与屠岸贾当庭对质,指陈屠岸贾的若干过失——屡进谗言、用人手替熊掌为灵公煮御羹、蛊惑灵公在坛台上弹打百姓等。《指说冤枉》一图对应"指说冤枉"一出,该出孤儿先观画、程婴再解说,对过去的事情作了详细的描述。《孤儿报冤》一图与"孤儿报冤"一出相应,程婴请屠岸贾参加筵席,屠岸贾在席上遇到公主和赵朔,便立即走开,却为孤儿追杀,所有这些都通过唱词和简单的对白来表达。

其次,就戏曲文本与插图之间的关系而言,插图与戏曲文本之间存在不同程度的差别。《公孙死节》与《孤儿报冤》的图像名称皆与该出的名称一致,这两出的戏曲文本都是唱词多、念白少,读者只能从文本想象可能发生的事情。例如,屠岸贾如何派人打公孙杵臼、公孙杵臼如何反应和应对,公主、赵朔与屠岸贾相见时情况如何,孤儿如何追杀屠岸贾都没有具体的文字说明,作者用演员的唱词来叙述故事情节,但这些唱词只是陈述事实,不像念白那样可以达到逼真而又贴切的表达;这样一来,文本呈现情节的清晰度欠缺,而插图的作者也只能据文本去想象,或者参照观看舞台演出的体验来绘制,在《公孙死节》图中,倒地而死者应为程婴之子,戴帽跪地者应为程婴,被铁链束缚脖颈者应为公孙杵臼,坐椅子上者应为屠岸贾,站立持刀者应为屠氏的侍从;而《孤儿报冤》插图也想象性地将公主、赵朔、程婴置于后景,将屠岸贾跪地,孤儿左手扯其领、右手持剑的图景置作前景。而《计脱孤儿》《表谏谗臣》《赈贷灵辄》《指说冤枉》等图所对应的文本,则通过唱词和念白结合的方式,详细地陈述情节,图像所绘与文字所表达基本一致,二者共同促进读者的理解与认识。

世德堂本《赵氏孤儿记》的人物着装具有鲜明的明代服饰特征,尤其是所绘人物的四方平定巾是明代头饰的标志性装束。明代的衣裙比例也有其显著的特点即上装长,下裳短,衣领有异于宋代的对领而以圆领为主。① 上述服饰特征在世德堂本的人物图像之中均有所呈现。

(七)《绘图缀白裘》本《八义记》

清钱德苍编选的《缀白裘》第四编载有《八义记》之"遣鉏""上朝""扑犬""吓痴"四出,第六编载有《八义记》之"翳桑"一出,第七编载有《八义记》之"闹朝""盗孤""观画"三出,共选《八义记》戏文八出。刊行于光绪二十一年(1895)的《绘图

---

① 袁杰英:《中国历代服饰史》,高等教育出版社 1994 年版,第 184 页。

缀白裘》是钱德苍所编《缀白裘》的配图本,对应于以上八出戏文,该书绘有八幅图像。①

在叙述《绘图缀白裘》中《八义记》相关图像与戏文的关系之前,有必要就《八义记》这部诞生于明代的作品与元杂剧《赵氏孤儿》的关系略作概述。据吴敢研究,"南戏《赵氏孤儿记》在思想和艺术上均存在严重的问题,搬演于场上既有困难,也会受到广大观众欣赏水平和趣味的抵制,将它加以改编已是势所必然。而且明初至中叶这个时期,正是元明南戏四大声腔争奇斗胜向昆曲一统转变的时期,声腔既变,排场亦非,也必然要求将旧有剧本加以改造整理。《六十种曲》本(《八义记》,引者加)正是顺应这种潮流的'本元人《孤儿记》而改削之'(《传奇汇考标目》)的昆曲改编本"。② 但从故事内核而言,《六十种曲》本《八义记》并未作根本性的改变,吴敢经过考证认为,"《六十种曲》本对于世德堂刊本,只是做了一些整理出目、修全体例、更动关目、调整场次、润饰宾白、增删曲词等这种形式上的分合删饰、整齐划一的工作",此本在明代获得了"相对稳定地流传"。③ 由此可见,《八义记》是因戏曲搬演之需而诞生的;经细致比对,可发现钱德苍编《缀白裘》所选的八出是在《六十种曲》本《八义记》相关内容基础上改编而成的,比后者多了一些人为的噱头。现通过列表的方式就其文本与图像状况作一展示(详见表 3)。

表 3 《绘图缀白裘》本《八义记》图像情况一览表

《缀白裘》本《八义记》出名	《六十种曲》本《八义记》相关出名	绘图《缀白裘》图名	与纪君祥《赵氏孤儿》杂剧关系
遣鉏(载于第四编)	十四　决策害盾	遣鉏	原有关目
上朝(载于第四编)	十九　犬扑宣子	上朝	原有关目
扑犬(载于第四编)	十九　犬扑宣子	扑犬	原有关目
吓痴(载于第四编)	二十　灵辄负盾	吓痴	原有关目
翳桑(载于第六编)	九　医桑救辄	翳桑	原有关目
闹朝(载于第七编)	十三　宣子争朝	争朝	相关关目(与原剧相关性很大)
盗孤(载于第七编)	三十二　韩厥死义	盗孤	原有关目
观画(载于第七编)	四十一　报复团圆	观画	原有关目

《六十种曲》本《八义记》的诞生是昆曲发展的实际需要,有效地避免了南戏

---

① 止云居士选辑的《万壑清音》有《八义记》"赵盾挺奸"一出的配图两幅,与《绘图缀白裘》风格相类,此处不再赘述,详见傅惜华编选的《中国古典文学版画选集》下,上海人民美术出版社 1981 年版,第 552—553 页。

②③ 吴敢:《〈全元戏曲·赵氏孤儿记〉辑校商榷》,《徐州师范大学学报》(哲学社会科学版)1999 年第 4 期。

《赵氏孤儿记》"头绪纷繁、场上忙乱"①的弊病,随着时代的发展,《缀白裘》本《八义记》戏文又根据搬演的实际作了一定的修改,每出的出名亦统一改为两个字。某出戏能被不断改编在很大程度上说明该出戏的经典性与生命力,从上表可以看出,明清以来人们喜闻乐见的《八义记》单出剧目皆源于元杂剧《赵氏孤儿》,虽然后人作了若干曲词或念白的润色与修改,但其核心情节源于纪氏,"闹朝"一出,虽跟原剧不同,但也是对原剧屠、赵不合的想象性创编,由此可见,纪君祥杰出的创构能力的确影响深远。

钱编《缀白裘》与《绘图缀白裘》二者刊行时间有一段间隔,这些图片显然具有为曲文而画的倾向性,其文图关系具有如下特点:

第一,《缀白裘》的曲文比以前的诸多版本更具搬演性,戏曲语言更具"戏"味。例如,《遣鉏》一出屠岸贾明明想安排鉏麑去行刺赵盾,他在后花园与鉏麑不期而遇之后并没有主动安排,却让鉏麑来问,并主动说出刺杀的方法。图像只能截取一个片断进行模拟性展示,《遣鉏》一图的背景近有树木围绕的亭台,远有淡云圆月,画面以屠岸贾和鉏麑为中心,屠岸贾坐在亭中,鉏麑站立,似在说些什么事情。

图7-2-5　《绘图缀白裘》本《八义记》插图《遣鉏》

第二,为了戏曲的搬演,戏文中常有一些与主要情节几乎无关的部分。"盗孤"一出韩厥死后该出戏便即将结束,但戏文在士兵抬韩厥尸体部分增加了一些噱头,这显然跟情节没有关系,不过是古代戏曲表演吸引观众的一种手段。"上朝"一出屠岸贾的爪牙"小百户"是丑角扮演的,他有一些戏谑性的说白,也与以上情况相类。戏文的这种变化不会引起插图作者的注意,对他们的构图思维不会有太大影响。

第三,作为戏曲表演的脚本,曲词具体而细致地描述了表演的各个环节,但绘图者只能选取其中某一环节进行展现。"翳桑"一出,灵辄叙述自己如何因奉养老母而被迫拣桑葚,远远看见一簇人过来,便躲藏起来,赵盾与家人至此,发现了灵辄,赵盾了解灵辄的情况以后,感于灵辄的孝顺,派程婴借粮食与银子给灵辄,灵辄为事后感恩记下对方姓名。这里描述的只是故事梗概,而戏文是通过生

---

① 吴敢:《〈全元戏曲·赵氏孤儿记〉辑校商榷》,《徐州师范大学学报》(哲学社会科学版)1999年第4期。

图7-2-6 《绘图缀白裘》本《八义记》插图《争朝》

活细节表现的，例如，让母亲吃红桑葚，灵辄自己吃绿桑葚，赐食不吃，留与老母，这些细节展示了他对母亲的孝心，赵盾也正因为他的孝心而帮助他。绘图者选取了赵盾赏赐灵辄的场景，在桑林田间共有七个人，左侧三人，应分别为程婴、赵盾、赵朔，跪地者应为灵辄，其面前有篮子与包裹，右侧肩扛箱子者应为仆人，插图左下方有两位士兵作对话状。而《上朝》一图所选的顷刻则不符合"上朝"一出戏文的核心情节，该出中，屠岸贾和赵盾一起上朝，屠岸贾先进献了一只名叫神獒的犬，然后赵盾进谏，建议灵公远谗臣，屠岸贾随即提出让神獒来辨忠奸，遂放出神獒，该出至此结束。《上朝》一图所画是屠、赵二人并排站立的场景，如果不读曲文，往往很难识别此图内涵，而《争朝》一图则展示了作弹跳争执状的屠、赵二人，则更接近于"闹朝"一出的戏文。

第四，图像的写真性是对传统戏曲表演的程式性、虚拟性的一种补充。传统戏曲文本是演员上台演出的参考，不同的地点往往不一定改变舞台背景，常通过演员或说或唱来表明地点已经转换。而《绘图缀白裘》本《八义记》的相关图像则以实景的方式来展现，例如，《上朝》《扑犬》《争朝》《盗孤》等图中都有雕画着精美花纹的柱子以表示人物置身于朝门附近，《翳桑》一图则再现了桑树林的场景，《吓痴》以树木及二土包为背景，《遣鉏》与《观画》则分别展示了亭台和房间的实景。这几幅图像具有一种在场性的观感，而戏曲文本只是一种语言的表述，其舞台表演也不见实景，观众只以人物为核心进行审美欣赏，从这个角度而言，图像的写真性补充了戏曲的虚拟性。

（八）《绘图精选昆曲大全》所选《八义记》

怡庵主人编选的《绘图精选昆曲大全》于民国十四年（1925）由世界书局出版，线装本，该书第一集选《八义记》"评话""遣鉏""付孤""盗孤"四出，每出配有一幅插图，选本先集中展示插图，再分出抄写曲文，曲名与图名一致。插图共二页，每幅插图占页面的一半，第一页两幅插图分别名为"评话""遣鉏"，第二出插图分别名为"付孤""盗孤"。

《绘图精选昆曲大全》所选《八义记》"遣鉏""盗孤"二出的曲文与《缀白裘》所

载曲文基本一致,但插图展示却有较大不同:首先,此处插图所描绘人物穿着戏曲舞台表演服装,不像《绘图缀白裘》中人物那样着日常装束。其次,《绘图缀白裘》中图画以亭子、屋檐、云彩、月亮、树木、小草等来营造一种真实感,人物虽是整幅图像的核心,但在图中所占空间并不是很大,相比之下,此本图画的构图则让人物占了很大的空间,装饰性的东西大大减少,虽然《遣鉏》一图仍以亭子为背景,《盗孤》一图以宫门、城墙、栏杆、树木为背景,但只是片断的展示,缺乏整体感,与着戏装的演员们同在一图,缺失真实感。第三,展现戏曲人物的这四幅图像是对舞台表演的想象性再现,它们在形式上切近文本,在内容上却因其虚拟性和程式性而缺乏真切感。

《绘图缀白裘》中未有"评话""付孤"二出的图像,此本中则出现了它们的配图,这某种程度上说明昆曲的成熟使《八义记》的某出戏逐渐经典化。"评话"叙述屠岸贾妻子请张维演说评话,张维委婉地劝说屠岸贾,却激怒了屠岸贾而被赶出,"付孤"叙述了公主将孤儿托付给程婴的场景,相比较而言,其戏文比世德堂本《赵氏孤儿记》的相关部分在表演性方面有所加强。就图像而言,《评话》一图几近于舞台展现,画中四个人物屠岸贾、屠妻、张维、仆役皆着戏装,画面截取了诸人在讲话时的一个场景;"付孤"一图亦是如此,该图以雕花之柱为背景,暗示在宫殿中,程婴抱孩下跪,公主站立拱手。

(九) 温州戏曲瓦当图像中的赵氏孤儿故事

温州大学研究员林成行对温州地区印制有戏曲人物的明清瓦当图像进行研究,发现有一种款式特别多见,即一男性抱婴儿、一男性作摆手状。林成行经过细致的比勘与考证,认定这种款式的瓦当图像是对赵氏孤儿故事中程婴和公孙杵臼寄孤换孤情节的搬演,并认定明清以来这种款式的四种版本皆是对明人改编本《八义记》的搬演,而不是对元杂剧或明南戏《赵氏孤儿记》的搬演。[①] 据作者考证,明清以来,赵氏孤儿故事在温州地区得到非常广泛的搬演,因此,"瓦当制作师傅心中有此'戏',截取了'寄孤换孤'在舞台上的这一典型场景,也是他们认为全剧中最感动人、最美的瞬间加以定格制作"[②]。在元杂剧中,公孙杵臼接过程婴递过的孤儿,讲说了一番道理,但在后世改编本中,公孙杵臼未接孤儿,而是当即说出程婴计谋不妥,应让公孙自己和程婴儿子一起死,由程婴把孤儿抚养长大,而不是程婴出首。[③] 可见,瓦当图像与当时的搬演密切相关,故事情节在元杂剧基础之上略有调整,图像的制作显然具有时代性与地域性。

---

①②③ 林成行:《赵氏孤儿题材戏曲瓦当与明人改本戏文〈八义记〉》,《中华戏曲》2011 年第 1 期。

二、《赵氏孤儿》与现当代图像

（一）舞台演出概况

《赵氏孤儿》是很多地方剧种的传统剧目，它在现当代亦为新一代戏曲人才接受和传承，不仅如此，话剧、歌剧、木偶剧等艺术种类亦对此题材进行编演，形成了相当繁盛的局面，这里我们仅就影响较大者作出评述。

就《赵氏孤儿》的戏曲演出而言，"全国戏曲剧种差不多都有这个剧目、特别是秦腔、京剧、川剧的《八义图》影响较大"①，每一代戏曲人才又根据历史时势对这一题材进行改编。1958年马建翎"根据元曲、昆曲《赵氏孤儿记》并集陕西同州梆子、西路梆子、中路梆子的老本之长改编"②的《赵氏孤儿》由陕西戏曲赴京演出团第二团演出；1960年，王雁根据元曲及京剧《搜孤救孤》，参考秦腔、汉剧等同名剧重新编写《赵氏孤儿》，由北京京剧院演出；③而重庆川剧院亦有新编《赵氏孤儿》演出。④ 这几件事情都有历史影响，并成就了一代戏曲名家。就京剧而言，孟小冬早在民国时期就先后饰演公孙杵臼与程婴，马连良在20世纪60年代饰演的程婴和裘盛戎饰演的魏绛则分别成就了马派与裘派的经典唱段，⑤而当代京剧演员王佩瑜于2012年4月首演于北京的全新的墨本丹青版《赵氏孤儿》则展示了京剧界生生不息的艺术活力。⑥ 20世纪五六十年代的几次改编影响深远，致使《赵氏孤儿》戏一直被多个剧种反复搬演，21世纪以来，豫剧《程婴救孤》的成功就是其中一个典型的例子。《程婴救孤》由陈涌泉任编剧，李树建任主演，河南省豫剧二团排演，从2002年起一边演出一边改进，2004年获得第11届文华大奖，以后又陆续获得多项大奖，之后便开始在全国巡演，2008年3月被拍摄为戏曲电影艺术片，2008年起先后赴意大利、法国、美国、泰国、巴基斯坦等国家演出。⑦ 受豫剧《程婴救孤》的影响，越剧、粤剧、蒲剧等剧种也排演了《赵氏

①② 马少波：《从"赵氏孤儿"的改编论胆识》，《剧本》1959年第1期。

③ 陶君起编著：《京剧剧目初探》（增订本），中国戏剧出版社1963年版，第440页。

④ 重庆市川剧院剧目组集体改编：《赵氏孤儿》，重庆人民出版社1959年版。

⑤ 仲呈祥：《从电视剧赵氏孤儿案说起》，《中国电视》2013年第5期。

⑥ 徐菲：《小冬皇王佩瑜墨本丹青版〈赵氏孤儿〉在京上演》，载新浪网（http://ent.sina.com.cn/j/2012-04-07/01283599180.shtml）。该文中说，王佩瑜是具有"当代梨园小冬皇之称"的余（叔岩）派坤生，是该剧的制作人和领衔主演，"所谓'墨本丹青'，'墨本'即指传承余（叔岩）《搜（孤救孤）》和马（连良）《赵（氏孤儿》之精华，'丹青'则除了取自剧中'程婴说破'一场以水墨丹青说故事外，还暗指了舞台天幕上津门山水画派画家申世辉创作的三幅丹青，以古朴的风格配合舞台上京剧本身一桌二椅的写意路线"。

⑦ 赵继红：《豫剧〈程婴救孤〉登上百老汇舞台12年演900场》，载于华夏经纬网（http://www.huaxia.com/zhwh/ycxx/3217107.html）；另可参刘洋：《"老程婴"的世界脚步》，载于河南日报网（http://www.henandaily.cn/2015/08-31/105556403.html）。

孤儿》新剧,而 2015 年 7 月 17 日武汉剧院首演的新编古装汉剧《程婴夫人》则以程婴夫人为主要人物,从新的角度对古典题材进行了诠释。

除了戏曲,其他舞台艺术也排演了新的《赵氏孤儿》。2003 年 4 月北京人民艺术剧院林兆华导演、金海曙编剧的《赵氏孤儿》话剧在北京首演,2003 年 10 月国家话剧院田沁鑫执导的话剧《赵氏孤儿》在上海首演,2011 年 6 月邹静之编剧、雷蕾作曲的歌剧《赵氏孤儿》在北京首演,2011 年 8 月莫凡编剧和作曲的歌剧《赵氏孤儿》在济南首演;这两部话剧和两部歌剧在赵氏孤儿故事中融入了很多现代性的思考,在思想性方面较以前的舞台搬演有很多突破。而福建泉州木偶剧团排演的提线木偶戏《赵氏孤儿》既是对本剧种演出题材的挑战,又是对《赵氏孤儿》演出剧种的拓展,该剧在 2012 年 8 月首演以来,已经成功演出多场。①

国外艺术家也未停止对《赵氏孤儿》舞台剧的再创作,在有接受和搬演《赵氏孤儿》剧历史传统的法国,1918 年和 1965 年曾两度演出《赵氏孤儿》。② 21世纪以来,华裔作曲家庄祖欣的原创歌剧《赵氏孤儿》在 2009 年 11 月 29 日于德国艾尔福特剧院首演,该剧在中文古本及西文译本的基础上改编而成,剧中六位歌唱演员分别采取中、英、法、德、西、意等六种语言歌唱,中文则用 14 世纪元代和春秋战国时期两种不同的古汉语音韵,男主角程婴同步由两人分饰,一人为哑剧舞者,以肢体动作和舞蹈来表演,另一个则以说书人的方式表演,除演程婴,还用德语同步翻译其他演员的唱词。③ 这又一次证明了元杂剧《赵氏孤儿》强劲的生命力。

(二)《赵氏孤儿》故事连环画

《赵氏孤儿》的连环画改编本主要有七种,分别是:

(1) 江村改编《赵氏孤儿》(汉剧),上海人民美术出版社 1956 年版。

(2) 陈平夫改编、刘汉宗绘图《赵氏孤儿》(据王雁所著京剧《赵氏孤儿》剧本改编),天津人民美术出版社 1962 年版。

(3) 栋青改编、叶毓中绘画《赵氏孤儿》(据纪君祥《赵氏孤儿》改编)(中国十大古典悲剧连环画集),人民美术出版社 1992 年版。

(4) 杨在溪、孔紫绘图《赵氏孤儿》(中国戏曲故事画库),新蕾出版社 1992 年版。

(5) 范若由编文,宋安生、孙福奎绘画《赵氏孤儿》(据纪君祥《赵氏孤儿》改

---

① 齐致翔:《悲情　戏蕴　偶趣　人文——评泉州木偶戏〈赵氏孤儿〉的现代思辨及王景贤的偶戏情结》,《福建艺术》2014 年第 5 期。

② 孟华:《〈中国孤儿〉批评之批评》,《天津师范大学学报》(社会科学版)1990 年第 5 期。

③ 周凡夫等:《混血的国际公民〈赵氏孤儿〉》,《歌剧》2010 年第 1 期。

编），载《中国古典十大悲喜剧（连环画本）》，吉林美术出版社 1989 年版。

（6）赵仁年绘《赵氏孤儿》，载《中国人的故事》第 1 卷，重庆出版社 1983 年版。

（7）王剑、李乃宙参加第十届全国美展的作品《赵氏孤儿》，未见公开出版。

对以上七种连环画，可作如下评述。《赵氏孤儿》（汉剧）是江村根据 1956 年《赵氏孤儿》汉剧演出[1]而改编的连环画，画面所展示的是戏曲表演场景。陈平夫改编、刘汉宗绘图的《赵氏孤儿》在王雁所改编的京剧《赵氏孤儿》基础上改编而成，二者均为单行本连环画。栋青改编、叶毓中绘画的《赵氏孤儿》与杨在溪、孔紫绘图的《赵氏孤儿》同出版于 1992 年，二者亦为单行本连环画。但杨在溪、孔紫绘图的《赵氏孤儿》不同于以上其他单行本连环画之处是：其他三本连环画皆通过线条进行写实性描绘，为黑白版，而杨在溪、孔紫绘图的《赵氏孤儿》则是彩图版，以国画的样式进行写意式描绘，色彩的对比、人物的造型给人以不同的视觉感受，这是因为作者杨在溪既擅长国画也擅长连环画，国画市场中亦有他以赵氏孤儿为题材的作品销售。范若由编文，宋安生、孙福奎绘画的《赵氏孤儿》则是《中国古典十大悲喜剧（连环画本）》一书的一部分，虽然原著标为纪君祥，但明显可以看出改编者吸取了明代南戏《赵氏孤儿记》的相关内容，并受冯梦龙《东周列国志》影响。载于《中国人的故事》第一卷、赵仁年绘的《赵氏孤儿》很大程度上沿袭了《史记》相关记述，但其中程婴以己子替换赵孤的做法又源自元杂剧《赵氏孤儿》。由此可见，作为当世改编者，他们尽量多地阅读了与赵氏孤儿故事相关的现存文献，在此基础上形成自己的创编，这两本连环画亦利用黑白线条进行写实描绘。

以上连环画对此前的戏曲文本多有熔铸与改编，其绘图亦根据改编后的文字自主性地决定绘图顷刻。陈平夫改编、刘汉宗绘图的《赵氏孤儿》通过一系列图像展示屠岸贾勘问公孙杵臼的情节。其中一幅是程婴扬起鞭子抽打、公孙杵臼坐在地上拦阻的瞬间，另有一幅是婴儿被屠岸贾摔下，即将落到地面的瞬间，屠岸贾作撒手状，程婴掩面暗作悲伤状。而范若由编文，宋安生、孙福奎绘画的《赵氏孤儿》则有一图展示屠岸贾举起婴儿欲摔的瞬间，以上两种连环画文字部分只说婴儿被摔死，并无砍三剑的描述，而杨在溪、孔紫绘图《赵氏孤儿》则按照元杂剧作三剑砍死婴儿的描述，画面展示的是婴儿被置于地，屠岸贾右手拔剑的瞬间，画面至此已经表达了三剑砍死婴儿的故事，[2]不需要再呈现血淋淋的砍杀场景。陈平夫改编、刘汉宗绘图的《赵氏孤儿》中鉏麑撞树部分既有撞树的场面，又有倒地而亡的场面，而范若由编文，宋安生、孙福奎绘画的《赵氏孤儿》则只展示了鉏麑触树而亡的瞬间，这里既有作者艺术构思的差别，也有画艺水平高低层

[1] 汉剧《赵氏孤儿》由徐慕云、王照慈编剧，夏固斌导演，武汉市汉剧团演出。
[2] 刘丰杰：《插图艺术》，山西教育出版社 2008 年版，第 128 页。

面的原因。王剑、李乃宙参加第十届全国美展的作品《赵氏孤儿》，与以上连环画有很多的不同，它不是规则的上图下文式，而是在画面中间贯穿一条空白的条框，里面印上文字，不同于其他连环画的写实性，该作品以写意性和抽象性见长，卡通式的人物，独具特色的色彩与构图，使得该作品以美术作品的艺术性而突显，不具备市场推广的大众性。

除此之外，还须顺带提及一些在冯梦龙《新列国志》基础上改编的连环画，它们是：

（1）林林改编，天木、干臣画《闹朝扑犬》（东周列国故事），上海人民美术出版社1961年版。

（2）林林改编、汤义方画《搜孤救孤》（东周列国故事），上海人民美术出版社1962年版。

（3）林林改编，徐有武画《闹朝击犬》（东周列国故事），上海人民美术出版社1981年版。

这些连环画的故事底本来自冯梦龙的《新列国志》，冯氏著作是一部历史小说，其中很多内容是在《左传》和《史记》相关记载基础上的创编，但某些细节又受元杂剧《赵氏孤儿》的影响，如屠岸贾派遣鉏麑刺杀赵盾、程婴找公孙杵臼商议救孤事宜、程婴以己子替换孤儿等情节皆是对元杂剧的沿袭，[①]但是对元杂剧程婴盗孤、孤儿认屠岸贾作义父、孤儿观画知情后杀屠岸贾报仇等重要情节作了删减与改编，因此连环画的图像也便因文字内容的改变而作了相应调整。

（三）元杂剧《赵氏孤儿》现代刊行本

元杂剧《赵氏孤儿》的现代刊行本中往往会有新的插图，这些图像从今人的视角出发诠释原文，以其图像参与叙事。北京师联教育科学研究所编的《古典戏剧基本解读》（人民武警出版社2002年版）选有元杂剧《赵氏孤儿》，共配有四幅图，楔子、第二折、第四折、第五折各有一图。楔子部分的插图展示朝堂之上屠岸贾当着晋灵公与众臣之面，放神獒咬杀赵盾的画面。第二幅图中程婴跪地、手捧装婴儿的药箱，韩厥拔剑作自刎状。第三幅图分两个版块，左下方为屠岸贾左手拿着婴儿的腿将他提起，右手持刀作砍杀状，而右上方则为两士兵拦住发狂大叫的公孙杵臼。第四幅图为赵氏孤儿骑马捉拿屠岸贾的场景。王季思主编的《中国十大古典悲剧集》（上海文艺出版社1982年版）亦选有《赵氏孤儿》，文前有四幅图，前两幅展示人物，后两幅展示情节。第一幅图中有公孙杵臼和程婴，第二幅图中有屠岸贾、神獒、赵朔及公主。第三幅图场面宏阔、人物众多，图中屠岸贾持刀欲杀婴儿，公孙杵臼挣扎着向前，被诸兵士拦住，程婴躲在一侧暗自落泪。第四幅图中程婴通过图册给赵氏孤儿讲解身世，赵氏孤儿作义愤填膺状，程婴亦

---

① 吴敢：《〈全元戏曲·赵氏孤儿记〉辑校商榷》，《徐州师范大学学报》（哲学社会科学版）1999年第4期。

掩面作悲伤状。

（四）元杂剧《赵氏孤儿》白话改编单行本

赵氏孤儿故事历史资源丰厚、言说空间很大，将其改编成白话故事者不在少数，我们仅就其中延续元杂剧《赵氏孤儿》内容较多并且有插图者进行叙述。这里我们先来看有图的白话改编单行本。

王建平、任玉堂改编的《赵氏孤儿》（汉英对照）（新世界出版社 2000 年版）是一个以原著为基础的单行本，全书分为八章，其标题分别为：桃园进谏、鉏麑触槐、满门抄斩、程婴救孤、肝胆相照、公孙死义、虎穴栖身、报仇雪恨。从标题来看，该书内容基本上延续了元杂剧《赵氏孤儿》，但改编者还是作了若干努力，进行再创作。正如该书前言所说，"在人物刻画方面增加了一些细节和心理描写"，"一是对晋灵公的荒淫无道和屠岸贾的凶狠残忍作了较为细腻的渲染；二是在太平庄'公孙死义'一场戏中，对程婴和公孙杵臼在受到常人难以忍受的痛苦时作了更加细微的心理刻画"；另外，原剧将屠赵矛盾说成"文武不和"，淡化了忠奸之争，改编者对此作了一定的修改。① 可见，改编本虽遵照了元杂剧原本的故事情节，却为适应新的文体进行了二度创作。正文前有人像插图四幅，分别为赵盾、赵武、程婴、屠岸贾，全书共八章，每章前皆配有一幅插图。王寅明编著《赵氏孤儿》（陕西旅游出版社 2005 年版）共十九部分，每部分皆有标题，该书既以元杂剧为基础，又深受清末以来不断搬演，后又为京剧、秦腔、川剧等剧目改编新创的传统剧目《八义图》的影响。我们按照改编本的目录顺序，将其增改的内容概述如下：第一部分中公孙杵臼与赵盾喝酒叙谈、程婴救助胖女人；第二部分中晋灵公于元宵节在绛宵楼上用弹弓射击百姓；第十一部分中公主侍女卜凤被屠岸贾拷打而严守秘密、坚贞不屈，正好遇到前来告发孤儿的程婴，于是怒责程婴忘恩负义；第十四部分中赵氏孤儿射雁遇母却未曾相认；第十六部分则展示了作为新将军的赵氏孤儿的英武与正义。剧中庄姬公主与韩厥未死，晚年程婴挨打，屠岸贾密谋反叛等情节，以及新增加的程婴妻子玉翠这一人物，都是为了新剧情的需要而设置的。② 该书共配有插图十幅，皆根据改编本相关剧情而绘。

（五）元杂剧《赵氏孤儿》白话改编选本

赵氏孤儿故事被多种白话故事选本选入，这些选本大多配有插图，我们根据白话故事选本与元杂剧《赵氏孤儿》的关系，以及白话故事文本与图像的关系，对这些含图选本进行叙述。

---

① 王建平、任玉堂改编：《赵氏孤儿》（汉英对照），新世界出版社 2000 年版，"前言"第 2—3 页。
② 王寅明编著：《赵氏孤儿》"后记"，陕西旅游出版社 2005 年版，第 215—216 页。

1. 改编拓展较具想象性的白话故事本

有一些选本在元杂剧原文的基础上作了若干想象性的拓展,甚至在一定程度上远离了元杂剧《赵氏孤儿》,它们丰富了原文,将戏曲文体改编成小说样式,很成功地进行了再创作。庄维明改编的《中外传世名剧·中国卷》(中国少年儿童出版社 2005 年版)选有《赵氏孤儿》,该选本将戏曲文本改为小说文本,全书共十四章,改编者庄维明对原剧内容作了较大的改变。据庄维明"改编说明"所述,改编本以《史记》的"晋世家""赵世家"为基础,"把赵氏孤儿故事进行重新构思",在搜孤救孤的核心故事之后加尾,用长达八章的篇幅叙述"程婴夫妇并灵辄护送赵氏孤儿入山中,教他学文习武,后赵氏孤儿从军,屡立战功,封官晋爵,明了身世后为赵家杀死仇人屠岸贾,然后道观接母",而庄姬也不像元杂剧《赵氏孤儿》那样自杀身亡,而是入道观修行,小说本还安排了她与屠岸贾相见以及与赵氏孤儿相认的情节。① 可见,小说本的言说空间比戏曲文本大得多,改编者自由发挥的余地很大,这样一来,文本的配图自然也不再拘于原文的文本内容,该改编本正文前面有彩图四幅,中间有插图五幅,分别位于第一、四、六、七、十章。

2. 基本遵照原文的白话故事文本

上文已经述及《元曲选》本《赵氏孤儿》每折都有不少念白或对白,这一文本特征使得该书即使不作想象性拓展,也很易于改编成白话故事。在若干白话故事选本中,有一些具有以下共同特征:它们的体裁虽然跟原来的戏曲文本发生了根本的差异,但内容完全依照元杂剧《赵氏孤儿》,甚至有些部分是直译性的。比如,元杂剧《赵氏孤儿》中韩厥放走程婴、程婴两次走开又回头,这本是戏曲搬演的程式,白话故事本不必如此叙述,但是很多白话故事本仍是按照《元曲选》的原文进行叙述,这既是忠于原文的需要,又凸显出白话改编者未能处理好两种文体转换之间的技巧。

董建文、曹明海主编的《中国十大古典悲、喜剧白话故事》(插图本)(济南出版社 2003 年版),张晓风编撰的《看古人扮戏——戏曲故事》(三环出版社 1992 年版),丁冰、关德富主编的《中国古代十大悲剧故事集》(东北师范大学出版社 1992 年版),李杰生、吴继昌编写的《元代戏剧故事》(内蒙古人民出版社 1980 年版),古曲编写的《中国戏曲故事》(第一辑)(河北人民出版社 1980 年版),龚舒等编著的《世界经典戏剧故事精粹》(世界经典系列)(湖南少年儿童出版社 2012 年版),王星琦主编的《一分钟名著——中国古典小说戏曲卷》(江苏人民出版社 1991 年版),余炳毛、王钦峰编著的《少儿元曲故事》(插图本少儿启蒙丛书)(陕西师范大学出版社 1993 年版)等八种选本在文本方面整体上具有上述特点,每

---

① 庄维明改编:《中外传世名剧·中国卷》,中国少年儿童出版社 2005 年版,第 428—429 页。

个选本皆有一幅插图,八幅图中,有两幅图展示屠岸贾拷打公孙杵臼的场景,①有两幅展示赵氏孤儿擒住屠岸贾,②有一幅展示公主托付孤儿给程婴,③还有三幅以程婴与赵氏孤儿为中心,分别展示程婴指导孤儿读书④、练剑⑤以及程婴指画向孤儿叙说身世⑥。值得特别指出的是,张晓风编撰的《看古人扮戏——戏曲故事》(三环出版社 1992 年版)中的《赵氏孤儿》几乎完全遵照原剧情节,但很巧妙地将戏曲文本转化为短篇小说,小说先出场的是公主,她正在给孩子喂奶,通过公主的思绪,作者叙述了屠岸贾与赵盾的矛盾,及赵家三百口被斩首的过程,直到程婴出场、公主自杀。作者的笔法非常熟练,能恰当把握戏曲与小说两种文体的不同,适当处理详略问题,比如,在戏曲中,韩厥放走程婴后,程婴担心韩厥不会守密,两次走后又回来,张晓风在小说本中将该段删除,直接叙述韩厥的自刎及临终之语,篇末亦未细说屠岸贾受惩之事,却增加了屠岸贾对公孙杵臼和程婴大义精神的感叹,全文如行云流水、巧妙自如。丁冰、关德富主编《中国古代十大悲剧故事集》(东北师范大学出版社 1992 年版)在图像方面很有特色,其插图采取国画样式,署为"程婴育孤图"。画面中一男孩在桌前读竹简,一成年男子捻须站立,画面左上方题为"育沛画并题",此画与主要故事情节相关性不大,在很大程度上游离了文本。龚舒等编著的《世界经典戏剧故事精粹》(世界经典系列)(湖南少年儿童出版社 2012 年版)所选《赵氏孤儿》不是简单的叙述,而是巧妙掌握小说这一文体的特征,通过形象生动的人物对话及巧妙的情节安排,使得再度创作颇富意味,尾部程婴在处死屠岸贾之后拔剑自刎与原剧不合。古曲编写的《中国戏曲故事》(第一辑)所选《赵氏孤儿》亦在人物对话方面作了修饰,很具形象性,该选本整体上是对元杂剧《赵氏孤儿》的复述,但若干细节受明传奇《八义记》影响,例如,灵公起绛霄楼玩乐、程婴请屠岸贾来后花园赏菊等细节就不是元

---

① 龚舒等编著的《世界经典戏剧故事精粹》所选《赵氏孤儿》白话故事有插图一幅:屠岸贾捻须而立,公孙杵臼作挣扎叫骂状,两位士兵将其拦住。古曲编写的《中国戏曲故事》(第一辑)所选《赵氏孤儿》白话故事有图一幅,所展示的是戏曲人物:公孙杵臼单腿跪地,程婴持棍欲打,二人皆普通民众着装,屠岸贾着官服、手持头上的花翎、腰佩宝剑,作凶狠命令状,后有侍卫一名。

② 李杰生、吴继昌编写的《元代戏剧故事》所选《赵氏孤儿》白话故事有插图一幅,展示已知道自己身世的赵氏孤儿与程婴一起擒住屠岸贾的瞬间。董建文、曹明海主编的《中国十大古典悲、喜剧白话故事》(插图本)所选《赵氏孤儿》白话故事有插图一幅,画面展示的是赵氏孤儿擒拿屠岸贾的场景:屠岸贾跪地作求饶状,赵氏孤儿持剑直指其咽喉。后ël金金编著的《中国十大古典悲剧故事》之《赵氏孤儿》(内蒙古出版社 2010 年版)的文本内容即在此本基础上作了一些字句的修改,图片与其一致。

③ 张晓风编撰的《看古人扮戏——戏曲故事》所选《赵氏孤儿》白话故事配有插图一幅:公主怀抱婴儿,程婴低着头、提药箱侍立一旁。

④ 载于丁冰、关德富主编的《中国古代十大悲剧故事集》,下文将对其作详细叙述。

⑤ 王星琦主编的《一分钟名著——中国古典小说戏曲卷》所选《赵氏孤儿》白话故事的插图为:赵氏孤儿练剑,程婴在旁作指导状,图画用文字标示出人物身份。

⑥ 余炳毛、王钦峰编著的《少儿元曲故事》所选《赵氏孤儿》白话故事配有插图一幅:赵氏孤儿跪在程婴面前,程婴身后展开一张具有多幅图的画卷。

杂剧所有。而王星琦主编的《一分钟名著》与余炳毛、王钦峰编著的《少儿元曲故事》中所选《赵氏孤儿》的篇幅都特别短小，只占三个页面，它们只是以简要介绍的方式对原剧进行概括。

除了以上单幅插图的选本之外，还有一些选本具有多幅插图。昌言等编写的《古典戏曲精彩故事》（河北少年儿童出版社1993年版）中的《赵氏孤儿》，包括"忠臣遭陷""程婴闯宫""搜孤救孤""孤儿复仇"四个部分，该文基本尊重原著，有些段落接近于直译，每一部分配有一幅插图，与上文所述《古典戏剧基本解读》的插图完全一致，此处不再赘述。凌嘉霭著《元杂剧故事集》（江苏人民出版社1983年版）[1]亦依照元杂剧原文进行白话叙述，故事情节完全沿袭了元杂剧《赵氏孤儿》，该书有图三幅。题图所占空间约为页面的六分之一，画面是一个尚在襁褓中的婴儿。在正文中有两幅插图，一是程婴抱着药箱，曲身站立，韩厥挎刀站立一旁，图片所配文字为"下将军韩厥喝退左右，亲自来搜程婴的药箱"；二是屠岸贾坐在庭上，程婴弯身拣棍子，公孙杵臼傲然站立，图片所配文字为"狡猾的屠岸贾要程婴挑拣一根不粗不细的棍子拷打公孙杵臼"。白帝等编，葛闽丰、张宏绘图的《中国古典十大悲剧》（连环画出版社2006年版）在白话文本方面与以上两者相类似，整体上与元杂剧《赵氏孤儿》一致，但是在若干细节方面融入了其他历史文献的内容。例如，最初赵盾因灵公年纪小，不想让他即位，这成为后来屠岸贾离间灵公与赵盾的理由；又如，灵公无道，赵盾去桃园进谏，得罪了灵公，激起了灵公欲除掉赵盾的念头，而元杂剧《赵氏孤儿》的核心矛盾是屠赵矛盾，灵公并未卷入；该书配有十幅图片，随着故事情节的进展而进行插配，很形象地补充了文本内容。

值得单独叙述的还有姜勇主编的《元曲故事》（新疆青少年出版社2006年版），该选本很精当地对元杂剧《赵氏孤儿》的内容进行了概括和提炼，故事情节基本遵照元杂剧《赵氏孤儿》，但亦有删减，如钮麂撞树的情节被该白话故事本删除，戏曲的若干程式被作者用精练的白话语言进行概括，如程婴匿孤、韩厥盘孤的情节，改编者仅用几句话作简述。该选本共四部分，对应元杂剧《赵氏孤儿》五部分的内容，其重要特色是每折录入了一段来自原本的唱词，这段唱词由人物之口自然说出，古本与今本巧妙融合为一体。该选本每部分前皆有一幅插图，与该部分内容相对应，第一部分的插图为赵朔持刀作自刎状，公主掩面哭泣；第二部分的插图为程婴和公孙杵臼各自抱一个婴儿，对面站立；第三部分以赵氏孤儿为构图中心，其身后是程婴所绘图画的内容：赵朔自刎，公主悲伤，士兵杀戮赵家三百口；第四部分的插图中赵氏孤儿作击打状，屠岸贾作倒地状。

---

[1] 凌昕编著《中国戏曲故事选》（江苏人民出版社1996年版）与此书文字相同，题图与正文所配图片源于凌嘉霭所编的《元杂剧故事集》。

（六）由《赵氏孤儿》改编的儿童读物

赵氏孤儿故事常被改编成儿童读物，为了阅读便利，这些读物中常配以插图，这些插图与前述图像有许多不同，且颇具特色，值得专门叙述。

《精彩戏曲故事》（金葫芦卡通宝库）（明天出版社1997年版）所载的《赵氏孤儿》为卡通本，共28页，70条配文，每页2—3幅插图不等，内容基本沿袭了元杂剧。该书为儿童绘本，所有绘图皆为卡通式，该本图画以写意为风格，且图像具有一种童稚的趣味，人物形体皆为短小型，这某种程度上是为了接近幼儿读者的视觉审美感，就文字而言，则简化了若干情节。康琳主编、陈金华编写，杨学成、杨狄霏绘画《中国历史故事·先秦卷》之《赵氏孤儿》（大众文艺出版社2005年版）更多是根据《史记》改编，核心情节与元杂剧《赵氏孤儿》一致，但又有若干情节与元杂剧不一致，例如，灵公乱杀厨师、放狗咬赵盾、赵盾的本家赵穿刺杀灵公、赵氏孤儿并非跟随屠岸贾长大等情节皆根据《史记》而改编。白话文本共6页，每页配有1—2幅图画，画面极其逼真，有立体感。韩铁铮、石延博主编《东周列国故事》（经典珍藏版）（学生必读中国传统文化丛书）（中国和平出版社2005年版）一书篇幅较小，根据冯梦龙《新列国志》改编，只用了千余字介绍故事梗概，非常简略，除程婴以己子替换赵氏孤儿与元杂剧原本一致以外，其他没有什么需要特别说明的，文字配图两幅，一为程婴与抱着婴儿的公孙杵臼对面站立，一为赵氏孤儿持短刀站立。

（七）《赵氏孤儿》漫画本

读图时代编绘（绘画主笔刘珊、脚本撰写范淑婧）的《赵氏孤儿》作为"中国古代经典悲剧漫画本系列"2003年由中州古籍出版社出版，该书2015年由黄山书社再版，成为"中国古代经典悲喜剧漫画本"丛书之一。①

该漫画本共150页，采取以图为主、以文配图的方式，其内容基本沿袭了元杂剧《赵氏孤儿》，但其漫画的方式及现代汉语的表达，无疑拓展了元杂剧原本的艺术空间。该书每一页都有多幅图片，既连续又多侧面地展示故事情节。例如，第四页配文为"公主门外"，共三幅图，一幅图展示两个卫士站在门前台阶下，另一幅图展示楼阁及其影子，第三幅图则展示屋角与月亮，这是对同一个场景多侧面的展示；而129页的五幅图像则展示了孤儿聆听程婴叙述往事之后从突然昏

---

① 除此之外，还有两种漫画本。一是刘然的漫画书《山西省十大传奇故事之赵氏孤儿》，2011年在山西省原创动漫大赛上获故事漫画最佳奖，未见公开出版。二是元斌主编，恐龙工作室绘画的《画说中国十大古典悲剧故事》（青少年版）（陕西人民教育出版社2000年出版第一卷）所收《赵氏孤儿》，该选本故事情节依照元杂剧，其绘画风格与读图时代编绘的漫画本《赵氏孤儿》类似，但是图片数量较少，每页1—2幅插图，所配文字较多，这些文字以条目的方式呈现，每页的1或2幅图配有数量不等的文字条目。由于篇幅原因，我们不再对这两种漫画本展开探讨。

倒到逐渐苏醒,再到痛哭流涕的过程,这是连续性地展示故事情节。① 该漫画本每页插图的数目与安排方式不拘一格,根据故事情节而进行;就其所配文字而言,则简明扼要,主要有两种类型,一是说明性的文字,二是人物语言,人物语言又有"说出来的话语"和"内心独白"这两种,说明性文字一般用方框括住,人物语言一般写在不规则的圆形框内、并用箭头指向说话者。就《赵氏孤儿》的经典情节而言,漫画本的图像展示与文字说明相互配合,使故事极为详尽,如屠岸贾责打、勘问公孙杵臼这一情节,书中通过 12 页、多幅插图进行了细致刻绘,有的图只是展示正在对话的屠岸贾、程婴、公孙杵臼三人中的某一人,有的图则从不同视角展示同一顷刻的某一人,或者从整体上观照他们,这样一来,每页都有多幅图像综合性地展示细节,给读者以立体感。例如,第 93 页共 5 幅图,第一幅图描绘了盛怒中的屠岸贾和一个卫士,屠岸贾头像边上的配字为"我看你是不打不招,来人,给我用大棒子打";第二幅图仅有两个卫士,他们喊道"快快招来";第三幅图则以特写的方式画出了公孙杵臼的额头与眼睛;第四幅图的视角又变了,两个卫士背对观者而立,公孙杵臼亦背对观者而跪;第五幅图的视角又一转,屠岸贾面向观者,跪着的公孙杵臼则只看到头部。② 这样多侧面的绘画展示配以文字,既便于青少年读者的接受,又在美术与文学两个维度上拓展了艺术空间。

(八) 美术作品及摄影艺术中的《赵氏孤儿》

20 世纪 60 年代以来,《赵氏孤儿》在戏曲界的新编新演受到了画家们的关注,他们用画笔记下了其中的戏曲人物。

1.《赵氏孤儿》戏曲人物速写

画家高马得用多幅速写描绘了《赵氏孤儿》的戏曲搬演状况,③ 如公主向程婴托孤、屠岸贾杀死婴儿、程婴告诉孤儿原委、魏绛误打程婴、孤儿擒拿屠岸贾等,除了魏绛误打程婴是后世的改编,其他主要情节与《元曲选》本《赵氏孤儿》基本一致,高马得以速写的方式,寥寥几笔便将戏曲人物及故事情节活灵活现地展现给观者。魏敬先与丁聪也画有戏曲人物画,④ 不同于高马得所作的动态画面的定格,魏敬先和丁聪两位画家所绘的是静态画面,他们均以程婴为描绘对象,但二者却有很大差别,魏敬先所绘程婴头戴小帽,脸佩髯口,斜背包袱,脚着平板鞋,一身短打扮,而丁聪所绘则标明是马连良饰演的程婴,头包网巾,脸佩髯口,身穿长袍,脚着皂靴,这种绘画的差别很大程度上源于画家所看到的戏曲表演中

---

① 读图时代编绘:《赵氏孤儿》,中州古籍出版社 2003 年版,第 4、129 页。

② 读图时代编绘:《赵氏孤儿》,中州古籍出版社 2003 年版,第 93 页。

③ 陈汝勤编、高马得绘:《中国戏曲速写》,人民美术出版社 1990 年版,第 12—13 页。

④ 丁聪绘:《杂画人世》,东方出版社 1998 年版,第 116 页;魏敬先绘:《魏敬先速写集》,中国戏剧出版社 2003 年版,第 38 页。

同一角色装扮的差异,亦跟画家对同一对象的不同理解具有联系。

2. 关于《赵氏孤儿》人物的国画

很多擅长国画的画家根据戏曲表演,绘有赵氏孤儿题材的国画,这些画家包括关良、刘石平、董辰生、张忠安、陈九、戴一光等人,他们所绘该题材的绘画并不止一幅,这里不妨从搜集所得作选择性评述。各位画家着笔点不同,艺术理解各异:关良和刘石平的画都选择了程婴当着屠岸贾之面鞭打公孙杵臼的场景;①戴一光的画选择了魏绛误打程婴的场景;②董辰生的画选择赵氏孤儿愤怒拔剑、程婴阻拦的场景;③张忠安所绘虽是一幅静态图,但程婴怒目圆瞪、正气凛然、神态飞扬,似正在言说或念白;④陈九所绘京剧《赵氏孤儿》有两幅图,一幅是屠岸贾与公主、侍女共立,另一幅是程婴盗孤、韩厥盘问的场景。⑤ 不得不提及的还有上文已介绍过的高马得,他关于赵氏孤儿的国画有三幅,一为程婴跪地、韩厥踩药箱盘问,一为韩厥与程婴对面而立,一为程婴站立、公主抱婴儿跪地。

以上画作都是以戏曲尤其是京剧的表演为原型而绘制,画面都是戏曲人物。各位画家具有各自独特的绘画技法与艺术风格,在写实和写意之间选择不同的维度与倾向。这些绘画虽然与戏曲表演相关,但图像自身的色彩、造型以及笔墨形式具有较强的表现性,彰显着与戏曲文学底本不同的、相对独立的艺术价值。这些图像与其说是与文本互补的图像,不如说是以文本故事为原型的绘画创作。另外,国画家的创作描绘的多是舞台表演场景,而非故事的现实场景,这一点与插图或连环画图像有异。

3. 油画中的《赵氏孤儿》人物

林风眠的油画《赵氏孤儿》颇有特色,画中共两个人物,一为程婴,一为魏绛,作者受西方绘画的影响,利用几何图形构图,色彩亦别具一格,将"戏曲艺术的叙事空间与立体主义的时空观念创造性地相关联"⑥,给人以独特的视觉感受,其油画作品深受毕加索立体派绘画的影响,注重色彩块面之间的构成关系,很大程度上游离了戏曲故事,而成为他实践自己绘画艺术的园地。与国画一样,油画家也倾向于选择舞台表演服饰表现人物,而非还原人物的时代服饰,这在文学作品图像化的现象中是一个十分值得玩味的现象。

林风眠开启了用油画来表现传统题材的先河,当代画家刘令华继续承传,他

---

① 关良的画载于蔡力武编《有缘居藏中国书画选》,四川美术出版社2005年版,第26页;刘石平的画载于高晏华主编、刘石平绘《当代艺术名家精品·刘石平卷》,线装书局2006年版,第11页。

② 戴一光:《戏画京剧百图》,辽宁美术出版社2007年版,第19页。

③ 转引自周国华《三义墓与〈赵氏孤儿〉》一文配图,《西安日报》2009年4月13日。

④ 参见新浪博客 http://blog.sina.com.cn/s/blog_a632a66901016rmn.html。

⑤ 两者均见陈九官方网站"作品"版块之"京剧系列"(http://chenjiu.artron.net/works_detail_brt025939800154),分别名为"京剧赵氏孤儿之一""京剧赵氏孤儿之二""京剧赵氏孤儿之一",亦见于陈九绘、霍不思著《做戏》,山东人民出版社2006年版,第181页。

⑥ 林春华:《论林风眠戏曲人物画的艺术创新》,《暨南学报》(哲学社会科学版)2007年第3期。

通过油画这种艺术形式来展现京剧艺术。不同于林风眠的抽象性,刘令华形象逼真地展示京剧人物,产生了较大的影响。刘令华有一幅油画叫《赵氏孤儿》[①],图中所绘为京剧人物庄姬公主,她为了防止泄密,在托孤后自缢而死,画中人物京剧旦角装扮,左手舞袖,右手持一把张开的扇子;画面以黄色为主调,夹以补色蓝色作对比,具有色彩之美感。画家选择油画这一门类、选取庄姬公主这一角色来展示《赵氏孤儿》,有其深刻的艺术思考,他的作品拓展了文学的审美视域,使这一经典题材在现代平面艺术空间中大放异彩。

4. 赵氏孤儿故事与民间美术

赵氏孤儿的京剧搬演在民间影响深远,《剪纸京剧脸谱》一书所载的剪纸艺术中就有魏绛一图,署名《赵氏孤儿》,这显然是因京剧演出获得启发而进行的创作。魏绛在元杂剧《赵氏孤儿》中根本不是一个重要人物,但由于戏曲演出的形式化意味越来越突显,魏绛这一角色的唱腔被人们反复玩味,于是魏绛便也成为后世审美接受的一个重要内容,这样一来,这幅剪纸图很大程度上成了独立于文学底本的文化符号。

5.《赵氏孤儿》之京剧摄影[②]

李欧对王佩瑜主演的墨本丹青版京剧《赵氏孤儿》的摄影很出彩,画面对顷刻的选择很独到,光线的搭配、色彩的组合非常巧妙,给人以良好的视觉感受。当然,摄影顷刻的选择更多着眼于摄影艺术对场面的考虑,而对原初故事的照应则处于较次要的地位。

（九）赵氏孤儿题材电影

以赵氏孤儿为题材的电影有四部,分别是:

（1）香港电影《万劫孤儿》,1961 年 5 月 10 日上映,胡鹏导演,卢陵编剧,顾媚、梁醒波、胡蝶主演,黑白电影,古装历史剧。

（2）豫剧电影《程婴救孤》,2009 年上映,黄在敏导演,陈涌泉编剧,李树建、田敏主演,彩色戏曲电影。

（3）内地电影《赵氏孤儿》,2010 年 12 月 4 日上映,陈凯歌导演,陈凯歌、赵宁宇编剧,葛优、王学圻、黄晓明、范冰冰等主演,彩色电影,古装历史剧。

（4）动画电影《赵氏孤儿》,2011 年首映,编剧:封泉生、王振国,导演:王振国,摄影:尹耀东,美术:刘新华,录音:黄工伟,作曲:赵宝栋。

现结合文学与影像的关系,对以上电影作一整体性的分析。戏曲电影《程婴救孤》基本是成熟戏曲表演的电影录制,电影中保留了戏曲的虚拟手法,但亦有

---

① 上海京粹艺术品发展有限公司编著:《刘令华作品艺术明信片》,上海人民美术出版社 2006 年版,第 11 页。

② 载于"摄影部落"网站 http://dp.pconline.com.cn/photo/2189063_19.html。

一些场景采用了实景，例如，公孙杵臼与婴儿死后，树叶纷纷飘落，转眼间，大雪纷飞，程婴变成了白发老人，蹒跚地走在雪地上面，这些都是实景展现，而舞台剧只能通过虚拟的场景来表现这一切。同时，电影蒙太奇手法的运用，又明显弥补了戏曲表演的不足，例如，程婴陈述夫妻抱头痛哭、彻夜难眠时，电影画面立即变成昨晚夫妻商议的场景，而程婴之话依然作为画外音，显然戏曲表演则不能如此。豫剧《程婴救孤》舞台剧是这样表现的：在大舞台的右上方，出现一个高悬的空中小舞台，程婴妻子抱婴儿作爱抚状。戏曲展演呈现于舞台，电影却要设置好镜头以供观众观看，因此舞台演出转换成戏曲电影时，必然要作一些转换，例如，在公孙杵臼陈说程婴将背受骂名、忍辱偷生时，李树建饰演的程婴做了三次身体颤抖的动作，舞台剧上这三次颤抖皆是背对观众，但在电影中这些动作是面向观众的。

　　分别公映于 1961 和 2010 年的两部赵氏孤儿题材电影却不同于上述戏曲电影，它们毕竟是电影工业的产物，要兼顾商业性和艺术性，却不需要考虑唱腔因素，这是电影这门表演艺术不同于戏曲之处。《万劫孤儿》的影像难以寻到，我们以陈凯歌所拍的《赵氏孤儿》为例阐释影像与文学的关系。这部电影在元杂剧《赵氏孤儿》的基础上作了若干改编，电影中的程婴本不想用自己的儿子代替赵氏孤儿，却在情急无奈之下，阴差阳错地使得自己儿子代替孤儿死了，韩厥也并非大义凛然放走程婴，只是因为滑倒误将婴儿抛出，这样一来，大义精神大大减弱了，最终的婴儿报仇也便成为程婴设计的"为自己儿子报仇"。电影通过明星阵容、视觉特效等元素呈现给观众一场视听享受，但视觉的满足与"义"的弱化形成强烈的反差，电影镜头对文学情节也作了曲折的展现，但是文学意味的弱化与内涵的缺失使得视觉景观与文学意义形成了错位与不对等。具体而言，因短时间内安排若干情节的需要，提弥明、灵辄等人在打杀的镜头中作为次要人物迅速闪过，相比于戏曲语言的程式化与虚拟化，电影以贴近生活真实而见长。在元杂剧《赵氏孤儿》中，公主托孤叮咛后，程婴说如果屠岸贾得知，孤儿定无活命，公主便自缢而死。在电影中，公主托程婴将孤儿交与公孙杵臼，程婴并无胆量，愿陪公主一同前往，公主说她不走程婴才可以脱身，这时韩厥前来搜寻，他从公主和程婴手中争夺到孤儿，后来公主恳求韩厥放过孤儿，要求韩厥假说自己来到时公主还未生产便已经死了。电影将戏曲的原有关目组合在一起，原本戏曲中公主向程婴托孤与程婴盗孤、韩厥盘问是分离的情节，在电影中被组合在一起。电影还将屠岸贾杀害赵盾及其全家三百口，以及赵朔被杀，公主生孩子等若干情节组合在相近的几个小时内，充分发挥电影镜头转换自如的优势。在戏曲中并非连续发生的事情，只是由演员口头叙述，不需要行动表演，电影则真实地将它们展现给观众。这充分突显了两种媒介表现故事的不同方式，戏曲的安排并不太考虑情节的真实性，而电影表演则尽可能地往真实性方面考虑，并尽量考虑逻辑的推演，而戏曲则主要考虑故事的整体性，只要不是核心情节，皆可由人物说白或唱词概括,或以其他虚拟的方式来处理。

动画电影《赵氏孤儿》以《史记》记载为蓝本改编,但是屠岸贾派遣鉏麑刺杀赵盾、程婴以自己儿子替换孤儿、程婴盗孤、韩厥盘孤等情节显然又源自元杂剧《赵氏孤儿》。动画片中,盂山成为贯穿始终的一个地域概念,程婴早年生活在盂山,孤儿亦由程婴在盂山中养大,创作者结合地域文化,在动画中融入了关于赵氏孤儿的地方传说,例如,在屠岸贾前往山洞中捕杀赵氏孤儿时,蜘蛛织网、鸽子飞扑、老虎吼叫等三个保护赵氏孤儿的举动,都很富有民间意味。动画片的影像适宜于儿童观众,它通过善恶分明的人物造型及清丽的自然景观,带观者进入虚拟的童话世界,在简化故事复杂性的同时,通过简单易懂的影像与配音对儿童观众进行了传统文化的教育与熏陶。

（十）赵氏孤儿题材电视剧

以赵氏孤儿为题材的电视剧主要有如下几种:

（1）1990 年上演的 19 集电视连续剧《古国悲风》,沈忆秋导演,袁玫、王伟波、许松源、辛明等主演。

（2）1994 年河北电视台与中央电视台影视部联合摄制的 4 集京剧电视连续剧《赵氏孤儿》,吴桐琪、王昌言编剧,江洪导演,耿其昌、马铭俊、李思杰、李海燕等人主演。

（3）2013 年首播的 41 集电视连续剧《赵氏孤儿案》,闫建刚任导演,吴秀波、孙淳、应采儿等主演。

京剧电视剧《赵氏孤儿》在艺术手法上与豫剧电影《程婴救孤》类似,都属于戏曲影视剧;而以赵氏孤儿为题材的古装电视剧亦在艺术手法上跟古装电影《赵氏孤儿》类似,二者同为影像,同样具有通过镜头组合来叙述故事的优势,但电视剧与电影的不同之处是,人为地拉长和拓展故事情节,以适应多集展示故事的艺术需要。在电视剧《赵氏孤儿案》中,导演闫建刚在 21 世纪以来的话剧、歌剧、豫剧、电影等多种艺术形式的影响之下,决心要以电视剧这一艺术样式展现赵氏孤儿故事,该剧比元杂剧扩充了人物和故事情节,但对核心的"义"的展示不仅没有变,反而通过现代演员的演绎得以突显。在当代文化的视野中,著名演员的演绎不仅有助于电视剧的商业成功,也使其在艺术上获得突破。

第三节 《汉宫秋》及其后代图像

早在《汉宫秋》诞生之前,"昭君和亲"便已成为一个相当成熟的文学母题,在史传与诗文中被人们反复衍说;到了元代,马致远的《汉宫秋》、关汉卿的《汉元帝哭昭君》、吴昌龄的《夜月走昭君》、张时起的《昭君出塞》等杂剧是昭君故事在戏曲中的新展现,但除了《汉宫秋》之外,其他三部作品皆已亡佚。《汉宫秋》具有独特的创新性，在昭君故事发展过程中起到里程碑的作用，对后世产生了深远的影响。

《汉宫秋》的现存版本主要有四种：一是陈与郊所编《古名家杂剧》（1588），二是臧懋循所编《元曲选》（1615—1616），三是王骥德所编《顾曲斋元人杂剧选》（又名《古杂剧》）（1623）①，四是孟称舜所编《新撰古今名剧合选》之《酹江集》（1633）。这四种版本诞生的时间相去不远，内容基本一致，但不同编者对文字的润色与修改又略有不同。例如，《古名家杂剧》本《汉宫秋》在全剧结尾说，"正是：国正天心顺，官清民自安，妻贤夫祸少，子孝父心宽"②，而《元曲选》则将这段话改为，"诗云：叶落深宫雁叫时，梦回孤枕夜相思。虽然青冢人何在，还为蛾眉斩画师"③；又如，《元曲选》本的"题目""正名"为"题目：沉黑江明妃青冢恨；正名：破幽梦孤雁汉宫秋"，而其他几种版本则为"题目：毛延寿叛国开边衅，汉元帝一身不自由；正名：沉黑江明妃青冢恨，破幽梦孤雁汉宫秋"④。这些细微的差别不影响我们对《汉宫秋》核心内容的理解，本书的着眼点在于《汉宫秋》及其后世图像之间的关系。《汉宫秋》为末本戏，汉元帝主唱，其他人物主要是说白，现将各部分内容介绍如下。

楔子 在胡强汉弱的形势之下，呼韩邪欲按过往盟约求求汉朝公主作阏氏；汉朝中大夫毛延寿唆使皇帝少见儒臣、多昵女色；汉元帝觉得后宫寂寞，令毛延寿作选择使去全国各地选美女入宫。

第一折 毛延寿在成都秭归县选得王昭君，向她索贿，昭君不从，毛延寿怀恨在心，故意在美人图上点出破绽。昭君入宫后一直不得见君王，幽居深宫，万般愁苦，夜弹琵琶以排解情绪，被巡宫的汉元帝遇见，感叹其容貌端庄、举止有礼，查验美人图后察觉毛延寿的丑行，下令将之斩首，并宽免昭君父母税赋，封昭君为明妃，相约明日再会。

第二折 呼韩邪求婚于汉，受拒后内心不快。毛延寿逃至匈奴，拿昭君画像向呼韩邪谎报：昭君情愿和亲，汉元帝不舍得放人，他劝皇帝不可因一女子而失却两国之好，却激怒了皇帝，欲将他杀害，他便逃离汉朝献图于匈奴。呼韩邪派使官前往汉朝谈判欲纳昭君为阏氏之事，扬言如不肯与，将起兵攻打。汉元帝深爱昭君，久不临朝，一日与昭君欢聚时，尚书五鹿充宗、内侍石显将呼韩邪之举报与汉元帝知晓，并劝说他忍痛割爱。在胡强我弱的情势之下，汉元帝无可奈何，昭君愿意和番以息刀兵，又难以割舍对元帝之爱。

第三折 汉元帝在灞桥饯别王昭君，他一面埋怨身边没有可以独当一面的

---

① 此书编者及选编时间存在争议。朱崇志《中国古代戏曲选本研究》（上海古籍出版社 2004 年版）之附录"中国古代戏曲选本叙录"曾谈及这一问题。详见该书第 191 页。

②④《脉望馆钞校本古今杂剧》之《破幽梦孤雁汉宫秋》（影印版），见《古本戏曲丛刊》四集之三，上海古籍出版社 1954 年版。

③ 本部分凡涉及元杂剧《汉宫秋》原文，皆源自臧懋循《元曲选》，下文不再赘注。

忠臣猛将,一面对昭君出塞万分不舍。呼韩邪引部落拥昭君北回,行至黑龙江,昭君向大王借酒向南浇奠,辞别汉朝,之后趁呼韩邪不注意跳江而死。呼韩邪来不及抢救,甚为遗憾,便将昭君葬在江边,他认为既然昭君已死,没必要跟汉朝结下仇怨,于是令人解送毛延寿归汉朝处治。

第四折 昭君和番以后,汉元帝一百日未设朝。一日,汉元帝思念昭君,在后宫悬挂起她的画像。元帝梦见昭君逃回汉朝,而番兵在后追随;醒后愈发烦恼惆怅,一只孤雁时而鸣叫,更增加了他的烦恼情绪与悲伤情怀。这时,尚书报知昭君已死、毛延寿被绑回之事,汉元帝震惊,命人处死毛延寿以祭奠昭君。

元杂剧《汉宫秋》诞生以来,昭君故事仍不断为后人演述。后人之作或沿袭《汉宫秋》(如明代无名氏传奇《和戎记》及清代尤侗的杂剧《吊琵琶》),或有意背离《汉宫秋》而呼应元代以前的昭君故事(如明代陈与郊的杂剧《昭君出塞》及今人曹禺的五幕话剧《王昭君》),这两种类型作品之所以与元杂剧《汉宫秋》形成不同的关系,皆因作者不同的创作意图。本部分主要围绕沿袭《汉宫秋》者及其配图展开叙述。

一、《汉宫秋》与明清及近代图像

(一)《汉宫秋》的搬演

元代以后的昭君戏为数不少,就明代而言,无名氏的传奇《和戎记》和陈与郊的杂剧《昭君出塞》影响较大;另有陈宗鼎的传奇《宁胡记》(仅存残本),王元寿的传奇《紫台怨》(已佚),汪廷讷的传奇《种玉记》(有一出写"昭君出塞")等。清代则有三部影响较大的杂剧,分别是尤侗的《吊琵琶》、薛旦的《昭君梦》、周文泉的《琵琶语》,另有无名氏的传奇《青冢记》《和番记》(均只有残曲)。[1] 后世戏曲或在故事情节上沿袭了《汉宫秋》(这主要是指汉元帝与昭君的爱情以及昭君以身殉国这两个方面),或在曲词或唱腔方面明显受其影响,这些戏曲的大量出现从一个侧面说明了昭君故事一直活跃于舞台。值得一提的是,清代无名氏传奇《青冢记》残曲虽在文学史上不甚重要,却对近现代以来的昭君题材戏曲影响甚大,当今仍在演出的昆曲《昭君出塞》即取自于它。[2]

---

[1] 张文德:《王昭君故事传承与嬗变》,南京师范大学 2004 年博士学位论文,第 70、81 页。

[2] 李修生主编:《古本戏曲剧目提要》,文化艺术出版社 1997 年,第 23 页。另外,有研究者认为:"昆曲折子戏《昭君出塞》依据的是《缀白裘》所录《青冢记》的底本,采用的是弋阳腔,所唱属于弦索调,以唱为主,以舞为辅,流传既久又广,是京剧《昭君出塞》和其他地方戏剧种借鉴融汇的艺术资源。"(参考邢春蕾:《戏曲中的昭君形象嬗变研究》,中国艺术研究院 2012 年硕士学位论文,第 26 页。)

（二）《元曲选》之《汉宫秋》

图7-3-1 《元曲选》本《汉宫秋》插图一

图7-3-2 《元曲选》本《汉宫秋》插图二

　　《元曲选》本《汉宫秋》有插图两幅，分别在画面一角标上"沉黑江明妃青冢恨""破幽梦孤雁汉宫秋"，很显然这两幅图是配《汉宫秋》的"题目""正名"而作的。就标为"沉黑江明妃青冢恨"的图而言，画面近景是江面，江边有两位骑马女子，一人持杯，一人抱琵琶，应分别为昭君与宫女，远景则是五位骑马、着胡服、或持旗或持矛的兵士。整幅画以简单的石、草、树木为背景，画面左侧靠边缘处为石头与草，右侧靠边缘处则为一棵弯曲的树及其伸入画面的枝杈，画面中所有人物皆朝江面方向观望。画面所绘与元杂剧《汉宫秋》第三折尾部内容相对应：呼韩邪携将士带着昭君往北行进，行至番汉交界处的黑龙江，昭君向呼韩邪借一杯酒，望南浇奠、辞别汉朝，后趁人不注意，跳江而逝，留下"汉朝皇帝，妾身今生已矣，尚待来生也！"的遗言，呼韩邪颇感无奈，只得将其葬在江边。画面是对以上文字内容的描绘，画中人物所视正是望南浇奠这一行为，持杯浇奠者应为昭君，此时，她暂将怀中琵琶交给旁边的宫女。

　　另一幅图题为"破幽梦孤雁汉宫秋"，该图以蜷伏于堂内几案的汉元帝为中心，桌上有茶具和烛台，堂内有三位侍从，堂前门外有一位侍从；画面上部是云烟缭绕、枝杈覆盖的屋檐，檐角有一只孤独的大雁，画面左下角边缘处有假山石及树枝。该画面与杂剧第四折的元帝念白"今当此夜景萧索，好生烦恼"相对应，画面绘以烛台，并极力以倦卧之态写出元帝的烦闷，而多位侍从作陪，亦可见出元帝的状态很令人们担心,原文内侍对元帝的劝慰亦可从这几位侍从的不同站姿想象。对于戏曲文本中出现四次的"雁叫科",以及每一次雁叫之后元帝的唱词,画面则很难展示,只能由檐角的孤雁来暗示;而元帝夜梦昭君的情节则被画家忽略。值得指出的是,画面既是对夜景的展示,那么即便有蜡烛点燃,云烟、树木及孤雁在夜里也很难看清,但画面既通过烛台来表示所绘为夜间场景,又把云烟、树木、孤雁等物象很明晰地展示出来,这无疑是因艺术表达的需要而故意与实际相违。

(三)《顾曲斋元人杂剧选》之《汉宫秋》

《顾曲斋元人杂剧选》又名《古杂剧》,该选本中的《汉宫秋》每折皆有一幅插图,共有四幅。第一幅图所绘内容为元帝夜巡后宫偶遇昭君,画面近景为围着篱笆的小花园,花园中假山花草间有一长条石凳,昭君坐在石凳上弹琵琶,其背后有两株芭蕉树;画面中景为元帝与太监站立在篱笆之外作谛听观望状;远景则为月下模糊的屋顶与星星点点的草木。此图所绘为夜景,但绘者将整个场景明亮地展示给观者,显然与月夜实际相违背,如果右上角没有绘上月亮,人们一般不会认为这幅画所描绘的是晚上的场景。第二幅图所绘内容为毛延寿献昭君图给呼韩邪单于,整幅画将背景置于山岭之间,画面的中心有两个身着胡服的士兵展开长幅的昭君图,呼韩邪睹图作欢喜状,他身旁的侍从亦作欣赏赞叹之状,侍立于呼韩邪旁边、穿汉服者应为毛延寿,另有几位士兵从远处眺望昭君图,作艳羡之状;画面近景为马匹及三位正在言谈的将士,远景则是遍插旗、枪的山岭;整幅图由观者的反映来突显昭君之美。第三幅图描绘了呼韩邪单于携将士带着昭君离开汉地的场景,整幅图将背景置于崇山峻岭之间,队伍行进在山间的蜿蜒小路上,画面中央以袖掩口的女子应为昭君,稍后同行者应为呼韩邪,盘旋的山路上队伍很长,呼韩邪身后近处有两位骑马的将士,远处山路上遥遥可见一些打旗或持矛的将士。此图对昭君出塞的构想与《元曲选》之《汉宫秋》的第二幅图不同,此图的侧重点在于山路蜿蜒与长途跋涉,而后者则侧重于昭君以酒浇奠这一细节。第四幅图描绘了元杂剧第四折中元帝听到雁叫之声而更加愁烦的状况,该图中仅有汉元帝一人,他臂肘支于楼上栏杆,手托下巴,脸微微朝上,眼睛看着半空中飞翔的孤雁。在此图中,戏曲文本中的"雁叫科"只能通过雁飞之状来展现,这显然缘于图像与文字不同的表现方式,云烟缭绕于屋檐,树木枝叶若隐若现、覆盖屋顶,此图所绘亦为夜景,但是没有明确标示夜景的绘画元素。

(四)《新撰古今名剧合选·酹江集》本《汉宫秋》

《酹江集》本《汉宫秋》有插图两幅。第一幅图左上角标有"沉黑江明妃青塚恨",插图的中心有一骑马女子,挽袖托腮,作惆怅之状,应为王昭君。一个士兵

图7-3-3 《酹江集》本《汉宫秋》插图　　　　图7-3-4 《酹江集》本《汉宫秋》插图

站在马前，微微抬头面对昭君，一个体型壮硕、身着贵族服装者骑于马上，应为呼韩邪，呼韩邪身后有一持矛士兵站立。就人物所置身的背景而言，近景为山与树，远景为盘旋在山岭之间的河流。此图对应于杂剧第三折末尾内容：昭君随呼韩邪出塞至一条大江，便问询所至何处，当得知已到汉胡交界处的黑龙江，便借酒杯向南浇奠、辞别汉朝，后乘呼韩邪不备，跳江而亡；绘画选取了昭君问询、呼韩邪回答的瞬间予以着笔。第二幅图右上角标有"破幽梦孤雁汉宫秋"字样，画面中央汉元帝与两个太监立于栏杆所围的庭院之中，他们身后有两株高高的大树，半空中烟雾缭绕，有一只大雁在独自飞翔；画面近景为假山草木。此图与杂剧第四折元帝夜思昭君的情景相对应，但画面中没有任何夜的元素；画面利用了孤雁意象，但从汉元帝的表情却难以看出忧愁、烦恼的样子，因此，整幅画面很难再现该折唱词所表达的意味，给人一种拼贴诸种元素以成图的感觉。

（五）金陵富春堂本《和戎记》

明传奇《和戎记》有一种刻本名为《新刻出相音注王昭君出塞和戎记》，首页标有"金陵唐氏富春堂梓"字样，《古本戏曲从刊》二集收录该书的影印版。该书对元杂剧《汉宫秋》有直接的延续，尤其是核心情节——昭君与元帝之爱以及昭君以身殉国。在该剧中，元帝素闻越州太守的长女王昭君很美，派西台御史毛延寿前去画像，但毛延寿利用这个机会向越州太守索贿，王太守拿不出钱财，于是昭君自绘画像送至毛府，这一做法激怒了毛延寿，他便在画上点出破绽，并向皇上进言：昭君左边一痣为败家亡国之痣，右边一痕为孤独之痕，元帝一怒之下将昭君押入冷宫。在神灵的帮助之下，昭君夜弹琵琶诉衷情，元帝发现她并了知事情真相，将昭君纳为正宫皇后，御弟王龙领旨诛杀毛延寿。毛延寿匆忙逃往番国，向番王献上昭君图，番王发兵攻汉，在敌强我弱的形势之下，汉朝被迫以萧善音代替昭君出使和亲。后来冒名顶替之事被毛延寿揭穿，番汉又起兵，元帝被迫献出王昭君。昭君入番以后，要求番王满足她三件事：写降书，将金箱玉印上交汉朝，斩杀毛延寿。番王一一满足，昭君跳乌江自杀，并托梦元帝纳其妹入宫，昭君之妹进宫后，被赐号"赛昭君"。

图 7-3-5　富春堂本《和戎记》插图

　　富春堂本《和戎记》共 36 折，有插图 17 幅，画面布满整个页面，每幅画均有大字标题书于上方，由于剧本的改编与扩容，有的插图与元杂剧《汉宫秋》没有直接联系，与其相关的图有《延寿越州去描画》《毛延寿改画仪容》《王嫱贬入冷宫中》《仪容献上番王》《昭君出塞》等五幅，这些插图虽然与《汉宫秋》有一定的联系，但它们都是根据传奇《和戎记》而绘制的，如《昭君出塞》一图中有昭君父母与其送别的场景，《延寿越州去描画》一图则是毛延寿向昭君父母宣读圣旨的场景，插图者根据文本实际而选取绘画的着笔点。

（六）《风月锦囊》本《和戎记》

图 7-3-6　《风月锦囊》本《和戎记》插图

明嘉靖三十二年(1553)徐文昭编辑、詹氏进贤堂重刊本《风月锦囊》载有《和戎记》，《善本戏曲丛刊》第四集曾据以影印。郭英德在著录《和戎记》时说："《风月锦囊》续集卷十一选录此剧八出，题《王昭君》，悉同明刻本《和戎记》。"①此本的页面样式为：上部分是图像，下部分是曲文，共有八幅插图，图像约占到整个版面的四分之一，每幅图上侧有题字，左右两侧的题字从曲文中选出，图绘内容基本与《和戎记》曲文相对应。其中，《昭君弹琴诉恨》《出塞和番》两幅图与元杂剧《汉宫秋》有联系，前者以陈列的横琴与站立的昭君为构图的主要元素，这是根据新的文本对历史诸图的新创，后者则以手抱琵琶、骑马出城门的昭君形象为构图元素，这是历史上相关图像的延续。

（七）尤侗的《吊琵琶》

清代尤侗的杂剧《吊琵琶》在元杂剧《汉宫秋》的基础上改编，共四折一楔子。尤侗立志将元杂剧《汉宫秋》由末本戏改为旦本戏，正如篇末诗篇所言"君王曾唱汉宫秋，未若佳人自诉愁"②。《汉宫秋》以汉元帝为中心，叙述了他初识昭君的欣喜、欢娱，被迫同意昭君和亲的矛盾与无奈，送别昭君的惆怅，以及与昭君离别以后的忧愁与烦恼等等。《吊琵琶》则以昭君为主角，③楔子及前两折叙述她身处冷宫的幽怨、初遇元帝的欢乐、被迫出塞的抱怨与愤怒，以及出塞途中、遇见番王时的忧愁、烦恼及跳江自尽的过程；第三折叙述昭君魂魄见元帝的场景，与元杂剧中反复渲染元帝对昭君的思念相反，这里的昭君魂魄对元帝并不像元帝对她那样情深，而是埋怨他堂堂天子保不住一个女子，并嘱咐元帝照顾好她的家人；第四折则叙述东汉蔡文姬凭吊昭君墓时的情感倾诉。

杂剧《吊琵琶》的主要情节与元杂剧《汉宫秋》没有太大区别，但其精神内核却有很大不同。该剧现存于清邹式金编《杂剧三集》④，配有插图一幅。画面展示的是杂剧第四折：蔡文姬携两个侍女前来凭吊昭君墓，追怀昭君、感伤自己，昭君灵魂在其感召之下，骑着马抱着琵琶现身。插图前景为：蔡文姬在布垫上跪拜；中景为：两胡服装扮的侍女作言说状，昭君坟前摆着祭品；远景则是：半空中云腾之处奔马飞跃，马上的昭君怀抱琵琶、向下眺望。

① 郭英德：《明清传奇综录》上册，河北教育出版社 1997 年版，第 103 页。

② 尤侗：《吊琵琶》，见邹式金编《杂剧三集》，中国戏剧出版社 1958 年版，第 19 页。

③ 不同于元杂剧《汉宫秋》中昭君主动请求和亲，《吊琵琶》中昭君对元帝充满怨恨与嘲弄，虽然也有对元帝之爱，但因和亲而产生的怨愤掩盖了爱情。

④ 该书最早刊行于清顺治十八年(1661)，收明末清初作家罕见的作品，是继《盛明杂剧》一集、二集之后而编成的一部杂剧集，所以题名为《杂剧三集》，又名《杂剧新编》；中国戏剧出版社 1958 年据诵芬室翻刻的《杂剧新编》本影印，插图则采用了北京图书馆收藏的原刻本残本中的汇刻图复印（参考邹式金编《杂剧三集》出版说明，中国戏剧出版社 1958 年版）。

（八）清代小说《双凤奇缘》

雪樵主人的《双凤奇缘》是清代后期的一部小说，[①]其主要情节来自《和戎记》，并在《和戎记》的基础上作了丰富和拓展，它以新的体裁、宏大的篇幅对昭君出塞故事作了新的演绎。在该书中，汉王梦中结识了越州太守之女王昭君，便派丞相毛延寿前往越州寻找，昭君父母无

图 7-3-7　《卧云书阁》本　　　　图 7-3-8　《卧云书阁》本
《双凤奇缘》绣像一　　　　　　　《双凤奇缘》绣像二

钱行贿便让昭君自作画像,此举惹恼了毛延寿,他另寻鲁氏女入宫,并向皇帝诬称昭君长有不祥之痣,鲁氏女获得专宠亦屡进谗言,昭君被打入冷宫,其父母亦遭流放,皇后林氏偶遇昭君,查明事情真相,鲁氏女被黜,后来自杀。毛延寿逃至番邦,献上昭君图,引起番王对昭君的兴趣,番王遂向汉王求取昭君,未得同意,便攻打汉朝,汉朝兵力微弱,被迫以一貌似昭君的女子顶替昭君入番,番王当即发现,大怒后再次发兵攻汉。无奈之下,元帝只得同意将昭君送往番国,昭君入番后要求番王斩杀毛延寿,并不愿与番王成亲,后跳白洋河自杀成仙,元帝纳昭君之妹赛昭君为皇后,昭君妹凭着高超武艺攻打番国,取得大胜,为姐姐报仇雪恨。这部小说语言粗糙,结构散乱,艺术性欠佳,有些情节不合情理,例如,昭君入番十六年都未与番王成亲,因为她穿着九姑仙赐的仙衣,别人无法接近;又如,昭君父母在流放东北期间,生下第二个女儿;再如,该书将李陵、李广、苏武等不同时期的人嵌入故事,显得混杂紊乱。

道光二十三年(1843)卧云书阁本的《双凤奇缘》正文前有绣像 16 幅,分别展示了汉帝、林皇后、昭君、赛昭君、毛延寿等 16 个人物,每幅图皆配有一段简要描述画中人物的文字,如昭君像为抱琵琶的青年女子,其题词为"只因妾貌却如花,薄命红颜自怨嗟。一出汉国谁是伴,凄凉马上弄琵琶"[②],而元帝像则是一个老年皇帝的形象,题词为"一代风流主,三更配合绿。山河谁保固,全仗两婵娟"[③]。

---

① 据黄毅研究,"《双凤奇缘》,原署《绣像双凤奇缘》,又名《昭君传》,二十八卷八十回。作者不详。现知本书最早版本为嘉庆十四年(1809)序刻本,卷首之序署'雪樵主人梓定'。有些研究者认为雪樵主人即为本书作者"(参考《古本小说集成》编委会:《双凤奇缘》前言,上海古籍出版社 1994 年版,第 1 页。该书根据道光二十三年[1843 年]卧云书阁本《双凤奇缘》影印)。

② 《古本小说集成》编委会:《双凤奇缘》,上海古籍出版社 1994 年版,图版部分第 3 页。

③ 同上,图版部分第 1 页。

图7-3-9 漳州民间年画《双凤奇缘后本》

而清中叶的福建漳州民间年画则为小说《双凤奇缘》配图多幅，①绘者结合小说的故事情节进行绘制，题为"双凤奇缘前本"的年画有八幅，题为"双凤奇缘后本"的年画亦有八幅，由绘图可以看出，绘者对小说非常熟悉，这些年画与小说内容结合得很紧密，彩版图片，每图皆根据原书情节进行题字。与元杂剧《汉宫秋》有联系的图有《昭君出塞》《延寿献图》等，而更多的绘图则根据《双凤奇缘》的新创情节而命名，与元杂剧《汉宫秋》没有关系，如《王昭君设计打延寿报父仇》《昭君奏番王斩毛延寿》等。不同于《汉宫秋》明代刊本插图的线条勾勒，这16幅图像以浓墨重彩的方式绘画，其中的人物着装与戏曲舞台人物相类，画面多选取正在进行的事件着笔，非常生动形象。

（九）《绘图缀白裘》中的相关图像

钱德苍编选的单出戏文选集《缀白裘》的第六编载有梆子戏《送昭》与《出塞》，刊行于光绪二十一年（1895）的《绘图缀白裘》是钱编《缀白裘》的配图本，该选本刊有与昭君戏相关的两幅图，分别配附梆子腔《送昭》与《出塞》。题为《送昭》的图像中，所绘制的山石树木皆为实景，昭君抱着琵琶骑在马上，王龙持扇、弯腰，马夫作倒立状，人物皆戏曲演员装束；题为《出塞》的图像中，绘有四位官员分别站立于两侧，向持扇、背刀的王龙作打恭状。这两幅图就清代昭君戏而绘，很大程度上游离了元杂剧《汉宫秋》，而新的昭君戏搬演因时代变迁而作了若干重大的改编，增加了很多人物，改动了若干情节，这两幅图根据单出戏文而绘，显然融有绘者自己对戏曲演出的认识与理解。

（十）美术作品中的王昭君

昭君故事早在元代之前就已相当成熟，它进入画家的视野也是顺理成章的事情。宋代有李公麟的《昭君图》，无名氏的《明妃出塞图》《明妃辞汉图》《明妃上马图》等，可惜均不可见。元代的昭君题材画不少，亦不可见；传世者有宋代宫素然的《明妃出塞图》，明代仇英的《明妃出塞》，清代则有冷枚、华嵒、费丹旭、倪田、

---

① 林翰主编：《昭君文化丛书》，内蒙古人民出版社2003年版，第96—99页。

李熙的《昭君琵琶图》,徐宝篆的《王昭君图》等。① 可见,宋元以后昭君作为文化符号更加深入人心,几乎成为文人绘画的重要题材,从文图关系的角度而言,这些画作建立在画家对历来昭君相关文字记载总体理解的基础之上,并不单与元杂剧《汉宫秋》建立联系,尽管元杂剧《汉宫秋》无疑会进入明清画家的期待视野。为此,本书不再就具体的美术作品展开分析。

除了文人画作,民间美术作品亦关注昭君题材。就器物绘饰而言,元代有绘有昭君出塞图景的青花人物罐②,明代有《昭君出塞》青花瓷碗③,清代有五彩王嫱出塞图瓶④。就年画而言,清代有天津杨柳青年画《昭君和北番》及《昭君出塞》、苏州桃花坞年画《昭君和番》及《新彩昭君跑马》。⑤ 清代民间还出现了《昭君出塞》剪纸⑥和《汉宫秋》木雕⑦。不同于文人画作的写意性,民间美术作品更强调叙事性,它们的构图与设计多为民间戏曲人物,在故事情节上呼应当时当地的民间戏曲表演,而民间戏曲表演无疑会承载从《汉宫秋》到《和戎记》再到昆曲《昭君出塞》的历史变迁和传统积淀。

值得一提的还有域外以昭君为题材的绘画作品。日本19世纪的著名画家山本琴谷的作品《王昭君》有重要的艺术价值,该画所展示的是王昭君的立像,其不同于众作之处是昭君怀抱之物并非琵琶,而是长条状物体,疑为筝筑。⑧

二、《汉宫秋》与现当代图像

(一) 舞台演出情况

在清传奇《青冢记》残折基础上形成的昆曲《昭君出塞》对近代以来的地方戏影响很大,使得昭君题材成为重要的传统剧目。就京剧而言,《昭君出塞》(又名《王昭君》《青冢记》)及《骂毛延寿》是有名的传统剧目,它们在故事情节上沿袭了元杂剧《汉宫秋》。⑨ 梅兰芳曾表演过此剧,尚小云将原来的单折戏增益成全本,改称《汉明妃》。⑩ 除京剧之外,川剧《汉贞烈》,秦腔、同州梆子《昭君和番》,滇剧

---

① 李征宇:《"昭君出塞"故事的图像接受》,赵宪章主编《文学与图像》(第一卷),江苏教育出版社2012年版,第42—45页。

② 中国戏曲志编辑委员会:《中国戏曲志·江西卷》,中国ISBN中心1998年版,第704页。

③ 林幹:《昭君文化丛书》,内蒙古人民出版社2003年版,第82页。

④ 同上,第83页。

⑤ 同上,第85—89页。

⑥ 同上,第84页。

⑦ 董洪全:《明清民间木雕·历史戏曲人物》,万卷出版公司2005年版,第46页。

⑧ 刘颖:《日本画家山本琴谷的绘画作品〈王昭君〉》,《呼和浩特日报(汉)》2008年9月8日第7版。

⑨ 陶君起编著:《京剧剧目初探》(增订本),中国戏剧出版社1963年版,第53页。

⑩ 萧盛萱述,萧润勤记:《我演〈昭君出塞〉中的王龙》,《戏曲艺术》1983年第3期。

《王昭君》等都是有名的昭君戏，河北梆子、湘剧、徽剧等亦都有此剧目。① 值得一提的还有浙江新昌调腔，这是"元朝统一中国后，北曲南下，南腔北上，南北曲交流、冲撞所产生的新的声腔，迄今已有六百多年的历史"②。调腔剧目《汉宫秋》基本上按照元杂剧《汉宫秋》演出，现存的光绪十八年（1892）抄本只有《游宫》和《钱别》二折；另有《昭君出塞》剧目，与清代无名氏传奇《青冢记》"送昭"唱词与曲牌大体相同。③

　　随着时代的发展，每一代戏曲人才都在传统剧目的基础上作新的搬演。20世纪五六十年代有粤剧《昭君出塞》，④祁剧《昭君出塞》⑤等；新时期以来，又有汉剧《王昭君》⑥、新编京剧《大漠昭君》⑦、新版扬剧《汉宫秋》⑧、黄梅戏《汉宫秋》⑨等多种舞台展现。这些剧作融入了时代气息与当代理念，有的剧作甚至对马致远《汉宫秋》作了彻底的改编。例如，新编京剧《大漠昭君》根据历史记载排演，汉元帝与昭君之间根本没有爱情，昭君亦没有以身殉国，该剧所展示的更多是大义和亲、民族融合的大团结面貌。除戏曲以外，其他形式的舞台艺术，如话剧、舞剧、歌剧等，亦对昭君故事进行搬演，话剧有 1923 年郭沫若编剧的《王昭君》、1978 年曹禺编剧的《王昭君》⑩，歌剧有 1930 年张曙编剧的《王昭君》⑪，舞剧有2009 年湖北省歌剧舞剧院创编的《王昭君》⑫。

　　整体而言，20 世纪 50 年代以来的昭君舞台演出以民族团结为主线，曹禺要展示"笑盈盈"而不是"哭啼啼"的昭君这一创作理念⑬代表了该时期的主流创作倾向，这也和本书要研究的元杂剧《汉宫秋》形成了一种有意背离的关系。

---

① 陶君起编著：《京剧剧目初探》（增订本），中国戏剧出版社 1963 年版，第 53 页。

② 《山野闲花，古腔古调——新昌调腔艺术档案和松阳高腔艺术档案介绍》，《浙江档案》2003 年第 6 期。

③ 《浙江戏曲传统剧目选编》（第 2 辑），《中国戏曲志·浙江卷》编辑部、浙江省艺术研究所 1988 年编。

④ 殷满桃等记谱：《昭君出塞·粤剧音乐总谱》，中国音乐家协会广东分会、中国戏剧家协会广东分会 1963 年编。

⑤ 邵阳祁剧团整理《昭君出塞》（祁剧），中国戏剧出版社 1959 年版。另外，屠岸《两出动人的湖南戏——谈〈昭君出塞〉和〈生死碑〉》（《戏剧报》1959 年第 1 期）一文记载，"湖南祁阳高腔《昭君出塞》1959 年春天赴北京演出"。

⑥ 该剧由武汉汉剧院出品，郑怀兴编剧，1998 年初演，2006 年又重新排演（参考圣章红《汉剧新音〈王昭君〉》《戏剧之家》2008 年第 1 期）。

⑦ 该剧由内蒙古自治区京剧团出品，2009 年 7 月 21 日首演（参考《新编京剧〈大漠昭君〉回昭君故乡湖北首演》一文，载于北京文艺网（http://www.artsbj.com/Html/news/zhzxzx/xj/3723828608.html）。

⑧ 该剧以曹禺的同名话剧作为母本，由袁振奇根据江苏戏剧家江蜇君先生的京剧本改编，1996 年底首演（参考孙书磊《说不尽的"昭君出塞"——新版扬剧〈王昭君〉观后感》《文艺报》2001 年 10 月 18 日 3 版）。

⑨ 编剧王长安以黄梅戏《汉宫秋》为基础，新编黄梅戏清唱剧《汉宫秋》，2015 年 12 月 6 日、7 日上演（参考毛晓倩《黄梅戏清唱剧〈汉宫秋〉12 月份震撼上演》，《安徽商报》2015 年 12 月 1 日 A08 版）。

⑩ 张德臣：《戏剧舞台的王昭君》，《华夏文化》1994 年第 4 期。

⑪ 戴鹏海：《中国第一部大型歌剧〈王昭君〉考》，《音乐研究》1996 年第 1 期。

⑫ 詹晓南：《民族舞剧的创新之作——观舞剧〈王昭君〉》，《中国文化报》2009 年 11 月 13 日第 11 版。

⑬ 曹禺：《关于话剧〈王昭君〉的创作》，《人民戏剧》1978 年第 12 期。

（二）《汉宫秋》的连环画改编本

昭君题材故事亦受到连环画界艺术家的重视，相关连环画为数不少；这些连环画与元杂剧《汉宫秋》形成两种不同的关系：或是有意与其背离，或是以其为基础进行创绘。就第一种关系而言，根据曹禺的话剧《王昭君》改编的连环画有多本，[①]由于时代的因素，曹禺的这部话剧以"有利于民族团结为核心"[②]，对元杂剧《汉宫秋》元帝与昭君之爱的重心进行了刻意回避，树立了一个以民族团结为己任的昭君形象，为达到这一目的，还塑造了单于、阿婷洁（单于妹）、温敦（单于前妻弟）等相关人物。另有一些连环画则以两汉历史记载为蓝本进行创作，[③]描述王昭君主动请求和亲，元帝到临别之际才认识昭君，虽有不舍，却不能失信于番邦；以上连环画有意背离元杂剧《汉宫秋》，本书不拟对它们的文图关系展开研究。我们主要围绕以元杂剧《汉宫秋》为基础改编的连环画展开论述。

穆一衡、熊侃改编，任率英绘画的《昭君出塞》（《彩色连环画珍品集》第二辑，人民美术出版社 2010 年版）共 12 页，图片为彩色大图，画面精致优美，有国画风韵，且所占版面空间很大，文字所占空间较小，仅以竖排的方式置于一侧。很显然，图像是该连环画的核心，文字只起到辅助作用，因此改编者对故事情节作了很大的删减，其文本内容主要源自《和戎记》，但又没有采纳《和戎记》中昭君对元帝的讽刺与抱怨，亦抛弃了萧善音代替昭君出塞和亲这一情节，昭君在元帝面对困境之时，主动提出愿意出塞和亲（这是对元杂剧《汉宫秋》的承续），到番国之后，要求番王处死毛延寿，在番王满足其要求以后自刎身亡。整体而言，该书画面游离于文字内容而作自我彰显，每一幅画都可以单独拿出来作国画欣赏。

高梅仪改编、康殷绘画《昭君出塞》（人民美术出版社 1962 年版）共 100 页，黑白版式。该书根据元杂剧《汉宫秋》并吸收"尚小云京剧及其他剧种的演出本"改编而成，[④]主要故事情节与元杂剧《汉宫秋》一致，一些细节则显然受后世其他文本影响，如行贿毛延寿而得以入宫的鲁金定、博士刘文龙等人物便源自《双凤奇缘》。不同于一般的连环画仅仅靠线条来描绘，这本连环画图像颜色的浓淡与显隐处理得很好，其背景设色也很自然美妙，例如，夜晚景象用昏暗的背景，这些做法使得该连环画具有一种国画的味道，而该连环画的最后一页则以国画的式样呈现，题为《独留青冢向黄昏》。该连环画除了每页画面所配文字之外，还在重

---

① 此类连环画有：(1) 傅活改编、郑家声绘画《王昭君》，人民美术出版社 2007 年版；(2) 辛观地改编、徐有武绘画《王昭君》，浙江人民美术出版社 1980 年版；(3) 尚羡智改编、晁锡弟绘画《王昭君》，河北人民出版社 1982 年版。

② 曹禺：《关于话剧〈王昭君〉的创作》，《人民戏剧》1978 年第 12 期。

③ 此类连环画有：(1) 赵士佶编文，石夫、姚耐绘画《昭君出塞》（《通俗前后汉演义》之十七），福建人民出版社 1983 年版。(2) 吴镇、干云编文，于友善绘《王昭君出塞》，江苏美术出版社 1998 年版。

④ 高梅仪改编、康殷绘画：《昭君出塞》，人民美术出版社 1962 年版。

要之处、需要表明的地方,通过在说话人旁边加方框的形式标出其要讲的话,这便拉近了文学与图像的关系。整体而言,画面所绘与元杂剧《汉宫秋》基本一致,元帝初见昭君、昭君沉黑江等常为历代图像所展示的图景,在该连环画中以分镜头的方式得到了细致而全面的呈现。

陈平夫改编,黄子希绘画的连环画《昭君出塞》(河北人民美术出版社 1958年版)共 48 页,黑白版式。该连环画属于"中国戏曲故事画库·近代地方戏"系列,根据近代昭君题材戏曲演出本改编而成。整个故事的内核仍是元杂剧《汉宫秋》,但是昭君自画其像给毛延寿以及昭君入塞后提出三个条件①,并在条件满足以后跳江自杀等情节,很显然是受《和戎记》的影响。元帝命新科状元刘元龙改名王龙,并封他为国舅,护送昭君出塞,则是受《双凤奇缘》的影响。该连环画给人最突出的视觉感受是:黑白对比极为分明,不像别的连环画仅以黑白线条进行勾勒,画面中成块的黑色区域增强了画面的感染力,例如,"昭君出塞"部分有多幅画面利用这种颜色上的技巧,形象地展示了昭君及随行人员在风沙中行进的场景。

（三）元杂剧《汉宫秋》的现代刊行本

作为一部传世经典,元杂剧《汉宫秋》至今仍不断刊行,这些现代刊行本中亦不乏图像,旧文与新图构成了新的文图关系。

北京师联教育科学研究所编的《古典戏剧基本解读》(人民武警出版社 2002年版)一书中选有《汉宫秋》原文及白话故事,该书原文部分配有插图五幅,第一折有两幅图,一为毛延寿画昭君,二为元帝月夜遇昭君;第二、三、四折各有图一幅,第二折的图展示毛延寿献图给番王的场景;第三折的图展示一女子(应为昭君)在屋前树旁弹琵琶的场景;第四折的图则以高空俯瞰的视角,展示了昭君跳江的瞬间。王季思主编的《中国十大古典悲剧集》(上海文艺出版社 1982 年版)亦选有《汉宫秋》,文前有四幅图,第一幅图展示汉元帝夜巡、偶遇昭君弹琵琶的场景,第二幅展示毛延寿向呼韩邪单于进献美人图的场景。该书第三幅图场面宏阔、人物众多,图中近景处为昭君跪地作祭奠状,旁边有二侍女,一人捧壶、一人捧琵琶,远景则为若干人停马作等候状,其中装束与众人相异者应为呼韩邪单于,他们的目光统一朝向正在祭奠的昭君。该书第四幅图分为两个板块,一个板块是元帝躺在床上作睡眠状。另一个板块则从睡觉的元帝头部用线条勾勒出他的梦境:元帝与抱琵琶的昭君相见;而画面上方的屋檐上有月亮与雁,这显然是扣准了文本中的月夜、孤雁这两大元素,虽然画笔描绘夜晚总有缺陷,但画家的努力读者不应忽略。以上选本的插图所展示内容不乏相同之处,但是画面却因人而异,显示出不同绘图者对同一内容的不同理解及不同的绘画技法。

---

① 王昭君所提的三个条件是:一是要回毛延寿所献的她自己的画像,由御弟王龙带回汉朝;二是要求单于处死毛延寿;三是让单于承诺永不再犯汉朝。

（四）《汉宫秋》的白话改编单行本

元杂剧《汉宫秋》是舞台演出的脚本，并受限于杂剧的体制要求，被改编成白话单行本的《汉宫秋》既不限于曲牌，又不限于四折一楔子的体制，成为一个自足而又独立的新文本。夏连保改编的《汉宫秋》（汉英对照）（新世界出版社2001年版）便是这样的单行本，该书由十章构成，改编者认为，"改编后的作品不可能也不应当只是原作的一个简单的'翻版'"，为使改编本仍符合原剧爱情悲剧的范畴，夏连保在故事情节上进行了大量的扩容和调整，以较大的篇幅对汉元帝刘奭的性格进行了刻画，尽量使他与昭君的爱情符合逻辑。于是幼年丧母、成长环境危险、曾与司马良娣有一段爱情悲剧等情节皆被加入；为了符合历史的真实性，改编者围绕元帝不理朝政、不听忠臣相告、宠幸宦官石显的历史背景展开情节，石显在马致远《汉宫秋》中只出场了一次，几乎称不上一个人物，而在长篇小说中则成为推动故事情节的重要人物。[①] 该书正文前有汉元帝刘奭、昭君、石显、毛延寿四人的画像，每一章前都有一幅插图。由于文本的改编，该书的插图亦与文本一起发生了相应的变化。

（五）《汉宫秋》的白话改编选本

白话故事诉诸阅读，戏曲文本则是表演的脚本，前者着意于方便读者阅读与理解，后者则以利于搬演为要，文本的变化无疑会对文学与图像的关系产生影响，下文结合不同白话故事选本的文本及其图像进行分类阐述。

1. 作了若干拓展性想象的白话故事选本

载于《中外传世名剧·中国卷》（中国少年儿童出版社2005年版）的《汉宫秋》由忽晓梅改编，该改编本以现代白话故事的形式呈现给读者一个非常成熟的中篇小说，该选本按情节发展分为八个部分，改编者展开了丰富的想象，在保持原剧情节的基础之上，对其简单之处作了丰富和拓展，对其省略之处作了填充与增加。书前配有彩图两幅，分别展示昭君与元帝初次相遇和昭君与元帝梦中相见的场景。正文中配有插图七幅，根据情节的进展而绘制，如，第一部分有展示毛延寿索贿的图一幅，毛延寿将持笔的手放在身后，另一手则伸向昭君，昭君作甩袖状；第七部分有展示昭君在江边祭奠故乡的场景，画面左侧为滚滚的江面，右侧则是建筑群，上方飞着一排大雁，昭君手持酒杯，作跪地望天状。白帝等编，葛闽丰、张弘绘的《中国古典十大悲剧》（连环画出版社2006年版）亦与此本相类。虽然基本情节遵照原文，但是在人物的心理活动、不同人物之间的对话以及景色的描写、气氛的渲染等方面，改编者充分发挥想象力，作了活灵活现的描绘，且很巧妙地消除原来戏曲文体的痕迹，将相关内容融入白话叙述文本。该选本

[①] 夏连保改编：《汉宫秋》（汉英对照）前言，新世界出版社2001年版，第4—6页。

配有插图 13 幅，画面精美，对多个故事情节作了想象性的再现。

金金主编的《中国十大古典悲剧故事》（内蒙古出版社 2010 年版）亦选有《汉宫秋》。其篇幅比前者小，但亦作了很多创造性的想象，充分利用倒叙、插叙的手法，并增加很多细节描绘。例如，改编本中以元帝赠送昭君的饰物"玉连环"的破碎，喻示昭君出塞和亲乃不可扭转的事实，而小说结尾汉元帝在未知昭君跳江死亡之时，就希望她死节，觉得如果昭君不死，大汉的脸面无处可放，而最后听闻昭君死节，元帝竟然毫不惊讶。这一改编突显了小说不同于戏曲文本的别样意味，更加深化了文学作品的意义。由此可见，由戏曲到小说的改变，使得文本的意义由音乐性向内涵方面转化。该书有插图一幅，图中昭君跪在元帝面前，而他们的身后站着一位胡服装扮的人，应为匈奴使者。

昌言等编写的《古典戏曲精彩故事》（河北少年儿童出版社 1993 年版）亦选有《汉宫秋》，该选本篇幅与前者相类，亦作了很多创造性、想象性的改编，在细节丰富和略处增繁的基础上，该本受《和戎记》影响，改变了元杂剧《汉宫秋》的相关情节：昭君入塞以后设法捉弄毛延寿，并要求单于处死他，最后才沉江而死；另外，该书增加老宫女何美人这一角色，她赠予昭君琵琶，并引导她展现自我；其他内容仍是以元杂剧《汉宫秋》为基础展开叙述。该书共有插图五幅，与上文所述的《古典戏剧基本解读》一致，这里不再赘述。

2. 基本遵照原文的白话故事选本

更多的选本基本遵照原文进行白话叙述。张晓风编撰的《看古人扮戏——戏曲故事》（三环出版社 1992 年版），丁冰、关德富主编的《中国古代十大悲剧故事集》（东北师大出版社 1992 年版），董建文、曹明海主编的《中国十大古典悲、喜剧白话故事》（插图本）（济南出版社 2003 年版），余炳毛、王钦峰编著的《少儿元曲故事》（陕西师范大学出版社 1993 年版），王星琦等编写的《一分钟名著——中国古典小说戏曲卷》（江苏人民出版社 1991 年版）等都属于这种类型的选本。以上五种选本的共同特征是：依照原文各折的顺序照直叙述，没作想象性拓展。它们皆有配附文本的插图一幅，这些插图有的展示毛延寿为昭君画像①，有的展示昭君与元帝惜别②，

---

① 张晓风编撰的《看古人扮戏——戏曲故事》（三环出版社 1992 年版，第 37 页）中所选《汉宫秋》白话故事有插图一幅，展示场景为：毛延寿坐着为昭君画像，昭君则手抱琵琶、背朝毛延寿。

② 董建文、曹明海主编《中国十大古典悲、喜剧白话故事》（插图本）中所选《汉宫秋》白话故事的插图，画面近景是昭君跪在仰天作伤感状的元帝面前，画面远景为一骑马的匈奴骑兵手指远方、作催促状；王星琦等编写《一分钟名著——中国古典小说戏曲卷》所选《汉宫秋》白话故事的插图以柳枝与栏杆为背景，画面中昭君掩面、元帝惜别，另有四个或汉或胡的卫兵侍立左右；丁冰、关德富主编《中国古代十大悲剧故事集》所绘亦为惜别场景，下面的正文中将详述。

有的则展示元帝夜巡遇昭君弹琵琶①。但它们中又有一些选本具有自己的特点。张晓风编撰的《看古人扮戏——戏曲故事》是一篇成熟的短篇小说,让人物直接出场,而不加任何背景性的陈述,既能遵照原剧情节,又能以另外一种文体巧妙地展现内容,不能不说作者的文笔很高超。余炳毛、王钦峰编著的《少儿元曲故事》及王星琦等编写的《一分钟名著——中国古典小说戏曲卷》的篇幅都较为短小,只占 2 至 3 个页面,因此只能以第三人称进行叙述,无法展开。丁冰、关德富主编的《中国古代十大悲剧故事集》的插图颇有特色,绘画采取国画样式,画面远景为昭君抱着琵琶骑在骆驼之上,而近景则为元帝面对昭君站立,画作题名为《王昭君》,上部有草书题词,左下角署名为育沛。

除以上单幅插图选本之外,还有一些选本具有多幅插图。凌嘉霭编著的《元杂剧故事集》(江苏人民出版社 1983 年版)②有插图三幅,题图所占空间很小,约为页面的六分之一。在丛林之上,一行大雁从太阳边飞过,正文中有图两幅,分别展示了元帝初遇昭君及昭君跳江的场景。

值得单独叙述的还有姜勇主编的《元曲故事》(新疆青少年出版社 2006 年版),该书将《汉宫秋》改编为《皇宫里的故事》,选本将元杂剧原本的楔子及四折内容分成四个部分来叙述,故事情节基本依照原本。在白话叙述的过程中,该选本巧妙地插入了原本人物的唱词,可使人们在了解故事的同时,体会元曲的意味。每部分配有一幅插图,插图根据改编后的文本绘制。第一幅图展示毛延寿将丑化后的昭君画像展示给元帝看,元帝不为所动,插图与文本对应,白话故事本在第一部分尾部特别点出这一内容,而戏曲原本则认为丑化后的昭君画像不为元帝注意在情理之中,无须着墨。第二幅图的内容为:面对俯首进谏的众臣,元帝作束手无策状;第三幅图展示了昭君跳江的场景,画面上有飞雁,下有滔滔江水,中部则是从崖上跳下的昭君;第四幅图展示了元帝梦遇昭君的场景,画面下方元帝作悲伤垂泪之状,上方则是梦中景象——置于云烟之间的昭君。

(六)漫画本《汉宫秋》

读图时代编绘(脚本撰写孙晶晶,绘画主笔孙秀敏)的漫画本《汉宫秋》(中州

---

① 余炳毛、王钦峰编著的《少儿元曲故事》所选的《汉宫秋》白话故事配插图一幅:昭君坐弹琵琶,元帝与一宫女在旁侧听,后者只占了画面较小的一个版块。另外,黄新光、万萍、雄尉编著的《中国文学史(少年配图本)》(二十一世纪出版社 1994 年版)仅以很简短的文字介绍了《汉宫秋》,并配有插图一幅,题为《昭君夜弹琵琶图》,画面中仅昭君一人,烛台之下,卷帘之内,昭君低头弹着琵琶。

② 凌昕编著的《中国戏曲故事选》(江苏人民出版社 1996 年版)中的《汉宫秋》白话故事与《元杂剧故事集》所选《汉宫秋》文字一样,但图片只有一幅,与《元杂剧故事集》所选的《汉宫秋》表现昭君跳江的插图一致。

古籍出版社 2003 年版）①一书正文前有彩图四幅，分别展示了昭君对镜梳妆、昭君夜弹琵琶、元帝与昭君共处一室、单于与昭君共处一室，另有人物画像四幅。第一张绘有元帝与昭君，后面三幅分别绘有单于、毛延寿及五鹿充宗等三人，每张人像旁边均用简短的文字进行介绍。该漫画本正文共 150 页，每页插图从一幅至五幅不等，根据需要配附文字，文字内容绝大部分根据元杂剧原文进行直译或意译，少部分是脚本撰写者自己的创造。该漫画本一个最突出的特点是：文字和图像灵活插配，图像从多种视角去表现，文字适量、恰当配附。例如，毛延寿将昭君图献给单于的场景，在漫画本中通过三幅图来展现，并且每一图都配以毛延寿的一句话。② 第一幅图采取从毛延寿的背后往前看的视角，此时单于端坐，毛延寿跪地言说"汉朝后宫有一美女王昭君，前几日，单于遣使乞婚，那昭君请行，愿嫁单于"；第二幅图则采取从单于背后往前看的视角，画面主体是正在讲话的毛延寿的正面特写，旁边框中的配字为"但汉主不舍，我再三苦谏说，'岂可重女色，失两国之好'"；而第三幅图则是一幅跨越时间与空间的图像，视角置于远处高空，毛延寿持画跪地，旁边配字为"我于是带了这张美人图，历尽辛苦来把它恭献给单于"，而同幅画的右侧则是展画观看作惊讶之状的单于，这两幅画并非同一时刻的事情，却置于同一画面。又如，元帝送别昭君以及昭君沉入黑龙江的故事情节亦通过多幅图片来叙述其进程。③ 这些图片或远景大框架描绘，或近景局部细写，或正面描绘本人，或通过别人的反应来突显。而配文亦根据实际需要而设置，或为本人言语，或为说白性文字，都以极其灵活与自如的方式出现，将文字与图像融为一体，共同服务于叙述对象。

（七）美术作品中的王昭君图像

王昭君作为中华民族重要的文化符号，她常常成为现当代艺术家们创作的题材。艺术家们相关作品众多，它们不一定都与元杂剧《汉宫秋》有直接的联系，本文只能对它们进行选择性的述说。

著名画家戴敦邦画有昭君题材的国画多幅。有一幅图为戏曲人物画④，作为旦角的王昭君立于画面中央，作为丑角的御弟王龙居昭君之左，而作为武生的马夫则居昭君之右；王龙弯腿、马夫弓步、昭君站立，这一构图突显了昭君形象的

---

① 除此之外，另有元斌主编、恐龙工作室绘画的《画说中国十大古典悲剧故事》（青少年版）（陕西人民教育出版社 2000 年版）第一卷所收《汉宫秋》。该选本故事情节依照元杂剧，其绘画风格与读图时代编绘的漫画本《汉宫秋》相类似，但是图片数量较少，每页 1—2 幅图，所配文字较多，这些文字以条目的方式呈现，每页的图配有数量不等的文字条目。

② 读图时代编绘：《汉宫秋》，中州古籍出版社 2003 年版，第 64 页，以下相关文字皆源于此页。

③ 同上，第 104—124 页。

④ 刘旦宅等绘：《名家配画诵读本·元曲三百首》，上海辞书出版社 2000 年版，第 69 页。

高大,很显然这幅图是根据昆曲《昭君出塞》及后世京剧演出而绘制的。另一幅图①则为昭君抱琵琶站立在一匹正在嘶鸣的马旁,马面侧对观者,昭君低首抚弄琵琶;还有一幅图②亦以马与昭君为构图要素,马面朝观者,昭君则坐在马上低头弄鼓;以上二者皆为彩色水墨写意画。这些画作很难说与元杂剧《汉宫秋》有什么直接的联系,但拓展了艺术空间,进一步阐扬昭君作为文化符号的意味。

王可伟是著名的油画家,酷爱汉唐历史战争绘画。他的《昭君出塞》一图③将王昭君置于一辆古代战车之上,她怀抱琵琶,往后张望,而她的四周则是骑马、射箭的汉、匈战士。画面上尘土飞扬、硝烟弥漫、混乱嘈杂,而昭君眼神的清澈、表情的宁静则与其所处环境形成了鲜明的对比。王可伟的油画《昭君出塞》为昭君题材画注入了新的艺术活力,尽管他似乎背离了《汉宫秋》及其他相关的历史文本。

内蒙古雕塑家文浩在 1986 年曾创作一组雕塑作品,分别为《昭君承命出塞》(展示骑马抱琵琶的昭君形象)《昭君头像》《胡汉一家亲》(展示昭君与一对子女的头像)。④ 类似的作品还很多。在呼和浩特市大黑河畔的昭君墓前,有呼韩邪单于与昭君并辔而行的大型铜像,墓前院内陈列厅内有汉白玉昭君雕像一座。呼和浩特市昭君大酒店门前有昭君雕像一座,大堂有《昭君出塞》浮雕,而该市还有昭君新村小区,小区内有两座昭君雕像。⑤ 雕塑艺术中的昭君更多是和平的象征,成为一种代表民族团结的文化符号,与杂剧《汉宫秋》的关系渐行渐远。

(八) 与王昭君有关的电影

王昭君故事因其具有传统性与经典性而为电影界人士关注,主要的电影作品有如下几种⑥:

(1)《王昭君》,三兴贸易公司 1940 年出品,洪叔云导演,黄鹤声、容小意等主演。

(2)《王昭君》,艺林影业公司于 1955 年出品,赵树燊导演,利青云,贺宾等主演。

(3)《王昭君》,邵氏制片厂 1964 年出品,李翰祥导演,林黛、赵雷等主演。

以上三部电影都是香港地区拍摄的。不同导演、不同演员对昭君故事有不同的理解,他们创造的影像作品也各有不同,其中李翰祥导演的《王昭君》根据元杂剧《汉宫秋》而编,洪叔云导演的《王昭君》在明传奇《和戎记》的基础上改编,赵树燊导演的《王昭君》则内容不详。这里,以李翰祥导演的《王昭君》为例作简要

---

① ② 见博宝拍卖网(http://auction.artxun.com/paimai−105376−526879929.shtml)。

③ 转引自汪守德:《中国战争诗歌》,解放军文艺出版社 2009 年版,第 35 页。

④ 琥珂:《王昭君雕塑组照》,《内蒙古社会科学》1986 年第 2 期。

⑤ 林幹:《昭君文化丛书》,内蒙古人民出版社 2003 年版,第 158—163 页。

⑥ 20 世纪 50 年代曾上演两部关于王昭君的粤剧电影,因其主要是戏曲表演,本文不再对其作具体叙述。

叙说。该剧虽然核心情节依照元杂剧《汉宫秋》，但亦作了若干改动与增删。例如，毛延寿并不是中大夫，而是一个宫廷画师；又如，昭君出塞途中有多人陪同前往，其中一对青年男女欲逃跑，昭君理解、体谅他们并放其回家，这使昭君的人物形象非常丰满；再如，昭君向单于提出三个要求，一是拿回自己的画像，二是请单于承诺不再侵犯汉朝，三是单独见毛延寿，皆得到单于应允。昭君当面斥责毛延寿，这里显然有明清以来昭君戏的影子。可见，影像通过人物的表演，更容易表现故事情节，不像戏曲文本及戏曲演唱那样更侧重于抒情。元杂剧《汉宫秋》第四折汉元帝夜梦昭君，在孤雁叫声中倍感孤独、惆怅与烦闷的唱段是全剧的点题部分，电影《王昭君》却予以删除。这一方面由于电影塑造的主要人物是昭君而非元帝，另一方面在于这一折的唱段重在抒发情感，虽然电影《王昭君》中也有若干唱段，但该电影毕竟不是纯粹的戏曲电影，其唱段主要是叙说故事，在某种程度上也为了在影像中保留黄梅唱腔。

（九）与王昭君相关的电视剧

与王昭君相关的电视剧主要有如下几部：

（1）25集电视剧《王昭君》，香港亚洲电视有限公司1984年出品，魏秋桦、伍卫国等主演。

（2）10集电视剧《王昭君》，湖北电视剧制作中心与内蒙古电视台联合摄制，1987年出品，孙光明、董利斌导演，黄虹、满达等主演。

（3）4集戏曲电视剧《王昭君》，江苏电视台1999年出品。

（4）55集电视剧《昭君出塞》，香港寰宇公司2006年出品，冷杉导演，李彩桦、罗嘉良等主演。

（5）31集电视剧《王昭君》，中央电视台2007年出品，陈家林导演，杨幂、刘德凯等主演。

以上电视剧充分发挥其多集影像展示的优长，各自作出独到的创演。1987年版《王昭君》、2006年版《王昭君》以及2006年出品的《昭君出塞》等三部电视剧并未依据元杂剧《汉宫秋》，而是以昭君出塞的历史记载为基础，以民族团结为主旨，颂扬昭君大义和亲的精神。

第四节 《梧桐雨》及其后代图像

元杂剧《梧桐雨》为白朴所作，该剧围绕李隆基与杨贵妃之间的故事（下文简称李杨故事）而展开。在元代，演绎这一主题的杂剧还有关汉卿的《唐明皇启瘗哭香囊》、白朴的《唐明皇游月宫》、庾天锡的《杨太真霓裳怨》与《杨太真浴罢华清宫》、岳伯川的《罗光远梦断杨贵妃》、李直夫《念奴教乐府》、书话关四《梅妃旦》

等。而这些剧作皆不存,只有白朴的《唐明皇秋夜梧桐雨》得以传世。①

《梧桐雨》现存版本主要有四种:一是陈与郊所编《古名家杂剧》(1588),二是臧懋循所编《元曲选》(1615—1616),三是王骥德所编《顾曲斋元人杂剧选》(1623),四是孟称舜编的《新撰古今名剧合选》之《酹江集》(1633)。这四种版本与《汉宫秋》的四种版本一致,它们诞生的时间相去不远,内容基本一致,但不同编者对文字的润色与修改又各有不同。例如,《元曲选》本对《古名家杂剧》中杨贵妃与安禄山的秽事部分作了删减,杂剧第一折有一段杨贵妃的独白,《古名家杂剧》本为:

> 近日边庭送一番将来,名安禄山,此人猾黠,能奉承人意,又能胡旋舞,圣人赐与妾为义子,出入宫掖,不期此人乘我醉后私通,醒来不敢明言,日久情密,我哥哥杨国忠看出破绽来,奏准天子,封他为渔阳节度使,送上边庭,妾心中怀想,不能再见,好是烦恼人也。②

而《元曲选》本则将"不期此人乘我醉后私通,醒来不敢明言,日久情密"③一句删除。

《古名家杂剧》第二折有一段安禄山的独白:

> 如今明皇已昏眊,杨国忠、李林甫播弄朝政。我想当初与贵妃私情甚密,杨国忠奏准天子送出我来。我今只以讨贼为名,起兵到长安,抢了贵妃,夺了唐朝天下,才是我平生愿足。左右,军马齐备了么?④

而《元曲选》本则将"我想当初与贵妃私情甚密,杨国忠奏准天子送出我来"一语删除。这一修改无疑有弱化安、杨秽事的倾向,但并未从根本上改变剧作的整体内涵。对于这类不影响剧本整体内容的文字差别,此处不予细究,而主要就文图关系展开探索。《梧桐雨》为末本戏,唐玄宗主唱,其他人物主要是说白,其主要内容如下。

楔子 安禄山战败,罪当斩首,但他骁勇异常,幽州节度使张守珪不敢裁断,将其送至京城;丞相张九龄主张斩杀安禄山,唐玄宗不同意,留他作白衣将领,将他赐给杨贵妃作义子;杨贵妃给安禄山做洗儿会,玄宗赏以贺礼,并封他为平章政事,杨国忠与张九龄极力反对,玄宗被迫改任他为渔阳节度使。安禄山对杨国忠怀恨在心,又放不下与杨贵妃的私情,匿怨而去。

第一折 杨贵妃原本寿王妃,后被玄宗纳为贵妃,自此一门贵显,近来,她与安禄山私情甚厚,不得相见,很是烦恼。玄宗自从得了杨贵妃,沉迷于享乐生活,七夕节之时,长生殿设宴,玄宗赐贵妃金钗一对、钿盒一双,并与贵妃在庭院闲

---

① 此为姜涛根据庄一拂《古典戏曲存目汇考》(上海古籍出版社 1982 年版)所作的归纳、整理与分析,参见姜涛《古代戏曲同题材作品的文化嬗变与传播接受》,山西大学 2010 年硕士论文,第 69 页。

②④《脉望馆钞校本古今杂剧》之《唐明皇秋夜梧桐雨》(影印版),见《古本戏曲丛刊》四集之三,上海古籍出版社 1954 年版。

③ 本部分凡涉及元杂剧《梧桐雨》原文,皆源自臧懋循《元曲选》,下文不再赘注。

步,应杨贵妃之请,玄宗与贵妃在星空之下立下盟誓,愿世世永为夫妇。

第二折 玄宗与贵妃在御园沉香亭下玩乐,二人品尝新鲜荔枝以后,贵妃登翠盘跳舞,众乐伴奏,玄宗为贵妃送上美酒,以供其解乏。此时,左丞相李林甫报告军情:安禄山起兵反叛,扬言并不仅仅为了锦绣江山,还要抢杨贵妃,玄宗刚开始不太在意,在了知敌强我弱的形势之下,被迫同意幸蜀西迁,贵妃与玄宗一时间陷入惆怅。

第三折 右龙武将军陈玄礼统领禁军护送玄宗及六宫嫔御西行,玄宗感叹自己深居宫廷、不知民间疾苦,路遇乡里百姓拜见,被迫命太子东还,令郭子仪、李光弼为元帅。行军途中,六军不发,要求玄宗诛杀专权误国的杨国忠以谢天下,玄宗无奈,授意陈玄礼裁决,六军又进而要求诛杀杨贵妃,玄宗虽万般不舍,却拗不过时势,杨贵妃含恨在佛堂自尽,玄宗极度伤感。

第四折 玄宗还朝,将帝位传给太子,退居西宫养老。一日,玄宗挂起贵妃真容哭奠,看到逼真的画像非常惆怅,欲在宫中闲行,又怕想起贵妃在世时的场景而增加伤悲,于是回殿小睡,梦见贵妃请他赴席,为雨打梧桐之声惊醒之后,不免就梧桐雨展开一番抱怨,内心充满无尽的惆怅。

早在《梧桐雨》杂剧之前,关于李杨故事的史传、诗文、小说笔记等若干著述已非常丰富和详实,单就故事情节而言,元杂剧《梧桐雨》并无原创的内容;①这与《汉宫秋》《窦娥冤》《赵氏孤儿》等三剧差别甚大。《汉宫秋》始言元帝与昭君之恋而开启后世,《赵氏孤儿》程婴以己子代孤等若干情节述前人所未述,《窦娥冤》则几乎全部原创。王国维有言,“元剧最佳之处,不在其思想结构,而在其文章”②。这四部悲剧史无前例地以杂剧这一独特的艺术样式,对历史原有故事作新的演绎,产生了深远的影响。《梧桐雨》既无情节之原创,那其艺术价值更多便在“文章”及其戏曲音乐方面,正如王国维所说“沉雄悲壮,为元曲冠冕”③。正因为这样,后世白话故事选本录《梧桐雨》者不多,但元曲选本中几乎从来不会缺少它。

文学作品故事情节的历史延展与变化使其配图亦发生相应变化。《梧桐雨》之后的李杨故事题材剧不在少数,但很难说它们在多大程度上受《梧桐雨》杂剧影响,毕竟《梧桐雨》之前的李杨故事已经相当成熟。因此,面对《梧桐雨》杂剧以后众多关于李杨故事的作品尤其是现代以来数量繁多的影视剧,本文结合其图像,着眼于如下几点进行选择性叙述:第一,是否为末本戏,是否以玄宗为主角;

---

① 关于李杨故事的流变,可参考程芳硕士论文《李、杨爱情故事的传承与流变——以历代小说笔记、日本物语文学为例》(上海师范大学 2009 年),尤华硕士论文《杨贵妃形象流变研究——以传统演艺为考察重点》(上海师范大学 2006 年),刘红艳硕士论文《当时失意虽可恨,犹得千古文人传——戏曲中的杨贵妃形象演变初探》(曲阜师范大学 2004 年)等论文。

② 王国维:《宋元戏曲史》,方麟选编《王国维文存》,江苏人民出版社 2014 年版,第 259 页。

③ 同上,第 176 页。

第二,是否将全文落脚于唐玄宗面对雨打梧桐的伤感以及对梧桐树下密誓与欢娱的追怀;第三,杨贵妃的形象如何,她对玄宗感情真假? 是否与安禄山有私? 结合以上几点相关性,本文对与《梧桐雨》杂剧有一定联系者进行详细叙述,其他作品则仅作概述或一笔带过。

一、《梧桐雨》与古代、近代图像

(一)舞台演出情况

正如清人朱彝尊所言,"元人杂剧辄喜演太真故事"[①],明清以来,李杨故事仍然备受关注。明代关于李杨故事的戏剧有 15 种,其中杂剧有 8 种,分别是汪道昆《唐明皇七夕长生殿》、叶宪祖《鸳鸯寺冥勘陈玄礼》、徐复祚《梧桐雨》、王湘《梧桐雨》、无名氏《明皇村院会佳期》《明皇望长安》《秋夜梧桐雨》《沉香亭》;传奇 7 种,分别是屠隆《彩毫记》、吴世美《惊鸿记》、吾邱瑞《合钗记》、单本《合钗记》、钮格《磨尘鉴》、戴应鳌《钿盒记》、雪蓑渔隐《沉香亭》;今仅存《彩毫记》《惊鸿记》《磨尘鉴》3 种传奇。[②] 清代戏曲中关于李杨故事的亦有 15 种,其中杂剧 9 种,分别为尤侗《清平调》、张韬《清平调》、石韫玉《梅妃作赋》、唐英《长生殿补阙》、梁廷枏《江梅梦》、万树《舞霓裳》、汪柱《赏心幽品·江采蘋爱梅赐号》、无名氏《梅妃怨》《长生殿补后》;传奇 6 种,分别为洪昇《长生殿》、孙郁《天宝曲史》、程枚《一斛珠》、亦斋《环影祠》、无名氏《沉香亭》《长生殿补后》;杂剧今存《清平调》《梅妃作赋》《长生殿补阙》《江梅梦》《赏心幽品·江采蘋爱梅赐号》,传奇今存洪昇《长生殿》、孙郁《天宝曲史》、程枚《一斛珠》。[③] 就现存的古本戏曲而言,它们的搬演方式与元杂剧有很大不同,多人同台演唱打破了元杂剧一人主唱的方式,它们也多未涉及安禄山与杨贵妃的秽事。其中最突出的例子便是传奇《长生殿》,它虽然在曲词与情节方面受《梧桐雨》影响很大,[④]但思想基调及主旨却与《梧桐雨》有着根本的差别,污秽之事尽皆除去,李杨爱情成为作者颂赞的对象。明清以来戏曲有案头化的倾向,李杨故事被文人反复改编、搬演于舞台充分说明了这一题材的魅力,该题材不仅活跃在文人创作方面,还在多个地方剧种中长盛不衰地搬演

---

① 蔡毅:《中国古典戏曲序跋汇编》,齐鲁出版社 1989 年版,第 1586 页。

② 此为姜涛根据庄一拂《古典戏曲存目汇考》(上海古籍出版社 1982 年版)所作的归纳、整理与分析,参见姜涛《古代戏曲同题材作品的文化嬗变与传播接受》,山西大学 2010 年硕士论文,第 76 页。

③ 同上,第 79—80 页。

④ 俞为民在其论文《〈长生殿〉与〈梧桐雨〉主题的异同》中指出,"《长生殿》在情节以至曲文上,都明显留有沿袭《梧桐雨》的痕迹"。(该文载于谢柏梁、高福民主编《千古情缘——〈长生殿〉国际学术研讨会论文集》,上海古籍出版社 2006 年版。)

着,清乾隆时期的花部戏《醉杨妃》①便是其中的例子。

(二)《元曲选》本《梧桐雨》

图 7-4-1 《元曲选》本《梧桐雨》插图

该选本共有插图四幅,皆置于文本之前。每图皆在右上角标有一句诗,诗句源自杂剧文本之末的"题目""正名","题目"为"安禄山反叛兵戈举,陈玄礼拆散鸾凤侣","正名"为"杨贵妃晓日荔枝香,唐明皇秋夜梧桐雨"。这四幅图在戏曲文本中有其对应的内容。《安禄山反叛兵戈举》一图左侧上部署为"仿赵松雪笔",画面中有五个骑马的男子,中间穿铠甲、执皮鞭者应为安禄山,其周围有四位将士装扮者,一人执旗,另外三人执兵器,五人神态各异,似在对话。画面内容对应于杂剧第二折开头的对白:安禄山与众将士备齐军马、企图反叛。《陈玄礼拆散鸾凤侣》一图的背景为山间路上,构图分为近景和远景两个板块。近景展示了陈玄礼率兵士拿下杨国忠的场景,一将军骑于马上,旁有三位士兵,一人手拿旗子,另二人手拿兵器,在此四人的右侧有两位士兵执住一位官员,旁边有一匹马及一执旗士兵;而远景则为鸾舆之内默然端坐的唐玄宗,鸾舆之外有两位侍从及一位身着官服者(应为高力士);此图对应杂剧第三折,虽然画面并未展示贵妃被赐死的状况,但读者可由此画面推测下一步可能要发生的事情。第三幅图题为"杨贵妃晓日荔枝香",与戏曲文本第二折对应。画面置于山水之间、松树之下,画面远景为:玄宗与贵妃端坐于圆凳之上,二侍者一人持扇、一人抱篮;画面近景则是:一人骑于奔马之上,手捧盛满荔枝的圆盘。很显然,绘者对杂剧文本有所偏移,缺失戏曲文本中所说沉香亭、梧桐树及准备为贵妃伴乐之人,但显然又紧扣了白朴所引用诗句——"一骑红尘妃子笑,无人知是荔枝来"。第四幅图题为《唐明皇秋夜梧桐雨》,画面内容就杂剧第四折而画,选取玄宗孤对梧桐这一场景作画。雨很难入画,所以绘者紧扣"夜"与"梧桐"这两个意象展开,画面中唐明皇倚梧桐树站立,一太监(或为高力士)持灯笼陪伴,二人身后房间内案几上安放着一根蜡烛,这突显了"夜"这一意象,梧桐叶飘落,

---

① 李修生主编:《古本戏曲剧目提要》,文化艺术出版社 1997 年版,第 485 页。

芭蕉叶下垂,地面上黑点处处,突显出一派雨后衰败的气象。

(三)《顾曲斋元人杂剧选》本《梧桐雨》

该选本每折插配一幅图,全剧共有四幅。第一折的插图对应的剧情是:玄宗在前往长生殿的路上听见喧笑声,问宫女才得知贵妃在乞巧排宴,便要前去探看。整幅画面由一堵围墙分成两个板块,下半部分以玄宗为主,旁边的两位侍者一人持扇、一人打灯笼,上半部分则以贵妃为主,左侧两宫女望月而拜,右侧两侍者立于贵妃之旁,一人持扇,一人端着放着酒壶与酒杯的盘子,贵妃则略微侧身作斟酒状。第二折插图截取贵妃在翠盘上跳舞、诸人伴奏的顷刻,杂剧原文称"郑观音抱琵琶,宁王吹笛,花奴打羯鼓,黄翻绰执板",显然伴奏者应为四人,但画面中伴奏者只有三人,一人吹笛,一人执板,另一人打羯鼓,而打羯鼓者不是花奴,而是玄宗。

图7-4-2　《古杂剧》本《梧桐雨》第四折插图

此图右上角题有"黄一凤"字样。黄一凤是明代徽州木刻名家,他的这幅版画精细优美,被多种书籍引用。第三折的插图展示了玄宗西迁幸蜀的场景,整幅画面置于云雾缭绕、栈道蜿蜒的背景之上,远景是骑马的执旗者,近景则为骑在马上的玄宗,他身穿普通衣服,一手执鞭,一手勒马,神色惨然,其身后有两位骑马持扇的侍者。第四折的插图选取玄宗梦中与贵妃相遇的场景进行描绘,画面由两个板块组成,一部分是梦境,一部分是实境,梦境占据画面绝大部分,所绘内容为:庭院梧桐树下,玄宗与贵妃对面站立,充满深情地望着对方。实境板块与梦境板块的背景完全一样,但庭院梧桐树下空无一人,梦境板块的边缘由线条勾勒,最后收束成一条线导入实境中的房间内,我们可以想象玄宗正在房间内小睡。

(四)《新撰古今名剧合选·酹江集》本《梧桐雨》

该选本有图二幅,皆置于文本之前,画面空白处分别题有"杨贵妃晓日荔枝香""唐明皇秋夜梧桐雨"。这两幅图片的构图明显受到《顾曲斋元人杂剧选》本插图的影响。就题为"杨贵妃晓日荔枝香"的插图而言,画面亦如《古杂剧》中的插图一样,描绘了贵妃在翠盘上跳舞、诸人伴奏的场景,不同之处是伴奏者为两女一男,分别执板、吹笛、打羯鼓(与杂剧原文相比,缺少弹琵琶者),这三者很像年轻乐人，而不同于《古杂剧》中玄宗、年长男子、青年男子三人一起伴奏，此图亦有玄宗，但并未亲自伴奏，而是站在一旁观看。此图比《古杂剧》本插图多了一个板块，画面的右下角有一个手端荔枝作跪呈状的青年男子。整幅插图将文本中的相关细节组合起来展现，虽然与杂剧文本有所错位（原文中杨贵妃吃完荔枝才登盘跳舞），但体现了绘者对文本的独特理解与展现。而题为"唐明皇秋夜梧桐雨"的插图则几乎与《古杂剧》本构图完全一致，只不过玄宗及贵妃的站立方位与梧桐树的位置作了翻转，但就人物造型与画面细节而言，此插图显然是重新绘制的，而并非简单的临摹。

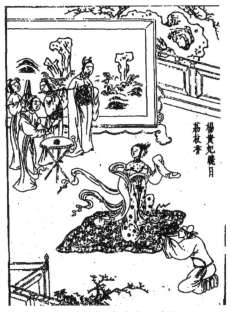

图7-4-3 《酹江集》本《梧桐雨》插图一

图7-4-4 《酹江集》本《梧桐雨》插图二

（五）《隋唐演义》涉及李、杨故事部分

隋唐故事为后世广为传扬，被编写成多种读物，如《隋唐两朝志传》《唐书志传通俗演义》等，可惜此类读物很多不存于世，刊于明万历时期的《新刊徐文长先生评隋唐演义》（武林书坊绣梓本）共有插图79幅，《中国古代小说版画集成》第三卷载有此书。79幅插图每幅图都在空白处有题字，与本书的研究主题相关的有图两幅①，一幅题为"安禄山范阳作反"，图中展示山岭栈道之间将士骑马奔杀的场景，另一幅图题为"马嵬驿杨妃伏诛"，图中一将军持武器带两士兵站在右侧，贵妃带一宫女站于左侧，她们皆以袖掩面。

清代褚人获的小说《隋唐演义》可以称为隋唐故事的集大成者，他参考《隋唐

---

① 《中国古代小说版画集成》三，汉语大词典出版社2002年版，第443、445页。

志传》《隋史遗文》《隋炀艳史》以及唐代以来的野史杂录如《大业拾遗记》《明皇杂录》等若干文献资料,进行排比衍述。① 该书从第七十九回起涉及李杨故事:杨贵妃与安禄山私通,且在玄宗面前屡屡替安禄山说好话,玄宗并未察觉安、杨私情,他在长生殿中与杨贵妃发下密誓,愿世世代代为夫妻,而杨贵妃心中不洁、违心为之,直到安禄山在杨国忠挑拨之下反叛,玄宗才察觉安禄山并非一颗赤心。该小说的相关内容受《梧桐雨》影响,以小说这一体裁对杂剧的相关内容作了细节补充与扩展性描述,很大程度上可以看作《梧桐雨》杂剧在小说世界中的展示。

图7-4-5　康熙四雪草堂初刊本
《隋唐演义》第九十一回插图

《中国古代小说版画集成》第六卷载有《四雪草堂重订通俗隋唐演义》(康熙四雪草堂初刊本),该本共有插图一百幅,每一回皆配有插图,画面没有题字,与本书的研究主题相关者有图三幅②。第八十一回"纵嬖宠洗儿赐钱,惑君王对使剪发"配有贵妃及众宫女为安禄山做"洗儿会"的插图。第八十八回"安禄山范阳造反,封常清东京募兵"配有安禄山及诸将士聚义的插图。第九十一回"延秋门君臣奔窜,马嵬驿兄妹伏诛"亦配有一插图,画面分为两个板块,下部为斩杀杨国忠的场景,右上部为杨贵妃被赐死的场景。具体而言,左下部展示了一列行进的队伍,队伍的最后方是玄宗,他坐在鸾舆之内,左有一文官陪侍,右有一持扇侍者,玄宗鸾舆前方有一将军骑在马上,五位士兵手持大刀立于马下,在五位士兵包围之处,一人(应为杨国忠)身首异处、官帽散落;右上部板块中有一题为马嵬驿的两层阁楼,阁楼上层绫带高悬,一女子(应为杨贵妃)面对绫带站立,一男子(应为高力士)端坐于一侧。

(六) 美术作品中的李杨故事

元代以来,画家以李杨故事为题材作画者不在少数。其中元代钱选的《杨贵妃上马图》③,明代仇英的《贵妃晓妆图》④,清代康涛的《华清出浴图》⑤、王翙的杨

① 褚人获:《隋唐演义》,上海古籍出版社1981年版,"出版说明"部分第2页。
②《中国古代小说版画集成》(六),汉语大词典出版社2002年版,第851、858、861页。
③ 金源编:《中国人物名画鉴赏(上)》,兰州大学出版社2006年版,第176页。
④ 桐程主编:《中国传世名画全集(人物卷)》,远方出版社2002年版,第78页。
⑤ 张婷婷编著:《中国传世人物画》卷四,中国言实出版社2013年版,第272页。

图 7-4-6　康涛·华清出浴图

贵妃画像①、朱旭的《杨贵妃图》②等都是至今传世的佳作。生活于日本江户时代中后叶的画家圆山应举亦绘有《杨贵妃图》。③ 这些画作将杨贵妃作为绘画的主要元素进行描绘，玄宗不再成为画家们的主要关注对象。历史上相关的绘画作品数量众多，真正留存下来的却很少。清人胡丹凤所编的《马嵬志》卷四根据题画诗罗列了唐朝以来与李杨故事有关的画作，现将明清以来的图画名录摘引如下④：

明代的相关绘画有：《明皇秉烛夜游图》《明皇贵妃琴阮图》《明皇贵妃对弈禄山旁观图》《明皇并笛图》《贵妃妙舞图》《明皇贵妃上马图》《唐明皇吹玉箫图》《杨妃醉仆图》《杨妃醉归图》《杨妃出游图》《明皇贵妃对弈图》《杨太真剖瓜图》《太真图》《杨妃春睡图》《杨妃舞翠盘图》《贵妃春醉图》《杨妃春睡图》《杨妃上马娇图》。

清代的相关绘画有：《杨妃春睡图》《太真春睡图》《杨妃病齿图》《杨妃图》《骊山图》《马嵬图》《杨贵妃小像》。

从这些画作的标题来看，它们对李杨生活场景进行了构想，可见李杨故事已成为一种文化符号，画家们无意在绘画中展现故事，而是通过写意的方式在画面中融入创作者的理念与怀想。

二、《梧桐雨》与现当代图像

在本部分中，首先将叙述《梧桐雨》杂剧在现当代的搬演状况，再叙述与《梧桐雨》杂剧有关的现当代图像。就搬演而言，由于《梧桐雨》杂剧在故事情节方面并无新创，而戏曲搬演又具有浓厚的时代性与地域性，每一个时代、每一个区域的编剧与演员都有自己对李杨故事题材戏的诠释与理解，因此这些搬演与《梧桐雨》杂剧本身的具体联系往往很难断定。就与《梧桐雨》杂剧相关的现当代图像而言，《梧桐雨》杂剧之前有白居易的长诗《长恨歌》，《梧桐雨》杂剧之后有洪昇的传奇《长生殿》，这两者的生命力一直延续到当代，且其影响力远远大于《梧桐雨》杂剧，它们的文学图像也远盛于《梧桐雨》杂剧，这一现状有多种原因：白居易诗

---

① 颜希源编撰，袁枚等诗词，王翙绘画，连震译校：《百美新咏图传——历朝名女诗文图记》，中国文联出版社 2006 年版，第 13 页。

② 王建华：《道光道士朱旭妙绘〈杨贵妃图〉》，《无住庵谈字论画》，学林出版社 2008 年版，第 19—21 页。

③ 转引自陈世强：《苏曼殊图像：画家·诗人·僧徒·情侣的一生》，中国青年出版社 2008 年版，第 403 页。

④ 胡凤丹编辑，严仲仪校点：《马嵬志——唐明皇杨贵妃事迹》，江苏古籍出版社 1990 年版，第 45—51 页。

歌通俗易懂,唐诗的韵味一直为人们欣赏,《长生殿》则距今较近,易于后人接受与传播,而杂剧这一文类却随时衰微。更重要的原因还有,《长恨歌》与《长生殿》掩盖了玄宗父纳子妃以及安、杨私情等阴暗面,展现了李、杨之间美好而纯真的爱情,符合广大读者的接受心理。因主题与篇幅限制,本章只就与《梧桐雨》直接相关的现当代图像进行叙述。①

(一) 舞台演出情况

关于李杨故事题材在 1949 年以前的戏曲搬演状况,我们可以通过陶君起主编的《京剧剧目初探》对传统京剧剧目的记载,作大致了解。据该书记载,京剧《贵妃醉酒》剧目(又名《百花亭》)演述贵妃因受疏而饮酒过量乃至沉醉,川剧、徽剧、汉剧、桂剧都有此剧目。湘剧《锦香亭》、秦腔《百花亭》亦演类似内容。京剧《马嵬坡》(又名《哭杨妃》)演述玄宗在马嵬坡被迫同意诛杀杨国忠及杨玉环,回銮后哭祭其墓。川剧《马嵬逼妃》、汉剧《马嵬驿》、湘剧《落驿赐绫》、滇剧《埋玉》亦与此相类。京剧《太真外传》演述杨贵妃册为贵妃、赐浴华清、七夕密誓、马嵬赐死的经过,玄宗在其死后于仙山上寻得其魂魄。昆腔、高腔、川剧有《长生殿》(含《密誓》《马嵬坡》《游园惊变》《回銮改葬》等折)。② 由此可见,李杨故事受到戏曲界人士的持久关注,并在多个剧种中成为搬演的热点。

1949 年以后,李杨故事仍然受到戏曲界的广泛关注,影响最大的当数洪昇《长生殿》的搬演。其中上海昆剧团 1988 年赴日本演出的昆剧《长生殿》、苏州昆剧院 2004 年打造的昆剧《长生殿》尤为世人关注。朱锦华的博士论文《〈长生殿〉演出史研究》有较大一部分内容涉及这一问题,这里不再赘述。③ 其他影响较大的戏曲表演还有:浙江昆剧团 1981 年首演的昆剧《杨贵妃》、西安评剧团 1982 年首演的评剧《杨贵妃》、广州粤剧团 1987 年首演的粤剧《杨贵妃》、陕西省戏曲研究院华剧团 1987 年首演的华剧《杨贵妃》、四川省遂宁市川剧团 1988 年首演的川剧高腔《马嵬轶事》、天津河北梆子剧院 1989 年首演的河北梆子《马嵬坡》、江西省京剧团 1992 年首演的京剧《贵人遗香》、天津市青年京剧团 1992 年首演的京剧《马嵬香消》、广东省粤剧一团 1998 年首演的粤剧《唐明皇与杨贵妃》、北京昆曲剧院 2001 年首演的昆曲《贵妃东渡》、安徽省黄梅戏剧院 2003 年首演的黄梅戏《长恨歌》、浙江省乐清越剧团 2006 年首演的越剧《杨贵妃后传》。④ 一个题材几十年来盛演不衰,其重要性可见一斑。

除戏曲以外,其他艺术样式也纷纷表现李杨故事。这些表演包括:天津人民

---

① 与《长恨歌》《长生殿》相关的图像资料为数不少,值得进行专题研究,这里不再展开叙述。

② 陶君起编著:《京剧剧目初探》(增订本),中国戏剧出版社 1963 年版,第 160—161 页。

③ 参考朱锦华《〈长生殿〉演出史研究》之附录二《长生殿演出编年》,上海戏剧学院 2007 年博士论文。

④ 参考朱锦华《〈长生殿〉演出史研究》之附录三《各种以李、杨爱情故事为题的剧本及演出简介》,上海戏剧学院 2007 年博士论文。

艺术剧院 1989 年首演的话剧《唐明皇与杨贵妃》、中央芭蕾舞团 1989 年首演的芭蕾舞剧《杨贵妃》、西安市歌舞剧院 1989 年首演的舞剧《长恨歌》、哈尔滨歌剧院 1990 年首演的歌剧《魂飞马嵬坡》、中航 21 世纪演艺中心 2000 年首演的音乐剧《杨贵妃传奇》、中国歌剧舞剧院 2004 年首演的歌剧《杨贵妃》。这种种艺术形式拓展了李杨故事的艺术空间，激活了李杨故事的当代活力。大型交响京剧《大唐贵妃》①、大型实景山水歌舞剧《长恨歌》②则突破某一艺术样式的局限，在多媒介交叉领域对这一主题进行了新的展示。

（二）与《梧桐雨》杂剧相关的连环画

连环画是一种以叙事性图像为主、文字为辅的文艺样式。面对李杨故事，连环画艺术家们经由文字改编与图像创绘，营构了新的艺术世界；但他们面对唐宋以来供改编的文字资料极多，杂剧《梧桐雨》只是其中一种。很多连环画是以《长恨歌》与《长生殿》为主要参照的，③与本书研究主题直接相关者是《隋唐演义》连环画（共 60 册）（经济日报出版社 2001 版），《隋唐演义》相关部分在具体内容上受《梧桐雨》影响很大，其连环画改编本与小说原文基本一致，但在安、杨秽事方面作了弱化处理。全套连环画与本书所述主题相关者有第 49 册《杨贵妃》（共 94 页图文）、第 53 册《养虎为患》（共 91 页图文）、第 54 册《安禄山叛乱》（共 101 页图文）、第 56 册《马嵬坡》（共 93 页图文）四册，皆为上图下文的样式，32 开本，一页一图。由于这些连环画是对小说《隋唐演义》的改编，与元杂剧《梧桐雨》有不少差距，我们不再对它们展开详细叙述。

（三）元杂剧《梧桐雨》现代刊行本

东方国民文库编辑委员会编《元曲菁华》（满日文化协会 1939 年发行）是《梧桐雨》杂剧原文的现代刊行本。该书是元杂剧选集，选有关汉卿的《窦娥冤》、白仁甫的《梧桐雨》、马致远的《汉宫秋》、郑德辉的《醉思乡》、宫大用的《生死交》五种杂剧，卷首有作者小传及《梧桐雨》的插图。该图有模仿《元曲选》本《梧桐雨》第四折插图的痕迹，画面中亦有梧桐、芭蕉、玄宗倚梧桐而立、侍者持灯笼立于一旁等元素。但此画面中没有建筑，玄宗与侍者立于梧桐林之中，更给人以凄凉、惆怅之感。

---

① 此剧 2003 年 4 月 15 日在北京保利剧院首演，具体可以参考其在"新浪影音娱乐世界"上的专版介绍（http://ent.sina.com.cn/f/dtgf/）。

② 这是华清池旅游景区于 2006 年 7 月 31 日（农历七月初七）推出的旅游项目，每年 3 月 1 日至 10 月 31 日每天晚上上演，由 218 名专业演员演出，阵容宠大，气势非凡。具体可参考华清池旅游有限公司网站（http://www.17u.net/membershow/3/showpictour_1944.html）。

③ 以李杨故事为题材的连环画为数不少，本书只能根据其与元杂剧《梧桐雨》的相关性进行选择性评述。

（四）元杂剧《梧桐雨》白话改编本

由于杂剧《梧桐雨》的曲词与音乐备受后世关注，而在故事方面并无太多独创，所以不像《窦娥冤》《赵氏孤儿》《汉宫秋》三部杂剧那样有不少白话故事改编本；但关于李杨故事的当代改写本亦不在少数，它们大多与元杂剧《梧桐雨》没有直接的联系，有的虽与杂剧《梧桐雨》有一定联系却没有图像，本书只就直接源于杂剧《梧桐雨》且有图像者进行叙述。

余炳毛、王钦峰编著的《少儿元曲故事》（陕西师范大学出版社 1993 年版）一书是元曲故事选集，该选本用白话文简要介绍了《梧桐雨》杂剧四折的主要内容，仅占三个页面，由于篇幅短小，难以就人物语言及心理活动作细致刻画，而只能简要介绍。该书配有插图一幅，画面分为两个板块，下半部分为房间内玄宗一人枯坐于灯下作瞌睡状，上半部分置于虚幻的云朵之上，显然展示的是玄宗在梦境中与贵妃相见的场景。整个画面黑白分明，采取粗线条勾勒的方式进行描绘。王星琦等编写的《一分钟名著——中国古典小说戏曲卷》（江苏人民出版社 1991 年版）是古典小说戏曲的简介集，以白话解说的方式介绍了杂剧《梧桐雨》的故事内容，篇幅比前者更短小，仅占一个半页面，另有半个页面的简评文字，该文配有插图一幅。画面中窗户半开，窗户下一老翁双手枕头、作闷睡状，该图画风草率，如果不是配附《梧桐雨》介绍文字，人们很难由这一老翁联想到唐玄宗。

姜勇主编的《元曲故事》（新疆青少年出版社 2006 年版）一书收有《玄宗与杨贵妃》一文，该文是对元杂剧《梧桐雨》的白话改编，基本遵照了原剧。全文将元杂剧原本的楔子及四折内容分成四个部分来叙述，每一部分顺应故事情节的发展插入一段源于原文的人物唱词，这一明显不同于其他改编本的特点使得该本在形式和意味上更接近原文。全文的每部分各配有一幅插图，第一幅插图所绘内容是站立的身着龙袍的玄宗与跪立的一身戎装的安禄山，似在表述玄宗任命安禄山为渔阳节度使；第二幅插图绘的是玄宗手持金钿送给贵妃；第三幅图展示的是辇车之上闷然独坐的玄宗的侧身像；第四幅图分为两个板块，上半部分是玄宗梦境——面挂泪痕的杨贵妃，下半部分则是夜梦贵妃、急于执手询问、却猛然醒来的唐玄宗，他倚靠于床头，满面愁容。

（五）美术作品中的相关图像

李杨故事久传不衰，画家们亦颇为钟爱这一主题，其中根据白居易《长恨歌》进行绘画者不在少数。[①] 更多的画家则将杨贵妃作为一个文化符号，以自己的理解与体会画出独具个性与特色的作品，无论是写意画还是工笔画皆不胜枚举。

---

① 举例而言，有李毅士绘《长恨歌画意》（中华书局 1935 年版），戴敦邦绘《戴敦邦新绘长恨歌》（辽宁美术出版社 1987 年版），孟庆江绘《长恨歌五十七图》（中国书店出版社 2007 年版）等。

单就工笔画而言，王叔晖的《杨贵妃出浴图》①、潘絜兹的《杨贵妃》②、项维仁的《杨贵妃》及《贵妃回眸图》③、郝玉玲的《四大美女条幅之杨贵妃》及《贵妃醉酒》④、李鸣《杨贵妃》⑤、日本画家上村松园所绘的《杨贵妃》⑥等画作体现不同风格，各具艺术趣味。李杨故事在戏曲舞台上盛演不衰的状况亦影响了一批画家，促使他们就戏曲人物作画。高马得⑦、李文培⑧、郑长符⑨、刘石平⑩等都绘有与戏曲人物杨贵妃相关的作品。

除此以外，美国雕塑家阿伦·克拉克的雕塑《杨贵妃》⑪，张宝林的面塑作品《贵妃出浴》《杨贵妃》⑫，吴维潮的瓷塑作品《杨贵妃》《杨贵妃醉酒》⑬则以独特的美术形式表达了艺术家对杨贵妃这一文化符号的理解。不仅如此，剪纸、象牙雕刻、寿山石艺术等其他民间美术样式亦不乏对杨贵妃的表现。

以上美术作品以杨贵妃为构图要素，与杂剧《梧桐雨》没有直接的联系。郑绍敏所绘的《唐明皇秋夜梧桐雨》一图⑭则以唐玄宗、杨贵妃及一宫女为构图元素，并题有"唐明皇秋夜梧桐雨"字样，显然是就元杂剧而绘的。

（六）与《梧桐雨》相关的电影

20世纪20年代以来，电影界屡屡有导演拍摄以李杨故事为题材的电影。⑮由于李杨故事的历史文献资料非常丰富，而文学作品中白居易《长恨歌》与洪昇《长生殿》对后世影响又远大于元杂剧《梧桐雨》，所以电影编导的取材范围非常广泛，

---

① 见博宝拍卖网（http://auction.artxun.com/paimai - 75619 - 378091321.shtml）。

② 潘絜兹：《荣宝斋画谱58 工笔人物部分》，荣宝斋出版社1992年版，第36页。

③ 项维仁绘：《项维仁工笔人物画：彩炫笔歌》，福建美术出版社2007年版，第29、32页。

④ 郝玉玲绘：《郝玉玲书画作品集》，辽宁美术出版社2007年版，第16、19页。

⑤ 李鸣绘：《李鸣工笔人物画》，荣宝斋出版社2004年版，第59页。

⑥ 《日本美人画》第1辑，天津人民出版社2006年版，第42页。

⑦ 据本书搜集，高马得所画《杨贵妃》有两处可见，一是高马得：《我的漫画生活》，中国旅游出版社2007年版，第121页，另一是高马得：《画戏说戏》，江苏美术出版社1993年版，第94页。它们是两幅完全不同的画作。

⑧ 李文培绘：《李文培人物画》，新世界出版社1993年版，第17页。

⑨ 郑长符绘：《舞台挥毫——郑长符戏曲人物画作品集》，上海古籍出版社2005年版，第47页。

⑩ 高晏华主编、刘石平绘：《当代艺术名家精品·刘石平卷》，线装书局2006年版，第9页。

⑪ 卢业强、崔开宏译：《美国雕塑百图》，人民美术出版社1983年版，第30页。

⑫ 二图分别见于北京市西城区文化馆编《张宝林面塑艺术作品集》，中国摄影出版社2005年版，第38页、第107页。

⑬ 广东民间工艺博物馆编：《吴维潮瓷塑作品选集》，广州出版社2006年版，第71页、第80页。

⑭ 刘旦宅等绘：《名家配画诵读本·元曲三百首》，上海辞书出版社2000年版，第51页。

⑮ 据汤斌硕士论文《杨玉环形象演变研究》（陕西理工学院，2014）第三部分"影视艺术中的杨玉环形象"所统计，截至2014年，内地有3部电影，香港地区有7部，至今为止，以李杨故事为题材的影视作品数量肯定超过汤斌硕士论文的统计。

导演的立意与演员的演绎,使得它们各有侧重,更多的电影作品有所偏移。① 因此,我们没有必要罗列所有电影,而只就与元杂剧《梧桐雨》相关者作一些分析。

1959 年陈焯生导演的粤剧长片《安禄山夜祭贵妃坟》叙述了这样的故事:唐明皇终日与杨玉环在一起游乐,荒置朝政,安禄山上朝进谏未果,却被杨贵妃美色迷惑,二人产生私情,杨国忠发现后派人暗杀安禄山却未能成功,安禄山大怒,举兵反叛。唐明皇被迫携宫室西迁。在六军重压之下,明皇被迫同意赐死杨贵妃。安禄山私下里前往贵妃坟前祭奠,为部将所杀。该剧虽然对原剧若干细节作了删减,但整体沿袭了元杂剧《梧桐雨》。杂剧原本让唐玄宗一人主唱,以其为主要人物引领情节发展。而粤剧长片《安禄山夜祭贵妃坟》则将杨贵妃与安禄山作为主要演员,重在展示他们之间的故事,让他们通过演唱自表内心世界。该剧虽是戏曲,却以电影为表现形式,影像的表现力使该剧在表达故事情节时,采取一些异于纯粹戏曲表演的方式。例如,杨贵妃对安禄山的挑逗显得直白,不像纯粹戏曲表演中那样具有程式化和虚拟性的特点。像这种触及安、杨秽事的影片毕竟是极少数,大部分影片非但未涉及安、杨秽事,而且着意突显李、杨之间真挚的爱情,杜宇导演的《杨贵妃》(1927)、沟口健二导演的《杨贵妃》(1955)、李翰祥导演的《杨贵妃》(1962)、十庆导演的《王朝的女人·杨贵妃》(2015)等四部影片都是这样的例子。②

(七) 与杨贵妃相关的电视剧

以李杨故事为题材的电视剧亦为数不少,相比而言,电视剧不需要像电影那样在短时间内完成一个故事,它们往往集数较多,因此可以增加情节、拉长剧情,更充分、更细致地讲述故事、塑造形象。例如,电视剧《大唐芙蓉园》(2007)用 30 集演绎了杨玉环的三段爱情,与玄宗之爱是主线,导演和演员在尽量符合艺术真实的基础上,努力让故事精彩。这些电视剧中的杨玉环亦大多是正面形象,她单纯天真、美丽善良,由于多种机缘与玄宗相识,二人产生了爱情,后终因马嵬兵变而身殒。很难说这些电视剧与元杂剧《梧桐雨》有多大联系,虽然元杂剧《梧桐雨》不可避免会进入电视剧创演团队的期待视野,但他们有意不涉及安、杨秽事,这是因为作为大众文化主要媒介的电视剧必须把握观众希望看到正面杨玉环形象的心理。对于杂剧和电视剧都有所涉及的内容,如具备舞蹈与音乐专长的杨玉环在亭下跳舞、乞巧盟誓以及最后身逢马嵬兵变而性命难保等,电视剧充分利用音响技术和灯光效果,采取实景拍摄、古装表演的方式,自然比戏曲演出更具真实性和感染力。

---

① 关于杨玉环如何由寿王妃成为杨贵妃的过程,元杂剧《汉宫秋》不过由贵妃之口,用几句话叙说而已。而后世很多电影却就此大做文章,陈家林导演的《杨贵妃》(1992 年),十庆导演的《王朝的女人·杨贵妃》(2015 年)皆是如此,通过一系列情节的组织、影像的安排,使李、杨爱情合乎逻辑;而张石川导演的黑白电影《梅妃》(1941 年)则以杨贵妃与梅妃的关系作为主要内容。

② 汤斌:《杨玉环形象演变研究》,陕西理工学院 2014 年硕士学位论文,第 37—38 页。

第八章　元代文学与图像关系理论

在中国文学的历史长河中,元代文学以曲为最盛。元曲更多是一种以说唱为核心的表演艺术,而并非案头文学,这便使得元曲与动态造型(表演)图像的关系极为密切,与静态图像(版刻、插图等平面绘画)的关系反而流于松散疏远。因此,元曲刊本的插图十分罕见。而明刊本则有所不同,既在文字方面进行润色,又配以插图,这与元曲在明代向案头文学的转变以及版刻艺术的发达等有密切的联系。正是由于元曲与静态图像关系的疏远,尽管该时期名画家辈出,且也不乏擅长人物的绘画大家(如赵孟頫),但与戏曲相关的绘画图像却几无遗存。如此一来,文图关系理论中论及戏曲与图像或戏曲与绘画关系的篇章或著述亦基本阙如。

元代是文人画发展史上的重要时期,赵孟頫、黄公望等杰出画家皆生活于这一时期,他们的画作饱蕴文人情怀,充满深刻的文化意味。文人画之所以是文人画,就是因为在画面的构成、用笔、用墨等方面包含着诗歌、蕴藏着书法、渗透着哲学,元代是将"文"彻底融入中国绘画,进而极大拓展了中国画内蕴的关键时期。"元代文人诗书画兼擅是普遍现象",赵孟頫、黄公望、吴镇、王冕、柯九思、马琬、顾瑛等人在文学和绘画两方面都很擅长。[①] 在文艺理论方面,元代没有两汉及两汉以前时代的哲理意味,亦没有魏晋南北朝的专门与精细,而这一朝代亦不乏画论和文论著述,这些著述以丰厚的艺术实践为基础,但就文图关系理论而言,则更多是零散的观点,而元代绘画所达致的高度及元代文学的新进展均使得这些零散的观点在文图关系理论史上具有独到之处。

第一节　元代文论中的文图关系

曲论本是文论中不可或缺的一部分,但元曲在实践方面较为突出,元代的《唱论》《中原音韵》《录鬼簿》《青楼记》等著作便主要围绕演唱和表演等实践方面的元素而展开,戏曲理论的真正成熟在明代。元曲作品与理论探索二者发展得不平衡,这一状况迫使本书将研究视野扩展到诗话、文话等其他文论著作。基于

---

① 李珊:《元代绘画美学思想研究》,武汉大学出版社2014年版,第149页。

此,元代文图关系理论可以从两个方面展开叙述,一是绘画与文学的关系理论,二是书法与文学的关系理论。由于书法与绘画同源,且书法亦具有突出的图像性,因此这第二方面也具有文图关系理论的重要价值。

一、文学与绘画

在元代,诗文与绘画融会贯通于文人的日常生活之中,成为他们艺术人生的重要组成部分,这一点可以从元代文论的字里行间略窥堂奥:朱弁《风月堂诗话》提及僧惠崇善画,人们多珍重他的画,却忽略了他杰出的诗才;[①]韦居安《梅磵诗话》提及胡铨(号澹庵)的杰出诗才,但其优异的绘画才能往往为人们所忽略;[②]吴师道《吴礼部诗话》提及龚圣予"工诗,善画马";[③]而元代文论中涉及绘画和题画诗的文字亦不在少数。由此可见,元代文图关系理论正是建立于绘画与文学融合的艺术实践的基础之上。

(一) 以绘画比拟诗文

谈及诗文时以绘画作比,这是元代文论中一种常见的现象,这充分说明当时人们对文学和绘画两门艺术的熟稔。

李淦《文章精义》有多处以画拟文,论《汉书》的某些段落曰其"载一时君臣堪画"[④],又云,"《左传》《史记》《西汉》叙战阵堪画"[⑤],还称赞欧阳修的《丰乐亭记》等作品"能画出太平气象"[⑥],称赞晦庵先生的《六君子赞》"人各三十二字,尽得描画其平生"[⑦]。可见,文字描写形象生动,便能达到"堪画"的境界,如果不生动,学古人文而未尽古人妙处,则如"幻师塑土木偶,耳目口鼻,俨然似人,而其中无精神魂魄意,不能活泼泼地,岂人也哉"[⑧]。"幻师塑土木偶"虽然也是"造象",但是缺乏精神,跟绘画作品不是同一品级的艺术。陈绎曾的《文章欧冶》在论述汉赋之法时亦与李淦相类,说其"写景物如良画"[⑨]。这些论述都是用绘画作品的图像展现来比拟文字表达所达致的审美效果,在文字描绘与图像描摹之间找到勾联之处。

如果说以上论述只是局限于形而下的层面,范德机、赵秉文、郝经等人则在

① 朱弁著,陈新点校:《风月堂诗话》,中华书局 1988 年版,第 114 页(此诗话作于朱弁羁留金国期间)。

② 韦居安:《梅磵诗话》,丁福保辑《历代诗话续编》,中华书局 1983 年版,第 543 页。

③ 吴师道:《吴礼部诗话》,丁福保辑《历代诗话续编》,中华书局 1983 年版,第 597 页。

④ 李淦:《文章精义》,王水照编《历代文话》第 2 册,复旦大学出版社 2007 年版,第 1169 页。

⑤ 同上,第 1175 页。

⑥ 同上,第 1178 页。

⑦ 同上,第 1184 页。

⑧ 同上,第 1187 页。

⑨ 陈绎曾:《文章欧冶》,王水照编《历代文话》第 2 册,复旦大学出版社 2007 年版,第 1280 页。

形而上的层面上言说文学与图像的关系。范德机《木天禁语》有言："诗之气象，犹字画然，长短肥瘦，清浊雅俗，皆在人性中流出。"①这是从整体上评价诗歌，认为诗歌与绘画一样，二者都是创作者性情的自然流露。赵秉文在《答李天英书》中对于李天英"唐宋诗人，得处虽能免俗，殊乏风雅"的观点进行了反驳，认为这一观点太过极端，李白、杜甫达到了诗歌的高峰，怎能说其缺乏风雅呢？他说："诗至于李、杜，以为未足，是画至于无形，听至于无声，其为怪且迂也甚矣。"②他认为李白、杜甫的诗就像画之"无形"、听之"无声"，是唐诗的巅峰，而李天英却认为缺乏风雅，这是怪诞、迂腐的论断，这里以画与乐的境界来比拟李、杜诗歌所达致的境界。郝经在谈及文法与文理的关系之时，亦触及了文学与图像的关系，认为"理"是文之本，"法"是文之末，文章要以求理为根本，不应盲目追求文法。他以六经为例进行了解说，认为六经是"理之极，文之至，法之备"，而其中的易经"有阴阳奇耦之理，然后有卦画爻象之法"③。在郝经看来，易经图像是对阴阳奇耦之理的展示，先有阳阳奇耦之理，然后才有卦图；同样的道理，文章要在通达道理的基础之上再讲求文法，否则便是舍本逐末。

（二）对苏轼诗画关系理论的继承与突破

苏轼诗云："论画以形似，见与儿童邻；赋诗必此诗，定非知诗人。"④这一观点在元代产生了深远的影响。张之瀚《方虚谷以诗饯余至松江因和韵奉答》一诗中回忆他与方回（别号虚谷）以前共同讨论诗艺的状况——"忆初桐江共说诗，诗中之玄能得之。只求形似岂识画，未断胜负焉知棋"⑤。在张之瀚看来，只求形似显然是不识画之人，同样，只拘泥于诗歌的字面，亦难以识其玄妙。揭傒斯引用刘禹锡"诗者，人之神明"来解释"诗妙"，并申论道："当神而明之，大而化之……如画不观形似，而观萧散淡泊之意。"⑥"诗妙"境界的欣赏就像高超画作的观览一样，不在于像不像，而在于那种萧散、淡泊的意味。张之瀚和揭傒斯引用"不可以形似论画"的观点来言说诗歌，显然是对苏轼观点的继承。

苏轼的观点影响较大，被人们广泛借用，这便难免出现不分具体状况而不当套用的情况。张若虚对这一现象进行了批判，并对苏轼说法略有突破，他说："自

---

① 范德机：《木天禁语》，何文焕辑《历代诗话》，中华书局1981年版，第751页。

② 赵秉文：《答李天英书》，郭绍虞主编《中国历代文论选》第2册，上海古籍出版社2001年版，第433页。

③ 郝经：《答友人论文法书》，黄霖、蒋凡主编《中国历代文论选新编》（宋金元卷），上海教育出版社2007年版，第232页。

④ 王文浩辑注，孔凡礼点校：《苏轼诗集》，中华书局1982年版，第1525页。

⑤ 张之瀚：《方虚谷以诗饯余至松江因和韵奉答》，黄霖、蒋凡主编《中国历代文论选新编》（宋金元卷），上海教育出版社2007年版，第267页。

⑥ 揭傒斯：《诗法正宗》，黄霖、蒋凡主编《中国历代文论选新编》（宋金元卷），上海教育出版社2007年版，第278页。

'赋诗不必此诗'之论兴,作者误认而过求之。"①他认为过分追求"赋诗不必此诗"的境界必将产生弊端,有些诗人没有做好"辞达"的基础工作,便盲目追求诗外韵味,给人一种不知所云之感。他曾将两首墨梅诗诵给别人听:"问其咏何物,莫有得其仿佛者,告以其题,犹惑也。尚不知为花,况知其为梅,又知其为画哉!"②可见,这两首墨梅诗意思尚且不清,何谈诗外之味呢? 他还从宋诗中选取两首诗来证明误认而过求"赋诗不必此诗"之论者的弊端。③ 张若虚不否定苏轼的观点,但他不认同后人盲目袭用苏轼观点的做法,没有达到一定的诗艺水准,"辞达"的功力尚未做好,便盲目追求诗外之韵,反而会使得诗作不伦不类。有些人甚至从苏轼的观点引申开去,在"似"与"不似"问题上大做文章,对于这种不明就里却滥用概念的现象,张若虚进行了批评:

邵公济尝言"迁史杜诗,意不在似,故佳",此缪妄之论也。使文章无形体邪则不必似,若其有之,不似则不是。谓其不主故常,不专蹈袭可矣,而云意不在似,非梦中语乎?④

在张若虚看来,"似"这个概念是就形体而言的,而文章到底有没有形体是有争议的,因此,用"意不在似"来说"迁史杜诗"给人一种摸不着头脑的感觉。可见,张若虚审慎地辨析苏轼的说法,在具体语境中结合实际诗篇进行解读,指出了不当借用苏轼观点而产生的弊端,在苏轼的基础上略有推进。

(三) 体物论

以上所论皆直接触及文图关系,元代文论中还有一些更为基础性的理论,从根本问题上触及文图关系,这主要体现在体物论方面。

朱弁《风月堂诗话》有两条用到"体物"这一概念:

草木之叶大者,莫大于芭蕉,晁文元《咏芭蕉诗》云:"叶外更无叶。"非独善状芭蕉,而对之曰:"心中别有心。"其体物亦无遗矣。⑤

诗人体物之语多矣,而未有指一物为题而作者。晋、宋以来始命操觚,而赋咏兴焉,皆仿诗人体物之语,不务以故实相夸也……黄粱云:"味岂同金菊,香宜配绿葵。"则于体物外又有影写之功矣。⑥

"体物"是以文字表达事物的能力,诗歌通过巧妙的语言文字使外在的物象

---

① 王若虚著,霍松林校点:《滹南诗话》,人民文学出版社1962年版,第89页。

② 同上,第89页。这里所说的两首墨梅诗,一为"高髻长眉满汉宫,君王图上按春风,龙沙万里王家女,不著黄金买画工";另一为"五换邻钟三唱鸡,云昏月淡正低迷,风簾不著阑干角,瞥见伤春背面啼"。

③ 同上,第89—90页。这里所说的两首宋诗是:陈与义(字去非)的"粲粲江南万玉妃,别来几度见春归,相逢京洛浑依旧,袛有缁尘染素衣",曹元象的"忆昔神游姑射山,梦中栩栩片时还,冰肤不许寻常见,故隐轻云薄雾间"。

④ 王若虚:《文辨》,王水照编《历代文话》第2册,复旦大学出版社2007年版,第1130页。

⑤ 朱弁著,陈新点校:《风月堂诗话》,中华书局1988年版,第106页。

⑥ 同上,第99—100页。

清晰、鲜明地呈现给读者,达到"体物无遗"的效果;《诗经》三百篇多有体物之语,却不用典故,晋宋以来咏物诗仿照《诗经》篇章的咏物之语,不以典故多为荣耀,至于黄梁的"味岂同金菊,香宜配绿葵"两句诗则在"体物无遗"之外,又多了一层"影写"的功能,这无疑是说,文字似乎也具有了绘画描摹的效果。

陈绎曾在《文章欧冶》论赋的相关内容中多次使用"体物"一词。他解释赋作铺叙之"体物"为,"体物状情,形容事意,正所谓赋,尤当极意模写,其目凡七"。他将"体物"分为七类,分别为"实体""虚体""象体""比体""量体""连体""影体"。① 他认为"赋以体物,贵详尽而文切"②,称赞司马相如"善辞赋,长于体物"③,称赞枚乘"善辞赋,体物皆精于物理,有入神之妙,非相如所及"④。可见,文字"体物"与绘画描摹有若干相通之处。

"体物"贵在自然,朱弁《风月堂诗话》叙述了苏轼对辩才大师诗作的评价。辩才是梵学大师,未曾写过文字。"一日,忽和参寥寄秦少游诗。其末句云'台阁山林本无异,想应文墨未离禅',东坡见到之后,在这两句诗之尾题作,'辩才生来未尝作诗,今年八十一岁矣,其落笔如风吹水,自成文理。我辈与参寥,如巧人织绣耳'。"⑤在苏东坡看来,相比于辩才的自然成文,他自己与僧道潜(号参寥子)就像"巧人织绣"一般,虽然工巧,却缺失自然之致。

还需提及的是,身历与眼观是诗人提升体物水准的重要条件,有灵性的诗人感于实际体验而写出的杰作,堪与画作相媲美。

朱弁《风月堂诗话》一书中有若干条目论及这一话题。朱弁引苏轼语称述杜甫自秦州到成都所作的诗,"数千里山川在人目中,古今诗人殆无可拟者"⑥,只有吴道子为唐明皇绘制的蜀道山川可与此相比;杜甫有《剑门》诗"惟天有设险,剑门天下壮。连山抱西南,石角皆北向",朱弁引宋祁语称赞"此四句盖剑阁实录也"⑦。由此可见,杜甫"体物"的水平很高,其诗歌描绘的高超境界只有实景绘制的佳作才可勉强达致。

朱弁深刻地认识到杜甫高超的写景功力,但杜甫的功力与其亲身经历亲眼观看有极为密切的关系。元好问在论诗绝句中也提及亲身经历后方可写出佳作,其诗曰:"眼处心生句自神,暗中摸索总非真。画图临出秦川景,亲到长安有几人。"⑧所谓"眼处心生",即指亲身体验、亲眼观看基础之上的心领神会,只有这样,才能写出优秀的诗作。吴师道所说"作诗之妙,实与景遇,则语意自别"⑨,

① 陈绎曾:《文章欧冶》,王水照编《历代文话》第 2 册,复旦大学出版社 2007 年版,第 1282—1283 页。

② 陈绎曾:《古文矜式》,王水照编《历代文话》第 2 册,复旦大学出版社 2007 年版,第 1297 页。

③④ 同上,第 1300 页。

⑤ 朱弁著,陈新点校:《风月堂诗话》,中华书局 1988 年版,第 105 页。

⑥⑦ 同上,第 104 页。

⑧ 元好问:《论诗三十首》,郭绍虞主编《中国历代文论选》第 2 册,上海古籍出版社 2001 年版,第 450 页。

⑨ 吴师道:《吴礼部诗话》,丁福保辑《历代诗话续编》,中华书局 1983 年版,第 593 页。

亦可与元好问的观点相发明。

后人若要体味前人诗作的佳处，必须有实地考察与亲身体验，否则很难悟出诗中意味。吴师道所说"古人模写之真，往往后人耳目所未历，故未知其妙耳"说的便是这个道理，他举例言说自己亲眼见到月光隔古柏照耀下来的景象，便更能体悟潘默成之诗，又说自己登北固山，"临视大江，风起浪涌，往来帆千百，若凝立不动者，因忆古人'千帆来去风，帆远却如闲'之句"①。韦居安的《梅硐诗话》亦云：

> 李太白《庐山瀑布》诗有"疑是银河落九天"句，东坡尝称美之，又观太白"海风吹不掉，江月照还空"一联，磊落清壮，语简意足，优于绝句，真古今绝唱也。然非历览此景，不足以见此诗之妙。②

可见，诗人佳作皆是历览实境、眼处心生所得，后人亦须亲临实景，方可体会诗歌的美妙之处。所以说，诗人体物之精准状态很难达到，后人悟得前人诗作的体物之妙亦非易事。

二、文学与书法

书法与绘画同源且相通，前文已提到的范德机曾引用赵孟頫关于绘画应借鉴书法技巧的观点③，并申述道，"诗之气象，犹字画然，长短肥瘦、清浊雅俗，皆在人性中流出。得八法便成妙染而洗吾旧态也。此赵松雪翁与中峰和尚述者，道良之语也"④。诗与书法、绘画相通，汉字的长短肥瘦，画作的清浊雅俗，皆是人性的自然外发。而字与画都以图像的方式呈现，书法的形体及风格是人性的流露，诗的气象何尝不是如此呢？所以，书法与文学的联系亦属于文图关系理论的重要部分。

文学与书法都要取法正宗，这方面两者道理相同。元好问有一首论诗绝句为"万古文章有坦途，纵横谁似玉川卢？真书不入今人眼，儿辈徒教鬼画符"⑤。"真书"是从隶书演变而成的一种楷书字体，"鬼画符"则形容书写得太潦草，"玉川卢"即唐代诗人卢仝，他自号玉川子，其诗以怪异著称。这里以学书拟学诗，学书应以中规中矩的"真书"学起，而不应从难以辨认的草书学起，学诗也应寻取万古文章之坦途，而不应盲目追求怪异诗风。金人赵秉文亦以学书与学诗文相比，他说：

---

① 吴师道：《吴礼部诗话》，丁福保辑《历代诗话续编》，中华书局 1983 年版，第 593 页。

② 韦居安：《梅硐诗话》，丁福保辑《历代诗话续编》，中华书局 1983 年版，第 534 页。

③ 赵孟頫在其《秀石疏林图》上题诗云："石如飞白木如籀，写竹还应八法通。若也有人能会此，方知书画本来同。"（参见李湜编《故宫书画馆》第 1 编，紫禁城出版社 2009 年版，第 54 页。）

④ 范德机：《木天禁语》，何文焕辑《历代诗话》，中华书局 1981 年版，第 751 页。

⑤ 元好问：《论诗三十首》，郭绍虞主编《中国历代文论选》第 2 册，上海古籍出版社 2001 年版，第 450 页。

為文當師六經、左丘明、莊周、太史公、賈誼、劉向、揚雄、韓愈。為詩當師《三百篇》《離騷》《文選》《古詩十九首》，下及李、杜。學書當師三代金石、鍾、王、歐、虞、顏、柳。盡得諸人所長，然後卓然自成一家，非有意於專師古人也，亦非有意於專擯古人也。①

这是说，学习诗文与学习书法一样，都要取法正宗、博采诸家，学习前人的长处，在此基础之上才能逐渐形成自己的独特风格；能做到这一点，就超越了刻意学习古人或刻意摒弃古人的问题视域，在师法古人的基础之上有所创新、有所超越。

元代文论中还有一些仅仅借用书法概念来言说文学，却无意中创设了文学与图像的勾连。揭傒斯《诗法正宗》指出，"若欲真学诗，须是力行五事"，分别为"诗本""诗资""诗体""诗味""诗妙"。②其中"诗妙"一条，是指"变化神奇，游戏三昧"，应"神而明之，大而化之"，作者举了多种物象进行类比，其中一条即为"如字不为隶楷，而求风流萧散之趣"③。不同于以上文论家，揭傒斯看重的是诗的"变化神奇，游戏三昧"，在乎的是"风流萧散之趣"，就好比观赏书法一样，不在乎字体是隶书还是楷书，而重在书法的意趣。

与揭傒斯相类，戴表元以书法的历史发展来比拟文学的历史进程，他在《余景游乐府编序》一文中用书法史知识来比拟乐府在文学史上的变异。在这篇序文中，作者叙述了他自己对乐府认识的变化。④早先，他认为乐府由辞章逐渐变化而来，就好像字体由篆体逐渐变化为草书，乐府与草书都是礼法之士不屑为之的，他自己小时候也不学习这两者。后来，随着知识的增长，他认识到自己的观点不正确，后世千万人将楷书视为正宗并学习之，岂不知楷书破坏了篆书与隶书的传统，坏了古法，而草书的自然率真与篆书、隶书反而相差无几；乐府亦是同样的道理，它本滥觞于"被弦歌而荐郊庙"的风、雅、颂，沿诗经之流而不失其正，但齐梁声律之说兴起以来，骈文与诗歌过分重视音律，破坏了风、雅、颂的自然音律传统，一如楷书破坏书法之传统，而此时的乐府虽"溢而陷于流连荒荡，杯酒狎邪之辞"，但学者们"讳而不言，以为必有托焉"，这是因为乐府承继了诗三百篇的讽喻传统。

① 赵秉文：《答李天英书》，郭绍虞主编《中国历代文论选》第2册，上海古籍出版社2001年版，第434页。
② 揭傒斯：《诗法正宗》，黄霖、蒋凡主编《中国历代文论选新编》（宋金元卷），上海教育出版社2007年版，第277—278页。
③ 同上，第278页。
④ 戴表元：《余景游乐府编序》，郭绍虞主编《中国历代文论选》第2册，上海古籍出版社2001年版，第473—474页。以下相关介绍及所引原文皆源于此注，下文不再一一标示。

第二节　元代画论中的文图关系理论

　　元代是文人画发展的重要历史时期，这一时期诞生了若干在后世影响深远的画家，而这些画家又多具有突出的文学才能。赵孟頫以绘画知名，但人们往往"知其书画而不知其文章"①。黄公望不仅长于绘画，亦擅长作曲。② 杨维桢"工行草、作画清逸高迈，传世画作有《故宫书画集》之《岁寒图》《鸡鸣天香图》"③，他亦是著名的文学家。由此可见，元代文人诗、书、画兼擅是当时极为普遍的现象。就绘画作品而言，元代之前很多作品不署款，入元以后画上署款题诗者日益增多，④于是，元代绘画与文学的联系比前代更加紧密了。元代画论大多是杰出画家们实践经验的总结，它们诞生于绘画与文学融合的时代氛围之中，不可避免会触及文学与图像两个方面，从中可以开掘有益于当下的文图关系理论。

一、诗·书·画

　　元代时期诗书画走向融合，更有意思的是元代的学画、学书理论有不少是以诗歌的文体进行传授或说教，这种现象本身就是文图关系理论的一部分。元代画论中不乏书画同体的论述，前文已多次提及赵孟頫有题画诗云："石如飞白木如籀，写竹还于八法通。若也有人能会此，方知书画本来同。"⑤夏文彦亦说，"书盛于晋，画盛于唐宋，书与画一耳。士大夫工画者必工书，其画法即书法所在"⑥。由此可见，书法亦是一种图像，它的笔法可供绘画取道，因此书法与文学的联系，自然也属于文图关系的学术视域。赵孟頫曾以学诗来与学书法相类比，他说：

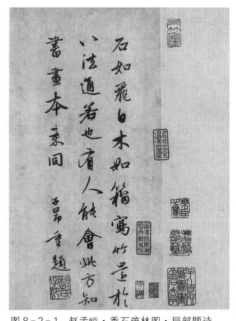

图8-2-1　赵孟頫·秀石疏林图·局部题诗

---

① 汤麟编著：《中国历代绘画理论评注》（元代卷），湖北美术出版社2009年版，第26—27页。

② 钟嗣成：《录鬼簿》，《中国古典戏曲论著集成（二）》，中国戏剧出版社1959年版，第132页。

③ 汤麟编著：《中国历代绘画理论评注》（元代卷），湖北美术出版社2009年版，第50页。

④ 同上，第233页。

⑤ 李湜编：《故宫书画馆》第1编，紫禁城出版社2009年版，第54页。

⑥ 汤麟编著：《中国历代绘画理论评注》（元代卷），湖北美术出版社2009年版，第52页。

东坡诗云:"天下几人学杜甫,谁得其皮与其骨?"学《兰亭》者亦然。黄太史亦云:"世人但学《兰亭》面,欲换风骨无金丹。"此意非学书者不知也。①

杜甫是唐诗大家,王羲之是书法巨匠,二人为后人广泛学习,但真正能企及者极少。赵孟頫将苏轼论学杜诗之难的诗句与黄庭坚论学书法之难的诗句相类比,旨在言说后人临摹《兰亭集序》者甚多,虽多表面相似,但在神韵及风骨方面却极难企及王羲之的境界。如果从文图关系的视角出发,上述理论也从侧面映射了诗书画在"骨""风骨"等方面是一致的。

二、诗文与绘画的关联性②

元代画论充分认识到诗文与绘画的关联。杨维桢有言,"诗者心声,画者心画,二者同体也"③,诗和画都是心的外现,从这个意义上来看,它们是同体之物,这一说法比"诗中有画,画中有诗"更符合人的思辨和审美接受能力。④ 既然诗、画同体,二者都是"心"的自然外发,那么写诗与作画亦拥有相同的"心"。因此,杨维桢说,"故能诗者必知画,而能画者多知诗,其道无二致也"⑤,写诗与绘画的艺术之道是一致的。正因为这样,在文学方面负有盛名的杨维桢为论画者所看重,夏文彦编成《图绘宝鉴》,通过朋友陶九成求序于杨维桢,曰:"邓椿有言,'其为人也多文,虽有不晓画者寡矣;其为人也无文,虽晓画者寡矣。'先生名能文,赐一言标其端。"⑥由此可见,在元代文人的眼中,文学才能对绘画具有至关重要的作用。

艺术修养达到较高的境界,则能在诗文与绘画之间游走,达到自如状态。黄溍有言:

荀卿子曰:"艺之至者不两能。"言人学力有限,术业贵乎专攻也。若夫天机之精而造乎自得之妙者,其应也无方,其用也不穷,如泉之有源,不择地而皆可出,岂一艺所得而名欤?且声之与色,二物也。人知诗之非色,画之非声,而不知造乎自得之妙者,有诗中之画焉,有画中之诗焉,声色不能拘也。非天机之精而几于道者,孰能与于此乎!⑦

只有对诗与画两门艺术都有颇为精深的理解,才能不拘于声色之别,不泥于诗画界限,不停留在素材与质料层面,让高超的艺术自由、灵活地展现于作品之

---

① 汤麟编著:《中国历代绘画理论评注》(元代卷),湖北美术出版社 2009 年版,第 28 页。
② 诗文与绘画自然包括题画诗与诗意画,但前文元代题画诗部分已经论及的诗画关系此处将不再重述。
③⑤ 汤麟编著:《中国历代绘画理论评注》(元代卷),湖北美术出版社 2009 年版,第 52 页。
④ 同上,第 58 页。
⑥ 同上,第 260—261 页。
⑦ 黄溍:《金华先生文集·唐子华诗集序》,杨大年编著《中国历代画论采英》,江苏教育出版社 2005 年版,第 20 页。

中。优秀的绘画作品往往包蕴着诗的意味,汤垕述刘寀所画的《落花游鱼图》,称其"红桃一枝,飞花数片,一赤鲤漾轻波,吹落英,深得诗人之意"①。可见汤垕很会解画,他读出了刘寀画作中的诗意,亦想象出画家作画时有一种诗人的意味与情怀。优秀的画作还会激起诗文家的文思,张退公《墨竹记》有言,按他所述的方法所绘之竹"动秀士之吟情,引骚人之咏句"②,而这种画作之所以能引起文学酬唱,正因为画中蕴含诗意,但"若不识其机,无能得其意"③,其中的机巧和意味,只有那些具有丰富艺术实践经验及深厚造诣者才可领悟。

三、竹谱与竹画

这里所说的竹谱是指李衎的《竹谱详录》,该书"序事绘图条析类推,俾封植长养、灌溉采伐者识其时,制作器用、铨量才品者审其宜,模写形容、设色傅染者究其微"④。全书共七卷,第一卷包括《画竹谱》与《墨竹谱》,《画竹谱》分"画竹"为"位置""描墨""承染""设色""笼套"等五个步骤,《墨竹谱》着重对"墨竹"的"竿""节""枝""叶"进行讲述;第二卷概述了竹的形态和各部分的名称;卷三至卷七,对近四百种竹子的产地、形状、生长季节、人文传说、名称由来等分别作了词条似的分析。⑤

可见,李衎的《竹谱详录》是一部以文字为主、图文并茂,全面介绍竹子及画竹之法的著作,柯谦在该书的序文中说:"草木之族,唯竹最盛,亦惟竹之得于天者最清。族之盛,故爱竹者喜为之谱;族之清,故知竹者工为之画。然以画传未尝谱,以谱传未尝画也……今竹之族遇集贤大学士息斋李公独何幸耶……于是既精于墨戏,复详于记述,而画与谱两得之,此君之族可谓千载一遇矣。"⑥李衎既长于画竹,又花巨大心血来写作这本竹谱,可谓史上少见。他自己亦感叹道,"求一艺之精,信不易矣。辞赋为雕篆,必非壮夫。《尔雅》注虫鱼,安能磊落?区区绘事之末,固应献笑大方之家"⑦,这里以文学与学术之事来比拟绘画。扬雄曾言辞赋为"童子雕虫篆刻""壮夫不为"⑧,韩愈有诗曰"尔雅注虫鱼,定非磊落人"⑨,扬、韩二人处于不同的时代背景下提出自己的观点。扬雄认为辞赋不过是少年时的文字游戏,成年后不应在这方面耗费精力。韩愈认为不应在注释《尔

---

① 汤垕:《画鉴》,杨大年编著《中国历代画论采英》,江苏教育出版社 2005 年版,第 215 页。

②③ 汤麟编著:《中国历代绘画理论评注》(元代卷),湖北美术出版社 2009 年版,第 292 页。

④ 同上,第 144 页。

⑤ 同上,第 142 页。

⑥ 同上,第 143 页。

⑦ 同上,第 148 页。

⑧ 扬雄:《法言·吾子》,汪荣宝《法言义疏》,中华书局 1987 年版,第 45 页。

⑨ 韩愈:《读皇甫湜公安园池诗书其后二首》之一,《韩愈全集校注》,四川大学出版社 1996 年版,第 750 页。

雅》上花费时间,而应将精力集中于文章撰述,《竹谱详录》相比于画竹本身有"绘事之末"之嫌。李珩也担心它不为人们所重视,所以用扬雄、韩愈的话来作对比,陈述自己的思想观点。

四、写像之法与汉字之形

王绎的《写像秘诀》提到"写真之法,先观八格",并对"八格"作如下解释:

> 相之大概外八格,田、由、国、用、甲、目、风、申八字。面扁方为田。上削下方为由。方者为国。上方下大为用。倒挂形长是目。上方下削为甲。腮阔为风。上削下尖为申。①

王绎选择了八个字来描述八种类型的面相,这些字的字形与人面之相对应得非常巧妙,可见他对不同人面形状的观察非常仔细,对汉字的结构与字形也很了解,所以在面相与汉字之间作了很精准的对接。在古代中国人物画的学习过程中一般将人物的脸部造型概括为若干汉字的形状,便于学徒记忆,这也体现了绘画造型程式化的倾向及其与汉字构形的相近性。

五、文人画的形似与意味

元代的文人画在前代的基础上有了进一步的发展,更加轻形似而重写意。元代画论家们在苏轼"论画以形似,见与儿童邻"观点的基础之上,展开了新的论述:不仅有对形似的见解,还提出了绘画的"古意""寄兴""逸气""题目""理"等概念。这些概念是文人画写意之"意"的重要方面,与文学的特征颇为相类。下面依次对以上问题展开叙述。

(一)画论家对"形似"的看法

在元代画论家眼中,"形似"并不是画家需要追求的目标。汤垕有言:

> 画梅谓之写梅,画竹谓之写竹,画兰谓之写兰,何哉?盖花卉之至清,画者当以意写之,初不在形似耳。陈去非诗云:"意足不求颜色似,前身相马九方皋。"其斯之谓欤。②

这里以九方皋相马重本质而忽略颜色牝牡为例,来言说文人的写意画并不以形似为目标,而是以写意为核心。汤垕对仅看重形似者甚为不屑,认为"俗人论画,不知笔法气韵神妙,但先指形似。形似者,俗子之见也"③。可见,绘画的雅致脱俗在于超越形似、突显气韵与意味。汤垕的另一段话说得更为详细:

---

① 汤麟编著:《中国历代绘画理论评注》(元代卷),湖北美术出版社 2009 年版,第 248 页。
②③ 同上,第 228—229 页。

观画之法,先观气韵,次观笔意、骨法、位置、傅染,然后形似,此六法也。若观山水、墨竹、梅兰、枯木、奇石、墨花、墨禽等,游戏翰墨,高人胜士寄兴写意者,慎不可以形似求之。先观天真,次观意趣,相对忘笔墨之迹,方为得之。①

这里叙说了一般画作的观赏方法——"六法","形似"这一标准被置于最后,而文人画则不能用"形似"的标准来要求,而应观其天然之趣及笔墨深意,不应拘泥于墨迹。即便是对于工笔画,元人也特别讲究画面的风韵与意味,这可以从刘因称赞田景延的一段话中看出:

清苑田景延善写真,不惟极其形似,并与东坡所谓意思、朱文公所谓风神气韵之天者而得之。夫画形似可以力求,而意思与天者,必至于形似之极,而后可以心会焉。非形似之外,又有所谓意思与天者也。亦下学而上达也。②

这里对善于写真的田景延的画作中所表达的意味甚为称赞,很显然刘因深受元代重写意时代风尚的影响。在刘因看来,工笔画的形似可以力求,但意思却不可以力求,一个画家必须具备形似的功力,方可表现"意思与天"的境界。同样道理,从事文人画的画家亦须具备构造形似之图的基本功。

(二) 写意之"意":古意、寄兴、逸气、题目

前文已述及汤垕易"画"为"写"的一段论述,有论者评价道:"'写'与'画'虽一字之差,却增加并扩大了绘画的审美容量,道出了中国文人画发展的两个不同阶段,或称时期……'写'之后,文人画真正有了自己的理论,进入真正的成熟期……'写'字之后有一个'意'字……重点不在'写',而在'写'字背后蕴含的'意'。"③画面的"存形"功能日渐弱化,如文学作品般表情达意的功能却逐渐突显,这个蕴含在"写"字背后的"意"内容非常丰富,赵孟頫所说的"古意""寄兴",倪瓒所说的"逸气",黄公望所说的"题目"都属于"意"。

赵孟頫曾言:"作画贵有古意,若无古意,虽工无益。今人但知用笔纤细,傅色浓艳,便自谓能手,殊不知古意既亏,百病横生,岂可观也!"④又说:"夫鸟兽草木,皆所寄兴;风云月露,非止于吟物。"⑤在他看来,画面中的若干构成元素表达着画家的"寄兴",突显着他的审美追求,而整幅画面亦要有"古意",它们是文人画超越于工巧与逼真之上的关键之点。倪瓒亦将绘画看作自我表达与抒发的工具,他说:"余之竹,聊写胸中逸气耳。岂复较其似与非,叶之繁与疏,枝之斜与直哉!"⑥又说:"仆之所谓画者,不过逸笔草草,不求形似,聊以自娱耳。"⑦可见,倪

---

① 汤麟编著:《中国历代绘画理论评注》(元代卷),湖北美术出版社 2009 年版,第 228—229 页。

② 刘因:《田景延写真诗序》,俞剑华编著《中国古代画论类编》(上),人民美术出版社 1957 年版,第 484 页。

③ 汤麟编著:《中国历代绘画理论评注》(元代卷),湖北美术出版社 2009 年版,第 223 页。

④ 同上,第 27 页。

⑤ 同上,第 28 页。

⑥⑦ 同上,第69页。

瓒更决绝地抛弃了形似，而强调绘画的自我性。

　　黄公望所说的"题目"亦是写意的重要内容，他说："或画山水一幅，先立题目，然后著笔。若无题目，便不成画。"①有论者对黄公望所说的题目作了详细的解释，认为："作为艺术用语，题目包括题材、主题、思想三个方面。或称之为三方面的总和。题材，为画家在现实中所选择的描绘对象。主题，为经过画家解释过的描绘对象。思想，为画家通过描绘对象，所欲达到的目的。"②由此可见，画家在艺术实践的基础上选好题材、凝聚主题、表达思想，这正是作品得以成立的重要基础，也是一幅文人画取得成功的根本。

六、诗、画、书、印之间的徜徉

　　元代是诗书画印全面成熟融合的时期。王冕在诗歌、绘画、书法、印章等方面均具有深厚造诣。他将诗、画、书、印巧妙地融合于一幅画之中，达到了诸门艺术之间的融会贯通。他没有专门的论画专著，相关思想多体现于诗文之中，而他有价值的诗文又多为题画之作。有论者称，王冕"文名虽稍逊于杨维桢"，绘画"也似无法与倪瓒相并论，但他以文入画，又以画入文，对后世有其独特的影响"。③　这一论述比较中肯地评价了王冕，我们主要从其传世诗文中看其关于文图关系的理论观点。

图8-2-2　王冕·墨梅图卷

① 汤麟编著：《中国历代绘画理论评注》（元代卷），湖北美术出版社2009年版，第180页。

② 同上，第183页。

③ 同上，第326页。

王冕徜徉于文学艺术与造型艺术之间,自得其乐,他常将诗与画并提,自称"画梅作诗,读书写字,遣兴而已"①。王冕有不少诗作就画而作,以评论画家及其画作为目的,如《息斋双竹图》题诗论李珩及其画,②《柯博士笔图》题诗论柯九思的画,③而《题金禹瑞画松图》则论及诗文及绘画两个方面,称赞金禹瑞"文章学古画师古"④,另一首评价曹云西的诗则称曹"文章惊世世所重,笔力到老老更工……岂云笔底有江山,自是胸中蕴丘壑"⑤。在王冕看来,文学与绘画这两种才能可以互相促进,金禹瑞、曹云西等人在这两方面皆有所成。

除以上之外,王冕的题画诗还有如下两种情况,一种是根据自己的画作题写,这样的诗往往据画而写景、抒情、达志,或长或短,形式自由;另一种是根据别人的画作题写,这些诗作多描述自己观画的审美感受,其思绪由画及实景,又及诗情,是人们理解画作的桥梁。就前者而言,诗与画融合为一个艺术整体,共同表达"画家—诗人"的审美追求。例如,诗作《题白梅》写道,"千年万年老梅树,三花五花无限春。不比寻常野桃李,只将颜色媚时人"⑥。就后者而言,诗人之诗与画相对独立,诗作融合作者对画作的理解,亦表达了自己的审美趣味。《赵千里夜潮图》的题诗写自己以前游览画中所绘之处的状况。⑦《关河雪霁图》的题诗借画来抒发超越尘俗的情怀,诗中有"今晨见画忽自省,平地咫尺行山川……人生适意随所寓,底须历涉穷跻攀……何如堂上挂此图,浩歌且醉金陵酒"⑧。《秋山图》的题诗则由实景描绘入手,再言述此地的人文历史,感叹景象"正与今年画相似""李端笔力乃巧妙,写我旧日经行到",最后又将笔触由画面引向诗情,"直待雪晴冰满路,骑驴相逐寻诗去"⑨。而一首《题曹云西山水》则从画中解出诗意,其诗云:"旭日耀苍巘,翠岚生嫩寒。幽人诗梦醒,清响得松湍。"⑩解画之诗解读出了画面中的诗味,可见王冕对诗与画的理解均达到了很深的程度。

需要指出的是,元代文图关系理论的影响是不对称的。在文图理论的相互影响中,更多的是以"文"的理论要求"图",而较少有以"图"的理论要求"文"。在诗文绘画的创作实践中,这一"不对称"体现得亦十分明显,譬如在中国画的临摹创作中,人们非常强调"诗意""文人气""书卷气""古意"等等,但却鲜有诗歌创作或文学创作强调"画意",同样表现出"文高图低"⑪的普遍性文图关系特征。

---

① 汤麟编著:《中国历代绘画理论评注》(元代卷),湖北美术出版社 2009 年版,第 306 页。

②③ 同上,第 310 页。

④⑤ 同上,第 324 页。

⑥ 同上,第 317 页。

⑦ 同上,第 308—309 页。

⑧ 同上,第 308 页。

⑨⑩ 同上,第 309 页。

⑪ 参见赵宪章《语图互仿的顺势与逆势——文学与图像关系新论》载《中国社会科学》2011 年 5 月。

余 论

本卷是《中国文学图像关系史》的元代卷。在本卷中同样遵循全套书的编撰体例,由四大部分组成,分别是前代文学与元代图像的关系,元代文学与元代图像的关系,元代文学与后代图像的关系,以及元代时期的文图关系理论。

本卷将辽、金、元时期的文图关系概括为三个大的方面,分别是(一)诗与画,该时期的主要特征是两者在形式层面有了结合,改变了宋代时期藏款的"文介入画"的样式,诗词题写在画面之内,直接与绘画图像相互阐释印证。元代是诗画关系发生重大转折的时期,"自元灭南宋以来绘画上发生巨大的变化。元朝以后的画,与宋代的画有本质上的不同,可说是一种完全革新的视觉艺术。当绘画中含有多层的象征与比喻时,假如没有作者在画上题字,提供语言的帮助,那件作品是无法使人全部了解的"①。也就是说图像信息的减少,客观上必须有文字信息的介入才能维持画面信息的平衡,这样才能够达到绘画被接受的信息最低限度。② 辽、金、元时代的诗画关系也以此为中心展开在形而上层面和形而下层面的演进。(二)全相平话中的图文关系,这是元代留存下来的最多的、最为直观也最为密切的文图关系。平话与相的关系,揭示了中国文学从演剧样式趋向章回小说的过渡状态。在平话与相的犬牙交错中,可以看到文图相互咬合,又各具特色的双声道叙述系统。(三)元代戏曲和图像的关系,由于元代的戏曲图像保留下来的极为稀少,因此这个部分主要是元代的文学与后代的图像之间的关系。不变的元代戏曲文学,在后代不同时期的图像中呈现出迥异的面貌,这不仅是图像样式自律发展变化的结果,也是社会审美、生活习俗以及人们的眼睛如何"观看"的变化结果。

元代时期是诗、书、画、印艺术真正走向融合的时代,诗歌属于文学的范畴,书、画、印三者则属于造型艺术的范畴。在元代的诗画关系中,除了诗与画的关系之外,应该还包括文与书的关系、文与印的关系。此两者的关系更是异常复杂,因为其并不仅仅是简单的文学与造型艺术之间的关系,书和印本身就是文学的媒介载体,且是一种以造型艺术形式存在,兼具可阅读性和可观赏性的特殊载体。

---

① 方闻:《文字与图像:中国诗书画之间的关系》,《中国书画》2014年第4期。
② 李彦锋:《论信息量守恒与诗画结合》,《美术大观》2010年第5期。

本卷对平话之中的文图关系进行的梳理和论述也有亟待进一步深入的地方。这是由于在研究的过程中，面对五种全相平话的数百幅文图并置的资料，一时竟不知道该用何种方法进行写作，是逐幅图像进行分析，还是选取一部分图像进行分析？如果是用前种方法，最终结果几乎会把整个平话五种的文图引用过来，似乎太过累赘，这种方法也是在写作之初无奈的一种尝试。后种方法的问题在于如何选择，选择的标准是什么？经过反复的阅读对比和思考，最后返回到体例要求的本源，决定尝试采用以典故和原型优先，以文图表现力较强、流传相对广泛的故事为主要分析对象的选择标准。尽管这样的标准难以精确量化，有可能会带有很强的经验性，甚或会以偏概全，且有很大的冒险性，但是在大量的读图和品文的过程中，还是非常有效的一种方法，当然也是一种尝试性的方法。

辽金元题画诗中的图文关系分析也是一项具有挑战性的工作。这个时段虽然留下了大量的题画诗，但是留存下来的图像作品却寥若晨星，因此在分析的时候更多的是借助于文献资料的记载，只有极少一部分能够直接结合留存下的绘画图像进行文图关系的论述和分析。这也正是辽金元题画诗部分插图较少的主要原因。

需要指出的是，对于图像的解读可能会存有争议。因为本卷平话中所选的图像，以往的美术史家或美术创作者并无解析或评论，甚至连一般性的鉴赏都没有，这完全是本书独家的分析。这种解析是对本是民间版刻家作品的过度阐释，还是确有其实？长时间从事艺术实践的经验告诉我们，这些平话图像的精彩叙事应该不是偶然的，而是艺术家理性思考与表现的结果。因此，应该不存在对图像的过度阐释，本书只是对图像原本蕴含意义进行解码和再次澄明。

对于辽金元文图关系的梳理也仅仅是一个开始，远非结束。其中还有大量的问题有待去进一步探讨研究，诸如题画诗的诗作和绘画作品之间的对应关系问题，语言风格和图像造型风格的关系问题等等，都是值得认真思考的文图关系理论，在整个辽金元文图关系写作中该时段题画诗的图像极度匮乏是一个非常重要的问题，期待这个问题能够随着日后的墓室考古壁画的发现而有所缓解。也期待更多的同道者能够加入到文图关系的研究中来，进一步推进文图关系的研究。

图像编目

彩图 1　赵孟頫《秀石疏林图》

彩图 2　赵孟頫《秀石疏林图》局部题诗

彩图 3　《乐毅图齐》全相平话封面

彩图 4　《乐毅图齐》正文页

彩图 5　闵齐伋绘刻西厢记彩图一

彩图 6　闵齐伋绘刻西厢记彩图二

绪　论

图 0-1-1　万壑松风图
李唐
绢本设色，纵 188.7 厘米，横 139.8 厘米。台北"故宫博物院"藏。

第一章

图 1-1-1　双松平远图·局部
赵孟頫
纸本墨笔，纵 26.7 厘米，横 107.3 厘米。美国大都会艺术博物馆藏。

图 1-1-2　富春山居图·局部
黄公望
前半卷《剩山图》纵 31.8 厘米，横 51.4 厘米，藏于浙江省博物馆；后半卷《无用师卷》纵 33 厘米，横 636.9 厘米，藏于台北"故宫博物院"。

图 1-1-3 渔父图

吴镇

绢本墨笔,纵 84.7 厘米,横 29.7 厘米。北京故宫博物院藏。

图 1-1-4 松下鸣琴图

朱德润

纸本墨笔,纵 31.5 厘米,横 52.6 厘米。北京故宫博物院藏。

图 1-1-5 严陵钓台图·局部

萨都剌

纵 58.7 厘米,横 31.9 厘米。台北"故宫博物院"藏。

图 1-1-6 霜浦归渔图

唐棣

绢本浅设色,纵 144 厘米,横 89.7 厘米。台北"故宫博物院"藏。

图 1-1-7 九歌图·局部

张渥

纵 29 厘米,横 523.5 厘米,纸本水墨。吉林省博物馆藏。

图 1-1-8 梦蝶图

刘贯道

绢本设色,纵 30 厘米,横 65 厘米。美国王已千先生怀云楼藏。

图 1-1-9 伯牙鼓琴图

王振鹏

绢本墨笔,纵 31.4 厘米,横 92 厘米。北京故宫博物院藏。

图 1-1-10 梅瓶·萧何月夜追韩信

作者不详

景德镇窑产品,瓷质。高 44.1 厘米、口径 5.5 厘米、腹径 28.4 厘米、底径 13 厘米。1959 年南京江宁县殷巷将军山沐英墓出土。南京博物院藏。

图 1-1-11 陶瓷罐·昭君出塞

作者不详

该罐腹绘九个人物、七匹乘骑。日本出光美术馆藏。

图 1-2-1 归去来图·局部
钱选
纸本设色,纵 26 厘米,横 106.6 厘米。美国大都会美术馆藏。

图 1-2-2 归庄图
何澄
纸本水墨,纵 41 厘米,横 723.8 厘米。吉林省博物馆藏。

图 1-2-3 扶醉图
钱选
绢本水墨设色,纵 28 厘米,横 49.5 厘米。著名鉴藏家王季迁收藏。

图 1-2-4 紫桑翁像
钱选
纸本设色,画中陶渊明面向左,着木屐,拄拐。其后一侍童背负酒瓶跟随而行。收藏地点未知。

图 1-3-1 杜秋娘图
周朗
纸本淡设色,纵 32.3 厘米,横 285.5 厘米。北京故宫博物院藏。

图 1-3-2 诗意图
陈汝言
纸本水墨,纵 36.6 厘米,横 33.9 厘米。台北"故宫博物院"藏。

图 1-3-3 王羲之观鹅图
钱选
纸本设色,纵 23.2 厘米,横 92.7 厘米。美国大都会艺术博物馆藏。

图 1-3-4 张果见明皇图卷
任仁发
绢本设色,纵 41.5 厘米,横 107.3 厘米。北京故宫博物院藏。

图 1-3-5 李仙图

颜辉

绢本水墨,纵 146.5 厘米,横 72.5 厘米。北京故宫博物院藏。

图 1-3-6　山西芮城永乐宫纯阳殿壁画·八仙过海

作者不详

工笔重彩,纵 120 厘米,横 450 厘米。山西省芮城永乐镇。

图 1-3-7　瓷枕·唐僧取经图

磁州窑,作者不详

长 40 厘米,宽 16.7 厘米,高 13 厘米。广东省博物馆藏。

图 1-4-1　张文藻墓壁画·三教会棋图

作者不详

这座辽墓前后两室的白灰墙壁上全为壁画,总面积有 86 平方米,主要反映墓主人生前的生活场面。地点为河北张家口宣化区下八里村。

图 1-4-2　辽墓壁画·丁兰刻木事母

作者不详

"丁兰刻木事母"的故事画面位于北京门头沟斋堂辽墓西壁最右侧一壁龛中。壁龛内正面袖手盘膝端坐一尊塑像,桌上供有祭品。

图 1-4-3　辽墓壁画·孝孙原谷

作者不详

"孝孙原谷"这一故事画位于北京门头沟辽墓西壁画左侧段。画面所选取的情景应是原谷与其父之间对话的一刻。

图 1-4-4　明妃出塞图·局部

宫素然

纵 30.2 厘米,横 160.2 厘米。日本大阪市立美术馆藏。

图 1-4-5　赤壁图

武元直

纸本水墨,纵 50.8 厘米,横 136.4 厘米。台北"故宫博物院"藏。

第二章

图 2-2-1　幽竹枯槎图

王庭筠

纸本水墨，纵 38 厘米，横 117 厘米。日本京都藤井有邻馆藏。

第三章

图 3-1-1　赵孟頫自画像

汪恭（摹）

纵 63.8 厘米，横 30.8 厘米。美国大都会博物馆藏。

图 3-1-2　松江邦彦图·倪瓒像

徐璋

绢本或纸本设色，纵 2.92 厘米，横 31.8 厘米。南京博物馆藏。

图 3-1-3　梧竹秀石图

倪瓒

纸本墨笔，纵 96 厘米，横 39.5 厘米。台北"故宫博物院"藏。

图 3-1-4　秀石疏林图

赵孟頫

纸本墨笔，纵 27.5 厘米，横 62.8 厘米。北京故宫博物院藏。

图 3-1-5　扁舟傲睨图

陆文圭

绢本设色，纵 166 厘米，横 111.9 厘米。辽宁省博物馆藏。

图 3-1-6　竹西草堂图

张渥

纸本墨笔，纵 27.4 厘米，横 81.2 厘米。辽宁省博物馆藏。

图 3-2-1　辋川图

王维

现存主要有日本圣福寺和美国西雅图两个摹本。圣福寺本为元摹本。绢本，纵 29.8 厘米，横 481.6 厘米，旧题商琦临本，构图着色尚有唐人气息。美国西雅图美术馆藏有《临王维辋川图》。西雅图本传为郭忠恕所摹复本，有李珏、冯子振、袁桷诸人跋。有"寒云珍藏宋人名迹"等印，且有寒云题跋："是卷设色精雅，笔意生动，洵为宋人名迹。得时款已失去，读元人李珏跋，知为郭忠恕复本，当无疑也。"此卷全图为绢本，纵 29.9 厘米，横 480.7 厘米，水墨，淡设色。美国西雅图美术馆、日本圣福寺藏。

图 3‑3‑1　墨兰图

郑思肖

纵 25.7 厘米，横 42.4 厘米。日本大阪市立美术馆藏。

图 3‑3‑2　秋江渔隐图

吴镇

绢本水墨，纵 189.1 厘米，横 88.5 厘米。台北"故宫博物院"藏。

图 3‑3‑3　双松图

吴镇

纵 180 厘米、横 111.4 厘米。画中双树擎天而立，上顶天，下立地，几乎占据了整个画面。台北"故宫博物院"藏。

图 3‑3‑4　墨竹谱册·局部

吴镇

册页高 403 厘米，宽 52 厘米。台北"故宫博物院"藏。

图 3‑3‑5　墨梅图

王冕

纸本水墨，纵 50.9 厘米，横 31.9 厘米。北京故宫博物院藏。

图 3‑5‑1　寒林图

曹知白

绢本水墨，纵 27.3 厘米，横 26.2 厘米。北京故宫博物院藏。

图 3‑5‑2　芙蓉锦鸡图

赵佶

绢本设色，纵 81.5 厘米，横 53.6 厘米。北京故宫博物院藏。

图 3-5-3 竹枝图

倪瓒

纸本墨笔,纵 33.8 厘米,横 75.8 厘米。北京故宫博物院藏。

图 3-5-4 渔庄秋霁图

倪瓒

纵 96 厘米,横 47 厘米。上海博物馆藏。

图 3-5-5 幽涧寒松图

倪瓒

纵 59.7 厘米,横 50.4 厘米。台北"故宫博物院"藏。

图 3-5-6 六君子图

倪瓒

纸本水墨,纵 61.9 厘米,横 33.3 厘米。上海博物馆藏。

图 3-5-7 松泉图

吴镇

纸本水墨,纵 105.3 厘米,横 31.7 厘米。南京博物馆藏。

第四章、第五章

元刊《全相平话五种》包括《武王伐纣书》(别题《吕望兴周》)、《乐毅图齐七国春秋后集》、《秦并六国平话》(别题《秦始皇传》)、《续前汉书平话》(别题《前汉书续集》、《吕后斩韩信》)、《三国志平话》等五种。五种平话原本均藏于日本国立公文书馆内阁文库。

第六章

图 6-1-1 "佛殿奇逢"

《重刊元本题评音释西厢记》插图,明万历时期刘龙田刊本。

图 6-1-2 "秋暮离怀"

《重刊元本题评音释西厢记》插图,明万历时期刘龙田刊本。

图 6-1-3 "长亭送别"

《新刊出像音注李日华南西厢记》插图,明万历金陵富春堂刊本。

图6-1-4 "佛境客来无犬吠 山房僧去有云封"
《重刻订正元本批点画意北西厢》插图,明万历三十九年刊本。

图6-1-5 "红娘请宴"
《元本出相北西厢记》插图,明万历玩虎轩刊本。

图6-1-6 "玉台窥简"
《重刊元本题评音释西厢记》插图,明万历时期刘龙田刊本。

图6-1-7 "袖拂花枝笼玉笋 步移苔彻露金莲"
《重新订正元本批点画意北西厢》插图,明万历三十九年刊本。

图6-1-8 "一个笔下写幽情"
《李卓吾先生批点西厢记真本》插图,明崇祯十三年西陵天章阁刊本。

图6-2-1 "莺莺遗照"
《元本出相北西厢记》插图,明万历三十八年武林起凤馆曹以杜刊本。

图6-2-2 "崔娘遗像"
《新校注古本西厢记》插图,明万历山阴香雪居朱朝鼎刊本。

图6-2-3 "双文小像"
《张深之正北西厢秘本》插图,明崇祯十二年刊本。

图6-2-4 "莺莺像"
《绘真记》插图,清嘉庆十七年官刻本。

图6-2-5 人物像
《张深之正北西厢秘本》插图,明崇祯十二年刊本。

图6-2-6 人物像
《西厢殇政》插图,清康熙七年刊本。

图6-2-7 "惠明""解围"

"惠明"为《审音鉴古录》插图,清琴隐翁编著,今见《善本戏曲丛刊》第五辑。
"解围"为《新校注古本西厢记》插图,明万历山阴香雪居朱朝鼎刊本。

图 6-2-8 "传情"
《南音三籁》插图,明凌濛初选编,明末原刊本配补清康熙增订本。

图 6-2-9 "草桥惊梦"
《重刊元本题评音释西厢记》插图,明万历时期刘龙田刊本。

图 6-2-10 "惊梦"
《张深之正北西厢秘本》插图,明崇祯十二年刊本。

图 6-3-1 袁雪芬饰莺莺剧照

图 6-3-2 1927 年邵氏公司出品的《西厢记》海报
黑白无声片,黎民伟制作,香港民新公司出品,电影史上最早的一部《西厢记》

图 6-3-3 1965 年港版国语《西厢记》海报
岳枫导演,1965 年在香港上映,时长 102 分钟。

图 6-3-4 "借厢"
出自胡考《西厢记》漫画,出版于 1935 年,全书共 30 幅。

第七章

图 7-1-1 《元曲选》本《窦娥冤》插图一
臧懋循改订,明万历四十四年武林翻刻本。

图 7-1-2 《元曲选》本《窦娥冤》插图二
臧懋循改订,明万历四十四年武林翻刻本。

图 7-1-3 《酹江集》本《窦娥冤》插图一
孟称舜编《古今名剧合选》,清崇祯六年刊本。

图 7-1-4 《酹江集》本《窦娥冤》插图二

孟称舜编《古今名剧合选》,清崇祯六年刊本。

图 7-1-5 《绘图缀白裘》本《金锁记》插图一
《绘图缀白裘》,清光绪二十一年上海书局石印本。

图 7-1-6 《绘图缀白裘》本《金锁记》插图二
《绘图缀白裘》,清光绪二十一年上海书局石印本。

图 7-1-7 颐和园内彩色壁画《窦娥冤》
北京颐和园长廊的 7 区 77 巷内。

图 7-2-1 《元曲选》本《赵氏孤儿》插图一
臧懋循改订,明万历四十四年武林翻刻本。

图 7-2-2 《元曲选》本《赵氏孤儿》插图二
臧懋循改订,明万历四十四年武林翻刻本。

图 7-2-3 《酹江集》本《赵氏孤儿》插图一
孟称舜编《古今名剧合选》,清崇祯六年刊本。

图 7-2-4 《酹江集》本《赵氏孤儿》插图二
孟称舜编《古今名剧合选》,清崇祯六年刊本。

图 7-2-5 《绘图缀白裘》本《八义记》插图《遣鉏》
《绘图缀白裘》,清光绪二十一年上海书局石印本。

图 7-2-6 《绘图缀白裘》本《八义记》插图《争朝》
《绘图缀白裘》,清光绪二十一年上海书局石印本。

图 7-3-1 《元曲选》本《汉宫秋》插图一
臧懋循改订,明万历四十四年武林翻刻本。

图 7-3-2 《元曲选》本《汉宫秋》插图二
臧懋循改订,明万历四十四年武林翻刻本。

图 7-3-3 《酹江集》本《汉宫秋》插图一

孟称舜编《古今名剧合选》，清崇祯六年刊本。

图 7-3-4　《酹江集》本《汉宫秋》插图二
孟称舜编《古今名剧合选》，清崇祯六年刊本。

图 7-3-5　富春堂本《和戎记》插图
《新刻出像音注王昭君出塞和戎记》，明万历年间金陵富春堂刊本，插图单面
版式，高 19 厘米，宽 13 厘米。

图 7-3-6　《风月锦囊》本《和戎记》插图
明嘉靖癸丑年间，徐文昭编辑，詹氏进贤堂重刊本。

图 7-3-7　《卧云书阁》本《双凤奇缘》绣像一
清道光二十三年卧云书阁本《双凤奇缘》

图 7-3-8　《卧云书阁》本《双凤奇缘》绣像二
清道光二十三年卧云书阁本《双凤奇缘》

图 7-3-9　漳州民间年画《双凤奇缘后本》
清中叶，福建漳州以《双凤奇缘》为题材的年画局部。

图 7-4-1　《元曲选》本《梧桐雨》插图
臧懋循改订，明万历四十四年武林翻刻本。

图 7-4-2　《古杂剧》本《梧桐雨》第四折插图
王骥德编《古杂剧》，明万历顾曲斋刊本。

图 7-4-3　《酹江集》本《梧桐雨》插图一
孟称舜编《古今名剧合选》，清崇祯六年刊本。

图 7-4-4　《酹江集》本《梧桐雨》插图二
孟称舜编《古今名剧合选》，清崇祯六年刊本。

图 7-4-5　康熙四雪草堂初刊本《隋唐演义》第九十一回插图
清人褚人获汇编，刊于康熙年间，四雪草堂初刊本。

图 7 - 4 - 6　华清出浴图

康涛

绢本,设色,纵 120 厘米,横 66 厘米。天津市艺术博物馆藏。

第八章

图 8 - 2 - 1　秀石疏林图·局部题诗

赵孟頫

纸本墨笔,纵 27.5 厘米,横 62.8 厘米。北京故宫博物院藏。

图 8 - 2 - 2　墨梅图卷

王冕

纸本墨笔,纵 31.9 厘米,横 50.9 厘米。北京故宫博物院藏。

参考文献

一、专著

脱脱等：《辽史》，中华书局 1974 年版

叶隆礼撰，贾敬颜、林荣贵点校：《契丹国志》，上海古籍出版社 1985 年版

脱脱：《金史》，中华书局 1975 年版

宋濂：《元史》，中华书局 1976 年版

冯琦原：《宋史纪事本末》，中华书局 1955 年版

戴表元：《剡源戴先生文集》，上海书店 1989 年版

刘辰翁著，胡思敬辑：《豫章丛书须溪集》，南昌古籍书店、杭州古籍书店联合出版，1985 年版

黄溍：《黄文献集》，商务印书馆 1936 版

谢枋得：《四部丛刊续编集部叠山集》，商务印书馆 1934 年版

刘因：《静修先生文集》，中华书局 1985 年版

司马迁：《史记》，中华书局 1959 年版

应劭著，王利器校注：《风俗通义校注》，中华书局 1981 年版

曹植：《曹子建集》，商务印书馆 1936 年版

元好问：《遗山先生文集》，商务印书馆 1937 年版

元好问编：《中州集》，中华书局 1959 年版

马端临：《文献通考》，中华书局 2011 年版

倪瓒撰，江兴祐点校：《清閟阁全集》，西泠印社 2010 年版

郭居敬：《二十四孝图文解读》，陕西人民出版社 2007 年版

张彦远：《历代名画记》，中华书局 1985 年版

徐坚：《初学记》，中华书局 1962 年版

释道世著，周叔迦、苏晋仁校注：《法苑珠林校注》，中华书局 2003 年版

司马光：《资治通鉴》，中华书局 1956 年版。

佚名著，黎烈文标点：《大唐三藏取经诗话》，商务印书馆 1934 年版

郑樵：《通志》，世界书局 1936 年版。

李昉：《太平御览》，上海书店出版社 1936 年版。

朱弁著，陈新点校：《风月堂诗话》，中华书局 1988 年版

吴师道：《吴礼部诗话》，选自丁福保辑《历代诗话续编》，中华书局 1983 年版

韦居安：《梅磵诗话》，选自丁福保辑《历代诗话续编》，中华书局 1983 年版

何良俊：《四友斋丛说》，中华书局 1997 年版

宋应星：《天工开物》，广东人民出版社 1976 年版

谢肇淛：《五杂组》，上海古籍出版社 2005 年版

涵虚子编：《太和正音谱》（洪武抄本影印），上海商务印书馆 1920 年版

陶宗仪：《南村辍耕录》，辽宁教育出版社 1998 年版

陶宗仪：《书史会要》，上海书店 1984 年版

臧懋循:《元曲选》,中华书局1958年版

顾嗣立:《元诗选》,上海古籍出版社1993年版

孙承泽:《庚子销夏记》,上海古籍出版社1991年版

王毓贤:《绘事备考》,清康熙三十年(1691)刻本

刘树屏编撰:《澄衷蒙学堂字课图说》,新星出版社2014年版

金圣叹著,周锡山编校:《贯华堂第六才子书西厢记》,万卷出版公司2009年版

王原祁等:《佩文斋书画谱》,中国书店1984年版

李渔著,沈勇译注:《闲情偶寄》,中国社会出版社2005年版

胡凤丹辑,严仲仪校点:《马嵬志》,江苏古籍出版社1990年版

程抱一著,涂卫群译:《中国诗画语言研究》,江苏人民出版社2006年版

蒂费纳·萨莫瓦约著,邵炜译:《互文性研究》,天津人民出版社2003年版

马塞尔·马尔丹著,何振淦译:《电影语言》,中国电影出版社1980年版

萨特著,潘培庆译:《词语》,生活·读书·新知三联书店1988年版

刘若愚著,蒋小雯译:《中国诗学》,长江文艺出版社1991年

乔治·布鲁斯通著,高峻千译:《从小说到电影》,中国电影出版社1982年版

马可·波罗著,冯承均译:《图释马可·波罗游记》,吉林出版集团2009年版

白宇:《连环画学概论》,山东美术出版社1997年版

包兆会:《中国美学》第二辑,上海古籍出版社2011年版

蔡毅:《中国古典戏曲序跋汇编》,齐鲁书社1989年版

畅孝昌改编:《窦娥冤》,新世界出版社2002年版

陈葆真:《〈洛神赋图〉与中国古代故事画》,浙江大学出版社2012年版

陈高华、史卫民:《中国风俗通史·元代卷》,上海文艺出版社2001年版

陈滞冬:《中国书画与文人意识》,吉林教育出版社1992年版

陈绶祥:《魏晋南北朝绘画史》,人民美术出版社2000年版

陈传席:《中国山水画史》,江苏美术出版社1998年版

陈平原:《看图说话:小说绣像阅读札记》,三联书店2003年版

陈翔华:《诸葛亮形象史研究》,浙江古籍出版社1990年版

陈幼韩:《戏曲表演美学探索》,中国戏剧出版社1985年版

戴逸如改编,盛鹤年绘画:《窦娥冤》,上海美术出版社2006年版

段启明:《西厢论稿》,四川人民出版社1982年版

董洪全:《明清民间木雕·历史戏曲人物》,万卷出版公司2005年版

方麟编选:《王国维文存》,江苏人民出版社2014年版

傅璇琮、蒋寅主编《中国古代文学通论·辽金元卷》,辽宁人民出版社2005年版。

傅璇琮:《李德裕年谱》,齐鲁书社1984年版

傅活改编,郑家声绘画:《王昭君》,人民美术出版社2007年版

伏涤修:《〈西厢记〉接受史研究》,黄山书社2008年版

黄冠编,高马得绘画:《水墨·粉墨:看马得画戏 听众家评说》,江苏美术出版社2008年版

高梅仪改编,康殷绘画:《昭君出塞》,人民美术出版社1962年版

郭绍虞主编:《中国历代文论选》,上海古籍出版社2001年版

郭杰、秋芙主编:《中国文学史话》(辽金元卷),吉林人民出版社1998年版

郭德福绘:《古典戏剧故事白描百图》,辽宁美术出版社2002年版

郭英德:《明清传奇综录》,河北教育出版社1997年版

韩儒林主编:《元朝史》,人民出版社1986年版

寒声编:《西厢记新论》,中国戏剧出版社1992年版

何志明、潘运告:《唐五代画论》,湖南美术出版社2002年版

黄惇:《中国书法史·元明》,江苏教育出版社 2001 年版

胡应麟:《诗薮·外编》,上海古籍出版社 1979 年版

胡适:《白话文学史》,百花文艺出版社 2001 年版

胡考、曹聚仁编:《西厢记·西施》,山东画报出版社 1998 年版

黄永年主编:《古代文献研究集林》(第二集),陕西师范大学出版社 1992 年版

黄霖、蒋凡主编:《中国历代文论选新编》(宋金元卷),上海教育出版社 2007 年版

蒋星煜:《西厢记研究与欣赏》,上海人民出版社 2009 年版

李致忠:《古代版印通论》,紫禁城出版社 2000 年版

李立等改编:《中外传世名剧·中国卷》,中国少年儿童出版社 2005 年版

李修生主编:《古本戏曲剧目提要》,文化艺术出版社 1997 年

李世馨编选:《昭君图册》,内蒙古人民出版社 2003 年版

梁归智、周月亮:《元代文人心迹追踪》,河北大学出版社 2001 年版

廖奔:《中国戏剧图史》,大象出版社 2000 年版

缪咏禾:《明代出版史稿》,江苏人民出版社 2000 年版

凌昕编著:《中国戏曲故事选》,江苏人民出版社 1996 年版

刘旦宅等绘:《名家配画诵读本·元曲三百首》,上海辞书出版社 2000 年版

刘晓明:《杂剧形成史》,中华书局 2007 年版

鲁迅:《鲁迅全集》,人民文学出版社 2005 年版

卢世华:《元代平话研究》,中华书局 2009 年版

罗春政:《辽代绘画与壁画》,辽宁画报出版社 2002 年版

骆正:《中国昆曲二十讲》,广西师范大学出版社 2003 年版

刘明银:《改编:从文学到影像的审美转换》,中国电影出版社 2008 年版

卢世华:《元代平话研究:原生态的通俗小说》,中华书局 2009 年版

马欣来辑校:《关汉卿集》,山西人民出版社 1996 年版

孟建主编:《图像时代:视觉文化传播的理论诠释》,复旦大学出版社 2005 年版

潘运告:《宣和画谱》,湖南美术出版社 2002 年版

浦江清:《浦江清文录》,人民文学出版社 1958 年版

钱钟书:《谈艺录》,生活·读书·新知三联书店 2001 年版

尚羡智改编,晁锡弟绘画:《王昭君》,河北人民出版社 1982 年版

单国强:《中国绘画鉴赏图典》,上海辞书出版社 2007 年版

宋俊华:《中国古代戏剧服饰研究》,广东高等教育出版社 2003 年版

孙作云:《〈楚辞〉研究》,河南大学出版社 2003 年版

上海《朵云》编辑部编:《赵孟頫研究论文集》,上海书画出版社 1995 年版

上海《朵云》编辑部编:《中国绘画理论研究论文集》,上海书画出版社 1992 年版

首都图书馆编辑:《古本戏曲版画图录》,学苑出版社 1997 年版

陶君起编著:《京剧剧目初探》(增订本),中国戏剧出版社 1963 年版

田自秉:《中国纹样史》,高等教育出版社 2003 年版

田建平:《元代出版史》,河北人民出版社 2003 年版

王瑗:《楚辞集解》,北京古籍出版社 1996 年版

王伯敏主编:《中国美术史》(第五卷),山东教育出版社 1988 年版

王国维:《宋元戏曲史》,东方出版社 1996 年版

王毅:《中国民间艺术论》,山西教育出版社 2000 年版

王叔晖绘:《西厢记》,人民美术出版社 1957 年版

王庆生:《金代文学家年谱》,凤凰出版社 2005 年版

王朝闻:《中国美术史》,明天出版社 2000 年版

王寅明编著:《窦娥冤》,陕西旅游出版社 2005 年版

王水照编:《历代文话》,复旦大学出版社 2007 年版

王建平、任玉堂改编:《赵氏孤儿:汉英对照》,新世界出版社 2000 年版

王寅明编著:《赵氏孤儿》,陕西旅游出版社 2005 年版

王建华:《无住庵谈字论画》,学林出版社 2008 年版

温肇桐:《黄公望史料》,上海人民出版社 1963 年版

魏敬先:《魏敬先速写集》,中国戏剧出版社 2003 年版

吴文治主编:《明诗话全编》,江苏古籍出版社 1997 年版

吴文治主编:《辽金元诗话全编》,凤凰出版社 2006 年版

吴小如:《古典小说漫稿》,上海古籍出版社 1982 年版

吴镇、干云编文,于友善绘画:《王昭君出塞》,江苏美术出版社 1998 年版

夏连保改编:《汉宫秋》(汉英对照),新世界出版社 2001 年版

辛观地改编,徐有武绘画:《王昭君》,浙江人民美术出版社 1980 年版

薛冰:《插图本》,江苏古籍出版社 2002 年版

徐建融:《元代书画藻鉴与艺术市场》,上海书店出版社 1999 年版

徐复观:《中国艺术精神》,华东师范大学出版社 2001 年版

徐庄编著:《异形之美——西夏艺术》,宁夏人民出版社 2003 年版

杨义:《中国叙事学》,人民出版社 1997 年版

杨仁恺:《中国书画》,上海古籍出版社 1990 年版

易明编著:《颐和园长廊彩画故事全集》,中国旅游出版社 2002 年版

伊葆力:《金代书画家史料汇编》,人民美术出版社 2009 年版

元斌主编:《画说中国十大古典悲剧故事:青少年版》,陕西人民教育出版社 2000 年版

元鹏飞:《戏曲与演剧图像及其他》,中华书局 2007 年版

俞剑华:《中国画论类编》,人民美术出版社 1986 年版

叶喆民:《中国陶瓷史》,生活·读书·新知三联书店 2006 年版

俞剑华注译:《宣和画谱》,江苏美术出版社 2007 年版

张健:《元代诗法校考》,北京大学出版社 2001 年版

张月中主编:《元曲通融》,山西古籍出版社 1999 年版

庄维明改编:《中外传世名剧》,中国少年儿童出版社 2005 年版

赵宪章主编:《文学与图像》(第一卷),江苏教育出版社 2012 年版

赵士佶编文,石夫、姚耐绘画:《昭君出塞》,福建人民出版 1983 年版

赵景深:《中国古典小说戏曲论集》,上海古籍出版社 1985 年版

郑午昌:《中国画学全史》,上海古籍出版社 2001 年版

郑传寅:《传统文化与古典戏曲》,湖南人民出版社 2004 年版

郑振铎:《郑振铎艺术考古文集合》,文物出版社 1988 年版

郑振铎:《中国古代木刻画史略》,上海书店出版社 2006 年版

钟兆华:《元刊全相平话五种校注》,巴蜀书社 1990 年版

周惠泉:《金代文学学发凡》,东北师范大学出版社 1994 年版

周心慧:《中国古代版刻版画史论集》,学苑出版社 1998 年版

宗白华:《美学散步》,上海人民出版社 2008 年版

宗典编:《柯九思史料》,上海人民美术出版社 1980 年版

中国戏曲研究院编:《中国古典戏曲论著集成》,中国戏剧出版社 1959 年版

袁于令著,李复波点校:《金锁记》,中华书局 2000 年版

朱崇志:《中国古代戏曲选本研究》,上海古籍出版社 2004 年版

重庆市川剧院剧目组改编:《赵氏孤儿》,重庆人民出版社 1959 年版

二、论文

陈池瑜:《张渥的〈九歌图〉与神话形象》,《上海文博》2010 年第 3 期

陈杉:《永乐宫〈八仙过海图〉及与全真教渊源考》,《四川戏剧》2014 年第 5 期

方闻:《宋元绘画中的文字与图像》,《美术》1992 年第 8 期

樊婧:《〈史记〉在元代的传播接受研究》,陕西师范大学大学 2014 年博士学位论文

范立舟、熊鸣琴:《辽道宗称"愿后世生中国"考论》,《文史哲》2010 年第 5 期

李小龙:《试论中国古典小说回目与图题之关系》,《文学遗产》2010 年第 6 期

李彦锋:《论汉代绘画与决定性顷间的选择》,《民族艺术》2011 年第 2 期

鲁小俊:《论"桃园结义"》,《江汉大学学报(人文科学版)》2004 年第 6 期

刘世德《谈〈三分事略〉:它和〈三国志平话〉的异同和先后》,《文学遗产》1984 年第 4 期

蒋星煜:《研究〈西厢记〉的一个历程》,《艺术百家》1989 年第 2 期

毛杰:《中国古代小说绣像研究》,华东师范大学 2014 年博士学位论文

高居翰(James Cahill)著,杨振国译:《中国绘画中的政治主题——"中国绘画的三种选择历史"之一》,《艺术探索》2005 年第 4 期

内蒙古文物考古研究所、阿番科尔沁旗文物管理所:《内蒙古赤峰宝山辽壁画墓发掘简报》,《文物》1998 年第 1 期

欧阳健:《伯夷与历代小说——"伯夷文化论"之四》,《厦门教育学院学报》2005 年第 2 期

宁希元:《〈三国志平话〉成书于金代考》,《文献》1991 年第 2 期

卿三详:《〈三国志平话成书于金代考〉质疑》,《文献》1992 年第 2 期

杨毅:《元代宗教戏剧兴盛原因浅析》,《长江大学学报》(社会科学版)2008 年第 2 期

杨森:《明代刊本"西游记"图文关系研究》,上海大学 2012 年博士学位论文

袁行霈:《古代绘画中的陶渊明》,《北京大学学报》(哲学社会科学版)2006 年第 6 期

詹石窗:《元代道教戏剧的象征性》,《中国典籍与文化》1994 年第 1 期

朱国华:《电影:文学的终结者?》,《文学前沿》2005 年第 1 期

张鹏:《辽代美术史研究的新视界》,《美术研究》2008 年第 2 期

张福庆:《论王维山水诗的"诗中有画"》,《内蒙古社会科学》1999 年第 4 期

赵宪章:《文学和图像关系研究中的若干问题》,《江海学刊》2010 年第 1 期

赵山林:《渔父形象与古代文人心态》,《河北学刊》2002 年 05 期

祝重寿:《刘龙田刊本〈西厢记〉插图的再认识》,《装饰》2003 年第 12 期

仲呈祥:《从电视剧赵氏孤儿案说起》,《中国电视》2013 年第 5 期

吴敢:《〈全元戏曲·赵氏孤儿记〉辑校商榷》,《徐州师范大学学报》(哲学社会科学版)1999 年第 4 期

范存忠:《〈赵氏孤儿〉杂剧在启蒙时期的英国》,《文学研究》1957 年第 3 期

朱静:《〈赵氏孤儿〉在欧洲》,《上海戏剧》1991 年第 6 期

孟华:《〈中国孤儿〉批评之批评》,《天津师大学报》1990 年第 5 期

林成行:《赵氏孤儿题材戏曲瓦当与明人改本戏文〈八义记〉》,《中华戏曲》2011 年第 1 期

马少波:《从"赵氏孤儿"的改编论胆识》,《剧本》1959 年第 1 期。

萧盛萱述,萧润勤记:《我演〈昭君出塞〉中的王龙》,《戏曲艺术》1983 年第 3 期

张德臣:《戏剧舞台的王昭君》,《华夏文化》1994 年第 4 期

戴鹏海:《中国第一部大型歌剧〈王昭君〉考》,《音乐研究》1996 年第 1 期

曹禺:《关于话剧〈王昭君〉的创作》,《人民戏剧》1978 年第 12 期

琥珂:《王昭君雕塑组照》,《内蒙古社会科学》1986 年第 2 期

赵宪章:《语图互仿的顺势与逆势——文学与图像关系新论》,《中国社会科学》2011 年第 5 期

后　记

　　转眼之间,时间已经过去近十年,初稿完成已是庚子年的初秋时节! 在这近十年间,非常有幸能够参与南京大学赵宪章先生所带领的中国文学图像关系史的研究团队。参与团队的这次写作过程又是对学术生涯的一次洗礼。在文图关系史研究的过程中,每一次的研讨,每一次的纲目调整、内容编撰、修改及校正都使我深感中国文学图像之庞杂和浩繁,同时也深深地感到自我的苍白和渺小,当然也乐在其中感受到无限的享受与趣味。在元代部分的写作与编撰过程中时时感到材料的繁多与杂乱,取舍标准的犹豫和徘徊,引文注释的反复查询与校正如此等等,总之,辽、金、元三个朝代虽然历时较短,但内容却极为丰富和驳杂,由于这个时段朝代的交叉重叠,该时期的文图关系也极为错综复杂,其中也存在着大量的交叉、重叠,在梳理的过程中着实有不少内容难以处理。以至于在本卷书的编写接近尾声之时,似乎根本没有放松的心情,更多是惶惶不可终日于挂一漏万的不安与担心。在写作的坎坷跋涉过程中,很多次思绪全无,一片茫然,但是经过不断的整理阅读和思考,元代的整体形貌和主要文图轮廓却又是那么明晰地呈现于眼前。当发现诗与画是如此的紧密和默契,并鲜活地将元时期的文图展现出来的时候,是如此地令人着迷和沉醉;当发现全相之"相"的原本含义与图像契合的时候,是如此的令人兴奋万分,又豁然顿悟,元曲的品读,理论的探寻⋯⋯这其中的快乐,每位课题组成员都有深深的体会。

　　本书在写作过程中的具体分工为,绪论、第一章、第四章、第五章、结语、后记部分的写作以及全书的统编工作由西南大学美术学院李彦锋完成;第二章、第三章以及部分绪论内容由中国传媒大学王韶华承担;第六章由南京大学文学院研究生陈小青承担写作。第七章、第八章以及第六、七、八三章的图像编目、注释引用校正等工作由深圳职业技术学院人文学院张坤完成。第一、二、三章的图像编目工作及本卷书稿的文字校正由东南大学博士生杨彦同学完成。

　　本卷书的完成得益于众多专家教授的参与帮助和指导。感谢赵宪章、许结教授在编写及修改过程中的热情关切和悉心指导,正是由于两位先生的帮助,本卷的写作才能够顺利完成! 感谢王韶华教授! 在写作的过程中王老师中途受邀,毫无推辞,在百忙之中完成了元代题画诗部分的写作。感谢张坤副教授! 他在处理家庭、工作等诸多繁忙的事情中完成了元曲及文图理论的写作。感谢陈小青同仁！她虽已到了企业工作，但心系"文图"，在她繁忙的工作中对书稿《西厢记》部分的写作和修改都非常的热情和认真。感谢我的研究生同学！他们对于图像编目及书稿文字正误的校阅十分认真细致。感谢邹广胜教授对于本卷写作的鼎力相助和支持！经由浙江大学邹广胜教授的推荐而有幸得到王韶华教授的相助。感谢出版社本卷的编辑老师，在本卷的通稿过程中，对版式的调整、图像的安排、文字的查证等工作都付出了巨大的心血。最后，再次感谢项目组全体老师对于本卷写作的支持和帮助！再次感谢所有参与编写和曾经支持本卷编写的同道中人！

李彦锋

庚子秋于嘉陵江畔观云斋

图书在版编目(CIP)数据

中国文学图像关系史. 辽金元卷 / 赵宪章主编. —
南京:江苏凤凰教育出版社,2020.12(2023.9 重印)
ISBN 978 - 7 - 5499 - 9057 - 3

Ⅰ.①中…　Ⅱ.①赵…　Ⅲ.①中国文学-古代文学史
-辽宋金元时代　Ⅳ.①I209

中国版本图书馆 CIP 数据核字(2020)第 238490 号

书　　名	中国文学图像关系史·辽金元卷
主　　编	赵宪章
本卷主编	李彦锋
策 划 人	顾华明
责任编辑	吴文昊
装帧设计	周　晨
监　　印	杨赤民
出版发行	江苏凤凰教育出版社(南京市湖南路 1 号 A 楼　邮编:210009)
苏教网址	http://www.1088.com.cn
排　　版	南京紫藤制版印务中心
印　　刷	江苏凤凰通达印刷有限公司(电话 025 - 57572508)
厂　　址	南京市六合区冶山镇(邮编 211523)
开　　本	787 毫米×1092 毫米　1/16
印　　张	29
版　　次	2020 年 12 月第 1 版
印　　次	2023 年 9 月第 2 次印刷
书　　号	ISBN 978 - 7 - 5499 - 9057 - 3
定　　价	128.00 元
网店地址	http://jsfhjycbs.tmall.com
公 众 号	苏教服务(微信号:jsfhjyfw)
邮购电话	025 - 85406265,025 - 85400774
盗版举报	025 - 83658579